Seadove

Seadove

海鷗成立四分之一世紀‧紀念
探偵事務所
Detective
Office

偵探小說的「聖經」

柯南‧道爾 的

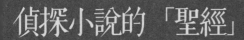

福爾摩斯

神探
後‧部
回來了

全球推理迷奉為圭臬的偵探小說經典

百年偵探推理小說經典 被譯為57種文字風靡全球
美國推理作家協會（MWA）票選百大推理小說第1名

「和柯南‧道爾所寫的《福爾摩斯探案》相比，
沒有任何偵探小說可以享有那麼大的聲譽！」
——英國著名小說家 毛姆

作者/**亞瑟‧柯南‧道爾** 譯者/傅怡

目 錄

前　言

　　福爾摩斯，一個原本虛構的人物，百年來卻幾乎迷倒眾生，乃至英國皇室竟破天荒地將條件苛刻而且嚴肅的爵士爵位授予這位小說中的英雄。

　　福爾摩斯是誰？據說這個人物的原型是作者亞瑟・柯南・道爾在愛丁堡大學念書時的一位老師，可能再加上他自己的一部分。儘管有些古怪，但毫無疑問，福爾摩斯不是神。他乘坐大家熟悉的馬車或火車，出沒在十一月倫敦的大霧之中；他住在眾所周知的旅館裡，閱讀《每日電訊報》和其他流行的報紙……他是一個聰明人，因為太過聰明，以至於總是不怎麼相信別人，更不要說相信女人；他是一個自負的人，那種驕傲自負已經變成了他社交談吐的方式，好在人們早已習慣並覺得他完全配得上這種德行；他常常活在自己的世界裡，總做出些讓人莫名驚詫的事情或舉動，甚至得罪了很多「正經人」；他是一位名偵探，因為他的出現，人們從此相信正義真的離人間不遠；他的智慧柔時像水，堅時如鋼；他之所以出名，是因為世人從來不曾懷疑過他的真實存在。

　　1894年，亞瑟・柯南・道爾曾經決定停止寫作這類偵探故事，因此他安排福爾摩斯在一個戲劇性的時刻墜入深淵中淹死，並讓華生來結束《福爾摩斯之死》這個故事。豈料，痴迷的英國讀者們竟然無論如何也無法接受這

個噩耗，成千上萬的倫敦警察、工人、市民情緒激動地上街集會，浩浩蕩蕩的人們抬著棺材，在貝克街221號門前，一遍又一遍地高呼「福爾摩斯，復活」的口號。此情此景令亞瑟・柯南・道爾感動得熱淚盈眶，於是他不得不讓福爾摩斯在下一個故事裡面「起死回生」。從此，福爾摩斯得以永生。

至今，小說中所謂的福爾摩斯居所——倫敦貝克街221號仍然會收到許多從世界各地飛來的「福爾摩斯先生親收」的信件，其中不乏詢問案件破解方法、報告福爾摩斯其最大的死對頭莫里亞蒂教授行蹤等等看似荒誕的內容。

荒誕的背後是溫情的呼喚——福爾摩斯不僅僅屬於十九世紀的英國，更屬於二十一世紀的全人類。很多很多年前，福爾摩斯曾漫不經心地說道：「倫敦的空氣因我的存在而變得清新。」事實上，何止倫敦，他的名字所滌蕩過的空氣想必曾經到過無數我們難以想像的角落，只是我們從未刻意收集……

毋庸置疑，《福爾摩斯探案全集》可謂開闢了世界偵探小說的「黃金時代」，堪稱不朽經典。它曾經被譯成57種文字，風靡全世界，備受讀者推崇，號稱「絕對不能錯過的偵探小說」。英國著名小說家毛姆曾說：「和亞瑟・柯南・道爾所寫的《福爾摩斯探案全集》相比，沒有任何偵探小說曾享有那麼大的聲響。」

作為一位棄醫從文的偉大作家，起初亞瑟・柯南・道爾完全沒有預料到福爾摩斯會對他的生前身後產生如此巨大的影響，並最終為其帶來如此經久不衰的莫大榮譽。這個形象最早出現在他的作品《血字的研究》及《四簽名大揭秘》中，那兩本小集子於1887年至1890年間相繼出版，雖然開始投稿時並不被看好，甚至曾經被許多出版社退稿，但不料作品一經問世便追隨者無數，還一度形成崇拜福爾摩斯的宗教性狂熱。於是亞瑟・柯南・道爾從此一發不可收拾，相繼在39年間斷斷續續寫了56個福爾摩斯的探案故事。這些故事後來被收錄在一起，形成了《福爾摩斯探案全集》。隨後各國都開始紛紛出版之，包括愛斯基摩文和世界語譯本在內，迄今全球總印數以千萬計。

福爾摩斯在中國同樣家喻戶曉，其最早進入中國的年代甚至可以追溯到

1896年，當時是以《英包探勘盜密約案》的名字開始在《時務報》上連載，並署名「此書滑震所作」。滑震即華生，之所以沒有出現作者亞瑟·柯南·道爾的名字，可能是由於小說絕大部分是從華生的視角敘述的，造成了譯者的誤會。

此後一個世紀匆匆過眼，其間出現的《福爾摩斯探案全集》中譯本不下二三十種。

2009年5月22日是「福爾摩斯之父」亞瑟·柯南·道爾爵士誕辰150週年紀念日，世界各地的「福迷」為此展開了各式各樣的紀念活動。而作為資深「福迷」之一，本人以為，個人能夠奉獻的最好的紀念方式莫過於在二十五年間無數次地精讀本書之後，而今再譯福爾摩斯。事實上，在徹底的「福迷」心中，福爾摩斯、柯南·道爾乃至華生，他們三人早已深深地重疊到了一起，說不清到底是因為痴迷福爾摩斯而欣賞華生，還是因為懷念福爾摩斯而更懷念亞瑟·柯南·道爾。出於對此三者純粹的痴迷和熱愛，本譯本在充分忠實於原著，充分借鑑前輩翻譯家風格、手法的基礎上，也更注重於藉本書尋求更接近於他們靈魂的真實表達，尋求故事之外更接近於那個時代的深刻內涵。

同時，本譯本希冀更符合時下讀者的閱讀感受。當然，受能力和水準所限，譯者深知其中難免存在錯漏及不盡如人意之處，所以懇請各位專家、讀者不吝指正。

畢竟，世間再無福爾摩斯。

第六部　歸來記

　　船長被人用魚叉叉死在牆上，這個手段殘忍的凶手與死者有不共戴天之仇，還是另有其他原因？

　　又一座拿破崙塑像被砸碎了，這個作惡者與拿破崙有仇，還是拿破崙塑像裡有什麼不可告人的秘密？

歸來記

空屋獵「猛獸」

在1894年的春天，令人尊敬的羅諾德・阿德爾先生不知什麼原因被人謀殺了。這樁案件不僅引起了全倫敦的注意，而且還給上流社會帶來了極大的恐慌。警方在調查結論中公布了詳細案情，這些都已為大家所知曉，但仍有許多細節被刪去了。這是因為起訴理由非常充足，沒有必要公開全部證據。在十年後的今天，就讓我來補充一下破案過程中短缺的環節吧！罪案的本身已經夠令人感興趣的了，但對我而言，這與隨之發生的不可思議的事情比較起來，實在不算什麼，這些隨後發生的事比我一生中任何奇異的經歷都要使我震驚。即使是現在，一想到這些事，仍使我震顫不已，也使我再次地由心底湧起歡愉、驚嘆與難以置信之感，進而完全掩蓋了我的理智。讓我向那

些關心福爾摩斯的讀者朋友們說一句：請不要責怪我沒能讓他們分享我所知道的一切。要不是他親口下令禁止這樣做的話，我會把這當作我的首要義務的。而這條禁令直到上個月3號才剛剛被取消。

可以想像，我和福爾摩斯先生的密切交往使我對一些離奇的刑事案產生了很大的興趣。在他失蹤之後，只要是公開發表的疑案，我都會無一遺漏地進行仔細的研究。也許是個人的興趣吧，我總是試圖用他的方法來解釋那些事件，雖然往往並不成功。沒有哪一個疑案像羅諾德‧阿德爾慘死案這樣吸引我。當我讀到審訊中提出的證據並據此判定未查明的某人或某些人被疑為蓄意謀殺罪時，就更加清楚地意識到福爾摩斯的去世給這個社會帶來了多麼巨大的損失。我敢肯定，這件怪事的一些疑點必定會吸引他。

而且，這位歐洲首屈一指的刑事偵探，憑藉其敏銳的觀察力和頭腦，很可能彌補警力的不足，更可能使他們提前採取行動。儘管我整日巡迴出診，腦子裡卻總是在思考著這個案子，但一直找不到答案。沒有辦法，我只能冒著講一個陳舊故事的風險，把審訊結束時已經公諸於眾的案情再簡要地敘述一遍。

羅諾德‧阿德爾先生是澳洲人，他是某殖民地總督梅魯斯伯爵的第二個兒子。他母親回英國來做手術，現在與兒子和女兒住在公園街427號。這個年輕人出入上流社會，就大家所知，他並無仇人，也沒有什麼壞毛病。他與卡斯特爾斯的伊迪‧伍德利小姐曾經訂過婚，但在幾個月前雙方解除了婚約，之後也看不出彼此有多深的留戀。他平日的時間都消磨在一個狹小、封閉的圈子裡，由於性格冷淡，早就習慣了沒有變化的生活方式。可是，死亡以奇特的方式襲擊了這個年輕人，時間是在1894年3月30日晚上十點到十一點二十分之間。

羅諾德‧阿德爾喜歡打牌，而且下的賭注也很大，但這從未有損於他的身分。他也是鮑爾文、卡文迪希、巴格特爾三個紙牌俱樂部的會員。在遇害的那一天，他吃過晚飯後曾經在卡文迪希俱樂部玩了一會兒，當天下午他也在那裡打過牌。和他一起的莫瑞先生、約翰‧哈代爵士和莫倫上校都證實了他們在一起打牌。阿德爾輸了不到五英鎊，這麼點兒輸贏還不至於對他這

麼一個富甲一方的人構成什麼影響。他幾乎每天不是在這個俱樂部就在那個俱樂部打牌，但他出牌謹慎，總是贏了後才離開。證詞中還談到在幾星期前，他曾經與莫倫上校搭夥，贏了歌德菲爾‧米爾納和巴爾莫洛勳爵多達四百二十多英鎊。在調查報告中提到的有關他的近況就是這些。

在出事的那個晚上，他從俱樂部回到家是十點整，他的母親和妹妹都沒在家。女僕說聽到他走到二樓前廳（他經常把那裡當作臥室），那時早已有人把火生好了。由於有煙冒出，所以他開了窗。梅魯斯夫人與小姐大約在十一點二十分回來了，當時屋子裡很安靜。夫人想進去對兒子說聲晚安，但發現門從裡面給反鎖上了。母女二人叫喊、敲門都不見答應，覺得不對勁，就找人把門撞開。只見她們的親人倒在桌邊，腦袋挨了一槍，模樣很恐怖，可是屋裡又不見任何殺人用的凶器。很奇怪，在桌上放著兩張十英鎊的鈔票和總共十一英鎊十先令的金幣和銀幣。這些錢被分成了十小堆，數目不一。旁邊還有一些小紙條，記錄了錢數和牌友的名字，由此可以猜想到當時他正在計算贏了多少。

對現場的詳細檢查只能使案情更加撲朔迷離。第一，無法解釋這個年輕人為什麼要把自己反鎖在屋子裡。當然更有可能是凶手反鎖上門，然後從窗戶逃跑的。可是，窗戶離地面有三十多英尺那麼高，更重要的是窗下的花壇種滿了番紅花，裡面並沒有被踩過的痕跡，房屋與街道之間的草地上也沒有被踩過的痕跡。因此，很明顯門是這個年輕人自己鎖上的。第二，假如有人能從外面對準窗戶開槍，而且造成這樣的致命傷，這個人一定是個神槍手。可是，公園路是一條行人川流不息的大道。離這棟房子不到一百碼的地方就有個馬車站，在這種場合下開槍殺人，又沒有人聽見槍聲，那也是不可能的。

由於找不到突破口，案件變得更加離奇。在前面我說過，阿德爾沒有仇人，而現在屋裡的錢和貴重物品也沒人動過，這就更加奇怪了。

我整天都在想這件事情，竭力想找到一個符合所有事實的理論，以及一個阻力最小的方向，我的亡友稱之為一切調查的起點。傍晚時，我漫步穿過公園，大約六點鐘來到了公園路和牛津街的路口處。一群遊手好閒的人堵

在人行道上，抬頭望著我專門來看的那棟房子的一扇窗戶。一個戴墨鏡的瘦高個子——我非常懷疑他是個便衣偵探——正在講述他的某種推測，其他人都圍著他聽。我往前湊了湊想聽聽他的高見，但他的推論聽起來實在太過荒謬了，我有點厭惡地退出了人群。就在這時，我撞在了一個殘疾老人身上，把他抱著的幾本書碰掉在地上。在我撿起那些書的時候，看到其中一本名為《樹木崇拜的起源》。我猜這位老人一定是位藏書家，以收集一些不常見的書籍作為職業或者作為愛好。我極力為這意料不到的事道歉，但不巧的是，我碰掉的這幾本書顯然在主人眼裡是非常珍貴的東西，他非常生氣，大吼了一聲便轉身離開了，我只能望著他的背影消失在人群中。

我來過公園路427號好多次了，但這對於弄清楚我所關心的問題一點幫助也沒有。這房子與街道只隔著一道半截是柵欄的矮牆，高不過五英尺，任何人想出入花園都相當容易，但想爬上那扇窗戶根本不可能，因為牆外面沒有水管或者其他任何可以利用的東西來幫他爬上去。這讓我比之前更加困惑，只得回到肯辛頓。

我在書房還沒待上五分鐘，女僕進來說有人要見我。而讓我吃驚的是來者並非別人，正是那位古怪的藏書家。灰白的鬍鬚中露出他那張乾瘦而輪廓分明的臉，在他的左臂下挾了十來本他心愛的書。

「您沒想到會是我吧，先生。」他的聲音奇怪而沙啞。

我承認，沒有想到是他。

「我覺得真的很不好意思，先生。剛才我一瘸一拐地跟在您的後面，碰巧看到您正走進這棟房子。我想來看看您這位好心的先生，告訴您剛剛我的態度不好，但沒有惡意。我更想謝謝您幫我撿起了這幾本書。」來人說道。

「區區小事，何足掛齒。我想問一下，您是怎樣認出我的呢？」我說道。

「先生，如果您不嫌我冒昧的話，我們算得上是鄰居。我的小書店就在教堂街的拐角處。您一定也收藏圖書吧！先生，這裡有《英國鳥類》、《克圖拉斯》、《聖城》這幾本書，都非常便宜，要是再有五本的話，您就可以填滿第二層書架了，現在那上面看來還不太整齊。是不是呢，先生？」老人

慢慢地說道。

我回頭看了一下書櫥。當我再轉過頭來時，發現夏洛克·福爾摩斯正站在桌子那邊對著我微笑！我忽地站了起來，驚訝地盯著他看了好久，然後我必定是暈倒了，這是我生平第一次也是最後一次暈倒。我眼前旋繞起一陣灰霧，然後，當我清醒時，我才發覺我的領口給解開了，嘴上還帶著辛辣的白蘭地的味道。福爾摩斯靠著我的椅子，一手拿著他總不離身的細頸酒瓶。

「我親愛的華生，」一個熟悉而親切的聲音說道，「我表示萬分歉意。我真的沒有想到你會如此激動。」

我緊緊地擁抱著他。

「福爾摩斯！」我大聲喊道，「真的是你？你還活著？你怎麼可能從那可怕的深淵中爬出來呢？」

「等一下。」他說道，「你現在真的能夠有精力來談這件事了嗎？我這樣戲劇性的出現給你的刺激不小吧！」

「我好了。可是說真的，福爾摩斯，我簡直不敢相信自己的眼睛。上帝呀！真沒想到！全世界的人都有可能站在我的書房裡，除了你。」說著，我又拉起他的一隻袖子，摸著那有力而精瘦的臂膀。「不管怎樣，你不是鬼魂，看到你我太高興了。快快坐下，把你怎樣逃脫那恐怖峽谷的事講給我聽吧！」我說道。

我倆面對面坐下，他像往常一樣點上了一支菸。他用一件賣書商人的破舊外套裹著全身，那堆白髮和其他幾本舊書都已放在桌上。福爾摩斯看起來比過去更加瘦小、敏銳，但有一絲絲蒼白顯現在他的臉上，讓我瞭解到他近來的生活一定過得很不規律。

「我很高興能把腰伸直了，華生。」他說道，「說實話，讓我一連幾小時把身高變矮一英尺真的很難。關於這一切的解釋等工作完成之後，我再把全部的情況講給你聽。眼下，我需要你的合作，我們面前還有一項艱鉅的工作。」

「我很想知道，更想立刻就聽到。」我焦急地說。

「好，今晚你願意和我一起去嗎？」他說。

「不管什麼時間、什麼地點，我都願意去。」我說。

「真的又像從前一樣了，咱倆在出發之前還可以有空吃點飯。好吧，先跟你說一說峽谷的事，我從裡面逃出來並不是很困難，原因很簡單：我根本沒掉下去。」

「真的嗎？」我很驚訝。

「真的，華生。我先前給你的那短信是真的。當那個可怕的莫里亞蒂教授站在通往安全出口的窄道上時，我感覺到自己的末日到了。從他那暗灰的眼中我看到的是無情。於是我和他交談了幾句，在得到了他的允許後，寫了那個後來你收到的短信。我將短信、菸盒和手杖留在窄道那裡，就繼續向前走著，莫里亞蒂在後面緊跟著我。當走到盡頭時，他並沒有掏出武器，而是直接衝上來抱住我。他當然知道自己的一切全都完了，唯一想的就是報復我。我倆在瀑布邊上扭成一團。你知道我懂一些柔道，過去有好幾次都用上了這一手。我從他的雙臂中擺脫了出來，他像瘋了一樣發出可怕的尖叫，亂踢了好幾下，兩隻手漫無目的地亂抓。儘管他費了好大的力氣，也無法保持平衡，結果就掉了下去。我探頭看到他掉到一塊岩石上又被彈了起來，最後掉到了水中。」

我很驚訝地聽著他一邊抽菸一邊講他的故事。

「可是那裡還有腳印！」我大聲說道，「我親眼看見在路上有兩行同時向前的腳印，但沒有一個是往回的。」

「事情是這樣的，在他掉入深淵的那一瞬間，我突然意識到命運為我準備了這麼難得的機會，要知道不僅僅是只有一個人要置我於死地！至少還有三個人，他們要向我報復的欲望只會由於他們首領的死亡而變得更加強烈。他們都是最危險的人。在他們當中，一定會有人能找到我的。另外，倘若全世界的人都認為我死了，這三個人很快就會暴露自己，這樣我就能解決掉他們了。到那時候，我就可以向世界宣布我還活著。在莫里亞蒂還沒沉入瀑布下的深潭底之前，我便做出了這個決定。

「我站起來看了一下後面的懸崖。在你那篇我後來讀得津津有味的生動描述中，你肯定那一定是絕壁。可是事實上並非如此，在懸崖上有好幾個

窄小的立足點，那裡還有一塊特別像岩架的地方。想爬上那麼高的峭壁當然是不可能的，再想順著那濕漉漉的窄道走出去而不留腳印也是不可能的。當時，我也想到了可以採取以前的做法，倒穿鞋子，但是在同一方向出現三行腳印，這顯然就太假了。我只好冒著生命危險往上爬。這可不是一件好玩的事，華生。瀑布在我腳下隆隆作響。我並不善於幻想，但有一點不假，我彷彿聽見莫里亞蒂的聲音在深淵中向我叫喊。好幾次我沒抓住身邊的草叢或是腳從濕漉漉的岩石缺口中滑下來的時候，我都在想自己完了。但我不顧一切地向上爬，最後爬上了一塊幾英尺寬的岩架，上面長著柔軟的青苔，在那裡我能舒服地躺下而不被人看見。親愛的華生，當你和你的隨從正在極其同情又毫無效果地查看我的死亡現場時，我正躺在岩架上面看。

「你做出了完全錯誤的結論後，就離開現場回旅館去了，最後就剩下我一個人。我原本以為一切到此就結束了，沒想到卻發生了突然的事故，讓我感覺到會有更可怕的事情就要發生。一塊大岩石忽然由上面落了下來，轟隆一聲從我身邊劃過，砸中下面的那條小窄道後，又蹦起來落入水中。我當時認為這塊岩石是偶然掉下來的。又過了一陣子，我抬頭望見灰濛濛的天空中露出一個人頭。這時，忽地又落下一塊石頭，這回砸到我躺的岩架上，離我腦袋不足一英尺遠。很顯然，莫里亞蒂並不是一個人在行動，在他對我採取行動的同時，還有一個他的黨羽在守望，而我一眼就看出了這是個多麼危險的傢伙。他在暗處看清楚所有的情況，在你們走後，他繞道上了崖頂，企圖實現他同夥未能得逞的計畫。

「我在想這些的時候並沒有耽擱多長時間。華生，當我再次看到那張凶狠的臉往崖下張望時，就知道這是有另一塊石頭要落下來的預兆。當時顧不了那麼多了，我趕緊往下爬去。這真的好危險，但總比向上爬要安全多了。就在我扶著岩架往下爬時，又有一塊石頭從我身邊落了下去。我一驚，腳踩空了，幸虧有上天保佑，我正好掉在那小小的窄道上，雖免不了摔得頭破血流，但也總算免於一死。我爬起來不顧一切地逃走了，在漆黑的山中摸索著走了約十英里。一個星期以後，我來到佛羅倫斯，想著這樣一來包管世界上誰也不知道我的下落了。

「那時，我只有一個人可以信任，那就是我的哥哥邁克羅夫特。我必須再次向你道歉，親愛的華生。在那時候，最重要的是讓人們知道我已經死了。你要是不相信我死了的話，哪會寫得出令人信服的故事來。這三年來，我不止一次想寫信給你，希望告訴你這一切。但我又非常擔心，怕你因為太關心我而不小心把秘密洩漏出去。也正因為這樣，今天你碰掉我的書時，我唯一能做的就是盡快躲開你，那時我的處境太危險了。

　　「只要你表現出一點點的驚訝和激動，就會引起別人的關注，進而可能造成可悲的、無法挽回的結果。至於我哥哥邁克羅夫特，為了得到我所需要的錢，我必須把秘密告訴他。在倫敦時，事態的發展並非像我所想像的那樣順利，由於在審理莫里亞蒂集團的案子時，漏掉了兩個最危險的人物，讓這兩個與我有深仇大恨的人逍遙法外。

　　「大約有兩年的時間，我是在中國西藏度過的。我經常到拉薩和大喇嘛們一起消磨時間。你可能看到過一個叫西格森的挪威人寫的很棒的考察報告，我敢說你絕對沒有想到那正是你好友的消息。後來我去了波斯，還去遊覽了聖地麥加，然後又到喀土木對哈里發進行一次短暫又十分有趣的拜訪，並把拜訪的結果告知了外交部。

　　「回到法國之後，我又用了幾個月時間來研究煤焦油燃燒產生的衍生物，這項研究是在法國南部蒙佩利爾的一個實驗室做的。我很高興地完成了這項研究，又聽說我的仇人只有一個留在了倫敦，於是我就回來了。

　　「同時，這件公園路奇案使我加快了行動。不僅因為這件案子的真相吸引著我，而且這似乎對我來說也是個難得的好機會。我立刻回到倫敦貝克街自己家裡，嚇壞了赫德森太太。我哥哥按照我原來住時的樣子都原樣保存著。就這樣，親愛的華生，當坐在自家老屋的那把舊椅子上時，我意識到現在最想見到的人就是你了。」

　　這就是在四月的那天晚上我所聽到的離奇的怪事。要不是親眼看到的話，我以為再也見不到這高瘦的體形和熱情的面容了。我根本不瞭解他是怎樣知道我的喪妻之痛，他用態度代替言語表達他對我的慰問之意。「工作是悲傷最有效的良藥，」他說，「今天晚上，咱倆要完成一件工作，如果能夠

成功地完成它，這世界上就有了一個生命可以討回公道。」我讓他說得詳細一些，但是他不肯。他說：「天亮之前，你會聽見和看到很多事情。這三年來，咱倆雖然有好多往事要說，但只能到晚上九點半，因為這特殊的空屋歷險就要開始了。」

和過去一樣，到九點半的時候，我挨著他坐在一輛雙座的馬車上。我口袋裡裝著手槍，心裡充滿了歷險的激動。福爾摩斯鎮定自若，一言不發。街燈的亮光忽明忽暗地照在他那張表情嚴峻的臉上，只見他眉頭緊鎖，雙唇緊閉。我根本不知道我們要在倫敦這罪犯充斥的黑暗的叢林中搜尋些什麼，但從這位好獵手的神態可以看出，這次行動一定非常驚險。他那陰沉的表情還不時顯出譏諷的笑容，預示著我們搜尋的對象必是凶多吉少了。

我原先認為我們會去貝克街，但福爾摩斯在卡文迪希廣場拐角處就把馬車停了下來。我發現他在下車時向左右看了看，接著在走過的每條街的拐角處又極其細心地看清楚後面有沒有人跟蹤。我倆走的路線無疑是獨一無二的。福爾摩斯對倫敦的偏僻小道再熟不過了，這回他很快地通過一連串我從不知道的小巷和馬廄，最後來到了一條小路上，在它兩旁全都是一些陰暗的舊房子。我們沿著小路來到了曼徹斯特街，隨後到了布蘭福特街。在這裡他立刻拐入一條窄道，經過一個木柵門進入了一個無人居住的小院。他打開了房屋的後門，在我們進去之後，他又關上了門。

屋內漆黑一片，伸手不見五指，但很明顯這是一間空屋子。地板沒有鋪地毯，踩上去吱吱作響。我伸手碰到一面牆，上面糊的紙已經裂了，一片片地向下垂著。福爾摩斯用他那冰冷的手抓住我，帶著我走過一條長長的通道，一直到我們能夠隱約地看到門上的氣窗才停下腳步。在這裡他又突然向右轉，我們便進入下一間正方形的空屋子，屋子的四個角落都很暗，只有當中一塊被遠處的街燈照得有點亮光。街燈離房子有段距離，窗上已經積了一層厚厚的塵土，所以現在我們能夠看到的只有彼此的輪廓。他把手搭在我的肩上，把嘴巴湊近我的耳朵。

「你知道咱倆現在在哪裡嗎？」他悄聲地問。

「那邊就是貝克街吧？」我把眼睛睜得大大的，向遠處望去。

「正是，這就是公寓對面的那個卡蒙私邸。」他很神秘地解釋道。

「咱倆為什麼要來這裡呢？有什麼重大發現了嗎？」我焦急地問他。

「因為從這裡完全能夠看清對面的高樓。親愛的華生，請你再靠近窗戶一點，小心別讓人發現了，再觀察一下我們的老房子——你有許多神奇的故事不都是從那裡開始的嗎？讓我們再看看，在我離開的這三年中我是不是已經完全失去了使你吃驚的能力了呢？」

我輕輕地向前走，朝我所熟悉的窗戶望去。當看到眼前的一切時，我吃驚地喊了起來。當時窗簾已經放了下來，屋內仍亮著燈，可是在窗簾上很清楚地映出屋裡坐著一個人：那頭的姿勢、輪廓分明的臉部、寬寬的肩膀，那轉過半邊的臉如同我們祖父母那一輩喜歡裝上框子的一幅剪影，看樣子就是福爾摩斯本人。我驚訝地忙把手伸了出去，想知道他是不是在我旁邊。他不出聲地笑得全身都在顫動。

「你全看見了嗎？」他說。

「天吶！我都不敢相信，這是真的嗎？這太妙了！」我大聲地說。

「我認為，我變化多端的手法並沒有因為歲月的流逝而減少，或者是由於經常使用而過時了。」他說道。我從他的話中聽出這位傑出的藝術家對自己的大作感到非常滿意。

「是不是很像我呀？」

「我可以發誓說那根本就是你。」

「這要完全歸功於格勒諾布爾的奧斯卡・莫尼埃先生，他用了好幾天的時間做了一座蠟像模。那就是一座蠟像。其他的布置都是我今天下午完成的。」

「你是不是認為有人在監視你的寓所呀？」我很好奇地問。

「是呀，我當然知道這些情況了。」他很坦然地回答我。

「是些什麼人呢？」我緊張地望著他說。

「我那可愛的老對手呀，他們的首領現在還在萊辛巴赫瀑布下面躺著。不要忘了只有他們才知道我還活著，他們認為我遲早要回來的，所以就從未停止過監視。今天早上他們已經發現我回到倫敦了。」

「你又怎樣知道這些呢？」我更加迷糊了。

「當時我正往窗外看，一下子就認出了他們派來監視我的人。我想這個傢伙對我來說並不能構成多大威脅。他叫巴克爾，以掠奪殺人為生，是個出色的猶太口琴演奏家。我根本就不在乎他，我最擔心的是他身後的那個人。他是莫里亞蒂的好友，同時又是一個非常危險奸詐的罪犯，也就是那個從崖上向我拋石頭的人。華生，現在正是他在追查我，可是他卻不知道我們也在追查他呀！」

福爾摩斯的計畫正在一步步地展開：從這個近便的隱蔽場所，監視者正受監視，跟蹤者也正被跟蹤。那邊窗上的影子正是誘餌，而我們倆則是獵手。我們靜靜地站在黑暗的房間中，目不轉睛地盯著過往的路人。福爾摩斯一言不發，一動不動，此時我能夠看得出來他現在正處於戒備狀態。這是一個十分寒冷又喧囂的夜晚，風輕輕地掠過長街，發出陣陣呼嘯聲。大街上人流如織，個個都裹著厚厚的外套和圍巾。有一兩次，我好像看見了似曾相識的人，特別注意到兩個在一家門道上避風的人。我讓福爾摩斯觀察一下他們，而他卻不耐煩地叫了一聲，而後又緊緊地盯著街上的行人。不安的情緒使他不時地走來走去，手指不住地敲擊著牆壁，很明顯他開始懷疑他的安排會不會像他所想的那樣有效。直至午夜時分，街上的行人漸漸稀少，他難以抑制自己不安的情緒，在屋裡踱來踱去。我正想對他說些什麼時，抬頭看了一眼對面亮燈的窗戶，結果使我又和剛才一樣吃驚。我抓住了福爾摩斯的胳臂，讓他向前面看。

「影子動了！太好了。」我叫了出來。「窗簾上的影子已經變化了方位。」

這三年時間，一點也沒有減輕他那暴躁的脾氣，更沒有減少他對智力不如他的人表現出來的急躁。

他對我說：「它當然要會動啦，否則的話很容易被識破的。難道我會笨到那種地步嗎？希望憑藉它來騙過那幾個歐洲最狡猾的人，可能嗎？咱倆待在這裡的兩個鐘頭裡，赫德森太太已經把它的位置改變八次了，大約每一刻鐘一次。她在前方來轉動它，這樣她的影子就不會被看到了。啊！」福爾摩

斯倒吸一口涼氣，在極其微弱的光線中，我看見他把頭向前伸去，全身由於過分集中精力而繃緊起來。外面的大街上已空無一人，那兩個人也很有可能還在門道中縮著，但我已完全看不到了。夜靜得讓人害怕。除了窗簾上的人影外，什麼都看不見了。在這安靜的夜裡，我耳邊同時又響起了那種微微的「嘶嘶」聲，可能是他要極力忍住過度興奮吧！不一會兒，福爾摩斯把我拉到最黑暗的角落裡，用手堵住我的嘴。他的手在不停地顫抖著，我從來也沒有看見過他會有如此大的反應。那黑暗的大街依然荒涼、寂靜地呈現在我們面前。

不一會兒，我突然察覺到了福爾摩斯那超人的感官已經察覺了的東西。一陣輕輕的躡手躡腳的聲音傳入我們的耳朵，這並不是從貝克街傳來的，而是從我們所在的這個屋子後面傳來的。一扇門打開後又關上。過了一會兒後，走廊上又響起輕輕的腳步聲。這本來不想出聲的腳步聲，卻在這裡產生了刺耳的回音。福爾摩斯靠牆蹲下來，我也照樣蹲下來，手裡緊握著那把左輪手槍。我模糊地看見一個不太清楚的人影，他站了一會兒以後，弓下身子偷偷進了這間屋子。這個凶險的人離我們不到三碼遠時，我早已準備好等他撲過來，這時才想起來他完全不知道我們倆的存在。他經過我倆身邊，慢慢地靠近窗戶，把窗戶輕輕地推開半英尺。當他在窗戶那裡跪下時，街燈不再受積滿灰塵的玻璃的遮擋，把他的臉照了出來。此人似乎興奮得忘乎所以，兩眼冒出亮光，臉不停地顫動。他是個上了歲數的人，鼻子瘦小而突出，額頭又禿又高，留著一大撮灰白色的鬍子。他把那個可以摺疊的禮帽拉到腦後，解開外套，裡面穿著白色前襟的晚禮服。他黑瘦的臉上布滿了皺紋。他手裡拿著一件很像手杖但放在地上卻發出金屬般鏗鏘聲響的東西。隨後，他又從外套的口袋裡掏出很多東西，摸索了一會兒。最後，「咔咔」響了一下，好像是掛上了彈簧或是栓子之類的東西吧！他還沒從地板上站起來，而是彎著腰把全身的力氣都壓在一個什麼槓桿上，當時發出了好長一陣摩擦聲，之後就完全是「咔咔」的響聲。後來他直起腰，我才看出那是一把槍，槍托的形狀很是獨特。他隨即拉開槍膛，放進子彈，「啪」地一聲推上槍栓。他在窗口俯下身子架好槍筒。他的長鬍鬚搭在槍托上，發光的眼睛對準

瞄準器。在把槍托緊貼在右肩上的一剎那，他發出了滿意的嘆息聲，我看到了那令人害怕而驚訝的目標——窗簾上的身影。他停了一會兒，扣動扳機。一聲巨響傳來，隨後就是玻璃破碎聲。在這一瞬間，福爾摩斯像要下山的猛虎般朝那射手撲了過去，把他臉向下摔倒在地。那個人馬上爬了起來，使出全身的力氣掐住福爾摩斯的脖子。我急忙拿起手槍，用槍柄用力地砸了他的頭一下，他又倒在地板上。當我撲過去把那個人按住時，福爾摩斯吹了警笛，人行道上響起雜亂的腳步聲，兩個警察和一個便衣從大門衝進來。

「是雷斯瑞德嗎？」

「是我呀，福爾摩斯先生，我自己把這案子接過來了。很高興能夠看到您安全回來。」

「我想，你需要一些非官方的幫助。如果在一年中有三樁謀殺案沒有偵破，那可是不行的，雷斯瑞德先生。你處理莫爾齊的案子不像你平時那樣——就是說你處理得還不錯。」

我們所有人都站了起來。那個凶犯氣喘吁吁的，在他的兩邊各站了一位高大威猛的警察。當時街上已經有些愛看熱鬧的人聚集了。福爾摩斯走過去關上窗戶，放下窗簾。雷斯瑞德點燃兩支蠟燭，警察也開了提燈，這樣，我們才能夠清楚地看看這個凶犯了。

這是一張精力旺盛且老奸巨猾的臉。他長著一副哲人的額頭和好色之徒的下巴，似乎他有天賦才能，但是暫且不說忠奸，只要看一下他那下垂且帶著嘲諷的眼睛，那陰冷、凶狠且具有挑戰性的鼻子和那緊逼不捨的濃眉，誰都能認出他完全是一個最危險的人物。此時，他誰都不看，只盯著福爾摩斯，眼中充滿仇與恨。「你就是個徹底的魔鬼，太陰險狡詐了。」他不停地嘟囔著。

「啊！我親愛的上校大人！」福爾摩斯一邊說，一邊整理凌亂不堪的領子，「就像老戲中所說的那樣：『不是冤家不聚頭。』自從上次在萊辛巴赫瀑布的懸崖上承蒙關照以後，我們很久都沒有見面了。」

上校就像一個精神恍惚的人那樣，仍然目不轉睛地盯著福爾摩斯。他只說了一句話：「你這個狡詐的魔鬼！」

「上校大人，我還沒正式把你介紹給大家。」福爾摩斯說道，「先生們，這位便是鼎鼎有名的塞巴斯蒂爾・莫倫上校，從前在女王陛下的印度陸軍中作戰，他可是我們帝國訓練出來的最棒的神槍手。上校，你獵虎的成績是世上獨一無二的吧？」

這個凶暴的老者一言不發，只用眼睛瞪著我的夥伴。他那雙凶狠的眼睛和那一縷倒長著的鬍子使他就像一隻猛虎，隨時都能吃人似的。

「奇怪呀，我這個小小的計謀居然能讓您這樣一位老練的獵人上當。」福爾摩斯說道，「你應該還記得吧，你不也曾把一隻小羊拴在樹下，而自己卻帶著槍躲在了樹上，用小羊當誘餌來引老虎嗎？現在呢，這空房子成了我的樹，你就成了我所要打的那隻老虎，您一定還帶著備用的槍以防會有更多隻難以對付的老虎，或是您萬一沒對準的話，當然這也是不太可能的。」他指了指周圍所有的人，「他們可都是我的後備槍，這個比喻恰當嗎？」

莫倫氣得大吼一聲朝他撲去，但被兩個警察拉了回去，他臉上那種憤怒的神情看起來可真恐怖。

「我承認你有一點出乎我的意料，」福爾摩斯說道，「我沒有想到你也會憑藉這空屋子和這扇方便的窗戶。我推測你可能會從街上採取行動，那時會有雷斯瑞德和他的下屬在等著你。除此之外，全在我的預料之中。」

莫倫上校把頭轉過去對著官方的警探。

「你現在可能有，也可能沒有逮捕我的正當理由，」他說道，「但是哪怕在低限度範圍內，也沒有理由讓我遭受這些嘲諷吧！如果我現在是處於法律的掌握中，那麼一切都照章辦事吧！」

「您說得非常正確，」雷斯瑞德說道，「福爾摩斯先生，在我們離開這裡之前，您還有什麼要說的嗎？」福爾摩斯早將那威力巨大的氣槍從地上拾起來，正在仔細研究它的結構。

「這武器真是世所罕見，」他說，「悄無聲息且威力巨大。我認識這個雙目失明的德國工匠馮・赫德爾，這支槍是他特地做給莫里亞蒂教授的。我知道有這支槍已經好幾年了，只是以前根本沒機會來研究它一下。雷斯瑞德先生，今天我把這支槍還有它適用的子彈，交給您來保管。」

「您把它們交給我們，儘管放一百個心，福爾摩斯先生。」雷斯瑞德說道，這時我們都朝門口走去，「您還有話要交代一下嗎？」

「請問您打算給他定個什麼罪名呢？」

「什麼罪名呀？當然是謀殺罪了。」

「這萬萬不成，雷斯瑞德，我不願意在這件事情上出面。這場漂亮的逮捕行動是你的功勞。雷斯瑞德，祝賀你！你以經常表現的智勇雙全制伏了他。」

「您指的是誰呀，福爾摩斯先生？」

「就是所有警察一直沒有找到的莫倫上校大人呀！在上個月三十號，他就是用這把槍朝公園路427號二樓窗口開了一槍，把羅諾德・阿德爾打死了呀！就用這個罪名吧，雷斯瑞德。親愛的華生，此時此刻你如果能夠受得住從外面吹來的涼風，還不如到我房裡去待一會兒，抽一支雪茄，這也是放鬆的一種形式呀！」

我們這間老房子，多虧邁克羅夫特的監督和赫德森太太的直接照管，樣子完全沒有改變。當我進來時，屋子非常潔淨，屋裡的擺設都和以前一樣。在做化學試驗的地方，放了一張桌面被酸液給弄髒了的松木桌；書架上放著大本剪貼簿和一些參考書，那些全是倫敦人不太喜歡的東西。我看了看四周，掛圖、提琴盒、菸斗架和裝菸絲的波斯拖鞋都展現在我的眼前。那時屋裡已經有兩個人了，一個是赫德森太太，笑得燦爛極了；另一個就是給我們很大幫助的那個酷似福爾摩斯先生的假人了。雖說是蠟像，但上色之後，再做一些裝飾，從街上看過來，和真人沒什麼區別。

「赫德森太太，剛才您是完全照我所說的做的嗎？」

「我完全遵照您的指示完成的，我是跪著做的，先生。」

「太棒了！做得不錯！您看見子彈打在哪裡了嗎？」

「我看到了，先生。恐怕子彈已經把您那座漂亮的半身像打壞了吧！它正好穿過頭部，然後碰在牆上撞扁了。給您，這是我從地毯上撿到的。」

福爾摩斯接過子彈交給我。「這是一顆鉛頭左輪子彈。太絕了，誰也不會想到這東西是從氣槍中發射出來的。太好了，赫德森太太，非常感激你的

熱心幫助。華生，現在就請你坐回老地方，有幾點我想和你討論一下。」

他已經脫下了那件舊禮服，換上了他的灰褐色的睡衣，又和原先的他一樣了。

「這個老傢伙竟然眼不花手不抖，夠屬害的呀！」他一邊檢查蠟像的破碎前額一邊笑著對我說，「瞄準了頭的正中，正好擊中腦部。以前他在印度時，可是個最棒的獵人，現在這裡比他強的人太少了。你以前聽過他的名字嗎？」

「沒有。」

「瞧，這也許算得上出名了吧！要是我沒記錯的話，詹姆士·莫里亞蒂你也沒聽說過吧？他可稱得上是本世紀的頂尖人物了。請把那本傳記索引遞給我。」

他仍然坐在那把舊椅子上，身子往後靠，大口大口地吸著菸，懶洋洋地查看他的記錄。

「我收集在『Ｍ』部的這些資料很不錯。莫里亞蒂這種人不管把他攔在哪裡都是卓爾不群的。這個是販毒的莫根，那個是臭名昭著的梅里多，還有那個在查令十字廣場的候診室裡把我左邊的一顆牙齒打掉的馬修斯，最後這個就是今晚被我們逮住的那個傢伙啦！」

他把那個本子交給我，上面是這樣寫的：

塞巴斯蒂爾·莫倫上校，無業，原先在班加羅爾工兵一團。生於1840年，他的父親是原英國駐波斯公使奧古斯塔斯·莫倫爵士。曾經在伊頓公學、牛津大學學習過，曾經參與喬瓦基戰役、阿富汗戰役，服役於查拉西阿布（特遣隊）、舍普爾、喀布爾。著作有《喜馬拉雅山西部的大獵物》（1881）和《叢林中的三月》（1884）。他的住址是管道街，參加了英印俱樂部、坦克維爾俱樂部和巴格特爾紙牌俱樂部。

在空白處，福爾摩斯寫著：倫敦二號危險人物。

「太讓人驚嘆了，」我把本子還給了他，「沒想到這個傢伙曾經還是個

軍人！」

「的確是的，」福爾摩斯說道，「他在某種程度上做得很好，是一個有膽識的人。在印度時，我聽說他曾鑽進一條小水溝中去抓捕那隻受了傷的吃人猛虎。華生，有些樹木長到一定高度時，就會突然發生變化，長成難看的古怪形狀。這一點在人世間也能夠經常看到。我有個理論：個人在發展中再現了他歷代祖先的發展全過程，而像這樣突然地變好或者變壞，顯示出他的家系中的某種影響，他已經成為了家族史的縮影。」

「你的想法好奇怪呀！」

「也許吧，不知出了什麼情況，莫倫上校突然開始消極墮落。在印度時，儘管他沒有做出太過分的事，但仍然不能再待在那裡了。他退役回到倫敦，現在弄得名聲臭極了。在這個時候，莫里亞蒂教授選中了他，請他擔任參謀。莫里亞蒂花錢養著他，但只想讓他做一兩件高級的案子，你也許還對1887年濟德的斯圖亞特謀殺案有些印象吧！我認為莫倫就是主犯，但至今沒有找到有利的證據。他藏得太好了，就在摧毀莫里亞蒂匪幫時，也不能把他送上法庭。你是否記得有一天我去你家看你時，怕有人放氣槍，我把百葉窗關上了？也許你那時猜想我是在胡思亂想，但我知道自己要幹什麼，當時我非常清楚這支威力超凡的槍的存在，更清楚在槍的後面站著一個全世界頂尖級的射手。在瑞士時，我就發現他和莫里亞蒂在跟蹤咱倆。不用說，我在萊辛巴赫懸崖上那危險的五分鐘同樣是他給我的。

「你想想我住在法國的這段時間，每天都要看報，就是想找個好機會來抓住他。只要他一天還不被抓住，我就會有更大的危險。他早晚會對我採取行動的。我能怎麼辦呢？總不能一看見他就對他開槍吧，那樣的話我也要進監獄了。但我對報上的犯罪新聞特別關注，認為很快會抓住他的，機會就是我看到了羅諾德・阿德爾被殺的消息。憑我瞭解的情況，這一定是莫倫做的。他一定是先和這個年輕人打牌，隨後跟蹤他回家，對準敞著的窗戶開槍打死了他。單靠這顆子彈完全可以把他送上斷頭台。我馬上趕回倫敦，卻被他的人發現了。他非常恐慌，怕我把他的案子給說出去。我想他一定想盡辦法除掉我，為達到目的他一定會再拿出那件武器的。我把蠟像作為靶子留在

窗戶，就等著他來了。同時，還獲得到警方的大力支持。剛才，你看到他們躲到門道裡了。隨後我找了一個在我看來非常棒的地點，可是萬萬沒想到他也選擇了這裡。華生，你還有不明白的地方嗎？」

「當然有，」我問道，「你還沒有說莫倫上校為什麼要殺死羅諾德‧阿德爾的事呢？」

「噢，我親愛的華生，這就到了需要猜測的部分了。在這方面，即使最合理的頭腦也可能出錯。每個人都可能根據證據做出自己的假設，你我的猜測都有可能是正確的。」

「這麼說，你已經有了結論？」

「我猜想這案子的真相很容易弄清楚，從證詞中得知莫倫上校與阿德爾一起贏了好多錢。毫無疑問，莫倫作弊了。我確信在阿德爾被殺的那天，一定發現莫倫作假。也許他私下裡與莫倫講過這方面的事，還恐嚇要揭發莫倫，除非他退出俱樂部並且以後不再玩紙牌。按常規來說，這個年輕人不太可能立即去揭發一個比自己有名氣，年齡又比他大得多的人而弄出醜聞。我猜他就是像我推測的那樣做了。對莫倫這個只靠打牌騙錢謀生的人來說，退出就等於死亡，於是他殺了阿德爾。也許那時，阿德爾正在計算應拿出多少錢還給那些人，他不願錢來得不乾不淨。他鎖門的目的是怕他母親和妹妹突然進來問他弄那些名單幹什麼，這樣想應該差不多了。」

「我肯定你說的就是事情的真相。」

「這也許在審訊時會得到證實，也有可能被駁倒。但不管怎樣，莫倫上校絕對不會再打擾我們了。馮‧赫德爾優質的氣槍給蘇格蘭博物館增添了色彩，福爾摩斯現在又該開始他新的調查了。」

惹禍的遺囑

「從刑偵專家的眼光來看，」福爾摩斯先生說道，「在莫里亞蒂教授死了以後，倫敦變得沒趣了。」

「我不認為會有太多正派的市民支持你的看法。」我回答道。

「是的，我不該這樣自私，」他一邊把椅子挪離飯桌，一邊笑著對我說，「但這對社會是有好處的，除了那可憐的專家無所事事之外，其他人沒有任何的損失。在那個傢伙還活著的時候，你可以天天在報紙上看到一些很有趣的事情。華生，在通常情況下，只要有一點點線索或是模糊的痕跡，就完全可以知道這夥匪徒的首領在哪裡。就好像蜘蛛網的邊上一有小的振動，就會讓你想到隱藏在網中央的那可惡的蜘蛛。對於掌握線索的人來說，一點點小偷小摸的行為，或不分青紅皂白地殺人，都可將其連成一個整體來考慮。對一個研究上層黑社會的學者來說，倫敦具備所有的有利條件。可是現在⋯⋯」他聳了聳肩，很幽默地表示對他自己花了不少氣力造成的現狀不滿。

到現在為止，福爾摩斯回到倫敦已經有好幾個月了，我按照他的想法轉讓了我的診所，搬回了貝克街我們合住過的舊寓所。一個姓弗納的醫生把我原先在肯辛頓開的小診所給買了下來。他根本沒有猶豫就照我冒昧提出的最高價付了錢，這一點我真的感到很奇怪。直到後來，我才知道他是福爾摩斯的一個遠房親戚，錢實際上是福爾摩斯籌集的，這才明白過來。

我倆一起工作的幾個月時光不像他所描述的那樣平淡安靜。我大略看了一下我記錄下的東西，選出在這其間發生的前穆里羅總統檔案和荷蘭輪船

「弗里斯蘭號」的案件，後者險些讓我們丟了小命。

　　然而，他冷漠而驕傲的天性使他對任何形式的公眾讚揚十分嫌惡，因此他以最嚴格的規定約束我，不讓我多說一句關於他本人、他的方法和成就的話。我已經解釋過了，這項禁令到現在才被解除。

　　發了那一堆稀奇古怪的議論之後，福爾摩斯先生緊靠椅背，悠然地看著報紙。突然，一陣嚇人的門鈴聲響了起來，接著，又響起一陣沉重的敲門聲，那聲音就好像是在用拳頭使勁砸門發出來似的。打開門之後，敲門的那個人急匆匆地跑過過道，又匆匆忙忙跑上了樓。不一會兒，這個人就像瘋子一樣跑進了屋。他臉色蒼白，頭髮散亂，雙眼憤怒，身體發抖。他緊緊地盯著我們倆，也許感覺到該為自己的莽撞行為道歉了。

　　「對不起，尊敬的福爾摩斯先生，」他大聲說，「請您寬恕我，我真的快發瘋了，我就是約翰・赫克托・麥克法蘭。」

　　他就這樣介紹了自己，好像只要說了他的名字，剛才他所做的一切就已經順理成章了。不過，在我同伴的臉上看不出有任何變化，我看得出他這種做法對我倆來說，並沒有發揮多大作用。

　　「抽支菸吧，麥克法蘭先生，」福爾摩斯一邊說，一邊把菸盒遞給他，「我相信我的朋友華生醫生會根據你的病情給你開一些鎮定劑。近來這幾天氣溫很高，假如現在你感覺心神安定些了的話，請坐在那邊的椅子上，一點一點地告訴我們關於你的事情。只說出你的名字是不起任何作用的。這就好比我也許明白你是誰，但是除了知道你是個單身漢、律師、同濟會成員、哮喘病患者這些顯而易見的事實以外，我對你的其他一無所知。」

　　我非常瞭解我朋友的做事方法，也能夠理解他的推理過程。這個年輕人隨身攜帶的一些文件、不修邊幅的穿著、手腕上的護身符和氣喘吁吁的聲音使福爾摩斯得到了推論，這一下就把這位年輕人驚得目瞪口呆。

　　「對呀，您說得非常正確。另外一點，現在我成了全倫敦最倒楣的人，看在上帝的份上，您可不要不管我呀！福爾摩斯先生，假如他們抓住我時，我還沒把話說完，請您一定要讓他們給我一點時間以便告訴您所有的事實。只有我知道有您在外面為我奔走時，才會安心地進監獄。」

「為什麼要逮捕你呢？」福爾摩斯說，「這實在是太不可思議了。快說說這是怎麼回事？他們會以什麼罪名逮捕你呢？」

「謀殺下諾伍德的約納斯·奧德克先生。」

從我同伴富於表情的臉上顯示出一種同情，似乎多少帶來了些滿意。

「啊？」他說，「剛才吃早飯時，我還曾經對我的朋友華生醫生說一些重大社會案件已經從報上徹底消失了。」

這個年輕人用他那顫抖的雙手，從我的朋友那裡把《每日電訊報》拿了過去。

「如果您已經看了今天的報紙，您一定能夠看出我今天來這裡的目的。我感覺每個人都在講我的名字和我的災禍。」他把報紙翻到重要新聞那一版。「就在這裡，如果您願意聽的話，我就為您念念。標題是『下諾伍德的神秘案件——著名建築工程師失蹤——疑為縱火謀殺案——犯罪線索』，這就是他們正在調查的線索。先生，他們肯定會查到我頭上的。當我在倫敦橋車站下車時，就發現有人在跟蹤我了，他們也許正在等待向我發出逮捕令。這一定會讓我母親傷心的。」他非常害怕，使勁彎著自己的手，在椅子上不停地晃動。

我仔細觀察這個被指控殺人的男人：頭髮呈淡黃色，眉目清秀，可是卻很疲乏，藍色的眼睛裡充滿了驚恐害怕的神色，臉上一點鬍鬚都沒有，緊張的嘴角顯露出他的優柔寡斷。他大約有二十歲左右，舉手投足間顯示他很有教養。從他淺顏色衣服的口袋中露出一卷簽了名的證書，說明了他的職業。

「我們要充分利用這段時間，」福爾摩斯說道，「華生，請你把剛才的那段話念一遍好嗎？」

在這位年輕人所說的標題下，有這樣一段帶有暗示的話，我照著念道：

「昨日深夜或者今日凌晨，在下諾伍德發生了一起意外事件，一定是非常嚴重的犯罪行為。約納斯·奧德克先生為該郊區頗有名氣之居民，經營建築業多年，因而致富。約納斯·奧德克單身，今年52歲，居住在錫登罕路盡頭的幽谷莊。他由於個性怪僻而出名，平常很少講話，也從來不和人交往，近些年來已經從建築業中退出，可是屋後面的貯木場還在。昨天晚上大

約十二點左右，貯木場發出火警，消防車很快就趕到了，但由於木材乾燥致使火勢凶猛，無法採取撲救行動，直到所有木材燃盡，火勢方盡。到目前為止，起火原因看起來也許是偶然的，可是另有跡象顯示是人為的。當時主人並沒有在火災現場，這一點很奇怪。經查明，才知道戶主早已失蹤，臥室的床根本就沒人睡過，但保險櫃的門卻開著，好多重要文件散落在地上。另外，還發現在室內有打鬥過的跡象，還有少量血跡和一根橡木拐杖，上面也沾有血跡。現在已經查明，深夜時分，奧德克先生曾經在臥室待過客，手杖當然是來客的了。年輕律師約翰‧赫克托‧麥克法蘭是中東區格萊沙姆大樓426號的格雷姆—麥克法蘭事務所的合夥人。他曾經在深夜來訪過，警方已經找到了有力的證據。總之，這個案件有了驚人的進展。

「在本報截稿付印之時，據傳麥克法蘭先生因為涉嫌謀殺奧德克已經被捕，逮捕令已經發出。調查正在下諾伍德進行，目前又有了新發現。建築師樓下的臥室除了有打鬥的痕跡外，現在又發現那個落地窗是敞開的，還有從室內向木材堆方向拖拉重物的痕跡。最終在燃盡的火堆中發現了被燒焦的一具殘屍。據警方推測，這是一場驚天殺人案。被害人在室內被打死，然後凶手偷走了重要文件，焚燒屍體。本案已交給蘇格蘭場經驗豐富的警官雷斯瑞德進行調查取證，此時他正在全心地調查此案。」

福爾摩斯聽完這篇驚人的報導後，闔上雙眼，兩手指尖頂著指尖。

「這案子確實有幾點值得懷疑，」他慢慢地說道，「麥克法蘭先生，我想問你一點，既然聽起來他們有了抓捕你的證據，為什麼你現在還是自由身呢？」

「福爾摩斯先生，我與父母一起住在布萊克希斯多林頓公寓，可是因昨晚有事要為約納斯‧奧德克先生辦理一下，於是就在那裡的旅館住下了。在那裡把事辦妥後，我是在火車上看了報紙才知道這個消息的。我意識到自己的處境很危險，就趕緊來找您幫忙了，我明白要是我在家或辦公室的話，肯定會被抓住。我相信有人從倫敦橋車站就跟蹤我。哎，什麼人來了？」

這時門鈴響了，沉重的腳步聲從樓梯那邊傳過來。不一會兒，我們的老朋友雷斯瑞德站在了房門口。在他身後還站著兩名穿制服的警察。

那個年輕人站了起來，臉色蒼白。

「因為你惡意謀殺了下諾伍德的約納斯・奧德克先生，我現在正式逮捕你。」

麥克法蘭用絕望的手勢向我們倆求救。

「等會兒，雷斯瑞德。」福爾摩斯說道，「再給我半個小時的時間行嗎？這個人正在向我講述一件特別有意思的事情，這也許能夠幫助我們查清楚這件事。」

「我想，把它弄清楚不會有困難的。」雷斯瑞德冷冷地回答。

「要是你答應的話，我會很高興聽他講完的。」

「好了，先生，我真的難以拒絕你的任何一個要求。因為過去你曾幫助過我一兩次，我們蘇格蘭警方還欠你一份人情。」雷斯瑞德說道，「我一定要和犯人在一起，必須警告他，他所講的話都會作為不利於他的證據。」

「這太好了，」這個年輕人說道，「我請求您一定要聽我講完它。我向您保證，講的絕對是真話。」

雷斯瑞德低頭看了錶一眼。「我給你們半個小時。」他說道。

「我得先說明，」麥克法蘭說道，「我對那個約納斯・奧德克先生根本不瞭解。他的名字我很熟悉，因為在許多年以前，他和我父母認識，但後來漸漸地沒有來往了。也就是在昨天下午3點左右，他走進我的辦公室，讓我感到很驚訝。當他說明來意之後，我更加驚訝。當時他手裡拿著幾張從筆記本上撕下來的紙，那上面寫滿了潦草的字，就是這幾張——把它都放在了我的桌上。

「『這是我寫的遺囑，』他說道，『麥克法蘭先生，我想請求你用法律的格式把它寫完，我就坐在這裡等著。』

「於是我就開始抄那份遺囑。在我看到他除去留給自己的一些之外，其他所有的財產都留給了我，您能夠想像得到我當時的驚訝程度吧！他是非常奇特的怪人，眉毛白白的。我抬起頭望向他時，看到他正用那銳利的眼睛盯著我，臉上的表情是那麼的開心。在我讀到遺囑中的那些條文時，我更不敢相信自己的眼睛了。可是他卻對我說，他是個沒有任何牽掛的單身漢，年輕

時認識我的父母，後來聽說我是個值得信賴的人，因此想把錢都交給我。當時，我唯一能做的就是說一些感激他之類的話。遺囑寫好之後，簽了字，由我的書記當證人，這些全在這張藍紙上寫著。不過這些小紙條只是些草稿。他告訴我說，還有一些租約、房契、抵押契據、臨時憑證等，應該讓我瞭解一下。他還說，只有這些資料全部辦妥之後，他才能放心。他要求我晚上帶著這份遺囑去他家，好安排一下所有的事。『記住孩子，在所有的事沒有辦妥之前，先不要對你的父母講，好給他們一份小小的驚喜。』他要我必須按照他所說的去做。

「你能夠想像得到，福爾摩斯先生，我當時無法拒絕他的那些要求，他已經成了我的保護人，我全心全意地想實現他的願望。因此我打電話回家，說我現在很忙，不能確定多晚才能到家。奧德克先生希望我能在九點鐘時和他一起共進晚餐，可是他家真的好難找，我在九點半時才找到。我發現他……」

「等一下！」福爾摩斯說道，「是什麼人開的門呢？」

「一位中年女士，我猜是他家的女管家吧！」

「把你的名字說出來的就是她吧？」

「是呀！」麥克法蘭說道。

「請繼續講下去。」

麥克法蘭擦了擦額頭上的汗，繼續講道：「這個女人把我帶進一間客廳，裡面早已擺好了晚飯。後來，約納斯·奧德克先生帶我到了他的臥室，那裡放了一個保險櫃。他把它打開後，從裡面拿出一大疊文件。我們仔細地看完文件後，大約是十一點到十二點之間吧！他讓我從落地窗戶那裡出去的，為的是不打擾女管家，當時那扇窗戶一直開著。」

「當時窗簾放下了嗎？」福爾摩斯問道。

「我也記不清了，不過當時我記得窗簾是放下一半的。對，我記得他還打開窗戶，拉起了窗簾。當時我根本找不到我的手杖，他對我說：『沒關係的，孩子，我希望以後在這裡能夠經常看見你。我一定收好你的手杖，下次再來取吧！』我離開時，保險櫃的門是打開的，那些字據還放在桌上。當時

真的很晚了，我根本不能回布萊克希斯了，就在那裡的旅館住了一夜。其他的我全然不知，直到今天早上我才知道這件可怕的事情。」

「你還有什麼問題要問嗎？福爾摩斯先生。」雷斯瑞德說。我看見他在聽這段不平凡的經歷的時候，眉頭緊鎖了好幾次。

「在我去布萊克希斯以前，沒有什麼要問的了。」

「你是說在沒有去下諾伍德之前嗎？」雷斯瑞德問。

「是啊，我指的就是下諾伍德。」福爾摩斯說道，臉上帶著深不可測的微笑。雷斯瑞德憑藉以往的經驗，瞭解到他的腦袋就像一把鋒利的剃刀，能夠打開在別人眼中堅不可摧的東西。我看到他正好奇地望著我的朋友。

「等會兒我想與你單獨談談，福爾摩斯先生，」他說，「好吧，麥克法蘭先生，兩個警察就在門外，還有四輪馬車也在外面。」這個可憐的小夥子站了起來，用渴望的眼神望了我們一眼，走出了房子。警察把他帶上馬車，雷斯瑞德卻留了下來。

福爾摩斯興致勃勃地望著手中那幾頁遺囑草稿。

「這份遺囑很特別，雷斯瑞德，你發現沒有？」他把稿子交給雷斯瑞德。

「開頭幾行，第二頁中間幾行和最後一兩行，我能夠看清楚。」他說，「其餘的都看不清楚，有三個地方根本看不出寫了些什麼。」

「你又怎麼解釋這些呢？」福爾摩斯說道。

「你又如何解釋呢？」雷斯瑞德反問道。

「我想這份遺囑是在火車上完成的。清楚的部分表示火車在站上，而不清楚的部分則表示火車在前進中，最不清楚的部分表示火車正在經過岔道。我敢肯定這是在一條郊區的鐵路線上完成的，這是由於在城市周圍才有可能遇到岔道。他要用全程的時間來完成這份遺囑，那一定是一趟快車，在下諾伍德和倫敦橋之間只停過一次。」

雷斯瑞德大笑起來。

「在分析問題方面，你比我厲害，福爾摩斯先生，」他說，「你說的這些與本案有關嗎？」

「它完全證實了那個年輕人所講的，那份遺囑就是昨天約納斯‧奧德克在旅行中寫完的。一個人會用這麼不嚴肅的態度來擬定一份非常重要的文件，難道不值得懷疑嗎？表示他根本不注重它，我想他根本不願讓這份遺囑生效吧！」

「這和為自己宣判死刑一樣呀！」雷斯瑞德說道。

「對了，你是這樣想的嗎？」福爾摩斯說道。

「難道你不是這樣想的嗎？」雷斯瑞德說道。

「有一定的可能性，可是這個案子我還不太清楚。」福爾摩斯說道。

「不清楚，是嗎？連這麼一個小案子都糊塗的話，還有什麼可以清楚的呢？一個年輕人突然得知只要某個老人一死，他就可以拿到所有財產。你想他會怎麼辦？他一定不會告訴其他人，然後找藉口安排晚上拜訪那個老人。等第三者睡熟後，在小屋子裡殺死了那個老人，把他的屍體放到木材堆上燒了，這樣神不知鬼不覺地離開出事地，去附近旅館住下。

「臥室裡和手杖上的血跡很少，這很可能是他認為他的凶行不含有流血之事發生，並且希望如果把屍體毀了，就有可能掩蓋委託人如何斃命的所有跡象，因為那些痕跡早晚會暴露他的，這真是太明顯了。」雷斯瑞德說道。

「我的雷斯瑞德先生，你講的那些也太明顯了，」福爾摩斯說道，「你連最起碼的想像力都沒有。你站在這個年輕人的角度上好好想想，你怎麼會挑在遺囑寫成的當天晚上就殺人呢？你難道沒覺得把二者放在一起很危險嗎？還有就是，你怎麼會選擇有人知道你在，還是他家傭人開門讓你進去的這種日子呢？更重要的是，你為何煞費苦心地去隱藏屍體，而留下手杖這個致命的證據呢？雷斯瑞德，你得承認這根本不可能。」

「對於那根手杖，福爾摩斯先生，我們都非常清楚，當時罪犯心裡一定非常緊張，所以常常會做出一些令人難以預料的錯事來，他也許是不敢回那屋子了。那麼你給我一個別的符合事實的推斷吧！」

「我很容易就能給你舉幾個例子，」福爾摩斯說道，「例如，有這樣一個可能的，甚至是很可能的推測，我把它當禮物送給你。老人讓那個人看了昂貴的證券，由於當時窗簾只放了一半，街上路過的流浪漢看到屋中的一

切，在年輕人走後，流浪漢進來用手杖打死了奧德克先生，然後燒屍滅跡，並逃跑了。」

「流浪漢為何焚屍滅跡呢？」雷斯瑞德說道。

「要是這麼說的話，麥克法蘭又為何殺人呢？」福爾摩斯說道。

「目的就是掩飾證據呀！」雷斯瑞德說道。

「很有可能流浪漢抱著同樣想法。」福爾摩斯說道。

「流浪漢又為何不把東西拿走呢？」雷斯瑞德說道。

「由於那些字據均不可轉讓吧！」福爾摩斯說道。

「好吧，福爾摩斯先生，你可以去把那個流浪漢找出來。在你沒有找到他以前，我們不會把麥克法蘭放了的。將來能證實誰是對的。提醒你一點：照目前我們所掌握的情況來看，那些字據都沒有被動過。我想那個罪犯並不想拿那些東西，主要由於他是法定繼承人，不管在什麼情況下他都有把握得到它們。」我的夥伴被他所說的話震住了。

「我承認目前的證據在某種程度上符合你的推測，」福爾摩斯說道，「但我想說，這很可能有其他的推測。就像你所說的，將來會水落石出。今天我想我有必要去一趟下諾伍德，瞭解有關這案子的進展情況。」

雷斯瑞德走後，福爾摩斯站起身，神情與往常不一樣。他對這件事有濃厚的興趣，我想今天的工作馬上就要開始了。

「華生，我想應該先去布萊克希斯。」他邊說邊穿上外套。

「為什麼不先去下諾伍德呢？」

「我們從案子中發現兩件相繼發生的怪事，警方把注意力全集中在第二件上了，而忽略了第一件事。憑我的經驗，想要破這個案子應首先從設法說明第一個事件著手，也就是那張特殊的遺囑，被糊里糊塗地完成了，又不知什麼原因交給一個並不太瞭解的人。這一點要弄明白了，其他的不就好辦多了嗎？

「親愛的朋友，你現在無法幫我的忙。我自己去那裡不會有危險的，要是有危險的話，我不會一個人去的。晚上見面時，我再把我所做的告訴你。」

我的同伴很晚才回來，從那沮喪、焦急的表情上，我知道他今天全部的希望都落空了。他拉了好長時間的提琴，聲音低調乏味，他想讓自己的心情很快平靜下來。突然他放下了琴，把今天的遭遇說給我聽。

「什麼都完了，華生，這件事錯得太離譜了。我在雷斯瑞德面前裝得像沒事似的，可是打心眼裡說，我希望這次找對了路，可是事情並不像我所想像的那樣，而且簡直是大錯特錯了。我想，英國陪審團的智力也根本達不到這種高度，弄得他們只願意接受我的推測，而不願承認雷斯瑞德的證據是正確的。」

「你是去了布萊克希斯嗎？」

「是呀，華生。我到了那裡以後，沒多久便得知奧德克是個可惡的混混。麥克法蘭的父親正在尋找兒子。他的母親在家等待消息，那個個子矮小，藍眼睛，什麼都不懂的婦女，在憤恨中不停地顫抖。她當然相信兒子是個好人，不會做那些犯罪的事。她對奧德克的遭遇一點也沒有驚訝之情，而當說起奧德克時她還顯現出對他的憎恨，這樣使得警方的證據更有理了。假如他兒子以前聽過她這樣講奧德克，很有可能產生仇恨而幹出殺人的事。『奧德克以前常說自己是個心狠手辣的怪物。』她說，『年輕時的他，就一直這樣。』

「『在那個時候，想必您認識他吧？』我說。

「『是呀，我對他非常瞭解。實際上，那時他是第一個向我求婚的人，感謝上帝，我沒有嫁給他，而是和一個比他好得多的人結了婚。我與奧德克訂婚之後，聽人說他殘酷地把一隻貓放進了鳥舍裡，這使我感到噁心，不想與他再有任何關係。他給了我一張照片，照片上人的臉被劃壞了，那是我的照片，』她說，『在我結婚的那天，他把它寄過來想嚇唬我。』

「『可是，』我說，『到目前為止他應該原諒你了吧，因為他把他的全部資產都給了你的兒子。』

「『我和我的兒子誰也不會收奧德克的任何東西，不論他生還是死。』她特別嚴肅地大聲說道，『蒼天有眼，福爾摩斯先生。上帝已經收拾了這個

惡棍，到時上帝也會還我兒子一個清白的。』

「我還想查找別的一兩個線索，可是都沒有找到對我的假設有益的證據，但有幾點卻與我的假設正好相反，別無他法只好放棄。後來我去了下諾伍德。」

「幽谷莊這座別墅非常棒，全都是由磚砌成。前方的庭園是種了許多月桂樹的草地，右邊便是貯木場，從那裡到大道還有一段距離，這是我在筆記本上畫的簡圖。左邊的那個窗戶是死者的房子，站在大街上便可看見。幸好雷斯瑞德不在，要不然的話，我會很不舒服的，不過他的警長盡了主人之誼。他們剛注意到一個巨大的寶藏。他們整個上午都在灰燼中查找，除去殘屍外，還找出幾個褪色的金屬片。我細心觀察之後，發現那是男褲的扣子，我還能夠認出其中一顆標著『海安姆』的記號，它是奧德克的裁縫的姓，後來我更加仔細地查看草坪，想找出一些其他的證據，可是這樣乾燥的天氣使一切東西都變得像鐵一樣堅硬，什麼也查不出來。唯一能夠找出的是拖過的痕跡，這與警方的推測相符。我在草坪上爬來爬去，背對著火辣辣的陽光，一個小時過後我站起來，和剛才相比沒有什麼新發現。

「在院中找不到線索，我就到死者臥室去查。裡面血跡很少，只沾了一點點，顏色很鮮。手杖早已有人動過，上面的血也很少。那個手杖確實是麥克法蘭的，他早已承認。地毯上有他和奧德克的腳印，根本沒有第三者。這方面使得警方暫時走在我們的前面。

「我曾得到了一點希望，但最終還是未實現。我查看了保險櫃，是的，裡面大部分東西都拿出來放在桌上了，字據仍放在封套裡，有幾個被打開了。憑我的經驗，那些根本不值錢。從銀行存款上也不能顯示奧德克先生很富有。可是我的直覺告訴我並不是所有的字據都在。有一些更值錢的憑證無法找到。要是能夠證明這一點的話，就能反駁雷斯瑞德的話。你想想怎麼會有人去偷那些在不久將屬於自己的東西呢？

「我查看了每個地方，什麼線索也沒找到，最後只好到女管家那裡碰一下運氣。勒克辛頓太太個子矮小，皮膚黑黑的，不太愛講話，有一雙猜疑的眼睛。我肯定只要她願意說，就一定會有收穫的。

「可是她就像木頭一樣一言不發。是她在九點半時把麥克法蘭放進屋裡，她現在很後悔不該放他進來。她大約十點半睡覺，她的房間在另一頭，根本聽不見這邊發生的事。麥克法蘭先生走進門廳時，把他的帽子和一根手杖留在那裡，後來她被火警給驚醒了，她的不幸的好主人肯定是被人謀害的。不知他有沒有仇人。誰都會有仇人，可是奧德克先生幾乎不與人交往，只有一些找他辦事的人。在看完那些扣子之後，她肯定那是他昨天晚上穿的那件衣服上的。當時已經有一個月沒下雨了，木材堆在那裡很乾，燒起來一定很快。當她到貯木場時，除了大火外其他的根本看不見。當時她聞到了肉燒焦的味。她從來就不知有字據這回事，更不知她主人的任何私事。

　　「哎，親愛的華生，這就是我沒有成功的全部過程，但是⋯⋯但是⋯⋯」他突然握緊雙拳，似乎又恢復了信心。「我想一切並非那樣，一切都不太對勁。我想女管家一定知道很重要的事情，但是我又問不出來。她那憤恨、不滿的眼神，只能表示她心中有鬼。現在說什麼都沒有用，除非有好運送上門，恐怕這件下諾伍德的失蹤案不會在我們的破案記錄中出現了，我想大家要寬容我們一回了。」

　　「那個年輕人的外貌一定可以感動陪審團吧？」我問道。

　　「這是個危險的論點，親愛的華生。你還記得1887年的大謀殺犯貝爾特・司蒂芬斯嗎？他想讓我們給他脫罪。你從前看見過比他更溫順、更有教養的年輕人嗎？」

　　「這倒也是。」

　　「除非我們能夠找到一個為他開脫的假設，否則他就完了。這個案子馬上就要上法庭了，如果再查不出任何線索的話，對了，那些字據中有一些非常奇怪的地方，可以把這綜合成一次調查的引子吧！我查看銀行存款時，裡面沒有什麼錢了，主要是在過去的一年裡有好幾張開給柯尼利亞斯先生的大筆支票。我很想知道這位叫做柯尼利亞斯的先生是誰，可能他會和本案有關。柯尼利亞斯先生可能也是個捐客，不過我還沒找到與那幾筆款額相符的票據。到目前還未查到別的證據，我有必要要求銀行提供有關那位紳士的一些資訊。但是我擔心雷斯瑞德在我們未查明真相之前，已經把那個可憐的年

輕人吊死了。這對於蘇格蘭警方來說也算作一場勝利吧！」

我知道那夜福爾摩斯一定睡得不安穩。就在我下樓準備吃早餐時，發現他的臉色蒼白，滿臉憂愁，發亮的眼被黑眼圈包圍著。在他附近的地毯上都是菸頭，還有今天的晨報和一份電報。

「你看看這究竟是怎麼回事呀，華生？」他把電報遞給我。

電報來自下諾伍德，內容如下：

新獲重要證據，麥克法蘭罪行已定，奉勸放棄此案。

雷斯瑞德

「聽起來就像真的一樣。」我說道。

「這是他自以為了不起的小把戲。」福爾摩斯答道，臉上帶著苦笑。「可是，現在還不是停止它的時候。不管怎樣，任何一個新證據就像一把鋒利的雙刃劍，它可不一定是按照雷斯瑞德想的那樣發展下去。先吃飯吧，華生！咱倆一起去看一下有何事可做，今天我真的需要你的陪伴和精神支持。」

我的朋友自己卻沒有吃早飯。他在緊張的時候從來不吃東西，今天也不例外，這是他一貫的特點。我曾看到他因營養不良、體力透支而昏倒過。「我目前沒有精力來消化那些食物了。」他總拿這句話來和我抗爭。於是，他沒吃早飯，我倆便一起去了下諾伍德，這根本不奇怪，好多人都圍在幽谷莊外。這別墅與我所想的完全一樣，雷斯瑞德從裡面走出來，勝利讓他精神煥發，興高采烈。「啊！福爾摩斯先生，你的猜測錯了吧，到現在為止你找到那個流浪漢了嗎？」他大聲地問道。

「我還未得出任何結論。」福爾摩斯說道。

「可是我可以證明昨天的那個結論是正確的。你應該知道現在我們走在你前頭了，福爾摩斯先生。」

「你的神態告訴我們這裡一定發生了不同尋常的事。」

雷斯瑞德大笑起來。

「你和我們一樣不願落在別人後面，」他說道，「每個人總不能做什麼事都非常順利吧，對不對，華生醫生？大家請到這邊來，我完全能夠證明罪犯就是約翰‧麥克法蘭。」

他帶我們離開過道，來到那間昏暗的門廳。

「罪犯麥克法蘭一定會來這裡取走他的帽子，」他說道，「你看這裡。」他突然點燃一根火柴，我們看到白灰牆上有血跡。他把火柴靠近了一些，不僅有血痕還有一個大拇指印。

「您用放大鏡看一看便知道了，福爾摩斯先生。」

「我現在正在看。」

「你一定明白世上根本不存在兩個完全相同的指紋吧！」

「我知道。」

「那就好，你把牆上的指紋和從麥克法蘭的右手拇指上取下的指紋印比比看。」他把指紋印靠近血跡，這時就是用肉眼也能分辨出這是同一個拇指印，顯然那個年輕人沒指望了。

「這個非常重要。」雷斯瑞德說道。

「是，非常重要。」我也附和著。

「非常重要！」福爾摩斯說道。

我從他的語氣裡聽出一些不對勁。回過頭望著他，他表情發生了很大的變化，面部由驚喜而不斷顫動，眼睛如星星般閃亮，好像在盡力忍住那陣暴笑。

「哎！哎！」他終於說話了，「誰也不會想到吧！外表根本不可靠。看起來他是多麼好的一個人！這次失敗告訴我們不要輕信自己的眼力，是吧？雷斯瑞德。」

「是呀，我們當中不是有人非常自信嗎，福爾摩斯先生？」雷斯瑞德說道。這個人的傲氣非常讓人氣憤，可是我們倆又不好說出來。

「那個人在取帽子時會用右手大拇指在牆上按一下，這簡直是天意！如果你能仔細想想，這是多麼自然的動作呀！」福爾摩斯看起來很平靜，但他

在講話時，卻掩飾不住高興的神情，「我想問問，雷斯瑞德，是哪位看到這個情況的呢？」

「是女管家勒克辛頓太太告訴夜勤警察的。」

「那時夜勤警察在哪裡？」

「他當時被留在出事現場，也就是死者的臥室，目的是不讓別人動裡面的東西。」

「可是昨天你為何未發現這塊血跡呢？」

「噢，因為當時我認為根本沒有必要非得認真仔細地去檢查那個門廳。再說，這裡也不是很明顯，誰會注意這裡呢？」

「對呀，是不太明顯。也許這個東西昨天已經在牆上了吧？」

雷斯瑞德看著福爾摩斯，好像在說他簡直就是個瘋子。我對福爾摩斯那高興的表情和發表意見時的任性樣子，感到很奇怪。

「我不懂你是否認為麥克法蘭為了增加自己的罪證，深夜從監獄裡跑出來過。」雷斯瑞德說道，「我能夠請世界上任何一位專家來鑑定他的指紋。」

「無可厚非，這就是他的。」

「那就足夠了，」雷斯瑞德說，「我是個實事求是的人，福爾摩斯先生。只有找到證據時所下的結論才是正確的。要是你還有事情要跟我講的話，就到客廳來找我。我要在那裡完成這份工作報告了。」

福爾摩斯現在雖然已經平靜了，但是可以從他的表情中看出他在笑。

「哎，這樣發展下去會變得越來越糟的，是不是，華生？但是這裡確實有些奇怪的地方，那個年輕人也許還有救。」

「你能這樣講我太高興了，」我發自肺腑地說，「剛剛我真的被嚇壞了。」

「我不想說出這種話，親愛的華生。實際上在雷斯瑞德非常注重的證據中，有一個特別嚴重的漏洞。」

「真的嗎？那是什麼呀？」

「就是這一點：我昨天明明檢查過門廳，牆上根本沒有血跡。華生，現

在我們可以鬆一口氣了。」

　　我們一起在花園裡漫步。我的腦子亂極了，可是心中由於有了希望而覺得暖洋洋的。福爾摩斯把別墅的每一面都檢查了一遍，隨後又進了屋，再從地下室到閣樓仔細查看了整個建築。很多房間都沒有家具，但他還是認真地看了每個房間，最終來到頂屋的走廊，那裡有三間空的臥室。他這時又興奮起來。

　　「這案子的確很有特點，華生，」他說道，「我想現在是該對我們的朋友說實話的時候了。他總是嘲笑我們，也許我們也可以照樣回敬他，如果我判斷這個案子沒錯的話。對了，我知道我們該怎麼做了。」

　　福爾摩斯去打擾那位蘇格蘭場警官時，他正在屋裡寫報告。

　　「我想，你現在正在寫關於這個案子的報告吧！」他說。

　　「對呀！」

　　「難道你不認為有些倉促嗎？我認為有些證據不夠充分。」

　　雷斯瑞德太瞭解我的朋友了，根本不會忽略他的每一句話，雷斯瑞德隨即放下筆，驚訝地望著福爾摩斯。

　　「您想說什麼嗎，福爾摩斯先生？」

　　「我只想告訴你，還有一個很特別的證人你忽略了。」

　　「您能告訴我嗎？」

　　「我能！」

　　「那就說吧！」

　　「我盡力而為吧！對了，你有幾名下屬？」

　　「能立刻召來的只有三個。」

　　「太棒了！」福爾摩斯說道，「他們個個身體很棒，嗓門很大吧？」

　　「當然，可是我不清楚他們的嗓門大小與這件事有關嗎？」

　　「也許我能幫助你弄明白這一點和一兩個別的問題，」福爾摩斯說道，「請把他們叫過來，我要試一下。」

　　五分鐘過後，三個人都在大廳集合了。

　　「在外面的那個小屋裡有很多麥秸，」福爾摩斯說道，「請你們搬兩捆

過來，我能從這裡找出我所需要的證人。謝謝你們。華生，我想你口袋裡應該有火柴吧！現在，雷斯瑞德先生，我請你們所有人和我們一起去頂樓平台吧！」

我說過在那三間空空的臥室外面有條寬寬的走廊。福爾摩斯讓我們在走廊的另一頭集合。那三個警察咧著嘴笑著，雷斯瑞德望向我的好友，臉上交替流露出驚奇、期待和嘲諷的表情。

福爾摩斯就像一個魔術師一樣，站在我們面前。

「請你命令一個警察去挑兩桶水來行嗎？把麥秸放在那裡不要跟牆挨上，現在一切準備好了。」

雷斯瑞德已經氣得滿臉通紅了。

「我不明白你在幹什麼？我親愛的福爾摩斯先生，」他說，「如果有什麼新發現的話，你可以先說出來，不要做些毫無意義的舉動。」

「我向你保證，我所做的一切都與這案子有很大關聯，雷斯瑞德先生。你還記得在幾個小時前你佔優勢時，嘲笑我，那現在你就不能讓我高興一下嗎？華生，把窗戶打開，劃根火柴把麥秸點著，行嗎？」

我按照他的指示做了，那捆麥秸被燒得「啪啪」作響，火星冒了出來，白煙在走廊裡繚繞。

「現在，我們看看能不能替你找出那個證人，就請各位和我一起大喊，『著火了』好嗎？來，準備！一、二、三……」

「著火啦！」我們大家一起高喊。

「非常感謝，請再喊一次。」

「著火啦！」

「先生們，太棒了，再來一次！」

「著火啦！」我想這回下諾伍德的所有人都聽到了。

喊聲過後，奇怪的事情發生了。走廊盡頭那堵看起來很完整的牆上，突然開了一扇門，從裡面衝出一個矮小乾瘦的人，就像兔子從牠的地洞裡蹦出來似的。

「大功告成，」福爾摩斯沉著地說道，「華生，朝麥秸上潑桶水。好

啦！雷斯瑞德，請讓我為你介紹一下，這就是你們所謂失蹤的那位約納斯·奧德克先生。」

雷斯瑞德很驚訝地看著這個陌生人，這個人被走廊的光照得不住地眨眼。他一直盯著我們看，又看了一眼那仍在冒煙的火堆。那是一張極其可惡的臉：狡猾、奸詐、邪惡、凶狠，長著兩隻多疑的、淺灰色的眼睛。

「這是怎麼回事？」雷斯瑞德忍不住發問了，「你這段時間都在幹什麼啊？」

奧德克看見這個偵探發怒的樣子害怕了，不自在地笑了笑。

「我又沒害人。」

「沒有嗎？你用盡方法將一個無罪的人送上斷頭台。要是沒有這位先生的話，說不定你就成功了。」

這個壞蛋大哭起來。

「實際上，先生，我只想和他開個玩笑而已。」

「啊？開玩笑嗎？我肯定你不會笑出來。把他帶下去，在客廳那裡等我。」

那三個人把奧德克帶走後，雷斯瑞德繼續問道：「福爾摩斯先生，剛剛有我的下屬在，我不好意思說，可是在華生醫生面前，我敢於承認這是你做的最棒的一件事，即使我不清楚你是如何知道的。你救了一個無辜者的性命，而且保全了我在警界的聲譽。」

福爾摩斯微笑著拍拍雷斯瑞德的肩膀。

「我的好警官，這件事會使你名聲大振的。只要稍微變動一下你剛才寫的那份報告就行了，他們會知道想騙過警官雷斯瑞德的一雙銳眼是不可能的！」

「難道你不想把你的名字寫在報告裡嗎？」

「不，工作就是獎賞。等我需要時再說吧！好了，現在該來看看那隻老鼠的藏身之處了。」

離過道距離約六英尺的地方，曾經用抹過灰的板條隔出來一小間，在那上面很精妙地設置了一扇暗門，裡面完全靠外面縫隙中漏過來的光來照明。

在那裡放了幾件舊家具，還貯有食品、水和一些書報。

在我們一起向外走時，福爾摩斯又說道：「這對建築師來說很容易的，他完全能夠為自己設計一間密室而不需要其他任何人幫忙。當然，他的女管家也應該算作你的獵物。」

「我同意，可是你又如何發現到這個處所的存在，福爾摩斯先生？」

「當我第一次來這走廊時，就看出它比樓下相同的走廊短了六英尺，因此我斷定他一定躲在這間房子裡。我想他沒有那麼大的膽子能在火警響起時，仍能保持冷靜。是的，我們當然能夠衝進去把他抓住，可是我覺得讓他自己出來會更好玩一些。再說，雷斯瑞德，你上午嘲笑了我半天，也該輪到我來對付你一次了。」

「是的，先生，你的確報復我了。可是你又是如何知道他就藏在這裡呢？」

「就是那個拇指印，雷斯瑞德。當時你就說它很重要，但從另一方面來說，它真的非常重要。前天，那裡根本什麼指印都沒有，這些細節我注意到了，這一點你應該瞭解我吧，那天我認真仔細地查過大廳了，任何東西都沒有。因此我想，指印是在昨天夜間被印上去的。」

「但是他是如何辦到的呢？」

「很簡單，出事的那晚，他們用火漆把分成小包的字據封起來，約納斯·奧德克讓麥克法蘭用他的大拇指按其中的一個封套來黏住它。那年輕人很快就做好了，我確信哪怕他自己也很有可能把這件事給忘了。也許奧德克都沒有想到自己能夠利用這一點，也可能他是在密室裡想到了這一點，利用指紋來製造出麥克法蘭有罪的證據。他只要能從那個火漆印上取出指模，再用血塗在上面就可以了。在深夜，自己或他的女管家誰來做都可以。假如你檢查一下他帶入秘室的文件，你會找到那個印有指紋的火漆印的，這一點我非常肯定。」

「太好了！」雷斯瑞德說道，「妙極了！妙極了！聽你講完之後，一切全都明白了。可是，福爾摩斯先生，他設計這個騙局的目的又是為了什麼呢？」

我看到這位警探問問題的樣子特別可愛。

「這個嘛，太簡單了。因為他是個陰險狡詐、惡毒記仇的人。你知道麥克法蘭的母親曾經拒絕過他的求婚嗎？我曾經跟你說要先去布萊克希斯，再到下諾伍德的。後來，這種在感情上的傷害使他惡毒的心轉變成了怨恨，他用一生來報復她，但是一直未能找到機會。也就是最近一年吧，情況變得對他不利——大概是暗中從事投機生意失敗。他發現自己的處境不妙，因此他想欺騙他所有的債權人。他假裝向一個叫柯尼利亞斯的先生開了很多大額支票，那個人其實就是他自己。我還沒有追查過支票，不過我想它們肯定被存在外地的小鎮上了。他打算以後更換名字，到另外的地方重新開始新的生活。」

「差不多，完全可能。」

「在他的意識中，假如他製造出一個假象，就是他被一個舊情人的兒子殺了，他就可以從此消失了，也達到了報復的目的。這個陰險的計謀真是太惡毒了，他真的實現了它。那張遺囑只是作為一個誘餌，要麥克法蘭秘密來見面而未告訴其父母，並且藏起手杖，臥室裡的血痕，貯木場中的動物屍體和扣子——這所有的一切都讓人驚嘆。幾小時前，這布下的天羅地網仍很堅固，不過他並不具備藝術家的天賦。本想把這個不幸年輕人的脖子拉緊些，結果事與願違，最終他毀掉了一切。走吧，雷斯瑞德，我還有問題要問他。」

那個壞蛋坐在自家的客廳裡，身邊站著兩個警察。

「那只不過是個玩笑，一個惡作劇而已，沒有別的目的。」他不停地說著，「我發誓，先生，我隱藏自己，只想知道我的失蹤會造成什麼結果。我確信你不會認為我會傷害麥克法蘭吧！」

「那得由陪審團來裁決了，」雷斯瑞德說道，「不管怎樣，即使不判謀殺未遂，也會被指控密謀罪。」

「你會看見你的債主凍結柯尼利亞斯先生的存款的。」福爾摩斯說道。

奧德克聽後大驚失色，回過頭來凶狠地盯著我的朋友。

「我要感謝你呀！」他說，「總有一天，我會回報你對我的恩惠。」

福爾摩斯聽後，微微一笑。

「我想，在今後的幾年，你不可能有空做別的吧！」他說，「順便請教你一句，除了褲子以外，你還把什麼東西扔進了木材堆？死狗？兔子？或是其他什麼？你不想說嗎？哎！你不用客氣了！沒有關係，兩隻兔子足以用來解釋血跡和骨灰了。華生，如果你要寫一篇經過的話，你不妨說是兔子吧！」

跳舞小人的秘密

　　福爾摩斯在那裡靜靜地坐了幾個小時了。他彎著瘦長的身子，低頭看著他面前的那個化學試管。試管裡正煮著一種特別惡臭的化合物。他把腦袋垂到胸前，在我這裡看來，活像一隻瘦長的怪鳥，披在身上的是深灰的羽毛，頭上是黑色的冠羽。

　　他突然問我：「華生，你放棄了原先在南非投資的打算，是這樣嗎？」

　　我大驚失色，儘管我對他的任何特異功能早已見怪不怪，但是他這樣突然道破我的心事，仍然讓我無法解釋。

　　「你又如何知道的呢？」我問他。他從圓凳上轉過身來，那個試管當時就在他手上。在他深陷的眼睛裡，微微露出想笑的樣子。

　　「現在，你承認自己很吃驚了吧，華生？」他說。

　　「我是吃驚了。」

　　「我想，你應該把這句話寫下來，並簽上名字。」

　　「為什麼？」

　　「原因是再過五分鐘，你會認為這太容易了。」

　　「我一定不會說的。」

　　「你要明白，親愛的華生，」試管被他放回到架子上，他開始以一種教導學生的口氣和我講話，「所做的任何推理，要使每個推理對前面的那個具有決定性作用，而本身又非常簡單清楚，實際上很容易，只要你將中間的推理部分去除，對那些聽眾僅提出論點和結論，就可以得出驚人的乃至誇張的效果。因此，我只要看一下你左手的虎口，就能確定你不想在南非投資開採

金礦了，這真的很容易推斷。」

「我根本看不出這有何聯繫。」

「表面看沒有，不過我能馬上告訴你，它們實際上有密切的關係。在這個簡單的鏈條中缺少的環節是：一、昨晚當你從俱樂部回來的時候，我看到你左手虎口上抹有白粉；二、你只有在打撞球時才會往虎口上抹白粉，目的是能穩住球桿；三、除非瑟斯頓在，否則你是不會去打撞球的；四、四個星期以前，你告訴我說，瑟斯頓有購買某處南非產業的特權，再有一個月就到期了，他願意與你共用利潤；五、我抽屜中還鎖著你的支票，但你一直還未曾提過要鑰匙；六、因此，你不願把錢投在南非。」

「這太容易了！」我喊了起來。

「是這樣呀！」他有點不高興地說道，「每件事只要向你說明了，就變得很容易。有個問題我還不太明白，你看該怎麼解釋一下，我的朋友。」他把一張紙條遞給我，又繼續他的分析。

紙條上面畫了一些不太明白的符號，很怪異。

「哎，福爾摩斯，這是小孩子畫的吧？」

「那是你自己的想法。」

「它們不會是別的一些東西吧？」

「希爾頓・丘比特先生很想弄清楚這個問題，他就住在諾福克郡馬場村莊園，今天是早班郵車把這個送來的。他本人打算坐第二趟火車來。門鈴響了，我肯定那個人來了，華生。」

這時，一陣沉悶的腳步聲在樓梯上了響起來，一個身材高大、體格健壯的人走了進來，臉上刮得很乾淨，眼睛明亮，臉龐紅潤，表示他生活的地方一定遠離貝克街，他為我們帶來了濃郁、清新、涼爽的空氣。他與我們握了手，剛要坐下時，那張畫著奇怪符號的紙條吸引了他，那是我剛才仔細看過後放在桌上的。

「福爾摩斯先生，您如何看待它？」他大聲說道，「我知道您特別愛鑽研一些稀奇古怪的東西，這張紙條的內容夠怪異的吧，我把它先寄給您，是想讓您有時間準備一下。」

「這確實很難弄清楚，」福爾摩斯說道，「猛一看彷彿是些孩子們在開玩笑，在紙上胡亂地畫了些形狀奇特的跳舞小人，但是您為何重視它呢？」

「我肯定不會的，福爾摩斯先生，我妻子非常重視它，這幅畫把她嚇壞了。她不肯說出任何事情，我卻能夠從她恐懼的眼神中看出些什麼，但我又不能完全明白這件事，因此想請教您。」

福爾摩斯把紙條拿起來，在太陽光下照它，看得出那可能是從記事本上撕下的一小頁，用鉛筆在上面畫了一些跳舞的人兒。

福爾摩斯認真仔細地看了一會兒，小心地疊起放進皮夾裡。

「這很可能成為一件最有趣也最不簡單的案件，」他說道，「您在信上講了一些細節，希爾頓‧丘比特先生，不過我想讓您把這些向我的朋友華生再說一遍。」

「我不是一個很會講故事的人，」客人說道，他的手粗大有力，不時地緊握，又不時地放開。「若有不清楚的地方，您儘管問。我想先從去年結婚開始說起，不過我必須聲明，雖說我算不上個富有的人，但我們全家住在那裡也有五百年了，在諾福克郡沒有誰比我家更有聲望了。

「去年我去了倫敦，主要是為了參加維多利亞女王即位六十週年慶典，因為我們教區的派克牧師在羅素廣場，因此我住在他的公寓裡。同時，還有一位年輕美麗的美國小姐也住在那裡，她叫艾爾希‧派翠克。不久，我們便成為了朋友。還沒到一個月，我就深深地愛上了她。我倆偷偷地結了婚，後來以夫妻身分回到了諾福克。您也許會覺得很奇怪，一個名門望族怎麼以如此方式娶了一個不知根底的妻子呢？福爾摩斯先生，假如您見過她，認識她的話，就會理解我了。

「當時，她很爽快就答應了我，她很坦誠、直率。她確實給過我機會讓

我改變初衷，我堅信我不會錯的。她曾經對我說過：『在我的一生中，曾經和好多可惡的人來往過，我不想再提過去了，現在唯一想的就是忘掉他們。若你願意娶我的話，希爾頓，你將娶到一個非常好的女子。你一定要滿足我的請求，而且要允許我以前的事作為秘密保留下來。如果你覺得苛刻的話，你反悔還來得及，就讓我仍舊孤獨地生活吧！』就在新婚的前一天她把這些告訴了我，我向她保證會一直遵守我的承諾。

「我們生活得非常美滿幸福，到現在已經有一年了。就在一個月前，那是六月底吧，我平生第一次有一種不祥的預感。當天，我妻子收到一封從美國寄來的信，因為上面貼著美國郵票。在讀完信後，她臉色蒼白，慌忙地把它扔進了火堆。而後她根本沒提起這件事，我更不好去問，我必須做到言而有信。從那時起，她就面帶恐懼，心神不寧，好像在等什麼發生似的。除非她開口說，否則我絕不會問。請您相信我，她絕對是一個老實本分的人，不管在過去的生活中有什麼過錯，也絕不是她所引起的，福爾摩斯先生。我只是諾福克的一個普通鄉紳，可是在英國沒有一個人的家庭聲望高過我，她應該知道這一點，並且未嫁給我之前，她更應該明白，我絕對相信她根本不想將我們家族的名譽抹黑。

「現在，我講講這件事值得懷疑的地方。大約一個星期以前，也就是上星期二，我發現在一個窗台上畫了很多滑稽可笑的跳舞小人。是用粉筆畫的，與那紙上的一樣。我原以為是小馬倌畫的，可是他向我保證根本不是他。不管怎樣，那些小人是在夜裡被畫上的，我刷掉了它們，而後向我妻子說了這些事。讓我感到驚訝的是，她非常看重此事，並求我如果那畫再出現的話，讓她看看再說。一個星期過了，什麼事也沒發生，直到昨天早上，我在花園中發現了這張紙條，隨即拿給她看，沒想到她卻昏了過去，再以後她就好像在夢中，精神恍惚，眼中充滿了恐懼。也就在那時，福爾摩斯先生，我就寫了一封信，並把信和那紙條一起寄給了您。我絕不能交給警察，因為他們一定會嘲笑我。我想您一定會告訴我該怎麼做，雖說我不太富有，但我愛我的妻子，我寧可傾家蕩產也要保護她。」

他是生長在英國本土的英俊男士，質樸、正派、優雅，有一雙誠懇的藍

眼睛再加上一張清秀的面容。我們看出他對妻子的用情之深。福爾摩斯專心地聽他說完故事後，坐著沉思了好半天。

「您難道沒有想過，最直接的方法是讓您的妻子告訴您她的事情嗎？丘比特先生。」他最終說道。

希爾頓‧丘比特只是搖頭。

「承諾就是承諾，福爾摩斯先生，若她願意說的話，她一定會說的。若她不願意的話，我是絕對不會逼她的。不過，我總可以自己去想吧，我想我能夠辦到。」

「我很樂意幫助您。首先，您要說說最近有沒有陌生人來過？」

「沒有呀！」

「我猜您家那一帶很偏僻，任何一張陌生的面孔都會引起注意的，對嗎？」

「在我家鄰近的地方應該是這樣的。不過距我家不太遠，有幾處餵牲口的地方，那裡經常有人口流動。」

「這些難解其意的符號應該是有含義的。若是隨意地畫的，我們絕對不能解釋。不過，從另一方面來看，假如它是有系統的，我相信我們會把它徹底弄清楚。但是，如果僅有這麼一張，太簡短了，我無從著手。您所提供的情況又不太清楚，調查起來相當困難。我想您先回諾福克吧，密切關注並把任何可能出現的新的跳舞小人照原樣臨摹下來。非常可惜的是，早先那些用粉筆畫在窗台上的跳舞的人，我們沒有一張複製的。同時，您還得仔細打聽一下最近是否附近來過什麼陌生人。您什麼時候得到新證據就什麼時候再到這裡來，我現在能做的只有這些了，若有緊急情況發生的話，我隨時可以去您家。」

這次面談使得福爾摩斯變得沉默寡言。好幾天，我總看見他從筆記本中取出那張紙條，細細地觀察研究上面的那些古怪符號，但他從不提這件事。直到大約兩個星期以後，一天下午我正要出去時，他把我叫住了。

「出什麼事了？」

「早上我剛剛收到希爾頓‧丘比特的一封電報，你是否記得那些跳舞的

小人？他應該在一點二十分到利物浦街，隨時可能來這裡。從電報中，我想他可能掌握了新的非常重要的情況。」

我們根本沒等多久，那個人就坐馬車來了。一副焦急沮喪的表情，目光呆滯，額頭滿是皺紋。

「這件事讓我非常難過，福爾摩斯先生，」他說著說著，彷彿像個沒有力氣的人一樣一下就坐在了椅子裡。「你意識到有人圍在你的周圍，但又不知是誰在這樣折磨你，這就夠讓人心煩的了。又加上你眼看著心愛的妻子被這件事一點一點地折磨著，那一定不是一般人所能夠承受的，她真的瘦了好多。」

「她一直什麼也沒說？」

「沒有，福爾摩斯先生。她是沒說，但有好幾次她想說，可是又不知該如何說起。我想去幫她，也許我做得不夠巧妙，反倒嚇壞了她，讓她不敢再提這件事了。她和我談論我的家史，有關我們家族的名望和聲譽，我原以為她就要說到重點了，但又不知怎地，話題突然又岔開了。」

「你有什麼新發現嗎？」

「很多呢！福爾摩斯先生。我現在給您帶來幾張新畫，更重要的是我曾經看見那個人了。」

「什麼？是畫這些符號的人嗎？」

「是的，他畫的時候，我看見了。還是按照順序講給您聽吧！上次我來過您這裡之後，回家後的第二天早晨，第一眼看到的東西便是一行新的跳舞小人，在工具房門上用粉筆畫的。這間房與草坪挨著，正好對著前窗。我照著畫了一張，在這裡。」他打開那張紙，放在了桌上。

「太棒了！」福爾摩斯說道。「太棒了！請繼續往下講。」

「我畫下了之後，把那些圖形擦掉，但兩天後的早上，又一組新的符號出現了，我這裡一樣畫了下來。」

「我們的資料累積得很快呀！」福爾摩斯說道。

「三天之後，我又看到一張紙條，上面又草草地畫了一行小人，與上次的一模一樣。從那以後，我就坐在書房裡，拿著左輪手槍，準備不睡覺等待

著那個人的出現。我一直看著草坪和花園，大約在凌晨兩點鐘的時候，我聽到了腳步聲，原來是我妻子，她求我去休息。我很清楚地告訴她，我一定要看看那個人到底是誰，為何要戲弄我們。她讓我不要理會，覺得那是沒有意義的惡作劇。

「她說：『如果你真的很生氣的話，希爾頓，咱倆去旅遊吧，那樣就可以避開了呀！』

「我驚訝地說：『什麼？讓那個混蛋把我們從這裡趕走？』

「她又接著說：『去睡吧，親愛的，明天白天再討論好嗎？』

「她正在和我說話的時候，在日光燈下，她的臉色變得蒼白無血色，她緊緊地抓住我的胳膊。我看到了在對面工具房的陰影裡有一個黑影在挪動。

「我偷偷地繞過牆角，來到工具房門口蹲了下來。我正想拿槍往外衝時，我妻子使勁地抱著我，不讓我動，我使勁想甩開她，可是她拼了命似的抱著我，最終我還是甩脫了她。等我跑到那邊的時候，什麼都不見了。但他又在門上畫了一行小人，與前兩次排列順序相同。我把它們畫在那張紙上了。我走遍了院子的各個角落，根本不見那傢伙的影子。怪就怪在他根本就沒有走開，因為當我早上再去檢查時，卻發現除了原有的小人外，還多了一些。」

「那個新的您有嗎？」

「有，但是很短，我同樣畫了下來，就是這張。」

他又拿出一張紙條。

「請您告訴我，」福爾摩斯說道，從他眼裡可以看出他非常興奮，「這是接著前一行畫的還是另起一行畫的呢？」

「它是畫在了另一塊門板上。」

「太棒了！這一點對我們的進一步研究非常有用，我認為現在我們有希望了，希爾頓・丘比特先生，請把這段有意思的事講完吧！」

「沒有什麼可說的了，福爾摩斯先生，當時我真的很生她的氣。因為我本來很可能抓住那個戲弄我們的壞蛋，而她卻在那時拉住了我，她說怕我有危險。我腦中突然閃過了一個念頭，也許她與那個人有關，可能怕那個人遭

到不幸吧！我想她一定懂那些符號的意思。但是福爾摩斯先生，她的語調、眼神都讓我沒有可懷疑的地方，我確定她心中是為我的安全著想。這就是我所知道的一切，現在我真的非常需要您的幫助。我本想找五六個農場的小夥子狠狠地打他一頓，看他今後還敢不敢再來！」

「這個人非常狡猾，恐怕這種簡單的方法不能制得了他。」福爾摩斯說道，「您要在倫敦待多久？」

「今天我一定得回去。我不放心她一個人整夜待在家中。她現在精神緊張，我想現在她一定非常需要我。」

「您回去也許是正確的。假如您願意待在這裡，說不定過幾天我會和您一起回去。您先把這些紙條交給我吧，過不了多久我就會去拜訪您的，幫您解決這個難題。」

在我們的客人離開後，福爾摩斯仍然保持著他那職業式的沉著與冷靜。我非常瞭解他，能夠輕易看出他心底那抑制不住的興奮。客人寬厚的背影剛從門口消失，我的夥伴就按捺不住自己，衝到了桌前，擺好那些紙條開始了精密的分析。一連兩個小時，我看著他把畫上的小人和字母來回地換掉。他全心地投入工作，好像把我給忘了，做得好時，就一會兒吹哨一會兒唱歌；做得不順時，就皺著眉頭，兩眼發呆。最後他興奮地叫喊著，從椅子上跳起來了，兩手不斷地摩擦、轉圈圈。他在電報紙上寫了很長的電報。「華生，若回電的內容符合我所想的，你就又能在記錄中添一件很有趣的案子了。」他說道，「我想咱倆明天該去一趟諾福克，告訴他一些好消息，好讓他消除苦惱。」

說實在的，我那時真想問個究竟，但是我瞭解他希望在他挑選的時間、以他自己的方式來談論他的發現。因此，我只好等，直到他覺得應該和我說的那一天。

可是，回電遲遲不到，我們耐著性子等了兩天，在這兩天裡，門鈴只要一響，福爾摩斯就飛奔出去。直到第二天晚上，希爾頓·丘比特來了一封信，說他家裡很好，只是一天早晨又發現了一行跳舞的小人，並隨信寄來。福爾摩斯趴在桌子上，仔細研究這張圖。突然他站起來發出驚訝、悲哀的叫

喊聲，焦急使他的臉色難看極了。

「我們不能再讓這件事發展下去了，」他說道，「今晚有去北沃爾沙姆的火車嗎？」

我趕緊找出了列車時刻表，結果末班車剛開走。

「明天我們坐首班車去，」福爾摩斯說道，「現在我們必須出面了。啊，我們的電報來了，等一下，赫德森太太，可能需要拍個回電。沒有必要了，完全像我所想的那樣，看了電報之後，我們更要讓他知道此事，多耽誤一小時就多一分危險，因為這個傻傢伙已經陷入到危機四伏的天網中了。」

後來證實了事情正是那樣的幼稚可笑、稀奇古怪。當時我心中充滿了驚訝和恐懼。即使我想讓讀者能夠對故事的結局保留些希望，但為了事實，我不得不照實講下去。這件事的發生，使「馬場村莊園」一度成為全英國婦孺皆知的名詞了。

我們剛在北沃爾沙姆下車，一打聽目的地，站長就向我們走來。「你們一定是從倫敦過來的偵探吧？」他問道。

福爾摩斯臉上立刻顯出了厭煩的情緒。

「您怎麼會這麼問？」

「因為諾威奇的警長馬丁剛從這裡經過。要不您二位就是外科醫生吧？她現在還活著，至少目前是這樣的，可能你們能趕上去救她，不過也只能讓她活著去上絞架了。」

福爾摩斯焦急萬分，臉色很難看。

「我們必須得去馬場村莊園，」他說道，「但我並未聽說那裡出事了呀！」

「事情恐怖極了，」站長說道，「希爾頓・丘比特夫婦都被槍打了，她先用槍打了丈夫，然後又打了自己，這是從傭人那裡得知的。男的早已死了，女的生還希望不大。咳，太可惜了，原來他們可是我們這裡最有資歷和最為體面的一家人！」

福爾摩斯顧不上說話了，趕緊上了馬車，在這一路上，他一言不發。

我從未見他這樣絕望過，在從倫敦到這裡的路上，他的情緒一直不穩定。他把早報仔細地查看了一遍，我看到他是那樣憂心忡忡。如今，他所預料的最壞可能突然間變成了事實，使他感覺到一種從未有過的茫然。他緊靠在位置上，靜靜地想著這個不願看到的變故。這一帶有許多使我們感興趣的東西，那時我們正經過英國一個獨一無二的鄉村，幾個新建的農舍表示這一帶聚居的人很少。一片平坦青蔥的大地上聳立著巨大方塔形的教堂，顯示出古東安格利亞王國的光輝繁盛。在諾福克青蔥的岸邊有一片藍紫色的日耳曼海，馬車夫用鞭子指著那小樹林深處的老式磚木的山牆說：「那便是馬場村莊園。」

馬車剛駛到帶圓柱門廊的大門前時，黑色的工具房和那個總發現跳舞小人的地方就引起我的種種聯想。諾福克警察局的馬丁警長是一個矮小精幹、行動機敏的人，臉上留著短短的鬍鬚，那時他剛從一輛一匹馬拉的馬車上下來。在他聽到我同伴的名字時，顯得無比驚訝。

「啊，福爾摩斯先生，這個案子發生在今天凌晨三點，您在倫敦怎麼會聽說，並且能夠和我一樣快就趕到這裡呢？」

「我已經預料出來了，本來想到這裡來阻止它發生。」

「想必您一定得到很多重要的證據了，這方面我一點都不清楚。因為聽說他們夫妻一直很恩愛。」

「我唯一有的是跳舞的小人做物證，」福爾摩斯說道，「以後再做解釋吧！現在，既然沒能阻止悲劇的發生，我很想憑我現有的資料來維護正義，您是想讓我參加您的調查，還是寧願自己採取行動？」

「若能和您共同調查的話，我覺得非常榮幸。」警長誠懇地說。

「若是這樣的話，我立刻聽取證詞，進行調查，一刻都不能耽誤。」

馬丁警長非常明智，他讓我的同伴可隨便採取行動，自己則直接記錄結果。本地的外科醫生是個滿頭銀髮的老人，他剛從丘比特太太的臥室走出來，報告上說她的傷勢極其嚴重，但還未致命。子彈是從她的前額打進去的，也許要過段時間才能恢復知覺吧！有關她是被打傷還是自殺，他不敢輕下斷言。這一槍肯定是從離她很近的地方打的。因為在房間裡只發現一把

槍，裡面只發了兩顆子彈。希爾頓‧丘比特先生的心臟被子彈擊穿。可以假設希爾頓先開槍打他妻子，也可以假設他妻子是殺人凶手，因為槍掉在他倆中間的地板上。

「你們搬動過他嗎？」

「沒有，只把他妻子抬了出來。她傷得很重，不可能讓她總躺在地板上吧！」

「你來多久了，醫生？」

「從四點鐘一直到現在。」

「還有其他人在嗎？」

「有，就是這位警長呀！」

「您沒有碰其他東西吧？」

「沒有。」

「您考慮得很仔細，是誰把您請來的？」

「他家的女傭桑德斯。」

「是她發現的嗎？」

「是她和廚子金太太兩人一起發現的。」

「您知道她們現在在哪裡嗎？」

「我想應該在廚房吧！」

「我看我們有必要聽聽她們的話。」

有橡木牆與高窗的古老大廳現在變成了調查庭。福爾摩斯坐在那把老式的椅子上，疲憊極了，但他的雙眼嚴厲而有亮光。我能從他眼裡看出堅定不移的決心。他準備用最大的精力來調查這個案子，要為他的那位沒能被搭救的年輕人報仇。坐在大廳裡的都是些奇怪的人，馬丁警長，衣著整潔；鄉村醫生，白髮蒼蒼；還有我本人和一個呆頭呆腦的本村警察。

這兩個婦女說得很明白，她們在睡夢中被一聲爆裂聲響驚醒，後來又響了一聲。她們住的房間是挨著的，金太太很快就跑到桑德斯的房間來了。她們一起下樓，當時書房的門開著，桌上還點著蠟燭。在房間正中主人的臉朝下趴著，已經死了。他妻子彎著身子靠在窗戶那邊，腦袋貼著牆。她傷得

很重，滿臉都是血，大口大口地喘粗氣，但不能說話了。煙和火藥味充滿了走廊和書房。當時窗戶是關著的，而且是從裡面鎖著的，在這一點上二人非常肯定。她們馬上叫人去找醫生和警察。後來在馬夫和馬倌的幫助下，他們把受傷的女主人抬到她的臥室。出事前他們夫婦都已在床上睡過，她穿著睡衣，他則在睡衣外加了件晨袍。書房的東西也沒有被動過。就她們所瞭解的，夫妻二人從未吵過架，她們一直把他們夫婦看作非常和睦的一對。

這些就是女僕證詞的重點。當她們回答馬丁警長的問題時，都非常確定當時所有的門都在裡面閂上了，根本誰都跑不了。

當她們回答福爾摩斯的問題時，都記得剛從樓頂跑下來時就聞到了火藥的味道。福爾摩斯對他的同行馬丁警長說：「請您注意這個事實，我們現在就可以開始調查了。」

書房並不大，三面靠牆都是書，一扇窗戶向著花園的方向，在窗戶那裡放了一張書桌，我們最先看到的便是那位不幸喪命的紳士的遺體。他那高大魁梧的身軀橫躺在屋子裡，當時子彈是從正面射過來的，穿過心臟後仍留在了身體裡，他因此無藥可救了。他的死顯然是瞬間而且無痛苦的，晨袍和手上並沒有火藥的味道。據鄉村醫生說，女主人臉上有火藥味，但手上沒有。

「沒有火藥痕跡並沒有什麼，要是有的話，情況會完全不一樣了。」福爾摩斯說道，「除非子彈很不合適，這時火藥會向後噴，否則無論打多少槍也不會有痕跡的。我想現在可以搬走丘比特先生的遺體了。醫生，你還未取出打傷女主人的那顆子彈嗎？」

「這要做一次非常複雜的手術，才有可能把它取出。但是那支左輪手槍中還有四發子彈，另外那兩顆早已打出，形成目前的兩處傷口，這樣六發子彈都有著落了。」

「好像是這樣吧，」福爾摩斯說道，「您能說說打在窗框上的那顆子彈嗎？」他突然轉過身去，用他瘦長的指頭指向距窗框底大約有一英寸左右的一個小洞。

「太棒了！」警長大聲地說，「您是如何發現的？」

「因為我一直在找它。」

「這個發現太驚人了！」鄉村醫生說道，「您說得太正確了，先生。也就是說，那個時候總共放了三槍，那麼肯定有第三人在場了。可是這又能是誰呢？他又是怎樣逃跑的呢？」

「是呀，先生。不過說實在話，我真的不太理解您的意思。」

「我想，在開槍的同時，門窗肯定都是打開的，否則火藥的煙味怎麼會那麼快就被吹上樓呢？房間內一定有風口，但我想門窗敞開的時間挺短的吧？」

「您怎麼知道的呢？」

「你看那蠟燭根本沒被風吹得滴下蠟油來。」

「真厲害呀！」警長大聲說，「太棒了！」

「我確定這場悲劇發生的時候窗戶是敞開的這一點以後，就設想到其中可能有一個第三者，他肯定站在窗外向屋裡開了一槍。這時若從屋裡向窗外開槍，就有可能打中窗框。我一找，果然那裡有個彈孔。」

「可是窗戶又怎樣關上的呢？」

「把窗戶關上是女主人本能的第一個動作。哎，這是什麼東西？」

那是個女用手提包，是鱷魚皮的，而且鑲著銀邊，小巧玲瓏，擺在桌上。福爾摩斯把它打開，把裡面的東西倒出來，那裡只有一捲英國銀行鈔票，共二十張，每張五十英鎊，用橡皮筋捆在一塊，其他的什麼也沒有。

「這手提包要保管好，它很可能會被作為物證。」福爾摩斯邊說邊把手提包和錢交給警長。「現在一定得想辦法解釋這三顆子彈。從木頭上的碎片可以看出，這子彈就是從屋裡打出去的。我們應該再問問廚子金太太。金太太，您曾講過您驚醒是由於聽到很大的爆炸聲，您的意思是說聽起來比第二聲更響嗎？」

「讓我怎麼說呢？先生，我從睡夢中被驚醒，所以很難分辨。當時聽起來是非常響。」

「您不認為很可能是同時開兩槍的聲音嗎？」

「這個我可不知道，先生。」

「我肯定那的確是兩槍一起放的聲音。警長，我看這裡沒有什麼要研究

的了，若您願和我一起去的話，我們再去花園找找有沒有新的證據。」

外面的那座花壇一直擴展到書房窗前。當我們走近花壇時，大家異口同聲地驚叫起來，那裡潮濕的泥土有被人踩過的印跡。腳指細長，分明就是男子的大腳印。福爾摩斯如同獵犬追尋那被打中的飛鳥般，在草叢和地上的樹葉裡尋來尋去。忽然他高興地大叫起來，撿起一個圓的小銅管。

「就像我所想的一樣，」他說，「那把左輪手槍有排彈器，這就是我們要找的第三槍的彈殼。警長，現在我們的案子也辦得差不多了。」

從這位鄉村警官的臉上，我可以看出他對福爾摩斯快速奇巧地破案感到很驚訝。開始的時候，他還想說說自己的看法。現在他除了佩服之外，就只願聽從福爾摩斯的指揮了。

「您知道誰開的槍嗎？」鄉村警官問道。

「這個以後再做解釋，因為現在還有幾點我不太清楚。既然已經到了這個地步，我最好照自己的想法進行，然後把這件事一次說個清楚。」

「依您的，福爾摩斯先生，我們只要抓到凶手就行了。」

「我並不想賣關子，但是在開始行動時就做一些複雜的解釋沒有用。我有所有線索，即使這女主人無法恢復過來，我們還是可以想像出昨晚所發生的事，而且相信一定能夠抓到凶手。我想瞭解一下，這附近是否有一個叫『埃爾里奇』的旅店？」

問過所有傭人之後，沒人聽說過這家旅店。但小馬倌幫了我們的忙，他說距離這裡幾英里處，也就是在東羅斯頓方向，有個叫埃爾里奇的農場。

「那裡很偏僻嗎？」

「是的，先生。」

「可能那裡的人根本就不知道昨晚在這裡所發生的事吧？」

「也許吧，先生。」

「備一匹馬來，孩子，」福爾摩斯說道，「我想讓你送一封信到埃爾里奇農場。」

他把那些畫著跳舞小人的紙條從口袋裡取出來，放在書桌上，坐下忙了

一會兒。最後，他把一封信交給小馬倌，告訴他一定把信交給收信人本人，一定要記住不要回答那個人提出的任何一個問題。信封上凌亂地寫著地址和收信人的名字，不同於他以往寫信的風格。信上寫著的是：諾福克，東羅斯頓，埃爾里奇農場，阿貝‧斯蘭尼先生。

「警長，」福爾摩斯說道，「我想您最好打個電報回去要求派些警察過來，因為您很有可能抓到一個非常危險的犯人。送信的小孩子可以出發了。華生，若今天下午有火車回倫敦的話，我看咱倆最好先回去，去完成一個特別有意思的化學分析，而且這裡的工作即將結束了。」

福爾摩斯打發那小馬倌去送信，然後吩咐所有的傭人：若有人來看望太太，立即帶客人去客廳，但不能說出太太的身體狀況。他認真地交代完這些，最後把我們領進客廳，說現在的事態已不在我們所能控制的範圍內了，大家盡量休息一下，等等吧，也許會有一些事發生的。那時鄉村醫生早已離開，看他的病去了，只留下警長和我。

「我能用一種有意思而且有意義的方法，來和你們一起打發時間。」福爾摩斯一邊說一邊把椅子挪到了桌邊，又在我們面前攤開了那幾張畫有小人的紙片，「華生，我還欠你一筆帳，到目前為止我還沒有滿足你的好奇心。對於您，警長，這個案件的整個過程可能會吸引您做一次不平凡的業務探討。我必須告訴您一些很好玩的情況，那是希爾頓‧丘比特先生兩次來貝克街找我時跟我講的。」接著他就大概地講了講。「擺在我們眼前的，便是那些罕見的作品，若不是它們成了這次恐怖悲劇的預兆，也許不管是誰看了都會一笑而過。我瞭解每個密碼文字，也曾經寫過有關這些方面的論文，其中分析過一百六十種各式各樣的密碼，但是這種是第一次看到。想出這種密碼的人，是不想讓別人看出的。他想讓人以為是隨手塗畫的小孩畫，但只要能看懂這些符號所代表的字母，再用密碼的規律來解釋，答案就很容易找出來了。第一張紙上的那句話很短，我只能有一點把握是其中一個符號代表「E」。你們應該瞭解，字母E在英文中最常見，它出現的次數多到即使在一個短的句子中也是最常見的。在第一張紙上的十五個符號上，有四個是相同的，也許把它假定為「E」很合理。這些圖形中有的帶或不帶小旗。從它的

分布來看，是想把句子的單句分出來。我想這個假設能夠接受，就把E記了下來。」

「不過現在是最困難時期，除了E以外，其他英文字母的使用順序並不很清楚。在平常的一頁文章和一個短句子中出現的順序也許一模一樣，大致上，字母出現的頻律為T、A、O、I、N、S、H、R、D、L；但T、A、O、I出現的頻率幾乎相等。若要試遍各種組合，得到一個滿意的答案，工作會是沒完沒了，所以只有等新的資料出來再說吧！希爾頓・丘比特先生再次到我這裡來時，果真替我帶來了另外兩個短句，也就是這幾個沒有小旗的符號。在這張的五個符號中，我發現第二個和第四個均為E。這詞也許是sever（切斷），也可能是lever（槓桿），或是never（絕不）。不用說，最後的那個詞用來作答語的可能性最大，而且種種跡象顯示這是丘比特太太寫的答覆語。若這種猜測正確的話，我們就可以說那分別代表N、V和R，但在此時我的困難還是很大。不過一個奇特的想法讓我知道了其他幾個字母。我猜若這個要求是來自丘比特太太年輕時代與她很親密的人的話，那麼一個兩頭為E的字母組成很可能為ELSIE（艾爾希）這個名字。我一查，竟然發現這個詞在一句話尾出現過三次，這也許是對艾爾希提出的要求，因此找到L、S和I。可是，要求的內容究竟是什麼呢？

「在『艾爾希』前面的一個詞只由四個字母構成，末尾為E。我試過其他很多以E結尾的詞，都不合適，只有Come（來）最適宜，由此找到了C、O和M。現在我們還得分析第一句話，把單字分出來，把未知的字母用點代替，經過處理後，這句話為：

「M ‧ ERE ‧ ‧ E ‧ SL ‧ NE

「我想第一個字母肯定是A，這個發現最有利，由於它曾經在這個短句中出現過三次，第二個詞開頭的H也更顯然了，這句話現在變成：

「AM HERE A ‧ E SLANE 再加上那名字中所缺少的字母：

「AM HERE ABE SLANE

（我在這裡，阿貝・斯蘭尼。）

「我已經能夠解釋第二句了，因為現在我掌握了很多字母。這句讀出來

是這樣的：

「A ELRI ES

「在這句中，我覺得在缺字母的地方加上T和G會更有意思（住在埃爾里奇），我假設這就是寫信的那個人所住的地方或是旅店名字。」

馬丁警長和我津津有味地聽著我的朋友講解他是怎樣尋找到答案的，我們一切一切的疑問都有了答案。

「後來您又如何做的，先生？」警長問道。

「我有很充分的理由斷定阿貝・斯蘭尼是個美國人，因為阿貝是美式拼寫，並且這一連串麻煩事是由一封來自美國的信所引起的，我更有充分的理由斷定這件事肯定有不為人知的內幕。女主人曾講過些暗示過去的話，但她不想把過去告訴她丈夫，我就是從這條線索開始思考的。因此我昨天發電報給紐約警察局，問一個叫威爾遜・哈格里夫的朋友關於阿貝・斯蘭尼的消息。這位朋友不止一次利用過我所知道的有關倫敦的犯罪情況。

「他回電告訴我：『這個人是芝加哥最危險的騙子。』就在我收到回電的那個晚上，希爾頓・丘比特先生又寄來了阿貝・斯蘭尼最後畫的小人，用我所知道的字母解出下面的內容：

「ELSIE RE ARE TO MEET HY GO 再加上P和D後，這句話就很完整了：艾爾希，準備見上帝去吧！這表示這個混蛋已經由勸誘變成恐嚇。我對芝加哥的那夥歹徒很清楚，因此我想他會很快把他所說的話變成現實的。

「我決定立即與我的朋友華生來這裡，但不幸的是，當我們趕來的時候，還是發生了最糟糕的事情。」

「能夠與您共同辦案，我感到太榮幸了。」警長熱情地說，「不過，說句老實話，您只要對您自己負責就可以了，我必須要對我的上司負責，要是這個住在埃爾里奇農場的阿貝・斯蘭尼真的是凶手的話，一旦讓他在這裡逃掉了，我一定會受懲罰的。」

「您不必擔心，他根本不會逃的。」

「您怎麼知道他不會呢？」

「逃跑就等於他承認自己是凶手。」

「我們趕快把他抓回來吧！」

「不用著急，他馬上會來的。」

「他為什麼會來呢？」

「因為我在信上寫著請他來呀！」

「真的不敢相信，福爾摩斯先生！為何他會聽你的呢？這會不會引起他的懷疑，使他逃跑呢？」

「我不是寫了那封信嗎？」福爾摩斯說道，「如果我沒猜錯，現在那位先生正在往這邊趕來。」

在門外的小道上，一個身材高大、皮膚黝黑、英俊瀟灑的人正大步地朝這邊走來。他穿了一件灰法蘭絨的外套，頭上戴著一頂巴拿馬的草帽，倒鉤鬚，鷹勾鼻，一邊走一邊揮著拐杖。

「先生們，」福爾摩斯悄聲說道，「我看我們最好先躲起來，對付這樣一個危險人物，還得小心行事。警長，準備好手銬。我先和他談些事。」

我們在那裡靜靜地等了一會兒，門開了，這個人走了進來。福爾摩斯立刻用手槍槍柄往他的腦袋敲了一下，馬丁立即將他帶上手銬。他們的動作飛快，相當熟練，以致這個混蛋還沒弄清楚發生了什麼事，就被逮捕了。他用黑眼睛瞪著我們，苦笑了起來。

「先生們，這次算你們贏了，我是碰到厲害高手了。我來這裡是因為收到丘比特太太的信，這其中難道有她參與？難道這個計謀是她為你們設計的嗎？」

「希爾頓・丘比特太太重傷在床，現在就快死了。」

這個人發出一聲嘶啞的叫喊，響遍了全屋。

「你胡說！」他拼了命地叫喊，「受傷的是希爾頓，不可能是她，誰會下毒手傷害小艾爾希呢？上帝呀，寬恕我吧！我是逼迫過她，但我絕對不會傷害她一根毫髮。你快收回你剛才所說的話！告訴我她很好！」

「發現這件事時，她傷勢真的很嚴重，就躺在她丈夫旁邊。」

他發出悲哀的呻吟聲，靠在了長椅上，雙手捂住臉，一言不發。過了大

約五分鐘，他抬頭絕望地對我們說：「我沒有必要再瞞你什麼了。若我當時朝一個向我開槍的人開槍的話，應該不算謀殺吧！假設你們以為我傷害了艾爾希，那是因為你們對我根本不瞭解，也不瞭解她。我想世上沒有第二個男人會像我這樣深深地愛著她了。多年前，我有權利娶她，也對她做過承諾，可是那個英國人為何拆開我倆呢？我是第一個有權利娶她的，我要求的只是自己的權利。」

「在她認清你的真實面目後，她想擺脫你，」福爾摩斯嚴厲地說道：「她不想見你，唯一的辦法就是逃離美國，與一個體面的英國紳士結婚。你不甘放棄，這一點使她非常痛苦，你曾經誘惑她，想讓她捨棄她心愛的丈夫，和你這個惡毒的人私奔，可是最終你殺死了一個貴族紳士，又逼她自殺，這就是你所做的事，你會受到法律制裁的，阿貝‧斯蘭尼先生。」

「若小艾爾希死了，那麼我活著還有什麼意思呢？」這個美國人說著，張開了手，看了看手中的那張紙。

「哎，先生。」他眼神中充滿了疑問，大聲地問道，「你不是在嚇我吧！若她的傷勢很嚴重的話，那麼誰寫的這封信呢？」他將信扔在桌子上。

「為了把你叫來，是我寫的。」

「你？除了我們幫中的成員外，其他人並不知道跳舞小人的秘密，你又是如何寫出來的呢？」

「有人發明它，就會有人看懂它。」福爾摩斯說道：「會有一輛馬車把你帶到諾威奇，阿貝‧斯蘭尼先生。現在你也許還可以為你的過錯彌補一下，丘比特太太涉嫌謀殺親夫罪，您知道這件事嗎？我這裡有一些有關你的資料，可以使她免受刑事指控。你最少也應該為她向公眾聲明，她丈夫的慘死與她沒有直接或間接的責任。」

「這正合我意。」這個美國人說道，「我認為最能證明我有理的方法，就是把全部事實講出來。」

「我有義務警告你：這也許對你不利。」警長本著英國刑法公平對待的嚴肅精神大聲說。

斯蘭尼聳了聳肩。

「我甘願冒險，」他說，「幾位先生，我先要向你們說明一下：在艾爾希很小的時候，我就認識她。那時，在芝加哥，我們七個人組成了幫派，其中艾爾希的父親作我們的老大。她父親很聰明，發明了這種密碼，除非你懂得它，否則肯定認為是孩子亂寫亂畫的。艾爾希學了一些我們的生活方式，但她無法容忍這種行當。她自己有了些私房錢，趁我們不注意，一個人跑到倫敦來，那時她早已和我訂婚了，若我不是做那行的話，我想我們早就結婚了。我的這種職業她根本不會忍受的，更不會沾染的，在她和那個英國人結婚後，我才找到她的行蹤。我寫信給她，但是她不理我。沒辦法，我來到了英國。既然寫信無效，我就在她能看得到的地方留下了那些話。

「我來到這裡已經有一個月了，在那個農莊裡我租了一間樓下的房子，每天夜裡我都在沒人知道的情況下，自由進出她家，想盡一切辦法騙她走。當我看到她對我寫的話的回答時，我急了，開始威逼她。她寫了一封信給我，要求我離開這裡，她說她不想讓她丈夫的名聲受到損害，那樣她會心碎的。她還說只要我答應離開這裡，從此不再有任何關係，她願意在凌晨三點在最後一扇窗那裡和我講清楚。那時，她丈夫已經睡著了，她從樓上下來時，想拿錢收買我，我當時真的氣壞了，一把就抓住她的胳膊，想從那裡把她拉下來。也就在這個時候，她的丈夫拿槍衝了過來，艾爾希嚇得癱倒在地上，我和丘比特兩人真正面對面了。那時，我手中也有槍，我想舉槍嚇嚇他，好讓我逃跑，但是他開槍了，卻沒有打中我。同時，我也朝他開槍，他卻倒下了。我慌忙從花園中逃跑，這時我聽到後面有關窗的聲音。先生們，我說的每一句都是真的，後來我什麼都不知道了，直到那小夥子把信送來為止，我像個蠢豬似的，自投羅網。」

這個美國人在說話的時候，馬車已經來了，裡面有兩名警察，馬丁警長站起身來，用手碰了碰那個人的肩。

「我們該走了，先生。」

「我能不能先去看艾爾希一眼？」

「不能，她還沒恢復知覺。福爾摩斯先生，下次如若有重大的案子，希望我還能碰到您。」我們站在窗戶看著馬車離開。我回過身，看見他留在桌

上的紙團，那就是福爾摩斯曾經用來誘捕他的信。

「華生，你看看上面寫的內容。」福爾摩斯笑著說。

信上沒有一個字，只有一行跳舞的小人。

「若你能用我解釋過的密碼，」福爾摩斯說道，「你會覺得它很有意思，『馬上到這裡來』。」我確信這是他根本不會拒絕的，因為他想除了她之外不會再有別人寫這信了。所以，我親愛的華生，最後我們還是利用這些邪惡的小人破案，我認為我已履行了我對你的承諾，是不是給你的筆記本上增添了一些不平凡的資料呢？我想我們該回貝克街了。」

再說一句關於尾聲的話：在諾威奇冬季大審判中，美國人阿貝·斯蘭尼被處以死刑，但由於考慮到一些可以減輕罪行的情況，以及事實確是死者先開的槍，從輕判處勞役囚禁。關於丘比特太太，後來聽說她恢復了知覺，現在自己一個人生活，把全部精力都用在幫助窮苦人和管理她丈夫的家業上。

跟蹤少女的騎車人

　　1894年至1901年期間，夏洛克‧福爾摩斯先生忙碌異常。整體來說，在這八年期間，各式各樣公辦的疑難案件，沒有一件不請教福爾摩斯的，此外，還有數以百計的私人案件，其中有很多複雜且頗具特色的，福爾摩斯也在其中起了很大的作用。在這漫長的連續工作當中，有許多成就是驚人的，還有一些失敗是不可避免的。由於我對這些案件有聞必錄，其中的許多案件我自己也親身參與過，可以想像，想要搞清楚應該公布哪些案件，確實並非易事。不過，我能夠按照從前的作法，優先選擇那些不是以犯罪的凶殘著稱，而是以結案的巧妙和戲劇性來引人入勝的案件。也正因為如此，我才願意把維奧萊特‧史密斯小姐，查林頓的單身騎車人這個案件，以及我們調查到的奇異結局——這個結局以出人意料的悲劇而告終——來講給大家聽。實際上，這案件根本不能為我同伴那業已揚名的才能增光添彩，但案件的一些地方非常突出，完全不同於我的那些從中收集資料寫成了這些小故事的長期犯罪記錄。

　　我翻閱了1895年的案件記錄，找出我們第一次聽維奧萊特‧史密斯談她的事的時間，那是4月23日，星期六。我記得非常清楚，當時福爾摩斯根本不歡迎她的到來，因為那個時候他正在全神貫注地關注著名菸草大王約翰‧文森特‧哈登所遭遇的特別難解的問題。我的朋友最喜歡準確和集中精力，他在辦案的過程中，最討厭別的事來打擾他。儘管如此，他的生性並不是很固執，根本不可能拒絕那位身材苗條、儀態萬方、神色莊重的美麗女子的來訪，聽她講述她的悲慘遭遇，何況她又是在這麼深的夜裡親自來貝克街懇請

他的幫助和指點的。不管福爾摩斯怎樣聲明他的時間很緊湊並且已經排滿，也還是絲毫沒有作用。那個女孩決心已定，非說不可。顯然，她是一個不達目的誓不甘休的人，除非動武迫使她離開，其他方式則毫無可能。福爾摩斯出於無奈，勉強笑了笑，請這位美麗的不速之客坐下，讓她向我們講述她的遭遇。

「我想，不可能是使你的身體健康受到損害的事吧，」福爾摩斯用敏銳的目光上下打量了她一番後說道，「你一定很喜歡騎自行車，我想你的精力很充沛。」

她驚訝地看了看自己的雙腳，同時我也發現了自行車腳踏板的邊緣已經把她的鞋底給磨得起毛了。

「是呀，我是經常騎自行車，福爾摩斯先生。我今天到這裡來的原因，也和這個有很大的關係。」

我的朋友突然抓起女孩沒戴手套的那隻手，就像一個科學家觀看標本一樣，全神貫注又面無表情地檢查著。

「我相信你不會怪我的，這是我的職業本能。」福爾摩斯把女孩的手放下之後說，「我差點錯認為你是打字員了，看得出來，你是位音樂家。華生，我原以為那兩種職業有共同的勻稱的指尖。不過，從她的臉上可以看出有另一種風度。」那女子靜靜地把臉轉向亮的地方，「那正是打字員根本不具備的氣質，我想這位女士肯定是位音樂家。」

「是的，福爾摩斯先生，我是教音樂的。」

「從你的臉色看來，你是在鄉下教音樂吧？」

「是的，先生，在一個叫薩里邊界的地方，靠近法納姆。」

「那是一個好地方，可以使人聯想到很多有趣的事。華生，你一定記得我們就是在那附近抓獲偽造貨幣犯阿爾奇·斯坦福德。對了，維奧萊特小姐，你在那邊遇到什麼怪事了？」

女孩十分平靜地講述以下一段稀奇古怪的事情。

「福爾摩斯先生，我父親已經去世很久了。他叫詹姆斯·史密斯，曾經是帝國劇院的樂隊指揮。我們母女在世上舉目無親，除了一個叔叔，他叫

拉爾夫‧史密斯。他在二十五年前去了非洲，到現在音訊皆無。在父親去世後，我們一貧如洗。可是有一天有個人告訴我們，說在《泰晤士報》上登有一則廣告在尋找我們的下落。你絕對能夠想像得到我們當時的心情吧！當時我們就想，是不是有人留下了遺產給我們，於是馬上按報紙上的地址和姓名找到那位律師。我們在他那裡又碰到了兩個人，一個叫卡拉瑟斯，另一個叫伍德利，他倆是從南非回國探親的。他們告訴我說，我的叔叔是他們的好友，就在幾個月之前由於貧困死在了約翰尼斯堡。他在去世前，請求他們幫忙尋找他的親屬，一定要使我們不再貧困。這一點使我感到莫名其妙。為什麼我叔叔活著的時候並未理會過我們，反而在臨死時卻要特別關照我們？可是卡拉瑟斯說，那是由於我叔叔剛剛得知我父親去世的消息，因此覺得對我們母女有不可推卸的責任。」

「打斷一下，」福爾摩斯說道，「你們在何時見面的？」

「去年十二月，到現在有四個月了。」

「繼續說下去。」

「我不喜歡那個叫伍德利的先生，他是一個非常莽撞的青年，面容虛腫，滿臉的紅鬍子，頭髮凌亂，總是向我拋媚眼。我很討厭他，我相信西瑞爾也一定不願意認識他。」

「噢，西瑞爾是你的朋友吧？」福爾摩斯面帶笑意地說道。

那個女孩微笑著，滿臉通紅。

「是呀，福爾摩斯先生，他是個很棒的電氣工程師，我倆本打算在夏末結婚的。咦，怎麼說起他來了呢？我本想說伍德利先生的，那個人特別討厭，而那位卡拉瑟斯先生相對來說比較有禮，雖然他臉色土黃，臉刮得光光的，但少言寡語，舉止文雅，笑容可掬。他瞭解到我們的情況後，發現我們生活真的很貧困，就想讓我到他家去，做他十歲獨生女的家庭教師。我說我實在不願意離開母親，他就告訴我每個週末可以回家看她。他每年付我一百英鎊，這對我們母女倆來說簡直太豐厚了，最後我就同意了，去了離法納姆有六英里左右的奇爾特恩農莊。卡拉瑟斯先生的妻子剛過世，僱了一個叫狄克遜太太的女管家來照料家事。這位婦人老成穩重，令人敬佩，那孩子長得

很可愛，一切都很好。卡拉瑟斯也很友善，由於大家都非常喜歡音樂，我們晚上在一起過得很愉快。每到週末我便回城裡家中看望母親。

「在我的快樂生活中，第一件不順心的事就是滿臉紅鬍子的伍德利先生的來訪。他在這裡住了一個星期，對我來說，那個星期比三個月還漫長。他太可怕了，對別人橫行霸道，對我更是肆無忌憚。他醜態百出地說有多麼的愛我，又吹噓他是多麼的富有，並對我說要是我和他結婚的話，便能獲得全倫敦最棒的鑽石。當我一再不理他時，突然有一天飯後，他把我擁入懷中，他的力氣有如蠻牛一般，我根本不能掙脫。他對我說如果我不吻他的話，就永遠不放開我。就在這個時候，卡拉瑟斯進來了，把他從我身邊拉走。為此事兩人還發生了口角，鬧翻了，伍德利把卡拉瑟斯打倒在地，還把他臉上弄個傷口，他的來訪也就到此結束。第二天，卡拉瑟斯向我道歉，保證不會再有昨天那種事發生，從那之後我就再也沒見過伍德利先生。

「福爾摩斯先生，現在我就說到正題了，您是知道的，在每個星期六上午我都要騎車到法納姆車站，乘坐十二點二十二分的火車進城去。從奇爾特恩農莊出來，有一段偏僻而荒涼的小路是必經之路，大約有一英里長，它的一邊是查林頓莊園周邊的樹林，另一邊是查林頓石楠灌木地帶。再也找不到比這段路更荒涼的地方了。在沒有到達克魯克斯伯里山路之前，根本碰不到馬車，更別提農民了。在兩個星期前，我從這裡經過時，偶爾回頭看了一眼，發現有個男人在我身後大約兩百碼左右騎車，看來應該是個中年人，鬍子短短的而且很黑。在到達法納姆之前，我再回頭看時，那個人早已不見了，因此我再也沒有想過這件事。不過，福爾摩斯先生，我星期一回來的時候，在那段路又看到那個人，可以想像得出我有多驚異。在以後回家的日子裡，同樣的事一直在發生，使我更感到奇怪了。那個人總是與我保持著一段距離，也從未打擾過我。不過這件事想來也怪呀，我便告訴了卡拉瑟斯先生，我知道他對此事特別重視。他買了一匹馬和一輛輕便馬車，我想以後再經過那裡就有伴了。

「不知為什麼，馬和輕便馬車這個星期沒有到貨，我只好騎車去火車站了，這也就是今天早上的事。當我來到查林頓石楠灌木地帶時，向遠處一

看，一點也沒錯，那個人就在那地方，和兩個星期以前一模一樣。那個人還是離我很遠，我根本看不清他長什麼樣，但我肯定我不認識他。他穿一身黑衣，戴一頂布帽，我唯一能看清楚的便是他臉上的黑鬍子。今天我滿腹疑團，一點害怕的感覺都沒有，就是想把這件事搞清楚，看看他想幹什麼。我慢騎他也慢騎，我停下他也停下。於是我心生一計來對付他。在路上有一處急轉彎，我就緊蹬一陣拐了下去，然後停車等他。我原本希望他能快速轉過來，而且來不及停下車子，衝到我前面去。但他一直沒過來，我就原路返回，在那拐彎處四下張望，在目力可及的一英里遠的地方我根本看不到他的影子。尤其令人詫異的是，這地方根本沒有岔路，他根本無法離開。」

福爾摩斯輕輕笑了一下，搓著雙手。

「這件事確實很特別，」他說道，「從你轉過彎去到你發現路上無人，有多長時間？」

「兩三分鐘吧！」

「你是說那裡沒有岔路？他應該來不及從原路退回呀！」

「是的，根本沒岔路。」

「他肯定是從路旁人行小道離開的。」

「不會從石楠灌木地段那一側，不然我會看見他的。」

「那就用排除推理法，我們查明了一個事實，他是向查林頓莊園去了，就我所知，莊園宅基就在大路的一旁。還有其他情況嗎？」

「沒有了，福爾摩斯先生。因為我感到很困惑，很不痛快，所以才來見你，求得你的指點。」

福爾摩斯一言不發，靜靜地在那裡坐了一會兒。

他最終問道：「與你訂婚的那位先生在哪裡？」

「考文垂的米德電氣公司。」

「他會突然來看你嗎？」

「啊，福爾摩斯先生，難道我會不認識他嗎？」

「還有其他男人追求過你嗎？」

「在我認識西瑞爾之前有幾個吧！」

「從認識他以後呢？」

「假若把伍德利也算做一個愛慕我的人的話，那就是那個可怕的人了。」

「沒有其他的嗎？」

我們那位美麗的委託人似乎有難言之隱。

「他是誰呀？」福爾摩斯問道。

「噢，這也許純粹是我胡思亂想的，可是有時候，我感覺卡拉瑟斯對我有那個意思。我們經常在一起，晚上我要為他伴奏，可是他從未說過什麼。他是個不錯的人，但對女孩來說，對他的意思心裡還是比較明白的。」

「哈！」福爾摩斯特別嚴肅地問道，「他以什麼為生呢？」

「他是一個很富有的人。」

「可是他怎麼沒有馬匹和四輪馬車呢？」

「啊，至少他生活得很富裕，每個星期都要進城兩三次，特別關注南非的黃金和股票。」

「史密斯小姐，你要把一切新發現的情況都告訴我。雖然現在我真的很忙，但我絕對會擠出時間來幫你把這案子搞清楚。在這期間，不要輕易採取任何行動。再見了，我確信我們能夠得到你的好消息。」

「這樣美麗可人的女孩有些追求者也不為怪呀，」福爾摩斯一邊抽菸一邊說道，「不過，為什麼要在偏僻路段騎自行車追隨。可以肯定的是，這是一個暗戀她的人。這都是很奇特和引人深思的細節，華生。」

「你的意思是指他只會出現在那一個地方？」

「沒錯。我們要做的第一件事是查清楚誰租用了查林頓莊園，再查一下卡拉瑟斯和伍德利的關係。因為他倆是不同類型的人，可是他們又為什麼急著查訪拉爾夫·史密斯的親人呢？還有，卡拉瑟斯家明明離車站有六英里遠，可是為何連匹馬也沒有呢？還要偏偏付雙倍價錢來僱一名家庭女教師，這是什麼樣的治家之道呢？奇怪啊，華生，太不可思議了！」

「你會不會調查呢？」

「不，親愛的朋友，你去調查就可以了。這很可能是一件沒什麼大不了

的小小陰謀吧，你必須藏在那附近去親自觀察，根據自己的所見見機行事，然後再調查一下誰住在查林頓莊園，回來再向我報告。華生，現在希望你能弄到幾件有利的證據，我對這件事沒別的要說了。」

那個女孩告訴我們，她每個星期一都是乘坐九點五十分的火車，從滑鐵盧站出發，所以我必須提前搭乘九點十三分抵達的火車。到了法納姆車站後，我沒費多大力氣便問清了查林頓那一帶的地形。那個女孩被跟蹤的地方我怎麼能錯過？在那段路，一邊是開闊的石楠灌木帶，另一邊是老紫杉樹籬環，繞著一座莊園。在莊園裡有一條長長的石子路。在大門兩側的石柱上，全是破損的花紋圖案。除了中間行走的石子路以外，我查看到幾處樹籬都有缺口，可作為小道穿進去。在路上根本看不到住處，四周顯得陰森恐怖。

石楠地帶開滿了一叢叢黃色的金雀花，在燦爛的春日驕陽下閃閃發光。我早已在灌木叢中選好了藏身的地方，以便能夠在觀察莊園大門的同時又能看到那長長的路。在離開大路時，路上一個人影都沒有，現在有個穿著黑色衣服，臉上留著黑鬍子的人，騎著車向我這邊來了。當他走到查林頓住宅的盡頭時，跳下車進入樹籬中的一個缺口，消失在我的視線中。

大約有15分鐘，第二名騎車人出現了，這便是那個可愛的女孩。我看見她騎到查林頓樹籬處時四下張望，過了一會兒，那個男人走出了藏身之處，騎著車緊跟其後。在那遼闊的如畫風景中，只有這一前一後的人影在活動。那位儀態萬方的女孩筆直地騎在車上，而她身後的男人低伏在車把上，一舉一動都帶有莫名其妙的鬼鬼祟祟的形跡。她回頭時放慢車速，他也隨之放慢。女孩下車他也下車。就在相距二百碼的地方。女孩下一步舉動便是以預料不到的速度突然轉頭衝向了他，而他與女孩一樣地快，不顧一切拼命似的逃跑。女孩立刻返回原路，臉上露出驕傲的表情，不再去理會那膽小的傢伙了。他又轉了回來，繼續跟著，直到他們轉過大路我看不到他們為止。

那時我依然藏在暗處，這樣做是很恰當的。一會兒，那個男人又出現了，他慢慢地騎車回來了。他進了莊園大門後下了車，然後在樹叢中站了幾分鐘，舉起雙手，好像在整理領帶。隨後又騎著車從我身邊經過，朝莊園方向騎去。我從石楠灌木地帶出來，朝樹林縫隙處看去，那古老的灰樓矗立

著，很可惜那車道被一片濃密的灌木叢給擋住了，我根本看不到那個騎車人了。

不過，我想我做得不錯了，就高興地走回法納姆車站。關於查林頓莊園，我無法從當地房產商那裡得到更好的資訊，只得知在一個月前已經被人租了，租給了一個很體面的老者，叫威廉森。那位很有禮貌的房產商說不能再多介紹了，他認為現在已經涉及到他的主顧了。

那天晚上，夏洛克‧福爾摩斯先生認真地聽著我的報告。我原本認為他會稱讚我，可是我沒有聽到一句讚揚我的話，正好相反，他對我所做的事和應完成而未完成的事做了詳細的評論，從那嚴肅的面容來看，他和平常真的不太一樣。

「我親愛的華生，你想得也太過簡單了吧，怎麼能挑了那個不合適的地方隱身？你應該躲在樹籬後面，以便能夠更加仔細地看清那位有趣的人。而實際上，你躲的地方距離那裡有好幾百碼，你所瞭解的情況還不如那位小姐多。她認為她和那個人根本不認識，我卻認定她肯定認識他，要不然的話，他為何怕那個女孩靠近他呢？你說他趴在車把上，不就是為了不讓人看清他的長相嗎？你做得太糟了。他進了那個宅子，想得知他是幹什麼的，卻跑去問房產經紀人！」

「我該怎麼做呢？」我有點頭昏眼花地高聲喊叫道。

「去那附近的酒店，那樣你會得到更多的資訊。大家會說出每個人的名字，從主人到幫廚的女僕。至於那個叫威廉森的人，我對他一點印象都沒有。若他是位老者的話，就不會是那靈活的騎車者，絕對不是那個在女孩迅猛的追趕下依然能夠逃脫的人。你這次行動唯一的收穫就是證實了女孩講的是實情，這個我根本就未懷疑過，我肯定騎車人和莊園有關係。誰又能保證威廉森租用了莊園呢？好吧，我親愛的華生，不要那麼沒有自信心。星期六以前，我們還能做好多事，這段期間我還可以做一兩次調查。」

第二天一大早，我們接到一封來自史密斯小姐的短信，簡單地講了我親眼看到的那件事，可是信的主要內容卻在附言裡。

我想告訴您的，就是現在我的處境很尷尬，我確信您會考慮我所吐露的秘密。我的雇主已經向我求婚了，我的確相信他對我的感情很深。這時，我把我已訂婚的事告訴了他。他把我的拒絕看得非常嚴重，但他非常友好。您可以明白，我現在的處境有多窘困了。

「我們的年輕委託人看來是麻煩纏身了。」福爾摩斯看完信，若有所思地說道，「這個案子，比我原先設想的更為有趣，發展的可能性也更多了。我想我應該去鄉下度過一個平靜的日子了。我今天下午必須去一趟，並且把我所形成的一兩點想法檢驗一下。」

福爾摩斯在鄉下過了個特別的日子，結局更是不同凡響。他很晚才回到貝克街，嘴唇被弄破了，額頭青腫著，樣子別提多狼狽了。他對自己所做的感到非常滿意，一邊講一邊哈哈大笑起來。

「積極的鍛鍊非常有用，可惜的是我以前鍛鍊得還不夠好。」福爾摩斯說道，「你是瞭解的，我會一些英式拳擊打法。如若偶爾用上它，還是不錯的，要不然的話，就要遭到非常可恥的慘敗了。」

我讓他說說到底發生什麼事了。

「我去了那附近的鄉村酒店，在那裡細心地做調查。在酒吧裡，愛說閒話的店老闆說了我想要知道的一切。威廉森是個老頭，滿臉長著白鬍子。他和幾個僕人住在那裡，聽說他曾經做過牧師，但在這很短的時間裡，有一兩件事讓我感覺他根本不是牧師。我曾向一個牧師機構查詢過，他們說，曾經有一個叫這名字的牧師，但在過去做了很多不光彩的事。那店主還說，每到週末的時候，莊園中總會有一群地痞流氓來，尤其有一個蓄紅鬍子的人，叫伍德利，這裡面總少不了他。正說到這裡，那位叫伍德利的人走了過來，原來他一直在隔壁的酒吧喝啤酒，我們之間的談話都被他聽到了。他想知道我是誰，幹嘛要問這些問題，到底要做什麼。他口若懸河，最終他一頓臭罵，凶惡地對我反手一擊，我沒有來得及躲避，接下來變得更有意思。凶徒不停地打我，我就成了現在這副樣子。伍德利先生先坐車走了，我的鄉村之旅也就到此結束了，我這一天的薩里邊界之行的收穫未必多過於你。」

我們在星期四又收到那個女孩的信，她是這樣寫的：

福爾摩斯先生，我即將辭掉卡拉瑟斯家的工作，您聽後是否會覺得奇怪？即使有豐厚的報酬，我也不願忍受這窘困的處境。我將在週末回城，不會再去那裡了，卡拉瑟斯先生早已為我備了一輛馬車，我想在偏僻車道上所曾有的危險不會再有了。

關於我辭職的具體原因，不光是我和卡拉瑟斯先生的特殊處境，還有那令人討厭的伍德利先生又來了。他本來就讓人害怕，現在的那副樣子就更恐怖了。可能他出了什麼事，變得更加不像樣了。令我高興的是，我沒有遇到他，他和卡拉瑟斯談了很長時間，在那之後卡拉瑟斯先生非常激動。伍德利先生根本沒住在他家，我想他肯定住在附近。今天早上我又看見他偷偷摸摸地在灌木叢裡活動。我不久就會在這地方碰到那凶狠的吃人猛獸，真的說不出有多氣憤和恐慌了。卡拉瑟斯先生怎麼能容忍這個混蛋呢？我想這一切的煩惱即將結束了。

「我相信是這樣的，華生，」福爾摩斯嚴肅地回答道，「在這個女孩附近存在著一場極其隱蔽的陰謀，我們有責任去那裡一趟，不能叫任何人去騷擾她的最後一次行程。華生，我認為我們星期六早上應該早點過去，以便能夠確保我們這次特別的調查不要遭遇不幸。」

我不否認，到現在為止，我還是沒有重視這個案子，我認為其中並沒有任何危險，只是覺得有些荒誕罷了。男人喜歡女人並潛伏在她的周圍，這很自然呀！若他大膽些，肯定能向她求愛。但在女孩接近他時，他卻逃跑了，可見他並不是很可惡的凶徒。那個混蛋伍德利又另當別論了。但除了那次外，我想他再沒有對我們的朋友進行過騷擾。這幾天來，他到卡拉瑟斯家，想必也沒闖到她跟前吧！那個騎車人肯定是週末聚會中的一員，可是他又是誰呢？他要做什麼呢？這些都還是模糊不清。福爾摩斯表情嚴肅，他離開屋後，把手槍帶在了身上，這使我感到這件怪事的背後肯定有隱藏的悲劇。

一夜的大雨之後，早上陽光是那麼燦爛，村中的石楠灌木叢中點綴著一

叢叢金雀花，金光燦爛。對於我這個厭煩倫敦陰晦的天氣的人來說，覺得眼前美不勝收。我倆在寬闊的沙路上漫步，呼吸那清新的空氣，眼前的鳥語花香更令人神往，到處充滿了生機。我們從克魯克斯伯里山巔的大路高處，能夠看見古老的橡樹叢中不祥的莊園聳立在那裡。橡樹本就古老，但與它相擁的莊園比較，仍顯年輕了許多。福爾摩斯指了一段長長的小路，它在棕褐色石楠灌木和嫩綠的樹林之中，路就像條紅黃的帶子。遠處，有一個小黑點向我們相反方向駛去。福爾摩斯焦急地驚呼了一聲：

「我差了半個小時，」福爾摩斯說道，「如果她坐在那裡面，肯定是想趕早班火車。華生，我倆恐怕是來晚了，不能和她見面了，她已經過了查林頓莊園了。」

不知不覺中，我們已經走出了高處的大路，早已看不到那馬車了，但我們必須加快速度趕路。他的速度如此之快，讓我開始感覺到平時不多做運動的壞處了，因此只得落在後面。不過，福爾摩斯一向身體很好，他總是有用不完的力氣，他從未放慢過腳步。突然，他在離我有一百碼遠的地方，舉起雙手做了一個失望的手勢。這時，那輛空馬車從大路的轉彎處拐了過來，那馬韁繩拖地，一路小跑，朝我們這方向駛來了。

「太晚了，華生，太晚了……」當我上氣不接下氣地跑向他時，他朝天大聲喊叫，「我太蠢了，怎麼就沒想到她很可能趕早班列車呢？肯定有人劫持了那位女孩，華生，對，是劫持！是謀殺！天知道，這到底是什麼？把路堵住！快把馬攔住！對了，快，上車，看看我們是否能夠彌補這個大錯所造成的後果。」

我們立即跳上車子，福爾摩斯掉轉馬頭，使勁地朝馬身上打了一鞭子，我們朝大道方向快速返回。在我們轉過彎時，面前就是莊園和石楠地段間的整條大路，我緊緊地抓住福爾摩斯的胳膊。

「就是那個人！」我氣喘吁吁地說。

一個騎車人朝我們趕來，他低著頭，雙肩圓圓的，使出全身的力氣蹬著車，就如同賽車手那樣猛蹬。突然他抬起長滿鬍子的臉，看到我們就在眼前，便跳下車，那蒼白的臉色與黑色的鬍子成了鮮明的對比。他雙眼閃亮，

好像處於過度興奮的狀態，然後睜大眼睛緊盯著我們和那車子，臉上呈現出驚詫的神色。

「哎，停下來！」他朝我倆大聲喊道，用他的自行車擋在路中間，不讓我們通過，「你們是怎麼弄到這輛車的？快停下來！」他從口袋裡拿出手槍大聲喊著：「快停車，否則的話，我可要朝著馬開槍了。」

福爾摩斯把韁繩給了我之後，從馬車上跳了下來。

「你就是我們想要找的那個人，快說，維奧萊特・史密斯小姐在哪裡？」福爾摩斯清楚地質問。

「我還想問你們呢，那輛馬車是她坐的，怎麼會在你們手中？你們把她怎麼樣了？她現在在哪裡？」

「我們是在路上看到這馬車的，上面早已沒人了，我們回來就是想去救那位女孩的。」

「天吶！我該怎麼辦才好呢？」那個人絕望地大聲喊道，「他們把她抓去了，那個該死的伍德利和那個混蛋牧師！快快，先生，假如你們真是她的朋友，那就快幫我去救她吧！我就是死在查林頓森林也在所不惜。」

他拿著那把槍，就像瘋了一樣，朝樹籬的一個缺口跑去，福爾摩斯緊緊跟在他的後面，我把馬放在路邊吃草，也跟著進來了。

「這裡就是他們剛經過的地方。」陌生人指著泥濘小路上留下的腳印說，「喂，等一下，灌木叢裡是什麼人？」

那是個十七八歲的小夥子，從穿著上看就像個馬夫，穿皮褲打綁腿。他當時昏倒在地上，蜷起雙膝，頭上有一道令人恐怖的傷口。我看了看傷口，並沒有傷到骨頭。

「這就是那個馬夫彼得，」騎車人喊道，「就是他趕的車，肯定是那些混蛋把他拉下車、打傷了他。讓他先在這裡躺著吧，我們現在顧不了他了。但我們可以把一個女人從她遇到最壞的厄運中救出來。」

我們瘋了般朝林中的盤曲小路跑去。剛到圍繞宅院的灌木叢，福爾摩斯便停了下來。

「他們根本沒有進去，左邊還有他們的腳印。就在這裡，月桂樹叢旁，

啊，果真沒錯，就在那裡。」

他正說時，突然傳出來一陣女子的尖叫聲，在我們面前的那片濃密的綠色灌木叢裡傳出來一種極度恐怖的狂叫聲。突然那聲音消失了，接著便是一陣窒息的「咯咯」聲。

「他們在滾球場，」那個騎車人闖入灌木叢，對我們說道，「這些混蛋！先生們，快跟我來呀！太遲了！太遲了！」

我們猛地闖進那片由大樹圍著的林間綠地，草地那一邊的大樹下有三個人，我們的委託人就在其中，她的頭垂著，可能昏過去了，嘴巴被手帕摀著。她面前是那個令人生厭的伍德利，他腿上紮著綁帶，兩腿叉開，一手叉腰，另一手拿著鞭子晃動，顯得非常高傲。在這兩個人之中還站著一個花白鬍鬚的老頭，穿了一件淺色花呢的上衣，外套是白色短法衣。這裡看起來像剛剛結束了一場婚禮儀式。看到我們剛到那裡，他立即把那本祈禱書裝進口袋，隨即指了指那混蛋新郎的背，愉快地向他祝福。

「他們不會是正在舉行婚禮吧！」我上氣不接下氣地問。

「來吧！」我們那位領路人喊著，「快來！」

他衝向林中的空地，我倆緊跟其後。當我們趕到女孩面前時，她搖搖晃晃地靠著樹，以防摔倒了。那個自稱牧師的人，嘲弄地向我們深深地鞠了一躬。那混蛋伍德利狂吼一通後，得意洋洋地大笑著，向我們衝來。

「你現在把鬍子摘掉吧，鮑勃！」他說道，「我認識你，一點也不含糊，你們來得正是時候，我正要向你們介紹一下伍德利太太。」

我們的領路人用他獨特的方式回答了那個混蛋，他拉掉了偽裝用的黑鬍子，把它扔到地上，那刮得光光的土黃色的臉孔就露出來了。然後他舉槍對準那年輕的暴徒，而那暴徒正要揮鞭朝我們打來。

「是的，」我們的夥伴說道，「我就是鮑勃·卡拉瑟斯，我要看看那位女孩現在好不好，要是她受到什麼傷害我非殺了自己不可。我跟你說過，如果你再打擾她，我要做什麼。皇天在上，我說到做到！」

「晚了，她早已成為我的太太了。」

「不會的，她只不過是你的寡妻罷了。」

槍聲真的響了，我看見從那混蛋的胸前噴出了鮮血，他大叫一聲，身子一歪就倒下了。那醜八怪似的紅臉立即變得蒼白無色，樣子恐怖極了。那老頭依然穿著白法衣，張口大罵，那些髒話我真的是第一次聽說。他從口袋中掏出了手槍，還未來得及舉起，福爾摩斯的槍口早已瞄準了他。

「行了，」我的夥伴冷冰冰地說，「把槍放下！華生，你把槍拿過來！對，把槍對著他的頭！好的，非常感謝。還有卡拉瑟斯，你也把槍交給我，我們絕不能再動用武力了。好的，把他的槍也拿過來！」

「你是誰？」

「我叫夏洛克·福爾摩斯，先生們。」

「噢！」

「我從表情上看得出來，你們也許很早就認識了吧！不過在警察到達這裡之前，一切事情全由我來處理。喂，你！」他朝著樹林中空地那邊一個被嚇傻的馬夫喊道，「到這邊來，騎馬把這信送到法納姆。」福爾摩斯從本子上撕了一張紙，在上面匆匆地寫了幾句，「把這張紙條交給警長，在他到來之前，我必須代他監視他們。」

福爾摩斯那堅強的能主宰一切的氣勢控制著這悲慘的場面，那些人都完完全全地順從他。威廉森和卡拉瑟斯把受傷的伍德利抬進屋裡，我扶著那位受了驚嚇的女孩。可惡的傷者被抬到了床上，福爾摩斯要求我替他檢查傷勢。我把檢查結果告訴他時，他正坐在老式飯廳裡，裡面還掛有壁毯，被監視的威廉森和卡拉瑟斯坐在他前面。

「他沒有死。」我說道。

「什麼！」卡拉瑟斯從椅子上跳下來，大聲叫喊道，「我先到樓上把他解決了再說，你們不會要告訴我，那位美麗動人的女孩就要受這混蛋伍德利一生的折磨吧！」

「這還用不著你來過問，」福爾摩斯說道，「她絕對不會成為他的妻子的，有兩條理由可以證明，第一，我們有絕對把握懷疑威廉森的牧師身分。」

那個老混蛋喊著，「我受過聖職。」

「早就被免了吧！」

「一天做了牧師，終身都不會變的。」

「我看不可能吧，結婚證書在哪裡？」

「有呀，就在口袋裡！」

「從這看來，你們是靠算計他人得來的，無論如何，只要是強迫的婚姻就是無效的，並且罪行會非常嚴重。在今後這十年裡，你有好多時間來想清楚它。對於卡拉瑟斯來說，你如果不從口袋中取出槍的話，你會表現得更加出色的。」

「我現在才開始這樣想，福爾摩斯先生。不過，只要我想起為我所愛的女孩所做的一切，就不會後悔。福爾摩斯先生，你知道嗎？這是我一生中第一次懂得什麼叫愛。一想到她落到那幫南非最凶狠的歹徒的手裡時，我會發瘋發狂。從金伯利到約翰尼斯堡，沒有人聽到他名字而面不改色的。您也許很難信任我，不過我早就知道他們這幫混蛋藏在這個宅子裡。從她接受我的聘請之日起，她每當經過這裡時，我都騎車護送她，我總是與她保持一定的距離，戴上假鬍子，以免她認出我來。因為這女孩太好了，若要讓她得知我跟蹤她，我想她更不會在我家受我僱用了。」

「你為什麼不向她說明這裡有危險呢？」

「因為要是這樣的話，她不是還要離開嗎？我不願這種事發生，不管她對我怎樣，只要她能待在我家，每天能夠看到她那清秀可人的容顏，聽到那清脆美妙的聲音，我就心滿意足了。」

「嗨，」我說道，「你認為這是愛嗎？卡拉瑟斯先生，我認為這叫做利己主義。」

「也許這兩者都存在，不管怎樣，我不願她離開我。再說了，她周圍潛伏著這幫歹徒，最好身邊有人照看，後來我接到那封電報，知道他們要採取行動了。」

「什麼電報呀？」

卡拉瑟斯從口袋裡把那份電報拿出來。

「就是這個。」他說道。

電文內容很簡單：老兒已死。

「噢！」福爾摩斯說道，「我現在知道這一切了。而且我也明白了，正如你所講的，這封電報真的會把他們往絕路上逼。你們可以一邊等警察，一邊把你所知道的事情告訴我。」

那個假牧師罵出一連串的髒話。

「上帝！」威廉森說道，「如果你把我們的事告訴這位偵探，鮑勃，我會用你對待伍德利的方式來收拾你。你可以隨心所欲地把那位女孩的事說得天花亂墜，那是你自己的事。」

「尊敬的牧師大人，不必激動呀！」福爾摩斯點著菸說道，「這個案子對你們很不利吧，這是十分清楚的。我是出於對這個案子的好奇而已，想問幾個細節問題，如果你們不願講的話，那就由我先來講講吧！一會兒你們就會明白你們根本無法再隱瞞任何秘密了。第一，你們三人從南非回來是演一場戲。」

「一派胡言。」威廉森說道，「在兩個月前，我從未見過他們，哪談得上我從非洲回來呀！你這愛管人家閒事的傢伙，你把這些謊言放進你的菸斗裡一起燒掉吧！」

「他講的是實情。」卡拉瑟斯說。

「好好，他們兩人是從南非來的，而你這位可親可敬的牧師算作本地產品。他們倆在南非時認識了那位女孩的叔叔拉爾夫・史密斯，想到他時日不多了，而你們又得知他唯一的侄女將繼承他的所有財產，我說得正確嗎？」

卡拉瑟斯連連點頭，威廉森則破口大罵。

「你們非常肯定，她將是他財產的唯一繼承人，同時更瞭解到那老人也不會留什麼遺囑。」

「他既不認識字，也不會寫字。」卡拉瑟斯說道。

「於是你們倆不辭辛苦，萬水千山地尋找這位女孩。你們決定其中一人娶她為妻，另一個則分得一半的贓款。出於某種理由，伍德利選上做丈夫，這是怎麼回事？」

「我們在回來的路上打牌時，用那女孩作為籌碼，結果他贏了。」

「我知道了，你聘請那位女孩到你家中做教師，是想給伍德利創造機會。不過值得慶幸的是，那位女孩看出伍德利不是個好東西，不願與他交往。就在這個時候，你也深深地愛上了她，這完全背離你們的陰謀，你根本無法忍受這位女孩被那個可恨的傢伙佔有。」

「是的，實際上，我真的不能再忍耐下去了。」

「因此，你們產生了分歧並大吵起來，他憤怒之下一走了之，自己想法子去了。」

「威廉森，你看，我們要說的這位先生都說了，已經所剩無幾了。」卡拉瑟斯苦笑著大聲喊叫道，「是呀，我們過去爭吵過，他打了我。不管怎樣，在打架方面，我們不相上下。再後來，我一直沒有見到他。原來他認識了這位被免職了的牧師，我看見他們在這個莊園租了房子，這正是去車站的必經之路。在這之後，當我瞭解到很危險時，就很細心地照看她。我不止一次地去看他們，很想知道他們在做什麼。就在兩天前，伍德利拿著那份拉爾夫已經去世的電報來找我，問我還按照以前的計畫來完成這件事嗎？我說不行。他問我是不是想自己娶那個女孩，然後把一半財產給他。我說我很願意這樣做，可是那個女孩不同意。伍德利說道：『讓我們先娶到她，過一段時間後，她對這件事的看法很可能就有所不同了。』我說，我不要用暴力手段，於是他就表現出了那種流氓本色，口裡不停地說著髒話離開了，還發誓說一定要把她搞到手。她想這個週末就離開，我替她弄了一輛輕便馬車，但還是不放心，因此騎車趕了上來。但她早早地就出發了，還沒等我追上她，事情就發生了。我一看見這兩位先生把她乘坐的馬車趕了回來，就知道一定是出事了。」

福爾摩斯站起身來，把菸蒂扔進了壁爐，「我的感覺向來很遲鈍，華生。」他說道，「你在向我報告說，那騎車人在灌木叢中整理領帶，我就全明白了。不過我們還是很幸運呀，遇到這樣一件稀奇古怪的事，在某一特定角度上看，又是世界上唯一的怪案子。我看見三名警察從車道上過來了。我很高興，那小馬夫和他們走得一樣快。因此，無論是那可憐的假牧師，還是那有意思的新郎，都將受到法律的制裁。華生，我認為憑你的醫務能力，可

以幫她恢復健康，我們再送她回娘家。若她仍未恢復的話，你可以告訴她，我們會發電報給米德蘭公司的年輕電學家，這也許能夠幫助她。對於你，卡拉瑟斯先生，我認為你的行動已經做了最大的彌補。這是我的名片，如果在審判中，我們能夠幫助你的話，隨時保持聯絡。」

在那些接踵而來的活動中，讀者大概也有所發覺，我往往很難對我的記敘文加以潤色，並且寫出讀者可能期望的那些稀奇古怪的最終詳細情節。每個案件都是另一個案件的序幕，而關鍵時刻一過，那些人物也就退出了我們忙亂無序的生活。不過，我還是找出了記錄此案的草稿，結尾有這樣一段簡錄，維奧萊特·史密斯小姐真的繼承了那大筆的財產，現在她成為了莫頓和甘迺迪公司的大股東，也是那位年輕電學家西瑞爾·莫頓的妻子。威廉森和伍德利兩人因誘拐和傷害罪受審，威廉森被判七年，伍德利被判十年。我沒有聽到有關卡拉瑟斯的任何情況。不過我相信，對於伍德利這樣一個惡劣的歹徒，法庭不會太過苛刻地看待卡拉瑟斯對他的傷害的，我想法官判他幾個月的監禁也就夠了。

小公爵的神秘失蹤案

在貝克街這個小小舞台上，我們已經看到許多不同凡響的人物的出場和退出。可是在所有的記憶中，那個曾獲碩士、博士學位的桑爾尼克夫特・賀克斯塔布林的首次登場讓人覺得最突然和令人驚詫。那張幾乎印不下他全部頭銜的小小的卡片剛被送來的幾秒鐘，他本人也緊跟著進來了。他身材高大，氣宇軒昂，神情莊重，彷彿集冷靜和沉著於一身。但在他走進屋裡關上門後，竟搖搖晃晃地靠在桌子上，隨後便癱倒在地板上。那高大威武的身軀頃刻間倒在壁爐前的熊皮毯子上，他昏了過去。

我們趕緊站起來，片刻間，我們驚訝地、默默地看著這個如同巨大的船艦似的人，顯然在他那寬廣的生命海洋中遭遇了激烈的、致命的暴風雨。福爾摩斯急忙在他頭下塞了一個座墊，我也趕緊把白蘭地放到他嘴邊。他陰沉而蒼白的面孔，布滿了憂愁的皺紋，眼睛緊閉著，眼窩發黑，嘴角鬆鬆地往下垂著，鬍鬚沒有修剪，顯得凹凸不平。可以肯定，在我們面前躺著的是一個憂傷過度的人。

福爾摩斯問道：「華生，這到底是怎麼回事？」

「極度衰竭，可能是由飢餓和過度疲勞所致。」我一邊說著一邊測著他細微的脈搏，察覺到他的生命之流已由噴湧的泉水變成了涓涓的小河。

福爾摩斯從那個人放錶的袋中拿出一張火車票，說道：「這張是從英格蘭北部的麥克爾頓到倫敦的往返車票，現在還沒到十二點，他肯定很早就出發了。」

過了一會兒，他緊閉的眼瞼開始抖動，並抬起了頭，用那雙灰色呆滯的

眼睛看著我們，隨後他用盡力氣爬起，羞愧得滿臉通紅。

「福爾摩斯先生，請原諒我剛才不敬的表現，我真的是太累了。我想拜託您，先給我一杯牛奶和幾塊餅乾，那樣我也許會好一點。謝謝您，先生，我親自來這裡是想請您務必和我去一趟，這個案子緊迫得用電報根本說不清楚。」

「等會兒，您先恢復好些再說吧⋯⋯」

「我現在已經很好了。我從未想到自己會這般虛弱，福爾摩斯先生，我想讓你坐下一班火車跟我到麥克爾頓。」

我的朋友搖了搖頭。

「我的同伴華生醫生會把我們現在的情況告訴你的。費爾斯檔案還等著我處理呢，還有那個阿巴加文尼家的謀殺案也將開庭，現在除非有更加嚴重的案件發生，否則我絕對不會離開倫敦的。」

我們的客人攤開雙手大聲喊道：「大事啊！霍爾德內斯公爵的獨生子被綁架了，您一點也不知道嗎？」

「你說什麼，是那位前內閣大臣嗎？」

「是的，我們曾經盡力不讓新聞界獲悉，可是昨晚流言早已在環球戲院上演了，我想此刻您或許也聽說一點了吧！」

福爾摩斯趕緊在許多參考資料裡，伸手拿出「H」卷。

「『霍爾德內斯，第六世公爵、嘉德勳爵、樞密院顧問⋯⋯』頭銜夠多了！『伯維利男爵，卡斯頓伯爵⋯⋯』天啊，數不清的頭銜。『從1900年起擔當哈萊姆郡的郡長，1888年娶愛迪絲・查理・愛波多爾爵士的女兒為妻。他又是薩爾特爾勳爵的唯一繼承人和獨生子，擁有二十五萬英畝的土地，在蘭開夏和威爾斯這兩個地方有礦產。住址是卡爾頓住宅區，哈萊姆郡霍爾德內斯府邸；威爾斯，班戈爾，卡斯頓城堡。1872年擔任海軍大臣，曾擔當首席國務大臣⋯⋯』他確實是國王最偉大的臣民之一了。」

「不僅最偉大而且還最富裕，福爾摩斯先生。我瞭解您是這方面的行家，而且會用盡全力解決這件事。不過我可以告訴您，公爵大人說了，誰能查出他兒子被綁架的地方誰就能夠得到五千英鎊的鉅款；若能講出綁架人的

名字的話，就會再多得一千英鎊。」

福爾摩斯說道：「這麼豐厚的報酬啊！華生，我看咱倆就跟賀克斯塔布林博士去一趟英格蘭北部吧！博士，您先喝完牛奶，再把發生的事情跟我們說一遍。還有您和這案子有何關係？您好久沒修鬍鬚了，為何在事情發生了三天才想起我們，想讓我們出些微薄之力呢？」

我們的客人喝了牛奶，吃過餅乾之後，他的眼睛光芒四射，臉蛋慢慢變得紅潤有光澤了，這時他才開始有力而清晰地講述事情的全部過程。

「先生，我先得聲明一下，修道院公學是一所預備性的學校，我是那所學校的開創人兼校長，您也許從《賀克斯塔布林對賀拉斯之管見》這本書中看見過我的名字。從一般意義上來說，修道院公學在英格蘭是最好的預備學校。布萊克沃特的萊瓦斯托克伯爵和卡其卡特·索姆茲爵士等人都把他們的兒子託付給我。三個禮拜前，霍爾德內斯公爵讓他的秘書王爾德先生來說了一下，他也想把他的獨子和唯一的繼承人、十歲的薩爾特爾勳爵託付給我。那時，我意識到學校的巔峰時期到了，萬萬沒有想到這正是我悲慘命運的前奏曲。

「五月一日那天，那孩子來到了學校。當時夏季學期剛剛開始。他是個討人喜歡的小男孩，並且迅速地融入我們這裡的生活。我相信——我講話做事都很慎重，可是發生這件不幸的事情，我就不應該再隱藏什麼了——他在家中根本不快樂，公爵的婚姻生活並不太平，這是一個大家公認的秘密了，後來兩人協議分居，公爵夫人將在法國南部長期生活，這件事發生的時間不太長。我們瞭解到這孩子對他母親的感情非常深厚，在她母親離開他以後，他整天悶悶不樂，公爵不得已才把他送到我們學校，他到我們學校只不過兩個星期而已，便和我們很熟悉了，他也過得非常愉快。

「我最後一次見到他是在五月十三日晚上，也就是那個星期一。他住在二樓的裡間，要穿過住著兩個孩子的大房間才能到他的住處。當天晚上，這兩個孩子根本沒有注意到周圍環境的變化，我想這小傢伙並沒有從這裡走出來，他的窗戶那天是打開的，窗下垂著一根常春藤，緊挨地面，但在地上沒有看到足跡，所以他出走的唯一可能途徑便是這窗戶了。

「星期二上午七點鐘時，我們就發現他不見了，但他的床有睡過的痕跡，臨走前分明是穿好了衣服的，也就是他常常穿的校服。那是件黑色伊頓上衣，褲子是深灰色的。沒有任何跡象顯示有人曾經進入他的房間，如果有喊叫和撕打的聲音的話，就一定能夠聽到，這是因為住在外間的那兩個孩子中較大的睡眠比較淺。」

「發現薩爾特爾勳爵失蹤之後，我立即召集全校師生點名，這裡還包括傭工。這時，我們才確定了薩爾特爾勳爵不是一個人出走，因為德語老師海德格爾也不見了。他住的房間在二樓的末端，與薩爾特爾勳爵的房間朝向相同。他的床鋪也曾經有人睡過，地板上還扔著襯衣和襪子，明顯是沒能完全穿好衣服就走了。他肯定是順著常春藤下去的，那裡的草地上還有他的足跡。他放在草地旁小棚子裡的自行車那時也不見了。

「海德格爾與我共事已經有兩年了，在他來時，所帶的介紹信對他的評價特別好。但是他這個人很少說話，在教師和學生中不太受歡迎。逃亡者的蹤影一點也查不到，到現在為止已經有三天了，仍然和星期二一樣一無所獲。當天事情發生後，我們趕緊去霍爾德內斯府詢問。那裡距離我們學校只有幾英里遠，我們原先以為他想家心切，不顧一切地回家去了，但在那裡依然沒有得到任何消息。公爵十分焦急，而我，你們二位現在已經看到我這個樣子了，這個事件的責任和由此引起的擔憂把我弄得失去神智。福爾摩斯先生，我求求您幫幫我吧，這件案子會給您帶來很大的好處。」

夏洛克・福爾摩斯全神貫注地聽著這位有不幸遭遇的校長的陳述。他雙眉緊鎖，說明他正在全力思考這件事，完全不需要我的勸說了。除了有豐厚的報酬外，這案子引發了他對複雜而棘手的案件的興趣。他拿出本子記了幾點重要情況。

他嚴厲地說道：「您也太馬虎了，沒能早一點來找我，直到現在發現有了極大阻礙後，才開始讓我調查。一個行家如果無法在常春藤和草地那裡找到一點線索的話，這是難以想像的。」

「福爾摩斯先生，這不能完全怪我。公爵大人想要避開流言蜚語，他怕把他家庭的不幸公諸於眾。他對一些人的傳言是極其痛恨的。」

「官方對此不是已經採取行動了嗎？」

「是的，先生，但結果真的讓人失望透頂。他們得到的一個明顯的線索說有人看到一大一小兩個人在附近的火車站搭乘早班火車離開了。昨天晚上我們才知道，這兩人與本案一點關係都沒有。我的心情糟糕極了，一夜沒睡乘坐火車就來找您了。」

「我想瞭解一下在追蹤那兩個人的同時，當地的調查是否放鬆了？」

「調查根本沒有進行下去。」

「於是這寶貴的三天就這樣被白白地浪費掉了，這案子處理得太愚蠢了。」

「我也這樣想。」

「但最後這案子還是能夠被解決的。我很有興趣研究這個案子，您對那小孩和德語教師的關係瞭解多少？」

「根本不瞭解。」

「這孩子是他教的那個班的嗎？」

「不是，而且聽其他孩子說，他也從沒有和這個老師說過話。」

「這個情況很奇怪。那孩子有自己的自行車嗎？」

「沒有。」

「除了老師那輛以外，還丟失其他自行車了嗎？」

「也沒有呀！」

「敢肯定嗎？」

「是的。」

「您的見解是，那個德語老師根本沒有半夜挾孩子離開，對嗎？」

「是的，肯定沒有。」

「您又如何解釋現在這種狀況呢？」

「那輛自行車很有可能是個騙局。他們把它藏在某一個地方，然後兩個人是一起走路離開的。」

「也許是這樣的，但是用自行車來作幌子也太荒誕了吧，是不是？棚子裡是否還有其他的自行車呢？」

「還有幾輛吧！」

「若他想叫人們認為他是騎車走的，難道他不會藏起來兩輛嗎？」

「我想他也許會這樣做吧！」

「當然，當作幌子的話很難講通。不過這個情節可以作為調查的開端。總而言之，一輛自行車是很難被收起來或毀掉的。最後一個問題就是，在那孩子失蹤前的一天有人來看過他嗎？」

「沒有。」

「那一天他是否收到過信件呢？」

「有，是有一封。」

「誰寄來的？」

「他父親。」

「平常您拆看過他的信嗎？」

「沒有。」

「您又如何看出那是他父親寄來的呢？」

「信封上有他的家徽，筆跡也是那樣剛勁有力。還有，公爵說他是寫過一封信給他。」

「在這封信之前，他什麼時候還收到過其他的信件？」

「在這之前大概有幾天了吧！」

「他是否收到過來自法國的信件？」

「從來就沒有。」

「您應該知道，我問這些是有意義的。若這孩子不是被綁架的，那就是自願離家出走的。如果情況屬於後者的話，您一定能夠想到若沒有受到外界的教唆，這麼小的孩子怎麼會幹出這種蠢事。如果沒有客人來找過他的話，這一定是在信中提出的，因此我必須弄清楚他的通信狀況。」

「也許我幫不了什麼忙了，據我所知，他只和他父親通信。」

「正巧在他失蹤那天，他父親寫信給他，他們父子之間的關係有這般親密嗎？」

「公爵這個人的心思完全在重大問題上，與任何人都不算親密，他對於

亞瑟・柯南・道爾

一般的感情無動於衷。但是就公爵本人來說，他待這個孩子是很好的。」

「孩子的情感是在他母親那邊吧？」

「確實是這樣的。」

「孩子和你說過這些事嗎？」

「從來沒有。」

「公爵他自己呢？」

「唉，他也未曾提過！」

「您又是怎麼知道的呢？」

「是公爵大人的秘書詹姆士・王爾德先生私下裡曾經向我說過的。也是他把這孩子的情感歷程告訴了我。」

「我知道了。再請問一下，最後公爵送來的那封信，在孩子走後是否在屋裡找到了呢？」

「根本沒有看到，他把信帶走了。福爾摩斯先生，我認為我們該出發去尤斯頓車站了。」

「我先叫一輛四輪馬車，15分鐘後，我們再會面。賀克斯塔布林先生，如果您想先發電報，最好讓您周圍的人認為調查仍然在進行中，在利物浦也好，或是那條假線索讓你們能夠想到的任何地方都行。同時，我需要暗中在您學校周圍做些調查工作，也許那裡的痕跡沒有消失。華生和我這兩隻老獵犬還是能夠聞出一點怪味的。」

那天晚上，我們趕到了賀克斯塔布林先生那所著名學校的所在地皮克鎮，這裡的空氣很好。我們到那裡時天已經很黑了。在大廳桌上放了張名片，管家跟主人小聲說了幾句，博士轉過身來，臉色異常激動。

他說道：「公爵在我這裡，他和王爾德先生一起來的，現在就在書房。先生們，請進來吧，我要把你們介紹給他。」

我對這個政治家的照片非常熟悉，不過照片和他本人有很大差別。他身材高大威猛，神態凝重，穿著講究，瘦長的臉，又彎又長的鼻子。他面色蒼白無色，有如死人一般，在稀稀落落的紅鬍鬚襯托下更是嚇人，長長的鬍鬚落在前胸的白色背心上，背心前的那塊閃閃發光的錶鏈更是特別，他就這樣

出現在我們的面前。他站在壁爐前的地毯上，冷冷地盯著我們。在他身邊站著的那位年輕人，不用猜也知道就是他的秘書王爾德。王爾德的身材並不魁梧，神情顯得非常緊張，眼睛為淡藍色，感情溢於言表。他立即用尖酸而肯定的語氣開始講話。

「賀克斯塔布林博士，我今天上午曾到您這裡來過，但未能阻止您去倫敦請那位夏洛克‧福爾摩斯先生來辦這件案子。博士，您為什麼不先和公爵商量一下就自己採取行動呢？這是大人根本不能接受的。」

「是我知道警察根本無法……」

「公爵大人絕對不認為警察已經無法辦理了。」

「可是，王爾德先生，你那……」

「賀克斯塔布林博士，您應該十分明白，大人就是擔心這件事會傳出去，他是想讓更少的人知道此事。」

受到恐嚇的博士說道：「改變一下這個安排不難。夏洛克‧福爾摩斯先生明天可以搭乘早車回到倫敦。」

福爾摩斯一點也不介意。「我想沒有必要了，博士，真的沒有必要了。北部地方的空氣讓人精神振奮，因此我想在這裡的草原住上幾天，好好整理一下我的思緒。住在您的學校還是附近的旅店，當然由您來決定。」

看得出來，可憐的博士非常猶豫。不過，紅鬚公爵用他那深沉而響亮的聲音幫他解了圍。

「賀克斯塔布林博士，王爾德先生的說法很正確，如果您與我商量妥當的話，就不會出現今天這種事了。既然事已至此，我們有必要請福爾摩斯來幫忙了，萬萬不要到旅店去住，來我的霍爾德內斯府住吧，我很歡迎你的到來。」

「謝謝公爵大人的美意，為了調查起來比較方便，我覺得還是留在現場更為妥當。」福爾摩斯回答道。

「福爾摩斯先生，隨您便吧！您要向王爾德先生和我瞭解什麼情況，只管提出。」

「將來真的很有可能到貴府去拜訪。現在我唯一想問的，就是您對令公

子的神奇失蹤，是否想到是何原因引起的呢？」

「沒有，先生。」

「請原諒我的冒失，我提起使您傷心的事，但它是不可迴避的，您覺得是否和公爵夫人有關呢？」

看得出來，這位偉大人物好像在想些什麼。

他最終回答道：「我認為不會。」

「公爵，還有一點，就是在令公子出事當天，您寫過一封信給他。」

「不是當天，而是在前一天。」

「是這樣的，但他是在出事當天收到信的，對吧？」

「是的。」

「您的這封信中有沒有什麼話令他不安，而導致他出走呢？」

「沒有的，先生，根本不可能。」

「那信是您親自送出的嗎？」

公爵剛要回答，他的秘書搶先一步回答道：「公爵大人從來都不自己寄信，那封信是與其他的信件一樣放在書房的桌子上，由我親自放進郵袋的。」

「您保證這封信一定在那些信件當中嗎？」

「是的，我見過。」

「那天公爵到底寫了多少封信呢？」

「二十至三十封吧！我的書信往來一向很多，但這和本案關係大嗎？」

福爾摩斯說道：「並不是完全沒有關係。」

公爵接著說道：「我已經讓警方把部分注意力轉移到法國南部了。我認為公爵夫人絕對不會教唆孩子做這種蠢事的。但這孩子很倔強，他很有可能在德國人的教唆和幫助下跑到夫人那裡了。賀克斯塔布林博士，我們現在該回去了。」

我看得出來福爾摩斯還想問一些別的事，可是那位貴族突然表示談話結束了。顯然，和一個不熟悉的人談論自己的私事，與他的貴族身分是多麼的格格不入，並且他不想造成這樣的情況：隨著問題被一個接一個地提出，他

這些年來小心謹慎掩藏的某些事情就會被無情地揭露出來。

在他們走後，我的同伴馬上開始了周密的調查，這種急迫是他一貫的風格。

我們檢查了孩子住過的房間，什麼收穫也沒有，但我們十分確定，他唯一逃走的途徑只能是窗戶。德語教師的那間屋子和財物更未提供線索。在他窗前的那根常春藤枝杈斷了，也許是無法承受他的重量吧！我們憑著燈火看到在綠油油的草地上，他落下的地方有一個足跟的痕跡。這個足跡足以表示德語教師是在夜間逃走的。

夏洛克‧福爾摩斯一個人出去了，直到深夜十一點才回來。他弄到一張本地區的官方地圖，拿到我的屋子裡，放在床上展開，把燈擺在地圖正中，然後一面看一面抽著菸，偶爾也用菸斗指一下我們特別關注的地方。

他說道：「華生，這個案子很有意思。從案情本身來看，地圖上有幾個地點肯定要多放些精力。趁著這個案子剛開始辦理，我要讓你知道，剛才我所指的那些地形與我們的調查有千絲萬縷的關係。」

「來，看一下地圖。這個顏色較深的方塊是修道院公學，我插上一根針。這一條是大路，它是東西向的，經過學校門前。你還可以看到在學校的東西兩面一英里內沒有小路。如果這兩人從大路離開的話，那就只有這條大路可以通過了。」

「對，是這樣的。」

「值得慶幸的是，我們大概可以查明，一大一小兩個人出走的那天晚上沒有什麼人經過這條路。在那個放菸斗的地點，有個鄉村警察站崗，大約從夜裡十二點到凌晨六點。據這位警察說，他從未離開過崗位，沒有看到一大一小兩人，要是有人從這裡經過，他說肯定能夠注意到的。根據我和他談話的過程來看，他的話可以相信，也就是東面沒有調查的必要了。我們再來看看西面，這裡有個叫『紅牛』的旅店。當天夜裡，女主人生病了，她叫人去麥克爾頓請醫生，不巧當時醫生不在診所，因此第二天才到這裡。店裡的人在夜間都很留意，等待醫生的出現，還有一個人站在外面看著大路。他們都說沒有人從這裡經過。如果他們的話也同樣可以相信的話，也就是說西面也

沒事了。由此來看，逃跑的人不可能從大路離開。」

「那麼自行車又如何解釋呢？」我反問道。

「是呀，我們將要談的就是自行車了。繼續向下推理：如果他們沒從大路走，那麼肯定是經過村子向學校的南面或北面走了。可以完全確定的是，在南面有一大片耕地，中間用石頭牆隔開，在這裡根本不能騎自行車。我們可以不從南面考慮。現在我們再看北面，那裡有一片名為『蕭崗』的小樹林，再往遠一些是大片大片起伏的下吉爾荒原，地勢越來越高，大概延伸出十英里遠，而霍爾德內斯府就在它的一邊，沿著大路走大概有十英里路程，而從這荒野地走只有六英里路就到了。那裡非常荒涼，但是平地，除了幾間農家的小棚子，那是農夫用來飼養些牛羊類家畜以及雛鴆、麻鷸的地方。在經過柴斯特菲爾德大路前就不會再看到其他什麼了。在另一邊有教堂、幾間農屋和一間旅店。再往更遠處，山變得更陡了，很明顯我們要從北邊來開始尋找。」

我再一次問道：「自行車怎麼不提了？」

福爾摩斯很不耐煩地回答：「好吧！一個騎自行車騎得特棒的人，非得在大路上騎才可以嗎？在荒原上也可以騎啊，況且那裡有很多小路，當時又是月圓之夜。哎，什麼聲音？」

在一陣急促的敲門聲過後，賀克斯塔布林博士就進來了。在他手裡有一頂打板球時戴的帽子，藍色的帽頂上有白色的V形花紋。

賀克斯塔布林博士大聲喊到：「謝天謝地呀！我們現在找到了一個線索！至少我瞭解到這個孩子是從哪條路走的，這頂帽子就是他的。」

「您是從哪裡找到它的？」

「從吉普賽人的大篷車上找到的，他們曾經在這古荒原宿營過夜。他們是星期二離開的，今天警察把他們追到後，在檢查車輛時發現的。」

「他們對此是怎樣解釋的呢？」

「他們根本說不清楚，謊稱星期二早上在那裡撿到的。這幫混蛋，他們肯定知道孩子在哪裡。感謝上天，他們全被關起來了。法律的威嚴或公爵的鈔票，總會讓他們開口的。」

博士走後，福爾摩斯說道：「太棒了，這足以證明我們的推理是正確的。我們有必要再去一趟下吉爾荒原，尋找一下新的更有用的證據。警察除了抓住了那幾個人之外，其他什麼都沒做。華生，你看，這裡有一條水道穿過荒原。我們已經做了標記，有的地方水道變寬成為沼澤，特別是在霍爾德內斯府與學校之間的那片。現在天氣乾燥，到其他任何地方尋找印跡都是徒勞的，不過在這一片地方，就很有可能找到他們所留下的印跡。明早咱倆一起去看一看，試試能否找出這個神秘失蹤案件的一線光明。」

天剛剛亮，我一睜眼便看到站在我床邊的瘦高的福爾摩斯。他早已穿好衣服，很明顯已經出去過了。

他說道：「我剛才出去，已經查看過那片窗前的草地與自行車棚了，還到『蕭崗』看了看。華生，我已經煮好了熱巧克力，在那邊放著，我必須請你動作快點，我們今天的事太多了。」

他的雙眼充滿了喜悅，兩頰紅潤，彷彿是一位能工巧匠滿意於他那即將做成的精美之作。福爾摩斯在這個時候顯得非常靈活敏銳，和在貝克街時不一樣，他不再是面色蒼白，少言寡語了。他現在身手靈活，躍躍欲試，我想這一天一定會很疲勞的。

不過，這一天的開端卻很讓我們沮喪。我們充滿了希望，大踏步地經過富有泥炭的黃褐色荒原，中間穿過好多條小路，最終到了那片廣闊的綠色沼澤地。就是那片沼澤地將我們與霍爾德內斯府給隔開了。如果這個孩子回家了，他肯定會從這裡經過，並且一定會留下印跡的。但是不管怎樣，我們什麼印跡都沒有找到。我的朋友面色陰鬱，在那塊濕地邊緣走來走去，想從那裡找出一些痕跡，但到處都是羊群的蹄印，在大約一二英里之外有牛的蹄印，其他的再也找不出什麼了。

福爾摩斯無精打采地看著遠處起伏的開闊荒原說道：「我們到前面那片濕地去看看吧！快看！快來看！這是什麼！」

我們走上一條很窄的黑油油的小道。在小道中間那濕濕的泥濘中，顯然有自行車走過的軌跡。

我大喊道：「啊，我們終於找到了。」

但是，福爾摩斯呈現出不悅的神情。他搖了搖頭，顯得有些奇怪，好像在等著什麼出現似的。

他說道：「這是自行車軋過的印跡，但絕對不會是那輛。我對四十二種自行車輪胎印都非常熟悉，你看得出這是哪一種嗎？它是鄧祿普牌車胎，有加厚的外帶。德語老師海德格爾用的並不是這牌子。這一點數學老師愛維林非常清楚，他說海德格爾的車用的是帕默牌車胎，那上面有條狀花紋。所以這痕跡並不是他經過時留下的。」

「那麼，這是那個孩子的？」

「我們只要能夠證明那孩子有自己的自行車，這就很有可能。不過，現在我們很難辦到。你看，這印跡說明騎車人來自於學校方向。」

「也有可能向學校方向騎去啊！」

「不，不對，親愛的華生。當然是後輪承受的重量大，壓出的軌跡較深，這裡還有好幾處前後輪交叉的軌跡，由於前輪的軌跡很淺給埋沒了。這一點很肯定是來自學校那方向的。這也許與我們的調查有關聯，或者無關。但是在我們從這裡走之前，還是再回去看看吧！」

我們開始往回走，走了幾百碼遠後，到了一塊沼澤地，自行車的軌跡也不見了。繼續順著小路向前走，前面泉水「滴答」作響，自行車的軌跡又出現了。不幸的是，自行車印幾乎被牛蹄印給埋沒了。繼續往前走又沒有了印跡，而小路直通「蕭崗」，也就是在學校後面的一片小樹林。我想車子肯定是從那裡出來的。福爾摩斯手托下巴，在一塊石頭上坐下。我在那裡抽菸，他卻一動不動。

過了一會兒，他才說：「很有可能是這樣，這個人非常狡猾，在出來時換掉了自行車的外胎，給人留下了很難辨認的軌跡，我很願意與這種聰明人過招。我們先不說這個了，還是把注意力放在那塊濕地上，那裡有很多我們還沒查出的事情！」

在那塊潮濕地邊上，我們繼續仔細認真地查看，很快就有了不錯的成果。在它的低處，有條泥濘不堪的小路。福爾摩斯走過去看了一下，高興地喊出了聲，在小路正中留下了帕默牌輪胎的印跡，好像是一捆電線摩擦地面

時留下的。

福爾摩斯高興地叫道：「這絕對是海德格爾先生留下的！華生，我的推論正確吧！」

「太好了，祝賀你！」

「不過我們現在要做的事就更多了。拜託，不要在小路上走動，我們可以跟著車的痕跡走，我覺得不會太遠了。」

我們一直向前走，看到這小小的荒原有很多的塊狀濕地，自行車的痕跡很明顯。

福爾摩斯說道：「可以完全肯定，當時騎車人一定在加速前進，這是因為前後輪胎的印跡一樣深，一樣清晰。唯一能夠說明的就是當時這個人把所有的重量都加在車把上，彷彿在比賽時衝刺的最後一個路段。啊，他摔倒了。」

從自行車留下的印跡上可以看出，那裡有寬窄不同、形狀無規則的斑斑點點，延伸了幾碼遠。後來出現了幾個腳印，再後來又有了輪胎的印跡。

我提醒他：「車向一邊滑倒。」

福爾摩斯拿給我一束壓壞的金雀花看了看，朵朵黃花上有些紅的血點。我非常驚異，小路上的石楠草上也有這樣的血點。

福爾摩斯說道：「躲開，華生，不要隨意增添多餘的腳印！前面會有何事發生呢？他可能受傷跌倒後，又站起來騎車。可是為什麼沒有另一輛自行車的軌跡呢？在另一邊的小路上有牛羊蹄子留下的痕跡。難道他被公牛頂死了？不，絕對不可能！這裡根本看不到人的腳印。華生，我們還得往前走。我們繼續跟著血跡和輪胎印，這個人肯定逃不掉。」

我們再接再厲，繼續追蹤，不一會兒，看到輪胎的印跡在濕滑的小路上不停地打圈圈。我向前一看，忽然間，竟看到有件金屬物閃閃發亮，就在那邊密密的荊豆叢中。我倆跑過去從裡面把自行車拖了出來，輪胎是帕默牌的，其中一個腳踏板已經彎了，在它的前面都是血點和一道道的血痕，恐怖極了。在矮樹叢中的另一邊好像有隻鞋子，我們趕忙跑了過去，看到這個不幸的人正躺在這裡，他身材高大魁梧，滿臉的鬍子，戴著破碎的眼鏡，由於

頭部受到沉重的一擊而使顱骨粉碎至死。在受到這種重傷後還能騎車，顯然這個人非常勇敢。他雖穿著鞋但未穿襪子，上衣未繫扣子，裡面是一件睡覺時穿的睡衣，可以完全肯定，這就是那位德語老師了。

福爾摩斯恭恭敬敬地把屍體翻了一下，認真地進行檢查。後來他坐在那裡沉思了一會兒，我從他緊鎖的眉頭看得出來，他覺得這個悲慘的人，對接下來的調查幫助不大。

他最終開口道：「華生，真不知道下一步該怎樣走了。我想還是繼續調查吧，既然我們已經用了這麼長時間了，所以再也不能白白浪費掉哪怕是一小時。另外，我們必須把發現屍體這件事報告給警方，而且要更好地看護這個可憐人的屍體，我幫你把便條送回去。」

「不，我需要你的支援和幫助。哎，你看那邊，好像有人在挖泥煤，把他叫過來，讓他送吧！」

我把那個人叫了過來，福爾摩斯讓這個受了驚嚇的人送張便條給博士。

隨後他說道：「華生，今天上午的收穫是我們得到了兩條線索。一個是帕默牌輪胎的自行車，也就是現在所看到的這個情況，另一個便是鄧祿普牌的厚輪胎的自行車。若我們對這個線索繼續進行調查的話，就必須好好想想下一步該怎麼做。看看哪些是我們真正掌握並可以為我們所利用的，把本質的東西和偶然的東西分開。」

「第一，我能確定這孩子離開出走肯定是自願的，他從窗戶下來後，不是一個人離開，就是和其他的人一起走掉了，這一點應該完全確定。」

我完全同意他的觀點。

「現在，我們再講講不幸的德語老師。那孩子在離開時是穿好衣服的，這可以證明他在事先就知道要做什麼。但這個德國人沒穿戴好就離開了，證實了他肯定是在情況危急下才倉促離開的。」

「這一點可以完全肯定。」

「可是他為什麼要出去呢？可能是由於他在臥室的窗戶那裡，發現了那孩子要出走，再或者就是他為了趕上去把他帶回來才騎自行車去追的，不幸的是在路上遇了險。」

「也許吧！」

「我想講一下在推斷過程中最重要的部分。一個大人要追趕個孩子當然跟著追就可以了，可是為何要騎車呢？我聽說他騎自行車是很棒的。若他不是看見孩子如此迅速地離開，也許是不會那樣做的。」

「另外那輛自行車又是誰的呢？」

「我們繼續假設當時的情景：剛離開學校不到五英里，他就遭遇了他人的偷襲，他不是中槍而死的，而是被一個強壯的手臂所打的。我想那孩子在逃跑時肯定不是一個人。查看完現場，我們什麼也沒有發現。除了幾個牛羊蹄印外，沒有其他的痕跡。在那裡我們繞了很久，五十碼內根本沒有小路。另一騎車人也許與這無關吧，況且在那裡也沒有人的腳印。」

我大叫道：「福爾摩斯，那絕對不可能。」

他說道：「太好了！你的看法非常正確，事情並不像我所講的，肯定在某些方面我講得不對，你已經察覺到了，你還可以指出其他別的地方有錯誤嗎？」

「他也許因為跌倒而導致顱骨粉碎呢？」

「你覺得這種情況有可能在濕地上發生嗎？」

「我真的不知該怎麼辦了。」

「別這樣想，比這難上好多倍的案子，我們不是照樣也解決了嗎？到目前為止，我們已經掌握了很多情況了，問題的所在就是我們會不會很好地利用它。剛剛我們已經很好地利用那輛有帕默牌車胎的車子所提供的資料了。現在我們最好從那輛有鄧祿普牌加厚車胎的自行車上找出點什麼。」

我們找到那輛自行車的軌跡，順著它走了一小段路，荒原隨後升起成了斜坡，那裡長滿了叢生的石楠草。我們走過一條水路，軌跡根本沒有提供更多的資訊。在鄧祿普車胎軌終止的地方，有條路一頭通向那孩子的家，另一頭通向一座地勢很低的時隱時現的村莊。這就是在地圖上所標出的柴斯特菲爾德大路。

我們到了一家外觀難看而且很髒亂的旅店，店門上掛著一個招牌，上面畫著一隻正在搏鬥的公雞。這時，福爾摩斯忽然發出呻吟聲，他連忙扶著我

的肩膀，要不然差點摔倒了。他把腳給扭了，這種事以前已經有過一次了。他艱難地跳到門那裡，在那裡蹲著一位黑黝黝的老人，嘴中叼著黑色的泥製菸斗。

福爾摩斯說道：「你好！魯賓‧海斯先生。」

這位老者抬起那雙狡猾的眸子，放射出疑惑的目光。他說道：「你是誰，為何知道我的名字？」

「你頭上的招牌告訴我的呀，看得出來你一定是一家之主。我認為在您的馬廄裡肯定沒有馬車吧？」

「是的，沒有。」

「現在我的腳跟無法著地了。」

「那就先別著地。」

「可是現在我不能走路啦！」

「你就跳著前進吧！」

魯賓‧海斯先生的態度雖然不禮貌，但我的夥伴卻非常和藹可親地和他對話。

他說道：「親愛的朋友，你瞧我現在真的是很困難。只要我能向前走，根本不會介意採取什麼樣的方式。」

怪僻的店主說道：「我更不會介意。」

「我有非常重要的事要做。你如果能借給我們一輛車的話，我會很高興的，而且願意給你一鎊金幣。」

店主人豎起了他的耳朵說道：「你去哪裡？」

「到霍爾德內斯府！」

店主人用他那譏諷的眼光打量著我們那沾滿泥土的衣服說道：「你們是公爵的客人嗎？」

福爾摩斯笑笑說道：「反正他很願意看到我們。」

「為什麼呢？」

「我們找到了與他兒子失蹤有關的一些資訊。」

店主聽後大吃一驚地問：「什麼？你們真的找到他兒子出走的蹤跡了

嗎？」

「有人說，他可能在利物浦，警察能夠隨時找到那孩子。」

店主沒有把鬍鬚刮乾淨的面孔上的表情迅速地改變著，他生硬的態度變得溫和了許多。他說道：「我不會像一般人那樣祝賀他，原先我是他家馬夫的頭領，可是他對我很壞，連句好聽的話都沒說就把我給開除了。儘管這樣，我聽到在利物浦能夠找到小公爵，還是很高興的，我願意幫你捎口信到公爵府。」

福爾摩斯說道：「我們很想吃些東西，然後請你給我們一輛自行車。」

「我沒有那東西。」

福爾摩斯隨即取出一鎊金幣。

「我跟你說過了，我根本沒有自行車。我給你們兩匹馬，騎著牠們去吧！」

福爾摩斯說道：「好，可以，這件事我們吃完飯後再說吧！」

那廚房是用石板蓋的，屋中只剩下我倆時，他那扭傷的腳立刻恢復了。夜晚到了，自從早上到現在我們還沒有吃過飯。因此，我們花了很長時間吃飯。後來他又陷入沉思，有一兩次他走到窗戶那裡，一動不動地朝外看。而對著窗戶的是個髒亂的小院。在不遠處的角落裡有座鐵匠爐，一個穿得很髒的孩子在那裡工作。另一邊就是馬廄。有一次他剛從窗戶邊走過來坐下，忽地又從椅子上起來還大叫道：

「天啊！我想清楚了！是的，絕對是這樣的。華生，你是否還記得今天我們看到過的牛蹄印？」

「是的，有一些。」

「在哪裡呢？」

「好多地方，在濕地上、小路上以及在那可憐的海德格爾遇險的地方附近。」

「對，就是這樣。好，華生，你在荒原上看見幾頭牛了嗎？」

「我沒有看到過牛呀！」

「那就怪了，華生。我們在一路上總見到牛蹄印，可是整個荒原上根本

看不到一頭牛，這很奇怪呀？」

「是呀！」

「華生，現在你好好想一下，在小路上你是否見到過這印跡？」

「是的，見過。」

「你是否想起痕跡也許會這樣呢？」他將麵包屑排成了這樣——：：：：：，「而有時，也會那樣——∴∴∴∴∴，或許偶爾也會變成那樣——：：：：。你還記得嗎？」

「不記得了。」

「可是我能記清楚。我們只有在時間充裕的時候才能驗證。我真是太疏忽了，當時沒有想到這一點。」

「你想告訴我什麼？」

「只能告訴你那是頭怪牛，會飛會跑又會走的怪牛。華生，我可以肯定一點，一個鄉村旅店老闆的頭腦根本想不出這樣的騙局來。解決這個問題變得非常容易了，只不過那孩子還在那鐵匠爐那裡。我們偷偷溜出去，看看有什麼新發現。」

在那邊快要倒塌的馬棚裡，有兩匹馬。馬的鬃毛既髒又亂，從未梳理過。他把其中一匹馬的前蹄抬起看了看，發出一陣大笑。

「馬掌雖然是舊的，但卻是剛剛釘上去的，馬掌上的釘子仍是新的。這案子很有意思，我們再去鐵匠爐那裡看看。」

我們走過去時，那孩子一直在幹活，根本不理我們。福爾摩斯用眼掃過那些散落在地上的爛鐵和木塊。突然間，我們身後有了腳步聲，那是店主人。他眉頭緊鎖，目光凶狠，黑黑的面孔因憤怒而發紅，手中拿著一根鐵頭短棍，氣勢洶洶地走向我們，這使我不由得摸向口袋中的手槍。

他大喊道：「你們兩個該死的臭偵探！在這裡做什麼呀？」

福爾摩斯冷冰冰地說道：「什麼事，魯賓‧海斯先生，你不是害怕我們在這裡發現什麼東西吧？」

店主人全力抑制自己的情緒，他猙獰的嘴角也垂下來，假裝陪笑，這一來比剛才更恐怖了。

他說道：「請您在這裡隨便檢查，但是如果沒得到我允許就隨便過來是不可以的。先生，我認為你們應盡早付帳，快些離開這裡最好了。」

福爾摩斯說道：「好的，海斯先生，我們並沒有不懷好意。我倆只是想看一看這匹馬，我覺得我們還是走著去吧，我看路挺近的。」

「從這裡到公爵府的大門不到兩英里了。走左邊的那條路就行了。」他用那帶著憤怒的眼睛看著我們，一直到我們從他的店裡走出來。

我們並未走出多遠，剛一轉過彎店主看不到我們了，福爾摩斯便停了下來。

他說道：「正如孩子們所說的那樣，在旅店裡會很溫暖的。我覺得每離開它一步就會變得冷一點，對，我絕不會離開這家旅店的。」

我說道：「我肯定這個店主早就瞭解這件事了。在我所遇到的壞蛋中，他是最壞的一個。」

「喔，你對他的印象是這樣的呀？還有那幾匹馬，那個鐵匠爐。對啊，這個鬥雞旅店是個有意思的地方。我想咱倆再偷偷地去看看吧！」

在我們背後有一個斜長的坡，上面凌亂地放著許多塊大石頭。離開大路後，我們向山上走去，正在這時看到一個騎自行車的人，從霍爾德內斯府那邊飛馳而來。

福爾摩斯用手按下我的肩膀說道：「華生，快蹲下！」我們根本來不及躲開，這個人早已從我們身邊飛馳而過了。在飛揚的塵土中，我看到一張因興奮激動而變得蒼白無色的面孔，張著大嘴，臉上的每條皺紋都顯出驚異，眼睛毫無目的地呆呆地望著前方。這個人就是我們昨晚見到的那個衣帽整齊的王爾德。

福爾摩斯大喊道：「那是公爵的秘書，華生，我們過去看看他在幹什麼。」

我們趕忙邁過那些石頭。不一會兒，我們來到一個能夠觀察旅店前門的地方。當時王爾德的自行車就靠在牆邊上。旅店中沒有人走動。從窗戶裡也看不到什麼人。當時太陽快下山了，黃昏即將來臨。隱隱約約中，我倆看到在馬廄裡掛著兩盞燈。不一會兒便聽見馬蹄聲，那聲音傳向了大路。隨後沿

柴斯特菲爾德大路飛奔而去。

福爾摩斯低聲地說：「華生，你明白這是為什麼嗎？」

「好像是要逃跑。」

「我看見的是一個人，騎著一匹馬，絕對不可能是王爾德，他還站在門那邊。」

在黑暗中忽然顯現出一片紅色燈光，在燈下出現了秘書的身影，他偷偷摸摸地向黑暗中看，好像在期待著什麼的到來。不一會兒，路上傳來了腳步聲，從燈光下，我們看見另一個身影進入了旅店，關門後又是一片黑暗。大概有五分鐘吧，樓下的一個房間亮了一盞燈。

福爾摩斯說道：「『鬥雞』旅店的習俗倒挺新鮮的。」

「吧間設在另一邊。」

「是呀，這也許就是人們所說的私人住客室。半夜裡，王爾德到底在這黑屋中要幹什麼呢？在那裡與他見面的人又是誰呢？華生，我們還得去冒一次險，盡可能把這件事調查清楚。」

我們倆小心翼翼地下了山坡，來到大道上，然後又低著頭，彎著腰，向旅店那邊走去。自行車仍舊在那裡，福爾摩斯劃著火柴看了一下後輪。當發現後輪為鄧祿普車加厚胎時，我聽見他輕輕地笑了一下。

我們頭上有一扇亮燈的窗戶。

「華生，我想看看裡面到底怎麼了。如果你能彎下腰扶著牆，或許我能爬上去聽聽。」

不一會兒，他的兩腳就已經蹬在我雙肩上了，可是他還未站穩就很快下來了。

他說道：「華生，今天我們工作時間夠長了，我覺得我們想得到的情況都得到了。這裡距離學校還有很長的一段路要走，我們現在就走吧，越快越好。」

當我們疲倦地走過荒原時，他再也沒開口講話。來到學校他根本不想進去，卻一直朝麥克爾頓車站方向走去。他在那裡發了幾封電報。回到學校後，他又去勸慰賀克斯塔布林博士，此時他正由於年輕教師的慘死而痛苦不

已。隨後他來到我的房間，和早晨一樣表現出精力充沛和機敏。他說道：「我親愛的朋友，一切準備就緒，我確信等不到明晚，這個案子就會水落石出了。」

第二天早上大約十一點鐘，我倆就已走在去霍爾德內斯府的紫杉蔭路上了。我們被僕人帶著，穿過伊莉莎白式的門廳，走進爵士的書房。在那裡，我倆看見了王爾德，他顯得那樣文雅而有禮貌。不過在他詫異的眼神和抖動的面容中，依然顯現出昨晚那恐慌的痕跡。

「您是來看公爵的嗎？很抱歉，現在公爵的身體不好，悲慘的消息使人心神不寧。昨天下午我們接到賀克斯塔布林博士打來的電話，告訴我們您在荒原所發現的情況。」

「王爾德先生，我想我必須立即見到公爵。」

「對不起，他正在臥室休息。」

「好，我去那裡看他。」

福爾摩斯沉著冷靜地表示態度，不管什麼樣的勸阻對他來說均屬無效。

「好的，福爾摩斯先生，我向大人稟報一下，您先坐在這裡。」

大約過了一個小時，這位尊貴的主人才出來。他現在有如死人一般，看起來比前天老了很多，雙肩聳起。他與我們嚴肅地說了幾句後，就在書桌那裡坐下了，紅潤的鬍鬚拂在桌面上。

但是我朋友的眼睛卻始終盯在那位秘書王爾德身上。

「公爵大人，要是王爾德先生不在場的話，我們的談話會更輕鬆些。」

秘書的臉色更加難看了，他用那惡毒的眼睛看了福爾摩斯一下。

「如果公爵您樂意……」

「好吧，你最好現在離開這裡，王爾德。福爾摩斯先生，您有什麼話就講吧！」

我的朋友等那個秘書走後，把門關好才說：「公爵大人，事情是這樣的，我們倆聽到賀克斯塔布林博士的許諾，據說這案子是有酬勞的，我希望您親口承認它。」

「是的，福爾摩斯先生。」

「據他所說，如果誰能說出令公子在哪裡，就將獲得五千英鎊賞金。」

「是呀！」

「要是再講出您兒子被誰扣押，就再得一千英鎊。」

「是呀！」

「這也就是說，不但要把帶走您兒子的人抓住，還要把他的黨羽抓住，是嗎？」

公爵有些不耐煩地說：「是的，夏洛克‧福爾摩斯先生，如果您早點做好了調查工作，就沒有理由抱怨這些了。」

我的朋友表現出很貪婪的樣子，兩手來回搓著。這一點我很驚訝，因為據我所知他的收費一向很少。

他說道：「公爵大人，我認為您的支票本子就在桌子上吧，我很高興您能給我開張六千英鎊的支票。您最好再背簽一下，城鄉銀行牛津街支行是我的代理銀行。」

公爵嚴肅而僵硬地坐在椅子上，冷冰冰地看著我的朋友。

「福爾摩斯先生，您在開玩笑吧？這件事不是鬧著玩的。」

「公爵大人，一點也不，我現在非常認真。」

「那麼您的意思是？」

「我想說，現在我們已經獲得這筆酬金了，我知道您兒子現在在哪裡，而且還知道誰扣押了他。」

公爵的紅鬚和他蒼白無色的臉相比，顯得更加可怕。

他氣喘吁吁地說道：「他在哪裡？」

「準確地說，他昨晚在『鬥雞』旅店，距離這裡大約有兩英里路程。」

公爵癱倒在椅子上問道：「您要指控誰呢？」

夏洛克‧福爾摩斯的回答讓人非常詫異，他迅速上前按住公爵的肩膀。

他說道：「我要告的就是您，公爵大人。現在請您開支票吧！」

我永遠也忘不了當時公爵那失常的表現。他差點從椅子上跳了起來，雙手握緊拳頭，有如一個掉進深淵的人。後來他極力控制自己坐回原處，把臉放在兩手之中，好一陣子沒說話。

他最終還是開了口，但始終沒有抬頭：「那麼你全知道了吧？」

「昨晚我看到您與他倆在一起。」

「除了你們倆之外，還有其他人知道嗎？」

「我還沒跟任何人說過。」

公爵用那抖動的手，拿起鋼筆開了支票。

「福爾摩斯先生，我說的話一定遵守，即使你掌握了許多對我不利的情況，但我還是開支票給你。當初定下酬金時，我從未想到事情會有這種變化。福爾摩斯先生，你們是非常細心的人，對嗎？」

「我不明白您的意思。」

「福爾摩斯先生，說明白些，既然你們已經知道此事了，那麼沒有其他辦法了，你們必須守住這個秘密，我會付你們一萬二千英鎊，可以嗎？」

福爾摩斯微笑著搖了搖頭。

「公爵，這件事沒那麼簡單，必須想一下學校教師的死亡。」

「但詹姆士對此根本不知情，這個責任也不應由他來負責，這都是那個惡棍幹的，他只是倒楣地僱了那個人罷了。」

「公爵大人，我想一個人若犯下一樁罪行的話，對於那些因這件事而引發的其他罪行，在道義上講他應負有責任。」

「福爾摩斯先生，從道義上說你完全正確，但並不是從法律上出發的。在一件謀殺案件中，不在場的人是根本不會受懲罰的，況且他非常痛恨殺人。王爾德一得知此事便向我講清楚了，而且他非常後悔。不到一小時，他就與那殺人犯斷絕了來往。福爾摩斯先生，您一定要救救他，救救他呀！」公爵根本控制不住自己了，他面孔不停地抽動，在屋裡來回走動，並且雙拳緊握，在空中不斷地揮動著，好不容易才安靜下來。他說道：「我很欣賞你的行動，你確定沒有跟任何一個人講過此事，而先來這裡的嗎？我們現在唯一能做的就是減少流言蜚語。」

福爾摩斯說道：「是的，公爵大人。我認為我和您之間達成一致才有可能解決這件事。我會盡全力幫您的，但是為了更好地破案，我有必要瞭解事情的真實狀況。我知道您在說王爾德先生，而且我也知道他並不是殺人

犯。」

「殺人犯已經逃跑了。」

夏洛克‧福爾摩斯很不自然地笑了一下。

「公爵，您也許並不瞭解我查案的能力有多強。否則的話，您不會覺得瞞住我很容易。據我所知，魯賓‧海斯先生已於昨夜十一點鐘被抓捕了。在今天早上離開學校之前，我收到了警長的電報。」

公爵不由得仰身倒在椅子上，驚訝地看著我的朋友。

他說道：「你的能力太不平凡了，已經抓捕魯賓‧海斯了嗎？我很高興你告訴我這件事，但願它不會影響到詹姆士的前途。」

「您的秘書嗎？」

「不是的，他是我的兒子。」

現在輪到福爾摩斯吃驚了。

「坦率地講，這件事我根本不知道，您能再講清楚嗎？」

「我從來都不想瞞您什麼。我同意您的看法，在這種境況下，不管我怎樣痛苦不堪，只有把所有的事講清楚才是最明智之舉。是詹姆士的愚笨和嫉妒，把我引到這不堪一擊的絕境中的。福爾摩斯先生，在我非常年輕的時候，我用一生的熱情去戀愛。我向我的所愛求婚，但她拒我於千里之外，理由卻是這樁婚姻會妨礙我更好的發展。若她現在還在人世的話，我絕對不可能與其他女人結婚。但是她死了，把這孩子留給了我，我撫養和教育這孩子只為了她。我不能在任何人面前承認他是我的兒子，而我唯一能做的就是讓他接受最好的教育，希望他長大後，留在我身邊。我萬萬沒想到的是，他竟知道了其中的實情，從那之後他總是利用我給他的權力，在他能夠辦得到的範圍內製造流言，這讓我很痛心。我婚姻生活的不幸和他有很大的關係。更重要的是他一直痛恨我年紀尚小且不懂世事的法定繼承人。你也許會覺得在這種情況下還把他留在家中幹嘛呀？就因為他長得太像他母親了，為了他母親，我的痛苦永無止境，他根本沒有繼承他母親的一點可愛之處。我無法讓他離開，為了亞瑟，即薩爾特爾勳爵的安全，我不得已把他送到賀克斯塔布林博士那所學校。

「詹姆士與海斯這傢伙一直有來往，因為海斯是我的佃戶，詹姆士是收租人。海斯簡直就是一個地痞無賴，可是很奇怪，他們倆卻成了好朋友。詹姆士就喜歡和下流人交朋友。在他決定劫持薩爾特爾勳爵時，他就很好地利用了這個人的幫助。你記得出事前，我不是寫了一封信給亞瑟嗎？詹姆士看過那封信後，還塞進一張紙條，用公爵夫人的名義讓他在學校附近的小樹林『蕭崗』見面，這孩子就信了，而那天傍晚詹姆士便騎車去了。這些都是他親自告訴我的。他在樹林中見到了亞瑟，對亞瑟說，他母親就在荒原上等著他。在半夜時只要他再來這小林子，便會有一個騎馬人帶他去見他母親的。可憐的小傢伙落進了他們的圈套，他按時去了，看見海斯那傢伙，他牽著一匹小馬，亞瑟跟著上了馬，他們就這樣一同出發了。實際上有人在追他們，這些都是詹姆士昨天才聽說的，海斯拿棍子打了那個人，可能是因重傷致死吧！海斯把他關在旅店的一間屋子裡，讓他太太看著，雖說她很善良，但完全受制於她凶狠的丈夫。

「福爾摩斯先生，這就是我兩天以前第一次見到你時的情況，其實當時我所知道的並不比你多多少。你也許會問他這樣做有何動機？我只能告訴你，詹姆士非常憎恨我的繼承人，那裡面有很多根本不能解釋和理解的。在他的頭腦裡，他才是我所有財產的唯一繼承人，而且他更痛恨這不能使他合法繼承財產的法律。然而，他還有一個非常明確的目的，他急切地盼望我不要按法律行事，而且他認為我有能力做這些。他使出全力想讓我不再讓亞瑟成為我的繼承人，要求我在遺囑上寫清楚把我所有的財產留給他。他非常瞭解我，他知道我不會把他交給警察局的。我想他一定會用此來要脅我，實際上他根本沒來得及這樣做，因為事情對他而言發展得太迅猛了，使他的打算還沒時間來實現。

「毀滅他惡毒計畫的正是海德格爾的屍體。詹姆士聽到這消息後，十分害怕。昨天我們兩個就坐在這裡，賀克斯塔布林來電，說了這個消息。詹姆士當時傷心極了，那時我才確定了我的疑慮，這種疑問在以前也不是沒有，只是我不敢肯定罷了。因此，我責怪他所做的一切罪惡行為。他完完全全地把整個事件告訴了我，而後他要求我再保守三天秘密，以便保住他那惡棍同

謀的小命。我對他的懇求讓步了，我總是對他非常寬容。他趕緊跑到旅店告訴海斯，要讓他逃跑。我白天去那裡一定會引起流言，晚上去就不一樣了。我急忙趕到那裡去見我親愛的亞瑟，我看到他很好，只是覺得他對暴力產生了極大的恐懼。為了遵守我的諾言，但同時又違背了我的意願，我暫且答應把孩子留在那裡三天，由他太太照看。很顯然，把孩子所在的地方報告給警方而不提殺人犯是誰是不合情理的，我當然很明白，殺人犯若受到制裁的話，絕對會牽連到詹姆士的。福爾摩斯先生，我向你坦白，我相信你，才會毫無保留、毫無隱瞞地全都告訴你了，你會不會與我一樣坦誠呢？」

福爾摩斯說：「會的，公爵大人。第一，我得告訴你，您在法律面前處於很不利的地位。您原諒了重刑犯，並幫助殺人犯逃走。我想王爾德資助給他逃走的錢也是從您那裡拿的吧？」

公爵點了點頭表示承認。

「這件事真的很嚴重，就我所知，更應責怪您的是，您對您的小兒子太不負責任了，您為什麼還把他留在那麼危險的地方呢？」

「他們非常嚴肅地向我做過保證……」

「那種人的承諾算得上什麼呀！您根本不能確定孩子會不會再被拐走。為了縱容您犯重罪的大兒子，您讓這小孩子處在危險中。這種做法非常不公平。」

驕傲的公爵以前從未在自己府中接受這樣的批評，他的臉從前額紅到了下巴，不過良心驅使他並沒有吭聲。

「我願意幫助您，但有個條件，就是要把您家所有的傭人都叫過來，我要讓他們按照我的意思發布命令。」

公爵二話沒說，按了下電鈴，進來一個僕人。

福爾摩斯說道：「你肯定很高興聽到小主人已經被找到了。公爵大人要你立刻駕車到『鬥雞』旅店把小主人接回來。」

那個僕人高興地出去了。福爾摩斯說道：「我們現在對未來已經有所把握，那麼就可以不計較從前發生的事了。我不是處在官方的位置，只要能夠伸張正義，我不會把我所知道的事說出去的。對於海斯這個人我不知道怎

樣說，也許絞刑架正等待著他吧！我根本不想救這種人，我不知他會講些什麼，但可以肯定的是，公爵大人您更明白，沉默對他來說很有好處。從警方的角度出發，他綁架孩子是為了得到贖金，若他們找不出更多證據的話，我沒有必要讓他們涉及到更深更複雜的問題上來。但是我警告您，公爵大人，把王爾德先生留在這裡只會給您帶來不幸。」

「福爾摩斯先生，我明白這一點，就這麼定了。他將永遠地離開我，讓他到澳洲去自己謀生吧！」

「公爵大人，如果是這樣的話，我提議您盡快與公爵夫人重歸於好，恢復你們的夫妻關係。您不是說過這婚姻的不幸是王爾德先生造成的嗎？」

「福爾摩斯先生，這件事我早有安排，今天上午我已經給夫人寫信了。」

福爾摩斯站起來說道：「這樣的話，我和我的朋友都會非常高興，在這麼短的時間取得這麼棒的成果。還有一件小事，我想搞清楚海斯這惡棍給馬蹄釘了牛蹄跡的鐵掌，這一招是否從王爾德那裡學來的？」

公爵站在那裡，想了一會兒以後，臉上略顯驚詫，隨後他打開一個屋門，我們被帶進一間大屋子，那間屋子裝飾得像間博物館似的。我們被他帶到一個角落，在那裡放著一個玻璃櫃，他讓我們看上面的銘文。

「這些鐵掌是從霍爾德內斯府邸的護城壕中挖出來的，僅供馬匹使用，但在鐵索底部打成連趾狀，以使追趕者迷失方向，大概屬於在中世紀時常常征戰的霍爾德內斯男爵所有。」

福爾摩斯把櫃子蓋打開後，觸摸了一下鐵掌。當時他的手指濕了，有一層薄薄的新泥土留在了他的皮膚上。

他隨後關了櫃門說道：「謝謝您，在英格蘭北部，這個是我所見到的第二件最有趣的東西。」

「那麼什麼是第一件呢？」

福爾摩斯折好支票，小心仔細地放到筆記本裡，他認真地拍了拍，說道：「我是一個窮人呀！」隨後把筆記本放進他內衣口袋的深處。

被魚叉叉死的船長

　　我從未看見過福爾摩斯像在1895年那樣精神飽滿、身體健壯。他與日俱增的名望，給他帶來了許多需要辦理的案件，這其中也不乏有一些有頭有臉的人物親自到貝克街來。哪怕只是無心地講出一兩個人的身分，我也會被人責怪為不夠認真細心。就像那些稱得上偉大的藝術家為藝術而活那樣，福爾摩斯從來不會由於他無法預料的功績而朝對方索取不合適的酬金。除了霍爾德內斯公爵的案件之外，他是那般清高或者說任性，如果當事人不能得到他同情的話，那麼不管給他多少錢，同樣會遭到他的拒絕。不過有時候，他能為一名再普通不過的當事人花費好幾個星期的時間來辦案，只要那案件能夠吸引他，能讓他有發揮想像力和智謀的空間。

　　1895年是難忘的一年，他的全部時間和精力都被一些古怪的、離奇的、矛盾百出的案件佔去了。他按照神聖教皇的指示而對紅衣主教托斯卡暴斃案進行奇妙無比的調查，還有劣跡昭彰的養金絲雀的威爾遜的被捕，這為倫敦東區除了一個惡棍。除了以上所講的兩個案件外還有一樁慘案，即發生在屋德曼里莊園裡的彼得・加里船長死亡的奇特案子。若不對這個案子進行詳細講解的話，我的朋友的破案記錄就稱不上完美了。

　　七月的第一個禮拜，我的朋友經常不在我們居住的地方，並且出去的時間也很長，我想他一定有案件要處理。在這期間也來過幾個人探訪，說是找巴斯爾船長，這讓我明白了他用假名正著手處理一些案件。他有很多假名，都是為了工作的需要，並不是要刻意隱瞞自己的身分。他在倫敦各個地方最少也有五個住所，在不同的住所使用不同的姓名與職業。他根本沒對我說他

在調查什麼案件，同樣我也不太習慣去問。但看起來，這次所調查的案件很特別。沒吃早飯，他就離開了，當我在吃早飯時，他又回來了，戴著一頂帽子，腋下夾著一根有倒刺的短矛。

我朝他喊道：「天啊！福爾摩斯，你不會拿著那個東西在倫敦四處閒晃吧？」

「我去過一家肉店，隨後又回來了。」

「肉店？」

「現在我很餓，親愛的華生，早餐前，鍛鍊身體是非常好的習慣。不過你根本猜不到我做過什麼運動了，我敢打賭你永遠也猜不到。」

「我沒有興趣去猜那些無聊的東西。」

他邊倒咖啡邊低聲地笑。

「如果你剛才要是到阿拉爾代斯肉店的後面，你一定能夠看見在天花板上掛了一頭死豬，在那裡晃來晃去的。更有趣的是，有位紳士穿著襯衫用這件武器奮力地向牠戳去。這個人就是我，我很慶幸沒用多大力氣就刺穿了牠，你是否也想試試呀？」

「根本不想試。你做這種事有意義嗎？」

「也許這與屋德曼里莊園的神秘案子有關。啊，霍普金斯，我昨晚上收到你的一封電報，我很希望你能來見我。過來一起吃頓早飯吧！」

我們的客人是位很機敏的人，大約有三十來歲吧，外套是素雅的花呢衣服，但總流露出那種穿官方制服的筆挺風度。我很快就認出他是年輕的警長斯坦利‧霍普金斯。福爾摩斯確信他是一個大有發展前途的青年志士，而這個小夥子對我的朋友的破案方法非常佩服，也非常仰慕和尊敬，可是他卻十分沮喪地坐了下來。

「先生，非常感謝您，我已經吃過早餐了。我是在市區過的夜，昨天來這裡彙報的。」

「你彙報的內容是什麼呀？」

「失敗，先生，完完全全、徹徹底底的失敗。」

「一點進展也沒有嗎？」

「哎，沒有！」

「哎呀，我倒很想調查這個案件。」

「福爾摩斯先生，我真的很高興您願意接這個案件。這是我所接的案件中最重大的一個，而我卻一點辦法也沒有。天啊！請您去幫我一個忙吧！」

「好的，我剛剛認真仔細地看過眼前所有關於這方面的資料，包括你那份偵查報告。順便問一下，你又是怎樣看待在案發現場所找到的菸絲袋呢？那上面一點線索也沒有嗎？」

霍普金斯大吃一驚。

「先生，那可是那個人自己的菸絲袋啊！在袋子裡縫有他姓名的第一個字母。它是用海豹皮做成的，他可是一個抓捕海豹的高手。」

「可是他根本沒有菸斗，這該如何解釋呢？」

「是的，先生，我們根本沒有發現那個。他確實不愛抽菸，但也許是為他的朋友準備的吧！」

「也許是的。我為何要提到菸絲袋呢？是因為我覺得它是處理此案的關鍵。對此案，我的朋友華生對此一無所知。對於我來說，再聽一遍事情的經過也沒有壞處，因此您可以再向我們簡略介紹一下主要情況。」

他從口袋裡拿出一張紙條。

「這張紙能夠充分說明彼得‧加里船長一生所做的事。他出生在1845年，現年55歲，善長捕捉海豹和鯨魚。在1883年，他擔任丹迪港捕豹船『海上獨角獸號』船長。他接連不斷地出海，都獲得了很好的成績。他擔任船長的第二年，也就是1884年，退休了。他旅行了幾年，最終在索塞克斯郡買了一塊地叫屋德曼里，靠近弗里斯特住宅區。他在那裡生活了六年，在上個星期被殺了。

「這個人有點特別，過的是清教徒式的生活。他少言寡語，家有妻子，女兒二十幾歲，還有兩個女傭，傭人也經常更換。那裡的環境讓人感覺不舒服，有時候讓人根本不能忍受。這個人時常喝醉酒，有時醉得如同一個道道地地的魔鬼。他有時半夜三更把妻子、女兒趕出家門，滿院子追著她們打，直到她們的叫聲把全村人驚醒了為止。

「有一回，這個教區的牧師來到他家，並責怪他不良的行為，他就破口大罵這位老牧師，還因為這個被傳訊過。總之，福爾摩斯先生，你根本不可能再找到一個比彼得·加里更野蠻的人了。我聽別人說，他在當船長時也是這樣的。海員們給他起了黑彼得這個名字，不光由於他臉黑和鬍子黑，更由於他的火爆脾氣使他周圍的人都害怕。不用提了，每個鄰居都痛恨他、躲避他，他雖然悲慘地死了，我卻沒有聽過有人對他的死表示過惋惜。

「福爾摩斯先生，您肯定已經讀過那份報告了，這個人有間小木屋，大概您的這位朋友還未聽說過這一點。他在家的外面造了間小木屋，稱它為『小船艙』，距他家有幾百碼遠，他每天晚上都在那裡睡覺。這是個單間的小木屋，長十六英尺，寬十英尺。他總是把鑰匙放在口袋裡，被褥也都是親自清洗整理，不准其他任何人進入他的小木屋。屋子的每面都有一小扇窗戶，上面均掛有窗簾，窗戶也從未打開過，其中有一個窗戶是對著大路的。每晚這小木屋亮著燈時，人們常常看一眼這間小屋，總會猜想他會做什麼。福爾摩斯先生，調查所得到的不過是這間小屋的窗戶所提供的那些情況吧！

「您是否還記得，在出事的前兩天，凌晨一點鐘時，有個石匠斯雷特，經過弗里斯特住宅區時，在小木屋這裡停下來掃了一眼，當時窗戶上的燈光正照著外面的幾棵樹，石匠向我發誓說：『從窗簾上清楚地看到一個人的頭在左右晃動，但這絕對不可能是彼得·加里的。』因為他對彼得太熟悉了。這個人頭上雖然長滿了鬍鬚，但與船長的不同，這個人的鬍子短而前翹。石匠還在酒店待了兩個小時，酒店離木屋也有一段距離，而且也不在大路上。當時是星期一，而謀殺則發生在星期三。

「在星期二的時候，彼得喝得醉醺醺的，又大鬧了一番，如一頭吃人的野獸般凶猛，他在家裡轉呀轉，他的妻女由於害怕而跑掉了。夜很深了，他才回到那小木屋。大約在第二天凌晨兩點鐘時，由於他女兒總是開著窗戶睡覺的，所以聽到來自小屋方向的恐怖的慘叫聲。他平常喝醉後總是大呼小叫，於是也沒人在意。女傭大約在七點起來後，看見小屋門開著，不過他那個人太讓人恐懼了，所以也沒人敢進去。直到中午才有人站在門口朝裡面看，那狀況把他們給嚇傻了，趕緊跑回了村裡。大約一個小時後，我接到這

個案件，就來到現場。

「福爾摩斯先生，您也許知道我非常堅強。不過，我跟你講，當我進入小屋時，也被裡面的情況嚇了一大跳。成群的綠豆蒼蠅『嗡嗡』地叫個沒完。地上、牆上看起來就像個屠宰場。他叫這個小木屋為小船艙，真的很像，你會感覺你就在船上。在小屋的一頭有一張床鋪，一個貯物箱，地圖、圖表，還有一張『海上獨角獸號』的油畫，在那邊的架子上有一排航海日誌，這一切完全與真正的船艙一樣。他自己就靠在小屋子裡牆的正中，他的臉因痛苦而扭曲了，斑白的鬍鬚因痛苦而上翹，一支捕魚叉穿透了他的胸膛，叉入他身後的牆內，他就如同一個被釘在硬紙板上的甲蟲，在發出那聲怒吼後便死去了。

「先生，我瞭解您辦案的方法，也試著用了一下。我仔細地查過每個角落後，才允許移動那些東西，現場沒有任何腳印。」

「你的意思是根本沒有看到足跡？」

「先生，我確信一點足跡也沒有。」

「我親愛的朋友霍普金斯，我破過很多案子，不過從沒有看到過有飛行動物作案的。只要殺人犯是長著兩條腿的人，就肯定留著痕跡。或者有蹭過的痕跡和那些看不出來的移動痕跡。一個偵探如果能運用科學，就一定可以找出來。難道在一個濺滿血的屋子裡就不能找到一絲破案的跡象嗎？在你的調查報告中，我覺得有些東西你根本沒有仔細檢查過。」

這個年輕的警長聽到我的朋友連譏帶諷的話後感覺有些窘迫。

「福爾摩斯先生，我當時沒請您去真是太蠢了。但這已是無法挽回的了。在屋子裡，特別值得注意的還有一些物品。其中一件就是殺人用的魚叉，當時凶手是從牆上的工具架上抓到的。工具架上一個放魚叉的位置現在是空的，另外還有兩種魚叉掛在那裡，上面刻著『SS海上獨角獸號，丹迪』。從中可以斷定的是凶手當時一定非常憤怒，順手摘下牆上的武器殺死了當事人。凶殺發生在大約凌晨兩點鐘，從彼得・加里的穿戴上就可以看出來，也許當時他與殺人犯有個約會，桌上的那瓶蘭姆酒與兩個已經用過的杯子可以證明這一點。」

福爾摩斯說道：「我認為這個推論還符合情理，那屋裡除了蘭姆酒之外還有別的什麼酒嗎？」

「有呀，一個小酒櫃放在貯物箱上，上面擺有白蘭地和威士忌。但這個對我們破案似乎幫助不大，那些瓶子都裝滿了酒，根本就沒有動過。」

福爾摩斯說道：「儘管這樣，櫃子中的酒對破案還是有一定意義的。不過，還是請你先講講一些與本案有關的物品狀況吧！」

「首先就是桌上的那個菸絲袋。」

「在桌子上的哪個部位？」

「在正中間。菸絲袋是用未經加工仍然帶毛的海豹皮做成的，用一個皮繩綁住，袋子裡有『PC』字樣，那裡面還裝著半盎司海員用的強力菸絲。」

「不錯，還有些別的什麼嗎？」

斯坦利・霍普金斯從衣袋裡拿出一本有黃褐色外皮的筆記本，外皮很粗很舊，邊上很髒。在第一頁上寫著「JHN」的字母與年份「1883」。這個筆記本被福爾摩斯放在了桌子上，他認真仔細地查看著，霍普金斯和我站在福爾摩斯身旁。在筆記本的第二面上寫有「CPR」的字母，再後來的幾頁均是數字，接下來便是「阿根廷」、「哥斯大黎加」、「聖保羅」等標題，在每項的後面均有幾頁符號和數字。

福爾摩斯問道：「這些符號和數字是什麼意思？」

「這些好像是有關證券交易所的報表。我認為『JHN』是經紀人名字的第一個字母，『CPR』也可能是他的顧客名字的簡寫。」

福爾摩斯說：「你瞧『CPR』，它是不是指加拿大太平洋鐵路？」

斯坦利・霍普金斯一邊拿拳頭敲著大腿，一邊低聲罵著自己。

霍普金斯接著說道：「我真是蠢到極點了，您說得非常正確。現在只要把『JHN』這幾個字母解釋清楚就好辦多了。我曾查過有關這些證券交易所的舊報表，在1883年內，我根本找不到與這些字母相符的經紀人，不過我認為這一點非常重要。福爾摩斯先生，您也應該承認這一點吧，這也許就是現場第二個人名字的縮寫，也就是說很可能就是那個殺人犯。我還發現了記著大筆數額證券的筆記本，正好為我們指出了殺人的動機。」

夏洛克・福爾摩斯面部表情的變化表示這個案件的發展是出乎他預料的。

他說道：「我認為你的兩個推論完全正確。這本在原先調查中未提到的筆記本把我的思緒打亂了。我開始時並未把這本筆記本的內容考慮在內。你是否調查過筆記本中所提過的證券？」

「正在交易所中查著呢，不過我認為那些南美康采恩的股票持有者的全部名單大多數在南美。這些資料只有在幾個星期後才能調查清楚。」

福爾摩斯拿著放大鏡仔細地查看著筆記本的外皮。

他說道：「你瞧，這裡有點弄髒了。」

「是的，先生，那是血印。我和您說過的，這是從地上撿到的。」

「血點是在本子上面還是在下面呢？」

「是在與地板緊挨著的那一面。」

「肯定是在謀殺後，本子才落在地上的。」

「福爾摩斯先生，正是這樣，我瞭解這一點。我猜測是殺人犯匆忙逃跑時丟下的，當時就在門的旁邊。」

「我覺得在這些證券中應該沒有一張是死者的吧？」

「是的，先生。」

「你想過這是一樁入室搶劫殺人案嗎？」

「真的沒有想過，先生，裡面看起來什麼東西也沒有動過。」

「噢，這件案子挺有意思，那裡還有一把刀吧？」

「是的，那是一把帶鞘的刀，刀根本沒有拔出來，就放在死者的腳下。加里太太說那是她丈夫的東西。」

福爾摩斯沉默了一會兒。

他最終開口道：「我認為有必要親自去一趟現場仔細看一看。」

斯坦利・霍普金斯高興地大喊起來：「非常感謝您，先生！您一定會幫助我破案的！」

福爾摩斯對這位警長擺了擺手，說道：「在一個星期之前，這也許是一件很容易解決的案子。而現在，就非常嚴重了。華生，如果你能抽出時間，

我很想要你與我一同前往。霍普金斯，請你為我們叫一輛馬車吧！」我們大概用了十五分鐘就來到弗里斯特住宅區。

我們在路旁的一個小驛站下了車，匆忙穿過一片廣闊的森林。這片森林有幾英里長，是用於阻擋薩克遜侵略的，已經存在了長達六十年之久了，是英國堡壘的一部分。目前大部分森林都已經被破壞了，這是由於英國的第一個鋼鐵廠就建在這裡，樹木都被砍來煉鐵了。不過現在這個鋼鐵廠已經搬遷到北部礦產比較豐富的地方，能夠證明這裡曾經有過鋼鐵廠的，只有這些殘缺的樹木和坑坑窪窪的地面了。這有一座小山，在它的綠色斜坡上的空曠處有一座石頭屋，那個屋子又長又矮，從那裡伸出一條小路彎彎曲曲地穿過田野。在靠近大路那邊，有一間小屋，它周圍三面均被矮樹叢圍著，唯獨有一面窗戶和門對著我們這邊，這就是那個謀殺現場。

斯坦利·霍普金斯帶著我們進了石頭屋，把我倆介紹給一位面色憔悴、灰色頭髮的婦女，也就是被害人的妻子。她面容消瘦，皺紋深深的，眼圈紅紅的。從她的眼神中，仍然可以看出恐懼的目光。這也說明她長年累月所遭受的苦難和虐待。在她旁邊的是她的女兒，同樣面無血色。她有一頭金黃色的秀髮。女孩在談到父親的慘死時，似乎很高興，而要讓她祝福父親時，她卻閃著異樣的眼光。黑彼得把家搞得不像家的樣子，我們從他家出來後，有重新獲釋之感。隨後我們順著一條田間小路向前走去，這條路是黑彼得自己踩出來的。

那小屋的結構極其簡易，四周都是木板，屋頂也是木製的，在門旁有扇窗戶，對面牆上也有窗戶。斯坦利·霍普金斯從口袋裡拿出鑰匙，彎腰準備打開門鎖時，突然停下了，臉上顯出既驚訝又神情專注的樣子。

他說道：「門鎖被人撬過了。」

這是個不容置疑的事實，木製部分有用力撬過的痕跡，上面的漆也被刮掉了，好像是剛剛刮掉的。福爾摩斯的眼睛一直盯著窗戶看。

「我想那個人本來想從窗戶那裡進去。不管他是誰，反正沒能成功，這個人也太笨了吧！」

警長問道：「這件事太不可思議了。我敢保證，昨晚根本沒有這些痕

跡。」

我說道：「也有可能是一些好奇的村裡人來過這裡，想看一看呀！」

「絕對不可能，他們根本不敢來這裡，更不用說進這間屋子了。福爾摩斯先生，您如何看待這件事呢？」

「我想我們真的很幸運。」

「您是說那個人肯定還會來這裡？」

「很有可能，他上次到這裡來，根本沒有想到門是鎖著的，於是他只能用小刀來開門，可是他沒能進屋。你想他會做什麼呢？」

「第二天晚上帶上合適的工具再過來呀！」

「我也是這樣認為的，如果我們不在這裡等他，那會是我們最大的損失，現在進去看看裡面的情況吧！

謀殺的印跡雖然已經被清理過了，但屋中所有的擺設和那晚一樣。福爾摩斯認真仔細地查看每件東西，大約用了兩個小時，但從他的表情上看，什麼結果也沒查出來，有一回他停了一下。

「霍普金斯，你在這個架子上拿走了什麼東西嗎？」

「我什麼都沒有動過。」

「一定是什麼東西被人拿走了。架子上這個角落的塵土比其他地方的都少，可能是一本平放的什麼書，也很有可能是個小箱子。好了，現在沒事可做了。華生，我們一起去那美麗的小樹林看看，享受一下這裡的鳥語花香吧！霍普金斯，今晚我們就在這裡會面，看看能不能與昨晚那個蠢傢伙碰上頭。」

當我們布置完這小小的埋伏後，已經到深夜十一點了。霍普金斯主張打開那小木屋的門，福爾摩斯認為那樣做很不妥，那樣會引起那個人懷疑的。鎖很容易打開，只需一塊堅實的小鐵片就行。福爾摩斯讓我們在屋外等著而不要進到屋內，於是我們潛伏到屋角附近的矮樹叢中。如果這個人點燈的話，我們肯定能夠看清楚他，一定要查清楚他偷偷摸摸來這裡的目的。

等待的時間漫長而乏味，不過有一種冒險的感覺，彷彿獵人守在水池邊等著前來喝水的動物一樣。在黑暗中偷偷摸摸地來這裡的會是個怎樣的傢伙

呢？牠如果是一隻害人的猛虎，只要能夠與牠的尖牙利齒和鋒利的爪子進行不屈不撓的鬥爭，就能捕獲牠。要不然，牠是一隻若隱若現的豺狼，只對那些膽小和沒有防備的人來說才是恐怖的。

我們在矮樹叢中蹲著，靜靜地等待所有一切可能發生的事。剛開始的時候，一些回村很晚的人的腳步聲與村裡傳來的講話聲引起了我們的關注，不過這些與案件一點關係也沒有。四周靜悄悄的，偶爾聽到遠方傳來的教堂鐘聲，提醒我們夜晚的過程，有些細雨落在頭上的落葉上，發出「簌簌」聲。

鐘聲剛剛敲過兩點半，這也是在天亮前最暗的時候，忽然從大門那邊傳來一陣「滴答」聲，低沉而尖銳。我們立刻警覺起來。有人朝這邊小道走來。後來又是很長時間的寂靜，我們猜測那聲音說不定只是一場虛驚。正在這個時候，在小屋的另一邊傳來了腳步聲。稍後有金屬物的摩擦與碰撞聲。這個人正在使出全身力氣開鎖，也許他的技術好些了或者工具好用了，只聽「啪」的一聲，門鎖開了，接著又聽到門的「嘎吱」聲。隨後火柴被劃著了，點燃的蠟燭照亮了小屋的內部，透過薄紗的窗簾，我們的眼睛一動不動地盯著眼前的一切。

這位陌生人是個年輕人，身體很瘦，下巴上的黑鬍子和他蒼白的臉構成了鮮明的對比。他也就剛過二十歲的樣子，我從未見到過有人像他那般害怕的，牙齒好像一直在打顫，四肢不停地抖動。從穿著上看，他像個紳士，穿著諾福克式上衣，下穿燈籠褲，頭上戴著頂便帽。他受驚似的朝四周望去，而後又把蠟燭放在桌上，走到一個小角落，這下我們根本看不到他了。隨後他手中拿著一個大本子又走了回來，那是在架子上排成一排的航海日誌中的一本。他身體靠著桌子，手不停地翻著那本子，直到找到他想要的東西為止。他緊握拳頭表示了一下憤怒，然後把本子闔上，放回原來的地方，並把蠟燭熄滅。但是，他根本沒來得及離開這間小屋，領子就被警長抓住了。當他得知他被捕了時，我聽到一聲長嘆。蠟燭再次點燃，在偵探面前這個束手就擒的人渾身不自在，還在不停顫抖，他坐在貯物箱上，無計可施地看了看這個又看了看那個。

斯坦利・霍普金斯說：「年輕人，請問你是誰？來這裡想做什麼？」

這個人抖擻了一下精神，盡力保持冷靜，然後看著我們。

他說道：「你們一定是警探吧？你們不會認為我與船長的死有關吧？我向你們發誓，我是清白的。」

霍普金斯說道：「我們自會查清楚你是否無辜。先說說你叫什麼？」

「我是約翰・霍普利・內爾根。」

我看見福爾摩斯與霍普金斯兩人快速地交換了一下眼色。

「你到這裡來有什麼事？」

「我有非常重要的事，在這裡不講行嗎？」

「不行，當然不行。」

「我為什麼要把這件事告訴你們？」

「若你不回答的話，在審訊時會對你很不利的。」

年輕人有些困窘了。

他說道：「好吧！我把這件事告訴你們好了。沒有隱瞞的必要了，不過我不想再讓舊的流言又一次傳開。你們知道道森和內爾根公司嗎？」

從警長的面孔上可以看出，他從來就沒聽說過，更談不上瞭解了。不過，福爾摩斯顯出很有興趣的樣子。

他說道：「你說的是那些在西部的銀行家們嗎？他們曾虧了一百萬英鎊，康沃爾郡的一半家庭都因此而破產，後來內爾根也失蹤了。」

「是的，內爾根正是我父親。」

我們最終得到了一點有用的東西，不過一個銀行家和一個船長有什麼聯繫呢？他們之間相去甚遠。我們都專心地聽著他的講話。

「事情與我父親有關。在道森退休時，我剛滿十歲，不過那件事給我帶來的恥辱和驚恐是一輩子也忘不掉的。許多人一直都認為是我父親偷走了全部證券，這和實際情況一點都不相符。我父親深知，如果再給他一些時間把證券兌換成現金，就不可能連債都還不起了。法庭傳票要逮捕我的父親，他不得已只能乘小遊艇去了挪威，我仍記得在那個淒涼的夜晚，他與母親告別時的情景。他把一張他帶走的證券清單交給我們，並向我們保證，他一定會回來澄清所有的事情，不會讓那些信任他的人受到牽連。但從那之後再也沒

有他的消息了，他的人與遊艇都不知去向。我們母子倆都認為他和全部證券都沉入海底了。我們有位很不錯的朋友，他是商人，說在不久前曾經看見我父親帶走的證券出現在倫敦證券市場上了。我們真的非常驚訝，您能想像得到吧，我費勁周折追查這些證券的來源，最終知道是這位船長彼得賣出的，他也就是這間小木屋的主人。

「當然，我也對他這個人進行細緻的調查。我得知他曾經管理一艘捕鯨船，正好我父親渡海去挪威那天，他這艘船從北冰洋返航。那年秋天有很多風暴，南方不斷有大風席捲，我父親的遊艇有很大可能被吹到了北方，也就是遇到了加里船長的船。如果事實正是這樣，我父親現在又怎麼樣呢？只要我能從彼得的講話中搞清楚這些證券是如何上市的，就能證實我父親並沒有自己出售這些證券，同時也可證明他拿走這些證券並非為了錢。

「我本打算見見這位船長，就來到索塞克斯。也就在這時，這件謀殺案發生了。從驗屍報告中，我瞭解到了小木屋的情況。

「報告中說這小屋裡一直保存著這艘船的航海日誌。我立即想，要是能看看1883年8月時在這艘『海上獨角獸』上發生過什麼事，那樣父親的失蹤之謎不就完全解開了嗎？我昨晚就想拿走這些航海日誌，但打不開門。今天晚上不得已又來了，我找到了那份航海日誌，但卻發現八月份的全都被撕去了，就在這時你們把我抓住了。」

霍普金斯問道：「你全交代了嗎？」

「是的，我講的都是事實。」他說這些的時候，閃開了目光。

「難道你就沒有別的要說了嗎？」

他略有遲疑後說道：「沒有了。」

「在昨天晚上之前，你就一直沒有來過嗎？」

「沒有。」

霍普金斯拿出那本作為證物的筆記本，本子上有血跡，他指著第一頁上面的字母喊道：「這個你又怎樣解釋呢？」

這個可憐的年輕人沮喪極了，他用手摀住臉，不停地抖動。

他極其痛苦地說：「你從哪裡弄來這本子的？我真不知道我是在哪裡丟

了，還以為是落在旅店了。」

霍普金斯嚴肅地說道：「行了！你還有什麼要補充的，到法庭上去講吧，現在就去警察局。福爾摩斯先生，很感謝你們二位到這裡來幫忙，事實擺在這裡，你們沒必要來，沒有你們，我不是也可以很好地結案嗎？不管怎樣，我仍然感謝你們，我替你們在勃蘭布萊特旅店訂了房間，現在我們一起回村吧！」

第二天清晨，我們趕著馬車在回倫敦的路上，福爾摩斯問道：「華生，這件事我總覺得怪怪的。」

「我覺得你對此很不滿意。」

「親愛的華生，我倒是挺滿意的，不過我對那個警長破案的方法不太認同，我對他真的很失望，我原先希望他會處理得很不錯的。一個偵探應有能力對這個案子有沒有其他可能性進行更深入的探索，要禁得起推敲，這對破案是非常重要的。」

「這個案子的第二種可能性又是怎樣的呢？」

「這是我本人正在進行調查的線索。也許得不出任何結果，現在還不好說，不過至少要把它做完為止。」

到貝克街時，福爾摩斯又接到幾封信。他抓起信，拆開看了之後，發出勝利的輕笑聲。

「華生，太棒了！這第二種可能性正在發展中。你現在手上有電報紙嗎？幫我寫兩封：『瑞特克利夫大街，海運公司，色姆那。派三個人來，明早十點到。——巴斯爾』。這也是我扮演角色時用的一個名字。另外一封是：『布內斯頓區，洛得街46號，警長斯坦利·霍普金斯。明日九點半來吃早餐，緊要。如不能來，回電。——夏洛克·福爾摩斯。』華生，這件討厭的案子使我十天來一直不得安寧，從此我要將它完全從心中抹去。我相信明天我會聽到最後的結果。」

那位警長在規定的時刻準時來了，我們坐下一起吃赫德森太太準備的豐盛早餐。這位年輕的探長由於辦案成功而處於興奮之中。

福爾摩斯問道：「你覺得你做得非常正確，是嗎？」

「我想這是最完美的了。」

「不過在我看來，這案子並沒有得到最後的解決。」

「福爾摩斯先生，您所說的超出了我所預料的。您有什麼證據可以說明這一點嗎？」

「你能講清楚事情的各方面嗎？」

「這有什麼難的。我查清楚在出事那天，內爾根來到勃蘭布萊特旅店，他假裝來玩高爾夫球，因此住在第一層，這樣可隨便出入旅店。那天夜裡他去了屋德曼里，而且還去了那間小木屋，他們曾經爭吵過，於是他又死了當事人。在跑出去時，因為驚慌恐懼他把本子丟在了那裡，他帶那筆記本是想問清楚有關證券的事。你肯定注意到了那些標出記號的證券，大多數都是沒有的，有些標出的在倫敦市場發現了，其他的也許還在彼得手中。按照他所講的，內爾根急切地想讓這些證券歸其父所有，以便能夠歸還債主，為他父親討個清白。在他逃掉之後，有很長一段時間不敢再進那間小木屋，但為了獲得他要的情況，只好冒險來拿。這件事情還不明顯嗎？」

福爾摩斯笑著搖了搖頭。

「這裡有一個漏洞，他本人絕不可能去殺人。你用魚叉叉過任何一種動物的身體嗎？沒有吧？親愛的先生，這細小的事你要特別注意。我的朋友華生會告訴你的，我曾經用一整個早上做過這種練習。那件事並不很容易做到，它需要強有勁的臂力，投擲必須準確無誤才行，鋼叉投出去得非常迅猛，叉頭才能進入牆壁。你再仔細考慮一下，那個瘦弱的青年會有那般凶猛之力嗎？半夜與黑彼得一起飲酒的人會是他嗎？兩天前在窗簾所看到的側影會是他的嗎？不，不，霍普金斯，那個人一定非常強壯，我們有必要把他找出來。」

警長的面孔在聽了我的朋友的一席話之後越拉越長。他的希望和雄心壯志全部被粉碎了，但他不可能不經過爭鬥就放棄固有陣地的。

「福爾摩斯先生，您不能完全肯定那晚內爾根就不在現場。筆記本就是證據，既然您想挑毛病，我的證物仍能讓陪審團滿意的。可是您講的那位可惡的罪犯在哪裡呢？」

福爾摩斯安詳地說：「我想，他就在樓梯那裡。華生，你把槍放到容易拿到的地方吧！」他站起身，把一張帶字的紙放到一張靠牆的桌子上。他說道：「我們準備好了。」

一聽到門外有說粗話的聲音，赫德森太太就把門打開了，有三個人要見巴斯爾船長。

福爾摩斯說道：「叫他們一個一個地進來。」

首先進來的那個人，身材矮小，樣子很可笑，臉還紅紅的，一臉斑白、蓬鬆的落腮鬍。

福爾摩斯從口袋裡取出一封信，問他道：「你叫什麼？」

「詹姆士·蘭凱斯特。」

「很抱歉，先生，現在位置都滿了，先給你半個金鎊，麻煩您到那間屋去等會兒。」

第二個進來的人，乾瘦細長，平直的頭髮，兩頰深陷，他叫休·帕廷斯。他同時也未被僱用，不過也得到了半個金鎊，還要讓他等會兒。

第三個進來的人，外表很奇特，凶惡的面孔如同哈巴狗般藏在一團蓬亂的頭髮與鬍鬚中，有一對向下懸著的濃密而且成簇的眉毛，在下面是一雙黑黑的凶狠的眼睛。他朝我們敬了個禮，像個水牛似的站到一旁，還不停地轉動他的帽子。

福爾摩斯問道：「你叫什麼？」

「派翠克·凱恩茲。」

「叉魚手嗎？」

「是呀，先生，總共出海二十六次。」

「我想是在丹迪港附近那一帶吧？」

「是的，先生。」

「每月賺多少錢？」

「八英鎊。」

「你願意立即與探險隊出海嗎？」

「只要東西準備好了，我就可以出發。」

「你的證明呢？」

「在這裡，先生。」他從口袋裡了取出一捲揉搓過的單子，上面帶著油漬。福爾摩斯看完後又還給了他，說道：「你正是我所要找的人。合約在靠牆的那張桌子上，你簽完字後，事情就定下來了。」

福爾摩斯靠住他的肩膀，雙手伸向他的脖子。

他說道：「這就可以了。」

我隨即聽到金屬的撞擊聲與一聲怒吼，如同一頭被激怒的公牛在叫喊，水手和我的朋友滾成一團，雖然福爾摩斯很輕快地把手銬給他戴上了，但他力大如牛，要不是霍普金斯和我趕去援助的話，想必我的朋友很快將被他給制伏。當我用槍對準他腦袋的時候，他才明白反抗根本沒用。我們拿繩子把他的踝骨綁得緊緊的，然後才氣喘吁吁地站起身來。

夏洛克・福爾摩斯說：「霍普金斯，很抱歉，恐怕炒雞蛋早就涼了吧！不過，你看到案子進展得這般順利，你吃飯都會覺得香了。」

斯坦利・霍普金斯驚詫得不知說什麼了。

他羞紅了臉，還沒想好就說：「先生，我不知該怎麼說才好，感覺一開始我就愚弄了我自己。現在我明白了一點，我永遠是您的學生，而您永遠是我的恩師。我剛剛雖然親眼目睹了這一切，但我還是不理解您是怎麼辦到的呢？」

福爾摩斯高興地回答道：「好吧，經一事長一智。這回你的教訓就是不能守著一種方法不放手。你的注意力完全放在了年輕的內爾根一個人身上，而忽略了派翠克・凱恩茲這個真凶。」

水手用沙啞的聲音打斷我們之間的講話。

他說道：「先生，您這般折磨我，我無話可說，但我希望你們把事情弄清楚再說。你們認為我殺了彼得・加里與我自己承認殺人，是有很大區別的。可能你不信我的話，更有可能你們覺得我在說謊騙你們。」

福爾摩斯說道：「不會的，先讓我們聽聽你會講些什麼內容。」

「我向上帝發誓，我所說的每一句話都是事實。我對黑彼得這個人很瞭解，當他把刀抽出來的時候，我就明白了我倆當中必有一死，於是我就拿起

魚叉朝他叉去，這樣他就死了。怎麼叫謀殺呢？黑彼得的刀要是插在我心臟上或是用絞索勒住找的脖子，同樣我也會死的。」

福爾摩斯問道：「你為什麼要到這裡來呢？」

「我從頭跟你說吧！先讓我坐下好嗎？這樣講起來會方便些。那是在1883年8月發生的一件事，彼得‧加里是『海上獨角獸號』的船長，我做叉魚手。當時，我們正從北冰洋返航，是頂風前進。我們在海上救了一艘小船，那是從南方吹過來的，猛烈的南風已經颳了一個多星期。在這艘小船上只有一個人，他是個新水手，大夥兒認為那是由於大船沉了，這個人不得已才乘小船去挪威的，我想肯定是其他的船員都死了，總之，我們把這個人救了。他在船艙裡與我們談了很久。隨著這個人一起打撈上來的還有只鐵箱。誰都沒問這個人的名字，反正我不知道，可是第二天晚上他就失蹤了，就好像這個人從來沒來過這艘船一樣。別人都說這個人不是跳海自盡，就是被壞天氣捲走了。我想當時只有一個人知道到底發生了什麼事，那個人就是我。我是深夜值第二班的，親眼目睹了船長綁住他的雙腿，把他扔到海裡去了。大概兩天後，我們到了瑟特蘭燈塔。

「這件事我跟誰也沒說過，想看看到底會出現什麼結果。來到了蘇格蘭，這件事被壓下來了，根本沒有人再提起過，對於一個陌生人出事故而死，誰都不會去多問的。沒過多久，彼得退休了。好多年後，我才知道他的下落。我想，他也許就為了那個鐵箱子裡的東西才會殺人的吧！我認為他現在應該能夠給我一筆錢來叫我閉上嘴。

「在倫敦時，有個水手曾看到過他，我就是從這個水手那裡得知他的地址的，我隨即來找他要錢。第一天晚上他倒挺講理的，說好要給我一筆錢，使我一生不用再出海了，講好兩天後辦理此事。我再去找他時，他喝醉了，而且脾氣壞透了，但我還是和他一起喝酒，聊過去的事。他越喝越多，我就覺得他的表情不太對勁。我看到牆上掛的那把魚叉，我想在我死之前還能用得上它。之後，他大發脾氣，對我又罵又打，眼睛裡露出要殺死我的凶光，手裡拿著一把大折刀。不等他刀出鞘，我就用魚叉刺穿了他。天啊！他的那聲尖叫真恐怖，他那張面孔在我眼前慢慢地不清楚了。我當時真的傻了，渾

身都濺滿了血。過了一會兒，四周靜得出奇，於是我鼓起勇氣向四周望了望，看到架子上那個鐵箱子。應該說我倆均有權得到這個箱子，因此我拿著它離開了那裡。我居然傻到把菸絲袋忘在了那裡。

「現在我再告訴你一件很古怪的事。當我從屋子裡走出來時，聽到有一個人走過來，我趕緊躲進矮樹叢中。那個人偷偷摸摸地走過來，進屋後大喊一聲，如同見鬼了一樣，拼命地跑，一會兒就不見蹤影了。不管他是誰，要做什麼，這和我一點關係都沒有。我走了大約十英里，在頓布芝威爾茲上了火車，去了倫敦。

「我打開箱子後，裡面什麼錢都沒有，只有一些證券，但我不敢去賣。我沒能把黑彼得抓在身邊，現在又獨自待在倫敦，連一個先令也沒有，唯一有的只有技術了。我從廣告得知有人出高薪僱叉魚人，於是就去了海運公司，他們讓我到這裡來，這全是真的。我再重說一遍，黑彼得是我殺的，不過法律應該謝謝我，我為他們節省了一條絞繩。」

福爾摩斯站起身來，點上菸斗說道：「說得很清楚明白了，警長，我想你還是把這個罪犯快點送到安全地帶。這個房間不太適合作牢房，況且他身材高大，在屋裡佔用很大的空間。」

霍普金斯說道：「先生，我太感激您了，到目前為止我都不知道您怎樣讓犯人自投羅網的呢？」

「幸運的是，在案子一開始時，我就抓住了線索。若我知道有了那個筆記本的話，很可能我的思緒會被帶到別的地方去，如同以前你的想法一樣。但我得知了一點是那個人有超凡的力氣，能出神入化地使用魚叉，還有蘭姆酒和那裝有粗菸絲的海豹皮菸袋，這一切都讓我們聯想到一個捕過鯨魚的海員。我肯定那菸袋上的字母也許是種巧合，不一定就是彼得・加里。平常他不抽菸，在屋裡更找不到菸斗。你是否還記得我問過你，他屋裡有威士忌和白蘭地嗎？你說有。一個不出海的人家裡有這些酒，為什麼還要喝蘭姆酒呢？因此，我絕對肯定那就是個海員。」

「您又是怎樣找到他的呢？」

「親愛的先生，這問題太容易了。如果是個海員的話，肯定是『海上獨

角獸號』上的。就我所掌握的情況來看，彼得‧加里只登過這艘船。我往丹迪發了封電報，三天後便查到1883年在船上那些水手的名字，當我看到叉魚手派翠克‧凱恩茲的名字時，一切就都明白了。我推想他可能在倫敦，並且想離開這裡一段時間。於是我就去倫敦東區住了一段時間，設計了一個北冰洋探險隊，提供豐厚的報酬，目的就是尋找一個叉魚手，在船長巴斯爾手下工作。結果就出來了。」

霍普金斯大喊道：「妙，妙極了！」

福爾摩斯說道：「你最好快點放了內爾根，還必須向他道歉，把鐵箱子還給他。不過，彼得賣掉的那部分我無法收回來了。霍普金斯，外面有馬車，快點帶人出發吧！如果你想讓我們參加庭審的話，我倆地址在挪威的某個地方，以後再告訴你吧！」

詐騙犯的惡報

我現在要講的這個案件發生在許多年前，儘管如此，說起它來我仍有些心悸。在很長一段時間裡，哪怕是很慎重、很有分寸地說出事件相關事實，也是完全不可能的。現在，事件的主角已經不受人間法律的制約，所以才能夠有保留地講述，而不至於損害任何人的名聲。這件事是我一生中所遇到的最怪異的案件。如果我省略掉日期或其他一些能夠追溯到事情真相的情節，還望讀者見諒。

那是個嚴冬的傍晚，我倆外出散步，回到家時大概是六點鐘了。他把燈打開，看到桌子上放了張名片。看後冷哼一聲，隨手把它扔進廢紙箱中。我撿起來，看到上面寫著：

查理斯·奧古斯塔斯·米爾沃頓，漢普斯特區阿倍爾多塔代理人

我問：「他是誰呀！」

「在倫敦最壞的一個人便是他。」福爾摩斯答道。他隨即坐下，又把腿伸到壁爐前。

「名片背後寫了什麼？」

我翻過背面看到：「六點鐘來訪，CAM」

「哼，他果真要來。華生，如果在動物園裡你站在毒蛇的面前時，看著牠彎曲爬行和那恐怖的眼，更可怕的是那張讓人厭惡的扁臉，你絕對會用盡全力躲避牠，這就是我對那個人的感覺。我與許多殺人犯打過交道，簡直沒

有比他更壞的人了。但沒辦法，我必須和他有事務上的來往，他來這裡的確是我約的。」

「他到底怎麼樣呀？」

「華生，別急，我慢慢跟你講。他可算詐騙犯裡頂呱呱的人物了。上帝給了他許多次機會，尤其是那些名聲和隱私受到這個人控制的女人更是沒辦法，只能幫助他。他是一個笑裡藏刀的人，有一顆鐵石般的心腸。他向那些可憐的女人勒索，直到抽乾她們的血為止。這個傢伙有超凡的能力，要是在體面的行業中，會更好地發跡的。他的方法是：讓所有的人都知道，他是甘願付出高價去收買那些有錢有勢人的信件的。他不光從那些不可靠的男女僕人那裡得到他想要的東西，還從上流社會中的流氓手中取得一些資訊，這種人經常欺騙那些輕信他的女人的感情和信任。他出手很大方，我曾經聽說他只為一張有兩行字的紙條就給了一個傭人七百鎊，結果把那個貴族家庭給毀了。好像所有的事情都能傳到米爾沃頓的耳朵裡。這個城市中的許多人只要一聽到這個名字，就會無一例外地呆坐在原地，誰也不知道哪一天他會找到自己頭上。由於他既有錢又有手腕，簡直沒有他辦不到的事。他可以留著一張牌好幾年，等到能贏得最大賭注時才打出去。我說過，他是這個城市裡最壞的一個人了，就連一個拿老婆出氣的暴徒都不能和他相提並論。為了往自己已經滿滿的錢袋裡繼續塞錢，他可以有步驟而從容地折磨人們的靈魂。」

我很少聽到我的朋友會帶有如此強烈的情緒去評價一個人。

我說道：「那麼，這個人應該得到法律的制裁。」

「在法律角度上說是這樣的，不過實際上無法辦到。如果控告他讓他坐幾個月的監獄，但等他出來後就會讓自己身敗名裂，這對一個女人來說沒有任何好處，於是受害人無力反擊。如果一個無辜的人遭到他的敲詐的話，我一定會抓捕他的，但他非常狡猾。不，我們必須想辦法來打擊他。」

「他為何要來這裡呢？」

「因為一位當事人把她的不幸案件交給我來處理。這個人就是貴族小姐依娃・布萊克維爾，上一季度剛剛初登社交界的最美麗的女士。再過兩個星期，她就會和德溫考伯爵結婚了。這個混蛋找到了幾封輕率的信，是她寫給

一個年輕的窮鄉紳的，一點壞的成分都沒有，但是這封信會毀了她的婚姻。如果不給他一大筆錢的話，他就會把信交給他未來的丈夫。我受託去見那個惡棍，並且盡力把價錢壓低。」

這時，大街上有馬蹄與車輪的聲音。我向窗外望去，看見一輛雙駕馬車停在樓下。它裝飾得富麗堂皇，車上那亮閃閃的燈光照著那對栗色駿馬光滑的腰腿。僕人把門打開，一個矮小結實、穿著粗糙黑色捲毛羊皮大衣的人，從馬車上下來。過了一會兒他就進了屋。

這個人大概有五十歲左右吧，大腦袋，看起來很精明，圓圓的大臉，皮糙肉厚，嘴角掛著那種讓人見之生厭的冷笑。眼睛是灰色的，但還是相當靈巧，有點近視，戴了副金光閃閃的眼鏡，臉上似乎還能找到一些匹克威克（英國作家狄更斯小說《匹克威克外傳》的主角，為人寬厚）。先生的仁慈，一臉假笑，眼中發射出那種敏銳而不耐煩的寒光。他的聲音聽起來溫和穩重，一邊走一邊伸出肥而小的手，口裡一直說著他第一次來沒有見到我們很感遺憾。我的朋友對那位先生伸出的手毫不理會，冷冷地看著他。米爾沃頓咧嘴笑起來，聳聳肩後脫掉外套，很認真地疊好放在椅背上，然後坐下。

他用手指著我坐的地方，問道：「這位先生是誰？這樣講話可以嗎？」

「華生醫生是我的好友兼同事。」

「很好，福爾摩斯先生。我這樣問話，是為您的當事人考慮的，事情是很奇妙的。」

「華生醫生對這件事已經很瞭解了。」

「那麼，我們就好好談談吧！您是依娃女士的代理人，她是否告訴您她已接受我提出的條件了呢？」

「什麼條件？」

「七千英鎊。」

「這個條件能夠商量嗎？」

「親愛的先生，我認為討價還價很不好。總而言之，如果十四號不付款的話，十八號就別想舉行婚禮了。」

他那微笑真的令人無法忍受，臉上是一副得意洋洋的表情。

福爾摩斯想了一會兒說道：「你覺得這件事情真的不可更改嗎？我瞭解這些信的實際內容。我的當事人依娃小姐一定會按照我的建議去做的。我讓她把這件事從頭到尾地告訴她丈夫，相信會得到他的寬容大量。」

米爾沃頓嘿嘿地笑了。

他說道：「很顯然，您一點都不瞭解伯爵的為人。」

從福爾摩斯迷茫的表情上看，我明白他真的是對他不瞭解的。

他問道：「難道這些信有很大的害處嗎？」

米爾沃頓回答道：「害處很大，很大。她的信寫得很討人喜愛，但我發誓，伯爵絕對不會贊同這些信的。既然你我意見不一致，真的沒有討論的必要了。這無非是一宗交易，如果你覺得把這些信交給伯爵並不違背你的當事人的利益的話，您盡可以那樣去做，也許花很多錢把它們買回會顯得有些傻。」他起身拿他的黑色捲毛羊皮大衣就要離開。

福爾摩斯被他氣得臉如死灰。

他說道：「等一下，不必就這樣快走了，這個問題非常微妙，我們應盡力避免那些不該有的流言。」

米爾沃頓又坐回了原處。

他低語說：「就像我所想的，這件事你沒有其他辦法。」

福爾摩斯說道：「但依娃小姐並不是很有錢呀！我保證只要兩千英鎊就可以讓她傾家蕩產了，你要的錢數她真的無法支付。所以我想請你降低一下要求，按照我提的那個數交錢退信，我向你保證，她真的只能弄到那麼多錢了。」

米爾沃頓想笑但又忍著沒笑出來。他咧開了嘴角，用他那灰色的眼睛向我們眨了眨。

他說道：「她的財產狀況我很瞭解。但你必須知道，一個女子結婚的時候正是她親戚朋友出力的最好時機。他們對買一件像樣的禮物或許會有些猶豫。但是，我向你發誓，這一疊信能帶給他們的快樂，要比倫敦的全部宴會所給的還要多。」

福爾摩斯說道：「那根本辦不到。」

米爾沃頓取出一本厚厚的東西，喊道：「嗨，多麼不幸呀！你看這裡！若這些女士們再不努力的話，我只能告訴她們太傻了。」他拿出一張便條，信封上印著家徽，「哎！這是，不過在明早之前我是不該把這個名字說出來的。但那時這封信一定會落到這位女士的丈夫手裡，就因為她不肯拿她的鑽石首飾和我交換。這真的很可惜！你是否記得貴族麥爾茲女士與多爾金上校訂婚的事嗎？在結婚前兩天，《晨報》就刊登出取消婚禮的消息。原因呢？說來你可能會不相信，只要她給我一千二百英鎊，這件事就容易解決了。難道這不可惜嗎？我沒有想過你也是一個不通情達理的人，會不顧你當事人的前途和名譽，在這裡談論價錢。福爾摩斯先生，你真讓我出乎預料。」

福爾摩斯說道：「我講的這些都是實情。這筆錢，她真的無法弄到。你毀掉她一生的幸福對你有什麼好處呢？收下這筆我說的數量不小的錢，難道不好嗎？」

「你大錯特錯了，福爾摩斯先生，這件事要是傳開了，間接地會給我帶來莫大好處的，我現在手下還有八九件事已到要辦理的時候了。若這些人知道我對您的當事人要價很高的話，她們會變得更加理智。您明白我的意思嗎？」

福爾摩斯氣得猛地從椅子上站了起來。

「華生，到他身後去。別讓他出去！先生，讓我們先看看你本子裡到底有些什麼鬼東西！」

米爾沃頓這回怕了，像老鼠般溜到屋角，背緊靠著牆。

隨後他翻開上衣前襟，露出一支手槍柄，說道：「福爾摩斯先生，福爾摩斯先生，我早有所料，你會做出一些超常的事情。這種威脅我經常遇到，但它根本沒有任何益處。實話跟你說了吧，我早已全副武裝，既然法律允許在一些特殊情況下可以自衛，我就準備了槍，以防被人突襲。還有，你也太天真了，我真的會把所有的信都放在筆記裡？你大錯特錯了，這種蠢事我根本不可能去做。先生們，不好意思，今晚我必須去見其他人了，去漢普斯特區，很遠。」說著，他上前拿起大衣，手依舊扶在槍上，轉身向大門口走去。我拿起一把椅子準備朝他扔去，福爾摩斯搖了搖頭，我就又放下了。那

個惡棍微笑地鞠了個躬，走出屋子。不一會兒，我們聽到「砰」的關門聲和車輪「嘎拉嘎拉」的聲音，馬車離開了。

福爾摩斯坐在火邊，靜靜地一動也不動。他雙手深深地插進褲袋，下巴挨著胸，眼睛呆直地盯著餘燼，這個樣子足足有半個小時。之後他好像有了主意似的站起來，走進了臥室。不一會兒，走出來的是一個年輕工人，山羊鬍子，得意洋洋的樣子。他點燃泥製菸袋，對我說道：「華生，我過一段時間回來。」隨即消失在黑漆漆的夜色中。我相信他肯定已經想好了如何對付那個壞蛋。但我真的沒有想到，這場爭鬥會是如此的特殊。

那些天，福爾摩斯總是這身裝束在漢普斯特區進進出出。不必說，他的時光是在漢普斯特區度過的，而且真的很有效，但我對他具體做的事一點也不瞭解。直到後來，在一個暴風雨的夜晚，大風呼呼地颳著，雨「噠噠」地打在窗上，他回來了。他回歸本樣，坐在火前，並以他內斂的沉默方式得意洋洋地笑著。

「華生，你不會認為我要結婚了吧？」

「不會的。」

「告訴你，我親愛的朋友，你該替我高興，我訂婚了。」

「親愛的朋友，我祝——」

「我和米爾沃頓的女僕。」

「啊，福爾摩斯！你怎麼會這樣呢？」

「華生，我現在急需情報。」

「你做得太過火了吧？」

「這一步是非常有必要的。我打扮成一個水電工，名字叫埃斯柯特，我的主意很不錯。每晚我都約她出去，與她沒完沒了地說話。天啊，我都不知道和她談了些什麼內容。不過，我想要的全知道了。我對米爾沃頓已經瞭若指掌了。」

「福爾摩斯，可是那女孩呢？」

他聳聳肩。說道：

「親愛的華生，除了這麼做，我根本想不出其他的辦法，賭注已經放在

桌上了，你只能盡力出牌。我非常慶幸我有一個很好的情場對手，我一下就把他擠出局了，今晚的天氣真好啊！」

「這樣的天氣你也喜歡？」

「它與我的目的相符合。華生，我打算今晚就去米爾沃頓家。」

他用十分堅定的語氣講出了這句話，我聽後全身打顫，呼吸急促。猶如黑暗中的閃電，一會兒把野外的角落全都照亮了，我看得出這個行動很可能造成不可挽回的惡果——查出、被捕、受尊重的事業以不可挽回的失敗與屈辱告終，我的朋友可能會受到那個惡棍的擺布。

我大聲喊道：「看在上帝的份上，你好好想想這件事吧！」

「親愛的朋友，我仔細考慮過了。我辦事一向認真仔細，這次也可能有些魯莽，但確實別無他法。我覺得這樣做在道義上並沒有錯，即使在法律上可能是犯罪的。現在想不了那麼多了，闖入他家是想把那本子拿走罷了——拿本子的事你會贊同的。」

我心裡衡量了一下這件事。

我說道：「是的，只要我們的目的是拿走那些用於非法意圖的物品，我們的行動就符合道義。」

「若它合乎道義，我必須考慮我們的個人安全問題了。如果那位女士急切地需要我們的援助，對於像我們這樣的人就不應太注意安全了。」

「你很有可能會被人們誤解的。」

「這是一種冒險，但是為了把信件取回別無他法。這可憐的女士沒錢也沒有值得信賴的親人朋友。明天是最後的期限了，除非今晚我們成功地拿到那些信，否則的話，這混蛋說到就一定能辦到，這會將她弄得身敗名裂的。為了不讓我的委託人再受罪，唯一的辦法只能如此了。華生，能夠和你講的就是，這次是我和他的生死決鬥，不是你死就是我亡。你已經看到了，第一回合他贏了，不過我的自尊心和榮譽要我一定跟他戰鬥到底。」

我說道：「我不願這樣做，但我認為只能這個樣子了。我們何時動身？」

「你不用去。」

我說道：「除非你不去，要不然我就必須去，這一點我永不後悔。如果你不願意讓我與你一起去冒險，我就到警察局去告發你。」

「你根本幫不了我的。」

「你怎麼知道呢？未來的事誰也說不準。不管怎樣，我非去不可。除你之外，其他人也有自尊心和榮譽的。」

福爾摩斯有些不耐煩，但他展開了緊鎖的眉頭，拍了拍我的肩膀。

「好吧，親愛的華生，就這麼做吧！我們在一起生活也有好多年了，如果我們有幸同一天死去，那也很好啊！華生，我坦白地告訴你，我在很早以前就有個想法，想犯一次很高效率的罪。從這看來，這倒是一次挺不錯的機會。你看！」他從抽屜裡取出一個乾淨的皮套子，裡面裝著許多亮閃閃的工具。「這是最棒的盜竊工具。撬棒是鍍鎳的，玻璃刀是由金剛石製成，還有萬能鑰匙，對各種情況應用自如，那裡還有暗燈，樣樣齊全。你有走起路來不出聲的鞋嗎？」

「我有雙橡膠底的網球鞋。」

「太棒了！有面具什麼的嗎？」

「我可以用黑綢子臨時做兩個。」

「我看你對這種事很有天賦呀，太好了，你做假面具吧！在臨走之前，我們最好先吃點東西，現在是九點半，在十一點之前，我們必須趕到切爾赤住宅區，大約再走十五分鐘到達阿倍爾多塔，到深夜時我們就可以工作了。不管怎樣，我們必須在兩點前，把依娃小姐的信裝在口袋裡。」

福爾摩斯與我穿好晚禮服，有如兩個剛看完戲的人正往家趕。我倆在牛津街叫了輛雙馬車去漢普斯特區，到那裡下車付完錢之後，我們忙扣上外套，因為天很冷，風刺骨般地吹過。我們順著荒地邊緣走去。

福爾摩斯說道：「做這件事千萬得小心，那些信被鎖在書房的保險櫃裡，他的臥室在他書房的後面。不過，正如所有會照料自己的壯漢一樣，他睡覺通常很沉。我的未婚妻阿格薩，總是以講笑話的口吻說他的主人睡得如何如何沉，怎麼叫也不醒。他有一個秘書，特別忠誠，在白天時從來都不會離開他的書房，這也就是為什麼我們要採取夜間行動的原因。他家有一隻

狗，很凶狠，也很猛，總是在花園裡遛來遛去。最近幾次我和她的約會都到很晚，她把狗鎖住，好讓我很快地走掉。這就是那棟房子，從大門那裡向右轉穿過月桂樹。我們就在這裡戴上假面具吧！你看，太棒了，沒有一個窗戶亮著燈。」

我們戴著那黑絲綢做成的面具，就好像倫敦城中最好鬥的人。我們輕輕地走近這寂靜而沉悶的大房子。房子兩邊各有一個陽台，上面帶瓦頂，還有窗戶和門。

福爾摩斯輕輕地說道：「那就是他的臥室，它的門正對書房。這裡對我們來說很合適，但門又上著栓又鎖著，要是打開進去的話，肯定會發出很大的聲音。到這邊來，這裡有一間花房，門正對客廳。」

花房是鎖著的，福爾摩斯去掉一圈玻璃，在裡面撥開鎖。我們進去後，他隨手把門關上。從法律角度上看，我們現在已經是罪人了。花房裡迎面撲來溫暖的空氣和花草濃郁的芳香，使我倆無法呼吸。在黑暗中，他緊緊地抓住我的手，帶我走過一片灌木叢，我們的臉從灌木叢中擦過。福爾摩斯有一種特殊能力，能在黑暗中辨別各種物體，這是他多年來從未停止過練習的結果，他邊拉我的手邊打開一扇窗。我能夠感覺得到我們現在走進了一個大房間，而且還有人曾經在這房間裡抽過雪茄。他在家具中間摸來摸去，隨即又開了一道門，再隨手把門關上。我伸出手摸到幾件上衣掛在牆上，我想我們是在過道裡吧！穿過過道後，他打開右手邊的一扇門。這時我感覺有東西衝向我們，讓我緊張得不得了，後來感覺到是隻貓，差點笑出聲來。這房間正在燒火，充滿了很濃的菸草味。他抬起腳走進去，等我進去後，又隨手輕輕地把門關上。我們現在到了米爾沃頓的書房了，在對面有個門簾，說明那就是通向米爾沃頓臥室的門。

當時，火燒得很旺，把整個屋子都照亮了。靠門那邊有燈的開關，可是即使安全的話，也沒有必要開燈。壁爐邊那裡有個非常厚的簾子，我們從外面看見的凸窗就是被它給擋住了，在它的另一邊有個通向陽台的門。屋子裡擺放了一張書桌和半把轉椅，紅色的皮革閃閃發亮。在書桌的對面放著一個大書櫃，上面放著一座雅典娜的半身大理石像，書櫃與牆的中間放著一個特

高的綠色保險櫃，壁爐的火光映在銅製的櫃門上。福爾摩斯輕輕地走過去，看了一眼。然後又走到臥室那裡，歪著腦袋聽了聽裡面的動靜，根本聽不到裡面有任何聲音。這時，我突然想到那扇通向外面的門是很好的撤退之路，我很仔細地檢查了那扇門，驚訝地發現它既沒有上閂又沒有上鎖。我碰了他一下，他轉過頭看向門的方向。看得出來他被我的舉動嚇了一跳，而且很驚訝，他的這些反應對我來說也很出人意料。

他把嘴湊到我耳邊說道：「別這樣做，我還是不太懂你的意思。不管怎樣，我們必須抓緊時間。」

「我做什麼？」

「你就站在門那裡，如果聽到有人過來，就從裡面把門閂上，我們便可按照來時的路回去。若他們從我們來時的那條路過來，我們把事辦好後就從這個門走，要是沒有把事辦完的話，我們就在凸窗後藏著，知道嗎？」

我點頭答應，站在門邊。剛才的驚恐沒有了，現在唯一而強烈的願望激蕩在心中，而它是我們在捍衛法律時根本就沒有感受過的。雖然現在我們所做的是無法無天的事，但我們所做的一切並不是為了自己，它是高尚的，富有騎士精神，而且我們早把敵人的醜惡本質看得很清楚了。它給我們的冒險增添了樂趣，我根本沒有一點犯罪的感覺，反而覺得冒險讓我亢奮與喜悅。我很高興地看著福爾摩斯運用自如地打開工具袋，像一個正進行複雜手術的外科醫生，冷靜地、科學地、準確地選擇他的工具。我瞭解他對開保險櫃有特別的愛好，我更清楚他對眼前這個綠色怪物很厭惡，它不知傷害了多少美麗女士的名聲。他把大衣放在椅子上，捲好晚禮服的袖口，把兩種手鑽從袋子裡取出來，又分別取出撬棒和幾把萬能鑰匙。我站在門的中間，兩眼緊盯兩個門，準備著應對緊急情況。儘管如此，遇到阻撓時應該做些什麼，我真不太清楚。福爾摩斯全神貫注地忙了半個小時，如同一個熟練的機械師，舉起這件放下那件。最後我聽出「嗒」的一聲，他把那個綠門給打開了。我看見櫃裡有許多紙在，都用火漆封著並且捆著，上面都寫了字。福爾摩斯從中拿出一包，但在微弱的燈光下根本看不清楚寫了些什麼。由於米爾沃頓就在旁邊那個屋裡睡覺，開燈是不可能的，只能用黑暗中的小火了。突然間他停

住了，專心地聽著外面的動靜，隨後立即關上櫃門，拿起大衣，把工具塞進口袋，奔到凸窗窗簾那裡，還擺手叫我過去。

我到了他那邊，才聽見讓他停止行動的聲音。遠處有關門聲，而且還有快速而沉重的腳步聲，在非常沉重的腳步聲中還夾雜一些微微的不清晰的「沙沙」聲。那聲音到了屋外的走道，停在了門前，門被打開了，隨即電燈「嗒」的一聲亮起來。門又被關上，我們又聞到那種強烈刺鼻的雪茄菸味。後來在離我們幾碼遠的地方，那個人不斷地走來走去。腳步聲終於停了，隨後聽到椅子的「嘎吱」聲，而後又聽見「啪嗒」一下的開鎖聲，還傳來紙張「沙沙」的聲音。

我剛才一直不敢往裡面看，不過現在我慢慢分開我眼前的窗簾向內看去，我同時也感覺到我的朋友也在往裡面看。米爾沃頓寬且圓的後背在我們伸手可及的地方。明顯我們對他的行為猜測錯了，他根本沒在臥室睡覺，而是一直在抽菸室或撞球室裡抽菸，剛才我們根本沒有看到那裡的窗戶。在我們眼前，是一個又大又圓的腦袋，花白頭髮，而且上面還有一塊無毛之地大放光彩。他仰靠著紅皮椅，把兩條腿伸出來，嘴上還歪叼著一支雪茄。他身穿一件黑絨領子的紫紅色軍服式吸菸服，手裡拿著一疊厚厚的法律文件，懶散地讀著，嘴裡吐著煙圈。從他那悠然自得的神態來看，他並沒有急於離開的意思。

福爾摩斯悄悄地把我的手緊緊抓住，使勁握了握以示信心，好像說他對此非常有把握，心情也很穩定。我看得到保險櫃的門根本沒有完全鎖好，他隨時都能發現。我已經決定，要是我從米爾沃頓的凝視中看到他發現櫃子沒鎖好的話，就立即跳出去，用大衣蒙住他的腦袋，打昏他，其他的事就由我的朋友來完成了。可是他根本沒有抬頭去注意那些。他懶懶地看著文件，挨頁翻閱律師的申辯。我想也許他看完文件，抽完菸之後，會回臥室去。不過還沒到這個時候，就出了意外的事情，這又不得不把我倆的思緒引到另一方向。

我看那傢伙看錶幾次，有一次還帶著一種不耐煩的表情站起身後又坐下。隨即又聽到外面陽台上傳來極其微小的聲音，我們根本沒有想到什麼約

會會訂在這個時間。那傢伙放下文件，直直地靠著椅子。緊接著傳來輕輕的敲門聲，他起身去開門。

他很不友善地說：「喂，你遲到半個小時。」

這是為什麼呢？他深夜不鎖門也不去睡覺就是因為這個呀！隨即又聽到一位婦女衣服柔柔的「沙沙」聲。當他的臉轉向我們的同時，我迅速闔上了窗簾縫，後來我又小心地把它打開。這時他又坐回到椅子上，嘴角依然叼著雪茄。在明亮的燈光照耀下，一個女人正站在他的對面，那個人身材高駣，皮膚黝黑，繫著斗篷，帶著面紗。她呼吸急速，因為情緒激動而使她身體的每個部位都在顫抖。

米爾沃頓說道：「親愛的，你讓我等得好難受。我希望你不要讓我失望，你為什麼不在別的時間來呢？」

這女人搖了搖頭。

「好的，不能也罷。若伯爵夫人很難應付的話，現在你有機會與她較量一番了。上帝保佑你！你為何要發抖呢？對了，要打起精神，不要怕。現在我們就來談談這筆買賣吧！」他從書桌的抽屜裡拿出一個本子。「你不是說要賣掉五封信嗎？其中還有伯爵夫人達爾伯的吧？我全買，這太棒了。只要是好貨——啊，怎麼是你？」

這女人一言不發，拿下面紗，解下斗篷。出現在這傢伙面前的是一副美麗、秀氣、黝黑的面容。濃黑的眉毛下，那雙眼睛堅定而炯炯有神，小而薄的唇上帶著危險的笑容。

她說道：「是呀，我就是被你毀了一生的那個女人。」

米爾沃頓笑了，不過恐懼使他的聲音發抖。他說道：「你太固執了，你為何逼我走那樣的極端呢？我不可能為自己而去傷隻蒼蠅。不過人人有自己的難處，我能有別的辦法嗎？我要的價錢完全是你力所能及的，可是你又不買帳。」

「於是，你就把信給了我的丈夫，他是世上最高貴的人，我連給他繫鞋帶都配不上。這些信使他的心傷透了，他死了。你一定記得我昨晚從那個門進來懇求你不要那麼做嗎？可是你卻一再嘲笑我，現在你依然譏笑我，但我

不怕你那懦夫般的心。你的嘴唇不也在發抖嗎？是呀，你在這裡再次看到我是你意想不到吧？但正是那個晚上，你教會了我如何面對像你這樣的人，而且是在單獨見你的時候。查理斯・米爾沃頓，你還有其他要說的嗎？」

他一邊起身一邊說道：「不要威脅我，只要我大聲喊我的僕人，他們會立即抓住你。但我現在抑制住自己的怒氣原諒你，你走吧，我不會再對付你了。」

這個女人站在那裡一動不動，手放在胸前，在她那薄薄的唇上仍然帶有殺人的微笑。

「你根本不可能再去像毀掉我一樣地毀掉其他人的生活，也不會像你把我的心絞碎一樣去傷害其他更多人的心。我要把你這個惡毒的傢伙消滅掉，你這條惡狗，吃我一槍，一槍，一槍，再一槍！」

她從衣袋裡掏出一把光亮的小手槍，子彈像雨點般打進那傢伙的胸口，槍口距離他的胸口不到兩英尺。他蜷縮著向書桌倒了下去，發出猛烈的咳嗽聲，雙手緊握文件，後又搖晃著站起身，又挨了一槍，便倒在了地上。他大聲說道：「你打死我了！」然後便倒在地上一動不動了。這女人緊緊地盯著他，而後用腳亂踢一通。又仔細地看了他一眼，看到他一點動靜都沒有了，隨著「沙沙」聲響起，這位復仇者走了，晚上的冷氣吹進了房間。

如果我們出面干涉的話，也不能讓他活命。這個女人朝他蜷縮的身體一槍槍地打去時，我本想跳出去，福爾摩斯用他那冰冷的手使勁地抓住我。我明白他的意思：這與我們無關，是正義與邪惡之間的爭鬥，不能忘記我們來這裡的目的。這個女人剛一衝出屋，福爾摩斯趕忙輕輕邁出幾步，到了另一扇門前，轉動門鎖的鑰匙。同時我們聽見這棟房子亂成一團，有腳步聲和說話聲，槍聲驚醒了所有的人。福爾摩斯沉穩地走上前，站在保險櫃跟前，抱起那些信件就往壁爐裡扔，直到把所有的信件都扔完了才罷手。當時正有人轉動門的把手還不停地敲門，我的朋友猛一回頭看到了那封濺滿了米爾沃頓血跡的末日之信仍放在桌上，趕緊拿起來扔進了大火中。他拔出一把通向外面一扇門的鑰匙，我們出去後依次把門鎖上。他說道：「華生，從這邊走，我們可以從花園那邊離開。」

真的不敢想像，警報來得這般迅速。我回頭看了一眼，整棟房子全亮了，前門也開了，一個一個的人影正穿梭在小道上，整個花園亂成一團。當我們離開陽台的時候，有人大喊一聲「抓人」，而且緊緊地一直跟著我倆。福爾摩斯好像對這裡非常瞭解，帶我迅速穿過小樹叢，那個在後面追趕的人累得氣喘吁吁。擋住我們去路的是一座六英尺的牆，不過福爾摩斯一下子就跳了過去。當我向上爬的時候，感覺有人抓住了我的踝骨，不過我踢開他的手，爬過牆頭，臉朝下跌了下去。我的朋友扶起我，我們一同火速向前奔去，穿過韓姆斯那塊荒地。我們大約跑了兩英里才停下來，再認真地聽了一下，沒有一點動靜。沒有人再跟蹤我們，也就是平安無事了。

辦完這件不同尋常的事，我便把它全部記了下來。第二天上午，剛吃過早飯，我們正在抽菸，僕人面容嚴肅地把蘇格蘭場的雷斯瑞德先生帶進了我們的客廳。

他說道：「早安，福爾摩斯先生，請問您現在很忙嗎？」

「忙是忙，但聽你講話的時間還是有的。」

「我想如果您現在要是不太忙的話，或許能夠幫助我們破一個奇特的案子，這個案子昨晚發生在漢普斯特區。」

福爾摩斯說道：「啊！什麼案子？」

「一件驚人而奇特的謀殺案。我們知道您對這個案件非常感興趣，如果您可以去一趟阿倍爾多塔，幫我們提一些建議，這樣破案過程也許會快一點。我們對死者的監控已經有很長時間了，說實話他是個大惡棍。人們都知道他總是拿些書面資料去勒索他人。殺人犯燒了所有資料，但任何貴重物品都沒動，由此可知犯人很可能是有頭有臉的人物，他們唯一的目的就是阻止那些這些資料流傳到社會上。」

福爾摩斯說道：「他們，難道不只一個？」

「是呀，他們共有兩個人，差一點就被我們給抓住了。我們有他倆的腳印，也知道他們的相貌，我們有很大把握能查出他們來。第一個人行動非常快，第二個人差點被花匠學徒給逮住，經過拼命的掙脫才得以逃脫。這個人中等個頭，身體健壯，方下巴，脖子很粗，滿臉落腮鬍，戴著面具。」

夏洛克·福爾摩斯說道：「聽起來還是有點模糊，不過好像你在描述華生。」

雷斯瑞德開玩笑地說道：「真的呀，我就是在描述華生醫生。」

福爾摩斯說道：「雷斯瑞德，我很難幫這個忙。米爾沃頓惡名遠揚，我曾經認為他是倫敦頭號危險人物，並且我認為有些犯罪是法律無法干涉的，所以在一定程度上，私人報復是正當的。別再在這裡多費口舌了。我現在早已決定，我同情犯人，不同情被害者，我想我不會辦理這個案件的。」

對於親眼看到的這宗殺人案，福爾摩斯那天上午根本沒有跟我說起它。我知道他在想事情，從他迷茫的眼神和心不在焉的神態可以看出，他一定是在努力回憶些什麼事。我們吃午飯的時候，他忽然站起身，大聲喊道：「天啊！華生，我全想出來了，戴上你的帽子，快點，我們一起去！」他迅速地走出貝克街來到牛津街，一直向攝政街廣場走去。在左邊，有個商店櫥窗裡放著所有知名人物和名媛的照片。福爾摩斯兩眼緊盯著其中一張，我順著他的目光望去，那是一位皇家女士，身著朝服，莊嚴而神聖，頭上戴著鑲有鑽石的冕狀頭飾。我更加仔細地看著那彎曲的鼻子，濃濃的眉毛，和那端正的嘴巴，還有那尖而硬的小小下巴。當我看到這位婦人的丈夫——一位偉大的政治家和貴族——的古老而高貴的頭銜時，我幾乎沒有了呼吸。我倆彼此對望了一眼，轉身離開時，他把一個手指放在我嘴唇邊，示意我一定要保守秘密。

藏珍珠的拿破崙像

　　蘇格蘭場的雷斯瑞德先生總要在晚上到我們這裡來坐坐，這早已是習以為常的事了。福爾摩斯歡迎他過來，因為這能使福爾摩斯很容易瞭解到警察局正在做些什麼。我的朋友總是用心去聽這位警長講述案情，同時運用自己擁有的知識和豐富的經驗，向對方提供一些意見或建議。

　　一天晚上，雷斯瑞德簡單地談了一下天氣與報紙之後，就一言不發了，還不斷地抽雪茄。我的朋友焦急地望著他，問道：「你手上是否有些非常棘手的案件呢？」

　　「啊，福爾摩斯先生，沒，沒有什麼大不了的案件。」

　　「那麼就說說吧！」

　　雷斯瑞德笑了。

　　「好的，福爾摩斯先生，我確定我心裡有事，但是它真的很荒誕離奇，可是我真的不想再來麻煩你。這件事雖然不大，但真的很奇怪。我非常瞭解你對一切不平凡的事都很感興趣，但是我認為這件事與華生醫生有關係。」

　　我說道：「疾病嗎？」

　　「最起碼說是瘋病，而且非常古怪的瘋病。你會想像得出有這樣的事嗎？活在如今這個時代的人，還會仇恨拿破崙，只要一看到他的像就要把它打碎。」

　　福爾摩斯聽後仰身靠在椅子上。

　　他說道：「這件事與我沒有關係啊！」

　　「是呀，我早就提出這與我們無關。不過當這個人強行進入別人家，並

執意要打破拿破崙像時，就不應該把他送到醫院而應該把他送進警局了。」

福爾摩斯突然又坐直了身子。

「搶劫？這個倒是有點意思了。請你再把詳細的情況說說。」

隨後，雷斯瑞德取出他的工作日誌，一邊講一邊看，防止有什麼遺漏的地方。

他說道：「大概在四天前，有人報了第一個案件。案件是在莫斯‧哈得遜的商店發生的，店主在康寧頓街有一家分店，那裡出售圖片與塑像。店員一離開櫃檯，就聽到後面什麼東西互相撞擊的聲音，趕緊往回跑，原來櫃檯上那座拿破崙像被打碎了。店員衝向大街，雖然有人說看到有一個人從商店裡跑了出來，但是他根本找不到這個人，更不能認出這個流氓來。這像是件時常發生的沒有任何意義的劣行。店員把事情如實地報告了巡警。這座石膏像最多值幾個先令，而事情又很小，不值得專門調查。

「不過後來，又有人報了第二個案件，這回可嚴重了，它發生在昨天晚上。

「在康寧頓街也就離莫斯‧哈得遜商店二三百碼遠的地方，住著一位著名的巴爾尼柯醫生，在泰晤士河南岸一帶，有許多人都去找他看病。他的家和診所都在那條街上，在離這條街兩英里遠的下布列克斯頓街，他還有一家診所和藥店。這位醫生非常崇拜拿破崙，在他家中有好多關於這位法國皇帝的書畫和遺物。也就是不久前，他剛從哈得遜商店買了兩座拿破崙半身像的複製品，是法國著名雕刻家笛萬的作品。他把一座陳列在康寧頓街住宅的大廳中，又把另一座陳列在布列克斯頓街診所的壁爐架的下面。今天早上，當醫生下樓時，大吃一驚，他發現在夜裡彷彿有人進來過他家，什麼東西都沒拿走。那座石膏頭像被扔在外面花園的牆下，已經砸成了碎片。

福爾摩斯搓著手。

他說道：「這件事確實有些奇怪。」

「我想這也許會讓你感興趣的。但我還沒講完。十二點鐘時，巴爾尼柯醫生去診所，看到窗戶也被打開了，屋裡到處是雕像的碎片。你想必能夠想得到他有多驚訝。那座半身像又被打成碎片。兩個地方沒有留下一點痕跡讓

我們去查出製造這個惡作劇的罪犯，也許是個瘋子。福爾摩斯先生，這就是事情的全部經過。」

福爾摩斯說道：「這件事情既荒誕又奇怪。請問被打碎的幾座半身像是否為同一模型的複製品呢？」

「是的，全是一個模型做的。」

「這就完全否定了一種說法，說明並不是因為痛恨拿破崙才去打碎他的半身像的。我們當然知道，整個倫敦會有多少座拿破崙的塑像呢？成千上萬座吧！而那個反對崇拜拿破崙的人，不管是誰，絕不能從這三個複製品著手來表示反對呀！因此，這種想法是很不合情理的。」

雷斯瑞德說道：「我原先和您想的是一樣的。不過，莫斯·哈得遜也許是那一區唯一供應雕像的人，在店裡這三座像放了許久了。於是，儘管在倫敦有許多拿破崙雕像，但在這個區很可能就只有這三座。因此，這個瘋子就在此著手破壞這三座雕像。華生醫生，你是怎麼想的？」

我回答道：「偏執狂的表現各不相同，也沒有任何規律。有這樣一種狀況，法國心理學家稱之為『偏執的意念』，意思是說在其他任何事上都非常清醒，而在一件瑣碎的細微小事上非常固執。如果一個人讀了很多拿破崙的事蹟，有了極為深刻的印象，或是他的家族曾經遺留給他戰爭造成的心理陰影，就很可能形成這種病態。在它的影響下，他很可能由於幻想而發瘋。」

福爾摩斯搖了搖頭說道：「親愛的華生，這樣根本解釋不通，不管這種病有多麼大的影響，也不可能讓那些患者去一一找出那些頭像的分布場所啊！」

「那麼你怎麼解釋呢？」

「我只覺得這個人所採取的行動是有規律可循的。比如，在那個醫生家裡，出一點聲音就會驚醒所有的人，於是他就把雕像拿到外面，再打碎它。可是在診所裡，根本沒有驚動別人的可能，所以他就在原地把它打碎了。這也許是些無關痛癢的小事，你是否還記得阿巴涅特家那個煩人的案件是怎樣引起我注意的嗎？只不過是由於看到在熱天芹菜放在奶油中會往下沉多深罷了。雷斯瑞德，由此我根本不能輕視那三座破碎的半身像。如果能讓我瞭解

更多的關於這件事的新情況的話，我會非常感激你的。」

　　我的朋友想要知道的事正在迅猛而悲慘地發展著。第二天早上，我正在臥室裡穿著衣服，聽到有敲門聲，福爾摩斯就趕緊去了，回來後手裡拿著封電報。他大聲念給我聽：

　　　　　　　立即到肯辛頓彼特街131號來。

雷斯瑞德

　　我問道：「怎麼了？」

　　「不知道，也有可能發生什麼事了。不過我猜是那半身像故事有進展了。如果是這樣的話，我們這位打破塑像的朋友開始在倫敦其他地方有所行動了。桌上還有咖啡，華生，快點，我早已準備好馬車了。」

　　半個小時之後，我們到了指定地點。這條小巷一點生氣都沒有，它挨著倫敦一個最繁華的地區。131號是一座非常實用的房子，我們剛到那裡，就發現有很多好奇的人擠在那房子的柵欄外。

　　福爾摩斯慢慢地穿過人群。

　　「上帝啊！少說也算謀殺。這回小報童們可要被緊緊圍住了，看那個死者蜷縮著肩，脖子伸得很長，除了暴力犯罪難道還有其他的可能嗎？華生，這是怎麼了？上面的那些台階已經被沖洗過了，其他的地方則是乾的。這裡有很多腳印！喏，雷斯瑞德在前面那個窗口。事實馬上就會揭曉了。」

　　雷斯瑞德迎接我們時，神色嚴肅而莊重。他把我們帶進一間客廳，裡面有一位老者，身穿法蘭絨睡衣，正顫抖地來回走著。雷斯瑞德向我們介紹說，這個老人就是房東何拉斯・哈克先生，是中央報刊集團的。

　　雷斯瑞德說道：「這個案件也和拿破崙半身雕像有關聯。福爾摩斯先生，您昨晚對此很感興趣，所以我認為你會很樂意來這裡的，現在事情發展太嚴重了。」

　　「程度如何呢？」

　　「謀殺！哈克先生，請您把您所知道的事情詳細而準確地告訴這兩位先

生。」

哈克先生說道：「這件事太奇怪了。我一生都致力於搜集別人的新聞，而當這件真正的新聞就發生在我身上時，我卻糊塗了，不知該說些什麼。如果我以一個記者的身分出現在這裡，我必須自己面對自己，還必須在晚報上寫一些有關它的報導。實際上，因為工作關係，我確實對很多人做過非常重要的報導，可是今天我卻無能為力了。夏洛克·福爾摩斯先生，你的名字我太熟悉了，如果您能解釋得通的話，我講給你聽就不是徒勞了。」

福爾摩斯坐在那裡，靜靜地聽著。

「原因就是為了那座拿破崙半身像。那是在四個月前，我在高地街驛站旁的第二家商店買的，就是在哈定兄弟商店，價錢也不貴。後來就一直放在這屋子裡。一般情況下，我總寫稿子直到清晨，今天也不例外。大約在三點左右，我正在書房裡寫稿子，忽然聽到樓下有什麼聲響傳來。後來我仔細聽著，但不一會兒又沒聲音了。於是我猜那聲音肯定來自外面。大概過了五分鐘，忽然有一聲悲慘的吼叫傳了上來，福爾摩斯先生，那真的好恐怖，只要我還活著，那聲音就會在我耳邊不停地響。我當時真的被嚇傻了，呆呆地坐了有一兩分鐘吧，而後拿起一根撥火棒向樓下走去。我剛走進這房間，就看到窗戶大開，壁爐架下的半身像不見了。我真的弄不明白強盜為什麼不拿其他的東西而只拿它呢？只不過是個石膏像而已，根本不值錢。

「您肯定看到了，無論是誰，從這扇打開的窗戶向前邁出一大步，是絕對能夠跨到門前的台階上的。這個人肯定是這麼做的。所以我打開了門，摸著黑往下走，差點被死人給絆倒，屍體就橫在那裡。我趕緊回去提燈，這才發現那個人很可憐地躺在地上，脖子上有個大洞，周圍有好多血。他面朝天躺著，彎著膝，大嘴張著，樣子很恐怖，我想我會做惡夢再夢到他的。而後我吹了一聲警哨，就昏過去了。我認為我當時是暈倒了，當我睜開眼的時候，早已有人在大廳了，這位警官一直在看著我。」

福爾摩斯問道：「被害者是什麼人？」

雷斯瑞德說道：「根本沒有任何證件能夠證明他的身分，你可以去殯儀館驗屍。到現在為止，我們從死者身上沒有查找到任何線索。他身材高大，

體格健壯，臉色發黑，年齡大概有三十歲左右，穿得破破爛爛的，不像工人。在他身邊那灘血裡有一把牛角柄的折刀，我不清楚它是殺人用的凶器還是死者身上自帶的東西。死者衣服上沒有顯示其身分的名字，而口袋裡裝有一顆蘋果、一根繩子和一張價值一先令的倫敦地圖，還有就是一張照片。」

那照片明顯是用小相機照的。相片裡的人表情機警，濃濃的眉毛，口鼻都非常凸出，像一隻狒狒的面孔。

福爾摩斯仔細而沉著地看完那張照片後問道：「那座半身像現在怎麼樣了？」

「在你來到這裡之前，我們得到消息說那座雕像已經被打碎了。是在堪姆頓街的空屋花園中找到的。我想去瞧瞧，你呢？」

「是呀，我也想去看看。」福爾摩斯仔細地查看地毯和窗戶，隨後說：「這個人不是腿長就是動作非常敏捷，窗戶下面地勢很低，若要跳上窗台再打開窗戶，不靈活根本不可能，但卻非常容易跳出去。哈克先生，您是否樂意和我們一起去看那座破碎的雕像呢？」

這位新聞界人士坐在辦公桌邊，情緒極其低落。

他說道：「雖然這件案件早已在晚報上發表了，那些詳細情況肯定都講了，不過我還想盡自己所能來寫一下這件事。這就是我的命運呀！你是否記得頓卡斯特的看台倒塌之事呢？那上面唯一倖存的人就是我，我的報紙就沒刊登這件事，因為我根本受不了太大的刺激，無法寫下去。現在才動筆寫這件發生在自家中的謀殺案也有點晚了。」

我們剛剛離開這屋子，就聽到裡面「唰唰」地寫稿子的聲音。

發現半身像碎片的地點離這間屋子僅二三百碼遠。半身像早已被打成了細小碎片，可見這個人對它強烈的憎恨與難以自控的情緒。我們這是第一次看見這位尊貴的皇帝落到這般地步。福爾摩斯拾起幾塊碎片仔細地查看。從他那一絲不苟的面孔與自信的表情來看，我肯定他已經找到了破案的線索。

雷斯瑞德問：「查到什麼了？」

福爾摩斯聳了聳肩。

他說道：「我們儘管還有很多事要做，但現在已對一些事實有所掌握

了，這些可作為我們採取行動的依據。對於那個犯人來說，半身像的價值要比人的生命更貴重。還有一點，如果這個人只是為了把半身像打碎的話，他為什麼不在屋子裡或附近把它打碎呢？這就更奇怪了。」

「大概他遇到這個人慌了起來，不知該如何是好，而後拿出了刀子。」

「很可能是這樣的。但是我很想讓你特別關注這房子的位置，雕像是在這房子的花園裡被那個人給打碎的。」

雷斯瑞德望望四周。

「因為這是一棟空房子，所以他明白根本無人在花園打擾他。」

「不過在這條街入口處就有一棟空房子，可是他為何不在那裡摔碎而拿到這裡來呢？在路上抱著半身像又走那麼遠路，危險是很大的。」

雷斯瑞德說：「我也不知道。」

福爾摩斯用手指著我們頭上的路燈說道：「要是在這裡，他能看得見，而在那邊卻根本看不到，這或許就是理由吧！」

這位警官說道：「對，確實是這樣。我記起來了，巴爾尼柯醫生家的那座半身像就是在離燈不遠處被打碎了。福爾摩斯先生，這是怎麼回事呢？」

「把這一點寫進備案錄。也許我們還會遇到與這件事有關的情形。雷斯瑞德，你覺得接下來該做些什麼呢？」

「就我個人來看，首先把死者的身分搞清楚，這很容易。這樣我們就開始了偵破調查工作，要搞清楚死者昨晚來彼特街要做什麼事，以及什麼人在哈克先生門前的台階上看見他殺了死者，您看這樣行嗎？」

「行，就這樣。可是這與我對這個案子的處理方法不太相符。」

「你要如何去做呢？」

「你千萬不要受我的影響。我認為我們先各做各的，然後再來交換彼此的意見，這樣也許對破案更有利。」

雷斯瑞德說道：「好的！」

「如果你去彼特街見到哈克先生的話，就替我轉告他，昨晚去他家的那個殺人狂有對拿破崙無比仇視的瘋病。這也許會對他的報導有些價值。」

雷斯瑞德目不轉睛地看著他，說道：「這絕非你的真實想法吧？」

福爾摩斯微笑著說道：「難道不是嗎？或許我根本不會這麼想。不過，我肯定這能讓哈克先生和中央報刊集團的記者們備感興趣。華生，今天我們會很忙的。雷斯瑞德，我希望你今晚六點鐘能夠來貝克街找我們。我想先借用死者口袋裡的相片，你來找我時我再給你。如果我沒有判斷錯誤，或許會請你深夜與我們一起出去辦點事。晚上見，祝你順利！」

夏洛克・福爾摩斯與我一同步行來到高地街，來到賣半身像的哈定兄弟商店。那裡的一位年輕店員說，上午哈定先生剛剛來過，他自己是個新手，對這些並不太瞭解。福爾摩斯表現出失望沮喪與焦躁不安的表情。

他說道：「好的，由於事情有所變化，我們必須改變行動計畫了。我想上午哈定先生也許不會來了，我們只好下午再來找他了。華生，你或許早已猜出我們為何非要查出半身像的來源，目標就是想看一下這裡面到底有什麼特殊的事，用來解釋它們被打碎的原因。不過，現在我們再到康寧頓街哈得遜先生家的商店去看看，也許會給我們一些啟發的。」

我們立即叫了輛馬車，大約一個小時就來到這家商店。哈得遜身材矮小，臉色紅潤，身強體壯，可是態度過於急躁。

他說道：「是呀，先生。雕像就在台上被打碎的。哼！這也太氣人了！強盜可以任由他想做什麼就做什麼，我們交稅還有何意義呢？是的，先生，巴爾尼柯醫生家的那兩座塑像是我賣給他的。我認為這種事絕對是那些無政府主義者幹的，也只有那些人才想到處打碎塑像。那些東西從哪裡弄來的好像與那件事無關吧？但是如果你真的想知道，告訴你也無妨，是從那個叫斯捷班尼區教堂街蓋爾得爾公司拿來的。近二十年來，這個公司在石膏雕塑業一直很有名望。這種拿破崙雕像我總共買了三個。第一回買了兩個，第二回只買了一個。其中兩個賣給巴爾尼柯醫生，另外一個竟然在光天化日之下被人打碎了。對於您給我看的照片上的這個人，我實在是不認識，但也可以算作認識。這正是倍波，義大利人，打零工的，他也曾經在我這裡打工過。他會做許多雜工，如雕塑、鍍金、做框子。這個人是上個星期離開這裡的。

「從他離開後就再也沒人問過他。我根本不知他從哪裡來，又要到哪裡去。他在這裡做得相當不錯，他離開我這裡兩天以後，那半身像才被人打

碎。」

從那店鋪出來之後，福爾摩斯對我說道：「我們從他這裡瞭解的只有這麼多了。搞清楚了在這兩椿案子中都有個叫倍波的人，就憑這一點，走十英里路也值了。華生，我們現在就去斯捷班尼區的蓋爾得爾公司吧，這些東西應該是在那裡做的，我們或許在那裡還會瞭解更多情況的。」

因此，我們快速地穿過倫敦的繁華地區：有旅館聚集的街道、戲院彼此相鄰的街道、商店矗立的街道、倫敦海運公司集中地，然後來到泰晤士河沿岸的市鎮。在這個小鎮租出的房屋中住的全都是流浪漢，基本上都來自於歐洲大陸，到處都有他們的味道和情調。這家雕塑廠在原倫敦富商居住的寬廣的大道上，裡面的院子很大，院子裡到處堆積著石碑等東西。在那院中有間很大的屋子，大約有五十來個人在工作。經理是個德國人，魁梧的身材，白皙的皮膚，他很有禮貌地招待我們，還逐一回答了我的朋友提出的所有問題。經過查帳得知，總共用笛萬的大理石拿破崙頭像複製了幾百座石膏像。大約在一年前，賣給莫斯·哈得遜三座和肯辛頓的哈定兄弟公司三座，這六座與其他雕像是完全相同的呀！他不能解釋為什麼那個人要毀掉這些雕像，但他有點譏諷這種關於「偏執狂」的解釋。雕像批發價為六先令，而零售價大概可以達到雙倍以上。複製品就是在大理石頭像前後分別做出模片，而後再將其黏在一起，就構成所謂的頭像。這種工作經常由義大利人來完成，他們全在這屋子裡工作，然後拿到過道的桌子上風乾，再逐一存放起來。

他能告訴我們的也就這麼多了。

不過當我把照片給那位經理看時，他的臉上產生了奇怪的表情，臉氣得發紅，他的條頓族式藍色眼睛上的雙眉緊鎖。

他大聲道：「啊？這個混蛋，我太清楚他了，原先我們公司的聲譽很好，但有一次警察來這裡，就因為這個惡棍，那也是一年以前的事了。他在大街上拿刀子要殺另外一個義大利人，他剛回到工廠，隨後警察就來了，從這裡把他逮捕了。我知道他叫倍波，但從不知他的姓。僱了這個惡性難改的人，我是自找麻煩，但是他的工作做得很棒。」

「給他定的罪是什麼？」

「被捅的那個人被救活了，因此只把他關了一年。我認為他現在絕不在監獄裡，但他也不敢在這裡出現了。在這裡，他有個表弟，也許他會告訴你有關他的一些事。」

福爾摩斯大聲喊道：「不，不！最好誰也不要告訴，就你一個人知道就可以了。事態嚴重，我覺得事情的發展越來越嚴重。在你查帳時，我看出這些雕像都是在去年六月三日賣出的。請你說一下他是何時被逮捕的？」

這位經理說道：「先讓我看看薪水帳目，我就可以說一個大概的日期。」他翻了幾頁後繼續說道：「是的，他最後一次領薪水是在五月二十日。」

福爾摩斯說道：「非常感謝你！我覺得沒有必要再多耽誤您的時間了，真不好意思，給您添麻煩了。」他在臨走時一再叮囑經理不要把這次調查說出去，隨後我們動身向回走。

從早上一直忙到下午四五點鐘，我們才有工夫坐下來吃頓飯。在飯館門口，有個報童大叫：「肯辛頓凶殺案，瘋子殺人。」這個新聞讓我們得知哈克先生的文章見報了。報導足足有兩欄，文章讓人驚嘆而且用詞漂亮。福爾摩斯邊吃邊看報紙，有時他「咯咯」地笑了起來。

他說道：「華生，就應該這樣寫。你聽著這段：『我們很高興地告訴讀者，在這個案件上沒有分歧意見，由於經驗豐富的警官雷斯瑞德先生與著名偵探家福爾摩斯先生兩人得出一個相同的結論，以殺人告終的這個荒誕事件，就是一個精神失控並非有意殺人的人做的。要解釋這件事，只能用心理失常來說明。』

「華生，你必須懂得如何利用報紙的威力，它可是極其珍貴的武器。你如果吃飽了，我們就回肯辛頓，聽聽哈定公司的經理會對我們講些什麼。」

我們真的沒有想到，創建這商店的是一個矮個子，他乾瘦但卻很精明能幹，腦筋靈活，很會說話。他說道：「是呀，先生。晚報的消息我早已看過了，哈克先生是我們的顧客。在幾個月前，他買走了我們的一座雕像，我們在斯捷班尼的蓋爾得爾公司訂了三座雕像，現在都賣光了。賣給了誰？我查一下帳便立即告訴您。對了，這有幾筆帳，您看，第一座賣給哈克先生；第

二座賣給齊茲威克區拉布諾姆街的卓茲雅・布朗先生；第三座賣給了雷丁區下叢林街的桑德福特先生。您剛給我看的照片上的人，我從未見過，像他這種人過目難忘，他長得也太醜了。您問我們這裡的店員中是否有義大利人？有，工人和清潔工中好像有那麼幾個。他們想要看售貨帳本不會有多大困難的，我認為專門保護帳本一點用也沒有啊！啊，對，真的是件怪事，如果您瞭解了什麼新的情況，請一定要轉告我。」

哈定先生講話的時候，福爾摩斯做了一些記錄。我看得出來，他對事情的發展相當滿意，不過他什麼也沒說，只是想快速趕回去，不然會遲到的。果真，當我們回到家時，雷斯瑞德早已等候許久了，臉上有些不耐煩的表情，正在屋裡走來走去。他那嚴肅的表情說明，今天的工作進展不錯。

他問道：「怎麼樣？福爾摩斯先生，結果如何？」

我的朋友說道：「我們今天忙死了，想起來過得還算是很充實。我們去了零售店和批發商那裡，把雕像的來源弄清楚了。」

雷斯瑞德吼道：「半身像！好，好，福爾摩斯先生，你用你的方法查案，我不反對，不過我覺得這一天我比你的收穫大。死者的身分我已經查清了。」

「噢！是嗎？」

「把犯罪的原因也查清了。」

「太棒了。」

「我們有個叫薩弗侖・希爾的偵探，專門在義大利區負責查案。在死者的脖子上掛有天主像，再考慮到他的膚色，讓我感覺到他很可能來自歐洲南部。當希爾看到死者時，他一眼便認了出來。他叫彼埃特羅・萬努奇，從那不勒斯來。他在倫敦可是赫赫有名的強盜，與黑手黨有很大的關係。你知道黑手黨是個地下政治組織，總是想利用暗殺來達到不可告人的目的。現在太明顯了，殺他的肯定是義大利人，而且肯定是黑手黨，他也許違背了黑手黨某一方面的戒條。彼埃特羅一直在跟蹤他，他口袋中那個人的照片可能正是殺他的人，拿著照片是為了不至於弄錯了而傷及無辜，他跟著這個人，看見他進入一棟房子，就守在外面，也很可能在打鬥中受了致命傷。福爾摩斯先

生，這個解釋合理嗎？」

福爾摩斯極其讚賞地拍手叫好。

他喊道：「太棒了，雷斯瑞德，好極了！不過，我根本不明白你對打碎拿破崙頭像的解釋。」

「半身像！您為什麼就是忘不了它呢？那又算作什麼？小偷小摸行為至多關半年的監獄。我們考慮的是怎樣抓到真凶，實際上我已經找到所有線索了。」

「接下來又是怎樣進行的呢？」

「當然簡單了。我與希爾到了義大利區，按照片去尋人，依凶殺罪把他抓獲歸案。您與我們一起去看看嗎？」

「我不願去。我認為我們會更迅速地達到目的。我說不清楚，但也許全憑一個不確定的因素。可以說有三分之二的希望，如果你今晚願與我們一起去，我保證能讓你抓捕他。」

「是在義大利區嗎？」

「不是，我想很可能在齊茲威克區找到他。雷斯瑞德，如果今晚你與我一起去這個區，明晚我肯定與你去義大利區，耽擱一個晚上不會出什麼事的。我想我們現在應該先休息幾個小時，在晚上十一點以後，我們才出去呢，可能要在天亮時才能回來。雷斯瑞德，你與我們一起吃飯，然後再去休息一下。華生，你打電話叫個緊急通信員，我有一封至關重大的信得立即送走。」

說完後，福爾摩斯逕自去了閣樓，翻閱那些舊報的合訂本。過了許久，他才從樓上下來，眼裡顯現出勝利的喜悅，但他對我們兩個隻字未提。這個案件複雜而曲折，我仔細地關注他在破案偵查中所利用的所有方法。儘管我並不清楚我們要達到什麼樣的目的，但我卻非常明白我的朋友正在等候那愚蠢的罪犯去打碎那另外兩座半身像，其中一座就在齊茲威克區。我肯定這次行動的目的就是當場抓住他，所以我很欣賞我朋友的智謀，他故意在晚報上放了條錯誤線索，讓這個人知道他還可以作案而不會受到處罰。於是，當他讓我把槍帶上時，我根本不會感到驚訝。他自己也拿了一把裝了子彈的獵

槍，這可是他最喜歡的武器。

十一點鐘時，我們乘車去了漢莫斯密斯橋，下車後，告訴車夫等在那裡別動。我們繼續朝前走，不一會兒就到了一條非常安靜的大道，路旁有一排整齊的房子，每棟房子前都有自家的花園。憑藉路燈的弱光，我們找到寫著「拉布諾姆別墅」的門牌那裡。主人很明顯早已休息了，因為花園小路上除了從門窗裡透出一點點光亮之外，周圍漆黑一片。木柵欄正好把大路與花園隔開，在園裡投下許多深深的黑影，我們可以藏在那裡。

福爾摩斯小聲說道：「我們很可能會等上很長時間。感謝上天，今晚無雨，我們不能在這裡抽菸，這種熬時間的方式會很危險的。不過你們盡可以放心，我已經有三分之二的把握，花些時間等待也是非常值得的。」

讓人意想不到的是，我們根本沒等多久，就聽到有動靜。事先沒有一點聲音預示有人到來，大門突然就被人給推開了，一個黑影如猴子般靈活而迅速地衝進花園的小道上。我們發現這個人迅速穿過門窗映在地上的光亮，在房子的暗影中沒了蹤影。這時四周靜極了，我們屏住呼吸等待。一會兒，突然聽到一聲輕輕的「嘎吱」聲，窗戶被打開了，隨後又沒了聲音，緊接著又是很久的寂靜無聲，我猜想這個人正在想辦法進入屋子裡。不久，我們又看到屋內有光閃了一下，好像是一個深色的燈籠。很明顯他所找的東西根本不在那裡，因為我們隔著另一窗簾又看到了光亮，緊接著第三個也有閃光。

雷斯瑞德放低聲音說道：「我們去那個打開的窗戶那裡，等他一出來，立即抓捕他。」

可是我們根本就沒有時間這麼去做，這個人就又出現了。當他走在閃著微光的小道上時，我們很清楚地看到一件白色的物品被夾在他的腋下。他朝四周偷偷摸摸地看了幾眼，安靜無聲的大道給了他膽量，他轉過身去，背對我們，放下東西。緊接著聽到了「啪嗒」聲，又有連續的「咯咯」聲，他做得是那樣專心，因此在我們輕輕穿過草地時，他根本沒有察覺到。後來，我的朋友猛地撲向他的背後，我與雷斯瑞德立即抓住他的手腕，給他戴上了手銬。在我們把他扭轉過來時，我看到一副奇醜無比的臉孔，兩頰深陷，眼睛仇恨地死盯著我們，臉孔不停地抽動，我這才完全看清我們抓到的就是照片

上的那個人。

　　不過，我的朋友並沒有去注視我們剛剛抓獲的人，而是蹲在台階上認真地查看這個人從房子裡偷出來的東西。這的確是座拿破崙半身像，與那天早晨所見到的一模一樣，而且一樣是被摔成細小的碎片。福爾摩斯仔細地在光亮中檢查那些小碎片，根本看不出這些碎石膏片有何特別之處。他剛檢查完，屋裡的燈亮了，門也開了，房子的主人是一位和藹的胖胖的人，穿著襯衫與長褲站在我們面前。

　　福爾摩斯說道：「我想您就是卓茲雅・布朗先生吧？」

　　「是的，先生。您肯定是福爾摩斯先生吧？我收到您的信後完全照您所說的做了。我把所有的門窗都反鎖上，等待事情的發生。我很高興你們抓住了這個惡棍。先生們，進來休息一下吧！」

　　可是雷斯瑞德忙於把犯人送到安全地帶，於是沒多久就叫了一輛馬車，我們四人上車回倫敦了。犯人一句話也不說，他的眼睛透過亂蓬蓬的頭髮，惡狠狠地盯著我們，有一回我的手離他很近，他就像瘋子一樣猛抓過來。在警察局裡，我們對他進行仔細的搜查，他什麼都沒有，除了幾個先令與一把長刀外，刀把上還殘留著許多新的血跡。

　　分手時，雷斯瑞德對我們說道：「事情已經到這地步了，希爾對這些惡棍非常熟悉，他會為他判罪的。你瞧，我的黑手黨解釋也並無不對的地方，但是還得感謝您用如此好的方法就抓獲他。但我真的不太明白這到底是怎麼一回事？」

　　福爾摩斯說道：「時間不早了，不能再說了。不過還有一兩件小事得搞明白才能徹底弄清楚這件案子。如果你明晚六點時到我家的話，我會把我所瞭解的一切都對你講的。總之，此案確實有它特別的地方。華生，你要是繼續記錄我所偵破的一些案件的話，我敢肯定你的記載會豐富多彩的。」

　　第二天晚上，大家又見面了。雷斯瑞德向我們說明這個犯人的一些具體情況。當然，我們已經知道他叫倍波，但姓什麼仍然不知道。他在義大利區是個鼎鼎有名的大壞蛋。他擅長製造雕像，也曾經老實地過了一段日子，但後來他走了邪路，兩次被抓進監獄，一次是因為偷東西，另一次是因為刺傷

他的同鄉。他的英語很好。關於他為何要毀壞雕像還不太清楚，這個問題他根本不說。不過警察發覺這些塑像很可能是他自己做的，因為他在那公司上班時做的就是這份工作。對於這些我們早已瞭解了，我的朋友有禮貌地點頭聽著，但我清楚地感覺到他此刻正在思考別的地方。

我看得出來，在他常有的表情下，有不安與期待。最終他站起身，眼睛裡冒著光。這時門鈴突然響了。隨後，樓梯上傳來了腳步聲，僕人領進來一個老人，他面色紅潤，長滿灰白色的落腮鬍。他手裡拿了一個旅行包，進門後就把它放在桌上。

「夏洛克・福爾摩斯先生是住在這裡嗎？」

我的朋友微笑地點了點頭說道：「我想你正是雷丁區的桑德福特先生吧？」

「是的，不好意思，我遲到了，火車很不方便。您寫信給我談到了我買的那個半身像。」

「是的。」

「您的信還在這裡。您說：『我願意要一座仿笛萬塑的拿破崙頭像，我願付您十英鎊買它。』是這樣的嗎？」

「是的，正是。」

「我對您的來信感到非常意外，因為我真的想不通您如何知道我有這座雕像的呢？」

「您肯定會覺得這很意外，但原因相當簡單。哈定商店的老闆說的，他把最後這座像賣給您了，我當然也就知道您的地址了。」

「噢，原來是這麼回事！他跟您說了我花多少錢買它的嗎？」

「他可沒說。」

「我即使並不富裕，但我很誠實，我只花了十五先令，我認為在我取走您這十英鎊之前，我有必要讓您知道這一點。」

「桑德福特先生，您這樣想表示您非常誠實。不過我已定了這個價錢，我會堅持下去的。」

「福爾摩斯先生，您太大方了。我按照您的要求，把這座雕像給帶來

了，就是它！」他解開了袋子。因此我們最終還是見到了一座極其完整的拿破崙像，在前幾次，我們看到的全是碎片。

福爾摩斯在衣袋裡拿出一張紙條和十英鎊的紙幣放到桌子上。

「桑德福特先生，就當著這幾位證人的面，您在上面簽個字。這表示您把這座塑像的所有權轉讓給我。我這個人很守規矩，我們根本不能預料到將來會怎樣。非常感謝，桑德福特先生，這是給您的錢，祝您晚安！」

客人走後，福爾摩斯的行動吸引了我們的注意力。他從抽屜裡取出一塊白布，平整地鋪在桌上，又把剛買來的那座塑像放在白布的中間，然後舉起獵槍，猛地往拿破崙像的頭頂上放了一槍，塑像馬上成了碎片。福爾摩斯彎腰仔細查看那些碎片，不一會兒工夫，他得意洋洋地喊起來，我看見他手上拿著一塊碎片，上面嵌有一顆像葡萄乾般深色的東西。

雷斯瑞德和我一下子愣住了，極度的驚嘆讓我們鼓起掌來，如同看戲時看到高潮時候的情景。福爾摩斯那蒼白無色的面孔也微微泛出紅色。他朝我們鞠了一躬，好像是在答謝觀眾的盛情。也只有在這種時候，他才暫時中斷了理性的思考，表現出很高興受到人們稱讚時的表情。我們的驚嘆和稱讚竟然深深地打動了這麼一個輕視榮辱、性格獨立、少言寡語的人。

他說道：「先生們，你們知道嗎？這可是世上少有的最寶貴的珍珠。我很慶幸，用一系列推理歸納法，從這寶物丟失的地方就是科隆那王子在達柯爾旅館的臥室開始調查，到斯捷班尼地區的蓋爾得爾公司所製造的拿破崙頭像。雷斯瑞德，你應該記得這顆珍珠的丟失曾經給倫敦造成多大的震撼啊！當時警察沒有查到任何線索。在那個案子中，他們也曾問過我的意見，但我根本無從著手。我曾懷疑王妃的女僕，她是個義大利人，倫敦警方查到她有個弟弟，但並未查清他們之間聯繫是否密切。那個女僕叫盧克麗西雅・萬努奇。我猜兩天前被殺的那個彼埃特羅・萬努奇很可能就是她的弟弟。我也查過報紙，珍珠丟失的時間正好在倍波被捕的前兩天。抓捕他是因為他傷了人，是在蓋爾得爾公司抓捕的，可能那時他正在做那些雕像。你們應該都明白此事的發展情況了吧！不過我在想這案件的時候，是逆向思考的。倍波確實已拿到了珍珠，他很可能從那死者那裡偷來的，也很可能就是他的同夥，

更有可能是死者與他妹妹的中間人，不過這跟我們沒有多大關係。

　　「最重要的一個事實是他獨佔了這珍珠。正當他身上帶有這寶物時，警察來抓他了。他就跑到他工作的地方，他明白時間很緊湊，但還得把珍珠藏好，否則一定會被搜出來的。當時有六座拿破崙石膏像正在過道風乾，可能有一座仍然是軟的。他是個非常熟練的工人，因此就立刻在上面弄了個小洞，把珍珠放進去，再把小洞弄平。石膏像可是個很不錯的外殼，根本沒有人會想到珍珠就藏在裡面。等他被放出後，這六座石膏像早已被賣到倫敦的各個角落了。他不知道珍珠被放在哪座雕像中。搖擺雕像一點用也沒有，因為珍珠已經黏在石膏上了。於是他想，只有打碎頭像，才能取出珍珠。他並沒有完全失望，他很聰明又有耐心，便不停地尋找，透過一個在蓋爾得爾公司工作的堂兄弟，弄清了是哪家把這些雕像買走了。後來他想盡辦法在莫遜‧哈德遜公司工作，以此來查清那三座雕像到底賣給了誰，但是珍珠不在其中。後來他又在其他義大利工人的幫助下，查出另外三座的去處。一座就在哈克先生家。在那裡，他被自己的同夥跟蹤上，這個人覺得他要對珍珠的丟失負很大的責任。在接下來的打鬥中，他把他的同夥彼埃特羅刺死了。」

　　我問道：「如果他們是同夥的話，為何彼埃特羅還要帶著照片呢？」

　　「那主要用於追蹤時，便於他向其他人打聽倍波的下落。這個道理很簡單，我猜測倍波在殺人後行動會更加迅速而絕不再推遲了。他怕警方發現他所謂的秘密，所以他必須在警察追捕前把事情做完。那時，我也不能肯定他在哈克家的那座像裡找珍珠，但我知道他在找什麼東西，因為捧著石膏像走過無光的地方，到有燈的花園中把它打碎。既然哈克買的雕像是三個中的一個，那就是說有三分之一的可能性裡面有珍珠。還有另外兩個半身像，很明顯他當然會先去找倫敦的那個。我向房屋主人提出警告，防止慘案的第二次發生，隨後我們便採取了行動，並取得了最佳的成果。也就是此時，我才知道我們所找的是包格斯珍珠。死者的姓名讓我聯想起兩件事。那麼現在只剩下一個在雷丁區的那座塑像了，並且珍珠一定在裡面，所以我當著你們的面從他那裡買回了它。」

　　我們靜靜地坐了一會兒。

雷斯瑞德說道：「福爾摩斯先生，我看著您辦理過許多案件，但是都沒有這件辦得這麼巧妙。我們警方並沒有妒忌你，而是引以為榮。如果您明天去警局的話，不管是老偵探還是那些年輕的小探員，肯定全都會高興地跟您握手表示祝賀的！」

福爾摩斯說道：「非常感謝！」這時他轉過身，背對著我們，我從來就沒有見到過他會因為人類的溫情而變得激動不已。過了一會兒，他又認真地思考起來，然後說道：「華生，把這寶物放到保險櫃裡，拿出康克—辛格爾頓偽造案的文件來。再見，雷斯瑞德，如果遇到不能解決的新問題時，我會盡全力幫助你解決的。」

偷看考卷的學生

1895年，一些相互聯繫的事件，讓福爾摩斯與我在那個著名的大學城裡住了好幾個星期。我所講的事就發生在那個時候。事情雖不大，但有很深的教育意義。要讓那些叫人痛苦不堪的流言消失的話，最好是不讓讀者分辨出事情發生在哪個學院，以及發生在誰的身上，因此我在講述這件事時會盡力避免使用那些容易引人猜想和推測的語句，只是謹慎地追述一下事情本身，以便用它來說明我朋友的一些傑出的品格。

那時，我們住在圖書館附近的一棟帶家具出租的公寓裡，當時他正在忙於研究英國的早期憲章。他在這方面的研究很有成效，也許它會成為我將來的題目。一天夜裡，我們的老熟人希爾頓・索姆茲來訪。他是聖路加學院的導師和講師。他身材魁梧，少言寡語，可是很容易緊張與激動，我知道他不是個穩重的人，但此時的他更是激動得不得了，根本不能控制，很明顯有事情發生了。

「福爾摩斯先生，我確信您會為我犧牲一兩個小時的珍貴時間。剛剛在聖路加學院發生了一件非常不幸的事，如果您不在這裡，我真不知該如何是好。」

我的朋友回答道：「我現在忙死了，一點時間都沒有，再說我也不想讓其他的事分我的心，最好的辦法就是去找警察。」

「不行的，親愛的先生，這種事絕對不能找警察。如果交給警方的話，我就再也不能撤回了。剛發生的那件事關係到學院的名譽，絕對不能外傳。您的能力是無人能比的，而且說話也非常小心謹慎，因此這個忙只能靠您幫

了。福爾摩斯先生，我誠心請求您盡全力來幫我。」

　　自從離開貝克街優美的環境後，我的朋友一直心情不太好，脾氣也變得相當壞。他一離開報紙剪貼簿、化學藥劑和不整潔的住處，就會覺得不舒服。他無奈地聳了聳肩，我們那位客人就趕緊把這件事和盤托出。他講這件事時，更是激動萬分。

　　「福爾摩斯先生，明天便是福茲丘獎學金考試的第一天。我是眾多主考官中的一個，希臘語是我的主考科目。試卷第一題是一大段希臘文，要求同學們把它譯成英文，這段文章是學生沒有讀過的，早已印在卷子上了。一旦有學生早有準備的話，那會得到很多好處的。所以，我非常注重試卷的保密工作。

　　「今天下午大概三點鐘，印刷廠把試卷清樣送了過來。第一題是要求同學們翻譯修昔底德著作中的一個部分。我仔細地看了一遍清樣。由於原文必須完全正確，所以直到下午四點三十分，我還未看完。但我事先已答應了一個朋友去喝下午茶，於是我把它放在桌上，就離開了房間，來去也就用了半個多小時。

　　「福爾摩斯先生，您應該知道我們學院全是雙重屋門，覆蓋著綠色表面的那個門在裡面，橡木製成的那個門在外面。當我看見外面的門上有把鑰匙時，不禁大驚失色。一時之間，我還以為是由於自己慌張而把鑰匙忘在那裡了，同時便下意識地摸了一下口袋，鑰匙還在裡面。我非常清楚，另外那把鑰匙就在我的僕人班尼斯特手裡，他幫我打掃房間足足有十年了，是完全值得信賴的。那把鑰匙的確是他的，我猜測也許是他來過這個屋子，也許他是想問我要不要喝茶，離開時大概不小心把鑰匙忘在這裡了，他來的時候也許我剛剛出去一會兒。如果不是今天這種特殊的日子，即使他把鑰匙忘在這裡也沒什麼大不了的，不過今天將會產生無法預料的後果。

　　「我看了桌子一眼，就知道剛才有人翻過我的卷子，那三張清樣是放在一起的，而現在，地板上一張，靠窗的桌子那裡一張，原處還有一張。」

　　福爾摩斯對此事產生了興趣，他說道：「那一定是第一張在地板上，第二張在窗戶邊桌上，第三張就在原來的地方。」

「福爾摩斯先生，您太讓我佩服了，您為何知道得這麼清楚呢？」

「請把這有趣的事繼續講完。」

「最初，我曾經認定是我那僕人幹的，他的這種行為讓我十分厭惡。可是他一口否認，我確信他講的都是實話。另一種解釋便是：也許正巧有人經過這裡，發現我不在屋中，而且鑰匙又在門上掛著，就順便進來看了卷子。這是個金額極高的獎學金，涉及到大筆的錢財，因此一個不知羞恥的人也許會想冒險偷看卷子，以此超過他的同學。

「這件事讓僕人寢食難安。當我們確信這卷子絕對被人翻過時，他嚇得差點兒昏過去。我讓他喝了一點白蘭地，就讓他坐在椅子上休息。他像癱了一般一動不動，這時我又開始檢查房間。除了被弄皺的卷子外，我還找到了其他一些痕跡。在靠窗戶的那張桌子上有碎木屑，那是削鉛筆時留下的，那裡還有個鉛筆斷頭。很明顯，這傢伙急急忙忙地抄試題，把筆尖弄斷了，不得不重削。」

這案件慢慢地把福爾摩斯給吸引住了，他的態度也變得溫和多了。他說道：「太棒了！你太幸運了，破這案件很有希望。」

「這裡還有另外一些痕跡。我有個新辦公桌，它是紅色皮革做的桌面。我和我的僕人向您保證，之前桌面既光滑又沒有汙濁的痕跡。不過，現在我發現在那上面有個非常明顯的刀痕，大約有三英寸長，絕不是什麼東西擦過留下的痕跡，確實是刀痕。我還在那桌上看到一個小黑泥球，或許是麵球，但在那上面有好多鋸末似的斑點。我斷定這些都是那個偷看卷子的人留下的，但根本找不到腳印或是其他別的證據來辨認那個人。我真不知該怎麼辦，想起您還在這裡，因此我就來找您了。親愛的先生，這個忙您無論如何也得幫，現在我的處境想必您已經非常瞭解了。或是把這個人找出來，或是推遲考試，等新試題印出來。換試題要做出明確的解釋，可是這樣又會引起令人厭惡的流言。這不僅影響本院的名聲，更會影響領導本院的大學的名譽。最重要的是，我希望能妥善地解決好問題。」

「我非常樂意處理這件事，而且會盡力提供幫助的。」福爾摩斯起身穿上大衣，「這個案件還挺有趣的。你拿到試卷後有沒有人進過你的房間

呢？」

「有呀，一個叫道拉特・拉斯的印度學生。他與我住同一個樓上，是想來問問考試採取什麼方式。」

「他只為這件事來你屋裡嗎？」

「是的。」

「那時，卷子在你桌上嗎？」

「在呀，不過我記得是捲著放的。」

「能夠看清那是卷子的清樣嗎？」

「也有這個可能。」

「那時還有別人在你屋子裡嗎？」

「沒有了。」

「誰又知道今天會把清樣送到你這裡呢？」

「我想只有那個印刷工人知道了。」

「班尼斯特對此事知情嗎？」

「他根本不知道，更沒有其他人知道。」

「現在你的僕人在哪裡呢？」

「他身體非常不好，正癱坐在椅子上。我就急忙來找您了。」

「你的屋門現在還沒鎖嗎？」

「鎖了，我把試卷也給鎖起來了。」

「索姆茲先生，很可能那偷看試卷的人是正巧碰上的，原先根本不知有此事。」

「我也這樣想。」

福爾摩斯微微一笑，但我無法理解他的這個微笑。

他說道：「好吧，我們先去看看。華生，這不屬於你的職業範圍，不是生理上的問題，而是心理上的問題。不過，如果你願意去，就與我們一起去吧！索姆茲先生，現在你就帶路吧！」

索姆茲的客廳對著這座古老學院的庭園，那裡長滿了青苔。他家的窗戶又大又低，上面還帶著花窗欞。在哥德式的拱門後有一個年久失修的梯子。

他的房間就在一層，另外還有三個大學生，一人住一層。當來到現場時，天已經黑了。福爾摩斯停住腳步，仔細地看了一下客廳的窗戶，然後他慢慢走近窗戶，抬起腳尖，伸長脖子朝裡望去。

我們的當事人說道：「那個人肯定是從大門進去的。除了這扇窗戶外，根本找不到其他任何一個出口。」

福爾摩斯看著這位導師，笑得有些奇怪，隨後說道：「如果在這裡搞不清楚什麼的話，還是進屋看看再說吧！」

索姆茲把門打開後，讓我們進入了房間。我們站在門口的時候，福爾摩斯檢查了地毯。

他說道：「我覺得這不會有任何痕跡的，天氣太乾了，很難發現。你僕人的身體狀況應該好起來了吧？你說你曾讓他坐在椅子上休息，對了，是哪一把呀？」

「是窗戶旁邊的那把。」

「是靠近這張小桌子的那把。你現在進來吧，我把地毯已經檢查完了，再來看一看這張小桌子吧！我們非常清楚發生的事，那個人進了房間，在屋中的這張桌上逐頁翻著試卷，又拿到靠窗的那個桌子上。因為假如有人從庭園那邊走過來時，從這裡一眼就可以看到，便於逃跑。」

索姆茲說道：「可是實際上他根本跑不掉的，我是從側門回來的。」

「那更好了！不管怎樣，這僅是他的設想。我再檢查一下那三張清樣，沒有任何指紋！他肯定是先拿第一頁抄寫的。這會用多久呢？快點抄的話大概也得十五分鐘吧，之後扔掉這張又拿起第二張。就在這時候，你回來了，他急著逃跑，所以根本沒有時間把試卷整理好，再放回原處。當你進屋時，是否聽到樓梯上有慌忙的腳步聲呢？」

「沒有，我根本沒聽到。」

「他急忙地抄著，不小心把鉛筆尖給弄斷了，又必須重削一次。華生，最有趣的是，這不是一枝普通的鉛筆。它很粗，軟鉛，筆桿為深藍色的，製造商名字為白色，現在只剩下一英寸半長了。索姆茲先生，如果你能找到同樣的一枝筆，也就找到那個人了。我還得告訴你，他用的刀子大且鈍，這不

是又有一個線索了嗎？」

索姆茲先生被我的朋友弄迷糊了。他說道：「其他的方面我全能理解，可是鉛筆的長短……」

福爾摩斯把那一小片鉛筆木屑拿給他看，上面寫著「nn」的字母。

「不，我還是搞不清楚。」

「華生，我以前對你的能力總是低估了。好吧，nn是一個字的末尾兩個字母，你也許知道，Johann Faber是現在銷路最好的鉛筆商的名字。現在應該明白了吧，這枝筆用得只剩下Johann字後面的一小截了。」然後他又把小桌子拉到了燈下。「我希望他是用很薄的紙寫的，那樣的話這張桌面上就會留有寫過的痕跡，哎，什麼也沒有，也就是說從這張小桌子上無法再找到任何證據了。好的，再看中間的那張桌子，我猜這個小球就是你剛才所講的那個黑色的麵團吧！金字塔式的形狀，中間是空的，跟你講的一樣，還有鋸末屑在上面。啊，真是太有意思了，桌上還有刀痕，開始的地方是劃過的痕跡，後來才是由於邊緣不整齊留下的小洞。索姆茲先生，太感謝你讓我處理這個案件了。那個門通到哪裡？」

「我的臥室。」

「在出事當天，你是否進去過？」

「沒有，出事後我就直接去你那裡了。」

「最好再讓我認真查看一下。太漂亮了，你這屋子充滿了書香！請你先等一會兒，我查看完地板後你們再進來，哎，什麼也看不出來。這塊布幔做什麼用？你是在它的後面掛衣服嗎？如果有人不得不躲在這裡，他絕對會躲到這個後面的，因為您的床很低，衣櫃又太薄。我想，現在沒人了吧！」

在福爾摩斯拉開那塊布幔的那一刻，他早已做好了充分的準備，有機敏而堅定的表情，來以防不測。可是拉開看過後，除了掛著幾套衣服外，根本什麼也沒有。他剛要轉身離開，突然又蹲到了地板上。

他說道：「你們看，這又是什麼？」

那東西和書房桌上的那塊金字塔形狀的黑東西一模一樣，福爾摩斯把它拿到手裡，放到電燈下去看。

「索姆茲先生，這個傢伙在你的客廳與臥室均留下了相同的痕跡。」

「可是他為何要去臥室呢？」

「這非常明顯，你突然出現，到了門口那裡他才知道，他能怎麼辦呢？無論做什麼他都要暴露自己，別無他法，只能跑進你的臥室中躲起來。」

「哎，天呀！福爾摩斯先生，你是說我與僕人的談話全讓那個人聽見了嗎？」

「我想是這樣的。」

「福爾摩斯先生，這也有另一種可能。我不知道你是不是注意到了我臥室的窗戶？」

「玻璃上裝有金屬框的花窗櫺，共三扇，其中一扇有摺葉，人可以從那裡鑽進來。」

「對呀，這個臥室正對庭園的一個角落，所以從外面根本不能看到整個臥室。這個人或許是從窗戶進來的，經過臥室時留下的痕跡，之後發現門是打開的，也就從那裡逃掉了。」

福爾摩斯無可奈何地搖了搖頭。

他說道：「還是從實際出發吧！你曾經說這裡有三個大學生也要用這個石梯，而且每天總會經過你的門前。」

「這裡是住著三個學生。」

「那麼這回考試，他們是否全部參加呢？」

「對呀！」

「你覺得這三個人中哪個嫌疑比較大呢？」

索姆茲猶豫了好半天，不知如何回答。

他說道：「這個問題太難了，我無法回答你。無根無據怎麼能胡亂猜疑其他人呢？」

「你就把你的猜疑說出來，我看是否能幫你找出證據來？」

「好吧，我就簡單地說說這三個人的個性吧！三個人當中，住在最靠下面的叫吉爾克利斯特，在學習上他非常優秀，在運動場上更是出色極了，還參加了足球校隊與板球校隊，曾經在跨欄與跳遠比賽中得過獎。他帥氣瀟

灑，但他父親的名聲一點都不好，就是傑貝茲・吉爾克利斯特勳爵，曾因賽馬而破產。現在他非常貧困，但是他很努力，很勤奮。他是有前途的。

「住在中層的是個叫道拉斯・拉斯的印度人。他性格怪僻，又難親近，跟許多印度人一樣，他學習很出色，但是希臘文學得不是很好。他是辦事穩重、謹慎有序的一個人。

「住在最頂層的叫邁爾茲・麥克拉倫。他要是認真學習會非常優秀，他在這所大學裡算得上是最有才華的一個。不過，他非常任性，生活無規律。第一學年差點因為打牌而被開除學籍，這個學期他變得更懶了，肯定會非常害怕這次獎學金考試的。」

「你對他有些懷疑，是嗎？」

「我還不敢肯定！不過，他也許算是三個人之中最有可能做這件事的人。」

「好的，索姆茲先生，我想看看你的僕人現在怎麼樣了。」

僕人個頭較矮，面孔蒼白，臉上的鬍鬚刮得很乾淨，頭髮花白，大概有五十多歲吧！

自從試題被盜看後，他安靜無憂的生活被打亂了，他根本不能平靜下來，再加上緊張使他那圓圓的臉在不停地抽動，手指也在發顫。

他主人說道：「班尼斯特，我們現在正在調查這件事。」

「是的，先生。」

福爾摩斯說道：「我聽你主人說，你把鑰匙忘在門上了，是嗎？」

「是的，先生。」

「當時試卷正放在屋裡，如果你這樣做，是不是很反常呢？」

「先生，這件事是不該發生。可是，在別的時候，我也忘過。」

「你進屋的時間是幾點？」

「大概是四點半吧，那個時間索姆茲先生正要喝茶。」

「你在屋中待了多長時間？」

「我看見當時他不在屋，就立即出來了。」

「你看見桌上的考卷了嗎？」

「沒有呀，先生，我真的沒有看到。」

「你的鑰匙又是怎麼忘在門上了呢？」

「當時我手中正端著茶盤，我心想一會兒再來吧，後來就把這件事給忘了。」

「在通向外屋的門那裡是否有把彈簧鎖呢？」

「沒有，先生。」

「無論是誰，都能從這屋子裡出去嗎？」

「是呀，先生。」

「索姆茲先生一回來就馬上找你，你心裡很不安，對嗎？」

「正是這樣，先生。我來這裡好多年了，還從沒犯過這種錯誤，我幾乎昏過去了。」

「我知道這件事。不過你起初感覺不舒服時，在哪個位置上？」

「在那裡，先生？怎麼了？就在靠近屋門那裡。」

「那真的是太奇怪了，你為何不坐在最近的那把椅子上，而是穿過幾把椅子坐在那邊靠屋角的椅子上呢？」

「先生，我真的不明白，我根本沒有注意自己坐在哪裡了。」

「福爾摩斯先生，這跟他坐哪裡有關係嗎？那時他臉色蒼白。」

「你主人走後，你一直在這裡了？」

「不是，大概只坐了一兩分鐘吧，後來我把門鎖上回到自己房間了。」

「你現在認為誰最值得懷疑呢？」

「我也不敢輕易下結論，我不太確信在這所大學裡會有人做出如此讓人厭惡的事。先生，我不願相信有這樣的人。」

福爾摩斯說道：「謝謝你，今天就談到這裡。你有沒有向你服侍的其他那三位先生說出此事呢？」

「沒有的，先生，我什麼都沒說過。」

「你剛剛見過他們嗎？」

「還沒有。」

「好吧，索姆茲先生，您能與我在院中散散步嗎？」

天色暗了下來，樓上各層都閃爍著燈光。

福爾摩斯抬頭看了一眼，說道：「這三隻鳥兒都回來了，哎，你看那是什麼？他們當中的一個正在來來回回地走動，好像很不平靜。」

原來是那個印度人，他的側影突然地出現在簾子上，正不停地走來走去。

福爾摩斯說道：「我想見見那三個人，行嗎？」

索姆茲說道：「這當然沒有問題了。這些房間在學院中算是最古老的了，經常會有人來這裡參觀。來，我親自帶你看看。」

在我們敲響吉爾克利斯特的房門時，我的朋友說道：「不要把我的名字告訴他。」

一個瘦高、黃頭髮的男孩打開門。他得知我們來這裡參觀時，表示熱烈歡迎。那裡有一些非常少見的中世紀室內結構，福爾摩斯對其中一個構造很感興趣，就把它畫在筆記本上。他還把鉛筆尖弄斷了，希望能從主人那裡借一枝用，最後只是借了把小刀來削自己的筆。在印度人房中，他也做了類似的事。印度人身材不高，有彎鉤鼻子而且很少說話。他斜著眼盯著我們，當我的朋友把畫完成之時，他顯得非常興奮，我無法看出他有沒有從這兩處找到他所要的線索。第三處我們根本就沒進去，敲門後沒人替我們開門，而且裡面傳來大聲責罵聲，還帶有怒氣，「我不管門外是誰，都給我滾，滾！明天我還要考試呢，少來打擾我，聽見沒有！」

索姆茲被氣得臉通紅，一邊下台階一邊說道：「這個人太粗魯了，就算他不知誰在敲門，也不應該這麼無禮呀！看來這個人值得懷疑。」

我朋友的回答讓我們都很驚訝。

他問道：「他有多高？」

「福爾摩斯先生，這個我也說不太準確。他高度適中，比那個印度人高，卻比吉爾克利斯特矮，大概有五呎六吋吧！」

福爾摩斯說道：「這一點非常重要。好的，祝你晚安。」

索姆茲既驚訝又失望，大聲說道：「天呀，福爾摩斯先生，你怎麼能就這樣走掉呢？你根本不瞭解我的處境有多難，明天可就要考試了！今晚我必

須拿出措施了，否則絕不能舉行這次考試，卷子可被人偷看了呀！」

「目前，事情只能進展到這一步了，其他的事明早再說。到時我會告訴你該如何辦。不過，你什麼都不要動，千萬別動。」

「好吧，就這麼說定了，福爾摩斯先生。」

「你根本不必擔心，我們肯定會擺脫眼前的困境。這兩樣東西我要帶回去，就是那個黑泥球和鉛筆屑。再見！」

我們出了院子，在黑暗中還是抬頭望了望那三扇窗戶。印度人一直在屋裡走來走去，其他兩個人早已入睡了。

走在街上，福爾摩斯說道：「華生，你是如何看待這件事的？這僅僅是個客廳中的小把戲，從任意三張牌抽出一張，是不是這個樣子？肯定是三者中的一個幹的，你認為是誰呢？」

「最上面的那個人嘴巴不乾淨，品行不好。可是那印度人給人的感覺特別滑頭，他為何總來回走動呢？」

「這和本案沒有關係，有的人在努力背東西時，經常會不停地走動。」

「他打量我們的樣子，很奇怪。」

「如果你當時正準備課業，而且第二天還要考試的話，每分每秒對你來說都很寶貴，這時忽然有人來找你，你也會表示出不耐煩的。這並不能說明什麼。至於那兩枝筆和刀子根本沒有任何問題。但我弄不懂那個人。」

「哪個呀？」

「他的僕人班尼斯特，他在這件事中充當什麼角色呢？」

「但他給我的第一印象是個非常誠實的人。」

「我當然也有這個印象，這最讓人不可思議。可是為何一個誠實的人會……哎！這裡有家文具店，我們現在就從這家商店開始進行調查吧！」

在這座城市中，有四家較大的文具店。我的朋友每到一家便取出那幾片木屑給店主看，還說要用高價買這枝鉛筆。四家全都說會給他訂做一枝，因為這不是一枝普通尺寸的鉛筆，很少有存貨。我的朋友對此並沒有失望，只是聳了聳肩，表示出無奈的表情。

「親愛的華生，我們沒有得出任何結果，而這個線索也就斷了，但我確

信我們能夠把情況完全搞清楚的。天啊！快九點了，女房東曾經說七點半會為我倆做豌豆湯的。華生，你別總是不停地抽菸，還不按時吃飯，我想房東會讓你退房的。而我，當然是跟著你倒楣了。不管怎樣，我們還是先解決那位焦慮不安的導師、粗心大意的僕人與那三個大有前途的大學生之間的問題吧！」

當我們吃飯時，已經非常晚了。即使在飯後，他也沉思了許久，不過他根本沒有跟我提起這件事。第二天一大早，我剛梳洗完畢，他就來找我了。

他說道：「華生，我們該去那裡了，你不吃早飯可以嗎？」

「沒問題。」

「如果我們不盡快給索姆茲明確的答覆，他會寢食難安的。」

「你有準確的結論了嗎？」

「當然。」

「你已經想出結論了？」

「是的，親愛的華生，我把這個謎給解開了。」

「但你得到什麼新的更有力的證據了嗎？」

「在六點鐘時，我就起床了，不可能沒有任何收穫的。我早已辛苦地忙了兩個小時了，最少也走了五英里路。最終找到一個可以說明問題的東西，你看這裡。」

他把手掌伸給我，有三個金字塔形狀的小黑泥團。

「昨天我們只有兩個吧？」

「今天早上又有了一個。從第三個小泥球的來源就可以斷定前兩個的來源。走吧，華生，我要讓我們的朋友放心了。」

我們到索姆茲房間時，看見他心情非常不安。再過幾個小時就要考試了，現在他正處於進退維谷的階段——是講實話，還是讓那個人參加這次高額獎學金的考試。他不知該怎麼辦才好，竟連站都站不穩了。當我的朋友出現在他面前時，他立即伸出雙手，很熱情地迎接他的到來。

「感謝上蒼，你來了！我恐怕你因為沒查到什麼線索而撒手不管了。我該怎麼做呢？仍然要按照原計畫舉行考試嗎？」

「當然，無論如何必須舉行。」

「不過，那個小偷該怎麼處理呢？」

「他不會參加的。」

「你把他找出來了嗎？」

「我覺得能夠找出來。如果不願讓這件事傳出去的話，我們就有必要組建一個有點權威的私人軍事法庭。索姆茲與華生，你們倆一個坐在那裡，另一個坐在這裡，我坐在中央的位置上，這樣一來足以讓他產生害怕恐懼的心理。請按鈴吧！」

班尼斯特進來後，被我們如此威嚴的場面嚇壞了，倒退了幾步。

福爾摩斯說道：「現在請把門關上，班尼斯特，把昨天那件事的真實情況告訴我們。」

他的臉被嚇得慘白無血色。

「先生，我不是全講了嗎？」

「沒有什麼東西要補充嗎？」

「一點都沒有，先生。」

「好，就讓我來幫你提醒吧！昨天你坐那把椅子，就是為了掩飾什麼東西，對嗎？就是那個東西，正好可以說明曾經是什麼人來過這間屋子。」

班尼斯特臉色越來越難看。

「不是的，先生，絕對不是那個樣子。」

福爾摩斯用緩和的語調說道：「這僅僅是提醒而已。我承認這件事我根本沒有證據，不過很有可能當索姆茲先生轉身走開時，你放走了臥室裡的那個人。」

班尼斯特舔舔發乾的嘴唇。

「先生，這裡真的根本沒有人。」

「班尼斯特，你這樣就不對了。事情發展到這種地步，你不僅不說實話，反而還用謊言來騙人。」

班尼斯特緊繃著臉，好像發生的事都與他無關似的。

「先生，就是沒人。」

「班尼斯特，說實話吧！」

「先生，確實沒人。」

「你不願把這件事告訴我們，對吧？那請你在這屋裡留一留吧！站在臥室門的旁邊。索姆茲先生，辛苦你一趟，把吉爾克利斯特請到這裡來。」

不一會兒，導師就把那個學生給帶過來了。他體格強健，身材魁梧，行動敏捷靈巧，步履矯健，表情開朗。他用一種不安的眼神望著這裡的每個人，後來又手足無措地盯著角落裡的班尼斯特。

福爾摩斯說道：「吉爾克利斯特先生，請你把門關上！這裡可沒外人，更何況根本沒有必要讓其他人知道我們所講的內容，我希望大家能夠坦誠相待。吉爾克利斯特先生，像你這樣誠實的人怎麼會幹出昨天那種事？」

年輕人聽到這裡，不禁倒退了一步，用驚恐和責怪的目光看了一眼班尼斯特。

僕人說道：「不，不，吉爾克利斯特先生，我真的什麼都沒說過。」

福爾摩斯說道：「不過你現在已講了。吉爾克利斯特先生，在班尼斯特講完這話之後，你一定非常清楚你已經沒有辦法為自己辯解了，只能講出事實了。」

剎那間，吉爾克利斯特用雙手來控制他顫抖的身體，緊跟著他跪了下來，雙手捂住了臉，大哭起來。

福爾摩斯溫和地說道：「不能這樣，人犯錯誤是不可避免的，不會有人怪你心術不正的。讓我來把昨天發生的事告訴索姆茲先生，裡面有不對的，你就糾正，這樣也許你會覺得簡單些。我開始講了，好，你聽著，以免我說錯你所做的事。

「索姆茲先生，你告訴過我，這裡包括你的僕人在內沒有一個人知道你屋裡放有試卷，從那之後，我心中就開始有了一個明確的看法。我絕不會想到那個印刷工，我想他想要看的話，早在自己的辦公室就可以辦到了。這裡還有那個印度人，他更不會做這種壞事，當時清樣是捲在一起的，他很可能根本就不知道裡面裝了什麼東西。從另一角度來看，假如有人竟敢自作主張進這間屋子，而正巧又看到了試卷，這種巧合也不太現實，於是我排除了這

種可能性。進屋的那個人知道試卷就在那裡，他又是如何知道的呢？

「我進你的屋子後，仔細地檢查了那扇窗子。你當時的想法讓我覺得很可笑，你真的以為我會信你，說那個人在大白天而且是眾目睽睽之下破窗而入嗎？這絕對荒謬。我只是想看看，要多高的人從這裡路過時能看到桌上的卷子。我有六英尺高，費一點勁才能看到，那麼比六英尺矮的人根本看不到。於是，我想在你的三個學生中如果要有一個高於一般人的話，那很可能就是這個人做的。

「我進了屋，就發現靠窗的桌子上的那個線索，我還告訴過你這一點。在中間桌子上我什麼也沒得出來。而後你說吉爾克利斯特是位跳遠運動員，這使我明白了全部過程，但我還需要一些其他證據，這些很快我就得到了。

「這位年輕人下午一直在運動場上練習跳遠，回來時，他帶著自己的跑鞋。你應該很清楚，跑鞋底下有尖釘，他經過窗戶時，因為他個子高，便看見了桌上的清樣，猜測那就是試卷。如果他在經過你的屋門時沒有看到鑰匙仍掛在門上，我想這件事也不會發生了。一時的衝動讓他進了屋，想看清那到底是不是試卷，這並不太冒險，因為他絕對可裝作是來問問題才進來的。

「他看見那確實就是試卷時，就無法抵制誘惑了。他隨手把鞋子放在桌上，而在靠窗口的那把椅子上，你又放了什麼東西？」

年輕人說道：「是手套。」

福爾摩斯很得意地看了一眼班尼斯特。「他把手套就擱在椅子上，之後就逐張抄寫卷子。他猜想導師肯定會從院子大門口進來，這樣的話他就可以看到。我們都知道索姆茲先生是從側門進來的，他忽然聽見導師的腳步聲已經到了門口，逃跑是不行了，因此他拿起跑鞋立即跑進臥室，但他早把手套這件事給忘了。我們那時看到桌上的劃痕一頭輕，但朝臥室的一頭卻很深，這就可以證明跑鞋是朝臥室方向走的，這個人就藏在裡面。

「鞋釘上的泥土一塊留在了桌子上，另一塊掉在臥室那裡。今天早上我去了趟運動場，看見在跳坑內用的都是黑色黏土，在上面撒滿了黃色細鋸末，這主要是防止運動員摔倒，我還帶過來一小塊黑土做樣本。吉爾克利斯特先生，我說的對嗎？」

年輕人現在已經站起來了，說道：「是的，您說的完全正確。」

索姆茲說道：「你還想跟我們說些什麼呢？」

「是的，先生。我做了這件令人生厭的事後，惶恐不安。索姆茲先生，我寫了一封信給您，這是一夜沒睡完成的。我是在你們查出我有罪之前寫的，先生，請您把它看完。我寫了：『我已經決定退出考試。我收到了來自羅得西亞警察總部的任命，我準備離開這裡去南非！』」

索姆茲說道：「我真的很為你不打算憑藉欺騙手段而取得獎學金的事而高興，不過你為什麼又改變了主意呢？」

吉爾克利斯特看看班尼斯特說道：「是他幫助了我。」

福爾摩斯說道：「班尼斯特你過來一下，我講得很明瞭，只有你才有可能把他放走。當時就你一個人待在屋裡，如果你離開的話，肯定會把門鎖上的，他根本不可能從窗戶那裡逃跑。你把最後那個疑點講清楚吧，也請你說說這樣做的理由。」

「要是你一瞭解，理由就簡單多了。雖然你非常聰明，但你絕對不會完全瞭解內情的。我曾經做過這位年輕人父親的管家。他破產後，我就到這裡來做僕人了。不過我從沒忘記過老主人，為了報答老主人，我盡自己最大的能力照顧他的兒子。昨天索姆茲先生叫我過去時，我第一眼就看到吉爾克利斯特先生的手套在椅子上。我很清楚它的主人是誰，當然更清楚手套在這裡會有什麼後果，如果讓索姆茲先生看到，肯定會露餡，我就趕緊坐到椅子上，直到他去找您，我才敢移開。這時，我那可憐的主人走出來了，他是我抱大的，他向我坦白了他所做的一切。我必須救他，這是很自然的，對吧？我必須教導他不能憑藉小聰明取巧，這不也很自然嗎？先生，您能怪我嗎？」

福爾摩斯高興地站起來說道：「的確不能。索姆茲，你已經搞清楚這件事了，不過我們的早飯可還沒吃。華生，我們走吧！對於你，先生，我確信你會在那裡有很好的前途。雖然這回你摔倒了，但我們仍然希望你會有錦繡前程。」

死者手中的眼鏡

    這裡有三本非常厚的手稿，記載著1894年的工作。對我而言，如果想要從這些豐富的資料裡面，選出一些特別有意思但同時又能顯示我同伴的特異才能的案件是相當困難的。在翻閱那些案件記錄時，我們既可看到令人生厭的紅水蛭案件，又能看到銀行家克羅斯倍的慘死案，還有阿得爾頓慘案以及奇特的英國古墓的葬品案，同時還可以看見著名的史密斯—莫梯麥繼承權案。在這期間，我的朋友由於參與了布洛瓦街的對殺人狂哈內特的追捕，曾得到過法國總統親筆書寫的感謝信和法國的勳章。即使這些都可以寫成很好的故事，整體來說，我認為它們都根本不能與約克斯雷舊居案件相提並論，它的情節引人入勝，緊扣心弦，這裡不光包括青年威洛比·史密斯的慘死，還有好多跌宕起伏的小插曲。

    在十一月底的某個狂風大作、暴雨傾盆的深夜，福爾摩斯和我安靜地坐著，這時他正用一個高倍放大鏡仔細辨別那殘留在紙片上的字跡，我也正在專心地看一篇外科學術論文。外面的狂風呼嘯著橫掃過貝克街，雨點重重地敲打在窗戶上。說來也怪，住在市中心這個方圓十英里以內全是人造建築物的地方，仍然能夠感受到大自然給人類帶來的威脅。就我自己而言，更是感覺到在大自然巨大的力量面前，倫敦顯得如此脆弱，不一定比田野中的小丘更加堅固。我靠著窗子，看著無人的街道。忽然，我看見遠方出現一縷燈光照亮了泥濘不堪的小道，還有閃著光亮的馬車。那是一輛單騎出租馬車，正從牛津街往這邊駛來。

    我的朋友把放大鏡放下，把紙片捲好，說道：「華生，多虧今晚我們沒

出去，我剛才這一坐下來可做了不少事。依我看，這不過是十五世紀後半期一座修道院的記事簿。聽，這是什麼聲音？」

在狂吼的大風中，夾雜著馬蹄的「嗒嗒」聲，還有車輪碰擊人行道石邊的聲音。我看見那輛馬車就停在了我們家門前。

有個人從馬車上走下來，我大聲喊道：「他要幹什麼？」

「怎麼回事，難道他是來找我們的嗎？是否我們還得準備大衣、圍巾、套鞋之類的各種物品呢？等會兒！那馬車走了！這下真的太棒了！如果他想要請我倆出去的話，就肯定會讓馬車在外面等著的。親愛的華生，其他人都早已睡了，你快去下樓開門吧！」

客人剛走過門廳，我立刻就認出了他，他就是年輕的斯坦利·霍普金斯，是位極有發展潛力的偵探，我的朋友對他的工作多次表現出了濃厚的興趣。

福爾摩斯急切地問我：「他現在進來了沒有？」

「親愛的朋友，」我的朋友站在樓上開玩笑似的對他說道：「請上樓來，我想在這種風雨大作的夜晚你不會對我倆懷有什麼不好的企圖吧！」

這位偵探拾級而上，燈光照著他的雨衣，閃閃發光。我幫他把雨衣脫掉，同時我的同伴又把壁爐的火弄得更旺些。

福爾摩斯說道：「親愛的霍普金斯先生，離火再近一點，這樣可以暖一暖腳。來一支雪茄嗎？華生醫生會給你一杯熱開水加檸檬，那可是上等好藥。你這麼晚到這裡來，是發生了什麼非常重要的事嗎？」

「的確有要緊的事，福爾摩斯先生。今天下午我忙壞了，你看過晚報上有關約克斯雷的事了嗎？」

「有關十五世紀以後的事，我今天還沒來得及看。」

「報上只有一小部分，而且與事實完全不符，所以讀與不讀沒有多大區別。我也抽出時間去了一次現場，案件發生地在肯特郡，那裡距離凱瑟姆有七英里，距離鐵路線有三英里。我接到電話時是三點十五分，五點鐘時我就到了現場，也就是約克斯雷的舊居，在那裡仔細調查取證，然後趕最後一班火車來到查令十字街，又租了一輛馬車到你這裡來了。」

「我猜，你是還沒搞清楚這件案子吧？」

「是呀，我根本找不出事情發生的原因，以我目前調查的情況看，現在事件的狀況與以前一樣模糊不清。在開始調查時，案情似乎很簡單。福爾摩斯先生，查不出犯罪動機。最讓我頭痛的是根本找不出行凶的目的，這個人雖然被殺死了，可是卻找不到任何人要傷害他的理由。」

福爾摩斯點上菸，然後深深地靠在椅背上。

他說道：「請把這件事再詳細地講一遍。」

斯坦利・霍普金斯說道：「我已經把這些事實都弄清楚了，可就是不明白這些事的真正意義。據我調查，在幾年前，有位叫科倫的老教授買了約克斯雷的舊居。這位教授經常生病，每天都有半天躺在床上，剩下的半天就是拄著手杖在住宅周圍一瘸一拐地走；或是坐著輪椅，讓僕人推著他在園中轉轉。鄰居們都非常願意和他來往，他被公認為是這裡最有知識的人。他家中的管家馬可太太也是個上了年紀的人，另外還有個女傭叫蘇珊・塔爾頓，從他到那裡以來一直都是這兩個人服侍他，她們倆的名聲都挺好的。這位老教授正在全心地致力於他的一本專著。大約在一年前，他覺得應該有個祕書幫忙，他曾請過兩位，不過都不滿意。第三位叫威洛比・史密斯，他剛剛大學畢業，教授很喜歡他。他的工作主要是在上午記錄教授口述的內容，再就是晚上必須查閱一些與明天工作有關的資料。威洛比・史密斯不管是在幼年，還是在劍橋念書的時候，行為舉止都不錯，這一點令老教授非常滿意。我看過他的證明信箋，他一直是個品行端莊、性格溫和、工作勤懇的人。就是這樣一個好青年，卻於今天上午在教授書房裡被人殺了。」

狂風不停地怒吼，窗戶被風吹得「吱吱」作響，我與我朋友步調一致地走近壁爐。霍普金斯還在有條不紊地敘述這個故事。

他說道：「我覺得整個英格蘭絕對沒有一家像教授家那樣地與外界隔絕的住所。連續好幾個星期，他家可能沒有一人走出大門。教授只致力於自己的工作，對於其他的一切從來都不過問；史密斯對周圍的鄰居沒有一個認識的，過著與他主人同樣的生活；而那兩個女人就更沒有必要走出庭院了。推輪椅的園丁叫莫提邁爾，他從軍隊裡領取撫恤金，他曾經參加克里米亞戰

爭，是個大好人。他住在花園的另一端，那裡有三間小房子。就這幾個人住在那棟舊房子裡，並且從凱瑟姆到倫敦的大路離花園大門只有一百碼遠。大門上有門閂，任何一個人都可以進去。

「我現在講講蘇珊・塔爾頓的證詞，只有她能提供一些情況給我們。事情大概是在上午十一點到十二點之間發生的，那時她正好在樓上掛臥室的窗簾。科倫教授此刻正在床上休息，他在天氣不好時經常過了中午才起床做事。當時，女管家正在屋後工作。死者就在他的臥室裡，那裡也是他的客廳。後來她聽見史密斯走過了過道，下樓後進了書房，書房正好是她腳下的那間房子。她雖沒看見他，但據她說，她是絕不可能弄錯威洛比・史密斯那迅速、有力的腳步聲的。她沒有聽到書房門關上的聲音，不一會兒恐怖的叫聲傳了出來。叫聲中夾雜著嘶啞與絕望，同時是怪怪的而且也是不自然的，無法分辨那是男的還是女的發出的聲音。而後，傳來沉重的腳步聲，震得整個房子都在搖晃，後來所有這一切又平靜下來。她當時真的被嚇傻了，過了一會兒才敢下樓去看看。那時，她看到書房的門是關上的，可是當她打開門時，看到威洛比就躺在地板上。剛開始她還沒有發現他有傷口，當想要把他扶起時，才看到血從脖子那裡一直流下來，脖子上有一個不大但非常深的傷口——把頸動脈給切斷了，殺人的工具是那把放在辦公桌上的裁紙用的小刀。刀背很硬，刀把是象牙做成的。

「起初的時候，女僕以為他已經死了。當她向他的前額潑冷水時，他的眼睛微微睜開了一會兒，低語道：『教授，是她。』蘇珊發誓說這是死者的原話。他還想努力地再說些什麼，還舉起了他的右手，而後他就死了。

「這時，女管家也來到了殺人現場，但她來晚了一步，根本沒有聽到死者臨死前說的話。她讓蘇珊看護著屍體，自己跑上樓去了教授的臥室。當時教授正坐在床上，驚慌失措，因為他聽得出來肯定有不幸的事情發生了。管家非常肯定地說，當時教授還穿著睡衣，而睡衣一般都是莫提邁爾在十二點鐘時來幫他穿的。教授說，當時他聽到那悲慘的叫聲，其他的一概不知，他根本不能理解這小夥子臨終時的那句話！但是他認為這是神志不清時說的話，可信度不高。

「教授認為他根本沒有仇人，他不能解釋凶手殺人的動機。然後他就立即吩咐莫提邁爾去報警。過了一會兒，當地警察就找到了我，讓我和他們一起去警局。在走之前，他們沒有動過任何東西，這一點警長早已下過命令，不允許閒雜人等從小道上靠近那棟房子。福爾摩斯先生，現在的條件完全具備，接下來就是運用你的推理的大好時機了。」

我的朋友帶著微笑幽默地說：「條件真的完全齊了嗎？還缺少夏洛克‧福爾摩斯先生。我們還是先聽聽你的意見吧，霍普金斯先生，你又是怎樣看待這樁謀殺案的呢？」

「福爾摩斯先生，我想先讓你看一張簡圖，在圖上可以大略知道教授書房的位置以及相關處所的位置。這樣的話，你就會很容易瞭解我的偵查。」

我把那張簡圖打開，放在我的朋友的膝蓋上。然後起身走到他身旁，在他背後看著這張簡圖。

「這張圖非常簡單，我認為重要的幾處都畫出來了。其他地方在我講述的時候你可以想像出來。首先假設凶犯走進了書房，他是如何進去的呢？他肯定會經過花園小路，從後面的門進來。這是由於這條路是條捷徑，一直通向書房，如果從別處進去的話，會多走些彎路。我想凶犯絕對是從原路返回的，因為書房的兩個出口一個早已在蘇珊下樓的時候給鎖上了，另一個通向教授的臥室。於是在開始時，我就一直注意花園的小路。最近總是在下雨，小路非常泥濘，一定能夠找出足跡的。

「在偵查的過程中，我發現凶手很小心老練，小路上一點足跡也沒有找到。不過非常明顯的是，有人曾經順著小路兩旁的草地走過，那些草被人踩倒了。這個人肯定就是殺人犯，因為雨是夜裡才開始下的，園丁和其他人一樣，當天早上均未去過那裡。」

福爾摩斯說道：「先停一下，這條小路通向哪裡？」

「通向大路。」

「那小路到底有多長？」

「大約有一百碼左右吧！」

「我想，在大門附近肯定能夠找到印痕。」

「太遺憾了，大門旁邊的路是磚路。」

「大路上是否有痕跡？」

「大路被踩得亂七八糟，根本看不清楚。」

「真是太可惜了，草上留下的印跡是進來的還是出去的？」

「很難說，因為足印方向根本就不明顯。」

福爾摩斯有一點不耐煩了。

他說道：「的確，雨下得很大，風也颳得很猛，分辨腳印比我看那些紙片還困難，這也是沒辦法的事。霍普金斯，當你對這件事不知該如何處理時，你又是怎樣做的呢？」

「福爾摩斯先生，我想我還是摸清了一些情況。我確信是有人很小心地從外面走進了這屋子，我把過道也檢查了，上面鋪有椰棕編的墊子，在那裡確實沒有找到任何痕跡。當從過道進書房以後，裡面的家具並不多。一張辦公桌，在它下面有個固定的櫃子。那櫃子有兩排抽屜，是打開著的，中間還有個小櫃，那上面上了鎖。也許抽屜經常被打開，因此裡面根本沒有任何貴重的東西。在小櫃裡有一些非常重要的文件，不過看起來並不像被翻弄過。教授告訴我他沒有丟任何東西，看起來的確沒有可拿走的東西。

「我走到那個年輕人的屍體旁，在靠近櫃子的左邊是屍體所在的位置，我在圖上已經畫出來了，那把刀子刺在他脖子的右邊，凶手也許是在死者不注意時，從後向前猛扎過去的，因此絕不可能是自殺。」

福爾摩斯說道：「如果他不是倒在刀子上的話，那麼他就不是自殺，而是他殺。」

「是的，我也考慮過這種可能，然而刀子在離屍體幾英尺遠的地方，因此這絕對不可能。當然，死者本身就可作證。」

「另外還有一個特別重要的證據，當時被死者握在手裡。」

斯坦利‧霍普金斯從他的口袋裡拿出一個小紙包。當打開後，他取出一副金邊夾鼻眼鏡，它的一端垂有一條已斷成兩截的黑絲帶。他說道：「死者的視力很棒，這個東西肯定是從凶手臉上或其他地方搶過來的。」

福爾摩斯接過那副眼鏡，興趣十足地觀察起來。他戴上這副眼鏡試著去

看東西，又靠近窗戶朝外面觀察，而後又跑到燈下，認真仔細地檢查這副眼鏡。後來，他竟然哈哈大笑起來，坐在桌旁拿了張紙，草草地寫了幾行字，然後扔給坐在對面的霍普金斯。

他說道：「我只有這種辦法來幫你，或許有用吧！」

霍普金斯大聲念道：

「尋找一位穿著有品味，打扮得如同貴族的婦女。她寬寬的鼻子，兩眼離鼻子很近，前額有很多皺紋，呆板的面容，或許有點削肩。還有一點能說明她在最近的幾個月內，至少去過同一家眼鏡店兩次，她眼睛近視得很厲害。這座城市沒有多少家眼鏡店，我想找起來不會很難吧！」

霍普金斯露出非常驚異的神色，此時我的面部表情肯定和他一樣。可是福爾摩斯只是笑了一下，接著又說道：「上面的結論很容易得出來。不管什麼物品都不能像眼鏡這樣更具有說服力，更何況這副眼鏡又有它的獨特之處。想到這麼精緻的眼鏡與死者臨終時的遺言，很容易得出這是一位婦女的眼鏡。對於她穿著上是否體面，舉止上是否文雅，我覺得一個戴這種眼鏡的人在穿著方面應該不會是很邋遢的。你注意過這方面嗎？這副眼鏡的夾子特別寬，由此可以看出這位女士鼻子的底部一定很寬，一般為短粗鼻子，不過很可能也會有例外情況，所以在這一點上我不敢過於武斷。我的臉狹長，但我的眼睛根本對不上鏡片的中心，由此又可以得出她的眼睛長得很靠近鼻子。華生，你應該能夠看出鏡片度數很深。一個人平常總喜歡瞇著眼睛瞧東西，這肯定會給生理上帶來一定的影響，它使得前額、眼簾和肩都具有某些相同的特點。」

我說道：「我明白也很理解這些。不過我承認，我不能理解你為什麼說她最少兩次去同一家眼鏡店呢？」

福爾摩斯把眼鏡放在手裡。

他說道：「你們都能看見，眼鏡夾子襯的軟木主要是為了防止壓痛鼻子，這兩塊軟木中的一塊已褪了色且有磨損的地方，可是另一塊卻是新的，很明顯有一邊的軟木曾經掉了，而且還換成了新的。對於這塊舊的，我想它裝上的時間也不會太長。我猜，她是為了取得兩塊相同的軟木，才會去同一

家眼鏡店。」

霍普金斯羨慕地說道：「天啊！太棒了，所有證據全掌握在我手中，可是我卻無計可施，現在我很想去倫敦的各家眼鏡店看看。」

「當然，你必須去，你還有什麼需要告訴我的嗎？」

「沒有，我知道的並不比你知道的多。只要在那條大路上或火車站出現過的陌生人，我們都調查過了，什麼新情況都沒有得出來。最讓人傷透腦筋的便是這件案子的動機，無論是誰現在都說不清到底是為了什麼。」

「啊！這個我就無法幫助你了。你是否需要我明天與你一起去看看呢？」

「福爾摩斯先生，若你真的願意去的話，我就太高興了，明天早上六點鐘，有火車從查令十字街開往凱瑟姆。大概八九點鐘左右，我們就能到達出事現場了。」

「好，我們就坐那班車。這個案件有很多方面確實讓人感興趣，我真的很想調查一番。現在，我們還是抓緊時間睡會兒吧，你就睡在壁燈前的那個沙發上吧，會很舒服的。在明天出發之前，我會為你煮杯咖啡的。」

第二天一大早，風停了。我們起身上路的時候，天氣還是冷得要命。嚴冬的太陽一點精神都沒有，懶洋洋地照著泰晤士河兩岸的沼澤地。經過一路顛簸，我們在離凱瑟姆還有幾英里的車站下了車。在等馬車時，我們匆忙吃了一些東西。

一到出事現場，我們立即開始了調查工作，有個警察在花園的大門口等著。

「威爾遜，有什麼新消息嗎？」

「沒有，先生。」

「是否有人來報告說有陌生人從這裡經過呢？」

「也沒有，昨天火車站那裡既沒有不認識的人來，也沒有不認識的人離開。」

「像旅店這類可以住宿的地方你全查問過了嗎？」

「是的，先生。找不到一個和謀殺有關的人。」

「要是從這裡到凱瑟姆走過去，應該不算遠吧！我想沒人會注意那個人是待在凱瑟姆，還是在那裡上的火車。福爾摩斯先生，這便是我講的那條小路，我肯定昨天那裡什麼足跡都沒有。」

「你說的草地上足跡是在小路的哪一側？」

「先生，就是在小路與花壇之間非常窄的邊緣上，現在已經看不清了，不過這在昨天還很清晰。」

福爾摩斯彎腰看著草地說道：「是呀，這裡是曾經有人走過。這個女人走路時肯定倍加小心，要不然的話，一定會在這裡留下足跡的。若在小路另一側走的話，那上面絕對會留下更清楚的痕跡。」

「是的，先生。我認為當時她的頭腦絕對冷靜。」

福爾摩斯聚精會神地思索著。

「你認為她肯定會從這條路離開嗎？」

「是的，先生，根本沒有別的路。」

「一定得從這段草地上走出去嗎？」

「絕對是這樣，先生。」

「哼，這件謀殺案做得不錯呀，這是小路的末端嗎？我們再往前走走，我想這花園的小門經常是打開的吧，那麼就是說她肯定是從這裡進來的。那時她可能根本不會想到自己會殺人，否則她一定會帶上凶器，而不會拿辦公桌上的刀子了。她經過過道時並沒有留下任何痕跡，緊接著就進了書房，在那裡待了多久，我們就不能估計了。」

「先生，大概也就幾分鐘吧！噢，對了，女管家馬可太太在事發前十五分鐘左右，還在那裡打掃清潔。」

「她告訴了我們一個時間段。這個女人進入書房以後，做了什麼呢？她走到辦公桌那裡，為何要去那裡呢？不可能只為了抽屜裡的那些不太值錢的東西。因為如果有值錢的東西，早就被鎖起來了。我想她想拿的東西在小櫃子裡面。咦！小櫃子上那些劃過的痕跡又是怎麼回事？華生，快點根火柴。霍普金斯，你好像沒有跟我講過劃痕的事吧？」

福爾摩斯仔細地查看了這道劃痕，它開始於鑰匙孔右邊的銅片上，大約

四英寸長，小櫃子表面上的漆被刮沒了。

「福爾摩斯先生，我想在鑰匙孔周圍肯定會有劃痕的。」

「不過這可是新的呀，你瞧銅片上被劃過的地方多亮呀！原先劃過的痕跡早與銅片表面的顏色相同了。你拿我的放大鏡來看看這裡，這痕跡兩邊的漆如同犁地時挑起的土一樣。馬可太太在嗎？」

一位上了年紀的婦女滿臉愁容地走進了屋子。

「昨天上午你是否擦過這櫃子呢？」

「擦過，先生。」

「那上面的劃痕，你看到了嗎？」

「沒有，先生。」

「你肯定沒有，要不然抹布會把油漆粉屑給擦掉的，小櫃子的鑰匙在哪裡？」

「鑰匙在教授的錶鏈上。」

「那是把什麼樣的鑰匙？」

「它是馬布牌的。」

「好吧，馬可太太，你可以離開了！現在這案子有一點進展了。這個女人走進屋裡，來到櫃前，也許她早已打開了櫃子或是還沒有來得及打開時，威洛比・史密斯進來了，她只好匆匆取出鑰匙。也許是不小心在櫃門上劃了一道痕跡，被威洛比逮了個正著。她抄起一件觸手可及的東西，也就是那刀子，刺向威洛比，目的是想讓他放手，這一刀讓他送了命。她逃脫了，或許拿走了她想要的東西，或許根本沒來得及拿。女僕蘇珊在嗎？蘇珊，你聽到那聲叫喊聲後，她可以逃脫嗎？」

「先生，那絕對是不可能的。如果過道中有人，不下樓我照樣能夠看見。這扇門一直都沒有開，不然我肯定能聽見聲音的。」

「這邊出口是沒有什麼太大的問題了，那麼她肯定是照原路逃走的。我知道這個過道一直通到教授的臥室。這裡還有其他出口嗎？」

「沒有了，先生。」

「好的，我們一起去看看老教授吧！喂，霍普金斯，在通向教授屋子的

過道上同樣鋪有椰棕墊子，這一點的確非常重要。」

「可是，它與案件也有關嗎？」

「難道你看不出來嗎？我覺得這對我們破案有很大的幫助。我們一起過去，你認真替我介紹一下。」

我們走過樓道，那裡和通向花園的過道一樣長。在它的末端有段樓梯，還有扇門。他敲了敲門，隨後就把我們帶進了教授的臥室。

這屋子挺大的，裡面放的全都是書，正中央放著一張單人床。房間的主人這時正靠著枕頭躺著。我以前根本沒見過外貌如此特殊的人。他面容憔悴，鷹勾鼻。當他轉過臉時，我們看見那雙敏銳的深藍色眼睛深陷在眼眶裡，眉毛成簇地下垂著，頭髮與鬍鬚均為白色。在亂蓬蓬的鬍鬚中那支菸捲還發著光。屋裡有一股陳舊的菸草味。他向我的朋友伸出手時，我看到他的手被尼古丁薰得黃黃的。

他說話謹慎細心，而且聲調緩慢。

「福爾摩斯先生，您來一支菸嗎？這位先生，也來抽一支吧，我真的很想讓你們嘗嘗這種菸，它是亞歷山大港的埃俄尼弟斯為我特製的，我總是讓他們兩個星期就寄一千支給我。我知道這不太好，可是我又別無他法，老人又有什麼可供娛樂的呢？只有菸草與工作罷了。」

福爾摩斯一邊點菸，一邊掃視著這間屋子。

老人感慨地說道：「唉，現在只有菸捲與我作伴了。發生了這麼不幸的事！我不想再工作了，這真是天降橫禍呀！多麼不錯的一個小夥子呀！我向你發誓，再訓練幾個月，他將會成為一個相當出色的助手。福爾摩斯先生，您如何看待這件事呢？」

「我真的還沒有想清楚。」

「如果你能夠幫助我們搞清楚這件沒頭緒的案子，我對你會感激不盡的。我是個書呆子又有殘疾，受到這種打擊，有如五雷轟頂，我現在一點思考的能力都沒有了。你能來，真是太好了，而且你又精明能幹，你把你的天賦與職業結合得非常好。你不管遇到什麼緊急狀況都能泰然處之。有你在，我就放心了。」

福爾摩斯在屋子裡不停地走動著，而那老先生一直不斷地講著，我看到福爾摩斯的菸吸得特別快。看來，他和這屋的主人一樣喜歡這東西。

老人接著說道：「先生，這次對我來說打擊太大了。在小桌上的那疊稿件可是我辛苦的著作。我極其深入地研究一些有關天啟教派的理論基礎，還認真地對在敘利亞與埃及的科普特寺院中所發現的文獻做了更加深入的分析，這部著作的意義很大。可是我的身體一天不如一天，現在助手又不在了，我不知道自己還能不能工作，繼續寫這部著作。呀！福爾摩斯先生，你怎麼比我吸得還快呢？」

福爾摩斯只是笑了笑。

他從菸盒中拿出第四支雪茄，點著，然後說道：「我只是個鑑賞家。我不想長時間地盤問你，給你找許多麻煩。教授，我知道那天您一直躺在床上，很可能什麼都不知道。我只有一個問題要問您，那就是在威洛比臨終時說的：『教授，是她。』這句話是什麼意思？」

教授搖了搖頭。

他說道：「蘇珊來自鄉下，你知道這種人愚蠢得令人難以置信。我認為這個年輕人嘴裡不知說了些什麼不太連貫的話語，而這個女孩也許誤解了其中的意思。」

「您對這件事又是怎麼看的呢？」

「可能是個偶然事件，也很可能是自殺。不過我只跟這幾個自己人這麼說說，年輕人都有些隱藏在內心深處的煩惱，就像愛情這類的事，這是我們無法知道的，這也許比謀殺的可能性更大。」

「不過那副眼鏡又如何解釋呢？」

「我只不過是個書呆子，空想家，我不喜歡解釋那些具體的事物。不過，我瞭解到愛情有非常奇特的表現形式。再來一支吧，我很高興您也喜歡它。如果一個人很想了結自己的生命時，很可能會拿任何一件珍貴的東西放在手中，那副眼鏡也就不足為怪了。您談到草地上的印跡，這種想法也不對，更別說那把刀子了，很可能是在他摔倒的一剎那掉出來的。也許我講得不對，但我的想法就是，他是自殺而死的。」

他的解釋真的讓福爾摩斯非常驚訝，但福爾摩斯仍在那裡不停地走來走去，專心地思考，並且一支支地吸著菸。

過了一會兒，福爾摩斯說道：「教授，請您告訴我在那個小櫃子裡放了些什麼東西？」

「那裡根本就沒有小偷所感興趣的東西。裡面是家人的證件，我那不幸妻子的來信和我的大學學位證書。這是鑰匙，你去看看便知道了。」

福爾摩斯拿著鑰匙，仔細查看一會兒後，又還給了教授。

他說道：「這鑰匙對我沒有任何用處，我很想去你的花園看看。你剛剛說他是自殺的，我覺得應考慮一下。科倫教授，真的很抱歉，我們的突然來訪打擾你了。午飯前我們就不再過來了。大概兩點鐘的時候，我們再來，向你報告有關情況。」

真的很奇怪，我的朋友好像一點心情也沒有，我們不知在那條小路上默默地來回走了多久。

後來我問他：「你找到線索了嗎？」

他說道：「這完全取決於我剛才吸過的那些菸捲。也很有可能我弄錯了，不過菸會給我們一個交代的。」

我驚訝地說道：「親愛的福爾摩斯，你怎麼了？」

「你很快就會明白的，最好不是這樣。但我們還得去眼鏡店看看，找一下那裡的線索，如果這個線索不對的話，對於解決問題就更方便了。對了，看，馬可太太來了！我們再和她詳談幾分鐘，這對於破案會有很大啟發的。」

我承認，如果我的朋友願意的話，他是很會討女人歡心的，並能迅速取得對方對他的信任。沒多大工夫，這位女管家就完全信任了他。他們兩人談得還挺投緣，如同老朋友那般在那裡談心。

「是的，福爾摩斯先生。正像你所說的那樣，肯定發生了不幸的事情，讓他在那裡不停地抽菸，有時候簡直是整天整夜地抽菸。有一天早上，我去他那裡收拾房間，滿屋子都是煙，就好像倫敦的霧那樣濃。可憐的史密斯先生雖然也抽菸，但絕不像教授那樣吸得那麼狠。哼，我現在真的不知道吸菸

對他的健康是好還是壞了。」

福爾摩斯說道：「吸菸對食欲有阻礙作用。」

「先生，這個我不太明白。」

「我猜教授肯定吃得很少吧？」

「他的飯量時大時小，這很難說。」

「我認為今天早上他肯定沒吃早飯，我看他吸了那麼多的菸，肯定連午飯都吃不下了。」

「先生，你猜錯了，事情與你想的完全相反，他今天早上吃了很多東西。我從未見他吃過這麼多東西，在午飯後他還要了一大盤肉排。這太讓我驚訝了，而我呢，自從昨天清早看到史密斯先生那樣躺在地板上，就一點東西都吃不進去了。也許世上什麼樣的人都有，教授根本沒受這件事的影響還吃得下飯。」

我們在花園裡消磨了一個上午。斯坦利‧霍普金斯去了村裡調查一些別的傳言，聽說有幾個小孩在凱瑟姆的大道上看見一個非常奇怪的女人。我朋友聽到這個訊息以後，就好像一下子沒了力氣。我以前從未見過他這樣心不在焉的樣子，就連這則由霍普金斯帶來的消息，都沒有激起他的興趣。霍普金斯說道：「有個孩子說他的確看見一個相貌完全如福爾摩斯所講述的那樣的女人，她是戴著一副眼鏡，或許是夾鼻的。」吃飯時，蘇珊邊服侍我們邊講些有關這件事的情況，她的話反而激起了福爾摩斯很大的興趣。她說道：「昨天早上，史密斯先生出去散步。他回來半個小時後就發生了慘案。」我真的不明白散步與這個案件有何種聯繫，我非常清楚他把這件事納入到查案過程裡了。突然他站起來，看了看錶，說道：「現在兩點了，先生們，我們該去與教授講講這件事了。」

教授剛剛吃完飯，桌上那些空盤子正說明了他的食欲非常好，女管家所講的是真的。他轉過頭來用那閃爍的目光看著我們，我覺得他確實有些神秘。他這時早已穿好衣服，坐在靠火邊的一個扶手椅上，嘴裡吸著菸。

「福爾摩斯先生，你把這奇怪的案子弄明白了嗎？」他把桌上那盒菸捲向我朋友的方向推了過來，正好我的朋友也伸出了手，誰知他們兩個的手竟

然碰在一起，把菸盒給打翻了，菸落了一地。我們只好跪下來撿散落滿地的菸捲，差不多花費了一兩分鐘吧！當我們再次站起來的時候，我看到我的朋友的眼裡閃著亮光，他的臉頰很紅潤，臉上有一種臨戰時一閃即逝的表情，我只有在最危急的情況下看見過一次。

他說道：「是呀，我已經完全弄清楚了。」

霍普金斯與我只是張著嘴說不出話來了。老教授那蒼老的面孔在不停地顫動，同時顯出譏諷的笑。

「是嗎？在花園裡？」

「不，就在這裡。」

「這裡！什麼時候？」

「就是現在這個時候。」

「福爾摩斯先生，你肯定在開玩笑吧！我必須提醒你，這件事不是鬧著玩呢，可不能隨便瞎說。」

「科倫教授，我的結論都是經過仔細調查後才得出來的，因此我肯定它絕對正確。對於你的目的是什麼，以及在這案件中所扮演的角色，我還不太確定。也許一會兒你就會告訴我的。也為了方便，還是讓我來講一下這兩天所發生的事情吧，這樣的話，你好知道我要查些什麼東西。

「昨天有個女人進入了你的書房，她來這裡的目的，就是取走你辦公桌櫃子裡的文件。她身上有一把和你一樣的鑰匙，我早已仔細地查看過你的鑰匙，那上面沒有那個劃痕所弄成的輕度褪色。我從別的有關證據中獲悉，你對她來搶你文件的事並不知道，所以你不算從犯。」

教授這時吐出了一口濃煙，然後說道：「這個很有意思呀，那麼你對這個女人的情況已經瞭解許多了吧，她之後的行動你也知道嘍？」

「對呀，先生，我正要說。剛開始，她就被你的秘書給逮住了。為了脫身，她拿起小刀就朝你那位可憐的秘書刺去，我認為這件案子的發生純屬不幸，我覺得刺死他並不是這個女人的最初目的。因為如果是預謀殺人，她肯定會攜帶武器的。之後，她對自己所做的事非常害怕，不顧一切地想趕快逃離現場，不料在與死者廝打時她弄丟了眼鏡，而她又有高度近視，沒了它，

她基本上什麼都看不清楚了。因此，她就沿著一個過道拼命地跑，她以為她是按原路返回的，正巧兩邊過道都鋪著椰棕織墊。當她意識到走錯方向時，已經太晚了，退路已經完全被切斷了。這時該怎麼辦呢？她退也不是，在那裡站著不動更不可能，只好硬著頭皮繼續朝前走。她上了樓，推開了房門，也就是來到您的房間。」

老教授坐在那裡，目瞪口呆地盯著福爾摩斯，臉上顯出非常驚異與恐懼的神情。他故作輕鬆地聳了聳肩膀，發出一陣刺耳的假笑。

他說道：「先生，你的推論很精彩，不過有點小小的漏洞，你應該清楚那天我一直沒出去，整天待在屋裡。」

「科倫教授，這一點我非常明白。」

「你是說，我在床上躺著沒看到她進來？」

「不，正好相反，你看見她進來了，還和她講了話，你認識她，還幫助她逃脫。」

教授忽然大聲笑了起來，然後他突然起身，眼睛保留著最後一點點希望。

他大聲喊道：「你是不是瘋了？你胡說什麼，我怎麼會幫她逃脫呢？她在哪裡呀？」

福爾摩斯指向那個高高的書櫃，冷靜地說道：「就在那裡。」

老人剎那間驚呆了，他顫抖地舉起雙手，而後整個身子忽地倒在椅子上。這時，屋角的書櫃門忽然被推開了，那女人匆匆地從裡面走出來，來到屋子中間，她用古怪的異國腔調說道：「你說得對！我就在這裡。」

她渾身上下全是塵土，衣服上還掛著蜘蛛網。她長得不好看，而且她的外貌和福爾摩斯的推測完全相同，不過她的下巴有些長，顯得很有個性。她的視力本來就不好，又是從暗處到明處，於是她站在那裡不停地眨著眼睛，為的是想看清我們的位置和身分。雖然她不夠漂亮，但舉止端莊，神態從容，顯現出一種倔強和豪爽的神情，無不使在場的人感到震驚。

斯坦利・霍普金斯抓住她的手臂，就要給她戴上手銬。她的神情很嚴肅，一把推開霍普金斯。老教授仰靠著椅子，微微地顫抖，陰沉的目光投向

她。

她說道：「先生，我是被捕了。我站在那裡全聽到了，因此我明白了你們一定弄清事實了。我願意交代我所做的一切，那個年輕人是我殺的。你猜測那是意外事件，也是正確的。當時我根本不知道手裡拿的竟然是刀子，我沒有多作考慮，隨便抓起一個東西就絕望地朝他刺去，目的是讓他放開我，我講的都是實話。」

福爾摩斯說道：「夫人，我確信你講的是實情，我看你的身體不太好。」

她的臉色不好看，再加之那道道塵土，顯得可怕極了。她坐在床邊說道：「我剩下的時間不多了，但我必須把全部事實告訴你們。我是他的妻子，他不是什麼英國人，而是個道道地地的俄國人，我不想把他的名字說出來。」

此時，教授激動極了，大聲喊道：「上帝保佑你，安娜！」

她用鄙視的眼光看了他一眼，說道：「塞爾吉斯，你為何要過這種痛苦不堪的生活呢？你這一生不知道毀了多少人，難道這對你有好處嗎？不過在上帝向你招手之前，你死不死是你自己的事。但我必須說清楚，要不然的話，真的沒有機會了。

「先生們，我說過我是他的妻子，在結婚那年，他五十歲，我只不過是個二十歲的女孩，我不想說出我在俄國的哪個城市上大學。」

老人又咕噥一句：「願上帝保佑你，安娜。」

「你或許也知道，我們是創新者、革命者兼無政府主義者。我們聚集了許多人，後來遇到了困難，因為一個警長被害了，我們當中的一些人被抓了。可是他呢，為了能得到大筆的錢，還有為了保命，就背棄了他的妻子和夥伴，提供證據給與我作對的人。他這樣做，使得我們集體被抓，我們當中的一部分人被送上了斷頭台，另一部分被流放到西伯利亞，但不是終生流放。我丈夫帶著那筆不義之財來到英國，過著舒適安寧的生活。他非常清楚，如果讓我們知道他的行蹤，不超過一個星期，他就會沒命。」

這時，老人伸手哆嗦著又拿了一支菸。他說道：「安娜，我的生死就交

給你了，你隨便處置我吧，你向來對我都很好的。」

她說道：「我還沒告訴你們他最大的罪過。在我們的團體裡，有個同志是我現在的一個好朋友，他高尚無私，喜歡幫助人。這些品格，我丈夫一樣都沒有。他痛恨暴力，如果把使用暴力當犯罪的話，我們當中除了他以外都犯過罪。他總寫信給我們，告訴我們不要輕易使用暴力。這些信足以讓他免受懲罰，在我的日記裡也同樣可以證明，因為我在日記裡寫了我對他的感情和我們倆的想法。而我丈夫看到我的日記和這些信件，就偷偷地把它們藏起來了，還到處說這個年輕人應處以死刑。即使他的目的尚未達到，但阿列克謝卻被當作罪犯送往西伯利亞了，在鹽行做苦力。你這個混蛋，你好好想想，那麼好的一個人卻要承受這般悲慘的遭遇，而你呢，你的生命捏在我的手中，我還是把你給放過了。」

老人一邊抽菸一邊說道：「安娜，你是個高尚純潔的好女人。」

她慢慢地起身，但緊接著大叫一聲，就又坐了下去。

她說道：「我必須把故事講完。我服刑期滿後，就努力尋找這些信件與日記，要是俄國當局政府拿到這些東西的話，肯定會放了我的朋友。後來我得知他在英國，歷盡千辛萬苦，我最終找到了他的住址，這花費了我好幾個月的時間。我當然清楚他肯定還保存著這些東西。那時我還在西伯利亞服刑，他寫信給我，就用我日記中的話語來責怪我。我很瞭解他，他生來嫉妒心極強，報復心更強，他絕不會自己心甘情願地把日記本還給我，我想要得到那些東西，必須親自去找，於是我就請了位私人偵探。他到我丈夫家來做秘書——也就是你的第二個秘書，塞爾吉斯，他在這裡工作沒多久就離開了，他知道那些東西被放在小櫃子裡，就把鑰匙樣取來了。他不想再做別的事了，只把這棟房子的平面圖交給我，還告訴我說秘書通常住在樓上，一般上午沒人在書房。所以最後我鼓起勇氣，想親自取走我所要的東西，可為了這些我付出了多大的代價呀！

「我剛剛拿出日記本和信件，並且想鎖好櫃子，就被那個年輕人給逮住了。那天早上我曾經在路上見過他，還向他打聽科倫的住所，但萬萬沒想到他是科倫的秘書。」

福爾摩斯說道：「原來是這樣的！秘書從外面回來後肯定把這件事告訴了教授，說他在路上碰見過一個怎樣的婦女。威洛比在臨終之前想要說的就是：『是他和教授提過的那女人殺了他。』」

女人臉部抽動，看起來非常痛苦，幾乎是用命令的口吻對他說：「請你讓我講完，好嗎？這年輕人剛一倒下，我就趕緊跑出了書房，但我走錯了門，竟進了我丈夫的房間。他想要告發我，我就警告他：如果他真的這樣做了，我肯定不會放過他的。他如果想把我交給警方，我就會把他的事全說出來。我並不是想苟且偷生，主要是因為我的目的還未達到。他非常瞭解我，我是說得出就一定做得到的，並且他的生命與我緊密相連，就因為這個，他才保護我。他把我裝進那個只有他自己知道的小黑角落。他讓傭人多送些吃的，以便分給我一些。我倆商量好了，只要警察離開這裡，我就偷偷逃跑，永遠不再回來，但還是被你查出來了，這是我生前最後的話。」她從胸前取出個小包，接著又說道：「這個小包可以救活阿列克謝。先生，我想你的名譽一定很好，又具有正義感，我把這個東西交給你，請你把它轉交給俄國大使館。我已盡了自己的責任，並且……」

福爾摩斯大聲喊道：「快，擋住她。」他一下子蹦到屋子的另一邊，在她手中拿出一個小藥瓶。

她倒在了床上，說道：「太晚了！真的太晚了！我在出來的時候，早已吃了藥，我頭很暈，我想我快要死了！先生，我請求您……不要忘了……那個小……包。」

在我倆乘車回城的路上，福爾摩斯說道：「這個案件相當簡單，但卻令人深思。在開始時，我們就抓住夾鼻眼鏡作為線索，雖然那個青年在臨終前幸運地抓住了眼鏡，不過在那個時候，我對這件事不能完全肯定，我們是否能夠解決這個問題。很顯然，從眼鏡度數上可以肯定，這個人沒了它肯定不行，什麼事也做不了。霍普金斯先生，在你讓我一定要相信她確實經過這塊草地而並不是故意作假時，你是否記得我就說過這是種很不尋常的做法，但實際上我心裡認為這不可能，除非她還有另一副眼鏡在身上。於是我開始了

另一種假設，這個人一直沒離開這棟房子。當我看到有兩個相同的過道時，就推測她或許走錯路了，這樣她很可能進了教授的房間，我曾認真仔細地查看每個角落，看看是否有可供躲藏的地方。地毯整塊地釘在一起，所以我認為在地板上不會有活口。你知道的，許多老式書櫃後面都有躲藏的地方。我看見地板上扔了好多書，但書櫃怎麼能是空的呢？我想書櫃可能是一扇門。可是我又沒有任何證據來證實，不過地毯為暗褐色，所以我不停地抽菸，把菸灰撒在可疑的書櫃前，這個方法很簡單，卻相當有效。然後我就下來了，而且我早已弄清楚了。當時你也在，我說過教授的飯量增加了，而你卻不理解，這當然容易讓人起疑心，畢竟他還讓另外一個人吃飯。後來，我們又上了樓，我假裝弄翻菸捲盒，來好好檢查一番。我從地毯上的菸灰得知，在我們走後，曾經有人從書櫃裡出來過。霍普金斯，我們到站了，祝賀你圓滿地破了這個案件。你肯定要回警局吧，我們要去俄國使館，再見了，我的朋友。」

臨場失蹤的中衛

我們住在貝克街的時候，經常會收到一些內容古怪離奇的電報，或許這根本不值得提起。不過，七八年前，在二月的一個陰沉的早上，我們收到了一封至今讓我留下深刻印象的電報，那時也差不多讓我的朋友困惑了十五分鐘之久。電報是給他的，電文如下：

> 請等我。萬分不幸，右中衛失蹤，明日急需。
>
> 歐沃頓

福爾摩斯反覆地看了看，說道：「這有河濱的郵戳，是十點三十六分發過來的，我想他拍電報時的心情肯定特別激動，要不然怎麼會說話這樣語無倫次的。我保證在我讀完《泰晤士報》的時候，他肯定會到這裡來的，那時我們就可以把一切搞清楚了。」我們在那一段時間工作很輕鬆，所以不管多大多小的事，我們都歡迎。

生活經驗告訴我，沒事做的日子太無聊了。因為他的頭腦太過靈敏，如果沒有事情讓他思考的話，那就會非常危險的。在我的一再堅持下，他現在停用興奮劑已好幾年了，因為這種藥曾阻礙他做一些有意義的事。目前，一般情況下他不再需要服用這種藥劑了。但我很清楚，他的病還沒有完全好，只是潛伏在身體內，隨時有復發的可能。有時候，我看見他深陷的眼窩，面目陰沉，看起來深不可測。所以，無論發這封電報的是個什麼樣的人，他既然能夠為我們帶來未解的謎語，就不禁讓我萬分感激。狂風暴雨比風和日麗

更能夠為我的朋友帶來快樂。

　　就像他所說的那樣，歐沃頓親自來這裡了。他的名片上印有：西瑞爾・歐沃頓，三一學院，劍橋大學。他是位身體健壯的年輕人，肩膀很寬，進屋時把屋門都給堵住了。他英俊瀟灑，可是面容憔悴，用那沒有活力的眼睛慢慢地打量著我們。

　　「請問哪位是夏洛克・福爾摩斯先生？」

　　我的朋友向他點了點頭。

　　「福爾摩斯先生，我曾去過蘇格蘭場，在那裡我見到了偵探霍普金斯。他讓我來找你，說由你解決這案子更好一些，不必找官方偵探。」

　　「請坐吧，快把你的問題告訴我們！」

　　「福爾摩斯先生，事情糟糕透了！我的頭髮都快急白了。高夫利・斯道頓這名字你聽過吧？他可是全隊的核心隊員，球隊的靈魂。在中衛線上，我寧可要斯道頓，而不想要其他任何兩個。不管是傳球、運球，還是搶球，沒有一個人能和他相比。他是核心人物，可以把全隊帶動起來，我該怎麼辦呢？福爾摩斯先生，我想請教你這該怎麼處理。替補隊員莫爾豪斯，他是前衛，可是他老是想擠進去搶球，而不是守在邊線上。他踢定位球還算不錯，不過他不知什麼時候應該出擊，並且不善於拼搶。還有牛津兩員老將，莫爾頓或是詹森，總是死盯著他不放。雖說史蒂文生有速度，但他不能在二十五碼之外踢落地球。對於一個中衛來說，如果落地球和高空球都不會處理，那就根本不配參加比賽。福爾摩斯先生，如果你不能幫我們找到他的話，我必輸無疑了。」

　　我的朋友全神貫注地聽著他的敘述，他還不時地用強壯的手臂比劃著，想讓他說的每句話都被我們深刻理解。客人剛把事情講完，福爾摩斯就取出「S」字母的那一卷檔案資料。不過這次他從上面豐富的內容中並沒有找到什麼可供利用的資料。

　　福爾摩斯說道：「有個人叫亞瑟・H・斯道頓，由於製造假幣而發財。還有一個叫亨利・斯道頓，他被處以絞刑。不過我真的沒聽說過高夫利・斯道頓的名字。」

我們的客人顯出驚訝的表情。

他說道：「福爾摩斯先生，我本以為沒有你不知道的事。如果你沒聽過他，你也不認識我了？」

福爾摩斯微笑著搖了搖頭。

歐沃頓說道：「偵探先生！在英格蘭與威爾斯的橄欖球比賽中，我們球隊是第一名，我是大學生隊的領隊。你要是不知道也沒有多大關係！我認為英國沒有人不認識他，他可是劍橋隊最棒的中衛。布萊克希斯隊與國家隊都非常願意請他去打中衛，他曾經五次參加國際賽事。天啊！福爾摩斯先生，你真的一直住在英國嗎？」

福爾摩斯被這個人的問話給逗樂了。

「歐沃頓先生，你所生活的圈子跟我不同，你生活的圈子很健康也很快樂。我與社會上各個層次的人士幾乎都有接觸，只是真的還未跟體育界人士打過什麼交道。不過業餘體育運動是英國最益於健康的事業。你的這次光臨，也正說明在最講規則的戶外運動方面，我有事可做了。請坐下！慢慢地按順序準確地講一下所發生的事情，說一下你的想法，以及想讓我如何幫助你。」

歐沃頓臉上流露出無可奈何的樣子，那種樣子正像習慣於使用體力而不用腦力的人所常有的那樣。他開始慢慢地敘述這個離奇而古怪的故事，他的敘述既有模糊之處，又有許多重複的地方，在這裡我先刪去了。

「福爾摩斯先生，事情是這樣的，我剛才和您講過了，我是劍橋大學橄欖球隊的領隊，高夫利‧斯道頓是最棒的隊員。明晚我們隊將與牛津大學隊比賽。昨天我們來到這裡，住進本特利旅館。大概晚上十點鐘，我去查看了一下，他們都休息了。我堅信嚴格的訓練與充足良好的睡眠對比賽發揮最佳狀態有很大的益處。我看到他臉色慘白，好像有什麼事使他心神不安，就問他怎麼了，他告訴我說沒事，只不過有些頭痛罷了。我道過晚安就離開了。服務生說半個小時後，有一個滿臉鬍鬚、穿著簡陋的人送給他一封信。他當時都上床休息了，服務生只好把信送進他屋裡，不知為什麼他一讀完信就癱倒在椅子上，好像被人用斧頭砍了似的。服務生嚇壞了，想來叫我，但被他

阻止了，他喝了水以後又重新恢復到往常的樣子，而後就下了樓與在門口等他的人講了幾句話，兩人就走了，服務生最後見到的是他倆朝河灘跑去。今早高夫利的房間與昨晚一樣，沒人睡過，東西也沒動過。他和那個陌生人走後，就再也沒有回來過，現在一點消息也沒有，大概他不可能再回來了。他非常喜歡運動，很可能遭受了什麼沉重的打擊，否則他絕不會不來參加比賽的。我懷疑他是不是真的永遠離開我們，再也不回來了呢？」

福爾摩斯表現出極大的興趣，聽他講完這件事情。

他說道：「你採取什麼措施了嗎？」

「我已經向劍橋大學發過電報，問他們那裡是否有他的消息。答覆是沒人看見過他。」

「他這麼晚也可以回學校嗎？」

「是的，有一班十一點十五分的夜班車。」

「不過，根據你的判斷，他並未乘坐這班火車，對吧？」

「是的，根本沒有人見過他。」

「後來又怎麼了？」

「我又打電報給蒙特・詹姆士。」

「為什麼發電報給他呢？」

「高夫利是個孤兒，這是他唯一最親近的親屬了，可能是他叔父吧！

「這也許會對你們解決問題有所幫助。那個人可稱得上是英國最富有的人了。」

「我聽他提起過這件事。」

「高夫利是他最近的親屬嗎？」

「是的，高夫利是他唯一的繼承人。老爵士都快八十歲了，並且有嚴重的風濕病，人們都說他時日不多了。他沒給過高夫利一個先令，是個道道地地的守財奴，不過我想那些財產遲早要歸高夫利的。」

「蒙特・詹姆士爵士那裡有他的消息嗎？」

「沒有。」

「如果高夫利去了老爵士那裡，他又為何去那裡呢？」

「頭天晚上，他被什麼事搞得心神不寧，如果與錢有關，肯定和爵士的遺產有關。爵士有好多錢，據我所知，高夫利獲得這筆錢的可能性不大。他並不討這老人歡心。如果他可以不去那裡，他就不會去的。」

「好，我們是不是假設一種情況。如果你朋友去了他親戚家，你就可以解釋為何那個人那麼晚了還來找他，並使得他更加焦躁不安。」

歐沃頓迷惑不解地說道：「我根本無法解釋。」

福爾摩斯說道：「好吧！今天天氣還不錯，我很想查一下這件事，我覺得不管這個年輕人處於何種狀況，你還得準備參加比賽。正像你所講的，他的突然失蹤肯定有非常重要的事。正是由於這件事讓他現在還沒有回來，我們一起走著去旅館看看吧，聽聽服務生能否再說些新的情況。」

夏洛克・福爾摩斯的細心開導，使歐沃頓的心情恢復了平靜。不一會兒，我們來到旅館，走進了斯道頓的單人房。在這裡，福爾摩斯向服務生打聽他想知道的一切。頭天晚上來的那個人既不像紳士，也不像僕人，而是個「穿著不怎麼講究的傢伙」，大約五十歲左右，稀疏的鬍子，蒼白的臉，穿著很樸實，他當時真的非常激動，拿著信的手不停地顫抖。服務生見高夫利把信裝進口袋，在大廳中並沒有與那個人握手。他們說了幾句，服務生只聽見兩個字「時間」，然後他們就匆匆忙忙地走出去了。那時大廳的鐘是十點半。

福爾摩斯坐在斯道頓的床上說道：「我覺得你應該是值白班的，對嗎？」

「是的，先生，我晚上十一點下班。」

「值夜班的服務生有沒有看到些什麼？」

「沒有，先生，只有那些常去看戲的人才會回來得晚一些。再來就沒有別人了。」

「昨天你一天都沒有離開嗎？」

「是的，先生。」

「是否有給斯道頓先生的郵件？」

「有的，先生，是一封電報。」

「啊！那非常重要。在什麼時候？」

「大約六點鐘。」

「斯道頓收到那封電報時在哪裡呢？」

「就在這間屋子裡。」

「他看電報時，你還在這裡嗎？」

「是的，我在。我得等著，看他是否要回電。」

「那麼，他回電了嗎？」

「是的，先生。他發了電報。」

「電報是你協助發過去的嗎？」

「他自己親自去的。」

「他是在你面前寫的嗎？」

「是的，先生。我就站在門那裡，他轉身在桌上寫的。他寫完後對我說道：『好了，服務生，我自己去發吧！』」

「他用什麼樣的筆寫的呢？」

「先生，是鉛筆。」

「是否用的桌子上的電報紙呢？」

「是的，就是原先最靠上的那張。」

福爾摩斯起身朝桌子方向走去。他拿起現在最上面的那張電報紙走到桌前，認真細緻地查看上面的字跡。

他說道：「太可惜了，他根本沒用鉛筆寫。」然後把電報紙丟下，失望地聳了聳肩，又說道：「華生，你一定也知道字跡很可能會印到第二張紙上——以前就有人憑這個痕跡毀滅了許多美滿的婚姻。不過，我在這張紙上卻什麼都看不到。呵，有了，我看得出來他用的是粗尖鵝毛筆。用吸墨紙我們肯定能夠找出些痕跡的。哈，你們看，一點都不假！」

他撕下那條吸墨紙，給我們看那上面的字跡。

歐沃頓非常激動地喊道：「快用放大鏡來看！」

福爾摩斯說道：「不必了，這紙非常薄，從反面就可以看出上面所寫的內容。」他把吸墨紙翻過來，我們讀道：看在上帝的份上，支持我們！

「這便是他在失蹤前幾小時所寫電報的最後一句。在上面的內容中，最少有六個字我們根本找不到，但就這剩下的內容也足可以證明，這個年輕人發現將會有極其嚴重的危險降臨到自己身上，並且還說明肯定有另外一個人在保護他。請看清楚：『我們！』這顯然有第三人參與。除了那個給他送信的大鬍子外，還會是誰呢？而那個大鬍子與高夫利又是怎樣的關係呢？為了躲開眼前的危險，他們一起去尋找幫助的第三者又是何許人也呢？我們應該主要圍繞這些問題展開深入的調查研究。」

我說道：「我只要把電報發給誰弄清楚就可以了。」

「親愛的華生，應該這樣做，你的確有能力把這個問題解決的。但你得清楚，如果你去郵局查看私人的電報底稿，肯定會使那裡的工作人員對你產生不滿。要完成這件事需要許多手續。不過，我確信採取一些巧妙的方法就能夠辦到。歐沃頓先生，趁你還沒走，我很想看看桌上放著的那些文件。」

桌上放有信件、帳本和筆記本等，福爾摩斯快速且認真地翻看著。過了一會兒，他說道：「這些沒有任何問題，我覺得你的朋友斯道頓身體強健、頭腦清醒，他絕不會鬧出什麼大亂子來的。」

「他身體非常健康。」

「他沒有生過病嗎？」

「從未生過病，不過他曾經因為脛骨被踢傷而休息過，膝蓋也因為滑倒而受過傷，但我覺得這些根本算不上是病。」

「或許他並不像你所想的那樣健壯。我覺得他自己很可能有難以說出口的隱疾。如果你同意的話，我很想把這一兩份資料拿走，以備將來之需。」

突然，我們聽見有人焦急地大喊道：「等等，等一下！」我們一抬頭，就看見了一個小老頭，樣子有些古怪，顫抖地站在門口。他穿了一件已經有些發白的黑色衣服，戴了一頂寬邊禮帽，繫著一條白色寬領帶，給人的感覺特別土氣，好像是殯儀館的工人。雖然他穿得很可笑，但他講話的聲音清脆響亮，看來他是有急事，這便引起了我們的關注。

他問道：「先生，請問你是誰？你有何種權利把這些文件拿走呢？」

「我是私家偵探，我正在努力弄清楚他為何失蹤。」

「你是偵探嗎？誰讓你來的呢？」

「這位先生也就是斯道頓的朋友，他是蘇格蘭場介紹給我的。」

「先生，你又是誰呢？」

「我是西瑞爾‧歐沃頓。」

「發電報給我的人是你了。我就是蒙特‧詹姆士爵士，剛乘倍斯瓦特公車急急忙忙地趕過來的。也就是說你早已委託這位私家偵探來解決這案子了嗎？」

「是呀，先生。」

「你想出多少錢？」

「如果我們能夠快速找到我的朋友高夫利，他肯定會付錢的。」

「不過，要是找不到呢？又該怎麼辦，請回答！」

「若是這樣的話，他肯定會……」

這個小老頭大叫道：「先生，這種事絕不可能發生。別想向我要一個便士，我一個便士也不會出的。偵探先生，您清楚明白了嗎？這個年輕人只有我一個親人，不過我要告訴你我對他沒有任何責任。我生來就不會亂花錢，他有可能繼承我的全部財產，但我不想現在就讓他來接班。你如果隨便拿走這些文件，把裡面有何值錢的東西弄丟了，你必須負起全部責任。」

夏洛克‧福爾摩斯說道：「好的，先生，就說到這裡吧！我還想問你，你對這年輕人的失蹤，難道不應負有責任嗎？」

「不，先生。他已經是大人了，能夠自己照顧自己了。他不會笨到自己看不住自己吧，找不到他，我根本不負有任何責任。」

福爾摩斯眨了眨眼，用譏諷的口氣說道：「你的想法我非常明白，不過你對我並不瞭解。人們也許都認為高夫利是個窮人，他被綁架並不是因為他的富有。爵士先生，你財大氣粗，人所共知。大概是那幫強盜想要更加全面地瞭解你的住所、財產，才抓走你侄子的吧？」

這位令人從未有好感的老者面色蒼白，正巧與他的白領帶互相映襯。

「天啊，太可怕了！我從未想過還會有這種人幹這種見不得人的事，世上還有這種沒人性的混蛋！高夫利是個頑強的好孩子，他絕對不會出賣我

的，我今晚就把我所有的財物送到銀行。偵探先生，我請求你一定要把他安全地找出來。在錢的方面，花多少都可以。」

這位高貴的吝嗇鬼，即使他身上沒有銅臭味，也對我們沒有任何好處，因為他對他侄子的生活一無所知。我們送走了爵士，現在的唯一線索全都在那張殘存的電報上面，因此福爾摩斯抄寫了殘文，開始尋找有關這方面的證據。歐沃頓也去找他的隊員商量一下該如何面對這突如其來的不幸。

離旅館不遠處有個郵局。我們走到了那裡，福爾摩斯說道：「華生，我們可以嘗試一下。如果有證明的話，我們便拿那存根查看，可惜現在什麼證明都沒有。我認為郵局一定很忙，不會注意咱倆的相貌的，我們冒險試一試吧！」

他對著格柵後的一位年輕女士輕鬆自如地說道：「麻煩您一下，昨天我發的那份電報可能有點不妥當，因為我現在還未收到回電。我想是不是在上面忘記寫名字了呢？您能幫我查看一下嗎？」

她問道：「什麼時間發的？」

「大概六點過一點吧！」

「給誰的呢？」

福爾摩斯把手指放到嘴唇上，示意我不要說出實情。然後，他非常自信地小聲說道：「電報上最後那幾個字是『看在上帝的份上支持我們！』我很著急收到回電。」

這位女士取出一張存根。

她說道：「就是這張吧，上面是沒有名字呀！」然後，她把存根平放在櫃檯上。

福爾摩斯說道：「難怪我收不到回電。哎！我真蠢呀！早安，女士，謝謝你讓我弄清楚了。」

等我們走上街時，他邊拍手邊笑著。

我問道：「現在怎麼樣？」

「有了很大的進展。華生，我剛剛想到七種辦法來看存根，但我根本沒有想到，這麼容易就辦好了。」

「你得到哪些情報了？」

他說道：「我現在清楚該從哪裡著手查起了。」

他僱了一輛馬車，去了國王十字街火車站。

「我們要去很遠的地方嗎？」

「對呀，我們必須回一趟劍橋大學。這上面的所有跡象都顯示似乎與它有關。」

當我們走過格雷飯店大路時，我問道：「對於斯道頓的失蹤，你又是怎麼看的呢？我們所辦理的案件肇事動機都非常不明確。你絕不認為這起綁架的目的簡單得就只為了那闊叔叔的錢吧？」

「親愛的華生，我承認，我並不那樣認為。當時我忽然想到這一招，主要是想引起那個可惡老頭的興趣。」

「確實是這個樣子，可是你到底是怎麼考慮的呢？」

「我可以說幾點有關的內容，我們首先看到事情發生在這場重大比賽之前，同一個重要隊員連在一起。不過這兩者也許純屬巧合，不過真的很有趣。業餘比賽絕不允許下注賭博，但是還是有一些人在場外設了賭局，就像賽馬場的流氓在那場賽馬上下注一樣，這只是其一。第二點更顯而易見，雖說他現在身無分文，但是將來他可是個家財萬貫的法定繼承人，綁架他的目的為了錢，這也有很大的可能性。」

「這兩種說法好像都與電報無關吧？」

「是呀，華生。現在電報對我們解決問題非常重要，我們的注意力絕對不能分散，我們去劍橋大學為的是弄清電報的目的到底是什麼。我們目前如何調查還不太清楚，不過肯定在天黑之前會有個結論的，最少也要有點進展。」

當我們又來到這古老的大學城時，天已經很晚了。福爾摩斯在車站僱了一輛馬車，讓他帶我們去萊斯利·阿姆斯壯醫生家。不一會兒工夫，我們的馬車走上了繁華街道，在一棟豪華的房前停下來，有位僕人把我們領了進去，等了很久後，我們才被帶進診室，有位醫生坐在桌子後面。

我對這位醫生的名字真的很不清楚，這也說明我和醫學界人士打交道也

太少了。到現在為止，我才知道他不僅是劍橋大學的負責人之一，同時在不少學科中有很深的研究，是一位非常出名的學者。即使一個人不太瞭解他所取得的成就，可是當你看到他時，也會給你留下深刻的印象，方正的大臉，那雙陰鬱的眼睛躲在濃眉下，倔強的下巴如同用大理石雕刻出來的。我認為他是這樣的一個人：個性陰冷、頭腦敏銳、吃苦耐勞、冷酷無情、難以對付。他手中還拿著我朋友遞過去的名片，抬頭看了看，臉上沒有露出一絲喜悅的表情。

「夏洛克·福爾摩斯先生，你的名字我聽說過，也非常瞭解你的職業，不過我絕不贊同你的職業。」

我朋友平靜地說道：「這樣的話，你在無形中給全國的每個罪犯投了支持的一票。」

「你從事制止犯罪的事業，這無疑會得到社會上任何一個通情達理人的支持與幫助，但我覺得還是交給官方會好一點。不過你做的那些，我實在無法理解，也不能接受。你搜尋私人的秘聞、家庭生活的隱私，這些都應該加以隱瞞，而你卻把它們說了出去，還時常麻煩比你還忙得多的人。例如，我現在應該寫論文而不是與你說話。」

「醫生，你講得很有理，不過事實足以證明我們的講話會比你這篇論文重要得多。我順便跟你提一下，我完全不贊同你所指責的那些話，我們會盡全力使得個人隱私不向外洩露，如果這件事要到警方手中，便必然會宣揚出去。我如同一支非正式的先鋒隊，走在正規軍之前。我是來這裡向你瞭解高夫利的情況。」

「他怎麼了？」

「難道你不認識他嗎？」

「認識，他是我的好朋友。」

「他失蹤了，你知道這件事嗎？」

「是真的嗎？」在那張肥胖的面孔上根本看不出有何表情的變化。

「昨晚在他離開旅館後，就再也沒有消息了。」

「他肯定會回來的。」

「大學橄欖球比賽就要開始了，可是他卻不在。」

「我根本不喜歡這種比賽。我對斯道頓很關心，因為我認識他，也很喜歡他，我才不管有沒有這場橄欖球比賽。」

「我現在正在調查斯道頓先生的情況，我很想讓你幫忙。他現在在哪裡，你知道嗎？」

「我不知道。」

「從昨天到現在，你一直沒見到過他嗎？」

「沒有。」

「他身體好嗎？」

「非常健壯。」

「以前生過病嗎？」

「好像從未有過。」

突然，福爾摩斯取出一張單據擺在他的面前，「請幫我解釋一下，這張開有十三個畿尼的單據。這是他上個月在你這裡開的，我在他桌上的一些文件中找到的。」

醫生被他氣得滿臉通紅。

「先生，我覺得沒有解釋的必要。」

福爾摩斯又把單據放回日記本裡。他說道：「如果你願當著眾人的面解釋的話，你就等著吧，那一天終歸會來的。我跟你講過，別的偵探肯定會把這件事傳出去的，而我會把這些掩飾住的。如果你聰明的話，就該把這一切全部告訴我。」

「我什麼都不知道。」

「他在倫敦給你寫過信沒有？」

「沒有呀！」

福爾摩斯無可奈何地嘆了一口氣說：「哎，郵局的事又來了！昨晚六點十五分，他在倫敦發了一封電報給你，不用說，這與他的離奇失蹤肯定有關。但郵局太疏忽了！你沒收到嗎？我必須去一趟郵局，責問他們一下。」

阿姆斯壯醫生突然從桌子後面站了起來，憤怒讓他的臉由黑變為紫紅。

他說道：「先生，請不要說什麼了。」他憤怒地搖著鈴，「約翰，快，把這兩位先生送走！」一個肥肥胖胖的管家嚴肅地把我們領出大門。我們來到大街上，福爾摩斯忍不住笑了起來。

他說道：「阿姆斯壯太倔了，我覺得他最適合解決著名學者莫阿蒂醫生所遺留下來的問題了。華生，現在我們在這個城鎮舉目無親，不過我們不弄清此案絕不回去。那個與阿姆斯壯家對著的小旅館最合適不過了。你先去訂一間臨街的房間，再買一些晚上吃的和用的東西。我再去查查看。」

不過，這回調查所用的時間比他所想的要長很多，一直到晚上九點鐘他才回來。他臉色慘白，精神沮喪，渾身上下全都是土，又累又餓。桌上放著的飯菜早就涼了。他吃了飯，點上了菸斗，正想跟我講講他那既幽默又富有哲學的意見時——事情不是很順利時，他總是這樣講——馬車聲讓他站了起來，我們同時朝窗外望去。在昏暗的煤氣燈光下，一輛由兩匹灰馬駕著的四輪馬車，停在醫生家門口。

福爾摩斯說道：「馬車每天六點半離開，三個小時後回來，那麼他能夠走十到十二英里，他天天都要出去一次，甚至有時兩次。」

「醫生出診是很常見的事。」

「但阿姆斯壯醫生絕非是一個普通的出診醫生，他可是個講師兼會診醫生。一般的病，如果是那樣做的話，會阻礙他的研究工作，可是為何他那麼有耐心地去那麼遠的地方，又是去看誰呢？」

「他的馬車夫……」

「親愛的華生，你可能想不到我原先就想找這位車夫瞭解一些情況吧？不知是因為他的無恥下流還是因為他主人的唆使，他放狗來咬我，不管人還是狗都不喜歡我這副樣子，事情顯然以失敗告終，關係也變成了僵局，調查根本進行不下去。我從一個友好和善的當地人那裡獲得了一些情況，那個人就在這家旅館工作。是他告訴我醫生的生活習慣和每天外出的情況，我們正講著這些時，馬車來到門前，可以證明他講的話可信度很高。」

「難道你沒去跟蹤看一看嗎？」

「妙極了，華生，我倆的想法不謀而合。你肯定看到了挨著我們旅店旁

有家自行車鋪，我趕緊進了那裡租了一輛自行車。多虧馬車跑得還不算遠，我用盡全力最終還是追上了，與它始終保持一定的距離。我在後面跟著，一直跟出了城，後來又走了一大段鄉間土路，這時發生了一件令我尷尬的事，馬車忽然停下來，醫生走下來，迅速地走到我停車的地方，用嘲諷的口吻跟我說話，他說前面的路很窄，會阻礙我的車子前進！他說話用詞很巧妙。我沒有辦法只能超過馬車，又在大路上騎了幾英里，然後停下來。回頭再看時，馬車早已消失得無影無蹤了，明顯拐到另一條岔路上去了。我繼續往回騎，但仍然沒有看見它。現在看來，它在我回來後才到。原先我並未把高夫利的失蹤與這醫生的外出聯繫起來，跟蹤他只想注意與他有關的一些事。不過，我現在發覺他對自己的外出非常小心謹慎，也就是說他的外出一定很重要，我必須得弄清楚，要不然的話，我會不安心的。」

「我們明天繼續去跟蹤他。」

「我倆去？事情絕不像你所想的那麼簡單。你對這裡的地理情況瞭解嗎？這裡躲避起來非常困難，我今天晚上走的路很平坦整齊，並且我們所跟蹤的人又非常聰明，就在今晚他已經表現得很明顯。我要發一封電報給歐沃頓，讓他告訴我們倫敦那邊是否有新的進展。同時，我倆還要密切留意阿姆斯壯，這個人就是郵局那位好心的女士讓我從存根上得知的。我發誓他絕對知道斯道頓的下落。如果就他一人知道，而我們如果不能弄清楚，那就怪我們自己無能了。現在決定勝負的那張牌就在他的手裡。華生，你也知道我不是半途而廢的人。」

第二天，我們還是不能解開這個謎團，事情真的是沒有任何進展。吃過早飯，突然有人給我們送來一封信，福爾摩斯看了後，笑著遞給了我。

先生：

我可以確切地告訴你們，跟蹤我一點意義也沒有。你昨晚應該看到在馬車後面有個窗戶，如果你甘願多走二十英里，我無所謂。我必須告訴你，你的偷窺對高夫利·斯道頓沒有任何好處，如果你真的願意幫助他，唯一的辦法就是回到倫敦告訴你的委託人，說你根本找不到他。你在這裡待著，就是

在浪費時間。

福爾摩斯說道：「他非常坦率，直言不諱。這更引起了我的興趣，我必須弄明白再離開。」

我說道：「他的馬車現在就在門那裡，他好像要上車，我看見他在朝我們這裡看。還是讓我騎車跟著他們查查看，怎麼樣？」

「不要去，親愛的華生，別去了。不管你多聰明勇敢，也恐怕不是這個醫生的對手。我覺得我單獨去還可以試探一下，你自己在這裡隨便走走吧！如果在安靜的小鄉村冒出兩個鬼鬼祟祟的陌生人，肯定對我們不利。這個地方有些名勝古蹟，你可以到處走走，我希望能在晚上把好消息帶回來。」

不過他這次還是失敗了。在深夜時，他拖著疲憊的身體沮喪地回到了旅館。

「華生，今天我又白跑了一趟，我對醫生要去的方向有了大致的瞭解，於是我就守在那一帶的村子中。我跟當地旅店老闆、賣報人聊了許多，同時我又去了很多地方，如契斯特頓、希斯頓、瓦特比契與歐金頓，不過我對此真的非常失望。在這寧靜的鄉村，要是每天都能夠看到兩匹馬拉著的四輪馬車的話，肯定不會被忽視的。這次醫生又戰勝我們了。這裡有我的電報嗎？」

「有的，我打開了，上面寫道：

「『向三一學院的吉瑞姆·狄克遜要龐倍。』

「我不明白這是什麼意思。」

「電報說得非常清楚，是我們朋友歐沃頓發的，他回答的是我的一個問題。我只有給狄克遜先生寫封信，事情才能有進展。還有，現在有與比賽相關的消息嗎？」

「今天，當地晚報有詳細的報導。牛津有一場贏了一分，有兩場為平局，有關報導的最後部分為：因為世界頂尖球員斯道頓未能參加此次比賽，使全隊實力削弱，前衛線協作不好，進攻防守太薄弱，所以穿淡藍色運動衣

219
第六部 歸來記

的球隊會失利。」

福爾摩斯說道：「歐沃頓的預言真的實現了。就個人而言，我與阿姆斯壯的想法相同，橄欖球與我無關。華生，今天我們得早點休息，我保證明天肯定會有許多事情。」

第二天早上，我看我的朋友坐在火爐旁，手拿針管做皮下注射。我大吃一驚。一看見興奮劑，就使我不禁想起他那差得要命的體格，擔心會發生什麼事情。他看到我吃驚的表情，不禁笑了，把針管放回桌上。

「親愛的朋友，你不必為我擔心。在緊張的時候，用些興奮劑根本算不上吸毒，反而是解謎的關鍵。我把全部的希望都寄託在這裡了。我剛去查看了一番，一切照常。華生，好好吃早餐，今天我們該追蹤阿姆斯壯醫生了，我一直跟著他，不追到他的老巢，我永不甘休。」

我們倆一起下了樓，到了馬廄的院中，他把房門打開，放出來一隻狗。這傢伙既肥又矮，耳朵向下垂著，黃白兩色，可能是獵犬也有可能是獵狐犬。

福爾摩斯說道：「過來，與龐倍認識一下。牠可是本地最有名的追蹤犬了，跑得飛快，同時又是個頑強的追蹤者。龐倍，你千萬不要跑得太快，我恐怕我們趕不上你，沒辦法只能在你脖子上套一個皮帶了。好的，龐倍，去吧，今天我全看你的了。」

福爾摩斯把狗帶到對面醫生家的門口。狗四處聞了一會兒，後來大聲尖叫著朝大街跑去，我們在後面拼命地朝前追去。大概過了半個小時，我們就出了城，跑在了鄉村大道上。

我問道：「福爾摩斯，你打算怎麼辦呀？」

「這就要用上那個老辦法了。我今天一大早來到醫生家的庭院裡，把一針管的茴香籽油灑在馬車後輪上了。只要這頭獵犬聞到茴香籽油的氣味，就會直追到天邊的。他絕對不可能把龐倍擺脫掉的。這醫生實在狡猾至極！前天晚上他駕車把我甩在了村後。」

狗突然從大路轉向一條滿是野草的小路，我們大概走了有半英里，又來到另外一條寬闊的大路。在這裡向右轉可以回到城裡，大路向北就是我們的

出發地，我們向南轉去。

福爾摩斯說道：「這個回環路線耍了我們，難怪向村子裡的人打聽不出什麼東西來，醫生很會耍把戲，但我很想知道他為何要精心準備這個騙局。我們右邊肯定是川平頓村，馬車要拐過來了！華生，快點躲開，免得我們被發現！」

福爾摩斯拉著龐倍跳進一座籬笆門，我也緊跟著進去了。我們剛剛躲到籬笆下面，馬車就「咕隆咕隆」地駛過去了。我看見阿姆斯壯醫生在車裡面，他的兩肩向前拱著，兩手托著頭，滿臉沮喪的樣子。從福爾摩斯那嚴肅的神情上可以知道他也看見了。

他說道：「我想我們很可能會遇到不幸的事。這裡很快就會弄清楚的，龐倍，來，到那間田野中的茅草屋去。」

很明顯，我們到了終點站。龐倍在茅屋外來回跑動，還一直在大叫，從這裡完全可以看出馬車的車輪印，分明有條小路能夠通向這間孤單的小屋。福爾摩斯把狗拴在籬笆上，走到屋門前，敲了敲那間簡陋的小門，好久都沒有人回答。不過屋中絕不是沒人住，因為我倆聽見裡面傳來低沉的聲音，彷彿是一種痛苦呻吟的悲泣聲，讓人感覺到很悲涼。福爾摩斯猶豫了片刻，他回過頭看了一眼剛才走過的大路，醫生的那輛四輪馬車正朝這邊駛來。

我朋友喊道：「醫生又來了，這次完全能夠解決這個問題了，我們必須在他到來之前，弄清事實的真相。」

他把門打開，我們走過了通道。那聲音似乎又大了些，變成了嗚咽聲。聲音來自上面，我朋友趕忙上去，我緊隨其後。他把一扇半掩的門推開，我們被這景象嚇壞了。

一位美麗的年輕女人躺在床上，已經死去了。她面容安靜蒼白，在亂蓬蓬的金色頭髮中，一雙無神的藍眼睛朝上瞪著。一個年輕男子跪坐在床邊，他把臉埋在床單裡，哭得渾身顫抖。他沉浸於悲哀之中，直到我的朋友把手搭在他肩上，他才感覺到有人來了，這才抬起了頭。

「請問你就是高夫利・斯道頓先生嗎？」

「是的，不過你來晚了，她已經死了。」

年輕人悲痛欲絕，心如刀絞，他根本不明白我們並不是來看病的醫生。福爾摩斯說了一些安慰他的話，把我們的來意向他說明。這時樓梯上傳來了腳步聲，阿姆斯壯醫生出現了，他臉上交織著沉痛、嚴肅與責問的表情。

他說道：「先生們，你們的目的最終還是達到了，並且是在這種不幸的時候來打擾我們。我絕不能在死者面前與你爭吵，不過我要告訴你們，如果我年輕的話，絕不會饒恕你們這種卑劣的行為。」

福爾摩斯非常嚴肅地說道：「很抱歉，先生。我覺得我們之間可能有些誤會。還是您下樓來，我們談談這件不幸的事情吧！」

不一會兒，醫生帶著嚴峻的表情跟我們來到了樓下。

他說道：「先生們，說吧！」

「首先，你必須明白我根本沒有受蒙特・詹姆士爵士的託付，並且我也反對他對這件事的做法。我們只是想弄清那個失蹤的人的下落。只是，事情一開始就超出了我的許可權，這裡既然沒有犯罪問題，我們當然願意把流言平息下來，而不願讓它向外擴散。這件事沒有任何違法的地方，我向你保證絕對不會向外公布的。」

阿姆斯壯醫生趕快向前走了幾步，緊緊握住我朋友的手。

他說道：「我相信你是個好人，我錯怪你了。你已經瞭解這些情況了，那就好辦了。大約在一年前，斯道頓曾經在倫敦待過很長時間，他對房東的女兒產生了強烈的愛情，而後娶了她。她是個聰明、賢慧、善良而美麗的女孩。娶這樣一位女孩作妻子，誰都會感到幸福。不過，高夫利是那個古怪貴族的法定繼承人，假如這個消息傳到他那裡，高夫利將失去所有的繼承權。這個年輕人我太瞭解了，他的許多優點我都非常喜歡，所以我使出全力來幫他，讓他不致失去那份繼承權。這件事我們從未讓外人知道過，只要這件事讓一個人知道，很快就會傳到那個老貴族那裡。這裡很僻靜，而且他做事謹慎小心，因此到目前為止還沒有一個人知道。這秘密只有我和那個僕人知道，那僕人到川平頓辦事去了。不過他的妻子真的太不幸了，她得了嚴重的肺病。可憐的斯道頓愁得都快瘋掉了，但是他必須去倫敦參加那場比賽，如果想不去就必須講清理由，這樣的話他就會完全暴露他的秘密。我發電報

安慰他，他想讓我盡量多幫些忙。這就是那封電報，不知怎麼回事被你發現了。我並未告知他病情的嚴重程度，因為他幫不上忙。不過我把實情告訴了病人的父親，可是她父親真的很不會辦事，竟把這件事告訴了斯道頓。結果他如瘋了般離開倫敦來到他妻子床前跪著，一動不動，直到今天上午，死亡結束了他妻子的苦痛。福爾摩斯先生，這就是全部事實，我相信你們一定會守口如瓶的。」

福爾摩斯緊緊地握了一下醫生的手。

我們從那棟充滿憂傷的房子離開了，來到這溫暖的陽光下，我的朋友慢慢對我說：「華生，我們走吧！」

格蘭其莊園疑案

在1897年冬天一個下了霜的早晨，就在黎明時分，有人推我的肩膀。醒來後，我看到是我的朋友福爾摩斯。他手裡拿著蠟燭，一副焦急的神情。他俯下身告訴我，有一個緊急案件發生了。

他朝我喊道：「快，華生，快點！這件事很棘手，不要問為什麼，趕快穿上衣服跟我走！」

大概十分鐘後，我們就坐上了馬車。在安靜的街道上，馬車「隆隆」地向前行駛著，直奔查令十字街火車站。天色微微發亮，在這灰白色的晨霧中，我們見到一兩個去上早班的工人。福爾摩斯把自己裝在厚重的大衣裡，一言不發，我和他一樣，因為當時天氣很涼，而且我們根本就沒吃早飯。

我們在火車站喝了一些熱茶，然後走進車廂找座位坐下，這才感覺到身體逐漸暖和起來。火車是開往肯特郡的，一路上他一直說個不停，我只做聽眾。他從口袋裡取出一封信，大聲讀道：

肯特・瑪爾舍姆，格蘭其莊園

下午三點三十分

親愛的福爾摩斯先生：

我希望你能立即過來幫我把這椿非常奇特的案件解決掉。你很擅長處理這種案件。現在除了把那位夫人放了之外，其他一切現場的物品都沒有移動過。我請求你以最快的速度趕過來，因為把尤斯塔斯爵士單獨留下來不太合適。

你忠實的朋友

斯坦利・霍普金斯

　　福爾摩斯說道：「霍普金斯把我請到現場的情況共有過七次，並且每次的確都需要我的幫助。我想他的那些案件你絕對都收進你的集子裡了。我知道你很會選材，這也就彌補了你敘述不夠圓滿的缺陷。不過你在看待所有問題時，總愛從寫故事的角度出發，而並非從科學破案的角度出發，這樣很容易破壞它的典型示範性。你把偵破的技巧和細節一筆帶過，以便盡情地描寫動人心弦的情節，你這樣寫只會讓讀者感情用事，並不能讓他們從這些案例中受到啟發與教育。」

　　我聽後，有些不悅地說道：「你為何不親自來寫呢？」

　　「親愛的華生，我很想寫。你瞭解的，我現在非常忙，不過我覺得我會在晚年時寫本教科書，把全部偵查藝術和偵查技巧寫進去。現在我們要查的像是一樁謀殺案。」

　　「也就是說，尤斯塔斯爵士現在已經死了？」

　　「我認為應該是這樣的。霍普金斯的來信說明他心情非常激動，可是他絕非一個感情易衝動的人。所以我認為，肯定有人被殺害了，等著我們去驗屍。如果是自殺的話，他肯定不會把我們叫去。信中提到把夫人放了，好像是在案件發生的時候，她被鎖在屋裡。華生，這案子發生在上流社會。你看這信紙的質地很好，上面有家徽圖案，是由兩個字母E、B組成的，出事的那個地方風景優美。霍普金斯從來不會輕易寫信給我的，所以我們今天上午肯定會很忙的。凶殺案件發生在昨夜十二點之前。」

　　「你又是怎樣知道的呢？」

　　「計算一下火車來回及辦事時間，很容易就會知道。這個案件發生以後，先去找當地警察，然後再報告給蘇格蘭場，霍普金斯要趕去現場，再發信給我，最少要用一夜的時間。好的，我們已經到齊賽爾哈斯特火車站了，這些疑問很快就會解決的。」

　　在窄窄的鄉村小路上，我們匆忙地走了兩英里路，來到一座莊園的門

外。一位看門的老者向我們走來，把門打開。他面容憔悴，說明這裡發生了不幸的事件。一走進這富麗堂皇的莊園，首先映入眼簾的就是兩排老榆樹，正好形成一條林蔭小路，直通向一座寬敞的房屋。房屋正面用的是帕拉弟奧式的柱子，房屋的中央部分被常春藤覆蓋著，顯得十分古老陳舊。不過要從高大的窗戶看去，可以發現這棟房子曾經改建過，還有一側完全是新建的。年輕聰明的霍普金斯站在過道裡迎接我們的到來，滿臉焦急不安的樣子。

「福爾摩斯先生，華生醫生，很高興你們能來。要不是情況極為特殊的話，我是不會如此冒昧的。現在夫人醒過來有一會兒了，她把事情講得非常清楚，所以我們將要做的事也不會很多的。你對路易山姆那夥強盜還有印象嗎？」

「難道是那三個姓蘭達爾的人做的嗎？」

「是呀，父親與兩個兒子。可以肯定是他們幹的，大概在兩個星期前吧，他們在西頓漢姆作案，有人看到了就向我們警方報告。這麼快就又害了人，一定就是那夥人幹的。一定要判他們死刑！」

「那麼就是說，尤斯塔斯爵士已經死了？」

「是的，他的頭被撥火棒打破了。」

「車夫在路上把爵士的姓名告訴我了，他是叫尤斯塔斯·布萊肯斯特爾吧？」

「正是，他可是肯特郡最富有的人。當時，他的夫人目擊了過程，太可憐了，她看到了這樣恐怖的事情。我剛才看到她時，她就像死人似的。你最好去看看她，聽她把這件事跟你講述一下，然後我們再一起去查看餐廳的狀況。」

布萊肯斯特爾夫人是個很不平常的人，我很少見到像她這樣儀態萬方、風度高雅、容顏美麗的女人。她的皮膚白皙，頭髮金黃，眼睛深藍，稱得上是傾國傾城。不過，這件悲慘的事情，讓她心神不寧，面容憔悴。從她那受了傷的紅腫的眼眶，可以看得出來，她既要忍受精神上的痛苦又要忍受肉體上的折磨。她那神色嚴肅的高個女僕，還在不停地為她沖洗眼睛。她疲倦地躺在睡椅上。當我走進屋時，她那聰慧靈敏，富有觀察力的目光與機敏的神

情說明她的理智與勇敢並沒有因這件事而消失。她穿著藍白相間的寬大的晨服，身邊還放著一件黑色餐服，上面鑲有白色金屬片。

她厭倦地說道：「霍普金斯先生，我已經把所發生的事全告訴你了，難道你就不能替我再說一遍嗎？不過，如果你覺得有必要讓我再講一遍的話，沒問題。他們剛才去過餐廳了嗎？」

「我覺得還是先讓他們聽夫人講完再說吧！」

「好吧，我再講一次。每當我想起餐廳裡的屍體，就覺得好恐怖。」她全身顫抖，雙手捂住臉。這時，寬鬆的晨服袖子往下滑，露出了她的前臂。福爾摩斯驚詫地大喊道：「夫人，您受過傷不只一處吧！這又是怎麼回事呢？」我看見夫人那白嫩的前臂上露出兩處傷痕，依舊紅腫，她慌張地用衣服掩飾住，並且說道：「沒什麼，這與昨夜的事情沒有任何關係。請你們坐下來，我告訴你們這裡發生的一切。」

「我是死者尤斯塔斯·布萊肯斯特爾的妻子。雖然結婚已經有一年了，但我根本沒有必要掩飾我們婚姻不幸這個事實。我雖然不願承認這一點，但鄰居們也會告訴你實情的。我們相處成這樣，或許我也應該負有一部分責任。我是在澳洲南部長大的，那裡很自由，不守舊。我不太習慣這裡拘謹而講究禮數的英國式生活。不過造成不幸的主要的原因是由另外一件人所共知的事情引起的，那就是：布萊肯斯特爾爵士嗜酒成癖，無酒不歡。和這樣的人在一起，哪怕是一小時，也會使人感到煩惱。整日整夜地把一個活潑可愛、乖巧伶俐的女士綁在他這樣一個人的身邊，你想像一下，誰能忍受得了呢？如果有人認為這種婚姻不應解除的話，那就是犯罪、褻瀆神靈、敗壞道德。你們的法律如此荒唐，一定會給英國帶來一場巨大的災難，上帝一定會制止這些邪惡的行為。」她在睡椅上坐直身子，兩頰通紅，她的眼睛從那紅腫的眼眶中放射出憤怒的目光。那個神色嚴厲的女僕用她那有力而溫和的手輕輕地把夫人的頭部放回到靠墊上，她憤怒、高亢的話語聲漸漸地柔弱下來，變成了激動的哭泣聲。

過了一會兒，她又繼續說道：「昨天晚上，所有的僕人都像平常一樣要到這棟房子新建的那邊廂房去休息。這棟房子正中的部分有客廳、廚房和樓

上的臥室。我的女僕特麗薩，住在我臥室的閣樓上。這個正中部分根本沒有其他人住，不管任何聲音都不可能傳到新建的那邊，更談不上驚醒他們了。強盜們肯定瞭解這一點，否則的話，他們怎麼會這麼膽大包天呢？

「我丈夫大約十點半上床休息。那個時候，僕人們也已經回屋休息去了。當時只有我的女僕還沒有睡覺，她在自己的閣樓上等待吩咐。每當我要休息時，總要親自到各地方查看一番，看有無不妥當之處，這是我養成的習慣，因為我感覺到尤斯塔斯是根本靠不住的。我先從廚房看起，然後到了食品室、獵槍室、客廳，最後到了餐廳。當我走到餐廳的窗前時，厚厚的窗簾是掛著的，我突然感覺到有一陣風吹到臉上，這才意識到窗戶沒關。我一掀窗簾，真是把我嚇壞了，在我面前的是位寬肩的壯年男人，他也許是剛剛進來。餐廳窗戶是高大的法國式窗戶，也可以當作門而直通草坪。我那時手中還拿著臥室用的燭台，憑藉微弱的火光，我看見在這個人背後還有兩個人正在進來。當時我嚇得只知道往後退，那個人立即向我撲來。他先把我的手腕抓在手裡，隨後又卡住我的脖子。我剛要大喊，他的拳頭就打在了我的眼睛上，將我打倒在地。我一定是昏過去了，不過沒過多久，當我再醒過來時，看見他把叫傭人的鈴繩給弄斷了，把我緊緊地捆在一把橡木椅上。我渾身被捆得特別緊，根本就不能活動一下，嘴裡還被塞了一塊手帕，無法出聲。也就在這個時候，我那倒楣的丈夫也到餐廳來了。很明顯他肯定聽到了一些不對勁的聲音，所以他還是有備而來的。他穿著睡衣，手裡拿著他心愛的黑刺李木棍。他朝強盜衝了過來，那個壯年人早已蹲下，從爐柵上取出了撥火棍，當我丈夫走過時，那個人猛地向他的頭部打去，我丈夫喊了一聲隨即就倒下了，之後再也沒有起來。我又被嚇昏了，失去了知覺。大概過了也就幾分鐘的工夫，當我再次睜開眼時，看見他們從餐具櫃中取出刀叉和一瓶酒，每人手裡都拿著個玻璃杯。我講過那個壯年強盜有鬍子，另外的那兩個好像還是沒成年的孩子，看來也許是父親帶著兩個兒子一起作案。他們小聲說了幾句，而後過來看看我是否被綁緊了。再後來他們一起離開了，隨手又關上了窗戶。大概過了十五分鐘吧，我好不容易才把手帕從嘴裡弄了出來，朝女僕大喊，讓她來解開我。其他的僕人同時也聽到了。我們把警察叫來，而後

又立即與倫敦警方取得了聯繫。先生們，我知道的就這麼多了，我覺得從這以後不會再讓我講述這痛苦的經歷了吧？」

霍普金斯問道：「福爾摩斯先生，你還有什麼問題嗎？」

福爾摩斯說道：「我現在不願再打擾夫人了，更不願意讓她覺得不耐煩。」

然後，他對女僕說道：「在我去餐廳之前，你可以再跟我們講講這件事的情形嗎？」

女僕說道：「在那三個人還未進屋時，我就看見他們了。那時我正坐在我住處的窗戶旁邊。在月光下，我看見三個人鬼鬼祟祟地在大門口那裡遊蕩。不過當時我根本沒把它當回事。大約過了一小時，我聽到女主人的喊叫聲，才往樓下跑，見到這可憐又可悲的人兒。和她所講的一樣，爵士當時就倒在地上，可怕極了，他的血和腦漿濺得到處都是。我覺得肯定是這些事把夫人給嚇昏了。她被綁在那裡，身上還濺了不少血點。如果不是布萊肯斯特爾夫人意志堅強的話，恐怕早就失去了對生活的勇氣了。先生們，你們向她詢問問題已經好久了，現在該讓她回屋休息一下了。」

這個瘦長的女僕如母親般把手搭在女主人肩上，動作是那樣的溫柔，然後就領著她離開了。

霍普金斯說道：「她們兩個一直住在一起。這位夫人從小到大都是由她照顧的。在十八個月前，這位夫人離開了澳洲，她也一同跟到了英國，她叫特麗薩・瑞特，這種僕人根本沒處找了。福爾摩斯先生，走這邊吧！」

福爾摩斯臉上那種豐富濃厚的表情已不復存在了，我想可能是由於這案件太簡單了，沒有他想像的那般吸引人。看來，接下來要做的就是把罪犯逮捕歸案，而抓捕這樣的罪犯用不著麻煩他了。這時我看見他眼中煩躁得很，正如一個有淵博學識的專家被請去看病，卻發現那個人只患了常見的小毛病時所表現出的煩躁不安。不過，格蘭其莊園的餐廳很美也很奇特，這個肯定能夠引起他的重視，而且還能夠點燃他那逐漸消失的興趣。

這間餐廳既高又大，屋頂的橡木和天花板上刻的都是花紋，四周的牆上畫著一排排的古代武器和鹿頭，牆下面是橡木嵌板。門的對面有高的法式

窗戶，其右邊有三扇小窗子，冬天微弱的陽光從這裡射進來；左邊有個大而深的壁爐，它的上面有大且厚的壁爐架。在壁爐旁邊有把很重的橡木椅子，兩邊有扶手，下面有橫木。一根紫紅色的繩子被繫在椅子的花稜上，它穿過椅子的兩邊連接到下面的那個橫木上。在放開這位婦人的時候，繩子被解開了，但是打的結子仍然留在繩子上。這些細節方面的東西我們後來才注意到，那是因為我們所有的注意力都被壁爐前虎皮地毯上躺著的屍體給吸引住了。

一眼看去，死者也就四十來歲，體格健壯，身材高大。他仰面朝天地躺在地上，牙齒從又短又黑的鬍鬚中露了出來。他的雙手握著放在頭的前面，一根粗短的黑刺李木棍橫放在雙手上。他面色微黑，鷹勾鼻，相貌堂堂，不過現在五官早已扭曲，面目猙獰，令人恐懼。很明顯，他在床上聽見了聲音，因為他穿著華麗富貴的繡花睡衣，赤著腳。他頭部的傷勢非常嚴重，屋中到處都濺滿了鮮血，可見他所受到的那致命的一擊是非常嚴重的。在他的旁邊放著那條非常粗的撥火棍，強烈的撞擊早已使它變彎了。福爾摩斯仔細查看了撥火棍和屍體。

他隨後說道：「這位上了年紀的蘭達爾先生，力氣肯定非常大。」

霍普金斯說道：「正是這樣。我這裡有些關於他的資料，他可是個粗魯凶暴的傢伙。」

「我們想要把他抓住應該不會有什麼困難吧？」

「不會的。我們一直在追查他的去向，曾經有人告訴我他到美國去了。現在我們已經知道這夥人在英國，我確信他們肯定逃不掉的。所有港口都非常清楚這件事，我們一定要在傍晚之前懸賞捉拿他們。不過有一點非常奇怪，既然他們也知道夫人能認出他們的相貌，並且我們也能認出他們，為什麼他們還要做這種傻事呢？」

「人們會認為，為了滅口，這夥強盜肯定也會把布萊肯斯特爾夫人殺死的。」

我提醒他說：「他們或許沒有猜到夫人昏迷後很快就醒了呀！」

「倒是很有可能。如果他們認定她那時已經完全失去了知覺，或許他們

也就不會要她的命了。霍普金斯，關於這位爵士的情況你還瞭解多少呢？我似乎聽過一些有關他的離奇古怪之事。」

「清醒時，他心地很善良；不過，只要他喝到大醉或半醉時，可就成了一個道道地地的惡魔。因為他沒有爛醉如泥，所以我說他半醉。他只要一喝醉，就像著了魔似的，不管什麼事都做得出來。雖然他財大氣粗，不過據我所瞭解的，他幾乎不參加任何社交活動。聽說，他曾把他夫人的狗浸在煤油裡用火燒，這件事花費了很大氣力才平息下來。還有一回，他朝那位女僕特麗薩・瑞特扔水瓶，這也曾激起了一場不大不小的風波。我倆私下裡說，這家沒有他倒還好些。你在看些什麼呀？」

福爾摩斯趴在地上，認真細緻地查看捆過夫人的那根紅繩的結，後來又認真地觀察那根一頭曾經被強盜拉斷過的繩子。

他說道：「繩子朝下一拉，廚房那裡的鈴聲肯定會很響的。」

「根本沒人聽得見，廚房在這房子的後面。」

「強盜如何瞭解到這個情況的呢？他怎麼會沒有任何顧忌地拉這根繩呢？」

「福爾摩斯先生，你說得非常正確。我也一直在考慮這個問題。那夥強盜肯定對這裡非常熟悉，瞭解這裡的一切生活習慣。他們一定知道僕人們有早睡的習慣，更清楚沒人能聽得見廚房的鈴聲。我猜想他們肯定與這裡的哪個僕人有所勾結，這是顯而易見的。但這裡總共有八個僕人，而且每個人都是行為端莊的人。」

福爾摩斯說道：「如果每個僕人的情況都基本差不多的話，那就應該懷疑一下曾經被主人往頭上扔水瓶的那個。可是這樣的話，肯定會懷疑到她女主人身上。不過這一點倒不是重點，等抓住蘭達爾之後，一切便會真相大白了。夫人剛才講的情況需要我們來證實一下，我們可以透過現場的實物來證實。」他來到窗前，把那扇法式窗戶打開，看了一下說道：「窗下的地面非常堅硬，這裡根本留不下任何痕跡。壁爐架上的蠟燭肯定被點過。」

「正是，他們肯定憑藉這些燭光與夫人臥室的燭光離開的。」

「不過，他們拿走什麼東西了嗎？」

「沒拿什麼東西，只是從餐櫃中取走了六個盤子。布萊肯斯特爾夫人認定爵士的死讓強盜驚慌失措，於是根本來不及搶劫。要不然的話，他們肯定會把這裡席捲一空的。」

「這種解釋有一點道理，據說他們喝了一些酒。」

「那肯定是為了穩定情緒。」

「也許吧！餐櫃上的三個玻璃杯大概沒有動過吧？」

「沒有動過，仍原樣放在那裡。」

「我們去看一看。哎，你看這是什麼呀？」

三個杯子並排在一起，每個都曾盛過酒，其中一個裡面有葡萄酒的殘汁。酒杯酒瓶靠在一起，裡面還剩有半瓶酒，旁邊放有一個長而髒的軟木塞，瓶塞的樣式與瓶上的塵土都說明了殺人犯所喝的酒不一般。

福爾摩斯的態度發生一百八十度的大轉彎，他的表情不再冷淡，我看到了他那炯炯有神眼睛裡發射出智慧與興奮的光芒。他拿起了軟木塞，仔細地檢查著。

他問道：「他們是怎樣把這瓶塞拔出來的？」

霍普金斯指了指半開的抽屜，那裡放了許多拔塞鑽和幾條餐巾。

「夫人提到拔塞鑽的事了嗎？」

「沒有，說不定在強盜打開瓶子時，她早已失去了知覺。」

「事實上，他們根本沒用拔塞鑽，很可能用的是帶有螺旋的小刀，這個螺旋大約也就有一英寸半長吧！仔細查看軟木塞上部就很容易看出，用小刀插過三次才拔出了軟木塞。實際上，只要用拔塞鑽把瓶塞卡住，一下子就可以拔出來。當你把這個人抓住時，你一定會弄清在他身上有多少把小刀。」

霍普金斯回答道：「分析得太棒了！」

「我搞不清楚這些玻璃杯有什麼意義，夫人真的看到這三個人喝酒了嗎？」

「正是，她非常清楚地記著這一點。」

「好吧，今天就說到這裡吧，還有其他的什麼嗎？不過，霍普金斯，你得承認這三個杯子非常特別，難道你沒有看出有什麼地方不對勁嗎？好，就

別管它了。或許這個人掌握了某些專門的知識和技能，否則他為什麼不用伸手可及的簡單方法，而是非要找那些複雜的方法。也有可能這玻璃杯的事很偶然。好，霍普金斯，再見吧！我看這忙我們幫不上了，這案子已經非常清楚了，抓住蘭達爾或發生了其他的新情況，再告訴我好了。我確信案子很快就會結束的。華生，我們走吧，我覺得在家可以做很多事。」

在回來的路上，我發覺他臉上帶有迷惑不解的表情。時而他盡力驅趕疑雲，豁然開朗，暢所欲言；時而又生出疑點，緊鎖雙眉，有迷茫的目光。可以肯定他正在回想莊園富麗堂皇的餐廳。正當我們的火車慢慢地駛進一個郊區小站時，他卻忽然跳上月台，又把我拉下了火車。

火車這時轉過彎後已不見蹤影了。他說道：「好朋友，非常抱歉，使你感覺突然，因為我當時突然產生了一個念頭，華生，不管怎樣，這案子我非管不可，我內心驅使我必須這樣做。事情完全顛倒了，我肯定這一點。不過那夫人的話沒有任何漏洞，女僕又能做出有力的證明，而且連一些細節問題都非常準確，那些我覺得並不太重要。三個酒杯，對，就是那三個酒杯，如果我沒把事情看成理所當然，沒有被編造的事實攪亂我的思想，如果我這時再去察看一切，是不是會得到更多的實證呢？我相信一定會的。華生，我們就坐在這裡等待去齊賽爾哈斯特的火車吧！現在我把我的想法告訴你，但是你心裡必須先排除那個想法，認為女僕與女主人所講的是實情，絕不能使你自己的判斷力受那個討人喜歡的夫人的影響。

「如果我們能冷靜沉著地思考一下，就會發現夫人講的話裡面漏洞百出。大概在兩個星期以前，那夥強盜在西頓漢姆鬧得是一團糟。他們的長相與活動已在報上刊登過，所以如果有人想編造一個有關強盜的事件，那肯定首先想到的就是他們。而實際上，那夥強盜每得到一大筆錢後就會去找個安靜的地方享受一番，不可能再去輕易冒第二次險。還有，如果是一般的強盜打劫的話，絕不會那麼早就去的，也不會把女人打傷來阻止她叫喊。實際上，在挨打時，她肯定會用盡力氣喊叫的。還有，如果強盜人多，能夠應付比他們少的人時，大多數情況下是不會殺人的。他們是一夥貪心的人，肯定不會只拿走那麼一點東西。還有最後一點，強盜喝酒肯定會全部喝光的，不

可能剩下一些。華生，有這麼多不一般的事，你怎樣看呢？」

「這些事放在一起來講很有意義，不過每件事就其自身來說又有很大的可能性，我覺得把夫人綁在椅子上就很古怪。」

「我對這一點也不太清楚。華生，很明顯，他們要麼會殺死她要麼會把她帶到一個看不見他們逃走的地方。不管怎樣，我覺得她講的不全是事實，還有那個酒杯值得懷疑。」

「酒杯怎麼了？」

「你把酒杯的情況搞清楚了嗎？」

「我已經搞清楚了。」

「那三個人都用杯子來喝酒，你認為這個可能性大嗎？」

「為什麼不可能呢？這三個杯子可都沾滿了酒。」

「是的，不過只有一個杯子中有沉澱物，這一點你注意過沒有？你對這件事是如何看的呢？」

「倒最後一杯酒時很有可能有沉澱物的呀！」

「不對，酒瓶裝滿了酒，所以根本不能想像前兩杯很清，而第三杯卻很混濁。這有兩種可能性，一種是倒過兩杯以後使勁搖瓶子，所以第三杯有沉澱物，不過我覺得這種可能性不太大。對，絕對不可能是那個樣子。」

「你如何解釋這一點呢？」

「那就是只用過兩個杯子，而後把這兩個杯子中的沉澱物全倒進第三個杯子裡，於是這就有了曾經有三個人在這裡喝酒的假象，因此所有的沉澱物就在第三個杯子裡了。對，我認為肯定是這麼回事。如果我能找出這些細節的證據的話，那就說明主僕兩人在對我們撒謊，她們所講的一切沒有可信度。因此，這個案件將會成為一個非常奇特的案件了。她們肯定在掩護一個重大的罪犯，所以我們只能憑藉自己的力量把事情弄清楚，絕不能依靠她們，我的打算就是這樣。華生，我們該去西頓漢姆了，火車來了。」

格蘭其莊園的人們對我們的返回非常驚訝。當時霍普金斯早已回到總部去作報告了。福爾摩斯走進餐廳，在裡面把門鎖上，然後非常仔細地查看了兩個小時，為他的推論尋找強有力的證據。他在每個角落裡認真仔細地查

看著，如同一個學生聚精會神地看著教授的示範動作。我緊隨其後，在那裡進行細緻入微的查看。任何一個地方都沒有放過，像窗戶、窗簾、地毯、椅子、繩子等，都是逐個查看，認真思考。爵士的屍體已經被移走了，其餘的一切仍是我們早上見到的那樣。最使我感到意外的是，福爾摩斯竟然爬到堅固的壁爐架上。那根斷了的僅剩下幾英寸的紅色繩頭仍然連在一根鐵絲上，正高高地懸在他頭上。他抬起頭向上看了一下繩頭，為了能夠更清楚地看清繩頭，他單腳跪在一個木托盤上，這樣使他與那繩子只有幾英寸的距離了，不過他關注的並非是繩子而是托盤本身，他最終滿意地跳了下來。

他說道：「華生，好了，我們的案子解決了，這算得上是最特殊的一個了。我太遲鈍了，犯了這麼嚴重的錯誤！現在除了幾點極微小的細節沒有搞清楚外，事情的全部過程都已經清楚了。」

「你搞清楚誰是罪犯了嗎？」

「華生，罪犯只有一個，不過這個人很難應付，他如同獅子般強壯有力，一下就能把通條打彎。他大約有六英尺，如同松鼠般靈活，他的手非常靈巧，頭腦相當聰明，這種巧妙的事也只有他能編得出來。

「我們遇到的就是這樣一位特殊人物別出心裁的作品。不過在這鈴繩上還是露了餡，那裡不應該有什麼破綻的。」

「這又是怎麼一回事？」

「華生，你認為當拉一下鈴繩時，哪裡會斷呢？肯定是在與鐵絲相連的地方了。可是為何這繩子偏偏在距鐵絲有三英寸的地方斷了呢？」

「那地方有磨損嗎？」

「對呀，我們能夠查到的這一頭是有磨損的。這個人非常狡猾，拿刀子故意磨損了這一頭的繩子，不過另一頭一點磨損也沒有。在這裡你無法看清楚，你到壁爐架上看，會發現那頭切得相當齊，根本沒有什麼磨損的跡象。

「你肯定明白這到底是怎麼一回事。這個人需要一條繩子，但又怕鈴響發出警報聲，於是他並未把繩子拉斷。他是怎麼做的呢？他跳上了壁爐架，可是依然搆不著，後來又把一條腿跪在托盤上，上面的塵土可以證明這一點，用小刀把繩子切斷。我根本搆不著那個地方，還差三英寸吧，於是我推

測他比我高三英寸，你看那把橡木椅有什麼痕跡？」

「血跡。」

「正是這樣，這說明夫人講的沒有一點是實話。如果她在強盜殺人時就坐在那把椅子上，血跡又是從哪裡來的呢？她絕對是在她丈夫死後才坐到那裡的。我確信她那件黑衣上也有相同的血跡。華生，我們根本沒有失敗，而是取得了勝利，確切地說從失敗開始，以勝利告終。我要和她的女僕聊上幾句，為了能夠得到我們想要的情況，我們講話必須十分小心。」

嚴肅的澳洲保姆特別引人注意，她很少講話，本性多疑更缺乏禮貌。我的朋友對她特別友好，溫和地傾聽她的講話，一會兒，就獲得了她的信任。她對那已死的主人非常痛恨，這一點她根本就沒有掩飾。

「是的，先生，他朝我扔水瓶，還有一次我聽見他罵我的女主人。我曾經對他說過，如果女主人的兄弟在這裡，他絕對不敢放肆的。於是他拿起水瓶就向我這邊扔來，如果不是女主人攔他，說不準他要朝我扔多少次。他虐待女主人，但女主人為了顧及面子從來不願與他爭吵，並且夫人根本就不和我提她是怎樣受虐待的。你今天早上看見夫人手臂上的傷痕了吧，這些夫人從不願告訴我，但我知道那是用別針扎的，這個可惡的魔頭。這個人死了真好，上帝寬恕我吧！我們原先剛見到他時，他可好了，但那已是十八個月前的事了。我們主僕都有過了十八年的感覺，當時女主人剛到倫敦，以前她根本沒有離開過家鄉，這可是她生平第一次出外遊玩。爵士用他的倫敦氣派——金錢與虛偽征服了女主人的心。女主人走錯一步路，現在受到的懲罰簡直要了她的命。我們到倫敦的第二個月，就遇到了他，他們去年一月結的婚。現在她下樓來了，肯定想見你，不過最好少問些問題，因為這一切已經夠她難受的。」

女僕與我們一同來到客廳，夫人還是靠在那張睡椅上，精神好了很多。女僕又熱敷女主人受傷的眼睛。

夫人說道：「我希望你不是再次來盤問我的吧！」

福爾摩斯語氣非常溫和地說道：「不是的，夫人，我絕不會給你帶來沒有必要的痛苦和麻煩的，我唯一的心願就是讓你安寧，因為我瞭解你現在肯

定遭受了太多的痛苦。如果你想把我當作朋友，事實會證實一切，我講的話不會辜負你。」

「你想讓我做什麼？」

「把事實的真相告訴我。」

「福爾摩斯先生？」

「布萊肯斯特爾夫人，掩飾是沒有用的。我的名聲你可能也略有耳聞。我發誓你以前所講的全是捏造的。」

布萊肯斯特爾夫人與女僕倆瞪著福爾摩斯，夫人臉色慘白，雙眼露出驚恐的目光。

女僕大喊道：「你真無恥！為何說我家女主人說謊呢？」

福爾摩斯從椅子上站了起來。

「你就沒有一句話要對我講嗎？」

「我以前全講過了。」

「夫人，請你好好想想，坦誠一點吧！」

過了一會兒，夫人那美麗的臉上呈現出猶豫不決的神情，而後又是種堅定不移的表情，最後陷入一種呆滯狀態。她茫然地說道：「我知道的全都說了。」

福爾摩斯把他的帽子拿了起來，聳了聳肩說道：「對不起。」我們什麼都沒多說，就離開了這間客廳，走出這棟房子。

庭院那邊有個水池，他向那裡走去。當時水池已經完全凍上了，但為了養隻天鵝，在冰面上打了個洞。福爾摩斯仔細地看了水池，然後繼續朝大門走去。他在門旁急匆匆地寫一封信給霍普金斯，交給看門的那個人。

他說道：「事情或許會成功，但也可能失敗。為了證實我們第二次沒有白來，我們必須幫助霍普金斯做些事，不過目前我還不能告訴你我們該做的事。我看，現在有必要去一趟阿得雷德，去那家南安普敦航線的海運公司的辦公室，那公司大概在這條街的盡頭。英國到澳洲的航線不只一條，不過我們還是先到那家較大的公司去吧！」

公司經理看到福爾摩斯的名片之後，立即會見了我們，福爾摩斯很快地

就得到了他所需要的情況。1895年6月，只有一艘船到了英國港口，這艘船叫「直布羅陀磐石號」，它可是最大的船了。在查過旅客名單後，發現了名字中有阿得雷德的弗萊澤女士及其女僕。現今這艘船正要開往南澳洲，在蘇伊士運河以南的某個地點。它與1895年相比，實際上沒有多大變動，唯一變動的就是把大副傑克·克洛克任命為「巴斯磐石號」的新船長。這艘船大約在兩天後將從南安普敦起航。船長家住西頓漢姆，他也許一會兒就來接受公司的指示，如果我們肯等的話，就一定能夠見到他。

福爾摩斯根本就不願見到他，可是又非常想瞭解這個人過去的一些表現與品行。

經理覺得他的工作表現非常好，船上的任何一個船員都比不上他。在為人方面，他更是一個老實可靠的人。不過一下船，他就變成一個粗暴的傢伙，情緒不穩定，易激動，不過他非常忠實、誠懇、熱心。我的朋友瞭解了這些情況後，我們就從南安普敦海運公司離開了，坐馬車來到蘇格蘭場。不過他根本沒有進去，依然坐在車裡不動，皺眉沉思著。不一會兒，他叫車夫趕車去查令十字街的電報局，拍了封電報，我們就回到了貝克街。

我們走進屋，他對我說道：「華生，不，我絕不能這麼做。傳票一發出便無法搭救他了。以前有過一兩次，我也意識到，因為查出罪犯而造成的損失比犯罪本身帶來的還大，我現在知道如何謹慎做事，眼下最好的辦法是欺騙英國的法律，並不是哄騙自己的良心。我們得多瞭解些情況，而後再採取行動。」

快到晚上了，霍普金斯到了。他的調查進行得不很順利。

「福爾摩斯先生，我覺得你就像個魔術師，有時候你就如同神仙一般。你又是如何知道在水池底下有丟棄的銀器呢？」

「你已經找到那些銀器了嗎？」

「找到了。」

「我真的很高興能夠幫助你。」

「不過你根本沒有幫我，而是讓事情變得越來越複雜了。他們偷了銀器，但又為什麼把它們丟進附近的水池呢？這又算是什麼樣的盜匪呢？」

「這種行為是挺奇怪的。我現在在想，既然不需要它們，為什麼還要偷呢？難道是為了製造偷東西的騙局而急於丟掉它們嗎？」

「可是你為何會產生這種想法呢？」

「我覺得是這樣子，假設強盜從窗戶那裡跳出之後，看見眼前就有水池，而且上面還有個洞，就認為藏在這裡很安全。」

斯坦利·霍普金斯大聲喊道：「是呀，這裡可是隱藏東西的最佳地帶，這下我可都明白了！當時天色還早，街上有很多人，他們恐怕手裡拿著銀器容易被人發現，於是就把它們沉入池中，並打算在沒人時再去取。這是個再恰當不過的解釋了，福爾摩斯先生，這要比你那個騙局的說法強。」

「是呀，你的解釋不錯，可以肯定的是我的想法也許不切實際。你得承認他們根本不能再找回這些銀器了。」

「是呀，先生。不過這可全都是你的功勞，我一點成就感都沒有。」

「為什麼？」

「福爾摩斯先生，今天上午那夥強盜在紐約被抓了。」

「哎呀，太棒了，霍普金斯！這就和昨晚他們在肯特郡殺人相悖了。」

「正是這樣，根本不相符合。但是除了那夥外，還有一夥強盜，也是三個人，也許警察對這三人還未聽說過吧！」

「是呀，這有很大的可能性，你打算如何去做？」

「福爾摩斯先生，如果我不把這案件搞清楚的話，我是絕對不會安心的。你能幫我嗎？」

「我早已告訴過你了。」

「什麼呀？」

「我告訴你那絕對是個騙局。」

「福爾摩斯先生，為什麼說是場騙局呢？」

「這當然是個問題。不過我只是為你提個建議而已，你或許認為這種看法是很合乎情理的。你不留下來吃飯嗎？那好吧，再見，把你最新最快的進展狀況告訴我們。」

我們吃過晚飯，收拾好桌椅。福爾摩斯又談起這個案件。他點著菸，換

上拖鞋，把腳放在火熱的壁爐前，突然間他看了手錶一眼。

「華生，我覺得事情很快就會有新的進展。」

「多久？」

「就在幾分鐘之內。我感覺得到你肯定認為我剛剛對霍普金斯的態度不太好。」

「我絕對相信你對此事的判斷。」

「華生，你回答得太巧妙了。你應該這樣想，我現在所掌握的情況都不是官方的，他掌握的均為官方的。我有能力做出對此事的分析與判斷，他根本不能。他必須把他所知的一切不遮不掩地講出來，否則的話，他就是不忠於職守。在一個未有結論的案子裡，我不想讓他處於不利的地位，所以我對我現在所知道的情況有所保留，只有確定後才能提出來。」

「多久才能確定呢？」

「快到時候了，現在你就會看到這古怪戲劇的最後一幕了。」

樓梯上傳來聲音後不久，我們的房門就被一位年輕男子打開了。他個子魁梧高大，留著金黃色的鬍鬚，眼睛為深藍色，皮膚有點黑，步伐敏捷迅速，這表現出他不光身強體壯而且還靈活敏捷。他隨手把門關上，雙拳緊握站在那裡，胸膛一起一伏，盡最大努力平息那難以控制的情感。

「請坐，克洛克船長，你收到我的電報了吧？」

我們這位客人坐在扶手椅上，用懷疑的目光逐個審視我們。

「我收到了你的電報，並且按照上面的要求準時來了，我聽說你曾去過我的辦公室。看來我無法逃脫了，先把最壞的情況告訴我吧，你原先想怎樣對付我呢？抓捕我？你快說，你不可以坐在那裡和我玩貓抓老鼠的遊戲！」

福爾摩斯說道：「華生，給他一支雪茄。克洛克船長，來，抽一支吧！你一定要控制住自己的情感。如果我把你當罪犯的話，就絕不在這裡和你一起抽菸了。你得相信我，把所發生的一切全部告訴我，我們可能會幫你想些辦法，最好不要耍花招，那樣的話我會毀掉你的。」

「你想讓我為你做點什麼呢？」

「一五一十地跟我講昨晚在格蘭其莊園所發生的事，要仔細地講出來。

我已經掌握了很多情況，如果你有任何隱瞞的話，我就會朝窗外吹警哨，到那時，我就再也管不了你了。」

客人想了一會兒，隨後用手拍了一下大腿。

他大喊：「碰碰運氣吧！我認為你算得上一個言出必行、遵守諾言的人，我就把全部過程告訴你吧！不過我先聲明一點，裡面如果涉及到我本人的話，我絕不後悔也不會害怕，這種事就是再來一遍，我也為之自豪。那個傢伙真的該死，他有多少條命，我就弄死他多少次！但是，涉及瑪麗，也就是夫人，為了她，我願用我的生命來換美人一笑。我只要想到她現在處於困境，就心痛不已。但是，我又別無他法。先生們，我把這件事告訴你們，請你們好好地替我想想，我還有別的辦法嗎？

「我必須從頭開始說起，好讓你們完全弄清楚。我猜測你瞭解到我們是在『直布羅陀磐石號』上相識的，那時她是旅客，我是大副。在我遇見她的那一天起，她就成為我心裡最想念的人。在旅行中，我越來越愛她，我曾多次在黑夜值班時跪在甲板上吻著甲板，就因為她剛走過那裡。她與我沒有什麼特殊的來往，也像其他婦女一樣對待我，但我並沒有任何怨言。我只是單相思而已，她對我只是個朋友。我們分開時她沒有任何牽掛，而我就不同了，總是牽腸掛肚。

「我第二次航海回來後，知道她結婚了。確實，她有自由與她深愛的人結婚，她有權享受一切，包括爵位與金錢。她與生俱來就應得到一切高貴美好的東西，我替她高興，我其實並不自私，反而覺得她有了好運，躲開了我這個不值得一提的水手，我就是這樣深愛著她。

「我從未想過還能與她相見。上次出航時，我被升職了，當時新船沒有下海，因此我只好與水手們在西頓漢姆等了兩個月。有一天，我在鄉村小道上走著，遇見了她的女僕特麗薩‧瑞特。特麗薩把她的詳細情況告訴了我，還有她丈夫所做的一切，先生們，我都快被氣炸了。那個醉鬼竟敢動手打她，我覺得他連舔她的鞋跟都不配。後來我又遇見過一次特麗薩，之後還見了瑪麗本人，再以後又見過一次，再後來她就不願見我了。但是突然我接到一個星期內出海的通知，因此我決定在出發前無論如何也要再和她見上一

面。特麗薩肯定會幫助我的，因為她愛她的主人，她與我一樣痛恨那惡魔。她把她們的生活習慣全告訴我了，瑪麗常常在樓下自己的小屋中直到很晚才去休息。昨天晚上我來到那裡，輕輕地敲窗戶，開始的時候，她不願打開窗戶，但是我感覺到她是愛我的，她絕不會讓我在深夜裡等在外面受凍。她小心地對我說，讓我拐到正面的大窗戶前。我拐過去時看到那窗戶是開著的，我就進了餐廳。我又一次聽到她親口說出讓我氣憤的事，我又一次詛咒那個混蛋這樣虐待我心愛的人，他簡直就是個野獸。先生們，我們兩個一直站在窗子後面，上帝可以作證，我們什麼都沒做，是清白的。就在這時那個人像瘋子一樣衝了進來，用世上最難聽的話罵她，而且還拿棍子向她的臉掄去，我抓起撥火棍，與他拼死搏鬥起來。瞧瞧我的手臂，他第一下就把我打中了。後來該我了，我像瘋了一樣打死了他。也許會認為我一定會後悔的，你就錯了，那時不是你死就是我亡，更重要的是當時不是他死就是瑪麗亡，我絕不能讓她留在那個瘋子身邊，這就是我殺他的全部過程，難道這算我的錯嗎？先生們，如果你們處在我這個位置，又能做些什麼呢？

「他打瑪麗時，她的尖叫聲使得樓上的特麗薩從屋裡下來了。餐具櫃上有酒，我把它打開讓瑪麗喝了一些，當時她真的嚇壞了，後來我自己也喝了一口。特麗薩那時特別冷靜，還為我倆出主意弄成強盜殺人的樣子。特麗薩教她的女主人編強盜的故事，後來我爬了上去切斷鈴繩，把瑪麗綁在椅子上，還把繩子末端弄成磨損的樣子，否則的話，你們肯定懷疑強盜為什麼要去割繩子呢？再後來我取出一些銀器，用來假裝莊園被劫。接著我就走了，並且商定在十五分鐘後報警。我把這些東西丟進水池，就回西頓漢姆去了。我認為這是我有生以來做的最偉大的一件事。這全是實情，福爾摩斯先生，你是否想讓我來償命呢？」

福爾摩斯一言不發地吸著菸，過了很久也沒講話。後來，他向我們的客人走去，只是握緊了他的手。

他說道：「你講的與我想的一樣，我明白你講的全部是事實。只有雜技演員或者水手才有可能從牆上的托盤上搆著鈴繩，我想除了水手以外，沒有人會在椅子上打那種結。這個人一定是夫人在曾經的一次旅行中遇見過的水

手，她用盡全力保護那水手，也正說明他與她的社會地位相當，同時也表示她非常愛他。因此，你知道我一旦掌握了正確的線索，找你非常容易。」

「我原先認為誰也不會識破我們的計謀的。」

「我確信那個警察永遠也不可能查出來。克洛克船長，雖然我承認你是在受到極為嚴重的挑釁之後才行動的，可是事情是嚴重的。我不能肯定你的自衛是否可以算作合法。這取決於大英帝國的陪審團。但我真的很同情你，所以你可以在二十四小時內逃脫，這裡絕不會有人攔阻你的。」

「這樣就可以沒事了嗎？」

「絕對沒事。」

水手的臉都被氣紅了。

「一個頂天立地的男子漢絕不能接受如此的建議。我懂得法律，我瞭解瑪麗會被判刑拘禁的，你覺得我會讓她一個女人來承擔如此嚴重的後果，而自己悄悄逃跑嗎？不，福爾摩斯先生，我不管怎樣被他們處置都行，不過看在上帝的份上，請你想個辦法別讓她受審。」

福爾摩斯又一次向這位水手伸出友好之手。

「我只想試探你一下，這回你又通過了一次考驗，但是我必須承擔很大的風險。我曾經對霍普金斯說過一點，如果他不善於思考的話，我就再也不管了。克洛克船長，我們會採取適當的法律形式給予解決。克洛克船長，你是犯人；華生，你是英國陪審員；而我是法官。陪審員們，你們對證詞已經完全掌握，應該判定有罪還是無罪？」

我說道：「無罪釋放，法官大人。」

「人們的呼聲就是上帝的呼聲，克洛克船長，你可以走了。只要法律找不到其他任何受害者，我向你保證，你絕對安全。在一年後，你再回到這位女士身邊，但願你們有美好的未來，證明我今夜的判決是正確的。」

失而復得的密信

　　我原先打算在《格蘭其莊園》發表之後，就不再記述福爾摩斯的一些光輝功績了。這並不是由於缺少什麼資料，沒有講的案例多得數不過來，也不是讀者不想瞭解這位英雄人物的優良品格與獨特的興趣。更重要的原因，福爾摩斯不想繼續發表他的經歷了。其實，記錄這些業績對他的偵破工作有很大的好處，不過他堅持要離開這裡——倫敦，想去索塞克斯的丘陵地帶，到那裡研究學問與養蜂，於是對繼續發表他的經歷不再感興趣了，而且再三叮囑我必須尊重他的意願。我跟他說，我對讀者已經承諾過要發表《失而復得的密信》，之後我也將結束這些故事。以一個重要的國際性案件告終，是最適合不過了。最後我得到了他的允許，要把這個案件認真仔細地告訴讀者。在講這個故事的時候，有些細節可能顯得不太清楚，請公眾原諒我不得已的苦衷。

　　在某一年的秋天，是一個星期二的上午，兩位馳名歐洲的客人來到我們簡陋的住所。一個是貝林格勳爵，他曾連任兩屆英國首相，有高聳的鼻樑，炯炯有神的眼睛放射出無限光芒，相貌特別嚴肅。另一位有淺黑的膚色，清秀好看的面目，舉止端莊文雅，雖未到中年，但看起來閱歷廣博，他就是負責歐洲事務的大臣特里勞尼・霍普，也是英國最有發展前途的政治家。他們倆肩並肩地坐在長沙發椅上，從他們那焦慮不安的神色中可以看得出來，他們來這裡，一定是有要事相求。首相雙手緊握著那把傘的象牙柄，手上青筋暴起，他看看我們，憔悴冷淡的臉上呈現出無限的哀怨，那位大臣更是心神不寧地弄著鬍鬚，時而又摸摸錶鏈墜子。

亞瑟・柯南・道爾

「福爾摩斯先生，今天上午八點鐘，我發現有重要文件丟失，就趕緊報告給首相，按照他的意見，我們立即就來找你了。」

「您報警了嗎？」

首相說話很快又很果斷，他說道：「沒有，我們絕不能這樣做。如若報警的話，就意味著把這些公布於眾，這絕不是我們想要的。」

「先生，這又是為什麼呢？」

「因為這文件太重要了，一旦向公眾公布就有可能引起歐洲形勢的複雜化，甚至還會涉及到戰爭與和平的問題。把文件追回，這件事必須嚴守秘密，否則沒有一點意義，因為偷竊文件的目的也是為了公布文件的內容。」

「我明白了。特里勞尼‧霍普先生，請您準確地講一下文件遺失的具體狀況。」

「好的，福爾摩斯先生，想把它講明白用幾句話就可以。在六天前，我們收到一封外國君主寄來的信。這信事關重大，我真的不敢把它放進保險櫃，而是每天都把它帶到白廳住宅街的家裡，並把它鎖在臥室的文件箱裡。昨晚信還在，這是千真萬確的，當換衣服要吃晚飯時，我把箱子打開，那時文件還在。但是今天上午文件不見了。文件箱一整夜就放在臥室梳粧檯鏡子的旁邊。我們夫妻睡眠非常淺，我們都確信夜裡沒人進來過，但文件就是沒有了。」

「您幾點吃晚飯？」

「大概七點半吧！」

「您在休息之前都做了些什麼？」

「當時我妻子外出看戲。我一直坐在外面等到十一點半，我們才進屋休息。」

「也就是說，有四個小時沒有人看著那文件箱。」

「除了我貼身的傭人與我妻子的女僕早晨可以進這間屋外，其他任何時候絕對不讓任何人進屋的。這兩個人非常可靠，他們在這裡工作也有一段時間了。並且那個時候，他們倆絕不可能知道在我文件箱裡放著非同一般的公文。」

「會有誰知道這封信的存在呢？」

「家裡所有的人都不知道。」

「您妻子對此事應該知道吧？」

「不，先生。直到丟信的上午我才跟她說了實話。」

首相稱讚地點點頭。

他說道：「先生，我早有耳聞您有很強的工作責任心，我確信對於您來說，這樣重要的信件的保密性，大大高於最親密的家庭關係。」

這位歐洲事務大臣點了點頭。

「您說得很公道。在今天早上之前，我一個字也沒提到過這封信。」

「她有可能猜得到嗎？」

「絕不可能，誰都不可能猜出來。」

「以前發生過類似丟失文件的事嗎？」

「沒有，先生。」

「在英國國內，是否還有人清楚有這封信呢？」

「昨天剛剛把這封信通知各位內閣大臣，每天內閣會議都要強調保密一事，昨天會上首相還鄭重地提醒大家一定要守住這個秘密。天呀，這還沒過幾個小時，我自己卻把那封信給弄丟了！」他用手使勁地抓著自己的頭髮，神情沮喪，以致他英俊的面容都扭曲了。我們都看出了他是個待人熱情、情感極易衝動又很敏感的人。緊跟著他臉上高貴的神情又回來了，語氣極其溫和。

「除了那些內閣大臣外，可能有兩三名官員瞭解這封信的事。福爾摩斯先生，我確信除上述之人外，英國肯定再沒有人清楚這件事了。」

「國外呢？」

「我肯定除了那個寫信的人之外，絕不會有其他人看過這封信了。我十分肯定寫信人絕對沒有通知過他的大臣們，這件事並不是按通常的官方管道辦的。」

福爾摩斯思考著，過了一會兒說道：「先生，我必須問您一下，這封信到底寫了些什麼內容，丟失它會有怎樣的重大後果呢？」

這兩個人快速交換了一下眼神，首相眉頭緊鎖，說道：「信封薄而長，淡藍色的，信封上還有紅色的火漆，上面蓋著蹲伏獅子的印記，收信人的名字寫得又大又醒目……」

福爾摩斯說道：「您講的這些內容是挺重要，也應值得重視，不過為了調查清楚，我必須把信的內容弄清楚。」

「那可是非常重大的國家機密，我不想告訴你，因為我覺得沒有那個必要。如果你能夠找到我所說的那個信封與信的話，你會得到重大獎賞的，我們將給你我們權力範圍內最大的報酬。」

夏洛克・福爾摩斯面含笑容，站起身。

他說道：「你們兩位可是英國最忙的人，不過我這個小小的偵探也有很多事要做。我很抱歉幫不了你們，再繼續下去也是浪費時間。」

首相突然起身，在兩隻深陷的眼中迸射出一種令人驚慌恐懼的凶狠目光。他說道：「你敢這麼對我說話……」但他還是抑制住了滿腔怒火，再次回到位置上。大概有一兩分鐘，我們靜靜地坐在那裡，誰也不講話。這位政治家聳了聳肩說道：「福爾摩斯先生，我接受你提出的意見，你完全正確。我想只有對你完全信任，才能有好的成果。」

那位年輕的內閣大臣說道：「我同意您的意見！」

「我信任你和你的同事華生醫生的聲譽，所以我會把實情全都告訴你們。我確信你們一定有非常強烈的愛國心，如果這件事一旦洩露，會給我們國家帶來難以想像的損失與災難。」

「您可以放心地信任我。」

「一位外國君主，對我們發展迅速的殖民地感到憤恨而寫了這封信。信是匆匆忙忙寫成的，並且完全出於他個人的意見。調查顯示他的大臣對此完全不知情。我可以看出他寫得並不怎麼得體，裡面有的問句帶著挑釁意味，這信要是發表的話，肯定會把所有英國人激怒的，這封信會引起一場戰爭的。」

福爾摩斯在一張紙條上寫了個名字，並交給首相。

「是呀，正是他。這信不知怎麼就丟失了，它很可能會引起幾億英鎊的

損耗和幾十萬人的犧牲。」

「您通知寫這封信的人了嗎？」

「通知了，先生。剛剛給他發過密碼電報。」

「或許他是希望發表這封信的。」

「不是這樣的，我們相信寫信人早已感覺到他這樣做有失慎重，又太急躁了。如果要公開這封信的話，對他本國的打擊要比對我們國家的打擊更嚴重幾倍。」

「要是這樣的話，公布這封信符合哪些人的利益呢？那又為何會有人要偷盜並公布它呢？」

「福爾摩斯先生，這可是涉及到國際政治關係了。如果你想一下眼前這種歐洲局勢，就肯定能夠看出這裡的玄機了。整個歐洲大陸全副武裝，其中有兩個軍事聯盟旗鼓相當，大不列顛持中立，維持著它們之間的平衡。如果英國無奈與任何一個聯盟交戰的話，一定會使另外一個聯盟佔盡好處，不管它們參戰與否。你明白了嗎？」

「您說得非常明白。很清楚是這位君主的敵人想弄到它並把它見諸報端，以此使兩國交惡。」

「是的。」

「如果這份文件落入敵人的手中，他將把這封信交給誰呢？」

「不管交給歐洲哪個國家的大臣都可以，或許這個人正往目的地趕。」

特里勞尼・霍普先生低下了頭，而且嘆息了一聲。首相把手放到他肩上以示安慰，並且說道：「親愛的朋友，這件不幸的事情，不能怪罪你，你並未疏忽大意。福爾摩斯先生，你已經完全瞭解了事情的經過，你認為現在該做什麼呢？」

福爾摩斯無可奈何地搖了搖頭。

「先生們，你們認為如果找不到這封信的話，就一定會發生戰爭嗎？」

「我覺得有一定的可能性。」

「好的，先生們，那就做好打仗的準備吧！」

「福爾摩斯先生，可是信不一定找不回來呀！」

「請仔細地想一下，在夜裡十一點半以前，文件肯定被人取走了，因為霍普夫婦從那個時候起就沒離開過臥室。也就是說在七點半到十一點半之間信被偷走的，也許是在七點半多一點時偷的。因為小偷瞭解到文件在密碼箱裡，肯定想盡快弄到手。好了，那封信在哪裡呢？這封信誰也不可能把它扣留，他一定以最快的速度交給需要它的人。現在我們還有什麼機會找回這封信或是追查信在哪裡呢？我們無能為力啊！」

首相突然從長沙發椅上站了起來。

「福爾摩斯先生，你講的有一定的邏輯性，我意識到我們再也無能為力了。」

「為了偵破這案件，我們假設信是由女僕或男僕拿走的……」

「他們全是經受過考驗的老傭人。」

「我聽您講過，您的臥室在二層，那裡又沒有連接樓外的門，有陌生人從外面進去不可能不被人發現。所以我相信肯定是被家中的什麼人給拿走的。那麼他會把信給誰呢？我們非常熟悉國際間諜或國際特務，有三個人很可能是他們頭領，我要逐個調查，看看他們在不在，如果某一個失蹤了，尤其是昨晚不見的，那麼我們不就知道文件落在誰手裡了嗎？」

歐洲大臣問道：「可是他為何要離開呢？他也可以把信送到各國駐倫敦大使館呀！」

「我認為這不可能，這些人肯定是獨立工作，他們與大使館的關係不太好。」

首相點頭表示同意。

「福爾摩斯先生，我覺得你講得很正確，他必須親自將這寶貴的東西送回總部，你所採取的步驟完全可行。霍普，我們絕不能因這件事而把其他的事給忽略了。如果今天有新的情況的話，我們會快速地告訴你，也請你把你的調查結果告訴我們。」

兩位政治家告別後，表情嚴肅地離開了我們的住處。

在兩位走後，福爾摩斯默默地把菸點上，坐下來在那裡沉思了許久。我把晨報打開，一絲不苟地看一件昨夜發生的駭人聽聞的殺人案。就在這個時

候，我的朋友長嘆一聲，站起身，把他的菸斗放在壁爐架上。

他說道：「只能這麼辦了，沒有其他更好的辦法了。情況極其嚴重，還好沒有徹底絕望，現在唯一要做的就是弄明白是誰取走的，或許現在這封信還在這個人手中而未拿去交給總部。對他們來說，只是想多要些錢罷了。我們有英國財政部，絕不怕他抬高價錢，只要他肯賣，我不管多少錢都買。可以想像得出他持有這封信，是想看看哪一方出的錢多。敢做這件事的人只有奧勃爾斯坦、拉羅希爾與艾杜阿多‧盧卡斯三個人，我得分別去找他們。」

我看了手中的報紙一眼。

「是戈道爾芬街的艾杜阿多‧盧卡斯這個人嗎？」

「是呀！」

「你肯定再也看不到他了。」

「為什麼呢？」

「他昨晚被人殺了。」

在我們查案的過程中，總是他讓我驚訝，而這次正好相反，是我讓他吃了一驚，我不免心中有些喜悅。他驚訝地盯著報紙看，隨後把它從我手中搶了過去。又從椅子上站起身，認真地讀了一段。

西敏寺殺人案

昨晚在戈道爾芬街十六號發生了一樁神秘殺人案。這條街位於泰晤士河和西敏寺之間，差不多被議院樓的影子遮住，在安靜的街道兩邊都是十八世紀的古老住宅。十六號是幢小巧別緻的房子，倫敦著名社交人士艾杜阿多‧盧卡斯先生在這裡居住許多年了。他和藹可親，待人友好，享有「英國最佳業餘男高音」的美譽。盧卡斯先生，今年三十四歲，未婚，家中還有女管家波林格爾太太與男僕密爾頓。女管家在閣樓上住著，早早地就去睡了。當時男僕外出探望一位朋友，那個人住在漢莫爾斯密。大約在十點以後，家裡就剩下盧卡斯先生一個人了。十一點四十五分，警察巴瑞特巡邏時經過這裡，看見十六號大門半開著，敲門時卻沒人應答。他看見前面屋中有光，就走進過道那裡敲門，還是一點動靜都沒有。而後他推門進屋，當時屋內亂七八

糟，一邊的家具差不多全倒下了，有把椅子在屋中央倒著。死者就躺在椅子旁邊，一隻手還抓著椅子腿不放，一定是被刀子刺進了心臟，當場就死了。殺人犯用的是把彎曲的印度匕首，是原來掛在牆上作為裝飾品的東方武器。凶殺動機並非搶劫，因為屋中任何貴重物品都沒有丟失。艾杜阿多·盧卡斯先生很出名，非常受人喜愛，所以他這樣悲慘而神秘的死亡，肯定會引起許多友人的深切同情與關注。

福爾摩斯過了一會兒才問道：「華生，你覺得這件事該怎麼考慮？」

「這也許就是個偶然的巧合罷了。」

「巧合！他可是我剛才講的三個人當中最可能拿到那文件的人，這場戲剛要演出時，他卻慘遭殺害。種種跡象顯示，這絕非巧合。這或許不太準確，親愛的華生，這兩件事的發生是應該有一定關係的，而且還互相聯繫在一起，我正想要找出二者之間的關係。」

「現在警方一定對此非常清楚了！」

「不，他們所知道的就是在戈道爾芬街所見的那些。關於在白廳住宅街發生的事，他們一定不清楚，將來也絕不會知道。而知道這兩件事的，只有我們兩個人，而且還能搞明白這二者的關係。不管怎樣，有一點讓我懷疑他，這就是：從西敏寺區的戈道爾芬街走著到白廳住宅街只需要幾分鐘，而我講的另外兩個特務均住在倫敦西區的盡頭。所以，能和歐洲事務大臣的家人建立友好關係進而得到消息的人非盧卡斯莫屬，這本身雖說是件小事，但從作案時間上考慮，能在幾個小時內把東西弄到手，這一點就非常重要了。看誰來了呀？」

赫德森太太端著托盤進來了，裡面放著一張女士名片。福爾摩斯看了看名片，如同看到了希望一樣，隨手就把名片交給我。他對赫德森太太說：「快，請希爾達·特里勞尼·霍普夫人進來。」

在這個簡陋的房子中，那個早晨，在我們接待了兩位名人後，一位倫敦最可愛的女人又來了。我經常聽說貝爾明斯特公爵的小女非常美麗，可是不論別人對她的讚賞還是她自己的照片，都使我未能想到她會如此美麗，如此

婀娜多姿和美豔動人。不過，這般美麗的婦人，在那個秋天的上午給人的第一印象卻不是美麗。她雙頰雖美，但由於過分激動而顯得蒼白；兩眼雖然非常明亮，但顯得過於急躁不安；也許是為了盡力抑制自己吧，她薄薄的嘴唇緊緊地閉著。當她直直地站在門口時，最先感覺到的並不是她的美麗可人而是她那恐懼的神情。

「福爾摩斯先生，我丈夫剛剛來過這裡了嗎？」

「是的，太太，他已經來過了。」

「福爾摩斯先生，我請求你不要對他講我曾來過。」

福爾摩斯冷冷地點了點頭，指著那把椅子讓她坐下。

「夫人，您使我很為難。請您坐下講您有什麼要求，不過我恐怕不能無條件地答應一切。」

她向屋子的另一側走去，背靠窗戶坐下。那風度就像個高貴的公主，身材苗條，姿態優雅高貴，女性魅力十足。

她兩手戴著白色的手套，時而握在一起，時而分開。她說道：「福爾摩斯先生，我甘願把所有的事情都向您講了，同時我希望您也能對我坦誠些。我們夫婦不管做什麼事都彼此信任，就除了一件事，那就是在政治方面的問題，他在這一點上從來什麼都不對我講。現在我剛剛知道昨晚有一件非常不幸的事在我們家發生了，一份文件丟失了。因為這與政治有關，他也就沒有和我說清楚。事情一定非常重要，我已經完全徹底地弄明白這件事了。除了那幾位政治家外，也就只有您對這件事瞭解得最為清楚了。福爾摩斯先生，我請求您把那晚發生的事告訴我吧，也把因此而造成的後果再講講吧！請您不要覺得因為說出來會對我丈夫利益有損而對我有所隱瞞。我覺得您只有對我非常信任，他的那些利益才有可能得到保障，他遲早會清楚這一點的，請您把我丈夫所丟失的到底是什麼樣的文件告訴我吧！」

「夫人，我實在不能說。」

她長嘆一聲，用雙手捂住了臉。

「夫人，您得清楚，我必須這樣做。您的丈夫覺得您還是不瞭解此事為好。對我來說，這是職業所在，我保證絕不會洩露一點情況，我絕不可以講

出他不讓我說的話，您最好還是去問他本人吧！」

「我曾問過他。我是沒辦法了才來找您的，福爾摩斯先生，現在您不願清楚地把事件告訴我，您是否能給我一點點的啟發呢？這樣的話，也許會對我有很大幫助的。」

「夫人，這點啟發到底指什麼？」

「我丈夫的政治生涯會因此而受到威脅嗎？」

「只有糾正錯誤，才有可能避免惡劣的後果。」

「啊？」她長長地嘆了一口氣，像是疑團一下被解開了一樣。

「福爾摩斯先生，我還有一個問題。在這件事剛剛發生時，我丈夫的表情真的非常震驚，當時我就明白了一切，這件東西的丟失肯定會在全國範圍內引發可怕的惡果。」

「如果他這樣說的話，我當然不會反對。」

「丟失它後，可能造成怎樣的後果呢？」

「不，夫人，這個我絕不能回答。」

「好吧，我就不耽誤您的時間了。福爾摩斯先生，我絕不會責怪您謹慎的言詞，而我也非常相信您不會多講我的事。因為我想幫助他，為他分憂解難，即使他不願我這樣做。我請求您，不要告訴他我來過這裡。」

她向門口走去，回頭又看了我們一眼，她那美麗可人與焦躁的面容，加之她那受到驚嚇的目光與緊閉的雙唇，給我留下了極為深刻的印象。她走出了房門。

裙子摩擦地板的聲音漸漸消失了。這時，福爾摩斯卻微笑著對我說道：「華生，你對女性應該有所研究吧！這位外貌美麗的夫人在搞些什麼把戲呢？她真正的目的到底是什麼呢？」

「她的意圖講得非常明白，而且她所表現的焦慮不安更是自然極了。」

「哼！華生，你看她那神情、態度與那被抑制的焦慮不安，還有那一再提問的表情。你應該知道她的身世吧，她不應該很容易就把表情顯露在外的。」

「她的樣子確實非常激動。」

「你應該記得，她總是在懇求我，說只有她瞭解了一切，才對她丈夫有好處，她說這話時到底有什麼意思？」

「我想你一定也注意到了，她的背靠窗，是不想讓我們看清她當時的神情。」

「對呀，她好像特意挑了那把背光的椅子。」

「女人的心理最難猜測了。也是相同的緣由，我也曾猜疑過瑪爾蓋特的那個女人，也許你還記得吧，我只從她的鼻子未擦粉而得到啟發，最終還是把問題給解決了。你絕不能這樣輕信別人的言詞。有時，她們一個細小的動作很可能包含重大意義，完全可以暴露出她們的反常。」

「你現在要出去嗎？」

「是呀，今天上午我想去戈道爾芬街與蘇格蘭場的朋友們一起消磨這段時間。我們要解決的問題和艾杜阿多·盧卡斯有很大的關聯。不過到底要用怎樣的方法加以解決，我真的沒有一點頭緒。事情還未發生就下結論，這樣做太武斷了。親愛的華生，在家好好接待客人，我盡早歸來和你共進午餐。」

從那天算起，已經過去三天了，福爾摩斯一直沉默不語，我知道他在那裡苦思冥想，不過外人很可能不這麼認為。他進來出去，連續不斷地抽菸，時而拉幾下小提琴，時而陷入幻想當中，同時也不按時吃飯，也不愛搭理我。很明顯，他的調查進行得並不順利。關於這個案件他一句話也沒說過，我只是從報紙上得到了隻言片語，比如死者的僕人約翰·密爾頓被抓了，但後來又釋放了。驗屍官指出這是件蓄意謀殺案，但是弄不清楚案情以及當事人。殺人動機更不清楚了。屋中雖說有許多貴重物品，可是絲毫沒動過，死者的文件同時也沒有被人查看過的跡象。對死者的文件書稿詳細查看後，獲悉他熱衷於研究國際政治問題，是個非常棒的語言學家。他平常有許多書信往來，認識好幾個國家的主要領導人，不過沒有發現值得懷疑的文件。關於他與女人的關係，很雜亂，但都交往不深。他認識很多女人，但真正的女朋友卻很少，更談不上對哪一個情有獨鍾了。他並沒有特殊的生活習慣，行為非常有規矩。他死得很神秘，完全是個謎。

對於僕人約翰・密爾頓的被抓，只不過是一點沮喪失望之後的多餘行為罷了，以此來避免人們認為當局無所事事。當天晚上，那個僕人去了一個叫漢莫爾斯密的地方探望朋友，有充分證據證明當時他並不在案發現場。從他起身回家的時間來推算，他到西敏寺時，應該還未發生這件謀殺案。不過他向我們解釋指出，當天晚上夜色很美，為此他步行了一段路，所以回家時已是十二點了，剛到家時就被眼前的一切嚇壞了。他和主人的關係一直很好。在僕人的箱子中發現了些與死者有關的東西，其中一盒刮臉刀引起人們的關注，不過約翰・密爾頓解釋說那是他主人送給他的，並且女管家也證明了這件事的真實性。盧卡斯僱用密爾頓已經有三年了，他從沒有帶密爾頓去過歐洲大陸。有時他在巴黎住很長一段時間，而他的僕人就留在戈道爾芬街看家。女管家在出事當晚，說沒聽到有什麼聲音，如果有客人來的話，那也是主人本人請來的。

我一連三天都沒有在報紙上看到有關這個案件的消息。也許我的朋友瞭解更多的情況，可是他到目前為止並沒有講出來。不過他告訴我，偵探雷斯瑞德把他掌握的全部情況全都告訴了他，我也相信他能夠迅速瞭解破案的進展情況。一直到第四天上午，報上把一封從巴黎發來的很長的電報刊登了出來，所有的問題看起來已經都解決了。電文如下：

巴黎警方當局已經有所發現（據《每日電訊報》報導），這可以徹底揭示艾杜阿多・盧卡斯先生之死的謎團。讀者或許仍記得，盧卡斯先生是星期一晚上在戈道爾芬街自己的住所被人刺死的。他的男僕曾經被懷疑過，後經調查他因不在場而獲釋。昨天曾經有幾個僕人來警局報告說他們的主人亨利・弗內耶太太精神不正常，她住在奧斯特里茲街外的某棟小房子裡。經有關部門證明，弗內耶患有狂躁症，這個病非常危險。根據查證，星期二自她從倫敦回來後，有一些行蹤與西敏寺殺人案有關。經多方查證與核對照片後，當局覺得亨利・弗內耶和艾杜阿多・盧卡斯是同一人，死者或許出於某種原因，分別在巴黎和倫敦輪流居住。弗內耶太太是克里奧爾人，性情怪異，容易激動，由於嫉妒而變得癲狂，據估計病人可能由於癲狂症發作而持

匕首行凶，以致引起整個倫敦震動。

到目前為止，對星期一晚上病人的所有活動還沒有查清，不過星期二早晨，在查令十字街火車站，有位外貌酷似她的婦女，由於外貌奇特，舉止又非常狂躁，而特別惹人注意。所以，有人認為她那時可能處於癲狂狀態而把人給殺了，或許殺人之後又變瘋了。到現在為止，她還不能完全清楚地講述她過去做了什麼，醫生認為沒有一點希望能讓她恢復健康了。有人證實在星期一晚上有位女士來過戈道爾芬街，還盯著那棟房子長達好幾個小時，也許那就是弗內耶太太。

福爾摩斯將要吃完早餐時，我把這段電文讀給他聽，還說道：「福爾摩斯，你覺得這段報導是什麼意思呢？」

他站起身，在屋裡來回走動，他說道：「華生，你還挺能沉住氣的，什麼話都不說。我在過去的三天什麼都不說，主要是因為沒什麼要講的，現在從巴黎來的這個消息，對我們來說還是沒用。」

「總與盧卡斯的死有點關係吧？」

「盧卡斯的死純屬意外，它與我們的真正目的——找出文件來避免那場歐洲災難相比，實在是小事一樁。在過去的三天裡唯一重要的事情，就是什麼事都沒發生。這兩天以來，每過一小時我就會收到一次政府報告，可以肯定整個歐洲的任何一個地方都沒有產生不安的跡象。如果這封信已經丟了的話，不，絕不可能丟失，可是它現在又在哪裡呢？它在誰手裡呢？出於什麼原因而扣掉這封信呢？這些疑問好像一把錘子，不停地敲打我的腦袋。盧卡斯的死與信件的丟失，難道真屬巧合嗎？他真的收到過信嗎？如果收到了，又為何不見了呢？難道真是他的癲狂妻子拿走了嗎？如果這樣的話，信難道在她巴黎的家中？我怎麼能夠做到不引起巴黎警方的注意而把信找到呢？親愛的華生，在這個案件上，不但罪犯和我們為難，連法律也和我們作對。人們都在阻礙我們，但事關重大，如果我非常順利地偵破這個案件，那會成為我最輝煌的一頁。啊，又有了新進展！」他匆忙地看了一眼手中的信，說道：「好像雷斯瑞德已經查到了一些重要情況，華生，把帽子戴上，我們一

起去西敏寺區。」

這可是我第一次來到這裡，這裡的房子很高，外表看似陳舊，但是布局非常嚴謹，美觀大方，結實耐用，帶有十八世紀的建築風格。

雷斯瑞德正在前面的窗戶那裡朝外面看，一個大個子警察為我們打開了門。雷斯瑞德熱情地朝我們跑過來以示歡迎。我們進屋一看，除了地毯上有塊形狀不規則的、非常難看的血跡外，什麼也沒有了。在屋子中央放了一塊方形地毯，周圍是由小木塊拼組成的美麗的日式地板，地板被擦得很光亮。被繳獲的武器掛在壁爐那邊的牆上，殺人用的武器就是其中的一把匕首。在窗戶旁放有一張非常貴重的辦公桌，屋中的任何一件擺設都顯示出了它的精美豪華。

雷斯瑞德問道：「你看過巴黎那邊的消息了嗎？」

我的朋友點了點頭。

「這回我們的法國朋友好像抓住了事情的要害，他們講得合情合理，當時她正在敲門。這或許是出乎意料的來訪，因為死者很少與外界接觸，但他絕不會讓她單獨一人站在大街上，所以才讓她進來了。弗內耶太太對死者說她找了他好久，而且還責怪了他。事情是互相關聯的，牆上有匕首，所以用起來很方便。不過，不一定一下子就把他給殺死了，你再看看周圍椅子幾乎都倒向一邊，而且盧卡斯手裡還拿了把椅子，他或許正用椅子抵擋她。似乎事情很明白了。」

福爾摩斯眼睛睜得大大的，盯著雷斯瑞德看。

「為什麼還要把我找來？」

「啊，那是另外一件小事，不過你肯定會感興趣的。因為這件事非常特別，也和你想像的一樣，一反常態。這和主要事實無關，至少從表面上看好像是這樣。」

「這到底又是怎麼一回事呢？」

「你應該瞭解每當這類案件發生時，我們總會小心翼翼地保護現場，派人日夜看守，不許動任何一樣東西，也確實沒有人動過什麼東西。今天早晨，我們想要把這個人埋了，畢竟現在調查也結束了，所以我們打算整理一

下屋子。這個地毯根本沒有被固定在地板上，只是作為擺設放在那裡，我們碰巧把它掀開了，結果發現……」

「什麼？快說你發現了……」

我的朋友的表情由於著急而顯得更加緊張。

「我保證就算給你一百年的時間，你也永遠猜不出我們發現了什麼。你看見地毯上那灘血跡了嗎？大部分血跡早已滲過地毯了吧？」

「應該是的。」

「不過在相應的白色地板上根本沒有發現血跡，對這一點你不感覺奇怪嗎？」

「為什麼會沒有血跡呢？不過，一定——」

「儘管你說應該有，一定有，但實際上就是沒有。」

他手握地毯的一個小角，把它翻了過來，來證明他講的話是對的。

「地毯下面的血跡應該是相同的，肯定能夠留下痕跡。」

雷斯瑞德把我的朋友搞得疑惑不解，於是洋洋自得地笑了起來。

「現在就讓你看看吧，這裡有第二處血跡，不過與第一處的位置不相同，你仔細看看。」

他邊說邊掀開地毯的另一角，這塊潔白的地板上露出了一塊紫紅色的血跡。「福爾摩斯先生，你看這是怎麼回事？」

「很明顯這本應該是兩塊相同的血跡，不過有人動了手腳。這塊地毯是方形的，並未釘牢，很容易移動。」

「福爾摩斯先生，我們警方不需要你告訴我們地毯一定轉動過了。這是顯而易見的，因為地毯上的血跡應正巧蓋在地板的血跡上。不過我想知道是誰移動了地毯，為什麼要移動地毯呢？」

我從福爾摩斯那呆滯的表情上看得出來他的內心很激動。

過了一會兒，他問道：「雷斯瑞德，是否門口的那位警察一直沒有離開過這裡呢？」

「是呀！」

「按照我的話去做，你仔細地問問他。最好不要當著我倆的面。把他

帶到後面的屋子裡，你單獨和他談談，或許他會講實話。問他為何那麼大膽隨便放人進來，並且把那個人單獨留在房間裡，絕不能問他是不是讓人進來過，而要說你知道有人來過了，向他逼問，告訴他坦白一切是對他有好處的。記住一定要這樣做！」

雷斯瑞德走了，福爾摩斯這才歡喜若狂地對我說：「華生，你瞧吧！」他無法掩飾住內心的喜悅，精神抖擻，與剛才那平靜的樣子判若兩人。他快速地把地毯拉開，趴在地上，盡力地想抓起每塊方木板。他連續不斷地用手指掀木板，突然發現一塊木板活動了，如同箱子蓋般被翻起來了。下面有個小洞，我的朋友快速地把手伸了進去，不過抽回時，表情難看極了。沒想到洞裡是空的。

「快來，華生，把地毯放好！」剛剛把木板放好，地毯收拾好，就聽見過道裡有雷斯瑞德的說話聲。我的朋友一副懶懶的樣子，靠著壁爐架，無事可幹，看起來很有耐心，一邊用手擋嘴，打著呵欠。

「福爾摩斯先生，很抱歉，讓你久等了，你有點不耐煩了吧！他招認了。麥克弗遜，過來把你辦的好事跟他們兩位講講吧！」

那個大個子警察，滿臉通紅，一臉懊悔、痛苦的樣子，輕輕地走了進來。

「先生，我真的沒想幹壞事。昨天，有一位年輕女士來到這裡，她說她把門牌號碼給弄錯了，我們倆就聊了起來。一個人整天在這裡守著不動，真的非常寂寞。」

「後來又怎麼了？」

「她說很想看一看凶案現場，說她曾經在報上看到過。她是個很體面大方的女人，我覺得讓她看看又有何妨。她一看到毯子上的血跡，就昏倒在那裡了，如同死了一般。我趕緊跑向後面弄了些水來，但還是沒能把她弄醒。後來我又去『常春藤商店』買了白蘭地，但等我把酒拿回時，她早已醒來並走掉了。我覺得這是因為她不好意思，不敢再見我了吧！」

「可是地毯為什麼會被移動了呢？」

「我回來的時候，看到地毯有些不平。你想想看，她倒在了地毯上，

而地毯又沒有固定在光滑地板上，所以就弄得不平了。而後我把地毯弄平整了。」

雷斯瑞德嚴厲地說道：「麥克弗遜，這回算作教訓，下不為例。你肯定認為你對工作不負責不會被人發現，不過我只要看一下地毯，便知道有人進來過，沒丟什麼東西算你運氣好，否則的話，少不了要吃苦頭。福爾摩斯先生，為了這點小事，請你來真對不起。或許你對這兩塊不同的血跡會感興趣。」

「是的，我非常感興趣。警官，這位女士就來過一次嗎？」

「是的，只來過一次。」

「你認識她嗎？」

「我不知道她是誰。她是看廣告來這一帶應徵打字的，走錯了門，是位和藹可親的年輕女士。」

「個子很高，是嗎？非常漂亮？」

「一點也不假，她外表非常好看，也很有氣質。她說：『警官，請您讓我看一下吧！』她很有方法，還會攀交情。我本來想讓她從窗子那裡看看，我覺得那樣做沒什麼。」

「她打扮上有什麼不同？」

「很高雅，穿了一件拖到腳面的長裙。」

「在什麼時候？」

「當時天剛剛黑下來，我買酒回來時，人們早已點上燈了。」

福爾摩斯說道：「太棒了。走吧，華生，我們還必須到別的地方去，還有一件非常重要的事要做。」

我們離開這裡時，雷斯瑞德依然留在前面的屋子裡，那位警察為我們開門。福爾摩斯走到台階那裡，轉過身時，手裡拿了件東西，這讓那位警察大吃一驚，一動不動地盯著我們，大喊道：「天啊！」我的朋友把食指貼在唇上，示意別講話，而後把這個東西放進衣袋裡，得意洋洋地走到街上，這時他放聲笑了。他說：「你放心吧，絕不會有戰爭了。特里勞尼·霍普先生的光輝前景也絕不會受到什麼影響的，那位不太謹慎的君主更不會受到懲罰

的，首相也不必擔憂歐洲局勢會有怎樣的複雜變化了。只要我們運用些手段，這件事肯定會很好地得到解決的。」

在我心中，他真的成為一位特殊又特別的人物了。

我忍不住大喊道：「你已經把問題弄清了嗎？」

「華生，我還不能下定論，還有幾點沒有完全弄清楚。不過就我們現在所掌握的，已經挺多了。如果還不能把其他的問題弄清楚，那就是我們無能。現在我們得去一趟白廳住宅街，來了結此事。」

當我們到達歐洲事務大臣官邸之後，我的朋友要找的卻是希爾達‧特里勞尼‧霍普夫人，我們進了屋。

這位夫人一臉憤怒地說道：「福爾摩斯先生，你太不講信用了，也不公平，更不寬厚。我已經跟你解釋清楚了，我希望你能為我保密，以免我丈夫以為我干涉他的事務。可是你為何要來這裡，以示我們之間有什麼事務聯繫，來損害我的聲譽。」

「夫人，沒有辦法呀！既然我受人之託找回那封非同一般的信件，只能請求您把它還給我了。」

這位夫人忽然站起身，美麗的容顏變得非常難看。她那雙眼盯著前方，身體不停地顫抖，讓我以為她會暈倒。她勉強打起精神，盡力使自己保持平靜，剎那間，她臉上極其複雜的表情完全被憤怒與驚訝掩蓋了。

「福爾摩斯先生，你在侮辱我！」

「夫人，冷靜點，你用這些手段一點用處都沒有，還是把信交給我吧！」

她朝手鈴奔去。

「管家會過來把你請出去的。」

「希爾達夫人，沒有必要搖鈴。如果你搖了鈴，我所做的一切都將付之東流，流言蜚語會緊隨其後。你要是把信交給我的話，一切都會向好的方向發展的。如果你我好好合作，我會安排好一切。你如果與我作對，我就去揭發你。」

她似乎對此並不懼怕，顯得非常威嚴。她那雙眼緊盯著福爾摩斯的眼

睛，企圖把他看透。她把手放在手鈴上，但是還是抑制住而沒有去搖它。

「福爾摩斯先生，你想嚇唬我，你到這裡來恐嚇我，這不是大丈夫所為。你說你瞭解一些事，到底有什麼事呢？」

「夫人，請你坐下，如果摔倒的話，會傷著你的。你不坐下的話，我絕不說。」

「福爾摩斯先生，我就給你五分鐘。」

「希爾達夫人，一分鐘就足夠。我清楚你曾去過艾杜阿多·盧卡斯家，你給過他一封信。我也瞭解到，昨晚你又一次巧妙地進入了那房子。我更清楚，你又把這封信從地毯下的隱蔽處拿回來了。」

她盯著我的朋友，臉色慘白，有兩次她氣喘吁吁，欲言又止。

過了一陣子，她大喊道：「你瘋了吧，福爾摩斯先生！」

福爾摩斯從口袋裡拿出一塊硬紙片，那是在照片上剪下的面孔部分。

福爾摩斯說道：「我時常把這個帶在身上，想著說不定什麼時候用上，那位警察已經把你認出來了。」

她深深吸了一口氣，靠回椅子上。

「希爾達夫人，如果信在你這裡，還來得及糾正錯誤。我不願給你找麻煩，我把它交給你的丈夫，我的任務就完成了。希望你能採納我的建議，並開誠布公，這也是你最後一次機會了。」

她的勇氣真的讓我讚嘆，事已至此，她還不認輸。

「福爾摩斯先生，我再說一遍，你太荒謬了。」

我的朋友起身從椅子上站起來。

「希爾達夫人，我對你的表現感到非常遺憾，我已經做了最大的努力，這一切都算白費了。」

福爾摩斯搖了一下鈴，管家走了進來。

「特里勞尼·霍普先生在家嗎？」

「先生，他十二點四十五分回家。」

福爾摩斯看了看他的手錶，說道：「還有十五分鐘，我在這裡等他。」

管家剛離開這屋子，希爾達夫人就跪在我的朋友腳下，她把雙手攤開，

仰頭看著他，眼裡飽含著淚水。

她苦苦地哀求道：「你饒過我吧，福爾摩斯先生，寬恕我吧！看在上帝的份上，不要告訴他！我非常愛他！我不願讓他心裡有一點點不愉快的事，不過這件事肯定會把他的心傷透的。」

福爾摩斯扶起這位夫人。

「太好了，夫人，你總算明白了。時間太緊迫了，信現在在哪裡呢？」

她快速地向一個辦公桌走去，拿起鑰匙把抽屜打開，從裡面拿出一封信，信封相當長，而且是藍色的。

「福爾摩斯先生，信就在這裡，我保證從未打開過它。」

福爾摩斯小聲說道：「怎麼把它放回去呢？快點，我們得想個好辦法，現在文件箱在哪裡？」

「還在他的臥室裡。」

「太棒了！夫人，快把那箱子拿過來！」

過了一會兒，她拿出了一個紅色的扁箱子。

「原先你怎樣把它打開的？對，肯定有一把複製的鑰匙，是的，你肯定有。打開箱子！」希爾達從懷中取出一把小鑰匙。打開箱子之後，裡面裝的全是文件。福爾摩斯把信塞到靠下面的一個文件中，夾在兩頁之間，關上箱子，上好鎖，她又把箱子送回臥室。

福爾摩斯說道：「現在萬事俱備，只欠東風，就等你丈夫回來了。大概還有十分鐘吧！希爾達夫人，我為保護你可出了不少力呀，剩下這十分鐘，你應把一切坦白地告訴我，說說你為什麼做了這件不同尋常的事？」

這位夫人喊道：「福爾摩斯先生，我願意把所有的一切全都告訴你。我寧願斷自己的右臂，也不願我丈夫有一點憂傷！我想恐怕整個倫敦也不可能再有第二個女人像我一樣深愛自己的丈夫了。不過，要是讓他清楚我所做的事，不管我是出於什麼動機做的，他都絕不可能原諒我。他很重視他的聲望，所以他對任何人犯過的錯都不會忘記或寬恕的。福爾摩斯先生，你必須救我！我倆的幸福以及生命都受到了威脅！」

「夫人，快說，時間不多了！」

「先生，問題就出在我在婚前寫的一封信上。那封信寫得不夠慎重，也非常愚蠢，我是在一時衝動的情況下寫完的。我的這封信一點惡意也沒有，不過要是讓他知道了，肯定認為這是犯罪。如果讓他讀過的話，我想他再也不會相信我了。我一直想忘記這件事，不過後來盧卡斯這個混蛋寫信告訴我，說信就在他手上，還要把它交給我丈夫。我懇求他不要這樣做，他說我必須把他要的文件拿給他，才把信給我。我丈夫的辦公室有間諜，說過有這麼一封信。他向我發誓，這絕不會給我丈夫帶來任何損害的。福爾摩斯先生，從我的處境來看，我能怎麼做呢？」

「把這一切告訴你的丈夫。」

「不行，福爾摩斯先生！這不僅會毀了我們的幸福，而且事情會變得更加可怕。所以我才敢去偷丈夫的文件。不過在政治方面，我真不知會有怎樣的惡果，而我也理解愛情與信任兩者都非常重要。福爾摩斯先生，我拿來鑰匙模子給了盧卡斯，而後他給了我一把複製的鑰匙。我打開我丈夫的文件箱取出他想要的文件並送到他家。」

「那裡有什麼情況？」

「我按照約定的方式敲了門，他把門打開後，我隨他進了屋，不過因為我非常恐懼與這個人單獨待在一起，我沒有把大廳的門關嚴。我記得非常清楚，當我進屋時，發現外面有個婦女。我們很快辦完了事，我的信就擺在他的桌子上，我把文件交給他，他把信還給我。就在這個時候，房門那裡有聲音，而後傳來腳步聲，盧卡斯趕緊掀起地毯，把它塞進一個能藏東西的地方。之後又把地毯蓋上。

「那以後發生的事如同一個惡夢。我看見一個婦女，黝黑的皮膚，神色有些瘋狂，我還聽見她說話的聲音，她用法語說道：『我總算沒有白白等待，讓我看到你與她在一起！』他們兩個非常激烈地打鬥起來。盧卡斯手裡拿起一把椅子，那婦女手裡拿著把閃亮的刀子。當時太恐怖了，我趕緊向屋外衝去，離開了那棟房子。第二天我在報上看見他被殺害的消息。那天晚上我高興極了，因為我把我要的東西拿回來了，不過我真的沒有想到會有這樣嚴重的後果。

「只不過第二天早上，我才明白過來，我又有了新的煩惱。我丈夫遺失文件後的焦躁令我不安。當時我差點就跪倒在他腳下，跟他說信是我拿的，但這就要把我的過去說給他聽。我那天早晨去你那裡，就是想把我所犯的嚴重錯誤搞清楚。從我拿走那封信的那一刻起，我一直在想盡辦法把它弄回來。如果不是他當著我的面把那封信藏起來，我是不會知道信藏在哪裡的。我想自己怎樣能進去呢？我一連好幾天都去那裡，但門總是被關得緊緊的。昨晚，我做了最後一次嘗試，我想你已經知道我是怎樣拿到的了吧！我把這文件帶回來，原本想把它毀掉。我無法把它還給我丈夫，又不必承擔這個錯誤。天啊！我聽見他的腳步聲了！」

歐洲事務大臣快速地跑進屋子。

他說道：「有什麼消息，福爾摩斯先生？」

「有希望了。」

他的臉上顯出驚喜的表情。「謝天謝地！首相正要與我共進午餐，他能夠來聽嗎？他神經非常緊張，自從發生這件事後，他就再也沒有睡過覺。雅各，把首相請到樓上來。親愛的，我認為這件事與政治有關，我們一會兒再去餐廳吃飯。」

首相舉止沉穩，不過從他激動的目光裡與不停顫抖的大手中，我知道他非常興奮。

「福爾摩斯先生，聽說你給我們帶來了好消息。」

我的朋友回答道：「到現在為止，還沒有完全搞清楚。可能的地方我全都查過了，但是仍沒有找到，但我確定不會有什麼危險了。」

「福爾摩斯先生，那可不行。我們絕不能整日整夜地坐在火山口上，我們必須把這件事搞清楚才可以。」

「因為有希望找到文件，所以我才來這裡的。我感覺到這文件絕不可能離開你家。」

「福爾摩斯先生！」

「如果文件被人取走了，現在肯定已經發表了。」

「難道有人偷走它只為在家中收藏嗎？」

「我絕不會相信有人取走了它。」

「為什麼信件又不在那個文件箱中呢？」

「我覺得信件很可能還在文件箱裡。」

「福爾摩斯先生，在這個時候還開玩笑就真的不合適了。我確信它不在箱子裡。」

「你從星期二早晨起，是否再查看過箱子呢？」

「沒有這個必要。」

「你是否想到也許你在查看時疏忽了呢？」

「這絕不可能。」

「我不是講非得這樣，但是我覺得這種事很有可能發生。我認為箱子中肯定還有別的一些文件，也許混在裡面了。」

「我把它放在最上面了。」

「也許曾經有人晃過箱子，把它給弄混了。」

「不，不可能，我曾把所有的東西都拿出來過。」

首相說道：「霍普，這還不好辦，我們再把文件箱拿過來看看不就知道了。」

大臣搖鈴。

「雅各，把文件箱拿到這裡來。這真的太可笑了，純屬浪費時間，但是我又無法把你說服，只好這樣做了。謝謝，雅各，放到這裡來，鑰匙在我錶鏈上。你看看這些文件，麥馬勳爵的來信，查理・哈代爵士的報告，馬德里來信，弗洛爾爵士的信。天啊！這是什麼？貝林格勳爵！」

首相急忙地從他手裡拿過那封信。

「是呀，正是這個。信真的沒有被動過！霍普，我祝賀你。」

「謝謝你，非常感謝！我現在總算是一塊石頭落了地。但是我實在無法想像。福爾摩斯先生，你是個巫師還是個魔術師？你怎麼會知道它在這裡呢？」

「我真的不敢相信自己的眼睛！」他快速地走到門那裡。「我的妻子現在在哪裡？我要告訴她事情已經結束了。希爾達！」我們聽見他大喊。首相

望著我朋友，眼睛不停地轉。

他說道：「先生，這裡面肯定有問題。文件怎麼可能在這裡呢？」

福爾摩斯面帶微笑，避開了那雙好奇而古怪的眼睛。

「我們有自己的外交手段。」他一邊說，一邊拿帽子走向屋門。

第七部　恐怖谷

　　一個作惡多端、凶狠殘暴、喪盡天良、名為「吸血派」的犯罪集團被一網打盡，那個曾經進入敵人內部做過臥底的偵探卻遭到惡魔的拼命追殺……

恐怖谷

奇怪的密碼

我說：「我……」

我剛說了個「我」字，福爾摩斯就接著說：「我該怎麼辦？」

我自認為善於控制感情，但他這樣打斷我的話，使我感到非常不舒服。於是我就說：

「福爾摩斯，老實說吧！你的話使我難以接受，你說是不是？」

他好像絲毫沒有聽見我在說什麼，而是皺著眉頭沉默起來。對放在面前的早餐，他並沒理睬，而是兩手托著下巴，目不轉睛地盯著一個信封。接著他掏出那封信，在燈下看了看，專注地留意著信封的表面與開口。一會兒，他自言自語道：「這像是波爾洛克的字跡。」又思索了一會兒說：「波爾洛

克在書寫希臘字母 ε 時，上面通常為花體，雖然我只看到過兩次他的字跡，但我對這個特點印象很深，所以它的確是波爾洛克寫的。他很可能有事會找上我們的。」

他是在自言自語，而不是對我說的，儘管這樣，這番話引起我很大的興趣，同時也消除了我一肚子的怒氣。

我問：「波爾洛克是誰？」

「親愛的華生，你為什麼這麼天真！姓名只是一個人的代號。也就是說，波爾洛克是一個假代號，而不是他的真名。不過，這個假代號後面一定是一個狡猾的人物。這個人真讓人想不通。但對我們有非常大的吸引力。在上一封信中他已經說明白了，這是他的假名。他還告訴我，想要找到他比數清牛身上的牛毛還難。其實他本人並沒什麼，他後面有一位大人物支持他。就如同一條小金魚與一條大鯊魚，一隻狼與一頭猛獅，他們一聯合起來就不可想像了。這位大人物不僅凶猛而且狡猾，簡直就是凶神惡煞。你知道莫里亞蒂教授嗎？」

「你是說那個詭計多端的罪犯吧！在群賊……」

「對！」福爾摩斯的搶白又使我不高興了。

「在群賊中他猶如羊羔一樣不露聲色嗎？」我不快地說完我的話。

「華生，你太聰明了，太善於用腦子了。這是我沒有意料到的，莫里亞蒂確實是個大人物，可以說是他們的老大。他老奸巨猾，是他指揮與策劃了一次次罪行，對國家造成了極大的威脅。我們不敢輕易驚動他。你剛才把他說成罪犯，這就是你的不對了，你難道不怕他控告你嗎？他做事非常小心謹慎，根本讓你找不出漏洞來。因此一般人都不會懷疑他的，更無法指出他有任何破綻。他總是默不作聲，不自我誇耀，偽裝得天衣無縫。他具有紳士風度，特別像個有文化之人。恐怕只有你才敢說他壞話，別人可不敢這樣做，因為幾乎找不出他罪惡的證據。華生，你看過《小行星力學》嗎？這部書就是莫里亞蒂寫的，頗受大家的歡迎。他要是受到了侮辱，連大眾都會看不過去，弄不好，反倒把罪名加在你頭上。不過，華生，請你不要擔心，他再做得不露馬腳，總有一天，我會讓他的罪惡全部亮相的。」

福爾摩斯說完這話，故作了一下輕鬆，兩隻眼睛灼灼放光地注視著我。

我點點頭說：「相信你，不過還有⋯⋯」

「是的。目前唯一的辦法就是順藤摸瓜，我們現在最要緊做的就是抓住波爾洛克這根藤。有了這根藤就好辦了，一定會抓住莫里亞蒂的。」

「是的，只要這些藤和瓜還沒掉落，問題一定會水落石出的。」

「很好。我們要像蚊子一樣死死叮住這根藤，從我以往的經驗來看，波爾洛克確實是個重要人物，他沒有受到別人的影響，他的品性一直是那麼善良。我曾偷偷給過他10鎊的鈔票。他也沒辜負我的希望，曾經有幾次，他提前告訴了我一些重大的情報，這些情報都是至關重要的，有時是一個案子的關鍵。現在我最需要的是密碼本，一旦弄到手，我們就會發現，波爾洛克又給我們提供了特別有價值的情報。」

福爾摩斯把那張信箋展開。我看著這些文字，心裡一點底都沒有，這究竟有什麼用？上面是一些字母與數字。

534C21312736314172141
DOUGLAS109293537BIRLSTONE
26BIRLSTONE947171

我問：「這到底能說明什麼呀？」

「這些字母與數字一定是表達一種資訊的。」

「但我們又如何能知道它的意思呢？我們現在根本就破譯不了。」

「是的！沒有密碼本，這一堆文字毫無意義。」

「你一向是最聰明的，現在又為什麼這樣沒有信心呢？」

福爾摩斯笑笑說：

「它不像報紙裡的通告欄，它現在是一些密碼。如果我有密碼本，這算得了什麼？而這些密碼與以前的密碼也截然不同，從這些文字來看，它肯定是指某一本書的某一頁的一些詞彙。但我不知道它是哪本書，也就無從下手了。」

我趕快提出我的疑點：「為什麼會有BIRLSTONE和DOUGLAS這兩個詞呢？」

「這很簡單，那本書的那一頁一定沒有這兩個詞。」

「真是莫名其妙，他為什麼不告訴我們書名呢？」

「華生，動動腦筋，這點小問題是難不住你的。如果是你，你會把密碼信和用來破譯它的密碼本放在一起嗎？如果發生了誤郵怎麼辦？那不是一切都暴露了嗎？相信我吧！下面幾封信，我們會收到密碼本的。到時候，我就可以破解這些密碼了。」

一切都像是他安排好了似的，說話間，僕人送進來一封信。

福爾摩斯迫不及待地拆開信封，迅速將信展開，他激動地說：

「親愛的華生，就是他來的。這裡還有他的名字，事情終於有進展了。」

他的笑容忽然在臉上僵住了，接著非常沮喪地說：

「事情並不像我們想的那樣美好，相反倒是讓人擔心事情有點不妙。恐怕波爾洛克要遇到麻煩了。」

我急忙看了看那封信。

福爾摩斯先生：

我不想再幹這種事了。估計要有麻煩降落到我頭上了，他已經對我產生了懷疑。就在我寫信時，我剛寫好地址正要把密碼的出處告訴你的時候，他突然出現在我面前，幸虧我把信及時地收起來了，否則一切全完了。他分明開始懷疑我了，我有些害怕。那麼上次那個紙條就沒有用處了，你還是把它燒掉吧！

弗拉德‧波爾洛克

福爾摩斯又反覆地看了幾遍信，他一隻腳在地上做出一種休閒的節奏來，分明顯得輕鬆了，他說：

「或許事情沒這麼嚴重，可能是波爾洛克作賊心虛，進而使他產生了這

樣的感覺。要幹冒險的事，肯定會有些緊張。」

「信中的『他』，說的是莫里亞蒂教授吧？」

「是的，他們那一夥人沒有不認識他的，他是他們的老大。」

我問：「他到底有什麼手段，居然能指揮這麼多的人？」

「你的這個問題很有趣，設想一下，一個人對未來的判斷超級精確，並且十分狡猾，加上他在整個大洲又那麼有影響力。這種勢力強大程度是我們無法估計的。這種人什麼事情都能做得出來。和這種人結交，能不小心嗎？難怪波爾洛克怕他。

「從信封與內容的字跡就能看出來，信封上的字要比信中的字好多了，都是他來之前寫的。」

我問：「他為什麼要冒這種風險呢？不寫不是更好一些嗎？」

「不，你又錯了，我們並不瞭解情況，如果我們直接去向他要密碼本，他將會更危險。」

我點了點頭：「是的，你說得有道理。不過，這張密碼紙條對我們毫無用處了。」

福爾摩斯並沒有打斷我的話，而是蹺起二郎腿往椅子上靠了靠，眼睛朝著天花板轉來轉去。一股輕煙嫋嫋地從手中燃著的菸斗向空中飄去。過了一會，他又說話了。

「親愛的華生，還是讓我們把思維活躍一下吧！把事情從頭至尾過濾一下，或許能找到一些有用的東西。首先，我們大膽地設想一下，我們所渴求的密碼本實際上是一本書，這就是我們思考的起點，你看怎麼樣？」

「這有一點玄吧？」

「我說它是一本書自然是有依據的，你覺得這有一點玄，是你還沒有看明白。你為什麼不把你的大腦轉動起來呢？難道你一點都沒看出來嗎？」

「說實話，是的，我正想聽聽你的高見！」

福爾摩斯拍了拍我的肩膀說：「好吧！讓我們一起來吧！

「你注意一下這個密碼的開頭。『534』，這或許指的是一本書的第534頁，這應該從大部頭的書著手。你看『C2』是指什麼呢？不要膽小，盡量擴

展你的想像空間，想它是什麼就說什麼，看看我們是否有希望。」

「如果它的確是一本書的話，我想C2應該指的是第二章吧！」

「行，總算動用你的才智了，不過還有另外一種可能，我的根據是，既然說了多少頁，那還用說是哪章嗎？再說了，第534頁才是第二章，這本書是一本什麼樣的書呢，竟有這麼厚？華生，你是否同意我的說法？」

「我再想想C2指什麼？那就是指第二欄了？」

「是的，我也是這麼想的，我想不會有別的意思了，首先這是一本厚書，而且每頁又分兩欄。你再看293這個數字，這說明每一欄的容量也是相當可觀的。哈哈，華生，讓我們努力吧！我們或許還會發現什麼。」福爾摩斯舒展了一下他那緊繃的臉。

我疑惑地問：「難道我們還會有新發現？」

「我敢保證，這是一本我們常見的書，假如這本書很稀少而波爾洛克又知道我們沒有它，波爾洛克一定會把書送給我們的。他沒有送給我們，說明波爾洛克認為我們有這本書，他只需告訴我們書名就可以了，現在我們的問題就在那本厚書裡。」

「你說得越來越有道理，從一些密碼推測到一本厚書，這是一個很大進步，現在有些眉目了，我想這不就是人人都有的《聖經》嗎？」

「你的精彩見解確實有道理，但我認為我比你高明一點，當你聽我把話講完，你或許不認為我這是吹捧自己。我要說的是，《聖經》這本書的版本實在太多了，不同的版本排版也不一樣，這樣麻煩不就大了嗎？況且，莫里亞蒂這幫人又不用《聖經》這本書。總之，波爾洛克所指的書一定有一個統一版本，這樣才不致造成麻煩。」

「這種書實在太少了。」

「這正是我們的希望所在，我們應該能在一個不大的範圍內找到這本書，我敢保證，這本書不久就會到手了。」

「它會不會是蕭伯納的作品呢？」

「或許不太可能，在我的印象裡，蕭伯納的作品文風簡練，並且詞彙量也較少。如若從他的作品中尋找一些表達一定意思的詞語，恐怕做不到，就

像我們從一部字典的某一頁來尋找一些詞語來表達一個句子或是一段話一樣不可能。詞彙量少的不是我們所找的對象。」

「哈哈！要是這回沒猜錯，它就是年鑑了！」我並沒有因為福爾摩斯的一次次否定而放棄言論，我又一次提出我的觀點。

「親愛的華生，你的冥思苦想終於有結果了，你的觀點完全符合我的想法，讓我們把心思放在《惠特克年鑑》上吧！再沒有比它更適合我們的了。它的頁數符合要求，而且是每頁分為兩欄，它的特點是由少至多，由簡到繁，到534頁這裡，詞彙量足夠做密碼本使用了。」

福爾摩斯說著便到書架前，拿起了那本《惠特克年鑑》，把它放在桌上，迅速打開。

「華生，讓我們把書翻至534頁。」

我趕快在他的旁邊坐下。

「華生，快看，這就是534頁，我們讀一讀第二欄。這是關於管轄印度的資源與貿易交流的。但願它對我們有用，華生過來，幫我記錄一下這些詞：第13個詞是馬拉塔，這好像和我們所需要的東西一點聯繫都沒有，第127是政府，這個詞還沾點邊，不好，怎麼會有『豬鬃』這個詞呢？壞了，親愛的華生，估計我們的判斷失誤了。」

說話時，福爾摩斯表現得很失望，不過誰遇到這樣的事都會像他一樣的。

我想安慰他幾句，一時不知說什麼才好。

紅紅的爐火映著他的臉，從眼神判斷，他對此事並沒有放棄，他的大腦仍在激烈地奮戰著。

「我怎麼這麼糊塗呢？」他響亮的聲音打破剛才的寂靜。

只見他一個箭步衝向書架，手在書架上熟練地翻了翻，從中抽出一本書來。我仔細一看，原來又是一本年鑑。

「我們有些見異思遷了，就連年鑑都選擇新版本，所以我們不會找到答案的。過時的東西才是我們需要的，也就是說，這本舊版本才是破譯波爾洛克密碼真正的鑰匙。」

他沒顧得上擦擦書上的灰塵，就急著翻了起來，口中不住地念叨：

「但願這次我們能成功，看534頁，第二欄，第13個詞，哇，正是there，和我們的需要相當吻合，第127詞是is，太棒了！這不就是there is，正合我意。」

福爾摩斯幸福得合不攏嘴，兩眼緊盯著年鑑，顯得非常激動。

「danger！may！come！very！soon！one！把這些詞聯起來就是there is danger may come very soon one！Douglas——道格拉斯就是一個名字了。再看rich country now at Birlstone House Birlstone confidence is pressing——確實，現在伯爾斯通村伯爾斯通莊的一位富有的紳士道格拉斯面臨危險，十分緊急。啊，華生，我成功了，趕快祝賀我吧！我的華生，你說我是不是真應該得到一枚勳章呢？」

我把翻譯過來的句子寫在紙上遞給他，他翻來覆去地看了幾遍說：

「這真是難為波爾洛克了，他做得很好。」

「雖然組成的這些句子不是那麼通暢，不過意思還是表達清楚了，讓我們知道了一個重要的消息。」

「在一本年鑑的一頁中找到表達自己全部意思的詞，確實比較難，他表達得肯定有些簡略，現在我們幫他做一下補充，那就是，名叫道格拉斯的紳士將要遭到別人的算計，情況十分緊急。我們最好讓麥克唐納警官來一趟。」

說話時，福爾摩斯臉上流露出欣喜若狂的神色。

麥克唐納是一位相當優秀的警官，他為人精明，辦事效率特別高。他偵破了幾件重要案件，人們還是很看重他的。福爾摩斯曾幫過他，他也很信任福爾摩斯。而且，福爾摩斯幫他從來沒有要過任何報酬，這使他對福爾摩斯產生了一種格外的親切感。他遇到麻煩，往往會向福爾摩斯請教。雖然福爾摩斯不太喜歡結交朋友，但對麥克唐納還是有求必應。他特別欣賞這位警官的辦事效率。

不一會兒，僕人就把麥克唐納叫來了，他一進來，就對我們笑了笑，他長得特別健壯，看起來腦袋很聰明，他用亞伯丁方言向福爾摩斯打了聲招

呼：

「你好，近來一切都順利吧？」

「很好，我們一直在等著你。」福爾摩斯答道。

「是嗎？我想這次非得你的幫忙我才能順利結案。我剛剛接到一個案子，為了取得第一手資料，我還須到現場一趟，你應該能理解我。我今天的時間很緊迫，希望……」

麥克唐納突然停住了，原來，他發現了這張密碼紙條，嘴裡喊道：

「伯爾斯通，道格拉斯，福爾摩斯先生，你怎麼有這個呀！我真不明白。」

「警官先生，你也認識這個人？這是我們收到的一封密碼信中的兩個名字。」

我們互相看了看，麥克唐納說話了。

「今天早上，伯爾斯通莊園的道格拉斯被殺了！」

尋找線索

　　他的話使我一下子失去了知覺，我一時什麼感覺都沒有，許久我仍然不相信這是事實。

　　我看了看福爾摩斯，他更讓我覺得奇怪。他幾乎未動神色，非常冷靜，臉上什麼表情都沒有，真讓人捉摸不透。他現在正在想什麼？我分明感覺到他那顆怦怦跳動的心和他大腦中進行的千百種假想。他對這種事已經司空見慣，這不是遲鈍，而是冷靜與沉思。

　　福爾摩斯敲了敲菸灰，轉過頭對麥克唐納說：

　　「這的確來得相當迅速，不過還是在情理之中，在未把你請來之前，我們就已經破譯了這張紙條，我們得知了一些情況。」

　　「什麼情況呀？」

　　「那紙條上說，一位道格拉斯先生身處絕境，而且說他是伯爾斯通村伯爾斯通莊園的一位有錢紳士，而現在這種災難已經降臨了，我的唯一感覺就是這件事發生得太快了。」

　　麥克唐納一臉的不解：「這是從哪裡得到的？」

　　於是，福爾摩斯把收到和破解密碼信的全部過程向他解說了一遍。聽完之後，麥克唐納的眉頭皺得更緊了。

　　「很明顯，我們起步慢了。」福爾摩斯有些遺憾地說，不過這種神情一會兒就消失了。

　　「福爾摩斯先生，我今天正是來請你和你的朋友一起到伯爾斯通去的，不過現在看來，我們在倫敦就可以把事情辦好了，你說是不是？」麥克唐納

搓著兩手說。

「不像你想的那樣順利。」福爾摩斯說。

「福爾摩斯先生，你清楚，這是一椿謀殺案，不到晚上，人們就會做出各種猜測，可是結果未必像他人想像的那樣，在案發前，我已經得到了它將要發生的消息。波爾洛克已經說明了全部，我們就找波爾洛克吧！這樣我就會把事情辦妥的。」麥克唐納激動地說。

「麥克唐納先生，我們又怎樣去找他呢？」

「波爾洛克是個化名，信上也有地址，這並沒有多大的用處呀！對了，福爾摩斯先生，你不是給過他十鎊鈔票嗎？」

「是的，給過。」

「你是怎樣把錢交給他的呢？」

「我是郵寄過去的。」

「取錢的人是誰？」

「對不起，我沒有去看到底是什麼人把錢取走的。」

「為什麼呢？這太出乎我的意料了，憑我多年的經驗，你沒去看是誰，肯定是有原因的。你能告訴我是什麼原因嗎？」

「我收到他寄給我的第一封信時就向他保證過，我不會去調查情況的。麥克唐納先生，我的為人你是知道的。」

「福爾摩斯先生，你判斷一下，是否波爾洛克的身後還有一位大人物呢？」

「應該有。」

「他是不是莫里亞蒂呢？」

「是的。」

麥克唐納不自然地笑了笑說：「如果我沒說錯的話，這位神秘人物在公眾心目中地位很高，但是他在你眼中並沒有那麼高，甚至不值一錢。這一點是不會逃出我們的眼睛的。」

「是這樣嗎？可是我並沒有公開攻擊過他呀！我只認為大家把他看得有點高罷了。」

「老實說，我確實沒有發現這個人有什麼不對勁，我曾親自和他交談過，他談吐文雅，為人和藹可親，具有長者風範。我對天體和物理知道得微乎其微，在那次談論中，我們談了關於日食的問題。經過他這麼一講，我彷彿知道了其中的奧妙，當我向他告別時，他還贈了我一本關於這方面的書，這本書簡直對我一無用處。他親切地拍著我的肩，臉上堆滿和善的笑容，我感到他是多麼平易近人，那一刻我至今還記憶猶新。」

「看來你這次拜訪很快樂，不然你不會記得這麼清楚的，請你慢慢往下講，最好明確一些，如果我沒猜錯的話，你們一定在他的書房促膝交談，是不是？」這一切又激起了福爾摩斯很大的興趣。

麥克唐納爽快地回答：「是的。」

福爾摩斯問：「他的書房是不是布置得很漂亮？」

「何止是漂亮，布置得很講究，這一點使我讚嘆了好幾天。」

「你坐在哪個位置？」

「我就坐在他對面，也就是他辦公桌的對面，這能說明什麼？」

「很不錯？」

麥克唐納兩個手又搓了搓，表現出一臉的迷惑。

「當時是他背著太陽，而你卻是迎著太陽？」福爾摩斯的這些問話連我也不知道他究竟有什麼用意。

「沒有，因為那天是晚上，是燈光照著我。」麥克唐納認真地回答福爾摩斯的這些無聊問題。

「太好了。你是否注意到在他身後的左上方掛著一幅畫呢？」

「對，對對！我仔細地觀察了那間房子，甚至是每個角落，在他身後確實有一張油畫，畫中是一位少女，目視著前方，除此之外，沒什麼值得注意的了。」

「那是讓・巴普蒂斯特・格羅茲的作品。」

「讓・巴普蒂斯特・格羅茲？這能說明什麼呢？」麥克唐納不理解地問。

「你難道沒聽說過那位著名的畫家嗎？在十七世紀五〇年代，他的作品

深受好評，而且現在對他的讚美比以前還要熱烈！」福爾摩斯興致勃勃地談論著。

「福爾摩斯，我真的不明白，這兩者有什麼關係呢？」

「麥克唐納警官，請你不要著急，讓·巴普蒂斯特·格羅茲的油畫對我們來說是很重要的，我不會憑空說瞎話的。」福爾摩斯說。

「我很佩服你的這種思維方式，但我現在確實不明白，這其中究竟有什麼奧秘？」

麥克唐納為了這個不解的問題正在發愁，而我也在納悶，不過我們知道在這個時候，他是不會輕易多說一句話的。

「親愛的麥克唐納，華生先生，現在我跟你們講講那幅油畫吧！這幅畫的名字叫『牧羊女』，在一場拍賣會上，它的價格被抬高到一百二十萬法郎，大約是四萬多英鎊，難道你們現在還不明白嗎？」福爾摩斯抬頭看了看我們。

「價格是相當高，那……？」麥克唐納仍舊迷惑不解。

「你說他的年薪是多少？大約只有七百鎊左右吧！這說明了什麼？」福爾摩斯繼續說。

「你意思是說，憑他個人的能力是根本買不起這幅畫的，對不對？」麥克唐納稍微領略到一點。

福爾摩斯咧開嘴笑了笑說：「對。」

「這裡確實有問題，不過我還想聽聽你的高見。」

看到麥克唐納急切的樣子，福爾摩斯臉上浮現出一種得意與滿足的神色，他故意停頓了一下說：「警官先生，你不是還要去現場的嗎？時間這麼長了，會耽誤你的行動的。」

「沒關係，你儘管說，我的馬車很快！到那裡用不了多長時間的。」

麥克唐納又提出了他的疑問：「你怎麼對他的房間瞭解得這麼透徹呢？你難道見過他嗎？」

「沒有，我沒見過，但並不等於我沒去過他的房間。」

麥克唐納吃驚地說：「你去過？」

「是的，這難道也值得奇怪嗎？我去過他那裡三次，前兩次他不在家，沒等他回來我就走了，這次雖然有些唐突，我自作主張地檢查了他的家，結果還是很滿意的。」

「你竟然已經去過三次了，這次你的收穫是什麼呢？」

「你還是不瞭解我，我說的結果是滿意的，正是我一無所獲，這些我們現在先不去理它，先讓我們談論那幅畫吧！僅這一點就可以說明莫里亞蒂教授很有錢，而他的年薪僅僅是七百鎊左右，他的錢又是從哪裡來的呢？你難道不認為這其中有問題嗎？」

「一般說來，這裡肯定有問題。」

「用我自己的推理來看，這件事情已經有眉目了。」

「我清楚了，我清楚了，莫里亞蒂的收入不正常。」

「很好，我們只摸索到一條線索，而且這條線索中有我們想知道的一切，這個發現對我們來說至關重要。」

「你的想像很豐富，不，應該說你的推理很嚴密，很讓人佩服。但是，我們是不是還能把事情弄得清楚一點呢？例如，他是怎麼得到這筆錢的呢？」

「這個問題是該查清楚，不過你聽說過約拿斯‧赫爾德嗎？」

「好像在一本偵探小說裡見過，但我一向不喜歡那種小說裡的偵探，他們只是碰巧破獲一樁案子，他們不具備破案的才能，我特別討厭他們那種神神秘秘的味道。」

「嘿！我的朋友，你真應該多讀一些書，增加一些見識了，否則你會被人笑話的。約拿斯‧赫爾德並不是小說中的偵探，他是一個相當機智的賊，出生在上個世紀中葉。」

「福爾摩斯先生，你為什麼提到這個人呢？」

「他是個重要人物。」

「好吧，談談你的見解。」

「任何事情的發展都會有歷史的影子，就拿莫里亞蒂教授來說吧！他就和約拿斯‧赫爾德具有相似之處。約拿斯‧赫爾德這個人作為犯罪集團的總

領導，具有相當強的管理能力，而且聰明狡猾，他可以從每個倫敦犯罪集團裡得到高達百分之十五左右的佣金，你說這個人有多厲害！難道你不想聽聽莫里亞蒂的趣聞嗎？」

「我非常願意聽。」

「莫里亞蒂正是這場悲劇的幕後操縱者，他組織的一個犯罪集團罪大惡極。塞巴斯蒂恩・莫蘭上校是這個集團的台前指揮家，他與莫里亞蒂都聰明絕頂，以至於別人無法控告他們。塞巴斯蒂恩從莫里亞蒂這裡得到報酬，數目相當可觀。」

「是嗎？那有多少？」

「年薪是六千鎊左右，這些是我在一次偶然的機會中知道的，可是你想想，一個首相的年薪也沒有這麼多。由此，想想看，莫里亞蒂會有多少非法收入呢？他是做著一項怎樣的工作呢？我對他的一部分支票也進行過調查。這些支票是用於支付日常費用的，而他卻是從六家銀行支取的，這怎麼能不讓人產生懷疑呢？」

「懷疑是懷疑，你的結論是什麼呢？」

「這很明顯。他不想讓人們知道他的收入，所以他開了很多的帳戶，很可能他的大部分錢都存在國外德意志銀行，或者里昂信貸銀行，至於莫里亞蒂的事情我已經掌握了相當多的證據，等有時間再講給你聽吧！」

麥克唐納雖然聽得已經著了迷，但是他還有要緊的事情去辦，沒多久他就從莫里亞蒂那些事情的陰影中走出來並著手於他現在的案子了。

「我們還是再來看看這個案子吧！現在我們已經清楚莫里亞蒂與本案有很大關係。這是波爾洛克提供給我們的資訊，你看看，還有什麼我們沒推斷出來的？」

「好吧！先看看犯罪的動機是什麼？這是一樁非常令人頭痛的案子。依我來看，動機無非有兩個方面，一是莫里亞蒂管理下的這個犯罪集團紀律特別嚴格，即使是犯一個小錯誤也會被殺頭，可能是道格拉斯背叛了莫里亞蒂，又被他的同夥及首領知道了，因此他肯定只有死路一條。莫里亞蒂這種方法，不外乎是殺雞儆猴罷了。」

「這種想法很好，另一種呢？」

「另外一種是非常普通的一種，那就是莫里亞蒂下達命令辦理『常規業務』，對了，案發現場有沒有被搶掠的痕跡？」

「這我也不知道。」

「如果有搶劫痕跡，這種想法很符合實際，莫里亞蒂要達到他的目標，或是收到了別人的賄賂，總之，事情有這種可能，想要知道真相，我們必須去一趟伯爾斯通，莫里亞蒂太聰明了，他不會給我們留下線索的。」

「看來非得去一趟伯爾斯通了，現在時間特別緊急，兩位，你們趕快收拾一下吧！我們趕快行動！」麥克唐納大聲地說。

「好的，麥克唐納先生，在車上再講那些詳細情況吧！」福爾摩斯馬上就換衣服去了，其程度讓我吃驚。

福爾摩斯先生真是一位幹將，麥克唐納在車上只是稍微提了一下，而他卻一直顯得非常激動。一個偵探對剛剛發生的案件不能不興奮，更何況是赫赫有名的福爾摩斯先生，只要看到他的面孔我們就可以明白一切。每當麥克唐納提到一處使他興奮的地方，他就像一個失去理智的孩童在車上折騰一會兒。已經有一個多月沒有發生什麼事情了，對於他來說，這無疑在浪費生命，他喜歡天天都沉浸在那些亂七八糟的案件中。

福爾摩斯又在思考問題了，這時，他整個人像一具雕塑。

在以前發生的案件中，福爾摩斯總比那些警官知道得早。而這次是麥克唐納警官先得到消息的，那是因為他與懷特‧梅森有深厚的交情。一大早，懷特‧梅森就憑藉送牛奶的火車把報告送到麥克唐納手中，報告的內容如下：

親愛的麥克唐納先生：

我特意給你寫了這封信，另外還有一份公文交到警察局。你來這裡之前，先通知我坐哪班車，我好去接你。如果我有事的話，會派別人去接你。我提醒你一點，這案件非同一般，越快越好，如果能把福爾摩斯請來，再好不過了，這案子正合他的口味。如果不出現那個死人，整個案件似乎會圓滿

地解決，確實這個案子有點古怪。

「我們要去蘇薩科斯，你的朋友看起來相當聰明，這對我們有很大的幫助。」福爾摩斯說。

麥克唐納回答：「當然，他聰明而且特別能幹。」

「好吧！還有什麼比較有用的東西說說看。」

「我們見了我的朋友會知道一切的。」

福爾摩斯又問：「道格拉斯先生及其被殺，這些你是怎麼知道的？」

「你難道沒看懷特‧梅森信上所寫的嗎？另外還有一份正式報告送到了警察局。報告上寫道：約翰‧道格拉斯先生是被槍打死的，傷了頭部，時間是昨天夜晚大約12點多。經過核實，這是一樁謀殺案，不過還沒有抓到嫌疑人。我把我所知道全都說了，福爾摩斯先生，談談你的看法吧！」

「現在，我也只能是猜想，這有什麼用呢？我們現在的任務是查清楚謀殺者與被害者究竟有怎樣千絲萬縷的聯繫。」

莊主之死

現在先描述一下在我們到達案發地點以前所發生的事情，這是我們後來才知道的。只有這樣，我才能使讀者瞭解有關人物及決定他們命運的奇特背景。

我們先說說這裡的環境，伯爾斯通位於蘇薩科斯的最北部，這個小村莊並不算大，但環境非常好，這幾年來還吸引了許多外來遊客，甚至一些人把家都搬了過來。隨著人口的增加，各方面發展都比較快，逐漸向城市化方向發展起來，伯爾斯通再沒有以前那樣安靜了。

伯爾斯通位於維爾德森林邊緣的叢林地帶，往北是丘陵地帶，維爾德森林向北方的延伸由於受到丘陵的阻滯，基本上也就止於伯爾斯通。伯爾斯通作為周圍農莊區的中心，離它最近的小城是湯貝里奇伍爾斯市，位於伯爾斯通的東面，被廣大的肯特郡邊區從四周包裹著。

距離村鎮半英里左右，有一座古老園林，以其高大的山毛櫸樹而聞名，這就是古舊的伯爾斯通莊園。

伯爾斯通莊園的一部分興建於第一次十字軍東征時代，那是英國國王賜給休戈‧戴‧坎普司的。當時，在莊園的中心修建了小城堡式的建築物，不幸的是，1543年這裡發生了一次火災，城堡也就被火燒毀了。詹姆士一世時期，這些斷壁殘垣又得到了重新修建，直到現在莊園的房子還留有十七世紀建築的特點，最突出的就是那山牆和菱形小格玻璃窗。

另外，它還有兩條護城河，外河已經乾涸，被闢作菜園，內河現在依然是一條涓涓細流的小河，內河並不深，而寬度大約有四十多英尺。內河是活

水，儘管不清澈，人們卻不討厭它。河面到莊園大樓底層的窗戶只有一尺多高，從這可以看出，莊園的老輩主人是極具仰武氣魄的。

要進出這座莊園，必須經過吊橋，吊橋上的鐵鍊已經因年久而生鏽。不過經主人的修換，它現在能正常工作了，莊園的主人每天在太陽升起時把吊橋放下，而在夜幕降臨的時候又將其吊起。這樣就恢復了舊日封建時代的風俗，一到晚上，莊園就變成了一座孤島——這個事實是和即將轟動整個英國的這個案件有直接關係的。

如果不是道格拉斯選擇了它，它可能成為一片廢墟被放在那裡，因為已經有很多年沒有人在那裡住了。

道格拉斯大約五十歲，長著四方臉，留著一撮小鬍鬚，眼睛特別有神，細長的身體並不顯得瘦弱，而是顯得特別靈活。他很具有活力，像是正值青年時期。他常笑哈哈的，性格非常爽快。總之，他看起來不是一個平庸的人。

道格拉斯樂善好施，他常常捐助許多福利事業，也常參加福利機構舉辦的大型晚會。他那優美的聲音，深受大家的喜歡，而且他還勇敢機智，不怕危險，在狩獵聚會時，他每次都憑勇敢和毅力獲勝。這裡曾經發生過一次事故，牧師的房屋突然失火了，火勢凶猛，人們只能看著熊熊的大火燒掉一切，一時想不出什麼好辦法。他卻從人堆中衝了進去，搶救出一些重要的財物。

總之，他在這裡的口碑很好。

人們都說，他之所以樂於幫助別人，是因為他從開採金礦上得了一大筆財富。反正，他是相當有錢的。約翰・道格拉斯的夫人，雖不是眾人皆知，但她給人們留下的印象也比較好。她大約只有二十多歲，苗條的身材再加上她那光滑的皮膚，是個漂亮的女子。她不太與外界接觸，因為她生性喜歡安靜。

她十分關心體貼她的丈夫，家裡的一切事務都處理得很好，他們夫妻倆恩恩愛愛互相關心。

相傳道格拉斯的夫人是一位英國人，他們倆在倫敦一見鍾情，那時道格

拉斯正在鰥居。

　　一些自稱和他們特別熟的人說，他們的關係並不是沒有瑕疵的。他妻子對他的過去瞭解得不太多。在伯爾斯通鄉村一些沒事做的人經常湊到一起談一些別人家的事。例如他們說：道格拉斯夫人有些神經質，如果哪天她丈夫稍回來晚一些，她就心神不寧了。這些話只是人們沒事時說說，但現在出事了，這些小道消息就容易引起別人的猜疑。

　　還有一位叫塞西爾‧詹姆士‧巴克，他是漢普斯特德郡黑爾斯洛基市人。他和他們關係比較好，經常過來和他們聊聊天，在案件發生時，他正在現場，似乎有不可推卸的責任。

　　塞西爾‧巴克也算是個富人，他是個單身漢，這裡的人大多數並不認識他，而他只與莊園的主人來往。他也是英國人，他們是在美洲認識的，自從認識後，他們的關係一直不錯，所以知道道格拉斯過去的莫過於這位英國人了。

　　塞西爾‧巴克生得非常粗大，大約有四十五六的年紀，眉毛長得特別濃，眼睛深陷在眼窩裡，懾人的目光使人們不寒而慄。他不太喜歡騎馬外出，大多數時間他嘴裡叼著菸在伯爾斯通轉來轉去，有時和道格拉斯一起駕著馬車外出，有時是夫人單獨陪他出去。

　　「他是一個性情隨和慷慨的紳士，」管家艾默斯說，「不過，我可不敢和他爭執！巴克與道格拉斯關係確實不錯。巴克與他夫人相處得也很好，有時好得讓人受不了，否則道格拉斯不會為此煩惱，有時他還為此大發脾氣，好了，關於這個就說這麼多了。」

　　下面再說說其他相關的人物，另兩位是艾默斯和艾倫太太。艾默斯是他家總管，比較能幹，但是不太靈活。艾倫太太是個性格開朗的人，有說有笑，也是幫助道格拉斯夫人管理家務的。

　　另外，還有幾個小僕人，但他們和這樁案件沒有關係。

　　這裡還有個小警局，威爾遜是這裡的局長，案發後，巴克前來報案，大約是十一點四十多分，他把警鐘敲響，說莊園出事了，道格拉斯遭到謀殺。幾分鐘後警察和他一同趕到莊園。

這時，莊園燈火通明。吊橋早已放下，整個莊園處於一種混亂無序的狀態。

僕人們都在那裡傻站著，唯有管家走來走去的。塞西爾・巴克倒像個見過世面的人，顯得和平常一樣，把警官迎進來，隨後進來的是一個名叫伍德的醫生。

三個人相繼走進了案發的屋子裡，管家也跟著走了進去，隨手把門帶上，可能是怕女僕看到屋內恐怖的情景。

屋內的景象不忍目睹，死者四腳朝天躺在屋子中央，身穿睡衣，光腳穿著一雙拖鞋，臉部已經看不清了，由此可知被害時槍口緊貼著他的頭部。

醫生用燈照了照死者，不用檢查就明白了，一點希望都沒有了。

死者的整個上身都濺上了血，胸前橫著一件稀奇古怪的武器———一支火槍，槍管從扳機往前一英尺的地方鋸斷了。兩個扳機被綁在一起，為的是同時發射，以便能形成巨大威力。

鄉村警官顯然沒有心理準備，這樣的案子使他無計可施，只好說：

「保護現場，一點都不能破壞，等待上級長官來查看。」

塞西爾・巴克說：「好的，現場完好無損，絕對不會被破壞的。」

警官問：「你知道案發的準確時間嗎？」

「十一點三十分，我正坐在壁爐旁，突然傳來一聲槍響，這槍聲聽起來特別沉悶，我趕快往下跑，大約幾十秒我就跑了下來，就看見了這個樣子。」

警官攤開筆記本問：「門是開著的還是關著的？」

「我敢保證，門肯定敞著的，我看到蠟燭依然亮著，過了幾分鐘，我才點上燈。」

「你發現屋裡有人嗎？」

「沒有，一個人都沒有，後來夫人下來了，我迎上前，把她擋住了，以免她受到驚嚇。艾倫太太把夫人拉走了，管家也到了，我倆又一次走進臥室。」

「吊橋在以往夜裡不是一直都吊著嗎？」

「警官先生，確實是這樣。」

「這就奇怪了，難道他是死於自殺？如果不是這樣，凶手又是怎樣逃走的呢？」

「當時我們也納悶，不過後來我們發現窗戶被打開了。」巴克指了指窗戶。

他們一起來到窗戶前，「再看這裡，有腳印。」

的確，在木質窗台上有一個帶著底的腳印，是長統靴印子。

「他從這裡逃走就是涉水過的河了？」

「我想應該是這樣。」

「在你聽到槍聲後，幾十秒就跑下來了，那麼他要逃走一定沒有完全過了護城河！」

「我想是這樣的，只是當時沒發現這一點，也沒從這方面去考慮，要是我往下看一看就好了。那時我顧及道格拉斯太太，一時不知所措了。」

醫生又看了看現場，嘆了一口氣說：「除了上次我在東站看到火車相撞時的情況外，再沒有比這更慘的了。」

「現在假設凶犯是涉水逃走的，他又是如何進來的呢？」警官又一次提出疑問，他的思維雖不是特別敏捷，但對凶犯的來去路線仍然思考著。

巴克說：「對於這一點，我就不知道了。」

「那吊橋是幾點被吊起的？」

「不到六點就被吊起了。」艾默斯搶先回答。

警察又問：「據我瞭解，吊橋通常是在太陽下山的時候吊起，現在應該四點半左右太陽就下山了，為什麼六點才吊起呢？」

艾默斯回答說：「通常是這樣的，因為今天有客人，等客人走後，我才把吊橋吊起。」

警官進行著有條有理的分析：「如此看來，凶手在剛放下吊橋就進來了，直到十一點半時才作案。」

「凶手一定是等了很久的。因為道格拉斯有個習慣，在睡覺前要對莊園察看一遍，檢查完了他才會安心地休息，當他正要休息時，凶手卻一下出現

在他面前，就這樣案子發生了。」

突然警官在死者的旁邊發現了一張卡片。他趕快將它撿起來，只見上面寫著兩個大寫字母ＶＶ，下面還有「341」這樣一個數字。

警官拿著卡片，問巴克：

「你看這是什麼？」

巴克全神貫注地注視著這張卡片。

「這或許是凶手落下的。」

「這ＶＶ341，到底是什麼意思？」

停了一會他又說：「ＶＶ可能是人名字的起首字母，醫生，你發現了什麼有用的東西嗎？」

在壁爐旁的地毯上，有一個很漂亮的錘子。

巴克指著壁爐台上的一個銅頭釘盒子說：

「我昨天看到道格拉斯在掛一幅油畫，他就是用這錘子把這幅畫掛上去的。」

警官腦子裡一片空白，停了一會又說：

「不要挪動那錘子，讓倫敦警探處理這案子吧！他們要比我們經驗豐富。」警官看了看窗台，用高高的聲音說：「快來看！」

當人們都湊過來看時，只見牆角上有一個非常清晰的長統靴印，還附著一些泥土。

「什麼時候拉的窗簾？」

艾默斯急切地說：「剛點著燈，就把窗簾拉上了。」

警官又說：「凶犯進入房間的時間一定是在四點到六點這段時間內。凶手進來後，無處可藏，於是他就一直躲在窗簾後面。由此可見，凶手的動機並不是要殺人，而是來搶劫。但恰巧碰上了道格拉斯，無奈之下他只好用槍把他打死了，然後就逃走了。」

巴克著急地獻上一計說：「如果是這樣，他一定不會逃得太遠，現在趕快搜捕還來得及。」

警官又想了想說：「如果是這樣，他過護城河時一定會拖泥帶水，這樣

或許會引人注意，他是不敢坐火車逃掉了，況且清晨六點又沒有火車。但我脫不開身呀，我不能離開這裡，你們也不許離開這裡。」

這時，伍德開始當起了法醫。

伍德若有所思地說：「你們快看這個標記，這或許對本案有幫助。」

在道格拉斯右臂上有個很引人注目的三角標記，在三角外是個圓圈。由於道格拉斯膚色比較白皙，這個印記顯得特別明顯。

伍德扶了扶眼鏡說：「我沒見過這樣的疤痕，它像是用什麼燙下的。你們是否見過牛馬身上的烙印？這兩者特別相似，為什麼會有這樣的烙印呢？這真叫人難以理解。」

巴克說：「噢，這個印記，我早已見過了，只是沒有想過這是怎麼留下的。」

艾默斯也說起來這件事。

「在主人挽起袖子時，我經常會看到這印痕，但是我也不清楚它的來歷。」

警官說：「這又是一個難解的謎，即使這與案件沒有什麼聯繫，也要引起我們的注意。」

艾默斯又驚叫起來：「喂，快來看，主人的結婚戒指沒有了。」

「啊！怎麼會這樣呢？」

「一定被凶手搶走了，你們看，他無名指上的那枚天然塊金戒指還在，但在它下面的結婚戒指卻不見了，中指上的盤蛇形戒指也在，凶手為什麼偏搶他那枚結婚戒指呢？」艾默斯自己思索著。

巴克也這樣說：「真奇怪。」

警官問：「你是說，結婚戒指在左手無名指的下面，而在它上面的是這枚天然塊金戒指嗎？」

「是的，是這樣。」

「這個凶手，或者不管他是誰吧，首先要把你說的那枚天然塊金戒指取下來，再取下結婚戒指，然後再把塊金戒指套上去。」

「按照現在情形來看，過程應該是這樣的。」

這位警官想了良久也沒弄出個頭緒來，便說：「我看案件並沒有那麼簡單，至於凶手的目的是什麼，有很多種情況，最好是讓倫敦警探來定論吧！現在，我們就等他們到來吧！這裡還有我的一個朋友，他叫懷特・梅森。他辦事效率特別高，而且勇敢機智，我只不過是個庸才，怎麼能判斷這麼複雜的案件呢？」

困境

　　懷特・梅森先生個子不太高，臉頰微紅，看起來很健壯，人們不會把他的樣子和一位出色的警官聯在一起。他穿著一雙高筒皮鞋，要是再背上一支獵槍，簡直就是個獵人了！

　　懷特・梅森是一位蘇薩科斯的偵探，他一收到報告，就乘了一輛馬車駛過來，大約在早晨五點四十分，他把報告透過火車送到蘇格蘭場，他來和我們會面的時候已經快中午十二點了。

　　問候完，懷特・梅森嘴裡便念叨著：「這件案子很複雜。」

　　他又說：「你們先住在韋斯特威爾阿姆茲旅店，這裡比較方便，另外，條件也不錯。現在最重要的是我們必須在新聞界到來之前把案子辦好，這些報社的傢伙特別不好對付，他們的到來會增加我們的麻煩。這樣複雜的案件我以前還未曾辦過，不過福爾摩斯先生，這樣的案子合你口味。華生醫生，趕快和我們一起走吧！我這就叫僕人給你們送行李。」

　　這位偵探的和善與直爽，給我留下了極好的印象。走了沒幾分鐘，我們就到了那家旅店。我們把行李搬進房間，就開始探討這個案件。

　　福爾摩斯全神貫注地傾聽著記錄員麥克唐納的講解。

　　聽完他的訴說，福爾摩斯鬆了一口氣說：「是的，的確相當古怪，在這以前我沒遇到比這更奇怪的案子。」

　　懷特・梅森先生聽了福爾摩斯發出這樣的感慨，興奮地說：「你也認為這案子奇怪吧！威爾遜說這樁案子時，我便立即行動了，但到了這裡我又覺得無計可施了，我就把威爾遜警官向我彙報的情況都告訴你們了。」

福爾摩斯又問：

「你怎樣看待這件事呢？」

「我已仔細檢查過那個錘子了，但我不能得出任何結論。如果說道格拉斯想用錘子去保護自己，那麼錘子掉在地上肯定會留下痕跡的。但現在一絲痕跡都沒有發現。」懷特・梅森說。

麥克唐納警官提醒說：「我們不要因為鐵錘沒留下痕跡而苦思冥想，案件火槍的兩個扳機被捆在一起，這樣就增加了它的威力。這可見有多大的仇恨，從這一點來看，他是有備而來的。這支火槍並不長，槍身不到二英尺，所以藏起來也比較方便。在火槍上唯一的發現就是三個字母『PEN』，字母位於兩個槍筒的凹槽上。很明顯，由於槍筒被鋸下一截肯定會有別的字母被鋸掉了。」

福爾摩斯接著說：「讓我來做一個大膽的推測，E與N這兩字母不算大，而P這個字母寫得比較大，字體是花體，對不對？」

「你怎麼知道得這麼詳細？」

福爾摩斯對我們笑了笑說：

「你們知道美國的一家小型武器製造公司，它主要生產軍火。」

懷特・梅森用敬佩的眼光看著福爾摩斯先生。

「你是否有過目不忘的本領，否則你怎麼想起這樣一個平常的軍工廠呢？我簡直佩服得五體投地。」

福爾摩斯並沒有對懷特・梅森的讚揚做出任何反應，又說道：「我們能在槍上做出點名堂嗎？」

懷特・梅森說：「依我來看，凶手是個美國人，因為美洲的一個地方經常使用這種武器，它應該是美洲火槍。」

麥克唐納提出了不同的見解：「那未必，到目前為止，我們仍然不能斷定這莊園是否有外國人進來過，而你現在就說凶手是美國人，這未免早了一些吧！」

「現在，有許多跡象我們都無法證明，例如：名片、窗台上的血跡、牆角的靴痕以及那窗戶。」

「我們應該把精力放在莊園之內的美國人身上，不應該考慮那麼遠的人，你應該清楚，巴克和道格拉斯都是美國人，從這種種跡象顯示，這是一場蓄意謀殺案，或許是有人設置好的。」

「那是艾默斯嗎？」

「有什麼不可能呢？你認為他可以完全信賴嗎？」

「他也值得我們懷疑嗎？他和主人曾經生活過十來年，他的表現一直很不錯，他說他從沒見過這樣的槍。」

「他說沒見過，並不等於就不存在，大家也都看見了槍筒已經被截斷了，這樣就可以隨便藏起來。」

「不管怎樣，他都說沒見過這樣的火槍。」

麥克唐納搖了搖頭說：「到現在為止，是否有外人進入房子，我們還不能得到一致的意見，仍然需要進一步調查。」

他停了停又接著說：「這有一點太離奇了吧！一個從天而降的外人身帶武器闖入莊園，並殺死了道格拉斯先生，這是一件什麼樣的事故呢？簡直怪了。還是讓我們聽聽福爾摩斯的見解吧！也許只有他才能做出合理的判斷。」

福爾摩斯皺了皺眉頭，然後平靜地對麥克唐納說：「麥克唐納先生，我很喜歡判這樣的案子，不過我還想聽聽你的依據。」

「好吧！這顯然是早已準備好了的殺人案，戒指的不翼而飛就說明了凶犯來此的目的是為了偷盜。我們看看這裡的地理環境，房屋四周環水，既然是蓄謀已久的謀殺案，這些情況凶手是應該知道的。那麼他肯定得為自己想出一條逃跑的路吧！他若選擇了涉水過河，他必須在火槍上下功夫，也就是說使火槍發射的聲音盡量小，使很少人聽見，或是讓人辨別不出這是槍聲，這樣凶手就可以有逃跑的機會了，可是事實上不是這樣的。這就真奇怪了，福爾摩斯，你說呢？」

「麥克唐納先生，你說的很有道理，許多問題確實需要我們去好好考慮了。我們就需要檢查一下護城河外岸是否有痕跡。懷特·梅森先生，這些你查過了嗎？」

懷特·梅森先生說：「那河岸是用石頭做成的，是不容易留下痕跡的。我也查過了，沒有找到值得懷疑的地方。」

「難道一點跡象都沒有嗎？」

「是的，確實沒有。」

「懷特·梅森先生，我們是否可以進一進莊園呢？或許那裡有值得我們去思考的東西。」

「福爾摩斯先生，莊園當然可以去，不過我認為在進之前，我還是先把情況告訴你為好。」懷特·梅森局促不安地說。

警官麥克唐納插了一句：「請你相信福爾摩斯先生的為人，我們曾經在一起辦過幾次案子，他具有真正的偵探才能。」

福爾摩斯說：「我做人有我自己的原則，我辦事一般是按常規來辦，我為你們破案沒有別的目的，只是想獻上我的一點微薄力量。我不愛去誇耀，只要官方不找我的麻煩就好了。當然我也不會給他們添什麼亂子，這一點我請你放心！不過，我還要提出我自己的要求，在辦案過程中，我要求有我個人的自由，到了一定的時候，我會提出我的見解的。」

懷特·梅森說：「我們真誠地歡迎你們加入我們的行列。你的要求我們一定答應，華生醫生，和我們一起來吧！我們都希望你出的書中提及我們呀！」

我們沿著鄉村街道走去，眼前是一派古韻斑駁的景色。抬頭望去，呈現在眼前的是兩根大石柱子，已經被風雨侵蝕得粗糙不堪了。柱子的上面是兩個石獅子，看起來也沒有往日的風采了。

順著迂迴曲折的車道往前走不遠，不一會兒，一片園林式的風景迎面而來。再轉過一個小彎，一座有詹姆士一世時代氣息的別墅呈現在我們眼前。這座別墅顯然經過無數風霜的洗禮變得黯淡沒有神氣了，門前有一個古老的花園，兩旁都有修剪得很整齊的紫杉樹。我們走到莊園跟前就看到了一座木吊橋和唯美寬闊的護城河，河中的水在寒冬的陽光下像水銀一樣，平滑如鏡，閃閃發光。

莊園大約有幾百年的歷史了，不知經歷了多少次風風雨雨。我突然感覺

到有一種陰鬱氣氛籠罩著這裡，就這麼一棟孤零零的房屋，我們能感覺到這裡的淒涼。我似乎覺得凶殺案與那裡黑漆漆的窗戶和淺綠色的河水有某種聯繫。

懷特・梅森指了指窗戶說：「看，就是那扇窗戶，現在還開著，和昨晚一模一樣。」

「噢，那扇窗？那麼窄能容得下一個人嗎？」

「如果這個人相當瘦，就不用再想了。福爾摩斯先生，只要這個人不太胖，過時稍稍側一下身，是可以擠過去的。」

福爾摩斯和以往一樣，一句話也不說，而是站在護城河邊望著河對面。後來，他又觀察了對面凸出的石岸，還看了看石岸的邊緣地帶。

懷特・梅森說：「福爾摩斯先生，沒必要再去那裡耗精力了，我已詳細檢查了，這裡確實沒有什麼痕跡。你想想看是否凶犯想了一個能不留下痕跡的辦法？」

「這倒是有可能，不過護城河的水一直是這麼混濁嗎？」

「很少有清澈的時候，幾乎天天都是這樣，因為水是從上游來的，上游土質比較疏鬆。」

「河水深嗎？」

「不，不太深，河中心最深的地方大約是三英尺多，而在兩旁就比較淺了，只有二英尺多一點。」

「哈哈，既然是這樣，凶手不可能溺死在這河裡了。」

「是的，就算他是個孩子，也不可能溺死在這河裡。」

我們從吊橋上走過來，管家把我們帶進家，這個人瘦得像一根乾草，他也許是受了驚嚇，整個身軀都在發抖，面色蒼白得嚇人。

威爾遜警官做人很有原則，做事有始有終，他獨自站立在案發現場。

懷特・梅森一進門便問：

「威爾遜警官，案情有什麼突破嗎？」

「對不起，一點都沒有。」

「你已經盡力了，一定累了吧！先回去休息吧！等有什麼事，我們會

通知你的。艾默斯管家，你把道格拉斯夫人、塞西爾‧巴克以及女管家都叫來，我們有情況要向他們詢問。諸位，我說說我的想法，然後我再聽取大家的意見。」懷特‧梅森說。

懷特‧梅森是一位精明能幹的好警官，他做事踏踏實實，始終有自己的一套。他很詳細地瞭解所有與案情有關的情況，然後又發揮了自己的聰明才智，進行推理分析。他說得頭頭是道，大家都非常佩服他，福爾摩斯也聽得像著了迷似的。

「我們首先要肯定一下，道格拉斯是怎樣死的呢？要說他是自殺，或許就有點奇怪了。他難道先把結婚戒指藏起來，再穿上睡衣，然後來到窗戶，在牆角弄點泥巴。這是什麼用心呢？那窗台上的血跡是……」懷特‧梅森說。

麥克唐納說：「他根本就不是死於自殺。」

「我們先暫且不要考慮是自殺，那麼他就是死於他殺，殺他的人究竟是什麼人呢？」

「對於你的見解，我們樂意恭聽。」

「不管怎樣，我先作一種假設，先假設是莊園中的人。深夜，當人們正準備睡覺時，槍聲驚動了他們，當他們很快跑過來時，卻從來沒見過這支火槍。這種推想確實不能讓人滿意，你們說對嗎？」

「是的，不可能是這種情況。」

「不過，莊園裡的人都說聽到槍聲後不到幾十秒便都趕過來了，如果巴克先生先到這裡，其他人差不多和他同時到達這裡。這麼短的時間，凶手竟然能脫下他的戒指，又把血跡弄到窗台上，還在牆角外留下泥印。幾十秒做這麼多事，這不太可能！」

「你的推理還比較嚴謹。」福爾摩斯先生說。

「既然這種假設被否定了，我們就應該考慮另一種可能，凶手就是莊園外的人了。但要確定這種可能性，還是比較費力的。首先斷定，凶手是在四點半到六點這段時間進入莊園的，這時他進入莊園並不費力。因為那時正有客人，房門是開著的，凶手可能是來搶劫，也可能是來報仇。從這支特殊的

火槍來看，後者的可能性比較大。凶手無論如何也不能這時進入房間，而他也只好選擇窗簾作掩護了。他在這裡藏到十一點多，這時，道格拉斯正要就寢，凶手和他碰了面，當下就把他擊倒了。道格拉斯夫人說，他們分開不過幾分鐘，便聽見了槍聲，由此可見被害者與凶手說過幾句話，那也是很短的幾句，然後一切就發生了。」

福爾摩斯說：「說得對，起碼這根蠟燭能說明這一切。」

「如果道格拉斯一進來就受到攻擊的話，那麼蠟燭絕對不會好好地立在桌子上的，這說明道格拉斯把蠟燭放好後，才受到襲擊的，蠟燭也只燃了一點。等巴克過來時，他先把燈點燃，然後便吹滅了蠟燭。」

「是的，確實是這樣。」

「我們不妨大膽地推測一下，當道格拉斯進屋時，把蠟燭放到桌子上，這時凶手就從窗簾後躥出來，逼迫並命令他把結婚戒指取下來交給他。但我們現在根本不可能知道他為什麼要這枚戒指，後來凶手把他擊倒了，我們並不排除他們經過一番搏鬥，這個鐵錘或許就是道格拉斯的自衛工具。案發後，凶手慌忙中丟下了這張卡片與手槍，從窗戶逃走了。福爾摩斯先生，你說這種推理是否有道理？」

「聽起來倒津津有味，不過還是缺乏理由。」

麥克唐納不耐煩地提出自己的看法：

「我並不同意你這種說法，因為它不符合常理。我可以肯定地說，除非凶手運用別的手段殺死道格拉斯，不然他不可能順利地離開現場。槍聲一響，幾十秒鐘內整個莊園的人都趕到了，他怎麼能安全地逃離現場呢？福爾摩斯先生，說說你個人的看法吧！」

福爾摩斯一直在那裡聽他倆爭論，似乎正在做出判斷看誰是最後的勝利者。

福爾摩斯說：「麥克唐納先生，現在我什麼都說不出來。」

他走近屍體觀察了一會兒說：「太殘忍了，讓艾默斯進來。」

艾默斯戰戰兢兢地走了進來。

「你說你經常見到主人臂上那記號嗎？」

「是的，先生。」

「難道你一直都不知道這個圖案的含義嗎？」

「是的，我確實不知道。」

「好的，依我看，這個圖案是烙上去的，得經受一定的皮肉之苦，另外，道格拉斯先生下巴經常貼一塊小藥膏，你曾經注意過嗎？」

「是的，那是他刮鬍子刮破了臉時貼上去的。」

「以前，他曾經刮破過嗎？」

「我敢肯定，很長時間沒有刮破了。」

福爾摩斯一隻手托著另一隻胳膊，另一隻手摸著下巴說：「這就奇怪了，這難道是不祥之兆嗎？偏偏在這時候刮破臉，他難道知道將要面臨一場災難嗎？艾默斯，你是否注意到他這幾天有沒有反常的表現？」

「你不說，我倒忘了，這幾天主人心情一直不好，茶飯不思。」

「很好，這一切或許道格拉斯已經有了預料，這種情況對我們是有用的，麥克唐納你說是不是？」

「你的觀點總是那麼別具匠心。」

「不要這樣誇獎我，讓我來看看這張卡片吧！『ＶＶ341』，你們莊園以前有過這樣的卡片嗎？」

「沒有。」

福爾摩斯走到辦公桌前，用試紙在每個墨水瓶上比劃著。

福爾摩斯又說：「現在可以肯定，卡片上的字不是在這裡寫成的，因為字的顏色和這裡的墨水顏色不相符。卡片上的字在哪個地方寫上去的，艾默斯，你能看出來嗎？」

「對不起，我無能為力。」

「麥克唐納，你呢？」

「我想它應該和他右臂上的那個烙印有關係，估計是一個組織的名稱。」

懷特・梅森說：「這有可能。」

「我們就以此往下推斷，看能推出什麼來，首先應該是該組織的一員進

入莊園，埋伏不算短的一段時間，等時機成熟了，就下了手，用這支火槍幾乎打掉了他的腦袋，然後就涉河逃之夭夭了。他所以要在死者身旁留下一張卡片，無非為了一個目的，報紙上一刊登出來，那個組織裡的其他成員一定會知道，謀殺已經成功。他為什麼要用這種特殊的手槍呢？」

「很好，繼續說。」

「死者手上的結婚戒指又怎麼講？」

「這裡有很大的奧秘需要我們去挖掘。」

「如果我沒說錯的話，現在巡警正在莊園附近大規模地搜捕，但什麼都沒發現，因為他們把注意力都集中在那些全身是水跡的外來人身上了。」

「你說得很對，確實是這樣的。」

「凶犯一般是不容易從警察眼下逃走的，除非他事先已經準備一身乾衣服，或是找一個地方先躲起來。現在看來，凶手很難被抓住了。」

福爾摩斯拿出他的放大鏡仔細觀察那窗台上的血跡說：

「這是一個相當寬的腳印，是一個八字腳！牆角上腳印很模糊，不過鞋底的樣式還不錯。」

停了停，他又問：

「桌子下是什麼東西？」

「是主人的啞鈴。」艾默斯回答說。

「啞鈴應該是一對呀！怎麼現在只有一個呢？」

「先生，對不起，我已經有很長一段時間沒留意這啞鈴了，我也不知道為什麼。」

福爾摩斯自言自語道：「為什麼不是一對呢？」

這時，突然有一位高大健壯的男子走了進來，他正是巴克。

他一進來先是看了看每個人，說：「對不起，諸位，打擾你們了，不過我的確有一件要緊的事要告訴你們。」

「什麼？」

「在大廳門外一百碼處，我們發現了一輛自行車。」

我們都前去看了這輛破車，那車子躺在道上，像是已經被騎了很長時

間，車上滿是泥土。我們發現這輛車子是拉奇・惠特沃斯牌的，後面的工具袋裡僅有一個油壺和一把扳子，除此之外，沒有更多的發現。

「這個事實的發現，對我們很重要，因為這輛車曾經登記過編號，我們或許能就此查清凶犯來自哪裡。那麼他為什麼又把車子丟在這裡呢？他現在僅憑兩條腿能逃到哪裡呢？福爾摩斯先生，這真讓人難以理解。」麥克唐納說。

福爾摩斯輕輕地說了一句：「我卻不這樣認為。」

陷阱

我們又一次走進房間裡，懷特‧梅森問：「你們是否已經徹底查看書房了？」

麥克唐納說：「查過了。」

「好了，現在我們還是讓莊園中的人敘述一下吧！我們就在這裡談好了，艾默斯，你先說吧！」

艾默斯一副老實的樣子，清楚地講述了一切。

五年前，道格拉斯搬進莊園時，艾默斯就成了他的僕人。道格拉斯非常富有，而且是在美洲發的財，這一點艾默斯比較清楚。讓艾默斯感到不太習慣的是主人對他特別好，像對待自己的親人那樣對待他。再就是主人膽子非常大，他從來沒有害怕過什麼，每天吊起吊橋的原因並不是為了安全，而是保持莊園的一種傳統習慣。

道格拉斯很少出遠門，更不要說倫敦這樣的城市了。不過，管家說，在案發的前一天，主人到湯貝里奇伍爾斯市買了點東西。那天主人心情並不太好，好像一直都忐忑不安地思考著什麼，很容易發脾氣。總之，那天他非常反常。案發當天晚上當管家正要躺下休息的時候，聽到一陣鈴聲，他就起來趕往主人的臥室，因為他們下人的房子離主人的屋子比較遠，得穿過幾個過廊。他說他沒有聽到槍響，艾倫太太也起來了，他們一起跑到了樓下，看到道格拉斯太太也從樓上走了下來，走得比較慢，而且沒看出有什麼異樣。她還沒到樓下，巴克先生就跑出來，攔住了她，勸她回去。

當時，巴克先生大聲地嚷道：「我們的傑克（主人的暱稱）遭到了襲

擊，但這是任何人不能挽回的，我求求你了，現在趕快給我回去，求求你了。」

道格拉斯太太神色一點都沒變，好像這一切不關她的事，在艾倫太太的陪同下，她又回到了自己的房間。

後來，艾默斯與巴克一起走進了書房，目睹了一切，當時蠟燭滅了，點燃了油燈，這是一個漆黑的夜。過了一會兒，他們來到大廳，艾默斯把吊橋放下，巴克就去報案了。

這上面的一切都是管家艾默斯所說的。

接著，我們問了艾倫太太。她和艾默斯所說的基本相同，她離前廳比較近，當她快睡時，聽到一陣急促的鈴聲響起，她也沒有聽到槍聲，她說她的耳朵有點問題。她聽到像是一隻腳重重地跺了一下地板，她說不過這聲音大約是在鈴聲響起前半小時就聽到的。她和艾默斯一起來到前廳，巴克先生從書房奔了出來，面色蒼白，他堅決要道格拉斯太太回房，艾倫太太就陪她回去了。

艾倫太太和她一同進了臥室，不停地安慰她。道格拉斯太太沒有再下去的意思，不過她的整個身子都在發抖，顯得有些驚慌失措。道格拉斯夫人回到房間，在靠近壁爐的地方坐下，把頭伏在兩隻手上。艾倫太太陪她度過了整個夜晚。

至於莊園中別的僕人，他們早睡了，他們並不知道晚上所發生的一切。或許是因為他們離這裡太遠了。

艾倫太太向我們提供這些情況時，表現出極大的悲痛。

我們又詢問了巴克，他講了他所看到的一切，對我們來說，沒有更新鮮的東西。他提出了自己的見解，說窗台上的血跡一定是凶手弄上去的，他也贊同凶手是從窗戶逃跑的。他說在吊橋未被放下的情況下，這是唯一的途徑。

但他也不能解釋凶手不騎自行車走的原因。

巴克先生說，道格拉斯不太愛說話，從不講他過去的經歷。他從愛爾蘭遷到美洲時正值青年時期，精力極其旺盛，他是在美洲富有起來的。他們在

加州認識，他們曾經經營過一個礦，發展得很好。但好景不長，正當事業興盛的時候，道格拉斯卻下定決心要離開那裡，那時他還是一個人。巴克也變賣了家產隨他一道來了，但巴克先生總有一種感覺——道格拉斯將要面臨一場災難。或許，道格拉斯也感覺到了這一切，所以放棄了自己的事業來到這個比較安靜的地方。巴克先生還猜想，很可能是個秘密幫派，這個幫派一直盯著道格拉斯，直到把他盯死為止。不過這只是他的一種感覺，道格拉斯從來沒有向他提起過這些。他說這張卡片很可能就是那個秘密幫派留下的。

麥克唐納問：「你和道格拉斯在加州一起待了多長時間？」

巴克先生說：「大約五年吧！」

「巴克先生，你說他當時是個單身漢，是嗎？」

「是的，那時只有他一個人。」

「你知道他前妻的一些情況嗎？」

「對不起，他沒和我談起過她。我看到過她的照片，她很漂亮，是具有德國血統的女人，在我和道格拉斯認識的前一年她就因為傷寒而死去了。」

「道格拉斯是否經常和美國的某個地方有聯繫？」

「他到過美國的許多地方，他說他特別喜歡芝加哥，他說他對那個地方相當熟悉。另外他還和我經常談起一些煤礦或鐵礦。」

「他經常和你討論政治之類的問題嗎？你認為那個神秘組織和政治有關嗎？」

「不，他從不談論這方面的問題。」

「你是否認為他也比較神秘，或者說他曾從事一些犯罪活動呢？」

「我敢保證，絕對沒有，他的為人我最清楚了。」

「他在加州的時候，在生活習性上有什麼特殊的地方嗎？」

「他不願和陌生人接觸，而是常去清靜的地方。這倒可以理解，當一個人受到威脅時，他肯定不願和陌生人接觸了。他放棄了他興盛的事業，來到這裡，肯定是因為這個。他走了沒幾天，就有好幾個人來向我打聽他的下落。」

「都是一些什麼人向你詢問道格拉斯呢？」

「他們表情冷酷，懷有敵意，我只告訴他們他已去了歐洲，至於什麼地方我就不清楚了。」

「他們是加州當地人嗎？」

「這些我不知道，但我敢保證，他們是一些美國人，我特別反感他們。所以我再也不願待在那裡了。」

「這件事大約有多少年了？」

「大約快七年了。」

「這樣算來，你們在那裡待了五年，到現在應該有十一年了吧？」

「是的。」

「這絕不是一些個人恩怨，一定是血恨之仇，才使這麼多年他仍念念不忘。」

「誰碰到這樣的事也實屬倒楣。」

「事情還是非常奇怪，他知道自己面臨巨大的災難，這種災難又隨時可能降臨，他為什麼不求助警方呢？」

「有的危險，不是求助警方就能解決掉的，警方也不能隨時都保護他，所以他只能靠自己了。他總是隨身攜帶一支手槍。昨天當吊橋吊起時，他就放鬆了警惕，卻正好在這時，他遭到了襲擊。」

「我再向你問個問題，你在道格拉斯到來的第二年就到了，道格拉斯來這裡已經快六年了吧？」

「是的，沒錯。」

「第二次結婚已經有五年了，你來時，一定在他結婚那一年吧？」

「對，就在我來的那一年，並且我還是他的男儐相。」

「在他未結婚之前，你認識他的妻子嗎？」

「我離開這裡很長時間了，所以以前我不認識她。」

「那麼你們認識之後，是不是來往很頻繁？」

巴克想了想說：

「是的，我和她見面的次數非常多，不過我請你們不要誤解我，我經常和我的朋友來往，免不了要與他妻子見面，我們之間根本⋯⋯」

「巴克先生，請你不要胡亂地猜測，我只是向你詢問一些情況。」

巴克氣憤地說：「你們不知道這是對我的不尊重？」

「請你相信我，我們沒有別的目的，只是想理清案件，我還要冒昧地問你一句，道格拉斯先生對你和他妻子頻繁來往有什麼看法嗎？」

巴克臉色都變了，睜大兩隻眼睛生氣地說：「你們欺人太甚了。」

「難道這與案件也有關係嗎？」

「但是我必須這樣問，你是否回答我？」

「我沒必要回答你這些問題。」

「你這樣已經給我們做了很好的回答，就不用回答了，心中沒鬼，為何要逃避呢？」

巴克先生聽到這句話，像是後悔了，站在那裡發了半天呆，然後他強作歡顏地笑了一下說：

「當然，你們是警察，我就得問一答一。我之所以這樣，是不想讓道格拉斯夫人再為別的無關緊要的事操心了，她現在已經夠痛苦的了。我只好實話實說了，那就是道格拉斯特別愛吃醋。我們倆處得特別好，親如兄弟，而他對他夫人又特別專一。他特別樂意我來這裡，經常讓人請我來，不過有時又弄得非常不高興，那就是我和他妻子接近的時候。我曾經打算再也不來這裡了，但這種不高興的事過去之後，他又向我道歉，並讓我一定要再來。他說如果我不來，那就說明我沒原諒他，這樣，我就不得不來了。不過請你們相信，我和他夫人根本沒有任何關係，他夫人對他也是非常真誠的。」

巴克先生說得很激動，麥克唐納沒有絲毫鬆勁，繼續提問：

「你知道道格拉斯手上的結婚戒指被拿走了嗎？」

「是的，好像沒有了。」

「難道這還不肯定嗎？你為什麼用這樣的語氣回答呢？」

「我想，也許是道格拉斯自己把它取下去的。」巴克先生猶豫了一會兒說。

「但是這正好發生在案件發生時，你知道嗎？這意味著什麼？結婚戒指關係到道格拉斯和他妻子的感情問題。」

巴克先生堅定地說：「我現在什麼話都不想說，我現在只奉勸你們一句，你們思考他倆感情是否有問題，那是白下功夫。」他的臉微微紅了一些。

麥克唐納冷淡地說：「好了，現在不想再問你什麼了。」

福爾摩斯突然問：「我還有一件事要問你。案發後，當你進來時，是否看到那根蠟燭在桌子上燃著？」

「是的，先生。」

「你一進來就看見了所發生的一切，是嗎？」

「是的。」

「你就按了鈴？」

「是的。」

「他們過了多長時間就來了？」

「幾十秒鐘，反正不到一分鐘。」

「為什麼在他們到來時，點的是油燈，而把蠟燭吹滅了？」

巴克說：「這也值得你們懷疑？桌子上有燈，我就隨手把它點亮了，這樣房子會更亮一些。」

「是你吹滅蠟燭的嗎？」

「是的。」

福爾摩斯停止了發問，巴克先生多少恢復了以往的平靜，打了個招呼便走了。很明顯，他對剛才的問話有些氣憤。

詢問道格拉斯夫人時，我們要去臥室見她，但她不同意，說在餐廳吧！我們都坐在那裡等她。

一會兒，她就到了，和我想的差不多，她是個美麗的女人，身材特別苗條。她的臉色不太好看，略帶些哀傷，但顯得十分鎮靜，我們都覺得這有些古怪。

她用那雙略帶疑慮的眼睛看了看我們每個人，顯得特別自然而放鬆。這個舉動讓人感到吃驚，接著她問：「你們發現了什麼？」

她像是心中隱藏了秘密。

「道格拉斯夫人，請你不要著急，我們會盡快把案子查清楚的，不過我們要問你幾個問題。」

「很好，不必考慮費用問題，由我來承擔，只要能把事情弄個水落石出就行。」她坦然地說，表情顯得很冷漠。

「你能為我們提供些有價值的東西嗎？」

「如果能，我會盡力的。」

「好的，你沒有進去看你的丈夫，是嗎？是這樣的嗎？」

「對，當我下了樓，巴克便把我攔住了，並求我不要下去，我就聽了他的。後來，艾倫太太就陪我上樓了。」

「是你聽到槍聲就往下走嗎？」

「對，我披了睡衣就往下跑。」

「從聽見槍響到你下樓後巴克攔住你，這大概是多長時間？」

「大約是兩分鐘吧！我當時太急了，或許已經不能做出準確的判斷了。巴克怕嚇著我，讓我回樓上去，我就和艾倫太太回去了。」

「從道格拉斯下樓到槍聲響起，大概有多久時間？」

「我也說不清，我不清楚他什麼時候下去的，因為他是從更衣室下去的，他在晚上睡覺前總要檢查一番，他怕引發火災。」

「好的，你和道格拉斯在哪裡相識的？」

「在英國，我們結婚已經有五年了。」

「他對你談起過他以前的事嗎？譬如，在美洲時，有什麼煩心事？」

她停頓了一下，好像是在回憶以前的一切，說：「自從結婚以後，我們的感情一直都很好。確實，有一段時間，我看到他心神不安，像是要發生什麼事似的，但他從不對我講這些壞消息。他怕我擔心，有事他寧願自己去承擔也不願讓我為他分擔一點痛苦，所以我就不再向他詢問了。」

「這些你是如何知道的？」

道格拉斯夫人擠出一絲笑容說：

「我們互相深愛著對方，難道有什麼秘密能瞞過對方嗎？我雖能察覺到他的一些事情，但是有時他有意迴避我。他常常轉移話題，談到在美洲的生

活。對一些不明身分的人他總是十分謹慎的，但是難免不洩露出一點。我能清楚地感覺到，他有仇家，而且仇家的勢力很大，這個魔爪一直都盯著他，這一切他心中也有數。他做事很小心，我也特別擔心他的安全，那天他回來得比較晚，我就以為要出事了。」

福爾摩斯問：「道格拉斯夫人，他的哪些話引發了你的注意？」

「每當我問起他的時候，他就說什麼『恐怖谷』，他說他無法逃避這場災難，因為他已經身陷在恐怖谷裡。我問難道我們永遠都不能逃出這個『恐怖谷』嗎？他總是流露出無奈的表情。」

「你問過他『恐怖谷』到底是指什麼嗎？」

「我也曾經問過他這個問題，可是他總說：『我不願讓它同時威脅我們兩個人，我願意自己來承擔一切，但願你能平安無事。』於是我就不再問了。我想他也許在一個山谷裡得罪過什麼人，這讓他一直都不能忘記。僅有這些了。」

「他難道沒向你提到過他們的名字嗎？」

「提到過，那是他因發高燒說的胡話。他嘴裡只念叨一個叫麥金蒂的人的名字，我從來都沒聽說過這個人。等他好了之後，我問他麥金蒂是誰，他便搪塞我說：『他可管不了我的事情。』其餘的什麼都不說了。我感覺到麥金蒂一定和恐怖谷有某種聯繫。」

麥克唐納說：「據說你和道格拉斯是在英國認識的，並以身相許，我冒昧地問一下，你們是否經過一個戀愛過程？有什麼值得你注意的事情嗎？」

「我們相愛了很長一段時間，倒沒什麼值得我注意的事情。」

「道格拉斯先生是否有情敵？」

「絕對沒有，因為我從來都沒有男朋友。」

「道格拉斯先生遇害時，那枚結婚戒指也不翼而飛了，這怎麼解釋呢？」

這時，道格拉斯夫人嘴角露出詭秘的微笑。

她說：「這真是怪了，實在讓人想不透。」

「感謝你的配合，現在我們沒什麼問題要問了。到必要的時候，我們或

許還會來打擾你，希望你不要介意。」

麥克唐納說完這些話後，她站起來試探性地看了我們每個人一眼。

然後，她向我們鞠了一躬，提著長裙慢慢地走了。

麥克唐納警官望著她的背影說：「她太漂亮了，巴克先生經常光顧這裡難道沒有什麼別的意思嗎？關於這枚不翼而飛的戒指必須引起我們的注意了。福爾摩斯先生，你有什麼看法要發表嗎？」

福爾摩斯先是沒有理會他所說的，然後站起來按了一下鈴。

艾默斯立刻就跑過來了。

福爾摩斯問：「巴克現在到哪裡了？」

他說：「讓我出去看看。」

一會兒，艾默斯便回來了，說：「他現在正在花園。」

「艾默斯，你是否還記得，巴克昨晚和你在一起的時候，穿了一雙什麼鞋？」

「他先是穿了一雙拖鞋，後來他說他要報警去，我遞給他一雙長統靴。」

「艾默斯，他穿的那雙拖鞋在哪裡？」

「在大廳的椅子下面。」

「我問這些的目的，是為了弄清楚哪些腳印是凶手的，哪些腳印是莊園內的。」

「你真是太細心了，那雙拖鞋和我的鞋一樣都沾了一些血漬。」

「這些都是難免的。謝謝你，艾默斯你可以回去了，什麼時候需要你的時候，我們會按鈴叫你的。」

片刻間，我們進入大廳，福爾摩斯拿出了那雙鞋看了看，那是一雙氈拖鞋，兩個底子上沾滿了血跡。

福爾摩斯先生把拖鞋拿到窗台前與窗台上的血跡對照了一下，驚奇地說：「太妙了！」

他快速地把拖鞋貼近那窗台上的血跡，奇妙的事情發生了，原來，窗台上的血印與拖鞋完全吻合，福爾摩斯滿意地笑了笑。

麥克唐納昏了頭，於是便用方言說：「親愛的福爾摩斯先生，這能對上嗎？」

　　「這絕對不是靴印，這是特意印上的，這究竟是為了什麼？簡直是太離奇了。」

　　「為什麼？」福爾摩斯像是在自言自語。

　　懷特‧梅森得意地說：「怎麼樣，這個案子離奇吧！」

起死回生

許多細節還得這三位能幹的偵探進一步去研究，於是我就獨自走出了莊園。

我來到了花園，這是一個很美麗的場所，位於莊園側翼，四周環繞著紫杉，修剪得奇形怪狀，顯得特別嫵媚。

我慢慢走了進去，一片綠油油的草坪展現在我的眼前。園內景色怡人，我完全沉浸在這片美景中，得以從那場慘案的陰影中走出來。的確，那慘不忍睹的現場讓人覺得害怕。但是，正當我在園中散步，沉浸在鳥語花香中時，忽然遇到了一件怪事，剛剛放鬆的神經又緊張了起來，使我重新想起那件慘案。

我剛才說過，花園四周點綴著一排排的紫杉。在距莊園樓房最遠的那一頭，紫杉很稠密，形成一道連綿的樹籬。

在樹籬的後面好像有兩個人，我悄悄地走了過去，他們的談笑聲漸漸地清晰起來。當我走過去的時候，我以為我是在做夢，這兩人怎麼會是道格拉斯夫人與巴克呢？更使我感到吃驚的是，她剛才那嚴肅冷漠的神情蕩然無存了，現在她笑得是那麼開心；巴克蹺著二郎腿微笑著坐在那裡。當他們發現了我時，臉色立刻發生了很大變化，甚至是瞬間恢復了那種嚴肅的偽裝，他們似乎有一點不知如何是好。

後來，巴克停頓了一下說：「你好，你是華生醫生吧？」

我掩飾不住內心的不平，冷冷地說：「對，我就是。」

「人們都說福爾摩斯先生和他的一位好朋友住在一起，所以我想你是他

那位好朋友吧！你和道格拉斯夫人聊一會兒吧！」

我猶豫了一下。我實在不想理這個放蕩的女人，她對丈夫的死一點都不放在心上，剛才還笑得那樣開心，這真是怪了。

我隨便地向她打了聲招呼，也沒太注意禮節問題，因為她確實讓人有點討厭。

她問：「你是覺得我對我丈夫的死有些漠然嗎？」

我哼了一聲說：「這與我有什麼關係呢？」

「不過，我想你以後會知道，現在你⋯⋯」

這時巴克突然說：「華生醫生不想多知道就算了，他也說過了，這不關他的事。」

我說：「我為什麼要知道這些呢？我只是出來走走。」

道格拉斯夫人匆忙地說：「華生醫生，你不能走，我想問你一個問題，而這個問題非常必要。我知道你特別瞭解福爾摩斯先生，我問的是，如果我偷偷告訴他一個秘密，他會不會把這個秘密告訴警察局呢？」

巴克也說：「我也想問這個問題，福爾摩斯先生凡事都與警察局商量嗎？」

「親愛的華生醫生，有一件事情，我不知道是不是該說出來？

「請你一定要幫我這個忙，唯有你能幫助我。」

道格拉斯夫人說得特別動情，一副可憐相，我頓時產生了同情之心，於是說：「這個你應該放心，在案件未弄清楚時，他一向是什麼都不向外人表露，連我在內他都不說，他總是獨立完成。但是，他有時將有助於偵破案件的線索提供給其他辦案人員作為參考。我只能告訴你們這些，至於其他的，我想還是你們自己去瞭解好了。」

說完後，我便離開了他們。當我走遠時，回頭看了他們一眼，他們還盯著我互相交談著什麼。

後來，我先自己回到了旅店，福爾摩斯先生直到下午五點多才回來。我趕快讓侍者給他拿來飯食，讓他趕快吃上一些。

等他吃完後，我便把那件事告訴了他。

他愣了愣說：「他們會告訴我什麼？如果他們是罪犯，當我去抓他們的時候，一定會感到不好意思的。」

「福爾摩斯先生，你對這肯定嗎？」

福爾摩斯先生說：「或許再有一點進展，就會真相大白的。到那時，你就會知道，現在我還沒有很大的把握，現在至關重要的是找到那個丟失的啞鈴。」

「什麼？啞鈴？」我糊塗地問。

「你真的覺得這難以理解嗎？也許你還不清楚，現在找到啞鈴非常重要。一個經常鍛鍊的人不會只拿一個啞鈴去鍛鍊，如果是這樣，他會畸形發展的，這可能嗎？好了，這些細枝末葉，我猜連那兩個偵探也沒有注意過，但這細小的問題是很重要的。」

他的臉蛋紅撲撲的，顯得胸有成竹，見我這樣迷茫，他覺得非常可笑。

福爾摩斯又變得活潑起來。

他坐在爐火附近的一個小凳子上，掏出一根菸一邊點一邊說：「我一到案發現場，就感覺到有人在想盡辦法欺騙我。先是巴克，他盡力捏造事實，他根本就沒有吐露出事情的真相。道格拉斯夫人也在欺騙我們。他們倆想盡力把話說得一致，由此看來，他們是合起夥來欺騙我們。於是，我們就應該弄清楚他們為什麼說謊，搞清楚這些，我們或許就明白了。

「你想一想，凶犯打死人後，再把他的結婚戒指摘下來，而這枚戒指還在同一手指的另一枚戒指之下呢，要拿走那枚結婚戒指必須先取下這枚戒指，之後再給他戴上去。這麼繁瑣的動作幾十秒內能完成嗎？這難道不是他們在撒謊嗎？另外就是那張卡片，凶手在這短短的幾十秒內能有這麼從容嗎？另一種可能就是戒指在未開槍時就被摘下來了。從那根蠟燭燃燒的情況看，他們見面的時間很短，再說了，凶手威脅他摘下戒指，依他的膽量，他是不會輕易就交出來的。

「死者是被槍殺的，這一點不用懷疑，不過開槍時間有出入，他們所說的開槍時間一定比真正的開槍時間往後得多。就是這麼一回事，我很有把握，他們一定在欺騙我們，他們兩個一起來編造謊言，而且那窗台上的血印

是有意印上去的，以此來製造混亂，現在他的麻煩不小了。

「殺人的時間比較關鍵，時間大約在十點四十五分，僕人們都應該已經休息了，只有艾默斯在餐廳，而餐廳的門被關著。至於書房裡發生的一切，艾默斯是不可能知道的，我們下午已經做過試驗了。

「這樣的試驗，我們在女管家艾倫的臥室也做了，在她的臥室裡只能隱約地聽到。從現場來看，槍口離死者特別近，這樣會大大減少槍聲的強度。當時在深夜，特別安靜，不管怎樣，艾倫太太都能聽到。在我們問她時，她說聽到像關門聲音，『砰』的一聲，在警報響的前半個小時聽到的，我相信這就是槍聲，只不過她沒留意罷了。而十點四十五分正是警報響起的半個小時前，由此說來，十點四十五分是被害者遇害的時間。

「如果一切都按照我們那樣推測，先假設道格拉斯夫人和巴克不是凶手，而是其他人，那麼他們十點四十五分聽到槍聲。他為什麼十一點十五分才拉鈴叫人呢？他們在這段時間做了些什麼呢？只要證明這一點，其他問題或許會迎刃而解。」

我說：「福爾摩斯先生，你談得很有道理，看來他們的確是勾結在一起了，要不為什麼在道格拉斯死去僅幾小時後，他們竟能笑得那樣開心？而道格拉斯夫人一點傷心的樣子都沒有。」

「我是不會輕易對女人產生好感的。華生，這你是清楚的，你說得很正確，在我們向她詢問時，她一點也沒有傷心的感覺，在丈夫出了事後，她一眼沒看就又上樓了。就是出於好奇心也應該去看一看。這有可能嗎？假如那是我，而我的妻子就像道格拉斯夫人那樣，那還不把我又氣得活過來。他們以為他們在騙大傻瓜呢？現在要弄清楚的是他們倆為什麼要聯合起來行騙呢？」

「你是說凶手是他們兩個人或者是其中的一個？」

「你這個問題真夠直截了當的。如果你認為道格拉斯夫人和巴克知道謀殺案的真情，並且合謀策劃，隱瞞真相，我打心眼兒裡同意。他們現在的確在搞陰謀。不過，你的結論還欠事實根據。我們還應該找一些證據！華生，我們先把妨礙我們的疑難問題研究一下吧！」

我們先做了一個假設，那就是巴克和道格拉斯夫人兩廂情願，於是道格拉斯就成了他們的一大障礙，於是他們便想除掉這個眼中釘。

　　但是透過詳細的調查，我們發現這個假設不成立。僕人們都說，道格拉斯夫婦感情很好。

　　「這難道是真的嗎？」我又想起他們談笑風生的情景說道。

　　「好，至少他們使人產生這種假象。然而，我們假定他們是一對詭計多端的人，在這一點上欺騙了所有的人，而且共同圖謀殺害道格拉斯。碰巧道格拉斯正面臨某種危險……」

　　「我們只是聽到他們的一面之詞啊！」

　　福爾摩斯深思了一會兒，說：

　　「你可以不相信，我知道你的意思，你是說我們一直都在受他們的矇騙，他們所說的一切都是在有意騙我們。而他們騙我們的目的，是為了把我們的視線引開，以使我們相信凶手是莊園外的人。好像你的一切推想都符合事實，可如果你再慢慢往下想，恐怕就要出問題了。為什麼他們用了那支火槍呢？如果艾倫太太換成別人，那不就暴露了嗎？這樣，他們就沒有足夠的把握了。華生，他不會連這也想不到吧！」

　　「是的，這些問題確實讓人難以理解。」

　　「如果是他們謀害道格拉斯，為什麼要把結婚戒指摘下來呢？這不是故意暴露嗎？你想想這些。」

　　「我想這些的確不合常理！」

　　「花園裡那輛滿是泥巴的車子，對你的推斷也起不到什麼作用。凶手作案後，最要緊的是要逃跑。誰不知道騎著車子要比步行快得多？那麼凶手又為什麼偏偏留下車子呢？誰又會愚蠢地製造這麼一個假象呢？除非他智力有問題。」

　　「我對這些也無言以對了。」

　　「當你面對錯綜複雜的問題時，只要仔細去琢磨，就能慢慢把問題想清楚。先聽聽我的設想，雖然它帶有猜想，但還是讓我們來試試吧！

　　「首先，道格拉斯有過不光彩的行為，不光彩到使他不堪回首。他遭到

槍殺，可能就因為他以前的行為。至於是什麼仇恨，我們現在根本無法弄清楚。仇人殺死了他，並要連同他的結婚戒指一同帶走，這可能和他第一次婚戀有關。

「在作案後，仇人想盡力逃走時，巴克和道格拉斯夫人趕了過來。他們清楚地知道，抓住了這個凶手，道格拉斯的醜聞也就曝光了，他就會被人們唾棄，於是他們就眼睜睜地讓凶手從他們眼前溜走了。或許是為了使凶手逃走，他們還放下了吊橋，讓凶手順利地過了橋，而後他們又把吊橋吊起來。凶手丟下自行車，是因為他覺得步行更安全。這是我的看法，你認為如何呢？」

「毫無疑問，這是可能的。」我稍有保留地說。

「華生，我們一定要意識到，我們遇到了件極為特殊的事。繼續往下想——這一對不一定是罪犯的人，但在凶手逃離後，他們意識到自己處於一種嫌疑地位，因為既難說明自己沒有行凶，又難證明不是縱容他人行凶。於是他們急忙笨手笨腳地做了些什麼，於是就會是現在這種情況了。巴克用他沾了血跡的拖鞋在窗台上做了腳印，偽作凶手逃走的痕跡。他們顯然是最早聽到槍聲的人，所以在他們安排好了以後，才按鈴報警。不過這已經是案發半小時後了。」

「你打算怎樣證明這一切呢？」

「好，如果是一個外來人，那麼他就有可能被追捕歸案，這種證明當然是最有效不過的。但如果不是這樣的話⋯⋯嗯，科學的手段是無窮無盡的。我準備在那個書房裡獨自待一個晚上，或許我會找到答案的。」

「有這個必要嗎？」

「當然有了，我會很快動身的。艾默斯是一個老實憨厚的人，我已經觀察過了，他與巴克沒有什麼舊交情，所以我已把我們的想法告訴他。那間書房對我來說是個很好的環境，請你不要笑我，這樣做對我很有意義。華生，你帶雨傘了嗎？」

「雨傘？在這裡。」

「拿來，我用一下。」

我說：「好，不過這是一件多麼彆腳的武器啊！」

「華生，沒事，若要有事的話，我早做準備了。現在我的夥伴已經去湯貝里奇伍爾斯市查那輛自行車了。」

晚上，麥克唐納和懷特·梅森興高采烈地回來了。他們一定是有好消息回來報告。

麥克唐納說：「諸位，我們當初否認是莊園外的人簡直是大錯特錯。經過我們的調查，一切都清楚了，這確實是一個有意義的消息。」

福爾摩斯說：「你是說你已把案件調查得水落石出了，這樣的話，我得祝賀你了。」

「你們也清楚，道格拉斯曾去過湯貝里奇伍爾斯市。自從去了那裡以後，他就表現得急躁不安，他意識到了有某種危險。很明顯，如果一個人騎自行車來的話，可以料想一定是從湯貝里奇伍爾斯市來的。我們已經向各個旅店打聽過了，伊格爾旅店的經理一下就認出了這輛車子，他說這輛車子的主人是哈格雷夫，這個人曾經在他們旅店住了兩三天。他只帶了個小箱子，登記是從倫敦來的，可是沒有寫地址。那小箱子裡裝的都是英國貨，但哈格雷夫卻是美國人。」

福爾摩斯說：「你們做得很漂亮，做了一件扎實的工作，我卻和我的朋友坐在這裡編造各種推論。這的確是次教訓。」

麥克唐納說：「理論聯繫實際有時候是很必要的。」

我說：「不過，福爾摩斯先生的推理與你們的發現是一致的，麥克唐納先生，你們下一步打算怎麼辦？」

「有一點，很明白，這個人不想讓人瞭解他的底細，所以做事特別小心謹慎。在他的臥室裡除了一張本地地圖外什麼也沒發現。據瞭解，他最後一次離開旅店到現在都沒再出現過。」

懷特·梅森說：「這一點很難讓人理解，一般來說，他要是作了案，應該偽裝得和平常一樣，這樣才不至於引起別人的懷疑。而他現在這樣做豈不是暴露目標嗎？福爾摩斯先生，你說呢？」

「我們到現在不是還沒找到他嗎？這才是他聰明的地方，你們瞭解到他

長什麼樣子了嗎？」

麥克唐納查看了一下筆記本。

「至於他的長相，我們已經做記錄了，這是從幾個人口中得到的。他大約五十多歲，個子在六英尺左右，頭髮有些灰白，長著一個鷹勾鼻，沒有面部表情，很凶。」

「這個人怎麼越說越像道格拉斯先生，繼續說。」

「再就是，他經常戴著一頂帽子，身上披一件雙排扣的短大衣。」麥克唐納說。

「火槍的事有什麼情況？」

「剩下的就是他那個箱子，雖然比較小，但是裝一支小槍，還是沒問題的。他把那個箱子放在身上，用大衣蓋住，別人是不會發現的。」

「這與凶殺案的聯繫有多大？」

麥克唐納說：「福爾摩斯先生，若要知道更多的情況，恐怕得抓住這個人了，據我們所知，哈格雷夫在前兩天來到湯貝里奇伍爾斯市。他只提了個小箱子，裡面有一支火槍，另外就是騎了輛自行車，來這裡的目的就是行凶殺人。昨天清晨，這個人就騎著自行車來到這裡，身上披了件大衣，裡面藏著一支火槍，沒有人能發現他，因為騎自行車的人多得是。他來這裡以後，就躲在樹叢中等待道格拉斯的出現，他或許就是這樣打算的。」

福爾摩斯說：「推理得非常好。」

「凶手等了老半天，一直都沒見道格拉斯出來，在迫不得已的情況下，他丟下自行車，就從吊橋上進去了。隨後他就進了屋子，一直藏在簾子後，一會兒吊橋被吊起了，所以他不得不做好逃走的準備。到了十一點多，道格拉斯來到了書房，凶手就下了毒手，後來就逃之夭夭了。他想到了自行車對他不利，因為曾經有人看見過這輛自行車，於是他就丟下車，去了倫敦或者現在仍躲在某一地方。福爾摩斯先生，怎麼樣？」

「麥克唐納先生，你分析得很透徹，不過作案的時間，我認為是十點四十五分，這是因為道格拉斯夫人和巴克聯合起來矇騙我們。殺人犯就是從他們的眼皮下溜走的，他們又設計了一些假象。」

懷特‧梅森說：「道格拉斯夫人可沒在美洲住過，她怎麼會認識殺手，還要把他放了呢？」

「為了這個問題，今晚我要調查一些情況。」福爾摩斯說。

「福爾摩斯先生，我們該做些什麼呢？」

「你們不要為我擔心，我帶上華生的雨傘就行了。管家艾默斯是個忠實厚道的人，他能給我幫助。有一個問題我怎麼也想不通，那就是為什麼只剩下一個啞鈴。」

半夜時候，福爾摩斯才獨自調查回來。那時我已入睡，他進門時把我從睡夢中驚醒了。

我迷迷糊糊地問：「福爾摩斯，有新進展了嗎？」

他拿了一根蠟燭，站在我身邊半天沒說話，然後他那高大而瘦削的身影突然向我俯下來，說：

「華生，你現在和一個神經失常的人，一個頭腦失去控制的白痴睡在同一個屋子裡，不覺得害怕嗎？」

「一點也不，你說什麼呢？」我對他的話未能理解。

「啊，運氣還不錯。」他說完這句話後，這一夜便什麼也沒再說了。

真相大白

第二天早晨，我們去了警察局，麥克唐納與懷特‧梅森警官正在整理那些電報和信件。

福爾摩斯高興地問：「找到那個騎自行車人的線索了嗎？有什麼好消息嗎？」

麥克唐納說：「看吧！這都是關於他的報告，看看，各個地方的都有，這傢伙顯然被人盯上了。」

福爾摩斯說：「麥克唐納先生，懷特‧梅森先生，你們是否能接受我們一點意見呢？我曾經告訴過你們，我沒有足夠的把握是不會說出我的推斷的，但我實在不想讓你們的功夫白費。所以我要阻止你們，還是放棄你們現在所做的事情吧！」

兩位警官互相看了看，不知福爾摩斯在說什麼。

麥克唐納大聲地說：「難道我們做錯了什麼嗎？」

「你們的方法不正確，這樣做只是徒勞。」

「騎自行車的人，這總是真實存在的吧！他藏起來了，又為什麼不逮他呢？」

「的確是這樣的，只要我們全力以赴一定會抓住他的，但去那麼多地方調查，難免有些盲目。我相信我們能找到破案捷徑。」

麥克唐納說：「福爾摩斯先生，你是否隱瞞了一些事情？」

「麥克唐納先生。你應該知道我的為人，我等事情成功後會告訴你們的。我去倫敦後，你們在這裡收拾殘局，我能說的只是，這案件很特殊。」

「福爾摩斯先生，你真是變幻莫測，昨天你還讓我們繼續做，今天又變成這個樣子。究竟發生了什麼事，讓你對本案的看法截然不同了呢？」

「好，既然你們問，我就不妨告訴你們。昨晚我在莊園待了幾個小時。」

「你有什麼新發現嗎？」

福爾摩斯掏出一個小冊子說：「麥克唐納先生，你讀了這本小冊子，便能感受到那座古老莊園的特有氣息，看看這一段：詹姆士一世登基後五年，在一片廢墟中建起了伯爾斯通莊園，它是現存的詹姆士一世最有代表性的建築。護城河更具有代表性……」

「這些能說明什麼呢？」

「我還是不念的好，否則你該生氣了。不過一些重要的情況，我再說給你聽聽。『1664年一個會議黨上校得到了這個地方，英國戰亂，查理一世曾經在這裡躲過，喬治二世也來過這裡。』」

「這又能說明什麼？這不過是些過去的事。」

「這些是過去的事了，不過我們仍應該把眼光放得遠一點，事物之間都是互相聯繫的，一些知識的運用並不是立刻見效，在經驗上我要比你們豐富，請相信我不是在誇耀自己。」

麥克唐納說：「也許你是有自己的道理，可是你做起事來也未免太拐彎抹角了。」

「那麼，我就把這件事擱在一邊，再來分析這個案子。我已經去過莊園了，也已經見到了道格拉斯夫人和巴克，那女人精神特別飽滿，吃起飯來很有胃口。我找到了艾默斯，他同意我在書房待一些時候，不過這件事不能讓別人知道。」

「什麼！你與屍體在一起？」我突然喊了出來。

「那倒不是，房間已經被收拾了。我在書房裡待了一會兒，很快便找到了感覺。」

「你在那裡做了些什麼？」

「不要這樣吃驚，我終於發現了那個失蹤的啞鈴。」

「在什麼地方發現的？」

「事情快要揭曉了，就差一步，只要讓我進一步做下去，就一定可以把所有的真相都告訴你們了。」

麥克唐納說：「好，現在就按照你說的去辦吧，不過你為什麼讓我們放棄那條線索呢？」

「這很簡單，你們走了彎路。」

「可是那個人有很大的嫌疑呀！」

「是這樣的。但追那個騎車的人是沒有用的，那只是白費功夫。」

「福爾摩斯先生，我們到底應該做些什麼呢？」

「如果你們願意，我就詳細地告訴你們應該做什麼。」

「好，我不得不說你的做法有點古怪，但我又總感覺你是對的，所以我們就聽你的好了。」

「懷特・梅森先生，你怎樣看？」

懷特・梅森簡直被搞暈了，他已經跟不上福爾摩斯的思路了。

他過了半天才回答：「我沒什麼意見。」

福爾摩斯說：「很好！你們現在可以去輕鬆輕鬆了。我聽說伯爾斯通那一帶風景特別好，你們順便……」

麥克唐納生氣地說：「福爾摩斯先生，你不要拿我們開心好不好？」

「好了，好了，我不說了，你們愛去哪裡就去哪裡吧！不過務必在黃昏前到這裡來見我。」

「這還像句話。」

「記住就好了，至於你們做什麼，我管不著。還有，請你寫個紙條給巴克。」

「好的。」

「我說，你寫？」

「行。」

尊敬的巴克先生，我們認為有必要排乾護城河的水，那樣也許會……

麥克唐納說：「我已經查過了，這是不可能的。」

「你照著寫就好了。」

「還寫什麼？」

那樣也許會發現與案件有關的一些情況或東西，我們已準備好了，明天一些工人就會引走河水……

「福爾摩斯先生，你不是在開玩笑吧？」

「你寫好了。」

引走河水，所以我們先通知你一聲。

「請寫上名字，在四點左右讓人送過去。到時候，我們在此見面，我可以告訴你，不用再調查了。」

將近黃昏時分，我們又見面了，福爾摩斯特別興奮，兩個偵探帶著滿臉的怨氣。

福爾摩斯說：「諸位，請和我一起去做一個調查，你們一定會對我的結論給予肯定的評價的。你們多穿點衣服，晚上氣溫比較低，估計時間會長一點，我們現在就動身，傍晚趕到那裡，現在就走吧！」

我們沿花園的圍欄步行了一段距離，由開口進入花園。天色比較昏暗，我們進入樹叢的一個位置，這裡幾乎與吊橋和正門正對著，吊橋還沒有吊起來。

麥克唐納說：「我們究竟要幹什麼？」

福爾摩斯說：「不要說話，安靜！」

「我們不知道這究竟是幹什麼？」

福爾摩斯說：「華生老說我是個天才演員，麥克唐納先生，請你不要打擾我好嗎？生活應該是五彩繽紛，難道你們願意看一些情節單調的戲劇嗎？想要做一個好偵探就得敢去大膽地設想。當你的設想被一一證明，你就可以享受成功的喜悅了。如果一切都安排好了，那還有什麼意思呢？等著瞧吧！一會兒會讓你們大飽眼福的。」

麥克唐納控制了一下自己的情緒說：「但願等待我們的不是冰雹，或一場大雨。」

「時間不會太長吧？」他忍不住又問。

福爾摩斯說：「作為一名偵探，就不應該有正常的生活規律，而應與罪犯同時行動，快，快看這裡！」

他讓我們看書房，書房裡有一個人，正在裡面不斷地走來走去。書房和我們正對著，一會兒，窗子被打開了，一個人從窗戶裡探出大半個身子。他先是謹慎地觀察了一下，看是否有人，接著便俯下身子，「嘩嘩」的攪水聲打破了黑夜的沉寂，慢慢地他從河裡打撈出一點東西，他將東西拿進屋裡，再也沒見出來。

福爾摩斯大聲說：「快，快來！」

福爾摩斯走在最前面，我們都跟在他後面，只見他快速地拉了門鈴。艾默斯打開了門，有些驚訝，我們一下子都闖進屋，剛才那個人就立在屋中。

這個人就是巴克，他看著我們，生氣地說道：「你們來幹什麼？」

福爾摩斯眼睛快速地環顧了一下屋內，他看到一個濕漉漉的大包就擱在辦公桌下面，於是快速奔到那個大包前。

「巴克先生，我正要找這個，因為它裡面有一個我要找的啞鈴，這是你剛才撈上來的吧？」

巴克驚奇地問：「你怎麼知道？」

「因為是被我放在水裡的。」

「是你？」

「更準確地說，是我再一次把它放進水裡的。麥克唐納先生，是你走錯了方向，我一直留意這個丟失的啞鈴。你們想想，一個位於河上的房間，而一個比較沉重的東西又正好在這個時候不在了，那一定是用它來把別的東西一起沉到水裡，為此，我昨晚和艾默斯用華生的大雨傘柄把這個東西弄出來了，但之後又放了進去。

「不過，我要弄清楚是誰放的這個包，我們說要排盡河水，放包的人一定要轉移他的東西，現在大家都清楚了。我們先聽聽巴克先生怎麼說。」

福爾摩斯隨即把那包解開，取出一個啞鈴和一雙漂亮的長統靴，裡面還有一捆衣服，一件黃短大衣，一身灰呢衣服，一雙襪子與一套內衣。

福爾摩斯先生說：「這件黃大衣大家應該清楚吧！」

他把燈拿過去，說：「這件大衣上有許多口袋，應該說裝下那支槍是不成問題的。衣領上的商標寫著『美國維爾米薩鎮服飾店』。據我所知，維爾米薩鎮是美國的一個有名煤礦產區，非常繁華。巴克先生，你說起道格拉斯前妻時，不是也提到過什麼煤產區嗎？維爾米薩山谷的縮寫就是Ｖ Ｖ字母，維爾米薩山谷也就是那個恐怖谷，凶手就應該來自那裡，巴克先生，該你說說了。」

巴克先生的臉像陰晴不定的天氣一樣，交錯變換著各種表情，讓人無法捉摸。終於，他無奈地說：「既然你什麼都清楚，你還是繼續講下去吧！」

「巴克先生，還是你自己講體面一些。」

「我只能說一句話，你們讓我說出什麼秘密，這是不可能的，因為我根本沒有什麼秘密可說。」

麥克唐納說：「你要是再不說，我們只好逮捕你了。」

巴克先生冷冷地說：「隨便。」

可以看出，他是一位英雄，大概不好對付。

一個女人的聲音從門外傳來了：「巴克，不管怎樣，你已經做得很不錯了。」

福爾摩斯說：「道格拉斯夫人，他的確為你們做了很大的貢獻，請你們相信我們，要與我們合作。你曾向華生說，有事要告訴我，那時，是我的判斷失誤，所以沒有去找你，現在我的觀點改變了，如果你不說，是不是讓道格拉斯出來講一講呢？」道格拉斯夫人聽到這話，驚奇萬狀，一切自信都消失了。這時，一個幽靈一樣的人好像從牆角裡走出來一樣，突然出現在我們面前。這時，連我和兩名偵探都驚呆了。

道格拉斯夫人馬上向前擁抱住這個人，巴克先生握住了她的手。

道格拉斯夫人想說什麼又沒說下去：「我希望你……」

福爾摩斯說：「道格拉斯先生，感覺怎麼樣？」

這個人留著短短的鬍鬚，一雙有神的眼睛盯著我們。

後來，他走近我，交給我一個紙捲。

他開始說話了，那聲音非常宏亮。「我早聽說過你的大名了，你對歷史

亞瑟・柯南・道爾

比較感興趣，但我敢說我剛才交給你的那些資料，你從未看到過，它是我剛剛寫好的，這些或許對你很有益處。請你大膽地使用，這裡面有關於恐怖谷的事。」

福爾摩斯說：「道格拉斯先生，請你說說剛剛發生的事吧！」

「福爾摩斯先生，不要著急，先讓我抽支菸，這兩天我可受罪了，兩天來一支菸也沒抽。福爾摩斯先生，我想你能體會到這一點。」

福爾摩斯為他點了一支菸，道格拉斯接過來貪婪地吸了一口說：

「福爾摩斯先生，見到你很幸運，在你未看華生手中的資料時，我給你講一些動聽的故事吧！」

這時，麥克唐納才清醒過來，大聲說：「你就是道格拉斯，那麼那具屍體是誰呢？這真是太奇怪了。還有，現在你又是從哪裡突然冒出來的呢？」

福爾摩斯嘆息地說：「麥克唐納先生，我不是給你看過那個小冊子嗎？既然這裡曾經是查理一世的藏身之地，就一定有很好的藏身處，這還用問嗎？」

麥克唐納憤憤不平地說：「你為什麼不早告訴我們，讓我們做了一些無用的事？」

福爾摩斯說：「我並不是一下子就全部清楚的，直到昨天我才搞清楚，而且到了今晚才能驗證，所以我才讓你們輕鬆輕鬆。當我發現河裡的那包衣服時，心裡基本就清楚了。我們所看到的那個死屍根本就不是約翰‧道格拉斯先生，而是從湯貝布里奇伍爾斯市來的那個騎自行車的人。不可能有其他的結論了，所以我斷定道格拉斯一定是藏起來了，他是要等待時機成熟，就會帶上夫人逃走的。」

道格拉斯說：「的確是這樣的，我不願受到法律的制裁，我認為這樣一走，既可以逃脫法律對我的制裁，又可以擺脫那些惡魔的糾纏。不過，自始至終，我沒有做過虧心事，而且我做過的事也沒有什麼不能再做的。我把我的故事講給你們聽，你們自己去裁決好了。警探先生，我絕不會在真理面前退縮的。

「很多事情都寫在那個紙捲上。我在這裡只做一下簡單的描述，由於一

些原因，使我與這些惡魔結下了似海深仇。這些年他們一直追蹤我，要取我性命，於是我便沒有一個安身之地，無論如何也擺脫不掉他們的陰影。

「為了不使我妻子為此擔驚受怕，我一直沒有和她說起這件事，不過難免一點都不讓她知道。但對於事情的真相，她和你們現在一樣，一無所知。案發那天，如果我提前把事情真相告訴她就好了，但事情太緊迫。這一切是不可能的，親愛的，你說是嗎？」道格拉斯給了妻子一個微笑。

「那天我去湯貝里奇伍爾斯市，碰上了讓我最頭疼的仇家，他讓我受盡了奔波之苦。我想他一定是跟上我了，於是便做好了一切準備。我想我對付他是不成問題的。

「第二天一整天我都沒敢出來，確切地說我沒出家門，因為我想他一定正埋伏在一個角落裡，可能隨時都做好了結束我生命的準備。晚上吊橋拉起後，我心情平靜了許多，不再想這件事了。但萬沒料到他已經進了房間。當我穿著睡衣照我的老習慣進行巡視的時候，突然有一種不祥的預感告訴我：要出事了。果然，我剛走進書房，就看到了那雙長統靴露在窗簾下，當時我就什麼都清楚了。

「我鎮定地放好蠟燭，這時他已拿刀向我逼來，我順手拿起了旁邊的鐵錘進行自衛。當他揮刀向我劈來時，我拿錘擊了他一下，刀子落地了，我知道我已經擊中他了。後來他很快抽出那支槍，我上去抓住了他的槍筒。這樣，我們對峙了一分多鐘。那時，我們倆都清楚，誰鬆手就意味著誰沒命。

「槍管一直朝上，不知是怎麼回事，扳機被扳動了，火藥一齊噴在了對方的臉上，頃刻間，我認出他就是我在湯貝里奇伍爾斯市遇到的那個人，他叫特德・鮑德溫，被火槍擊中後，他的臉真是慘不忍睹。

「巴克進來時，我還在那裡發呆。後來，我聽到妻子從樓上下來，我不想讓她看到這一切，我讓她上了樓。我和巴克談了幾句，他明白了所發生的一切。這段時間裡一個人也沒來，我知道，事情的真相就我們三個人知道。

「當我看到鮑德溫右臂上的黨會標誌，我靈機一動，又發現他的身材大致和我相似。

「現在的他，已經面目全非了。我讓巴克幫我為他換上我的睡衣，把他

的一切東西連同那個啞鈴沉入河裡，把他準備放在我屍體旁的那張卡片放在他的屍體旁。

「我又把我的戒指給他戴上，但沒給他戴我的結婚戒指，是因為這枚戒指已經取不下來了，我臉上當時貼了一張橡皮膏，後來我為他也貼了一張。

「我要說的就這麼多了，如果我能再多藏幾天，就可以和我妻子過安穩的日子了，那些惡魔知道我死了，我的一切麻煩都會消失。雖然巴克和我妻子對真相還不太明白，但是他們都很支持我。我很清楚別墅中的藏身之處，艾默斯也知道，可是他萬萬想不到這個藏身之地會和這件事發生關係。我藏進那個密室，其餘的事就由馬克去做了。

「巴克在窗台上印了血印，一切都就緒了，這才按響了門鈴，事情的一切經過就是這樣的。看來我不得不接受法律的制裁了。」

福爾摩斯說：「英國的法律是不會讓你委屈的，可是我要問你這個人是怎麼知道你住在這裡的，他是怎樣進入你屋的，又藏在哪裡想暗害你呢？」

「這些我也不清楚。」

福爾摩斯說：「你還不能掉以輕心，或許你的麻煩還多著呢，甚至還有更大的陰謀在策劃著。你要繼續小心戒備才是。」

親愛的讀者們，故事還沒有完全結束。讓我們現在就回到二十年前，看一看當時所發生的一切吧，將有更多事情讓你觸目驚心。

在接下來的敘述裡，請你們不要認為我是離題了，等一切的疑難問題被破解後，你自然就會明白的。

「逃亡」的旅客

　　1875年2月4日，天氣酷寒無比，吉爾默敦大峽谷被大雪圍困，隧道積雪很深。但是，鐵路仍舊暢通無阻，因為有蒸汽推雪機在為其不斷開道。連接煤礦與鐵路工人住宅區的晚班火車，正沿著長長的鐵軌遲緩地從司特科貝爾開往維爾米薩鎮。火車要經過巴頓支路去赫爾姆代爾，最後抵達梅爾頓縣城。雖然是單軌鐵路，但經過這裡的許多貨車都載滿鐵礦石、煤炭等物產。這裡因礦藏豐富而遠近聞名，許多有淘金夢的外地人被吸引到這美國最荒僻的角落，並從此帶來了忙碌的開拓和沸騰的生活。

　　過去這裡本是一片不毛之地。想不到這個到處是森林和岩石的偏僻山區，如今竟然被改造成碧綠的原野和富饒的草場，這片繁榮景象肯定是當年第一批前來拓荒的人所無法想像的。這列火車在曲折不平的山路上蜿蜒蠕動著，鐵路兩旁高聳的山崖和蓋著大雪的密林在旅客們眼前呼呼掠過。

　　火車的前半部分是客車廂，車廂內條件十分簡陋，僅有一盞小油燈照明，燈光在漆黑的夜裡閃爍不定。伴隨著火車的隆隆聲，車廂中大約二三十人都在左右晃動，迷迷糊糊地似睡非睡。從外表來看，他們大多是在谷底勞累一天的礦工，個個灰塵滿面，安全燈繫在腰間。也許是為了驅趕可怕的寂靜，他們大多吸起菸來，互相聊著天。車廂另一端，兩個身穿制服戴著徽章的人正坐在那裡，看起來是警察。

　　除了這些礦工之外，車廂中還有一兩個像小業主的旅客，以及幾個像勞工階層的婦女，最引人注目的是一個在車廂角落裡獨自坐著的年輕人，我們故事的主角就是他。他大約三十歲，中等個子，一雙灰色大眼炯炯有神，而

且頗具幽默感。此時，這雙眼睛正帶著詢問的眼神，透過眼鏡不停打量著周圍的乘客。他一直滿臉笑容，神色剛毅鎮定，看起來很和藹、熱情，使人不由得對他產生好感，好像誰都可以隨便和他成為朋友。只見他緊閉著雙唇，嘴角稍翹著，似笑非笑，好像在回憶過去，又好像在與其他人做著無聲的交流。他長著褐色的頭髮，應該是個惹人喜愛的愛爾蘭人，而且想必他的社交能力一定很強，說不定還是哪一方面的名流。

這位獨具魅力的年輕人和離他最近的一個礦工聊了一會兒，但由於對方話語很少又語氣粗俗，因此很快便因話不投機而相對無言了。年輕人心中頗有幾分失落，只好無可奈何地將目光移向窗外。

車窗外夜色迷茫，輕而易舉地使人聯想到淡淡的憂傷。遠處不時閃現映著紅光的爐火，鐵路兩邊的爐渣，礦渣堆更是一道十分獨特的風景，還有高聳的煙囪及沿線零零落落的低矮木房，加之從窗戶透過的點點燈光，使乘客不由生起些許的渴望與遐想。不時路過的停車站上，聚集著一群群膚色黝黑的乘客。

維爾米薩地區盛產煤與鐵，但那些知識份子與社會上層人士是很少會蒞臨的。這裡只有身體強壯、性格粗俗的礦工以及他們在艱苦條件下開拓奮鬥的生活痕跡。大家從事著原始的粗笨勞動，頑強且粗野。

年輕的旅客望著維爾米薩鎮淒涼的夜景，眉頭稍稍皺起，看樣子他還不熟悉這地方。年輕人不時從口袋裡拿出一封信來看，隨後又胡亂地寫著，或許是記下車外的美景，或許是他自己的感想。後來，他從腰後拿出一把大號海軍用的左輪手槍，讓人一驚，這東西確實不符合他那文雅有禮的形象。他把手槍對著燈光檢視，彈輪上的銅彈閃閃發光，顯然上滿了子彈。之後他又迅速將槍放進口袋裡，但已經被鄰座的礦工注意到了。礦工十分好奇，情不自禁地問：「喂，朋友，你這是在防備誰嗎？」

「沒錯，我偶爾需要它，尤其是在我們那裡。」年輕人不好意思地笑笑。

「你是哪裡人？」

「芝加哥人。」

「你對我們礦區一定不瞭解吧？」

「是的。」

礦工又繼續說：「你會發現在這裡同樣能用上這個玩意兒。」

「哦，真的嗎？」年輕人似乎很感興趣。

「這個礦區附近經常出事。」

「沒聽說發生過什麼事呀！」

「嗨！這裡出的事多極了，用不了幾天你就會瞭解。你怎麼會來這裡呢？」

「我聽說只要想做，這裡就肯定有工作。」

礦工問：「你是工會裡的人吧？」

「是的。」

「你一定有工作可以做，你在這裡有朋友嗎？」

「真可惜，還沒有，不過以後會交到的。」

「怎麼個交法？尤其在這陌生的地方。」

「你知道每個城鎮都有自由人會的分會，我是會員，只要有分會的地方，就會有我的朋友。」

對方聽完此言十分驚異，他遲疑地望了望車上的其他人，礦工們仍然在聊天，兩個警察已昏昏欲睡。他移身過來，緊靠到年輕人旁邊，說：「將手伸給我。」

於是兩人握了握手，算是對上了暗號。

「我知道你說的是真話，但最好弄明白。」

那礦工舉起右手放在右額上，於是年輕人便將左手放在左額上。

礦工說：「黑夜使人很不愉快。」

年輕人說：「對於旅途中的異鄉人來說，黑夜的確使人很不愉快。」

「太好了，我是維爾米薩山三四一分會的斯坎倫，很高興在火車上遇到你，我們真有緣。」

年輕人說：「真是意外，我是芝加哥二十九分會的約翰‧麥克默多，我們的會長是斯科特。萬萬沒想到在火車上還會碰到一個兄弟，我真幸運。」

「在維爾米薩這個地方，我們組織的力量很大，這是美國任何地方都比不上的。不過，我們還是需要像你這樣的小夥子。我真搞不懂，像你這樣精明的會員為何在芝加哥找不到工作？」

「我找到過很多工作。」麥克默多說。

「為什麼要離開呢？」

麥克默多下意識地看了警察一眼，然後笑著說：「他們如果瞭解我的情況，一定會很高興的。」

斯坎倫很同情地問：「是什麼麻煩事嗎？」

「大麻煩！」

「得進監獄的麻煩？」

「還不止。」

「你殺過人？」

「我現在還不想提這些，你也沒有必要再問。我既然從芝加哥來到這裡，就一定有原因，你不要多管了。」麥克默多說道，一副因說過了頭而懊惱的樣子。

「你是誰？追問這些幹什麼？」麥克默多灰色的眼眸裡突然透過眼鏡掠過一絲凶光。

「放心，兄弟，我沒有惡意。不管你做了什麼，沒人會把你看作壞人。你這是要去哪裡？」

「維爾米薩。」

「那還有三站。你打算住哪裡？」

麥克默多掏出了一個信封，湊近昏暗的油燈。

「這是地址——謝里登街，雅各·謝夫特公寓。一個芝加哥的朋友介紹的住處。」

「呢，我不知道這個地方。我對維爾米薩不太熟。我住在霍普森領地，馬上就要到了。不過分手前我再給你點忠告：如果在維爾米薩遇到什麼麻煩，就直接去找工會首領麥金蒂吧，他是維爾米薩分會會長。在這裡，除非有他的允許，否則誰都不敢造次。再見了，兄弟，說不準哪一天晚上我們會

在分會裡見面。不過一定記住我的話，有困難就去找麥金蒂。」

　　火車進站了，斯坎倫下了車。麥克默多再次陷入沉思。此時夜幕已完全降臨，黑暗中，遠處熔爐裡噴出的火焰不停搖擺、晃動著，發出詭異的亮光。紅光映照之下，許多黑色的身影在那裡不停地彎腰、扭動、轉身，伴隨著毫不歇止的機車和設備的轟隆聲，一片陰沉的景象。

　　「我想地獄也許就是這個樣子。」一個聲音傳來。

　　麥克默多轉過頭來，看到其中一名警察坐到了一張條凳上，正望著車窗外被爐火映紅的荒原。

　　「僅以這一點來說，」另一個警察搭腔說，「我也贊同你的說法。不過我不認為那裡的魔鬼會比我們如今知道的一些人更壞。年輕人，我猜你是新來此地的吧？」

　　「新來此地又怎樣？」麥克默多頗不友善地答道。

　　「我的意思是說，先生，我要是你，是不會輕易跟邁克·斯坎倫那幫人交朋友的。我勸你交朋友要謹慎。」

　　「我跟誰交朋友，這關你們屁事！」麥克默多大聲嚷道。他的聲音驚動了車廂裡所有的人，大家都轉過頭來張望。「我請你忠告我了嗎？或者你認為我是個蠢蛋，沒有你的勸告就活不了？最好別人要你開口時你再開口，我要是你，早就靠邊待著了！」

　　他把臉朝向警察，怒氣衝衝的，凶得像隻惡狗。

　　這兩個好心、溫厚的警察沒想到一番好意竟招致如此回報，都不免大吃一驚。

　　「別動氣，年輕人。」其中一個警察說道，「看樣子你真是初來乍到。我們的警告也是為了你好。」

　　「我雖初來乍到，但對你們這種人可不陌生，」麥克默多仍然不依不饒地嚷道，「你們是天下烏鴉一般黑，收起你們的假意吧，沒人稀罕它！」

　　「用不了多久我們肯定會再見的，」其中一個警察冷冷地說，「我要是法官，那真是找到了個最值得處置的人。」

　　「我想也是，」另一個警察附和道，「後會有期。」

「我才不怕你們，休想嚇唬我。」麥克默多大聲回敬著，「我的名字是傑克・麥克默多，聽清楚了嗎？如果要找我，可以到維爾米薩謝里登街的雅各・謝夫特公寓，我絕不躲著。無論白天晚上，咱隨時奉陪——這一點你們可別搞錯了！」

有人竟然敢如此大膽地跟警察挑釁，這引起了礦工們極大的同情和讚賞，他們紛紛低聲議論起來。兩個警察很無奈，只好聳聳肩繼續他們自己的話題了。

幾分鐘後，火車抵達了一個光線幽暗的月台，車廂很快空了一大半，因為維爾米薩是沿線最大的城鎮。麥克默多提起自己的皮革旅行包，正準備走入黑暗，一個礦工主動上前跟他搭訕起來。

「唉呀，朋友，還是你知道怎麼對付這幫警察，」他敬佩地說，「你的話真叫人痛快。我來幫你拿包帶路吧！我回家正好會經過謝夫特公寓。」

當其他礦工經過時，都很主動向麥克默多道晚安。由此，儘管剛剛下火車，但是麥克默多這個名字已經在維爾米薩傳開了。

鄉村的夜色使人感到恐怖，但維爾米薩這城鎮更讓人感到沉悶。連綿起伏的小山、礦堆包圍著凌亂的村莊。一堆堆被挖掘出來的戰利品堆成了小山包。山路曲折坎坷，稍不小心就會摔倒。只有遠處閃爍的燈光能給路人帶來些許希望與鼓勵，那是疲勞的礦工們的安樂窩。來往的車輛把街道壓出許多泥濘不堪的車轍，人行道狹窄且高低不平，許多煤氣燈冷冷地照著路旁一排排木板屋，顯得它們更加雜亂破敗。

麥克默多與那位礦工一起走向市中心，那裡有一些為礦工們找刺激而設的賭場、酒店。它們貪婪地向礦工們張開大口，毫不客氣地吸納著他們的血汗錢。

「那就是工會了，」嚮導指著前面一座高大氣派的建築說。「麥金蒂是這裡的首領。」

「他是怎樣一個人？」

「難道你沒聽說過他？」

「我初來乍到，當然沒聽說過。」

礦工低聲說：「哦，我以為工會的人沒有不知道他的。他的名字常上報紙的。」

「為什麼呢？」

「呃，」嚮導壓低聲音說，「出了些事唄。」

「什麼事啊？」

「老天，先生，說句你不高興的話吧，你可真是奇怪，在這裡你只會聽說一種事，那就是吸血黨的事呀！」

「原來如此。我在芝加哥好像聽說過他們的事，是一幫殺人凶手對吧？」

「噓，打住！千萬別說了！」嚮導惶恐不安地提醒他，大聲說道：「小子，要是你再在大街上說這種話，那真是離死不遠了。要知道多少人就因為比這還小的事就送命了！」

「沒錯，他們的事我真的一無所知，我也只是聽說。」

「當然，我不是說那些事不是真的。」嚮導一面說一面小心地向四周張望著，緊緊盯著暗處，唯恐那裡隱藏著什麼危險。「如果說殺了人就等於犯了謀殺罪的話，那上帝真不知道寬免了多少謀殺罪。不過，先生，你可真不能那麼大膽，千萬不要把這跟傑克・麥金蒂聯繫在一起。因為任何哪怕是很小心的議論都會傳到他耳朵裡，而他可不是那種會輕易饒了誰的人。好了，那就是你要找的公寓了，就是街後面那一棟。你會發現房東雅各・謝夫特為人很善良、很誠實。

「謝謝你。」麥克默多握了握這位新朋友的手說。然後，他提著旅行包，遲緩且沉重地走上了那條通往公寓的小徑，來到門前，用力敲起了門。

門很快開了，出人意料的是，開門的竟然是位少女。她身段窈窕，皮膚雪白，頭髮金黃，貌美如花，兩隻大眼睛烏黑明亮，吃驚且害羞地打量著這個不速之客。麥克默多從未見過如此美麗的女孩，直勾勾地望著對方，站在那裡一言不發地驚呆了。最終，還是女孩先說話了：「我以為是父親，」她嬌美的聲音略帶德國腔，「你是來找他的嗎？他到鎮上去了，很快就會回來。」

麥克默多急忙說：「我找謝夫特家，有人介紹我來這裡住，我想這裡會適合我住——一定適合。」

「你決定得可真快。」女孩微笑著說。

「除非是瞎子，否則誰都會這樣決定的。」麥克默多答道。

女孩聽到讚美，微微一笑。「先生，請進來吧，」她說道，「我叫伊蒂·謝夫特，是謝夫特先生的女兒。我母親過世了，現在由我管家。你可以到前廳路旁坐一會兒，等我父親回來——啊，他回來了！你可以直接跟他談。」

只見一個稍顯肥胖的老人從小徑上緩緩走來。麥克默多向老人解釋了來意，說是芝加哥一個叫墨菲的人介紹他來的，不過墨菲也是從另外的朋友那裡得到的這個地址。忠厚老實的謝夫特馬上就答應下來。麥克默多也完全不計較房費的多少，毫不猶豫地同意了所有條件。顯然他很有錢，預付了每個星期七美元的膳食費。

從此，這個自稱逃犯的麥克默多便舒服地在這裡住了下來，同時這也是一連串不幸事件的開端，而且這些可怕的事最後竟然是終結於遙遠的異國他鄉。

加入吸血黨

　　麥克默多是那種很容易出名的人。無論他走到哪裡，周圍的人都能很快知道他。僅僅一個星期，他已經成為謝夫特公寓裡最受青睞的房客。這裡有十幾個寄宿者，多數是本分的工頭或店鋪的店員，與這個年輕的愛爾蘭人完全不同。每天傍晚，大家聚在一起時，麥克默多總是能談笑風生，語出驚人，甚至連歌聲都非常迷人。他簡直是個天生的好鄰居，有一種能夠使人舒暢的奇特魅力。

　　但是，他也一次又一次地顯出像上次在火車上時的突如其來的暴烈脾氣，使人又敬又畏。他從不把警察一類的執法者放在眼裡，總是我行我素，玩世不恭。同住的人裡有的欣賞他，有的怕他。

　　打一開始，他就毫無顧忌地公開讚美房東的女兒。他對她美麗的容顏及迷人的氣質簡直一見傾心。他可不是那種瞻前顧後的求愛者，相識的第二天他就直截了當地告訴女孩，他愛她，而且總是翻來覆去地表達著這種愛意，完全不顧女孩的一再拒絕。

　　「還有其他人嗎？」他大聲說道：「好，讓他見鬼去吧！我怎麼可能把一生的機緣和心中的摯愛讓給別人？你可以一直說『不』，但早晚有一天你會答應我的。我還年輕，我等得起。」

　　這真是個頑固的求婚者，他那張典型的能說會道的愛爾蘭小嘴巴簡直無往不勝，加上聰明的追求伎倆和閱歷豐富、略帶神秘的背景，很容易博得女性的歡心。最終，他得到了她的愛情。他跟她大談他來自莫納根郡的美麗山谷，談引人入勝的遙遠小島、低矮起伏的山丘和湖邊翠綠宜人的草原。這一

切，對於生活在這個到處是塵埃和積雪的地方的人來說，實在是太美妙了。

他還提到他在北方、在底特律、在密西根牧場，以及最後在芝加哥工廠的生活。接下來，他似乎隱隱暗示到在那個大都會的一些風流韻事和奇遇。事情似乎十分離奇、十分隱秘且不便提及。他曾若有所思地談到過關於突然離開芝加哥，切斷一切與過去有關的聯繫，來到這個陌生的地方並駐足荒涼山谷的某些原因。伊蒂總是靜靜地聽他講述。一雙烏黑的大眼睛裡常常顯出憐憫和同情的目光——而這兩種感情很快會急速、自然地轉變成愛。

因為受過良好的教育，麥克默多很快便找到了一份記帳員的臨時工作。工作佔用了他白天的大部分時間，因此也未及去自由人分會的頭目那裡報到。一天晚上，在火車上認識的那個斯坎倫去拜訪了他，這才提醒他開始注意這件事。斯坎倫個頭矮小，面容瘦削，眼睛發黑，略顯膽小怕事。他似乎很高興重新見到麥克默多，對飲了一兩杯威士忌之後，這才道明來意。

「我說，麥克默多，」他說，「我記下了你的地址，所以冒昧來找你，我真是好奇，你為什麼還沒去麥金蒂會長那裡報到呢？」

「啊，我要先找工作，太忙了。」

「忙也要去呀！上帝，我說兄弟，你到這裡以後，第二天一早就該到工會報到的。要是你得罪了他，唉，你絕對不能……不說了。」

麥克默多頗顯驚訝，「我入會兩年了，斯坎倫，可是從來沒聽說過還有這樣的說法。」

「在芝加哥或許不是這樣。」

「這裡也是同樣的組織呀？」

「是嗎？」斯坎倫定定地盯著他，眼裡突然閃出一絲凶光。

「不是嗎？」

「我看還是等一個月之後你再告訴我是不是吧？據說那天我下車以後，你頂撞了兩位警察？」

「你怎麼知道？」

「呵呵，在這種地方，好事壞事都會很快傳出去。」

「沒錯，我只是告訴那兩條狗我的想法而已。」

「老天，你可真是稱了會長麥金蒂的心思了！」

「什麼？他也反感警察？」

斯坎倫一陣冷笑後說：「去拜見一下他吧，夥計，否則他就該不是反感警察，而是要反感你啦！一定要相信我的忠告，馬上去他那裡！」

然而，就在斯坎倫走後的那天晚上，麥克默多還真遇到了困難，使得他不得不去找麥金蒂。他與伊蒂的感情越來越深，這使謝夫特非常不安。於是，他把麥克默多招呼到自己房裡直截了當地對他說：「先生，據我看你似乎是愛上了我的伊蒂，我不會說錯吧？希望我是誤會了。」

「是的，您說得沒錯。」年輕人答道。

「可憐的麥克默多，我就直說吧，已經有人喜歡上伊蒂了，而這個人我們無論如何也擺脫不了他。」

「伊蒂也這麼說過。」

「你就該相信這個事實。她告訴過你此人是誰嗎？」

「沒有，我問過，她不肯說。」

「她不會告訴你的，這孩子，也許怕把你嚇跑。」

「嚇跑？」麥克默多一下火了起來。

「是呀，孩子。不過怕他也不算什麼丟人的事。這個人叫鮑德溫，是吸血黨的一個頭目。」

「吸血黨？我聽說過。」麥克默多完全憤怒了，「到處都是吸血黨，人們都害怕他們，他們到底是什麼樣的人呢？」

謝夫特像所有人一樣，急忙放低了聲音說：「吸血黨就是自由人會。」

麥克默多大吃一驚道：「不會吧？我也是自由人會會員呀！」

「天吶！我要是早知道，是絕不會讓你住在這裡的，就算每個星期給我一百美元也不行！」

「自由人會怎麼了？會章的宗旨一向是博愛、友好啊！」

「也許別處是這樣，但這裡不同。」

「有什麼不同？」

「因為在這裡他們是一個暗殺組織。」

麥克默多懷疑地笑起來：「有證據嗎？」

「證據！至少有不下五十樁暗殺事件就是證據！尼科爾森一家、米爾曼和范肖爾斯特、老海厄姆、小比利‧詹姆斯……簡直數不勝數，還要什麼證據！這裡還有誰不知道吸血黨！」

「先生，我希望您能收回剛才的話，或向我道歉，」麥克默多誠懇地說，「只要您做到我就搬走。您知道，我是一個外鄉人，而且是自由人會的會員，一向把組織看得很純潔——全國都有它的分會，的確很純潔。現在我正打算加入這裡的組織，可是您卻說它是殺人組織！我認為您真的需要道歉，否則就該解釋清楚，謝夫特先生。」

「全世界都知道，有什麼好解釋的？孩子，自由人會的首領其實就是吸血黨的首領。只要你得罪了他們，就一定會遭到報復。證據太多了。」

「只是一些流言蜚語吧！」

「總之，住久了你就會相信了。對了，我忘了你也是其中一員，也許很快就會跟他們同流合汙了。請你到別處住吧，我不能再留你。一個吸血黨的傢伙糾纏伊蒂已經夠我們受了，我不能再允許其他同黨也來糾纏！明天就請你搬走吧！」

如此一來，麥克默多不僅失去了棲息之所，更重要的是還將被迫離開心愛的女孩。他找到伊蒂，告訴了她所有的麻煩事。

「儘管你父親下了逐客令，」麥可默多說，「但如果僅僅是個住處的問題，我並不在乎。可是，伊蒂，雖然我只認識了你一個禮拜，但你已成了我生命中不可缺的一部分了。沒有你，我活不下去！」

「噢，噓，別這麼說，麥克默多先生！」女孩說，「我不是已經跟你說過了嗎？你遲了一步，已經先有別人了。就算我可以不答應立刻跟他結婚，也不可能再答應另外的人了。」

「伊蒂，如果我先來，會有機會嗎？」

女孩將臉埋入手中，「我多麼希望你是先來的那一個啊！」她忍不住掩面而泣。

麥克默多毫不遲疑地跪到她面前。「伊蒂，看在上帝的份上，就讓這希

望成真吧！」他大聲說道，「難道你願意為了對別人的諾言就毀了我們兩個的一生嗎？親愛的，遵從內心吧，你應該知道自己需要什麼，這比任何承諾都重要。」

他把伊蒂白皙的小手緊緊握在自己褐紫色的雙掌中。

「對我說，你是我的，讓我們一起面對明天！」

「就在這裡？」

「就在這裡。」

「不，不，傑克！」他雙臂此刻已緊緊擁著她。「在這裡是不可能的，你能帶我走嗎？」

麥克默多面露掙扎的表情，但很快又恢復堅定，「不，就在這裡，」他說，「伊蒂，我會擁著你對抗全世界，就在這裡！」

「為什麼不能一起離開？」

「不，伊蒂，我不能離開。」

「為什麼？」

「如果我是被迫離開，那就再也抬不起頭了。還有，我們到底怕什麼？難道我們不是在自由的國度裡嗎？我們沒有這份自由嗎？只要你愛我，我愛你，還有什麼能阻擋我們呢？」

「你不懂，傑克，你剛來，根本不瞭解這個鮑德溫，你也不知道麥金蒂跟他的吸血黨。」

「不，雖然不知道，但我不怕他們，我也不相信他們能怎樣！」麥克默多說，「親愛的，我曾經跟凶暴無理的人生活過，結果不但我不怕他們，最後反而是他們怕我——伊蒂，結果總是這樣的。表面看來這很可怕！如果這批人如你父親所說，在谷中一樁接一樁地壞事做絕，而每個人都知道他們的名字，為什麼沒有人將他們訴之於法呢？你告訴我，伊蒂！」

「因為沒人敢挺身作證，否則他絕活不過一個月。而且，他們總有自己人發誓作偽證說嫌犯當時不在現場。傑克，你一定看過這些報導的，據我所知，美國每一家報紙都登載過這些事。」

「嗯，不錯，看過一些，但我認為那只是故事而已。也許這些人有不得

已的苦衷，也許他們是被冤枉而無法辯白。」

「噢，傑克，不要讓我聽你這麼說！這正是他常講的——另外的那個人！」

「鮑德溫——他這麼說是嗎？」

「這也是我討厭他的原因。哦，傑克，現在我可以對你講真話，我心裡討厭他，但我怕他。不但我自己怕他，父親也怕他。如果我說出真心話，馬上就會大禍臨頭，這也正是為什麼我對他半推半就的原因。這是唯一的生存之道。可是，傑克，如果你能帶我逃走，我們可以把父親一起帶走，永永遠遠離開這群凶惡之徒的勢力範圍。」

麥克默多的臉上再次顯出掙扎的表情，也再一次恢復堅定，「伊蒂，你不會受到傷害的——你父親也不會。至於那些凶惡之徒，你會發現我比他們最凶惡的人還要凶。」

「不，不，傑克！雖然我完全相信你。」

麥克默多苦笑起來，「上帝，你還是不瞭解我！親愛的，你的心思太純淨，無論如何也猜不到我的想法，但……嘿，是誰？」

門突然打開，一個年輕人大步走進來，一副不可一世的樣子，儼然就像是這裡的主人。這是個英俊敏捷的年輕男子，身材與年齡都跟麥克默多差不多。寬邊的黑絨帽下，是一張俊朗但凶狠的臉，專橫的眼睛，鷹勾鼻。他甚至連帽子都懶得脫，惡狠狠地瞪著坐在爐邊的兩人。

伊蒂有點緊張，馬上警惕地站起身來，「真高興見到你，鮑德溫先生，」她說，「你比我預計得早來，請這邊坐。」

鮑德溫雙手叉腰看著麥克默多，「這個人是誰？」他粗暴地問。

「是我的朋友，鮑德溫先生，新來的房客。麥克默多先生，請容許我介紹鮑德溫先生好嗎？」

兩個年輕人以挑釁的神態互相點了點頭。

「也許伊蒂小姐已經告訴你我們的關係了？」鮑德溫說。

「什麼關係？」

「不知道嗎？好吧，你現在就會知道，我親口告訴你，這位小姐已經是

我的了。今晚天氣不錯，很適合你出去散步。」

「謝謝，我不想散步。」

「不想嗎？」來人凶狠的眼中揚起了怒火，「那也許你想打場架？寄宿先生！」

「一點不錯！」麥克默多大聲回答，一邊跳起來，「沒有比這話更正確的了。」

「上帝！傑克，看在上帝份上！」驚恐又可憐的伊蒂尖叫，「噢，傑克，傑克，他會傷你的！」

「哼，已經叫傑克了是嗎？」鮑德溫恨恨地說，「真夠親熱的，嗯？」

「噢，泰德，拜託你講理一點——發發慈悲！看在我的份上，泰德，如果你曾經愛過我的話，請你仁慈一點，理智一點！」

「伊蒂，我想如果你不插手，我們自然會讓事情有個解決，」麥克默多平靜地說，「或者，鮑德溫先生，你我兩個到街角那頭去。今晚天氣不錯，而且附近有一塊不錯的空地。」

「不必弄髒我的手就能把你擺平，」他的情敵說，「你會衷心希望你從來沒有走進過這幢房子！」

「那還等什麼？」麥克默多大聲吼道。

「小子，時間由我選，沒你講話的餘地，看這裡！」他突然挽起袖子，露出前臂烙上去的一個奇怪印記，是個中間有個三角形的圓圈圖樣，「知道這是什麼嗎？」

「不知道，也不想知道！」

「哼，我保證你會知道的，而且你也活不了多久了，也許伊蒂小姐願意告訴你一些。至於你，伊蒂，你會跪著來求我的——聽到了嗎？小姐，跪著過來——到時候我再告訴你，你的懲罰是什麼。你這是自作自受——上帝知道——我要你得到報應！」他凶狠地瞥了他們一眼，轉身而去。瞬間，大門在他身後砰地摔上。

麥克默多及女孩無聲地呆立了一會兒，然後她雙臂環緊了他。

「噢，傑克，你真勇敢！但是，沒有用的，你必須趕快走！就是今

晚——傑克——今晚！這是你唯一的機會。他會殺你的，我從他可怕的眼神中看出來了。跟這群人，還有麥金蒂以及他的整個分會作對，你怎麼是他們的對手呢？」

麥克默多移開她的雙手，親吻著她，輕柔地把她扶到椅子上坐定，「好了，親愛的，好了！不要為我擔心，我本身也是自由人會的會員。我已經告訴了你父親。也許我並不比那些人好到哪裡去，所以別把我看成聖人。也許我告訴你這些事之後，你也會恨我。」

「恨你？傑克，我永遠不會這麼做！我聽說，除了這裡之外，其他地方的自由人會並不害人，我怎麼會把你想成壞人呢？可是，傑克，如果你也是會員，為什麼不去結交一下麥金蒂？快點，傑克，快點！先去把事情講清楚，否則這群獵犬馬上就會找上你的。」

「我也這麼想，」麥克默多說，「我現在就去，把事情說清楚。請轉告你父親，今晚我就睡這裡，明天一早再另找住處。」

麥金蒂酒店裡的酒吧跟平常一樣擁擠，這裡是鎮上那批粗悍的傢伙最喜歡的聚集之地。麥金蒂很受追捧，因為他性格粗獷直爽，但這只是個面具，它遮住了許多隱藏其後的東西。除了有人愛戴他，更多人對他是心存恐懼。不只這鎮上，還包括方圓三十英里的山谷地區，沒有人膽敢忤逆他帶著心機的親善，更沒人敢怠慢他。

麥金蒂除了控制著人多勢眾的秘密組織，心狠手毒之外，還是高級政府官員，是議會議員、道路委員會委員，這些頭銜都是那些想從他那裡撈點好處的混混選他出來的。苛捐雜稅越來越重，公共設施無人照管，審計人員對帳務含糊通過，賄賂風行，守法的公民被嚇得只好乖乖付出被勒索的款項，忍氣吞聲，否則將有更嚴重的厄運降臨到自己頭上。

年復一年，麥金蒂也正是在這種狀況下，將自己的鑽石別針弄得越來越炫目，衣服質料越來越好，背心上時隱時現的金錶鏈也越來越重，當然他的酒吧也越擴展越大，直到幾乎佔滿了整個市中心廣場。

麥克默多推開酒店的門，擠進裡面喧鬧的人群。酒店裡面燈火通明，煙

霧瀰漫，充滿了濃重的酒氣，四周牆上的鍍金大鏡子裡反射著鮮豔奪目的光彩。幾個捲著袖子的酒保正忙著為靠在鑲銅寬邊吧台旁的客人調酒。

在酒吧的另一端，一個身材高大、體格健壯的人側身倚在櫃檯旁，他嘴角斜叼著一根雪茄，正是麥金蒂本人。他高大且黝黑，滿面落腮鬍，蓬亂的黑髮直垂到領子邊，看膚色更像義大利人。令人印象深刻的是，此人雙眼黑得驚人，始終在輕蔑地斜視著一切，更給人一種猙獰的感覺。

乍看之下，這個人的一切——勻稱的身材、不凡的面龐以及坦率的態度——無一不與他刻意表現出的爽快男子氣概的形象符合。人們會說，這是個坦率且誠實的傢伙，不論他說話多粗魯，心地總是好的。只有當他那對陰沉、殘忍的眼睛對準某個人時，才會讓對方不由自主地在心中戰慄，進而意識到自己正面對著潛在的無限災禍，並且災難背後深藏的力量、勇氣與狡詐比這災禍本身更可怕一千倍。

仔細地打量了這個人之後，像往常一樣，麥克默多毫不在乎地大膽以手肘推開一小群擠在那裡獻媚的人——他們正在對頭子所說的任何一個小笑話都誇張地大笑不止。年輕來客的灰眼珠毫無畏懼地透過眼鏡對視著對方，那裡正向他投射過來銳利的眼神。

「喂，年輕人，你這張臉很陌生。」

「我是新來的，麥金蒂先生。」

「難道你竟新到不知道這位先生的頭銜嗎？」

「小子，這是麥金蒂議員。」有聲音在人堆裡提醒。

「抱歉，議員先生，我初來乍到，還不懂規矩，不過有人告訴我得來見你。」

「嗯，你見到了，我就這個樣子而已，你滿意嗎？」

「哦，現在下結論還太早。如果你的心胸跟你的身體一樣寬闊，你的靈魂跟你的面容一樣溫良，我想就好得不能再好了。」麥克默多說。

「真不得了！你簡直長了一張愛爾蘭人的甜嘴巴。」酒吧主人朗聲說道，似乎有點不知道是該遷就這位放肆的訪客，還是該維護自己的尊嚴。

「你看我這樣子過關嗎？」

「當然。」麥克默多說。

「有人叫你來見我？」

「是。」

「誰叫你來的？」

「斯坎倫兄弟，維爾米薩三四一分會的會員。議員先生，祝你健康，也為我們有機會相識乾杯。」他舉了舉擱到唇邊的酒杯，小手指高高抬起，一飲而盡。

麥金蒂一直仔細地觀察他，突然揚眉說道：「喔，是這樣嗎？我還得仔細查查，你叫……」

「麥克默多。」

「必須仔細考查，麥克默多先生，在這裡我們不隨便相信人，也不隨便相信別人說的話，請隨我到酒吧後面來一下。」

兩人走進了一個小房間，裡面排放著一些大木桶。麥金蒂小心關起門，坐到了一個木桶上，若有所思地咬著雪茄，眼睛警惕地打量著這個新人。麥克默多平靜地接受著打量，一手插在外衣口袋裡，一手撚著自己褐色的鬍子。突然，麥金蒂伏身抽出一柄外型嚇人的左輪手槍。

「看看吧，小夥子。」他說，「如果我認定你是上門耍花招的，那它指定會找上你。」

「自由人分會的首領竟然以這樣的方式歡迎新兄弟，還真是大開眼界。」麥克默多帶著傲氣說。

「哼，你必須要證明身分，」麥金蒂說，「如果被我們查出你搞鬼，恐怕只有上帝幫得了你。你在哪裡入會的？」

「芝加哥二十九分會。」

「時間？」

「一八七二年六月二十四日。」

「分會會長？」

「詹姆士·H·史考特。」

「地區議長是誰？」

「巴塞洛謬・威爾遜。」

「嗯！算你不糊塗。你來這裡做什麼？」

「工作，像你一樣——不過，當然是一件大不如您的苦差事。」

「你回答得很乾脆。」

「是，我說話一向乾脆。」

「行動也乾脆嗎？」

「至少知道我的人都這麼認為。」

「很好，很快我們就會試清楚了。你瞭解此地的分會嗎？」

「聽說勇者好漢才能入會。」

「麥克默多先生，你說得一點也沒錯。你為何離開芝加哥？」

「瘋了我才會告訴你！」

麥金蒂睜大眼睛。從未有人如此無禮地回答過他的問話，他覺得有趣，「為什麼不肯告訴我？」

「因為弟兄們之間不能說謊。」

「一定是不可告人的原因嘍？」

「你要再這麼說，我也不反對。」

「聽著，小子，你可別指望我，一會之長會同意一個不肯說出自己過去的人入會。」

麥克默多表現出頗為猶豫的樣子，半晌他從內衣口袋裡拿出一張剪下來的舊報紙。

「你不會去告密吧？」他說。

「你要這麼說，小心我給你幾個耳光！」麥金蒂惱火地吼著。

「沒錯，議員先生，」麥克默多馴服地說，「我是該道歉，但我不是有意那麼說。我知道把自己交給你才會最安全。請看看這張剪報吧！」

麥金蒂快速掃了那篇報導一眼：一八七四年一月，新年的第一個禮拜，一個名叫約拿斯・平托的人在芝加哥市場街雷克酒店被殺。

「你幹的？」他遞還剪報問。

麥克默多點點頭。

「為什麼殺他？」

「我幫山姆大叔（注：美國政府的綽號）私鑄金幣，也許我的成色不及他們的好，但是看起來也算不錯，而且成本很低，這個叫平托的人負責幫我出手這些東西……」

「怎麼出手？」

「呃，就是把錢弄到市場上流通。他說他願意跟我平分利潤，但後來他很貪婪，又說要告密。我也懶得等他分利潤了，於是殺了他，逃到了這個礦區。」

「為什麼要選擇這裡？」

「因為我曾經在報上看過，像我這樣的人在這種地方並不起眼。」

麥金蒂大笑，「你先是個造假幣的，跟著又變成了殺人凶手，現在來到我們這裡，並且想受到歡迎，是吧？」

「沒錯，就是這樣吧！」麥克默多回答。

「嗯，你會前途無量的。嘿，你現在還能造那種錢嗎？」

麥克默多從口袋裡掏出六枚金幣，回答道：「這些可不是從費城製幣局出來的。」

「真的嗎？」麥金蒂伸出像大猩猩一樣長著長毛的大手，拿著錢幣對著燈光看了起來。「還真看不出有什麼不同。好傢伙，你會是個很有用的弟兄。你知道，我們這裡是需要一兩個絕對核心，麥克默多兄弟，畢竟有些時候我們也要自保。如果別人找上門來我們卻不反擊，那無異於作繭自縛。」

「好，我想我會與其他弟兄一起多多出力。」

「你膽子不小，我用槍對著你，你竟跟沒事似的。」

「其實危險的不是我。」

「那是誰？」

「是你，議員先生。」麥克默多從他短外衣口袋裡抽出一把上了膛的手槍，「我的槍一直對著你，我想我的子彈速度不會比你慢。」

「好傢伙！」麥金蒂氣得滿臉通紅，但馬上又是一陣大笑。「哈哈，很多年沒見像你這麼令人害怕的人物了，我打賭會裡的弟兄會以你為榮……

嘿，你進來做什麼？難道我就不能單獨跟人談上五分鐘嗎？你就非要打擾我們嗎？」

酒吧的侍者局促不安地站在那裡。「對不起，議員先生，可是泰德‧鮑德溫來了，他說一定得立刻見你。」

其實無須通報，這個人自己已經把猙獰凶狠的臉湊到侍者的後肩。他一把將其推出，又關上了門。

「好啊，」鮑德溫恨恨地瞥了麥克默多一眼說，「你倒先來了，是吧？議員先生，我得跟你談談這傢伙。」

「那現在就當著我的面談吧！」麥克默多大聲說道。

「我高興什麼時候談就什麼時候談，而且怎麼談由我。」

「呸！呸！」麥金蒂跳下酒桶說，「別囉嗦了，鮑德溫，我們多了一位新弟兄，你這不是接待新弟兄的態度，快伸出手來，道個歉。」

「休想！」鮑德溫氣憤地叫道。

「如果他認為我衝撞了他，我願意跟他決鬥。」麥克默多說，「徒手也行，或隨他選擇。現在，議員先生，我請你以會長的身分仲裁我們的事。」

「到底什麼事？」

「一位年輕女孩，她有選擇愛誰的自由。」

「是嗎？」鮑德溫大聲問。

「在會裡弟兄之間，我說她有這樣的自由。」首領說。

「哼，這就是你的公斷，是嗎？」

「是，泰德‧鮑德溫。」麥金蒂很生氣地瞪眼說道，「你打算違抗嗎？」

「難道你要拋棄一個在你身邊待了足足五年的弟兄，而袒護一個在此之前你從未見過的陌生人？傑克‧麥金蒂，你不會一輩子都做會長的，哼，下回再選舉……」

議員猛虎撲食般撲向他，一手緊勒住他的脖子，一把將他推到了一隻酒桶上，如果不是麥克默多阻止，盛怒的他說不定真會把鮑德溫勒死。

「別衝動，議員先生！看在上帝的份上，別衝動！」他叫著，把麥金蒂

拉了回來。

麥金蒂鬆開手，鮑德溫則大口喘著氣，渾身顫抖，活像一個剛從死亡邊緣逃回來的人。此刻，他驚懼萬分，一屁股跌坐到剛才那個酒桶上面。

「是你自找的！泰德・鮑德溫，」麥金蒂大聲說道，他的大胸脯也在急促地一起一伏。「也許你以為下回我選不上會長，你就可以取而代之。可是只要我還是這裡的老大，就不會允許誰對我大吼大叫，公然違抗我的決定。」

「我並無意反對你。」鮑德溫清清喉嚨，喃喃地說。

「好吧，」麥金蒂大聲說，馬上換成一副快活的語調，「大家還是好兄弟，這件事到此為止。」

他由架上取下一瓶香檳酒，拔出瓶塞。

「好，現在，」他注滿了三個高腳杯，繼續說，「讓我們為和好乾一杯。從今往後，你們要清楚，誰都不該再記仇。好了，鮑德溫，我親愛的朋友，我問你，你還生氣嗎？」

「陰雲依然籠罩。」

「不過，即將永遠呈現光明。」

「我發誓！」

兩人一飲而盡，鮑德溫與麥克默多也進行同樣的舉動。

「行了！」麥金蒂搓著雙手大聲說，「現在一切煙消雲散了。如果再有人鬧事，那就只能接受懲戒。麥克默多兄弟，就如鮑德溫兄弟所知的──你也很快會發現，如果你要自找麻煩，很快會倒大楣的！」

「我保證，絕不輕易找麻煩。」麥克默多說著，將手伸向鮑德溫，「我性子急，但來得快去得也快，別人說我是愛爾蘭人的臭脾氣。不過既然已經過去，我絕不記仇。」

鮑德溫不得不接過伸出的手，因為麥金蒂正滿眼凶光地緊盯著他。可是，他臉上的慍怒表情顯然昭示著，麥克默多的話並未打動他。

麥金蒂拍了拍兩人的肩膀道：「唉！這些女孩！這些女孩！」他大聲說，「真是的，我會中的兄弟居然會為了一個女人反目成仇！真是邪了！

得，就讓那個女人自己去解決吧，這可是分會會長管不了的事。相信上帝也會這麼認為的。唉，沒有女人我們就已經夠麻煩了。麥克默多兄弟，你必須遵照三四一分會的規矩入會，我們有自己的規矩與習慣，這與芝加哥不同。星期六晚上我們有會，如果你來參加，就可以從此在維爾米薩通行無阻了。」

三四一分會

就在那個多事的傍晚後的第二天，麥克默多搬離了雅各・謝夫特家，住進了鎮子盡頭的寡婦麥克娜馬拉家。而他當初在火車上認識的斯坎倫不久也搬到了維爾米薩，兩人於是住到了一起。除了他們兩人之外，這裡沒有其他房客。房東是個好脾氣的愛爾蘭女人，從不干涉他們，因此他們的言語、行動都相當自由，這對同懷隱私的兩人來說實在是再好不過了。

謝夫特倒是頗為厚道，同意麥克默多高興時可以到他家吃飯，因此他與伊蒂的交往並未受到限制，正好相反，隨著時間流逝，他們之間反倒更加親密。

麥克默多覺得他的新居處還算安全，於是便將鑄偽幣的模子取出放在臥室裡，逐漸開始了舊營生。分會裡少數弟兄在宣誓嚴守秘密之後，才被允許來此觀摩，而且每次離開時口袋裡都會裝走一些偽幣。這些東西鑄造得幾乎可以以假亂真，因此使用起來毫不費力且絕對安全。既然有這麼大的本領，麥克默多卻仍願屈就那份收入低微的工作，這使很多會員不能理解。不過，每當有人問起，他也總會解釋說是因為如果沒有一個公開的工作，那警察很快就會查上門來了。事實上，不久還真有一個警察上門了，好在運氣不錯，這次造訪非但沒有危及到他，反而使他名聲大漲。

自從第一次去過麥金蒂的酒吧之後，麥克默多幾乎每晚都會前去「趕場」，以便和「弟兄們」熟絡起來。所謂的弟兄，正是廝混在此地的這群幫派份子們彼此間的親暱稱呼。他勇敢剛毅的行事風格以及肆無忌憚的語言方式使他很快成了這裡最受歡迎的人，而在一次酒吧內的拳擊比賽中，他以迅

疾嫻熟的拳擊手法一舉打倒了對手，從此更令他在這群粗野之士中贏得了廣泛尊敬。直到另一樁意外的發生，則更加提高了他的聲望。

一天，正當酒吧最熱鬧的時候，門忽然開了，一個身穿深藍制服、頭戴尖頂帽的礦區警察走了來。他是當地鐵路局及礦主們僱來協助普通警察對付令他們束手無策的有組織暴行的特殊警察，代表一個因為普通警察警力不足而特設的礦區機構。他一進門，屋裡頓時安靜下來，眾多好奇的眼光投射到他身上。在美國許多州地，警察與罪犯的關係往往十分微妙，此時麥金蒂本人正站在櫃檯後面，對他的到來冷眼旁觀。

「今晚可真冷，來杯純威士忌吧！」警察說道，「議員先生，我想我們還未正式見過面吧？」

「你是新來的隊長？」麥金蒂說。

「不錯，我來拜訪你，議員先生，還有在座其他朋友，希望你們能幫忙維護本地治安與秩序。我是馬文，本區煤鐵礦警察隊長。」

「我們這裡很好，用不著誰來維持。馬文隊長，」麥金蒂冷冷地說，「我們自己有警察，不需要任何『舶來品』。你們不過是資本家付錢找來的工具，好用槍枝棍棒來對付這些窮困之人，不是嗎？」

「好，好，我們不要爭論這個，」警察好脾氣地說，「我想我們只是照自己的看法盡自己的責任，只不過大家看法不同而已。」他一口喝盡杯中酒，轉身正待離開。這時，他的眼光忽然落在傑克‧麥克默多臉上，後者急忙把臉埋在手肘裡。「瞧瞧！」他上下打量著他大聲叫道，「這不是老相識嗎？」

麥克默多起身走開。「我這輩子就沒你這樣的朋友，更不可能結交你們這些該死的警察。」

「老相識可不一定是朋友呀，」警察隊長笑著說，「你是芝加哥的傑克‧麥克默多，沒錯吧？不用否認了！」

麥克默多聳了聳肩，「我才不否認呢，」他說，「你以為我會覺得自己的名字見不得人嗎？」

「不管怎麼說，你畢竟幹了些好事。」

「你這是什麼意思？」他緊握拳頭吼著。

「好啦，不必如此，傑克，你再大聲也沒用。在來這鬼礦區之前，我是芝加哥警察。所有芝加哥的惡棍，我一眼就認得出來。」

麥克默多的臉沉了下來。「用不著告訴我你就是芝加哥總局的那個馬文！」他大聲吼道。

「就是那個隨時聽候差遣的泰德・馬文。你殺約拿斯・平托的案子我們可還沒敢忘記。」

「我沒殺他。」

「沒有嗎？可是好像是有憑有據的呀，不是嗎？他的死對你而言可真是天賜良機，否則你早就會因使用偽幣罪而鋃鐺入獄了。算了，我們可以讓這些事過去。我還可以偷偷透露一下——也許這麼做超出了我的職責——他們找不到對你不利的明確證據，因此你不必擔心，隨時可以回芝加哥。」

「我在這裡很好。」

「嘿，我可是指給了你一條明路，你不謝謝我實在太不上路了。」

「好吧，但願你是好意，那就謝啦！」麥克默多以一種毫不領情的態度說。

「只要你一直做正當生意，我就什麼也不說。」警察隊長說，「不過，上帝有眼，如果你還不走正道，那就另當別論了！好了，晚安——議員先生，也祝你晚安。」

警官馬文離開了酒吧，不久便替當地製造出了一個英雄。人們對麥克默多在芝加哥的往事在暗地裡議論紛紛，但每當別人問起，他總一笑置之，顯得完全沒什麼大不了的。現在事情已經被完全證實，酒吧裡的人都討好地上前跟他握手言歡。從此，麥克默多在這一帶真是暢行無阻了！他酒量很大，而且極少喝醉，但那晚要不是他的朋友斯坎倫扶著他回家，這位飽受祝賀的英雄就要倒在吧台底下過夜了。

星期六晚上，麥克默多正式被介紹加入分會。他以為自己是芝加哥的老會員，就不需要再經什麼儀式，但維爾米薩分會卻有一套他們引以為豪的特殊儀式，每個入會者都必須通過。大會在工會大禮堂舉行，有六十個左右的

會員參加，但卻並非維爾米薩的全部會員，因為山谷中及山區兩側還有其他分會。一旦有緊急重要的工作時，便會相互交換會員，這樣一些罪案就可以由陌生人執行。分散在這個區域的全部會員不下五百人。

　　空曠的工會禮堂裡，所有人圍繞在一張長桌四周，旁邊還有一張小桌，上面擺滿了酒瓶、酒杯，一些人已經開始垂涎欲滴地盯著它們打轉了。麥金蒂坐在首席，頭戴一頂平頂黑絨帽，脖子上圍著紫色的長圍巾，儼然一個監督某種莊重儀式的主席。他左右兩邊是會中的高級成員，凶狠英俊的特德‧鮑德溫也在其中。他們都戴著綬帶或某種徽章，以顯示各自的身分。

　　高層會員大都是中年人，普通會員則大半是十八到二十五歲的年輕人。只要上頭發出指令，他們定會全力執行。年紀較大的那些會員個個顯得凶殘冷酷，但是很難讓人相信那些熱忱開朗的年輕小夥子也會是凶悍之極的幫派份子。他們完全沒有道德觀念，常常以惡為榮，而且對那些所謂能「乾淨俐落」完成工作的人十分尊敬、佩服。

　　對這些人性已扭曲不堪的暴徒而言，志願去殺害那些從未得罪過他們、甚至這輩子都不曾見過的人竟然是很勇敢俠義的事。作案之後，他們還常七嘴八舌地爭著到底是誰發出的致命一擊，並且以被害者哭喊或受到的折磨作為談資笑料。

　　起先，他們做這種事多少還秘密進行，但慢慢地，因為發現法律對他們完全無可奈何，便簡直肆無忌憚了。當然，一方面沒有人敢站出來作不利於他們的證詞，同時，他們自己又永遠有數不盡的人可以出來作證，加之還有足夠的錢財聘請全國最好的辯護律師。因此，在長達十年的歲月中，儘管為非作歹，竟沒有一個人被定過罪。唯一可能對其有威脅的是受害者本人，因為儘管會遭突然襲擊或寡不敵眾，但畢竟偶爾還是有可能在凶手的身上留下痕跡。

　　麥克默多雖然受到警告說將會經歷某種考驗，但卻始終沒有人肯告訴他到底是什麼。他被兩個神色嚴肅的弟兄帶到旁邊一間小屋，透過隔板壁，他可以隱約聽到大會堂中的談話聲。有一兩次他甚至聽到自己的名字被提及，想必正在談論他入會的事。隨即，一個胸前佩有金色和綠色肩帶的侍衛走了

進來。

「會長有令，必須把他綁上，蒙著雙眼帶進來。」他說。

於是，三個人脫去了麥克默多的外套，捲起他右臂的袖子，又用一根繩子迅速將其雙肘牢牢捆住，還用一頂厚黑帽扣在他頭上，臉的上半部也因此被遮住，什麼都看不見了。最後，他被帶進了會場。

頭罩之下一片漆黑，十分難受。他聽到圍繞在身邊的人嘈雜模糊的聲音。這時，麥金蒂的聲音傳進他的耳中，顯得沉悶而遙遠。

「傑克・麥克默多，」聲音說道，「你準備成為自由人會的老會員嗎？」

他欠身答應。

「你是芝加哥二十九分會的會員？」

他再次欠身。

「黑夜使人很不愉快。」聲音說。

「是的，對陌生的旅人而言。」他回答。

「烏雲密布。」

「是呀，暴風雨即將來臨。」

「弟兄們滿意了嗎？」首領問。

眾人一陣贊同的低語。

「兄弟，根據你的暗語及回答，我們確定你是我們之中的一員，」麥金蒂說，「不過，我們要你瞭解，在這塊區域內，我們有自己特定的儀式及責任，過了這一關，才能正式被承認。你準備接受考驗了嗎？」

「我準備好了。」

「你膽子夠大嗎？」

「沒錯。」

「請向前跨一大步證明給我們看。」

話音剛落，麥克默多突然感覺到兩個尖硬的東西頂在了自己眼前，似乎只要再向前一動，眼睛就報銷了。然而，他還是堅定地斷然向前跨出一大步。隨之，眼前的壓力突然縮了回去，周圍響起了低低的喝采聲。

「膽子的確夠大，」聲音說，「你能忍受苦痛嗎？」

「就像其他兄弟一樣。」他回答。

「考驗他！」

一陣劇痛由前臂傳來，他竭力使自己不叫出聲來。這突如其來的疼痛幾乎使他暈厥，但他還是咬住嘴唇，緊握雙拳，掩飾住了這種極度的痛苦。

「我還能忍受更多。」他說。

這次，掌聲大作，「還有最後一件事，」麥金蒂說，「你已經宣誓過守密和忠誠，你知道任何違反誓言的懲罰是立即處死嗎？」

「我知道。」麥克默多說道。

「在任何情況下，你都會接受頭領的命令嗎？」

「當然。」

「很好，我代表維爾米薩三四一分會歡迎你加入，享受本會特權，參與本會議事。斯坎倫兄弟，把酒擺到桌子上，讓我們為這個傑出的弟兄乾杯。」

有人把麥克默多的外衣拿來還給他，他在穿衣之前看了看仍然劇痛難忍的右臂，上面被熟鐵烙上了一個中間有個三角形的圓形記號，深入皮膚，翻出鮮紅的嫩肉。他旁邊有一兩個人也捲起了袖子，出示分會的標記。

「大家都有這種標記。」其中一個說，「但沒有人像你這麼勇敢。」

「嗨！這不算什麼。」他說，此時劇痛依然火燒火燎地折磨著他。

酒過三巡，開始進行分會的事務討論。麥克默多習慣於芝加哥那種平淡乏味的會議，此時不由豎耳靜聽，但聽到的細節卻大大出乎他的意料。

「議程第一件事，」麥金蒂說，「是宣讀默頓縣二四九分會負責人溫德爾的來信。信上說：

親愛的先生：

針對鄰區雷與斯特馬施煤礦礦主安德魯・雷的工作必須落實。相信貴分會應該記得，上回對付巡警的那樁糾紛是我們兩名兄弟完成的。故請即派兩位得力弟兄前來，本分會的希金斯財務長將負責接待。他將告知行動的時間

及地點。聯絡地址照舊。敬祝

你們的朋友

J.W.溫德爾

「在我們有事相求時，溫德爾從未拒絕過，我們也不能拒絕他們。」麥金蒂停了一下，用他陰沉凶狠的眼睛掃視眾人，「誰自願前往？」

幾個年輕人舉起了手，首領讚許地看了他們一眼。

「你可以，老虎科馬克。如果你能像上次那樣幹，一定沒問題，還有你，威爾遜。」

「可是我沒槍。」這個年僅十幾歲的年輕人說。

「這是你的第一次，是嗎？遲早總要見血的，這次事情對你會是個好開始。至於槍，我保證會替你預備好的。你們星期一去報到，時間應該足夠了。辦完了回來我給你們接風。」

「這次可有報酬？」科馬克問。他是個碩壯、黝黑、凶暴的傢伙，也正是這些使他贏得了「老虎」的綽號。

「不必擔心賞錢。你是為了榮譽而去的，而且事成之後，會得到一筆不尋常的賞金。」

「我們要對付的那個人犯了什麼事？」年輕的威爾遜問。

「哼，他做了什麼，不是你該問的。他們那邊已經做出判定，我們不必多問，只管幫他們執行就是，就像他們幫我們一樣。對了，默頓分會下星期會有兩位弟兄來這裡執行任務。」

「誰要來？」有人問。

「聰明的就別問。如果你什麼都不知道，就不用作證，也就不會有麻煩，不過他們會執行得乾淨俐落。」

「是該了結了！」特德·鮑德溫大聲叫道，「這裡有些人越來越不聽話。光是上禮拜，布萊克工頭就辭退了三個我們的人，他老早就欠揍了，得好好給他點顏色瞧瞧。」

「怎麼給？」麥克默多悄悄地問旁邊的人。

「請他吃顆大花生米！」那個人大笑著說，「你認為這辦法如何，兄弟？」

麥克默多此時似乎已經感染了這個剛剛加入的邪惡組織的罪惡空氣，靈魂正在被慢慢侵蝕。「我喜歡這麼做，」他說，「這地方真適合有氣魄的年輕人。」

坐在附近的幾個人聽了他的話大加稱讚。

「怎麼回事？」黑鬍子首領由桌子另一端問道。

「先生，這位新兄弟認為我們的方式很合他的口味。」

麥克默多立刻站起身來，「我說，會長，如果有需要，我希望有幸被選中為本會效勞。」

這句話又引起了更大的喝采，人們似乎可以感覺到一輪旭日正由水平線冉冉升起。當然，對於一些年紀較長的會員而言，這種成就似乎快了點。

「我建議，」書記哈拉威說道，他是個面容冷酷、一臉花白鬍子的老人，坐在會長的旁邊。「麥克默多兄弟應該等到更恰當的時間再被派用。」

「當然，我沒意見，我隨時聽命。」麥克默多說。

「兄弟，會輪到你的，」會長說，「我們都認為你是個有才華的人，我們相信你在這裡會做得有聲有色。如果你願意，今晚倒是有件小事可以讓你小試牛刀。」

「我願意等待更值得去做的機會。」

「不管怎樣，今晚你可以去，這能幫助你瞭解我們在這個區域的實力。我等一下再宣布決定，接著，」他掃了他的議事日程一眼，「還有一兩件事情。首先，我要請財務長報告一下我們銀行的結存情況。需要給吉姆・卡納威的寡妻發放撫恤金。他是為分會工作被殺的，我們不希望他妻子沒人照顧。」

「吉姆是在上個月去殺馬利克里克的賈斯特・威爾科克斯時挨槍的。」麥克默多旁邊的人告訴他說。

「存款目前很充裕，」財務長把帳本攤在面前說，「最近一些公司都很大方。馬克斯・林德公司付了五百元請我們不要打擾他們。沃爾克兄弟公司

寄了一百元來，不過我做主退了回去，要他們寄五百元來。如果到星期三還沒有回音，他們的捲揚機傳動裝置就會出點問題。去年我們燒了他們的碎煤機，他們才比較聽話起來。西區煤礦公司已經付了他們的年底贊助金。我們有足夠的錢支付所有必要的開銷。」

「還有阿爾奇‧斯溫登公司呢？」有個弟兄問。

「他賣了產業，人也離開了這個區域。那老傢伙留了個字條給我們，說是寧可到紐約去當個自由的清道夫，也不願在我們這個敲詐集團的勢力下做個大礦主。可惡！在這字條落到我們手中之前，他已經逃之夭夭了！我想，他是不敢再出現在這山谷中了。」

「是誰買了這個不識時務的老傢伙的財產，財務長先生？」一個看起來面孔慈善清秀的人從首領席對面站起來問道。

「哦，是莫里斯兄弟呀，默頓縣鐵路公司買了。」

「還有，去年，也是類似情況出手的陶曼礦場及李氏礦場，是誰買走了呢？」

「同一個公司，莫里斯兄弟。」

「還有，又是誰買走了最近剛剛出售的曼森鐵場、舒曼公司、范德爾公司及阿特伍德公司呢？」

「全是西吉爾莫頓礦業總公司買的。」

「我說，莫里斯兄弟，」會長開口了，「誰買了跟我們有什麼關係？他還能把礦山搬走不成。」

「會長，從某種角度來說，跟我們很有關係。這樣的情形已經十多年了。我們擠走一些小公司後的結果又怎樣呢？一些類似的大公司接手了它們，他們的董事會都在紐約或費城，因此不會在乎我們的威脅。我們可以把他們在此地的頭子幹掉，但他們還會再派新人來，而結果是漸漸使我們自己陷入危險。小公司不在話下，他們勢單力薄，只要還有生存空間，他們就會乖乖聽我們的。但大公司不同，一旦他們發現我們的存在有損其利益，也許就會不惜代價地跟我們對著幹，甚至對我們繩之以法。」

這段令人不快的話令會場頓時安靜下來，每張臉都很難看，並且在彼此

交換著陰鬱的眼色。這群人為所欲為慣了，從未想到後果，而莫里斯的一番話無疑令這幫天不怕地不怕的傢伙驚出一身冷汗。

「我認為，」莫里斯繼續說，「對小人物別逼得太緊，否則一旦他們被趕盡殺絕了，這地方也就要崩潰了。」

忠言總會逆耳。當發言者語畢坐下去時，有人開始憤怒地大叫，麥金蒂也皺起了眉頭。

「莫里斯兄弟，」他說，「你幹嘛總是長別人志氣？放心吧，只要我們團結一致，走到哪裡都不會有人敢輕易動我們。哼，難道我們沒有領教過法庭是怎麼回事嗎？我想公司無論大小，他們早晚都會發現拿錢消災遠比抗爭簡單得多。現在，兄弟們，」麥金蒂邊說邊脫去他的黑絨帽及圍巾，「今晚會議到此為止了，散會前還有件小事，不過兄弟們可以先去喝兩口放鬆一下了。」

人性著實難以理解，尤其在這幫會員身上更是表現得淋漓盡致。他們平日凶狠殘暴，動不動就幹掉這個幹掉那個，曾令無數家庭家破人亡卻從不會心生憐憫，而此時此刻，一些或柔美或悲淒的音樂竟使他們潸然淚下。麥克默多天生一副男高音的好嗓子，如果說之前他在會裡還沒有贏得全部兄弟的善意，在他完美演唱了《瑪莉，我坐籬垣上》和《愛倫河畔》之後，就再也不會有人吝於讚美了。

如此這般，入會第一晚，麥克默多就迅速成了兄弟中最受歡迎的人，晉升高級會員指日可待。當然，除了受歡迎外，要成為一個真正受人尊敬的會員，更需要資歷，或者說業績。當晚，散會之前，事實上他已經成了大家交口稱讚的核心。威士忌酒瓶一輪又一輪地傳遞著，當會長再次站起來發話時，大部分人已經滿臉通紅，醉意融融了。

「孩子們，」他說，「這鎮上有個人需要修理，你們必須辦好這件事，那個人就是《先驅報》的詹姆斯・斯坦格。你們應該曉得他是怎樣發表對我們不利的言論的吧？」

底下發出了一陣贊同的議論聲，有些甚至是在低低地叫罵著。麥金蒂由外衣口袋中取出一張報紙，上面的一篇文章題目為：法律與秩序！

「這是他的標題。」

煤鐵礦區的恐怖時代

從第一樁謀殺案發生，並證實了本區有犯罪組織至今，至少已經有十二個年頭。其間，類似罪行持續不斷，而且有越演越烈之勢。文明被踐踏，尊嚴被凌辱。我們的祖國難道就是為了這樣的結果才歡迎那些為逃避歐洲專制政權而來此的外國人嗎？這些人就是這樣用暴力回報那些為他們提供衣食所需的恩人的嗎？在神聖自由的星條旗下，我們難道可以容忍一個恐怖而無法律秩序的社會存在嗎？即使他們已經存在，難道我們就這樣任由心中的恐懼蔓延而無動於衷嗎？我們知道這批人是誰，也知道他們並非不可戰勝。我們還要忍受多久？我們是否要永遠活在⋯⋯

「哼，我看夠了這種狗屁文章！」會長大聲罵著將報紙丟到桌子上，「這是他對我們的公然挑釁，現在問題是，我們該怎麼回敬他？」

「宰了他！」許多憤怒的聲音喊道。

「我反對，」之前發話的莫里斯繼續說，「兄弟們，讓我再來說兩句，我們在這山谷中已經動用了太多極端的手段，這難免激起眾怒，甚至聯合起來對抗我們。詹姆斯・斯坦格是個老先生，他在本區頗受尊敬，他的言論在本地有很大影響力。如果殺了他，那必然會招致大麻煩，弄不好會給我們帶來滅頂之災。」

「我說『扯後腿先生』，他們會怎樣來滅我們呀？」麥金蒂大聲喝道，「靠警力嗎？哼，他們有一半人拿我們的錢，另一半人也早就怕得要死。或者靠法院、法官？我們不是已經試過了嗎？結果如何？」

「法官林奇可能會接手這類案子。」莫里斯答道。

這句話頓時引來眾人的高叫怒斥。

「我就不得不動手對付他了，」麥金蒂說，「我可以派兩百個人進駐這鎮子，把它從頭到尾清個一乾二淨。」然後他突然豎起濃眉，提高聲調，「聽著，莫里斯兄弟，我注意你已經有一陣子了！你真沒種，而且還要連累

別人沒種。等你自己的名字也出現在這議程上時，你就要吃不了兜著走了。我想我很快就得這麼做。」

莫里斯的臉頓時慘白，雙膝一軟跌進了椅子中。他用顫抖的手拿起酒杯，喝了口酒之後才勉強回道：「會長大人，如果我說了什麼不當的話，現在就向你及所有弟兄道歉。我一向忠心耿耿——這你們都知道——我只是怕組織遭到不利情形，所以才急於提醒。可是，會長大人，我相信你甚至超過我自己，我發誓絕對不會背叛你們。」

麥金蒂見他求饒，眉頭這才鬆了下來。「很好，莫里斯兄弟。事實上，如果不得不對你施加教訓，感到抱歉的該是我。不過，只要我還是會長，這裡就必須言行一致。好了，兄弟們，」他掃視眾人一圈，繼續說道，「我的話就這些，如果斯坦格真的受到徹底的懲罰，我們肯定會有些麻煩，那些媒體人都是一個鼻孔出氣的，屆時也許全國的報章都會緊急呼籲警察及軍隊採取行動。不過，鮑德溫兄弟，你會好好地警告他一下是吧？」

「那當然！」年輕人熱切地回道。

「需要幾個人？」

「六個，兩個人守大門。大衛，你來，還有你，曼塞爾，還有你，斯坎倫。另外再加威拉比弟兄兩人。」

「我看我們的新弟兄也可以參與一下這次行動。」麥金蒂說。

特德・鮑德溫看了麥克默多一眼，眼神中依然流露著耿耿於懷的舊恨。「好吧，他願意來就來吧！」他冷冷地說，「就這樣，大家越快採取行動越好。」

眾人應聲散去，中間還夾雜著斷斷續續的醉言酒語。還有不少人仍遲遲不願離去，因此酒吧仍很擁擠。領了任務的一組人則有意三三兩兩地分別來到街上，以免引起別人注意。夜涼時分，一彎寒月在冰冽的星空中閃著銀光。這幫人陸續聚到了一幢高大建築物對面的空地上。「維爾米薩先鋒報」——幾個金色大字懸在幾個燈光明亮的窗戶間，裡面傳出印刷機鏗鏘作響的轟鳴聲。

「嘿，你，」鮑德溫對麥克默多說，「到門外替我們把風，亞瑟・威拉

比跟你一起，其他人跟我來。弟兄們，別怕，至少有一打的證人可以作證我們此時正在分會的酒吧裡狂歡。」

近午夜了，街上除了偶爾有一兩個夜歸者經過外，幾乎空無一人。對街報社的大門被一堆人推開，鮑德溫及他的弟兄一擁而入，麥克默多則跟另外一人留在下面。樓上的房間傳出號叫呼救聲，接著是紛亂的腳踢及桌椅翻倒聲。緊接著，一個灰髮老人踉蹌著衝出樓外。

還未跑出幾步，老人就被人一把拎了起來。他的眼鏡滾落到麥克默多腳前，砰的一聲，人則面朝下被推倒，發出痛苦的呻吟，雨點般的棍棒隨即落下。他瘦長的軀體在棒下痛苦地扭曲抽動，終於，其他人都停手了。但是，鮑德溫仍然帶著獰笑朝他企圖用雙手護著的頭部亂打亂踢，白髮中頓時湧出一片血跡。鮑德溫仍然不依不饒，俯身拼命狠打，直到麥克默多上前將他推開。

「你會把他打死的，」他說，「住手！」

鮑德溫難以置信地瞪著他，「滾你的蛋！」他叫罵著，「你是誰，居然敢來干涉？就憑你這個新入會的傢伙？滾一邊去！」說話間他舉起了棒子，麥克默多則由後口袋掏出了槍。

「是你要滾到一邊去！」他叫道，「你只要動一動，我就轟開你的腦袋，至於分會那邊，首領說過不要殺他，你這麼打法，他不死才怪！」

「他說得沒錯。」有人也插嘴了。

「老大！我們最好快點走吧！」底下把風的另一人叫道，「附近街區的燈全亮了，五分鐘內全鎮的人大概都會來。」街上的確傳來人聲，一群報社的職員及印刷工人已經開始在樓道上聚集，只是不敢採取行動。這群暴徒急忙將那個一動不動的老編輯丟在台階上，快速地消失在了大街盡頭，回到了分會的老巢。他們其中一些人立刻混進了麥金蒂的酒吧，悄悄向頭子報告任務已圓滿完成；另一些人，包括麥克默多在內，則隱入小巷，化整為零回家了。

恐怖谷

　　第二天早晨，麥克默多一覺醒來，感到頭暈眼花。不僅酒喝多了，而且臂膀上的烙傷也腫脹難忍，隱隱作痛。由於有特殊的收入來源，因此工作也不必過於用心。他很晚才吃早餐，剩餘時間則乾脆留在家中給朋友寫了封長信，接著又翻閱了一下《先驅報》，只見專欄中刊載著一段報導：

　　暴徒行凶先驅報——主筆身受重傷

　　這是一段簡要的報導，實際上麥克默多比記者知道得更清楚。報導的結尾寫道：

　　此案已經交由警署辦理，然而很難期待獲得比之前類似案件滿意的效果。暴徒中數人已為人知，故強烈呼籲當局對之予以嚴處。究其暴行之源，毋庸諱言，其實想必早已是公開的秘密。該組織臭名昭著，魚肉一方多年，本報曾經與之展開多次不屈不撓之鬥爭。受害者本人的眾多好友及大量群眾冀盼著此案下文。所幸其雖慘遭毒打，頭部受傷甚重，然尚無性命之憂。

　　報導還提及，報社目前已進駐了裝備著溫徹斯特步槍的煤鐵警察隊護衛。

　　麥克默多放下報紙，點起菸斗，手臂的傷痛令菸斗不停微微顫動。此時突然有人敲門，房東太太很快送來一封便箋，說是個小孩給他的。信沒有署名，上面寫著：

本人有要事跟您相談，但不便到府打擾。請至米勒山旗桿旁相見。如蒙現在前來，即刻相告。

麥克默多吃驚地讀了兩遍，實在想不出寫信的人是誰，用意何在。如果出於女人之手，那看來又一段羅曼蒂克的奇遇就要開始了，這種事他過去並不陌生，但如果是出於一個男人的手筆，有跡象顯示此人好像還受過不錯的教育。躊躇片刻，最後他決定去看個明白。

米勒山是鎮中心一座荒涼的公園，也是夏季人們的休閒之所，但在冬季卻異常荒涼。從山頂俯瞰下去，不僅可以盡覽小鎮全貌，而且可看到一直蜿蜒而下的山谷。山谷兩旁是凌亂而置的礦山和工廠，周邊是一片片早已被染汙了的積雪。只有遠處林木茂密的山坡和白雪皚皚的山頂尚能給人一種美的享受。

沿著常青樹叢中的蜿蜒小徑，麥克默多來到了一家門庭冷落的飯館前，這裡夏季應該很繁華，似乎是個娛樂中心。附近果然有根光禿禿的旗桿，下面早已立著一個人，他豎著大衣領子，帽子壓得很低。就在此人回頭之際，麥克默多一眼認出竟然是莫里斯兄弟，就是昨晚惹怒麥金蒂的那個人。兩人相見，迅速交換了會裡的暗語。

「我想和你談一談，麥克默多先生，」莫里斯顯得有些欲言又止，猶豫地說道，「感謝你賞光前來。」

「幹嘛匿名寫信？」

「這年頭只能謹慎小心，先生。誰知道什麼時候會招來禍事，而且誰知道哪些人可信，哪些人不可信。」

「會中弟兄自然可信。」

「不，不，不一定，」莫里斯情緒衝動地大聲說道，「我們的所說，甚至所想似乎都可以傳到麥金蒂那裡。」

「喂！」麥克默多厲聲說道，「你知道，我昨晚剛剛宣誓要忠於會長。你該不會要讓我背叛誓言吧？」

「你要這麼想，」莫里斯難過地說道，「我只能說，很抱歉，讓你白跑

一趟。兩個自由公民不能交談心裡話，這豈不是太悲哀了！」

麥克默多謹慎地觀察對方，稍後解除了一點顧慮，說道：「當然，我也是為了自保。你知道，我是一個新來的，對這裡的一切都很生疏。其實我根本沒有發言權的，莫里斯先生。不過如果你有話要講，我將洗耳恭聽。」

「然後去報告首領麥金蒂！」莫里斯痛苦地說道。

「你也太小看我了，」麥克默多叫道，「雖然我對組織忠心，直說吧，但假如我把你對我推心置腹講的話再告訴別人，那簡直就是個卑鄙小人了。不過，我警告你，你不要指望得到我的幫助或同情。」

「我並不指望求得這些，」莫里斯說道，「我既然對你講了這些，就已經把性命交給你了。不過，雖然你不是什麼好人——昨晚我甚至覺得你還會變得更壞，但畢竟你還是個新手，也不像他們那樣鐵石心腸，這就是我想找你談談的原因。」

「好，你想說什麼？」

「如果你出賣我，就一定會遭到報應！」

「當然，我說過了，絕不出賣你。」

「那麼，我問你，你在芝加哥加入自由人會，立誓要做到忠誠、博愛時，心裡可曾想過它會把你引向犯罪的深淵？」

「如果你把那個叫做犯罪的話。」麥克默多答道。

「叫做犯罪？」莫里斯喊道，他的聲音激動得顫抖起來，「你已經看到了犯罪事實，你還能把它叫做別的什麼嗎？就在昨天晚上，一個歲數大得可以做你父親的老人被打得血染白髮，這還不是犯罪？不叫犯罪還能叫什麼呢？」

「也許有人會說這是一場爭鬥，」麥克默多說道，「一場兩個階級間的利益之爭，一方盡量打擊對方也屬正常。」

「那麼，你在芝加哥參加自由人會時，可曾想到這樣的事？」

「沒有，確實沒想到。」

「我在費城入會時也不曾想到，以為這只是一個可以和朋友們聚會的開心場所。後來我聽人提及了它，我真恨死這個名字第一次傳到我耳中的那

個時刻。原本以為來到此地可以生活得更好些！天啊！活得好一些！我妻子和三個孩子隨我一起來了。我們原本在市場開了一家綢布店，生意不錯。由於之前加入過自由人會，而且很快被人所知，後來就只好像你昨晚那樣，加入了當地的分會。我胳膊上至今烙著這恥辱的標記，而心裡的醜惡烙印則更加不可磨滅。我發覺我已經受一個奸邪的惡棍控制了，而且陷入一個犯罪網裡。我該怎麼辦呢？我想力所能及做點善良的事，可是只要我一說話，他們便會像昨晚一樣，說我是叛逆。我的所有家當都在綢布店裡，所以無法一走了之。但如果我要退會，那結果很清楚，就是死路一條。上帝知道我的妻兒們會是怎樣的下場。噢，朋友，這太可怕，太可怕了！」他雙手掩面，身體不住地顫抖，大聲啜泣起來。

麥克默多聳了聳肩，說道：「你不適合幹這樣的事，你心腸太軟了。」

「因為我還有起碼的良心和信仰，可是他們卻逼我做傷天害理的事。他們給我派了個差事，如果我退縮，結果顯而易見。也許我是個膽小鬼，也許是我可憐的妻兒們讓我無法退縮。總之，我還是去了。我想，這將使我一輩子不得安寧。

「是山那邊一棟孤零零的房子，距離這裡有二十英里。像你昨天那樣，他們讓我守在門外。幹這種事，他們還不相信我。除了我之外，其他人都進去了。等出來時，他們雙手都沾滿了鮮血。就在我們打算離開時，一個小孩從房內跑出來跟在我們後面哭叫，他大概五歲左右，親眼看到父親遇害的過程。我嚇得幾乎昏厥過去，可是還是不得不裝出勇敢的樣子，擺出一副笑臉來。因為我很明白，如果不這樣，同樣的事就要出現在我家，而下次他們就會雙手沾滿鮮血地從我家出來，我的小弗雷德就要哭叫他的父親了。

「我已經是一個罪人了，一個謀殺案的脅從犯，在這個世界上將永遠被遺棄，到下輩子也難以超生。雖然我原本是天主教徒，可要是神父聽說我竟然是這樣一個人，恐怕也不會為我祈禱了。因為我已經背棄了宗教信仰。這就是我的感受。看著你也即將走上這條路，我問你，想到將來的結局了嗎？你是準備做一個嗜血殺人犯呢，還是想想辦法阻止他們？」

「你想怎麼樣？」麥克默多突然問道，「該不會去告密吧？」

「萬萬不可！」莫里斯大聲說道，「即使是這麼想一想，我的性命都恐怕難保了。」

「好了，」麥克默多說道，「我想你是太膽小了，所以才把這件事看得過於嚴重。」

「過於嚴重！等你在這裡住得時間長一些再瞧。看看這座山谷！看看這座被上百個煙囪冒出的濃煙籠罩了的山谷！我告訴你，殺人、行凶……種種罪惡比壓在人們頭上的煙雲還要真實、濃厚。這是一個恐怖谷，死亡谷。從早到晚，人們都惶惶不可終日。等著瞧吧，年輕人，你早晚會看清的。」

「好，等我再感受些時候，就把想法告訴你，」麥克默多漫不經心地說道，「很顯然，你不適於待在這裡，早點賣掉店鋪離開吧，這對你有好處。你對我所說的話，請放心，我絕不會說出去。可是，皇天在上，如果我發現你是一個告密的人，那可就……」

「不，不會！」莫里斯可憐兮兮地叫道。

「好，我們就談到這裡。我一定把你的話記在心上，也可能過幾天我就給你回話。我會相信你說的一切都是善意的。現在我必須回家了。」

「最後，我還要講一句話，」莫里斯說道，「今天我們在一起的事難免有人看見。他們可能要打聽我們說了些什麼。」

「啊，你想得很周到。」

「我就說我想請你到我店裡幫忙。」

「我說我不答應。這就是我們到這裡談的事情。好，再見，莫里斯兄弟。祝你走運。」

當天中午，麥克默多正坐在客廳壁爐旁一邊吸菸，一邊陷入沉思。門突然被撞開，首領麥金蒂高大的身影堵滿了門框。他打過招呼，徑直坐在了麥克默多對面。他不動聲色地瞪了麥克默多好一陣子，麥克默多也很無所謂地瞪著他。

「我可不常拜訪人，麥克默多兄弟，」麥金蒂終於開口了，「我總是忙於接待那些拜訪我的人。不過，我還是決定親自過來看望你一下。」

「承蒙光臨，我很榮幸，議員先生。」麥克默多開心地答道，並順手從

食品櫥裡取出一瓶威士忌，「這真是我想不到的光榮。」

「手臂怎麼樣？」麥金蒂問道。

麥克默多做了一個鬼臉，答道：「啊，我不會忘記它的，不過受之很值。」

「當然，絕對值。尤其對於那些忠實可靠、履行儀式、為大家的利益全力以赴的人來說。今天早晨在米勒山附近，你對莫里斯兄弟說了些什麼？」

問題來得十分突兀，幸好麥克默多早有準備，遂放聲大笑道：「莫里斯不知道我不出門就能賺錢，他也根本不會知道。對我這類人而言，他真是太善良了。他以為我沒有飯碗，所以請我到一家綢布店裡做職員。」

「啊，就這麼點事嗎？」

「是啊，就是這麼點事。」

「你回絕了？」

「當然。我在家幹四個小時，就能賺他那裡十倍的錢，不是嗎？」

「那是。可是如果我是你，就不會和莫里斯來往太多。」

「為什麼？」

「就因為我讓你別這麼做。對這裡的大多數人而言，這就夠了。」

「也許大多數人都明白，可是我還是不明白，議員先生，」麥克默多魯莽地說，「如果你是一個公正的人，就應該知道他不是壞人。」

對面的黑臉大漢顯然很不高興，他怒目瞪著麥克默多，毛茸茸的大手一把抓住了酒杯，好像要把它猛擲到對方頭上。不過，很快他又開心大笑起來。

「我說，你真是個怪人，」麥金蒂說道，「好，如果你一定要知道原因，我就告訴你。莫里斯沒有向你說什麼詆毀本會的話嗎？」

「沒有。」

「也沒有說詆毀我的話嗎？」

「沒有。」

「啊，那是因為他還不敢相信你。其實，他早已不是一個忠心的弟兄。我們對這一點掌握得很清楚，所以一直很留意他，並且正在等待時機好好告

誠他。我想，離這個時刻已經不遠了，因為我們的羊圈裡沒有那些下賤綿羊的棲身之地。可是如果你與這樣一個不忠心的人結交，我們只能認為你也不是個忠心的人。明白嗎？」

「我不喜歡這個人，所以也沒有機會和他結交。」麥克默多回答道，「至於說我不忠心，也就是出自你口，否則他就不會有機會第二次說類似話了。」

「好，不說了。」麥金蒂把酒一飲而盡道：「我是前來奉勸，你應當明白。」

「我想知道，你怎麼曉得我跟莫里斯談過話？」

麥金蒂笑了。

「這裡發生什麼事我都知道，」麥金蒂說，「你最好相信我能得知所有的傳言。好，時間不早了，我還要說……」

這時，一個非常意外的情況打斷了他的告別。隨著一下突然的撞擊聲，門開了，三張嚴肅的面孔正從警帽的帽簷下怒目橫眉地瞪著他們。麥克默多跳起身來，剛把手槍抽出一半，手臂便停在了半空中，因為他發現兩支溫徹斯特步槍已經對準了他的頭部。一個身著警服，手中握槍的人走了進來，正是之前在芝加哥待過，現在是煤鐵礦警察隊長的馬文。他搖搖頭，皮笑肉不笑地望著麥克默多。

「芝加哥的麥克默多先生，我想你已經被捕了，」馬文說道，「你跑不了，戴上帽子，跟我們走！」

「我認為你早晚要因此付出代價的，馬文隊長，」麥金蒂說道。「我倒想問問，你是什麼人，竟敢如此擅闖民宅，騷擾一個忠實守法的人！」

「這與你無關，議員先生，」警察隊長說道，「我們並不是針對你，而是來追捕這個叫麥克默多的先生的。你應當幫助我們，而不是妨礙公務。」

「他是我的朋友，我可以對他的行為擔保。」麥金蒂說道。

「不管怎麼說，麥金蒂先生，這幾天你好像只能想想怎麼為自己擔保了，」警察隊長答道，「麥克默多到此之前就是個無賴，而現在仍然不安分守己。警士，把槍對準他，我來繳他的械。」

「這是我的槍，」麥克默多狠狠地說道，「馬文隊長，假如你我單打獨鬥，你不會這麼容易捉住我。」

「你們的拘票呢？」麥金蒂喊道，「上帝！一個人住在維爾米薩竟像住在俄國一樣，像你這樣的人也來領導警察局！簡直是資本家的暴行，我保證你還會接到我的控訴。」

「隨你怎麼履行職責吧，議員先生，我們該怎麼辦就怎麼辦。」

「我犯了什麼罪？」麥克默多問道。

「你涉嫌在先驅報社毆打老主筆斯坦格，算你走運，還沒人告你謀殺罪。但這並不意味著你沒有殺人。」

「啊，假如僅僅是為了這件事，」麥金蒂微笑著說道，「那就住手吧，你們可以省很多麻煩。此人當時正在我的酒吧裡和我一起打牌，直到半夜，我可以找出十幾個人來作證。」

「那是你的事，我認為明天你可以到法庭去說。走吧，麥克默多，如果你不想讓子彈上身，你就老老實實地走。麥金蒂先生，你站遠一點，我警告你，在我履行職責時，絕不容許有任何阻撓。」

馬文態度頗為堅決，以致麥克默多和他的首領不得不接受既成事實。分手以前，麥金蒂藉機與他低聲耳語了幾句：「那東西怎樣……」他伸出拇指，暗示著鑄幣機。

「沒問題。」麥克默多低語說，他已經把它安放在了地板下的安全隱秘處。

「那就再見了，」首領和麥克默多握手告別，說道，「我要去請賴利律師，並且會親自出庭辯護。相信我，他們無法扣留你。」

「我可不願意在這個上面打賭。你們兩個，把人看好，假如他想要花招，就開槍。走之前我要搜查一下這個屋子。」

馬文仔細搜查了一番，顯然沒有發現隱藏鑄幣機的痕跡，於是便押著麥克默多回到警局。此時天已經昏黑，颳起一陣強烈的暴風雪。街上行人寥寥無幾，只有少數幾個閒逛的人跟在他們後面，壯著膽子高聲咒罵著犯人。

「殺了這該死的吸血黨人！」他們高聲喊道，「殺了他！」在麥克默多

被推進警署時，他們仍在嘲罵他。經過主管警官的簡短問訊後，麥克默多被投進普通牢房。他發現鮑德溫和前天晚上參加行動的其他三個罪犯也在，而且都是當天下午被捕的，要等候明天審訊。

然而，即使在監獄裡，自由人會的勢力仍伸得進來。天黑以後，一個獄卒帶進一捆稻草給他們鋪用，還偷偷拿出兩瓶威士忌酒、幾個酒杯和一副紙牌來。於是，幾個犯人整夜飲酒賭博，放肆地狂歡，根本不擔心第二天的審訊。

事實證明，也的確無需擔心。主審法官以證據不足無法定罪為由放棄將案件移送高級法院。一方面，那些編輯和印刷工人也聲稱當時燈光模糊，加之非常混亂慌張而無法確實指認具體行凶暴徒是誰，儘管他們也相信被抓的這幾個人都在那批人之中。尤其是在經過麥金蒂聘請的高明律師的一番盤問之後，證人的證詞就更加含糊不清了。

被害人自己則證明說，由於襲擊時非常突然，因此除了記得第一個動手的人有一撮小鬍子以外，其他什麼也說不清。但他堅持說這些人就是吸血黨黨徒，因為社會上不會有其他人恨他。長期以來，由於經常公開發表抨擊評論，他經常受到該黨黨徒的威脅恫嚇。

另一方面，有六個公民，包括市議員麥金蒂，也出席作證，始終堅持說當晚這些被告都在酒吧打牌，一直到該案發生一個多小時以後才散場。

不用說，這幫人被釋放了，而且法官還說了些致歉的話，同時也含蓄地訓斥了馬文隊長和警察多管閒事。

這樣的判決最終在法庭內引起一片掌聲，麥克默多從中看到了許多熟悉的面孔。會裡的弟兄都在彼此微笑寒暄，但也有另一些人在這夥罪犯從被告席上魚貫而出時，坐在那裡雙唇緊閉，目光陰鬱。其中一個矮小、黑鬍、面容堅毅的人，在那些獲釋罪犯從他面前走過時，竟咬牙切齒地說出了和其他人相同的想法。

「你們這些該死的凶手！」他喊道，「我們早晚還要收拾你們！」

暗中搗鬼

　　如果說有什麼事使得傑克・麥克默多在同伴中更吃得開，莫過於就是他的被捕與被釋了。一個在加入分會當晚就做了足以被帶到法官面前的事，那絕對是分會裡空前的紀錄。雖然此前他也已經因為是個開朗、輕鬆的尋歡者，脾氣大得出奇（包括對最有權威的首領）以及侮辱警察等事而出名，但此番他又給人多了一個印象，那就是頭腦血腥冷酷，並有能力完成任何棘手任務。「他是執行乾淨俐落工作的最佳人選。」會中一些元老們私下說道——他們正等著派他重要使命。

　　麥金蒂原本已經有足夠的人手，不過他意識到此人才將是他最有力的王牌，他感覺自己就像是個握有一條捆綁凶猛獵犬鏈子的主人。小嘍囉只能做些無關痛癢的小事，但總有一天他是需要真正的人才輔佐大幹一番的。分會中有幾個人，包括鮑德溫在內，都十分反對他如此重用這個新人，他們恨他。但是即使如此，他們也不敢過於明顯，因為他實在不是好惹的。

　　儘管在這個圈子中越來越受歡迎，但對麥克默多而言，在更重要的一邊，他卻徹底失寵。伊蒂・謝夫特的父親拒絕與他來往，而且不准他再踏進他家。伊蒂本人雖說愛他至深，堅持不肯完全放棄跟他交往，可是良知也警告她，與這樣一個被視為暴徒的人結婚會是什麼結果。

　　又一個不眠夜後的第二天早晨，她決定去見他，也許是最後一次。同時她還抱有幻想，希望透過再次的努力勸說將他從罪惡的深淵拉回來。她來到他常常求她前去的住處，走進了房間。他正背對著門坐在桌邊，面前放著一封信。突然，小女孩喜歡作弄人的天性油然而生——她不過十九歲。她推門

的時候他並沒有聽見，於是便踮起腳尖輕輕地走到他身後，將兩手按到了他的肩頭。

如果她的目的是嚇他一跳，那的確做到了。不過，她自己也嚇了個半死。因為他登時像老虎撲食一樣猛地用右手按到了她的喉嚨上。另一隻手，就在同時，已經將面前那張紙迅速地揉成一團。有那麼一瞬間，他似乎驚呆了。然後，驚喜取代那張因為凶狠而扭曲的臉——那種凶狠的神色使她不寒而慄。在她溫柔的生命中，從未見過這樣的眼神。

「是你！」他難以置信地擦著眼睛說道，「你不知道我多麼盼你來，而我居然差點掐死你！對不起，寶貝，」他伸出手來，「讓我抱抱你。」

可是她還沒有從他臉上流露出來的恐懼表情所帶來的震驚中恢復。女孩子的直覺告訴她，那不只是一個受驚嚇的人的表情，還有罪惡——罪惡與恐懼感！

「你是怎麼了，傑克？」她哭了，「你為什麼那麼怕我？哦，傑克，如果你心中泰然，就不會用那種神色看我！」

「當然，當你用你仙女般的腳尖輕踩過來的時候，我正在想別的事情⋯⋯」

「不，不，傑克，不僅是這樣。」突然，一陣懷疑攫住了她，「讓我看你在寫的那封信。」

「哦，伊蒂，不行。」

她的懷疑變得肯定了。「是給另外一個女人的，」她哭道，「我就知道！要不然你為什麼不讓我看？你是在給你妻子寫信嗎？我怎麼知道你是否結過婚？你這個陌生人，有誰知道？」

「我沒結過婚，伊蒂。看著，我發誓！你是這世上我唯一愛的人。我對上帝發誓！」

他因急切而臉色發白，她只有信他。

「好，那麼⋯⋯」她哭叫道，「你為什麼不給我看那封信？」

「親愛的，我告訴你，」他說，「我發過誓不能給任何人看，就像我不會對你打破誓言一樣，我也不能對別人這樣做。這是有關分會的事，即使對

你也是秘密。當你把手按到我身上時，我嚇了一跳，要知道，這也可能是一雙偵探的手。」

她相信了他的解釋。於是，他將她緊緊摟住，吻走她所有的疑懼。

「坐到我旁邊來，親愛的，你就是我的女王，雖然這個寶座有點古怪，但是這是你可憐的愛人所能找到的最好的。但總有一天，他會給你更好的東西。現在你放心了吧？」

「可是你現在成了罪犯集團的暴徒，我永遠猜不到哪一天你就會因凶殺而上法庭，傑克，我怎麼能放心？昨天一個房客叫你是『吸血黨的麥克默多』，就像一把刀扎在我心上。」

「別聽他們的，都是中傷！」

「可是他們說的是事實。」

「嗯，寶貝，不像你想像得那麼壞，我們只是一群想爭取應得權利的下層人。」

伊蒂用雙手勾住他的脖子，「離開他們！傑克，看在我份上，看在上帝份上，離開吧！今天我來就是要求你這個的。噢，傑克，看——我跪下來求你！我跪在你面前求你離開！」

他拉起她，將她的頭摟到胸前輕撫著。

「噢，寶貝，你知道你在要求什麼。我怎麼能離開？這樣我就違背了誓言，背棄了我的同伴。如果你曉得我究竟處在一個什麼樣的狀況，就絕不會要求我離開了。況且，就算我想這樣，可以嗎？你想他們怎麼會讓一個知道他們秘密的人輕易離開？」

「我想過了，傑克，我已經全部計畫好了。父親存了些錢，他已經厭倦了這種被人騷擾脅迫的生活，他隨時願意離開。我們可以去費城或紐約，那樣就可以脫離這幫人。」

麥克默多笑了。「分會的勢力難以想像，你以為他們的手就伸不到費城或紐約？」

「那，要不就去歐洲，或英國，或德國，我爸爸的故鄉，任何地方，只要能離開這恐懼之谷！」

麥克默多想到了莫里斯。「啊,這已經是第二個人這麼稱這山谷了,」他說,「這陰影似乎確實深深地籠罩著每個人。」

「威脅無處不在。你以為特德‧鮑德溫就這麼放過我們了嗎?如果不是因為他怕你,你以為我們還有機會嗎?你看他瞧我的那種邪惡飢渴的目光!」

「哼,如果讓我看到,一定好好教訓他!不過,小寶貝,聽著,我不能離開這裡,我不能,絕對不能。不過,如果你給我時間,我會盡量想法光明正大地離開!」

「這種事無法光明正大!」

「嗯,嗯,這只是你的看法。如果你給我六個月的時間,我就會想辦法讓自己的離去不至於丟人現眼。」

女孩高興極了。「六個月!」她輕呼道,「這是你答應的?」

「呵,也許要七八個月,但至多一年,我們一定能離開這山谷。」

這是伊蒂能夠得到的最多的承諾了,無論如何,總算有了承諾,一絲遙遠的光明總算照亮了陰霾的前景。回家後,她心中的快樂比自傑克‧麥克默多出現後的任何時候都要多。

麥克默多本以為,只要成了會員,會中所有的事情便都會被告知。結果,他很快發現,這個組織遠比一般單純的社團複雜得多,線索深廣得多。就算麥金蒂也有很多不知情的事情。比如有個住在離市區較遠的霍布森轄區的郡代表,他有權管轄數個分會,很有些手段,常常專橫又毫無預兆地任意行使權力。麥克默多只見過他一次,是個矮小灰髮、獐頭鼠目的傢伙,總是充滿惡意地斜視著周圍的人。此人的名字叫伊萬斯‧波特。在他面前,一些維爾米薩的大頭目也不得不讓他三分。

這天,麥克默多的室友斯坎倫收到一張麥金蒂寫來的字條,還附了一封伊萬斯‧波特的信,大意是說他將派兩名好手——勞勒與安德魯斯到他們的勢力範圍行事,但行事原因及目的則不方便說明。他問麥金蒂是否能在二人行動之前安排招呼他們的住宿起居。麥金蒂認為將這兩人留在分會裡很難保密,因此不得不把他們送到麥克默多及斯坎倫這裡來。

當天傍晚，兩人來了，各自提了一個手提袋。勞勒年紀較長，精明、沉默、自制，穿一件舊呢外衣，軟絨帽，加上他花白的大鬍子，給人以溫文的巡迴傳教士的印象。他的同伴安德魯斯則像個大男孩，一副坦誠愉悅、活潑好動的樣子，讓人感覺是個出來度假、準備隨時享受每分每秒的人。兩個人都很克制，絕不飲酒，很像個標準的黨徒，卻又完全不像與謀殺扯得上關係的幹練殺手。據說勞勒已執行過十四次類似任務，而安德魯斯也有過三次。

麥克默多發現，他們很樂意講述他們過去的業績，並頗為得意，始終一副曾經為組織利益立下汗馬功勞的驕傲神情。不過，對即將執行的任務，他們卻守口如瓶。

「選中我們是因為這孩子跟我都不喝酒，」勞勒解釋道，「他們確信我們不會多說一個不該說的字。請不要誤會，這是郡代表的命令，我們必須遵行。」

「當然，我們都是一條船上的人。」麥克默多的室友斯坎倫在共進晚餐時說。

「沒錯，我們可以盡情地談如何幹掉查理‧威廉斯，或西蒙‧伯德，或任何其他過去的行動。但是在此任務未完成前，我們什麼都不會說。」

「這裡有半打的人需要我修理，」麥克默多發誓說，「我想你們不是要追殺鐵山的傑克‧諾克斯吧？真想親眼看到他遭報應。」

「不是，還沒輪到他。」

「或者是赫爾曼‧斯特勞斯？」

「不，也不是他。」

「啊，你們不願說，我們也不強迫，不過我還真想知道。」

勞勒笑著搖了搖頭，還是不願透露。

儘管客人守口如瓶，但斯坎倫及麥克默多還是商定，無論如何也得跟他們到所謂的「好玩的事」現場看看。於是，有天清晨，當麥克默多聽到那兩人輕手輕腳下樓梯時，便急忙叫醒斯坎倫。兩人迅速穿好衣服後，發現殺手已偷偷溜出去了，大門是敞開的。天還沒亮，藉著街燈，他們看見那兩人走在街邊不遠處，於是便踩著厚厚的雪地，偷偷地跟了上去。

他們的寓所在城鎮邊緣，因此不一會兒就來到了鎮外的路口。那邊有三個人等著，勞勒和安德魯斯與他們簡短而急切地交談後，便一起前行。顯然這項任務需要人手。有幾條小徑通往不同的礦場，這群人走上了一條通向克勞山的小徑。這是個大礦場，得感謝他們精力充沛又不畏邪惡的經理——喬塞亞·鄧恩，一個英格蘭人，長期以來，雖然此地陰雲籠罩，但這裡卻仍能保持正常生產秩序。

天漸漸亮了，工人們三三兩兩地慢慢走上了這條被煤煙薰黑了的小徑，陸陸續續形成一長列。

麥克默多與斯坎倫混在行列中前行，目光卻始終不離他們跟蹤的人。厚厚的晨霧罩著天空，遠處響起尖銳的汽笛聲，這是開工信號，十分鐘後，罐籠就要降下，勞動即將開始。

抵達礦場豎坑前的空地時，他們看到已經有上百個礦工等在那裡，一邊跺腳一邊對著手指哈氣，以抵禦酷寒。那幾個陌生人則站在機車室的陰影下圍成一小堆。斯坎倫與麥克默多爬到一堆礦渣後面，那裡可以看清全景。他們看到礦場的工程師，一個人叫做孟席斯的大鬍子蘇格蘭人，走出機車室，吹響了哨子，並開始指揮罐籠降下。

就在此時，一個體形高大、面容誠懇、臉刮得很光的年輕人急急走了過來，他突然發現機車室屋簷下沉默不動的那堆人，他們的帽簷很低，衣領豎起，遮擋著臉。瞬間，這位經理心中升起一種不祥的預感，但想到職責在身，他仍毫不猶豫地走向那群闖來的陌生人。

「你們是誰？」他邊走邊問，「到這裡來幹嘛？」

沒有人回答，只見年輕的安德魯斯向前跨了一步，一槍射向他的胃部。上百個等在那裡的礦工一動不動地待在現場。經理雙手抱住傷口，彎下身子，蹣跚著想逃開，但是另一個凶手又補了一槍，於是他側面倒下，在一堆熔渣中痛苦抽動起來。那個蘇格蘭人孟席斯大吼一聲，抓了一把大鐵扳手衝向暴徒，可是迎面遭到兩顆子彈，很快便一動不動地倒在凶手腳下。

這時現場一陣慌亂，有幾個礦工湧上前去，口中發出憐憫與憤怒的吼叫。兩個陌生人急忙朝天連開了六槍，人群馬上散開，有些人甚至轉身直奔

回自己在維爾米薩的家。

　　一直等那幫凶手消失在晨霧中，有幾個膽大的礦工才終於轉回到礦坑幫忙。現場有上百個旁觀者，卻沒有人能確切指認出謀殺兩人的暴徒。

　　回到家後，斯坎倫有些嚇壞了。這是他第一次親眼見到謀殺事件，似乎完全不是他想像中那麼好玩。就在他們匆匆忙忙轉回鎮裡的路上，經理妻子的慘叫聲始終縈繞在他們耳邊。麥克默多一語不發地陷入沉思，但對室友的懦弱卻毫不同情。

　　「這像是場戰爭，」他重複說道，「只是我們與他們之間的一場戰爭。我們用我們最有利的方式回擊而已。」

　　當晚，分會所在地大肆狂歡，不僅是因為成功狙殺了克勞山礦場的經理及工程師，進而使分會從此可以對目標公司進行更加為所欲為的勒索，同時更要慶祝另一個分會在別處也成功地執行了另一樁任務。

　　原來，當郡代表派了五名好手到維爾米薩行動時，他同時也要求這邊秘密派兩名會員到皇家斯特克羅亞爾市去殺害威廉‧黑爾斯作為酬謝。此人是吉爾默敦地區非常有名而且深受愛戴的礦主，大家都相信他這樣的人在世界上不該有任何敵人。因為無論從哪方面看，他都是個模範雇主。不過，他對工作效率要求甚高，因此曾經解僱過幾個經常酗酒偷懶的工人，而這些人正好是這個極有勢力的組織的會員。但釘在他家門上的死亡威脅信函並沒有減弱他的決心。不幸的是，這也直接導致了他在這個自由文明國度裡遭到暗殺。

　　刺殺任務完成後，特德‧鮑德溫此時正伸開四肢半躺地坐在會長旁邊的榮譽席上，他是這個慶功宴的主角。醉紅的面孔及充滿血絲的雙眼說明他很久沒睡好了，而且已經灌下大量酒精。他和兩個同伴前一晚在山中度過，一身骯髒，飽受風霜之苦。可是，沒有哪個從敢死隊回來的英雄能受到比他們更隆重的歡迎。

　　整個事情的經過被一遍又一遍地大肆宣揚，其中不時穿插著興奮的狂喊及放肆的笑聲。他們在一個高坡上等著目標人物晚上回家，這是他的必經之路。為了禦寒，老人渾身包滿了毛皮衣物，因此根本沒有時間拔槍。他們把

他拖出馬車，一槍接一槍地打，他尖叫著求情的樣子被一遍又一遍地模仿以致被當成了笑料。

「讓我們再來聽聽他是怎麼哭叫的吧！」人群喧鬧著。

沒有人認識這個被殺的人，可是殺人情節竟然成了這個組織賴以取樂的理由，他們這樣做是想向吉爾默敦地區的會員昭示，維爾米薩的會員是值得信賴的。

行事中間還有個意外的插曲，當他們仍在不斷地對著早已僵硬的屍體射擊時，有一對夫婦正好駕車經過。有人說應該把他們也殺了，可是這對夫婦是與礦場毫無關係的無辜者，因此他們被嚴加警告不得洩漏半個字，否則當心小命，然後才放他們繼續前行。血跡斑斑的屍體就被留在當地，作為對硬心腸雇主的警告，兩個復仇者則急急忙忙逃進了堆滿熔爐及煤渣的山中。

對吸血黨而言，這是個得意的日子。可是，山谷中其他人心卻沉重淒涼到了極點。會打仗的人常會乘勝追擊，以收事半功倍之效，因為此時敵人還無法從不幸中穩定下來。此時，麥金蒂沉鬱凶狠的雙眼中再次浮現出一個作戰計畫，他決定乘勝追擊繼續打擊那些對他不敬的人。是夜，當喝得半醉的幫眾離去之後，他輕碰了一下麥克默多的手臂，把他帶入他們第一次見面時的那間屋子。

「聽著，年輕人，」他說，「我終於有一個值得動用你的任務了，你將能親手負責一件大事。」

「我很榮幸你這麼說。」麥克默多回答。

「你可以帶兩個人去——曼德斯和賴利，他們已經知道此事了。不除掉賈斯特·威爾科克斯，我們在這一帶就永遠別想長期立足。如果你能把他幹掉，整個煤礦區的每個分會都會對你感激不盡。」

「無論如何，我會盡力。他是誰？怎樣才能找到他？」

麥金蒂用嘴角叼著半截雪茄，在一張由他筆記本上撕下來的紙上匆匆畫了一張草圖。

「此人是戴克鋼鐵公司的大工頭，頭髮花白，意志堅定，曾經在戰時做過海軍陸戰隊上士，身經百戰，受過不少傷。我們行動過兩次，都失敗了，

吉姆・卡納威還因此送了命。現在，輪到你大顯神通了。這是他家，就像你從我畫的這張地圖上看到的一樣，孤零零地佇立在戴克鋼鐵公司的十字路口，別無鄰居。白天不行，他有槍，而且槍法又快又準，下手很俐落。不過晚上——他和妻子、三個孩子及一個幫傭住在一起，你別無選擇，要殺就殺乾淨。如果你能弄一包炸藥，並把引線安放到他家門口……」

「這個人做了些什麼？」

「不是跟你說過嗎？他殺了吉姆・卡納威。」

「為什麼要殺他？」

「這跟你有什麼關係呢？卡納威夜裡剛接近他的房子，就被打死了。這就是足夠的理由，你必須把事情辦妥。」

「裡面的兩個女人及孩子呢？也一併幹掉？」

「必須這麼辦——否則怎麼能弄掉他？」

「這對他們似乎太殘忍了，他們沒做什麼。」

「說什麼笨話？你不想幹嗎？」

「別衝動，議員先生，別衝動！我什麼時候說過或做過讓你認為我不效忠於你的事呢？總之無論是非對錯，都聽你的。」

「你會去執行？」

「當然，我會去。」

「什麼時候？」

「嗯，最好給我一兩晚時間，我先去察看一下地形，計畫一下，然後……」

「很好，」麥金蒂說著跟他握了握手，「這件事就交給你了。等你馬到成功歸來時，那將是最美妙的一天。這也是把那批人完全打倒的最後一擊了。」

麥克默多對這項突然接手的任務陷入久久的沉思。賈斯特・威爾科克斯的獨立住所離相連的山谷約有五英里，當晚，麥克默多獨自前去偵查了一番，回來時天已大亮。第二天，他約談了兩名助手——曼德斯與賴利，兩個精力充沛的年輕人，他們興高采烈，簡直像要去出發獵鹿般急不可耐。

兩個晚上之後，他們在鎮外會齊。三人都帶了槍，其中一人還帶了一包用來炸礦山的炸藥。當他們到達那幢孤零零的房子時，已是清晨兩點。當晚天氣嚴寒，濃雲游移不定，快速掠過缺角的月亮。他們被警告過，必須注意獵犬，因此只能握著槍，十分小心地前進。好在四周除了狂嘯的風聲及頭頂搖擺的樹枝外，別無任何聲響。

麥克默多靠在門上傾聽了片刻，裡面沒有任何動靜。然後，他迅速將炸藥袋擱到門邊，用刀割了一個小口，接上引線。點燃之後，他和兩個同伴急急跑開，安全地躲到安全距離外的一個深濠溝中。「轟」的一聲巨響，接著是房子倒塌的聲音。他們知道，任務已經完成。在整個組織的血腥記錄中，再沒有比這次更乾淨俐落的行動了。

可惜，不管計畫多周全、行動多俐落，都是白費心機！因為警覺到其他幾個人被害，而且得知自己也在黑名單上後，賈斯特・威爾科克斯已在前一天就把全家搬到了一處安全且隱密的處所，並有警方保護。炸藥炸的只是間空屋，而那個嚴厲的老軍人則仍在戴克鋼鐵公司督導管理著他的礦工。

「把他留給我，」麥克默多說，「他歸我了，我一定會幹掉他，就算必須再等上一年。」

全分會的人都表示了對麥克默多的感謝及信心，事情暫時就這麼了結。幾個星期後，報上登了威爾科克斯遭到伏擊的新聞。而麥克默多在繼續完成未完使命的情況已是公開的秘密了。

這就是自由人會的手段，吸血黨人的行為，他們長期以來用恐怖統治著這片富庶的地區，所有人都生活在恐懼和威脅裡。事實上，還需在此列舉更多的罪行嗎？已經沒有必要再用他們的罪惡來玷汙這張清白的紙了。

所有這些血腥事實都已成為確鑿的歷史，想知道細節的人完全可以找到記錄依據。那些記錄還顯示，曾經有兩名警員——亨特及伊萬斯被槍殺，因為他們竟敢斗膽逮捕兩名維爾米薩分會的會員；另外，你也會看到拉比太太在照顧她丈夫時被槍殺的記錄——她丈夫被麥金蒂下令揍得半死；還有詹金斯繼他兄弟詹姆斯・默多克之後也慘遭殺害；另有斯塔普霍斯一家被炸案，斯坦的魯斯被殺案……一件一件，全部發生在那個寒冷的冬天。

恐懼之谷充滿了死亡的陰影。春天總算來了，溪水因解凍而開始流淌，樹梢枝頭出現了花訊。長期受到壓抑的大自然漸漸恢復了生機。但是被恐怖深深籠罩下的男男女女們，卻依然絕望。因為，再沒有比一八七五年初夏那般更令他們感到絕望與無助了。

獻計

　　恐怖陰雲達到了頂峰。麥克默多此時已是高層執事的一員，大有希望日後繼麥金蒂成為分會長的候選人。如今會裡大多事務都要徵求他的意見，以致後來他不插手指點協助的話，很多事都難以成行。可是，隨著他在自由人會中的名聲越大，走在維爾米薩街頭咒罵、仇視他的人就越多。他們決心不顧恐怖、威脅，徹底聯合起來共同反抗那些作威作福的人。分會已聽到傳言：說先驅報社有人秘密集會，而且守法平民也開始被分發武器。但麥金蒂和他手下卻毫不介意。他們仗著人多勢眾，武器精良，便目空一切，膽大包天。他們認為對手無權無勢，又是一盤散沙，不足為患。他們相信，結果無非還像過去一樣，只是漫無目標的空談，最後只能不了了之。這就是麥金蒂、麥克默多和會眾們的說法。

　　星期六晚上通常是會員們集會的日子。五月一個星期六的晚上，麥克默多正要去赴會，被稱為懦夫的莫里斯兄弟突然前來拜訪他。莫里斯愁容滿面，緊皺雙眉，慈善的面孔顯得憔悴異常。

　　「我能跟你隨便談兩句嗎？麥克默多先生。」

　　「當然可以。」

　　「我從未忘記，那次我向你說過心裡話之後，甚至會長親自盤問你都守口如瓶了。」

　　「既然你信任我，我怎能不保護你呢？但這並不等於我同意你的觀點。」

　　「這一點我知道。不過我只有對你才敢說心裡話，而且不怕洩露。現在

我又有個秘密，」他把手放在胸前，說道，「它使我心力交瘁。我真希望它是被除我之外的任何人掌握，而不是我。假如我說出來，勢必又出謀殺案。可是如果我不說，那就可能招致我們全體覆滅。願上帝救我，我簡直不知如何是好了！」

麥克默多誠懇地望著他，他已抖作一團。麥克默多倒了一杯威士忌酒給他。

「這就是給你這樣人的藥，」麥克默多說道，「現在請你告訴我吧！」

莫里斯把酒喝了之後，蒼白的面容恢復了紅潤。「我可以只用一句話就向你說清楚。」他說，「已經有偵探追查我們了。」

麥克默多驚愕地望著他。

「怎麼？夥計，你瘋了！」麥克默多說道，「此地難道不是遍地警察和偵探嗎？又能把我們怎麼樣呢？」

「不，不，不是本地人。正像你說的，那些本地人，我們都知道，他們是幹不出什麼名堂的。可是你聽說過平克頓的偵探（由艾倫·平克頓創辦，是一個全國性的偵探組織——譯者注）嗎？」

「我聽說過。」

「好，我可以告訴你，他們追查你時，你可不要不在意。那不是一家漫不經心的政府機構，而是一個十分認真的組織，它決心要查的事情，不擇手段也要搞出個結果來。假如某個平克頓的偵探要插手此事，我們就全毀了。」

「我們必須幹掉他。」

「啊，你首先想到的就是這個！分會也一定會這麼做。剛才我不是說過嗎，結果將又是件謀殺。」

「當然，殺人算什麼？在此地不是極普通的事嗎？」

「的確，一點也沒錯，可是我並不想這個人被殺啊，否則我的良心將永遠難安。但是不殺他，我們自己的生命又很危險。上帝啊，我怎麼辦呢？」他身體前後搖動，猶豫不決。

這話使麥克默多深受感動。不難看出，麥克默多同意莫里斯對危機的看

法，需要認真採納。於是，他撫著莫里斯的肩膀，急切地搖搖他。

「喂，老兄，」麥克默多有些激動，幾乎喊叫似的大聲問道，「你坐在這裡像寡婦哭喪一樣是毫無用處的。我們來研究下情況。這個人是誰？他在哪裡？你怎麼聽說的？為什麼來找我？」

「我來找你，因為唯有你能幫我。我說過，來此之前我在西部開過一家商店，那裡有我的一些好朋友。有一個朋友是在電報局工作的，這就是我昨天收到的他寫給我的信。第一段就是，你自己看吧！」

麥克默多讀道：

你們那裡的吸血黨人現在情況怎樣？在報上看到許多有關他們的報導。希望很快能收到你秘密傳來的消息。五家大公司和兩處鐵路局很關注此事，並決心全力以赴對付他們。他們既已深入此事，你可以確信，顯然是有備而來的。平克頓偵探公司已經奉命進行調查，其中的王牌好手波弟・愛德華正在行動。這些罪惡的事情現在看來快要得到制止了。

「再看附言。」

當然，我告訴你的都是從日常業務工作中瞭解到的，千萬保密。電報暗碼每天不同，我也搞不懂。

麥克默多拿著電報，無精打采地靜坐了半天。一時之間，一團迷霧冉冉升起，令他如墜萬丈深淵。

「還有別人知道此事嗎？」麥克默多問。

「我沒有告訴任何人。」

「不過這個人，你的朋友，會寫信給別人嗎？」

「啊，我敢說他還認識一兩個。」

「是會裡人嗎？」

「很可能。」

「我問這個，是想或者他可以把波弟・愛德華這個人的情況介紹一下。那麼我們就可以著手追尋他的行蹤了。」

「啊，這倒可以。可是我不認為他認識愛德華。他告訴我這個消息，也是從日常業務中得到的。他怎麼能認識這個平克頓的偵探呢？」

麥克默多猛然跳起來。

「天吶！」他喊道，「我一定要抓住他。我連這件事都不知道，該是多麼愚蠢哪！不過我們還算幸運！趁他還未能造成損害之前收拾他。喂，莫里斯，你願意把這件事交給我去辦嗎？」

「當然，只要你不連累我就行。」

「就這麼辦，你可以就此撒手了。我甚至用不著提你的名字。我一人做事一人當，就當此信是寫給我的。這你滿意了吧？」

「我正希望如此。」

「好吧，就到這裡，你什麼也不要說。現在我要到分會去，很快就會讓這個老平克頓偵探垂頭喪氣。」

「你不會殺死這個人吧？」

「莫里斯，我的朋友，你知道得越少，越可以問心無愧，最好回去睡大覺，不要再多問了，聽其自然吧！現在我來處理它。」

莫里斯走時，憂愁地搖了搖頭，嘆道：「我好像雙手沾滿了他的血。」

「無論如何，自衛不能算謀殺，」麥克默多冷酷地笑道，「不是我們殺死他，就是他殺死我們。如果我們讓他長久留在這裡，他遲早會把我們一網打盡。呃，莫里斯兄弟，應該選你做會長，因為你救了我們整個分會。」

話雖如此，不過從他的行動可以清楚地看出來，他對這個新威脅的重視程度遠比說的要嚴重。也許是作賊心虛；也許是由於平克頓組織威名顯赫；也許是因為得知那些龐大而富有的公司決心徹底清除吸血黨，總之不管出於哪種考慮，他的行動說明他已經做了最壞的打算。離家前，他把凡是可能令他牽連進刑事案件的片紙隻字都銷毀了。然後，他滿意地出了口長氣，似乎覺得安全了。但事實上他並未釋然，因為在去分會途中，他又在老謝夫特家停了下來。謝夫特已經禁止麥克默多到他家去。麥克默多輕輕敲了敲窗戶，伊蒂便出來迎接他。愛人眼中的調皮的愛爾蘭人形象不見了，伊蒂從他嚴肅的臉上似乎看到了某種危險。

「你一定出了什麼事！」伊蒂高聲喊道，「噢，傑克，你一定遇到了危險！」

「沒錯，我親愛的，不過還不算很糟。在事情沒有惡化以前，我們得把家搬一搬，這是明智之舉。」

「搬家？」

「記得我答應過你，早晚要離開這裡。我想這一天終於來了。今晚我得到一個消息，是個壞消息，我看要有麻煩了。」

「是警察嗎？」

「對，是一個平克頓的偵探。不過，親愛的，你不用打聽那麼細，也不必知道這件事對我這樣的人會怎麼樣。我陷得太深了，但也許很快就能抽身。你說過，如果我離開這裡，你要和我一起走。」

「啊，傑克，這是你唯一自保的辦法。」

「在某些事情上，我還是誠實的，伊蒂，就算讓我擁有一切，我也絕不會傷害你那美麗身軀的一根毫髮，更不會捨得把你從雲端連累下來。你相信我嗎？」

伊蒂默默無言地把手放在麥克默多的手掌中。

「好，請你聽我說，並且要照我說的去做，這是我們唯一的生路。我確信，谷中將有大事發生。我們許多人都需要加以提防。無論如何，我是其中一個。如果我離開這裡，不論何時，你都要和我一起走！」

「我會跟著的，傑克。」

「不，不，你一定要和我『一起』走。如果我離開這個山谷，就永遠不能再回來，或許為了躲避警察，連通信的機會也沒有，我怎能把你丟下呢？你一定要和我一起走。我家鄉有個好女人，我會把你安頓到她那裡，然後再結婚。你肯走嗎？」

「好的，傑克，我隨你走。」

「上帝保佑你肯相信我！如果我辜負了你的信任，那就是一個從地獄裡鑽出來的魔鬼了。現在，伊蒂，請你注意，只要我帶一個便箋給你，你一旦接到它，就要拋棄一切，直接到車站候車室，在那裡等候，我會來找你。」

「接到你寫的便箋，不管白天晚上，我一定去，傑克。」

做好了出走的準備工作，麥克默多心情稍稍舒暢了些，於是向分會走

去。那裡已經聚滿了人。他回答了暗號，通過了戒備森嚴的周邊警戒和內部警戒。麥克默多一走進來，便受到熱烈歡迎！房中擠滿了人，透過煙霧，他看到了麥金蒂那亂成一團的又長又密的黑髮，鮑德溫凶殘而不友好的表情，書記哈拉威那鷲鷹一樣的面孔，除此之外還有十幾個分會核心人物。他很高興他們都在這裡，這樣就可以商議一下他得來的消息。

「見到你真高興，兄弟！」麥金蒂高聲喊道，「這裡正有件事需要有智慧的人來做出公正裁決。」

「是蘭德和伊根，」麥克默多坐下來，鄰座的人向他解釋說，「他們兩個人都搶著要分會的賞金，都認為槍殺斯蒂列斯鎮的克雷布老人是自己幹的，你來說說究竟是誰開槍擊中的？」

麥克默多從座位上站起來，高舉雙手，面無表情，令在場的人都一怔，隨後就是死一樣的寂靜。

「可敬的會長，」麥克默多嚴肅地說道，「我有緊急事報告！」

「既然麥克默多兄弟有緊急事報告，」麥金蒂說道，「按照會中規定，自然應該優先討論。現在，兄弟，請你說吧！」

麥克默多從衣袋裡拿出信來。

「尊敬的會長和諸位弟兄，」麥克默多說道，「今天，我帶來一個壞消息。好在我們事先得知，這樣就能及時討論，否則難免深受其害，遭到滅頂之災。我得到通知說，國內那些最有錢有勢的組織將聯合起來準備消滅我們，一個叫做平克頓的偵探社旗下的一個名叫波弟·愛德華的人已經來到這個山谷，正在搜集證據。這足以令我們在座的都面臨死亡威脅，並有可能被送進重犯牢房。這就是我要說的緊急事，請大家討論。」

室中頓時鴉雀無聲，最後還是麥金蒂打破了沉寂。

「麥克默多兄弟，你有什麼證據嗎？」

「我收到一封信，情況就在這封信裡，」麥克默多說道。他高聲把這一段話讀了一遍，又說，「我用人格擔保過，不能將信中其他內容說出，也不能把信交給你們，但我敢保證，信上再沒有與本會利益有關的事了。這就是我知道的一切。」

「請允許我講一講，」一個年紀較大的弟兄說道，「我聽說過波弟・愛德華這個人，他是平克頓私家偵探公司裡一個最有名的偵探。」

「有人能指認他嗎？」

「是的，」麥克默多說道，「我見過他。」

室內頓時出現一陣驚詫的低語聲。

「我相信他跑不出我們的手心，」麥克默多笑容滿面，繼續說道，「假如我們能迅速而機智地採取行動，就很快能把這件事解決好。如果你們信得過我，再給我一些支援，我們就沒什麼好怕的了。」

「可是，我們怕什麼呢？他怎麼能知道我們的事呢？」

「議員先生，如果大家都像你那樣堅強、忠誠，那就可以這樣說。可是此人有那些資本家百萬資本做靠山。你難道以為我們會裡就沒有一個意志薄弱的弟兄可以被收買嗎？他會弄到我們的秘密的——也許已經弄到手了。現在只有一種可靠辦法。」

「那就是不能讓他活著離開這山谷！」鮑德溫說道。

麥克默多點點頭。「你說得好，鮑德溫兄弟，」麥克默多說道，「你我過去往往意見不合，今晚倒是一致了。」

「那麼，他在哪裡呢？到哪裡能見到他？」

「親愛的會長，」麥克默多熱情洋溢地說道，「我想建議，這對我們是件生死攸關的大事，不便在會上公開討論。我並不是不信任在座的哪位弟兄，但只要有任何資訊傳到那個偵探耳中，我們就有可能失掉抓到他的機會。我要求分會選擇一些最可靠的人，假如我可以提議的話，議員先生，你一個，還有鮑德溫兄弟，再找五個人。我就可以自由地發表我所知道的一切，也可以說一說我打算怎麼做了。」

麥克默多的建議馬上被採納。選出的人員除了麥金蒂和鮑德溫以外，還有面如鷲鷹的書記哈拉威、老虎科馬克、財務長卡特，以及膽大妄為的威拉比兩兄弟。

往日聚會的狂歡被一片烏雲籠罩，許多人頭一次開始看到，他們長久所居的地方，正漸漸飄來法律和復仇的烏雲，晴空瞬間消逝。施加於人恐怖已

經成了他們生活的常態，而且從未想到會遭到報應。現在令他們大為驚慌的是，報應竟然來得如此急迫，而且緊壓在他們肩頭。於是，慣常的歡宴這次卻草草收場了。黨徒們很早就散開，只有他們的頭領們留下議事。

「麥克默多，現在說說吧，」現場只剩下七個人，都呆呆地坐在那裡，麥金蒂說道。

「我剛才說過，我認識波弟・愛德華，」麥克默多解釋說，「用不著多說，他在這裡用的肯定不是這個名字了。此人勇敢剛毅，確實不是一個蠢才。他化名史蒂夫・威爾遜，住在霍布森領地。」

「你怎麼知道的呢？」

「因為我和他講過話。當時我沒意識到，要不是收到這封信，我甚至永遠忘了這件事。可是現在我確信這就是那個人。星期三我去霍布森領地辦事，在車上遇到過他。他自稱是個記者，那時我相信了他的話。他說要為紐約一家報紙寫稿，想知道有關吸血黨人的一些情況，還說要瞭解他所謂的『暴行』。他問了不少問題，說打算弄到一些寫稿素材。你們可以相信，我什麼也沒有洩露。他說，『如果能得到對文章有用的資料，我願重金酬謝，』我用我認為他最愛聽的話應付了一陣，他給我一張二十元紙幣作為酬金。還說，『如果你能把我所需要的一切告訴給我，就再加十倍酬金。』」

「那麼，你告訴了他些什麼？」

「編些任何我能想到的故事。」

「你怎麼知道他不是真正的記者？」

「可以告訴你們，他在霍布森領地下了車，我正好要去電報局，我進去時他剛好出來。

「『喂，』在他走出去以後，報務員說道，『這種電文，我想我們應當加倍收費才對。』我說，『我想你們是應當加倍收。』他填寫的電報單很難認，像中文。這個職員又說：『他每天都來發一份電報。』我說，『對，這是他報紙的特別新聞，怕別人給搶了先。』報務員當時也這麼認為，可是現在我的想法卻截然不同了。」

「天吶！你說得對，」麥金蒂說道，「可是你認為我們該怎麼做呢？」

「為什麼不立刻去收拾他呢？」有一個黨徒提議說。

「嗯，沒錯，越早越好。」

「如果我知道他住在哪裡，我立刻就這樣做了。」麥克默多說道，「我只知道他在霍布森領地，卻不知道他的寓所。不過，如果你們肯聽我的，我倒有一個計畫。」

「好，什麼計畫？」

「明早我就到霍布森領地去，透過報務員去找他。我想，應該能打聽出這個人的住處。好，我可以告訴他，我自己就是一個自由人會會員，只要他肯出高價，我就把分會的秘密告訴他。他一定會同意。那時我就告訴他，資料在我家裡，如果有旁人看到，那將很危險，因此提議他晚上十點來看。這是安全常識，他自然理解。屆時我們一定可以抓住他。」

「然後呢？」

「其餘的事，你們可以自己計畫。我的房東，寡婦家是一座孤零零的房子，她絕對可靠，而且聾得像一根木樁。只有斯坎倫和我住在那裡。如果他答應來，我會立刻通知你們，然後你們七個人九點鐘都趕過來。假如他還能活著出去，哼，後半輩子就可以大肆宣揚波弟‧愛德華有多幸運了。」

「這麼說，平克頓偵探公司將會出現一個空缺了，否則就是我的錯，」麥金蒂說道，「就這樣吧，麥克默多。明天九點鐘我們會去。你只要把他弄進門，其他的事就交給我們了。」

亞瑟‧柯南‧道爾

布網

正如麥克默多所講，他租住的寓所可謂孤寂無鄰，正適合他們著手進行策劃好的犯罪活動。寓所位於鎮子的最邊緣，遠離大路。假如是普通行動，這幫人也許只要照老辦法把要殺的人叫出來，將子彈直接射到他身上就完事。可是這次不同，他們需要弄清此人到底已掌握多少秘密，如何掌握的，並且已經給雇主送過多少情報。

當然，也有可能他們已經遲了一步，消息已經傳了出去。但是即使如此，他們至少還可以向送情報的人復仇。但無論如何，他們還是希望這個偵探並未搞到什麼重要情報，否則他也不至於很認真地記下麥克默多捏造的那些毫無價值的廢話。然而，一切都是猜測，他們要讓他親口招認出來。只要能抓到此人，就肯定有辦法讓他開口，這種情形已經不是第一次了。

麥克默多照計畫來到霍布森領地。這天早晨，連警察也似乎對他特別感興趣。麥克默多剛到車站，等車時，那個自稱在芝加哥就和他是老相識的馬文隊長，竟主動和他打起招呼來。麥克默多不願和他囉嗦，便轉身走開了。這天下午，麥克默多完成任務返回後，到會裡見了麥金蒂。

「他會來。」麥克默多說道。

「好極了！」麥金蒂說。這個巨漢只穿著襯衫，背心下露出閃閃發光的金錶鏈、金銀章，鑽石別針尤其光彩奪目。開設酒館、玩弄政治使他成了名副其實的既有錢又有勢的人。然而，就在前一天晚上，他卻彷彿隱約嗅到了牢獄和絞架的味道。

「你猜他知道多少？」麥金蒂焦慮地問道。

麥克默多陰鬱地搖了搖頭，說道：「他已經來了很長時間，至少六個星期。我想他不是為了發財而來。他有大的鐵路公司資本做後盾，又在我們中間活動了這麼長時間，我想，他應該早已有所收穫，而且也傳遞出去不少了。」

「我們的兄弟沒有一個是意志薄弱的人，」麥金蒂高聲喊道，「每個人都像鋼鐵一樣堅定可靠。不過，天吶！只有那個可惡的莫里斯。他的情況怎麼樣？一旦有人出賣我們，那就一定是他。晚上我要派兩個弟兄去教訓一下他，看看從他身上能得到什麼新情況。」

「啊，當然可以，」麥克默多答道，「不過，我不否認我跟莫里斯有些來往，並且不忍眼看他受到傷害。他曾經向我說過一兩次分會裡的事，儘管他對這些事的看法跟我們有些不同，但他也絕不像是一個告密的人。不過，我並不想干涉你們之間的事。」

「我一定要處理這個混蛋，」麥金蒂發誓道，「我對他留意已經一年了。」

「嗯，你最清楚該怎麼辦。」麥克默多回答，「不過不管你要做什麼，都必須等到明天。在平克頓的事解決之前，我們必須小心一天。今天之內絕不能打草驚蛇。」

「你說得對，」麥金蒂說，「在把這個平克頓偵探的心挖出來之前，我們一定要讓他說出是誰告的密。他有沒有懷疑這可能是陷阱？」

麥克默多大笑。「我想我抓住了他的弱點，」他說，「只要讓他得到些分會的可靠資料，叫他下地獄都有可能。我拿了他的錢，」麥克默多笑著取出一卷鈔票，「他答應看到我的全部情報後還會付我另一半。」

「什麼情報？」

「哼，什麼都不是，我會給他一些現成的規章及申請會員的表格。他指望盡快一切調查清楚就抽身。」

「想得容易。」麥金蒂冷酷地說，「他沒問你為什麼不直接帶文件過去？」

「我說我沒辦法帶，馬文隊長剛在車站又找過我，文件怎麼能帶得出去

呢？」

「啊，我聽說了，」麥金蒂說，「我認為你肯定能擔當此任。了結他之後，可以把他丟到廢棄的井坑裡去。不過無論如何，他住在霍布森，你今天又剛去過，肯定脫不了干係。」

麥克默多聳了聳肩。「只要我們處理得乾淨，他們就找不出殺人的證據。沒人會看見他深夜到我住所來，我會安排好。現在，議員先生，讓我把整個計畫介紹一下，並轉告另外幾位。你們應該早些到。他十點來，我們約好了。他會敲三下門，我去開門，然後我繞到他身後把門關上，之後他就是我們的掌中物了。」

「這很簡單。」

「是的，但是下一步就要考慮了。他可不是個善類，而且有槍。雖然我可以騙到他，但是他不會沒有一點戒心。他以為只會有我一個人，如果進來之後看到你們七個人坐在裡面，弄不好就要開槍了，那就難免有人受傷。」

「沒錯。」

「而且槍聲會把鎮上所有的警察都引來。」

「的確如此。」

「我可以這麼做。你們都等在上次來找我談話時的那間大屋子裡。我開門後先把他帶進門邊的那個側房，然後假託去取文件，把他單獨留在那裡。這樣我就可以藉機告知你們情形，然後我再拿一些假文件去給他。趁他看文件時我會一把抱住他，緊緊抓住他取槍的手，你們聽到聲響馬上進來，越快越好。他是個健壯的人，我不一定制伏得了。我一定堅持到你們衝進來。」

「這計畫不錯，」麥金蒂說，「分會不會忘記你的功勞。我想在我卸下會長職位時，一定提名讓你接任。」

「哪裡，議員先生，我只不過僅比新會員資格老一點點而已。」麥克默多說道，不過臉上還是顯示出他接受了這位頭子的讚賞。

回到住所，麥克默多也開始為即將來臨的惡戰做起了準備。他先將自己的史密斯·威森牌左輪槍擦亮、上油並填滿子彈，然後檢查了一番即將使偵探掉入陷阱的房間。房間很大，中間有張會議桌，一邊有個大火爐，另兩

面是窗子。窗子上沒有窗板，只有窗簾已經拉上。仔細檢查了這些地方後，他認為已經非常穩妥了，而且房子離大路很遠，少了不少麻煩。最後，他向室友講了一下將發生的事情。斯坎倫雖然也是會員之一，但只是個微不足道的小角色，並不敢反對會裡的決定。雖然他偶爾也會被指派去協助執行某些任務，但其實一向很畏懼類似的事。麥克默多簡短地告訴了他一些既定的計畫。

「如果我是你，斯坎倫，我會在今晚走開，置身事外。明晨之前，這裡將有血腥的事情發生。」

「哦，說實在的，麥克默多，」斯坎倫回答，「不是我不願意幫忙，實在是沒那個膽子。上次在煤礦看到那位經理被殺，我就受不了。我不像你和麥金蒂他們那樣堅強。假如會裡不會因此動怒，我就接受你的勸告，給你們留個清靜的場所。」

麥金蒂等如約早早就到了。外表上，他們衣著考究整潔，像受人尊敬的紳士，但每人的臉上卻暗藏著一副惡毒的嘴角和殘忍的眼神。看來，這位波弟·愛德華沒有多少生還的希望了。室內沒有一個人的雙手未曾染過濃濃血腥。他們殺人就像屠夫宰羊那樣鐵石心腸。

其中的佼佼者，不論就外表或罪惡而言，當然應屬會長麥金蒂本人。書記哈拉威是個乾癟的老頭，脖子瘦長，四肢總是神經質地亂顫。他恪盡職守地關心著會裡的財富增長，卻從不問其來源和正義與否。財務長卡特是個中年人，皮膚黃得宛如羊皮紙，神態一向冷漠陰鬱。他有極強的組織能力，幾乎每一次出擊的實際細節，都出自他那罪惡的大腦。威拉比兄弟二人則是行動派人物，他們高大健壯，手腳靈活，神色果決。還有一個，老虎科馬克，則是個硬壯黝黑的年輕人，他心性之殘暴，出手之狠毒，就連同伴見了都害怕。這些就是當晚聚集在麥克默多的屋簷下，預備伏殺平克頓偵探的人。

主人預備了威士忌放在桌上，每個人都急急地灌下不少，以便為即將來臨的任務充電。鮑德溫和科馬克已經半醉了，酒精更加激發了他們潛在的凶殘個性。寒夜冰冷難熬，科馬克不由伸出雙手接近火爐，以便取暖。

「這麼做肯定行。」他盯著火爐咬牙切齒地說。

「哼，」鮑德溫明白他的意思，附和地說，「如果把他綁在這上面，敢不說實話。」

「放心吧，他肯定會說實話。」麥克默多說。他生就虎膽，雖然整件事的核心都在他一人身上，可是此時卻依然神態若定，平靜得像個沒事人一樣。其他人不得不心服口服。

「只有你能對付他，」麥金蒂讚許地說，「在他沒有任何防備之前就要扼住他的喉嚨，可惜你的窗子沒有窗板。」

麥克默多站起來，將一扇扇窗簾拉攏。「絕對不會有人看到的。時間馬上就到。」

「他該不會察覺到危險，不來了吧？」書記說道。

「別擔心，他會來的。」麥克默多回答，「他急於見我，就像你們急於見他一樣。注意聽！」

所有人蠟像般立馬坐直了，有人手中的杯子還剛舉到一半。門上響起了三聲敲門聲。

「噓！」麥克默多謹慎地舉手示意。大家都面露喜色，手也不由摸到了暗藏的武器上。

「為了大家的安全，千萬不要出聲！」麥克默多低低說了一句就起身離開房間，小心將房門由身後關好。

殺手們豎起耳朵等著，邊聽邊數著這位同伴去開門的腳步聲。隨後，他們聽到他打了大門，接著是彼此的幾句寒暄，傳來的是另一個陌生的腳步聲及不熟悉的說話聲。很快，大門被關上，而且上了鎖——獵物已經落入了陷阱。老虎科馬克忍不住笑出聲來。麥金蒂急忙用他的大手捂住了他的嘴巴。

「別出聲，笨蛋！」他悄聲道，「小心壞了大事！」

隔壁房間傳來不清楚的對話聲，很冗長，令人急不可耐。終於，房門打開了，麥克默多走了進來，手指壓在唇上。

他走到桌子一角，環視著大家，神態有些微妙的改變，似乎有什麼極大的決心要下。只見他面色凝重，冷峻如大理石，雙目由眼鏡後面發著激動而

興奮的光芒。他顯然成了這群人的主宰。他們急切地瞪視著他，但沒有人出聲。他仍然以同樣的眼神一個一個環視著每個人。

「嗨！」終於，麥金蒂開口了，「他來了嗎？波弟‧愛德華來了嗎？」

「來了，」麥克默多慢吞吞地回答，「波弟‧愛德華來了。我就是波弟‧愛德華！」

此言一出，整個房間立時像被掏空了一般死寂。火爐上的水壺突然發出尖銳的水氣聲，七張慘白的臉全都抬向眼前這個正在目視他們的人，驚恐得幾乎僵在那裡。與此同時，突然一陣玻璃震動的碎裂聲，每扇窗戶上都伸進許多閃閃發亮的來福槍管，窗簾已經被全部扯下。

看到這樣的情景，麥金蒂發出一聲像受傷巨熊的怒吼，他咆哮著衝向半開的房門。然而，一隻左輪槍已等在那裡，後面是礦場警察隊長馬文炯炯有神的藍眼睛。麥金蒂只好又倒退跌回到椅中。

「議員先生，坐在那裡會很安全，」那個他們只知道叫作麥克默多的人說，「還有你，鮑德溫，如果想活命就最好鬆開你的槍。拿出來，否則別怪我……這還差不多。有四十個全副武裝的人已經包圍了這屋子，你們可以算算有多少機會能出去。馬文，卸掉他們的槍！」

如此多支長槍的震懾之下，沒有抗拒的可能，於是七個人全被繳了械，只能慍怒、驚恐，又不知所措地圍著桌子待在那裡。

「分別之前，我要先說幾句，」設計誘捕他們的人開口了，「除了法庭上見面外，我們也許不會再見了。我想請你們回顧一些事情。現在，你們已經知道我是誰了，終於到了攤牌的時刻，我就是平克頓的波弟‧愛德華。被派前來破獲你們這個不法集團。這是個困難且危險的遊戲，沒有一個人，即使是我最親近的人也不知道這個任務，唯一知曉的只有馬文隊長及我的雇主。感謝上帝，今晚總算結束了，我贏了！」

七張蒼白僵硬的臉一同轉向他，眼中充滿無限恨意，他完全可以讀得出其中威脅。

「也許你們認為遊戲還不算完。好的，我們各憑天命。不過，我想你們之中大多數不會再有機會了，除了你們之外，今晚還有六十個以上的人被

捕。坦率地說，當初被指派此任務時，我根本不信有像你們這樣的組織，甚至以為只是報上的無稽之談。後來我決定弄清楚。有人告訴我說這與自由人分會有關，於是我便到芝加哥入了此會，那時我更相信這只是小說中杜撰的，因為那裡的組織根本不會做任何壞事，反而總是在行善。

「可是，我還是要執行任務，於是便來到這個煤礦谷。到了這裡，我才發現我錯了，這不是小說中的故事，於是我決定留下來查個水落石出。我從沒在芝加哥殺過人，這輩子也沒鑄過偽幣，我給你們的錢都是真的，不過這些錢全花得值得。因為瞭解怎樣才能打進你們的核心，因此我假裝是逃犯。這也確實幫我順利入了會。

「我不僅加入了你們這個惡魔般的組織，還成了核心份子。也許人們會認為我跟你們一樣壞，隨他們怎麼說吧，反正我逮到了你們。實情是什麼呢？跟你們去揍老斯坦格的那晚，我沒有時間提前警告他，但是鮑德溫，我及時制止了你，否則你會把他揍死。為了取得你們的信任，我也建議過一些事情，不過那些事情我能預先防範。但是我無法挽救鄧恩和孟席斯的生命，因為事先沒有明確的資訊。但我一定會讓那些殺害他們的凶手走上絞刑架。另外，我也預先警告了賈斯特・威爾科克斯一家，因此當我們去炸他家時，他們已經躲起來了。然而，太多太多的罪行我根本無法阻止。不過，你們可以回想一下，多少次，你們的目標人物改變了回家的路線；或者當你們去追蹤他們時，他們已到了別處；不然就是當你們苦等他出來時，他卻完全不露面。這些都是我幹的。」

「你這殺千刀的奸細！」麥金蒂由咬緊的牙縫間擠出一句話。

「我說，約翰・麥金蒂，如果能讓你減輕懊惱，那就隨你罵吧！你們簡直是上帝及這一帶居民的死敵，必須有人來拯救那些苦苦掙扎在你們魔掌下的男男女女了。要做到這些只有一個辦法，好在我做到了。雖然你罵我是奸細，但是我相信將有許多人會認為我是下地獄去救他們的救星。我熬了三個月的時間，但就算把華盛頓的國庫給我，我也不願再經歷同樣的三個月。我掌握了需要掌握的每個人的資料、秘密和罪惡。要不是因為有關我秘密身分的事即將被揭穿，也許我還會再多停留一段時間。一封意外寄到鎮上的信將

使你們警覺起來，於是我只得盡快採取行動。

「好了，別的不多言了。不過可以告訴你們，即使到了生命完結的那一天，只要一想到曾經在這山谷裡做的一切，都會死得心安理得。好了，馬文，不再耽擱你了，把他們帶走吧，就讓一切到此此為止。」

事情至此還要多介紹幾句。斯坎倫被交代送一張封了口的便條到伊蒂‧謝夫特小姐住處，他眨著眼睛，會意地接受了這個任務。次日清早，一位美麗的女子及一個衣帽遮裹得嚴嚴實實的男子一同登上了一列由鐵路公司派發的專車，隨即馬不停蹄地離開了這塊危險之地。這是伊蒂和她的愛人最後一次在恐怖谷出現。十天之後，他們在芝加哥結婚了，老雅各‧謝夫特是婚禮的證人。

吸血黨的審判後來在離當地極遠的地方異地開庭，以避免落網的會眾會對執法者施加威脅和壓力。儘管餘黨們企圖拼死掙扎，但都無濟於事——他們像流水般花錢——那些從各處敲詐勒索來的贓款，希望能夠搭救同夥，結果卻總是枉費心機。因為證詞實在太客觀、清晰、言之有據。做證的人完全知曉會眾每個人的生活、組織及罪行細節，以致辯護人完全無能為力。經過這麼多年，吸血黨終於被擊破、解散了，從此山谷中再無愁雲。

麥金蒂斷命在了絞刑台上，臨刑前他不停地哭泣哀求，然而只是徒勞。他的主要幫凶，八名首犯也遭到了同樣的命運，另有五十多名幫眾被判了不同程度的刑期。波弟‧愛德華的工作終於圓滿結束。

然而，正如他所預料，遊戲並沒有真正結束。一輪又一輪的較量還是接踵而來。首先是，特德‧鮑德溫逃過了絞刑，接著是威拉比兄弟，還有幾個會裡以凶悍出名的人都逃過了死刑，而僅僅是被監禁了十年。當他們再度得到自由的那天——愛德華很清楚，那也就是他平靜生活結束的時候。這幫人曾發誓，要用他的血來為同黨報仇。他瞭解他們，這些人會拼死踐行！

他在芝加哥被追蹤，有兩次幾乎讓他們得手。毫無疑問，離更殘酷的第三次也會不遠了。無奈之下，他被迫離開了芝加哥，改名換姓搬到了加州。妻子伊蒂後來長眠在那裡，這也令他的生命之火一度幾乎熄滅。又一次險遭毒手之後，他再次化名道格拉斯前往了一個人跡罕至的峽谷，並跟一個叫做

巴克的英國人合夥經營礦山，賺了一大筆財富。終於，當他感覺到那批獵犬已經再一次嗅到了自己的蹤跡時，便立即放棄一切遷往了英國，並用約翰・道格拉斯的名字再度結婚，迎娶了一位有錢的小姐，並且在索塞克斯郡過了五年的鄉紳時光。但是即使這樣隱居的生活，最終也被迫結束於我們之前講述的那樁古怪案子上。

結 局

　　警方經過審訊，將約翰‧道格拉斯的案子移送到更高一級法院。最後，四分法院（英國一年開庭四次的法院——譯者注）判他自衛殺人無罪，宣判釋放。

　　「盡一切可能助他離開英國，」福爾摩斯寫給道格拉斯妻子的信中這樣說，「這裡危機四伏，甚至比他之前遇到的那些更為凶險。你丈夫在英國很難有安身之地。」

　　兩個月之後，此案已漸漸淡出我們的記憶。然而，一天早晨，卻有封短箋神秘地進了我們的信箱。「上帝！福爾摩斯先生，上帝！」怪信上只有這幾個字，既無簽名也無地址。我讀著這怪信大笑，但福爾摩斯卻顯出不尋常凝重。

　　「凶事，華生。」他說道。然後皺著眉頭一屁股坐在了那裡。

　　深夜，房東太太上來通報說，有一位先生要見福爾摩斯，是非常緊要的事。很快，我們在伯爾斯通莊園結識的那位朋友西爾‧巴克走了進來，他的神色憂鬱而憔悴。

　　「我有壞消息——很壞的消息帶給你，福爾摩斯先生。」他說。

　　「我正擔心此事。」福爾摩斯說。

　　「你沒接到電報嗎？」

　　「剛接到一張短箋。」

　　「是可憐的道格拉斯。他們告訴我，他的真名是愛德華。但對我而言，他永遠是貝尼托峽谷的傑克‧道格拉斯。他們三星期前乘『巴爾米拉號』輪

船到南非去了。」

「我知道。」

「那艘船昨晚抵達了開普敦，今晨我接到了道格拉斯太太發來的這封電報：

傑克在聖赫勒納島附近的颱風中落海失蹤，沒人看見意外是如何發生的。

艾維・道格拉斯

「嗨！真是這樣嗎？」福爾摩斯深思道，「哼，無疑是場幕後有人操控的好戲。」

「你的意思是，這不是意外？」

「絕不是。」

「他被人謀殺了？」

「沒錯！」

「我也是這麼想。那些該死的吸血黨徒，那該死的復仇匪窩……」

「不，不，我親愛的先生，」福爾摩斯說，「這裡另有主謀。這絕不是一起靠使用鋸短了的獵槍或左輪手槍就能做到的案件。你完全可以把它看成是個內行人幹的。我想這是莫里亞蒂的傑作，這一點我心裡有數。這樁罪行的指揮者在倫敦，不是美國人。」

「可是，動機是什麼呢？」

「因為下毒手的人是一個不能接受失敗的人，他的特殊之處就在於，不管做什麼都目標極強，只能成功，絕不失敗。一個絕頂聰明的腦袋及一個組織龐大的幫派決定毀滅一個人，就等於大錘子砸小胡桃，用力過度反倒顯得可笑。不過，反正只要核桃粉碎就好。」

「此人怎麼會捲進來呢？」

「我只能說，我們第一次聽到他插手的消息，是他的一個助手透露的。看來那些美國人是勢在必得，所以請他的顧問指點怎麼做。就像所有那些打

算在異國進行犯罪活動的人一樣，想在英國作案，他們必然會與這個大犯罪集團合夥。從那一刻起，他們的目標人物就註定難逃一死。首先，他們用自己的方法找出了目標，然後再指示具體如何動手；最後，當他接到手下失手的報告時，就決定親自動手了。你應該聽到過，我在伯爾斯通莊園曾警告過他，未來的危險會比過去的還要巨大，不是嗎？」

巴克用緊握的拳頭不斷地敲打著自己的頭，以此發洩他無助的憤怒。「難道我們就只能忍氣吞聲嗎？難道就沒有一個人能對抗這個混世惡魔嗎？」

「不，我沒這麼說，」福爾摩斯說，他的雙眼似乎望向遙遠的未來，「我並不認為真的無法擊垮他，但是你們必須給我時間——必須給我時間！」

一時之間，每個人都沉默不語，只有福爾摩斯那雙炯炯有神的眼睛似乎仍在說話，並一直穿過眼前看似籠罩的烏雲。

第八部　最後的致意

　　寄來的包裹裡有兩個人的耳朵；租房的房客有不可思議的行為；一夜之間，全家人不是死就是瘋……一個個神秘現象背後到底隱藏著什麼？

最後的致意

死亡追蹤

　　我從筆記本裡看到這樣一條記載：1892年3月底，寒風呼嘯的一天，就在我們吃午飯時，福爾摩斯收到一封電報，並馬上回了電。他也許在想問題，因此一直沉默著，我這樣判斷的原因是看到他在壁爐前站著的表情很沉重。他一邊抽菸，一邊看著那封電報，他突然轉向我，眼中有種神秘感。

　　福爾摩斯對我說：「華生，假如用文學家的思維解釋的話，『怪誕』是什麼意思？」

　　我答：「不平常，古怪，奇怪。」

　　他不同意我的看法。

　　他說：「我覺得還有更多的意思，再深入一點，就有悲慘可怕的意思。

我是因為你的那些經常折磨公眾心理的文章才這麼說的，我認為怪誕有更深的犯罪的含義。」

我驚奇地問：「難道電報中有這詞？」

他大聲讀出電文：

碰見了難處理而且怪誕的事，能幫助我嗎？

斯考特·艾克爾斯
查令十字街郵局

我問：「是女人還是男人？」

「女人不拍這種電報，此種電報得先付回電費。另外，要是女人，她自己會來的，肯定是個男人。」

「想見見他嗎？」

「親愛的華生，你可知道，自從關押了卡魯特斯以後，我是多沒意思啊！我的大腦像部機器，沒工作也不能製造產品。生活如此平凡，報紙又這樣無味，我們的生活也太可怕了。因此，無論現在有多麼小的事情，我都想研究一下。聽！人來了，我們要見到他了。」

真的聽到一陣腳步聲。不一會兒，進來一個身材魁梧、長有花白鬍子的人。從他高傲的氣質和悲痛的帶有怒氣的臉上，可以看出，他的經歷打破了他原來的寧靜生活。他一坐下，便馬上講起來。

他說：「福爾摩斯先生，我碰見了件又奇怪又不愉快的事，我從未遇到過這樣的怪事，這是最讓人難以忍受的事情。我必須叫他們給我做出合理的解釋。」

福爾摩斯很溫和地對他說道：「斯考特·艾克爾斯先生，你先坐下。你首先回答我一個問題，你為什麼能想到找我？」

「先生，我認為此事和警察沒有一點關係。你聽完此事，肯定會認為你能管這件事。儘管我對私人偵探這種職業沒興趣，可是我早就聽說了你的大名——」

「對，對。但是，為什麼事情剛發生時你不來呢？」

「你這是什麼意思？」

福爾摩斯看了手錶一下。

他說：「現在兩點十五分了，可是你是在一點左右拍的電報，如果不能一下看出你是剛醒來就有了麻煩，他肯定沒注意你的打扮。」

那個人理了理蓬亂的頭髮，用手摸了一下自己的下巴。

「福爾摩斯先生，你說得很對。我沒想到要梳頭整理，我最著急的是趕快遠離那恐怖的房子。我到處去打聽房子的事，結果呢？他們對我說加西亞先生的房租早交了，並且說威斯特里亞一切都正常。」

福爾摩斯很有禮貌地說：「先生，對不起。請不要像我朋友華生一樣，先說結果，這習慣不好。請你冷靜點，將事情的全過程和我說一下，好嗎？我真不明白什麼大事能讓像你這樣優雅的紳士，不洗臉梳頭，鈕扣也不扣，就跑來求助了。」

那個人愁眉苦臉地坐在那裡，自己看了看，覺得衣服確實不整齊。

「先生，我這種打扮的確很不好。但我還是不清楚怎麼會碰見這種怪事，太難以置信了。我會將整個事件都和你說的，你聽後便會明白我為什麼衣冠不整了。」

他剛開始講這個故事，就聽見樓梯上有一陣喧鬧，赫德森太太進來了，她後面跟著兩個非常健壯有點像官員的人。我們認識其中的蘇格蘭場的葛萊森警長，他長得很帥，聲音具有磁性，算是一名猛將了。福爾摩斯和他握了手後，他向我們介紹另一個人，他是薩里警察廳的警長貝尼斯。

他看著那個男人說：「福爾摩斯先生，我們一直跟著他，結果呢，他來到你這裡了。你是約翰·斯考特·艾克爾斯先生，住在里街波漢公館嗎？」

「對。」

「我們倆跟了你一上午了。」

福爾摩斯問：「你們是因為電報才跟他的吧？」

「你說對了！我們就是因為那封電報一直跟到這裡的！」

「約翰·斯考特·艾克爾斯先生，請不要慌，我們就需要口供，關於阿

洛依蘇斯・加西亞先生，他住在厄榭附近的威斯特里亞，你和我們說一下關於他昨天死去的一些情況。」

那男人聽見這話，非常慌亂，臉上毫無血色。

「什麼？他死了？」

「是的，死了！」

「如何死的？出了什麼事嗎？」

「可能是謀殺！」

「上帝啊！嚇死人了！你——你是否覺得，這件事和我有關係？」

「我們從他口袋中發現了一封信，從信中我們知道，你昨晚想在他那裡睡覺！」

「對！」

「哦？你在那裡睡了？」

他們此時取出了記錄本。

福爾摩斯說：「稍等，葛萊森警長，你們僅需口供嗎？」

「斯考特・艾克爾斯先生，我們提醒你，有這口供我們就能控告你。」

「你們進來時，艾克爾斯先生正要和我們說這件事的詳細情況。華生，為艾克爾斯先生拿杯白蘭地。這樣，他就會把事情說得更清楚些。先生，講吧！別怕，你就像剛才那樣，當作這裡沒人，非常清楚地講給我們聽。」

他接過白蘭地，一口氣喝完。過了一會兒，他的臉逐漸有了血色。他很緊張地看了一下那個記錄本，就開始和我們講述他的經歷。

他說：「我是個單身，特別喜歡與人來往，所以有好多朋友。麥維爾先生是一個自營業的釀酒商人，在肯辛頓的阿伯麻爾樓房中住著。我不久前由他介紹認識了一個叫加西亞的年輕人。我知道他是西班牙血統，和大使館有點聯繫。他的英語講得很好，特別惹人喜愛，甚至可以說，他是我見到的最英俊瀟灑的男人。

「我們倆很合得來，好像他一開始就挺喜歡我。我們剛認識的那天，他還去我那裡拜訪我，並且好幾次讓我去他家玩，因為盛情難卻，我就去了，也就是昨天晚上，奧克斯肖特和厄榭間的威斯特里亞住宅。

亞瑟・柯南・道爾

「我去以前，他和我說過一些他家的情況。他有個很忠實的西班牙僕人，他能替他照管好所有的事，這僕人是他的管家，英語也說得很好。還有一個在旅途中得到的混血種廚師，他做的菜非常好。我記得他曾經和我這樣說過：薩里中心竟然有這種房子。他對我說很奇怪，那時我和他的想法一樣，儘管它比我們想像的更奇怪。

「我坐車到了厄榭南面，那裡距離厄榭兩英里左右。房子後有條大路，那房子特別高大，房屋前有長滿雜草的矮灌木叢，灌木叢中有條很難分辨的車道。這很明顯是一棟老宅子，由於很久沒人修了，因此到處都很破爛。我們的馬車經過了一路顛簸，沿著彎曲的小道來到大門前時，我被眼前的情景驚了一下。大門的漆像是經歷了多少世紀一樣，落得一塊一塊的。我那時想：我不太瞭解這房子的主人，這麼前來是否很蠢。沒想到是他親自給我開的門，並且好像非常歡迎我的到來。後來，他讓一個男僕將我帶進早就準備好的睡房去。這個臉黑黑的還有幾分憂鬱的男僕幫我拿著提包。我一進這屋，就發現這裡的氣氛特別壓抑。

「後來，我們就開始吃晚飯，主人看起來很殷勤，但我看得出他還有別的事。因為他有時候說話連自己也不知道在說什麼。他的眼神飄忽不定，好像沒有一個讓他覺得安穩的地方。他的腿在顫動，並且有時還咬指甲，一點也不專心，和我說話時東一句，西一句，看來他的心情很不安。我覺得那頓晚餐根本不好，主人和我說話也不投機，還有那個陰沉著臉的黑僕人，都快使我窒息了。我渾身上下都不舒服，好像透不過氣來。那時候，我好想隨便找個理由回家。

「我硬著頭皮吃完這頓飯，對！我們快吃完飯時，僕人送來一張紙條。也許這張紙條和你們要調查的事有關，我注意主人的每個神情，他看完紙條就更古怪了，好像我根本不存在一樣。他自己待在那裡抽菸，眼睛直直地盯著一個地方沉默著。我不知道紙條上寫著什麼，因此十一點多，我就睡覺去了。我剛躺下一會兒，加西亞就在門口問我：『你按鈴了嗎？』我回答：『沒有！』房裡那時伸手不見五指。他向我道歉後，就讓我快睡吧，那時都快一點了。我後來就逐漸睡著了，並且一直到天亮。

「沒想到，天亮以後的事更奇怪。我醒來一看錶都快九點了，我昨晚告訴男僕八點叫我，他為什麼不叫我呢？因此我便按鈴叫僕人，可是他沒上來，我又按了幾下，仍然沒反應！我當時只認為是鈴壞了，便趕忙穿上衣服去樓下洗臉，可是到了樓下也沒發現一個人。因此我大聲喊叫，卻只有我自己的回音。我從一個房間到另一個房間找人，發現只剩下了我自己，我便慌了。我記得昨晚加西亞給我指了他的房子，我趕忙去敲他的房門，仍沒應答。我便推門進去了，可是從房間那整齊的被子就可看出，昨晚根本沒人住。他們全走了！那些僕人、廚師，全走了！因此我只好結束了對加西亞的拜訪。」

福爾摩斯聽完便哈哈大笑起來，並記錄下了這件事。

他說：「先生，你的經歷真奇怪，你能否告訴我們，從那宅子出來後你又做了點什麼？」

「我當時很生氣，我覺得他們是在耍弄我。我收拾好自己的東西，用力關了門，便去厄榭了。經過詢問打聽，知道那是地產經營者愛倫兄弟的古怪別墅。因此，我想他是否是為了逃租，才這樣愚弄我的。那時是三月下旬，也該快結帳了，我去問了那裡的管理人，可是管理人卻告訴我房租早就交清了。這究竟是怎麼了？

「我知道他是西班牙人，便去西班牙大使館問了一下，可是大使館卻不知道他，因此我只好去找麥維爾，因為我第一次見加西亞是在他家。我看他還沒我瞭解加西亞。福爾摩斯先生，我此時收到了你的回電，因此就來找你了，我清楚你能解決許多難題。但是，警長先生，聽你說好像還有一件悲劇發生了，請告訴我，究竟是什麼悲劇？我對天發誓，我的每句話都是真的，並且除了以上情況，我什麼也不清楚，更別說他是如何死的了！但我願意盡我的努力和你合作。」

「我們相信你所說的話，斯考特・艾克爾斯先生，」葛萊森警長很友好地說，「我們的推測和你說的很吻合。可是我希望你回答一個問題，你曾說吃飯時有僕人送來張紙條，後來那張紙條哪裡去了？」

「那時，我特地留意了一下，他揉成紙團後扔到火裡了。」

「貝尼斯先生，還有什麼要問？」

貝尼斯偵探的臉很大，不過那雙炯炯有神的眼睛為它增了不少色。他的紅色皮膚非常結實，他很肥胖。由於滿臉皺紋，因此那雙眼便非常醒目，他邊笑邊從口袋中拿出一張變了色的摺疊紙條。

「福爾摩斯先生，這就是那紙條。他扔時太用力了，便將紙條扔在柵欄外，因此沒燒著，被我發現了。」

福爾摩斯顯露喜悅，很讚賞他這麼做。

「你檢查時肯定特別仔細，否則不可能找到紙條！」

「完全正確，我確實這樣做了。葛萊森先生，我可以讀出它嗎？」

警長點了一下頭。

「紙條是種常見的米色直紋紙，無浮水印的痕跡，僅有整頁紙的四分之一，用短刃剪刀剪了兩下，最少也摺了三次，並用紫蠟封口，最後很匆忙地用一種很平整的橢圓在封口壓了一下，是給住在威斯特里亞加西亞先生的。上面寫道：

> 用我們自己的顏色：綠色，白色。綠色開，白色關。主樓梯，右邊第七個，第一個過道。綠色的粗呢。
>
> 祝成功。D

「這肯定是女人寫的信，筆頭很細，可是地址用另一枝筆或別人寫的。你瞧，字體多粗大。」

福爾摩斯趕忙看了一下說：「這紙條多奇怪，你檢查得很仔細，我很佩服你的作風。按照我的推斷，我認為這個橢圓的封印是個很平常的鈕扣，別的東西不可能是這種形狀。剪刀也是那種摺疊式的指甲刀。剪得很短，我們能看清剪開地方的摺痕。」

那健壯的偵探此時笑了起來。

他說：「我聽了你說的，才知道我觀察得再仔細，仍漏了個細節，坦白地跟你們說，我沒有重視這張紙條，我只猜他們會幹什麼，並且和一個女人

有關係。」

他們這樣談話時，斯考特‧艾克爾斯坐在那裡看起來很不安。

他說：「很好，這張紙條就能證明我所說的話。可是我還想請教幾個問題：加西亞先生究竟怎麼了？他家出什麼事了？」

葛萊森說：「至於加西亞，這很簡單，今早有人看見他死了。在距他家約一英里的奧克斯肖特的一塊空地上看見的，他的頭被打開了花，是用沙袋或那一類東西用力打的，打死後還一直打，一直把他打成肉醬。作案既殘忍又狡猾，我們根本找不到一點痕跡或線索。」

「是否死者身上的東西被搶走了？」

「不是。」

斯考特‧艾克爾斯先生憤怒地說：「這太……太想不到了，也太可怕了。我拜訪的人無論因為什麼半夜外出，卻遭到了這麼殘酷的橫禍。我和這件事沒一點關係，先生，你們為什麼跟蹤我？」

貝尼斯偵探說：「很簡單。因為我們在死者口袋中發現了一封你給他寫的信，信上說你昨晚要在那裡睡覺，可是房間的主人正好是昨晚死的，所以我們懷疑你。也是透過這封信，我們才知道死者是誰、住在哪裡。因此，我們按信封上的地址找到他的家，也即你昨晚住宿的地方。在那裡我們也沒見到人，到處都很安靜，於是我們就起了疑心。」

「我和葛萊森一個在倫敦找你，一個仔細檢查那棟大宅子，最後我們會面後一同來到了這裡。」

葛萊森站起來說：「艾克爾斯先生，請你現在和我們合作，去警署走一趟，寫下你剛才所說的話來當供詞。」

我們的當事人說：「當然可以了。但是，福爾摩斯先生，我依舊希望你能幫我查清事實的真相，我將會非常感謝你。」

福爾摩斯轉身和那位鄉鎮偵探說：「首先，我們來一起研究這個案子，行嗎？」

「和你一起工作，我們將非常榮幸。」

「從你前面所說的，我們很佩服你敏捷的思維和清晰的條理。你能和我

說說死者遇害的時間嗎？你們大概認為什麼時間？依據呢？」

「昨晚一點以後在下雨。我們認為他一點以前就在那裡，也即在下雨之前就死了。」

我們的當事人大叫道：「什麼？你說什麼？上帝啊！絕對不可能，你們記著我剛才說一點時他正與我談話！」

福爾摩斯笑著說道：「是挺奇怪，但也不是不可能。」

那位偵探便問：「怎麼有可能呢？你發現新情況了？」

「從我們所知道的看，此案也不太複雜，就是有點怪怪的趣事特徵。」

「我只有仔細檢查過現場後，才能說出推斷。貝尼斯先生，檢查這房子時，除了一張紙條，你再沒發現別的有趣的東西？」

這位偵探很驚奇地看著福爾摩斯。

他說：「對，先生。就像你想的一樣，我發現幾件很有趣的東西。我替這位先生錄完口供後，再和你去那棟宅子看一看，行嗎？」

福爾摩斯按了鈴一下：「好的。赫德森太太，麻煩你送這幾位先生離開，並且讓聽差趕快把這封電報發出，叫他先把回電費付了。」

那幾個客人逐漸走了，房裡安靜下來了。

福爾摩斯就在這一會兒的安靜中靜靜地抽著菸。他緊鎖著雙眉，前傾著盯著一個地方。突然他轉過身對我說：「親愛的華生，你怎麼想這件事？」

「我不明白為何艾克爾斯要撒謊？」

「你怎麼認為他是撒謊？」

「你看那宅子昨晚一個人也沒有，我看他們是商量好殺了主人，再逃跑。」

「你的想法也有可能。但奇怪的是，如果是僕人們要害他，怎麼非要在一個有客人的晚上暗殺呢？這不是成心露餡嗎？

「另外，這個星期的其餘幾天，都沒有客人，可是他們那時候怎麼不動手呢？」

我說：「對呀！他們為什麼要逃呢？」

「是！這就是問題所在，他們這樣做肯定有原因。此外，我們必須考慮

一下斯考特·艾克爾斯的那些話，儘管那話是真的！」

「現在，怎麼解釋這兩種情況呢？先說那張奇怪的紙條吧，我們如何假設呢？假如我們聽到的和假設一致，那肯定是一場陰謀，那麼我們的假設就是對的。」

我急忙問：「我們的假設是什麼呢？」

「你是否記得，當事人曾說這是一場惡作劇，我們不能相信這種說法，這簡直是一場陰謀。」福爾摩斯微閉著眼睛在椅子上坐著。

「這件事沒我們認為的那麼簡單，它又複雜又嚴重。我們先解決這個問題吧，華生，將艾克爾斯騙到威斯特里亞住的意思是什麼呢？」

我問：「他們想幹什麼？」

「華生，別著急，仔細地逐步研究。我奇怪的是，艾克爾斯和受害人怎麼會在那麼短的時間內建立很好的友誼呢？並且西班牙人較主動？」

「他這麼做肯定有原因。他們剛認識的第一天，他便從倫敦的這邊到那邊去看望當事人，並且後來和他的關係也都很密切，這種做法很奇怪。」

「他認識艾克爾斯有何目的？艾克爾斯能替他做什麼，並且還把他請回家？」

「你發現艾克爾斯有特殊魅力嗎？他反應快？聰明？機智？全沒有！那究竟什麼原因呢？」。

福爾摩斯兩眼發光說：「我們當事人身上難道有一樣東西值得信賴？哦！有一樣東西！」

我問：「什麼東西？」

「你看，艾克爾斯是個很正統的英國人，能使另外的英國人留有很深印象，他是個人證！

「我們清楚地知道兩位偵探很相信他的話，儘管他說得很不連貫。」

我問：「作為人證，他見證什麼呢？」

「假設昨晚的事情不是那樣的，而是另一情況，我們的當事人便是個很好的見證人，他能證實所有一切。華生，你還有別的想法嗎？」

「他能做出西班牙人不在現場的證明？」

福爾摩斯笑著說：「是，你說得一點沒錯，他讓我們的當事人證明他那時正和當事人在家裡說話。我們能否這樣假設：假設那個西班牙人和僕人們一起計畫這個陰謀。假如在一點前就想到達那地方，他們僅有一種辦法……」

我問：「什麼辦法？」

「錶，在錶上做了手腳。你想可不可以這樣，他們將錶撥快一個小時。艾克爾斯睡覺時，其實還不到十一點，艾克爾斯和加西亞說話時，錶指著一點，其實還不到十二點。

「假如加西亞順利完成這些事情後，並且在某一時間趕回來，法庭上的什麼控告都無用。我們正統的英國當事人便會替他作證，保證他一直和他在屋裡說話。」

我說：「對，對，但僕人們怎麼也不見了呢？」

「我們只能猜測到這些。假如僅憑這點資料和假設來思考問題，怕是不太全面。經過努力，任何困難都能解決。」

「我們先不說這個，如何解釋這封信呢？」

「信！上面寫著：『我們自己的顏色：綠色，白色。』是否和賽馬有關係呢？接下來：『綠色開，白色關。』有關有開，也許是信號。『主樓梯，右邊第七個，第一個過道。綠色的粗呢。』這肯定是約定的地方。

「這是否像一個婦人給情夫寫的。非常吃醋的丈夫也許在約會那裡等著。這個活動很冒險，你看，並且寫著『祝成功』。『D』——這也許是如何入門。」

「那個房主是西班牙人。『D』是指西班牙極平常的女人名字多洛蕾絲。」

「華生，你猜得很好，可是難以成立。西班牙人有個規矩，如果兩個西班牙人通信，不用英文用西班牙文，所以是英國人寫的信。

「華生，我們先歇著等那位細心的警長吧！

「咱倆應很慶幸，這件怪事打發了我們無聊的日子，使我們充滿了激情。」

我們收到了回電，可是薩里警官仍然沒來。福爾摩斯迅速看完回電，正要將它夾入筆記本。他一下看見了我充滿渴望的眼睛，所以笑著遞給了我。

他說：「我們這次可掉入貴人的圈子中了。」

我急忙打開電報，寫著：

丁格爾的哈林比爵士，

奧克斯肖特塔樓的喬治‧弗利奧特爵士，

帕地普雷斯的治安官海尼斯‧海尼斯先生，

福頓赫爾的傑姆斯‧巴克‧威廉斯先生，

海伊加布林的亨德森先生，

內特瓦爾斯林的約舒亞‧斯通牧師。

福爾摩斯說：「這電報給我們縮小了範圍，對我們不利。貝尼斯警長肯定開始了行動。」

「我不明白你說的。」

「哦，華生。我們剛才假設過，死者吃晚飯時收到的字條是情人的幽會或朋友的約會。現在這回電，能證實開始的假設是對的。」

「原因呢？」

「因為想赴約，因此他得到『主樓梯』，在第一個過道中，找右邊第七個『房門』。那麼多房門，房子肯定很大。同樣，這個暗號中的房子在奧克斯肖特附近。」

「原因呢？」

「加西亞很明顯向那裡走去。假如按照我們以前的推測，他肯定想在一點前回到威斯特里亞住所，並且讓我們當事人證明他不在場。

「奧克斯肖特附近只有幾棟大房子，因此給艾克爾斯說到的那個房地產管家拍了那封電報。你剛才也看了，這裡只有一些地址和人名，可是我們也正要找這裡。」

貝尼斯和我們在一個很美的傍晚來到了這安靜的地方，我們三個人在厄

榭的薩里村吃了點蛋糕，又去尋找今晚的住處。

天上下起了細細的小雨。三月末的這天沒有月亮，一片漆黑。這裡沒有人煙，到處都是雜草，很恐怖，我們去了威斯特里亞寓所。周圍靜悄悄的，只有我們的腳步聲，我們就這樣走，在黑暗中，大約走了12英里，路的盡頭是木質的一扇大門。門內有彎曲陰森恐怖的林蔭小道，隱約能看見不高的一間小房屋。在這樣的環境下，那小屋也十分可怕，從窗子中僅透出綠豆一樣大的燈光。

貝尼斯對我們說有名警察值班。我們想敲窗子，因此我們慢慢地來到屋前的草坪上，貝尼斯輕輕地敲了玻璃一下，此時，我們都被屋裡的情景嚇了一跳。

由於玻璃上有水氣，我們看不清楚，在模糊中看到椅子上跳起一個人，接著就是一聲尖叫，我們忍不住向裡面看去。

那位值班警察很長時間以後，才拿了一根蠟燭站在門口。他的臉色蒼白，手一直在顫抖，大口大口地喘著氣，很明顯是被嚇了一大跳。

貝尼斯關切地問：「瓦爾特斯，怎麼了？」

這位警察看到我們鬆了一口氣，拿手帕擦了一下額頭，緊接著和我們說：「你終於來了，警長，看見你我很高興。今晚非常糟糕！好像我的神經錯亂了。」

「瓦爾特斯，你說什麼？你的身上有神經嗎？」

「對，警長。我一個人在這陰冷又恐怖的房子，我剛才被廚房裡的怪東西差點嚇壞，你一敲玻璃，我以為那東西又來了！」

「你究竟看見什麼了？」

「鬼！就在這個窗戶！」

「什麼在窗口？這是什麼時候發生的？」

「或許兩個鐘點前。天剛黑，我在火邊的椅子上看報紙，我一抬頭看到那個窗子下面有張臉，那臉太嚇人了。很難忘記！我晚上一定會做一場噩夢！」

「作為一名警官，瓦爾特斯，你可不要說這種話！」

「是，先生，我清楚！但他確實特別嚇人，我必須承認，我以前沒這樣怕過。」

「那是一張什麼樣的臉？」

「我也不知道到底是哪種顏色，說黑也不黑，說白也不白，那種奇特的色彩就像是掉在泥土中的牛奶，你的那張臉沒有他一半大。他突出的眼球惡狠狠地盯著我，還有一口白牙，簡直是隻餓狼，那副凶樣很難讓人忘記。當時嚇得我一動也不敢動，連大氣都不敢出，他就像立刻會向我撲來一樣。忽然他又消失了，我急忙跑出房外，感謝上帝，外面什麼也沒有。」

「瓦爾特斯，假如我不瞭解你，我就會把這件事當作你的恥辱。即使是鬼，身為一名警官，你也不該這麼害怕。至於沒看到他而感謝上帝，這實在是罪過。你的神經有問題了？是看錯了吧？」

「沒，他沒看錯。」福爾摩斯說著，便迅速點著了他的袖珍小燈，來回地在草地上走著，「我現在覺得他是個大個子，他穿的是十二號鞋子。」

「那個人去哪裡了？」

「好像穿過草地去了大路。」

「好吧，他既然已遠去，也就沒必要管他是什麼人，想做什麼了。我們來這裡有更重要的事需要做。福爾摩斯先生，我先帶你檢查一下這舊宅子！」

於是我們便檢查起了這幢房子。

我們搜查了每個客廳及睡房，但沒發現一點反常的。因此，我們認為來這裡的房客也許什麼也沒帶。

從房子到細小的任一件東西，全部是租的，沒留下一點痕跡。可是，他們留下了些馬克斯公司產的衣服，當用電報查完後，才知道這沒有一點用。馬克斯僅記著買衣服的人付錢特別爽快，別的什麼也沒有。

另外，還有點小東西——幾本小說，而且有兩三本是用西班牙文寫的；幾個菸斗；一把老式的左輪手槍，一把舊吉他，這能說明什麼呢？

「在這裡，我們什麼也發現不了！」貝尼斯拿著蠟燭，帶著我們出入於各個房間，廚房在前面，他說：「注意廚房了，親愛的福爾摩斯先生。」

廚房的天花板很高，裡面很暗。廚房位於整棟房子的後面。

很顯然廚房角的那個草鋪是廚師過夜的地方。餐桌上堆滿了盤子和昨晚用髒的餐具，盤裡還有昨晚的剩飯。

貝尼斯問：「你看，這是什麼？」

他舉高了蠟燭，我們看見櫥子背後有個很古怪的東西。它又皺巴又乾瘦，也不知究竟是什麼，像個小人，是皮質的黑顏色。

我一開始以為是黑人小孩經過了乾燥處理，再一細看，卻像個猴子，就是有點變了形，他胸前有兩串白貝殼。這究竟是人還是動物呢？

福爾摩斯一邊看著這個怪東西，一邊說：「這東西很有趣，有別的嗎？」

貝尼斯沒說話，又帶我們到了水槽那裡。他將蠟燭前伸，我們便能清楚地看見眼前的一切。這裡有隻大白鳥，鳥的全身被撕得很凌亂，羽毛裝在槽裡的一個盆中，鳥頭上的一塊肉也在這裡。福爾摩斯指著這塊肉說：「這是隻公雞，很有趣，此案太離奇了。」

貝尼斯一直堅持到最後。他從水槽下取出了一個裝滿血的鉛桶，他又從桌子上取了個放有燒焦的碎骨頭的盤子。

「殺了幾種就燒了幾種東西。我們從火中收起了這些骨頭，我今天早晨將這些骨頭拿去醫院化驗，醫生說這不是人骨。」貝尼斯說道。

福爾摩斯一邊聽一邊笑：「警長，我確實佩服你。你檢查得這麼細緻，並且分析得很有條理，你這麼處理一個複雜的案件，真不一般。我坦白向你說，你的機會沒你的才能好。」

聽完這些，貝尼斯警長兩眼冒光。

「過獎了，福爾摩斯先生。在警署中我的位置一直沒變，我想透過此案表現一把，我能抓住這次機會！你如何看待這些骨頭？」

「我覺得是一隻小山羊。」

「如何解釋這隻公雞呢？」

「貝尼斯先生，這很奇怪，我一直沒見過。」

「我認為這房裡住的人的一舉一動都很怪，而且一個房客死了，可能是

他們自己人在背後打死的？」

「假如是這樣。我們肯定能抓住他們，我已派人監視所有的港口了。」

「先生，可是我有自己的觀點，我不這麼認為。」

福爾摩斯問：「你認為……」

「我想獨自破獲這個案子，我想出名。福爾摩斯先生，你早就大名遠揚了。假如有人知道是我自己破的此案，並沒有你的幫忙，我會非常高興。」

福爾摩斯聽完馬上答應了。

「行，行，警長，我們誰也不干涉誰。但假如你想知道我的觀點，我隨時都會告訴你。我覺得這房中沒有有價值的東西了。警長，再見！祝你好運！」

福爾摩斯此時臉上的表情我注意到了，別人會覺得他像平常一樣冷漠。可是我認為他正在思考如何做，因為他那雙搜尋的眼睛不停地閃著亮光，他的舉止很俐落，這表示他有了對策。

他閉著嘴唇不說一句話，我也不問他，我覺得和他一起破此案就很榮幸了，根本沒必要去問他。他想和我說的時候，便會知道的。

我正在等著。但是，一連好幾天他都沒和我說一點，我很失望。

福爾摩斯差不多什麼也不做，就有一天去了大英博物館。剩下的時間他和別人聊天或獨自去散步，他特別願意和村中最多嘴的那些人瞎聊。

有一天，他終於很高興地和我說：「華生，我想到鄉下住一陣子，那裡的風景特別美，我能很愉快地觀看樹要新生的小綠芽及花朵。我要拿本植物書，一個小鐵盆，一把小鋤子，在那裡度過一段很有意義的時光。」

他拿著這些東西就走了，回來時，僅帶回了幾株小植物，這些小植物誰都可以輕易找到。

我們散步時，有時可以見到貝尼斯。和他打招呼時，他滿臉都是笑容，一雙眼睛發著光，鼻子頭紅而高。

說話時，貝尼斯從來沒提過此案，但是也能看出他的工作沒多大進展。可是，幾天後，我在晨報上看到大字標題，非常吃驚，上面寫著：奧克斯肖特案子真相，已捕獲嫌疑犯。

聽了我念的以後，福爾摩斯像被電擊了一樣從椅子上跳起來了。他問我：「華生，貝尼斯是否抓了他了？」

「我覺得是。」

我又讀道：

昨天半夜，警方捕獲了認為與奧克斯肖特奇案有關的嫌疑犯，在案發地點引起很大轟動。我們都記得：在奧克斯肖特的空地上，發現了威斯特里亞宅裡的加西亞屍體，死前他曾遭到嚴重的襲擊。同一天晚上，他的僕人們也無影無蹤了。最初估計是僕人們害死主人後便逃跑了。因為房客很有錢，因此為了錢僕人們將他謀殺了，可是當時還不能證實這種說法。

貝尼斯警長很有洞察力，他覺得罪犯肯定就潛伏在事先準備好的巢穴中。貝尼斯警長覺得肯定能抓獲他們。有人說廚師是個又高又可怕的混血兒，黑色中混有黃色，案發以後，有警官在威斯特里亞住宅的草地上看見過這個人。因此貝尼斯警長認為他還會來，因此在草地上設下埋伏。

結果昨晚真是那個人又來了，經過激烈的搏鬥，終於拿下了罪犯。警官唐尼被襲。警方覺得捕獲此人會對偵破本案大有幫助。

福爾摩斯對我喊道：「華生，我們馬上去見警長，假如抓緊時間，在那裡可以碰見他。」因此我們匆忙到了那裡，碰見了正要走的貝尼斯警長。看見我們，貝尼斯便給我們遞來了報紙並問：「你們看見了嗎？」

「對，先生。可是我想提一點忠告，可以嗎？」

「什麼？忠告？」

「對。透過很長時間的仔細研究，我覺得你走的路不太對，最好換條路走，否則對你沒好處。」

「先生，謝謝你。」

「我這麼做都是為你好。」

聽完這話，貝尼斯警長眨了一下小眼睛：「你還記得以前的話嗎，福爾摩斯先生？各走各的路。」

「先生，記得，請原諒我的冒昧。」

「先生，不必客氣，我知道你是為了我好。可是我們之前說過自己管好

自己，是嗎？」

「先生，好的。」

「先生，我可以告訴你我所知道的。被抓的那個人簡直就是個野人，像個惡魔，在和我們的搏鬥中，他用嘴咬唐尼的大拇指，太殘忍了。一點英文都不懂，簡直就是原始人。」

「你覺得是他殺了主人嗎？」

「我沒這麼想也沒這麼說，我們早就約定：誰也不干涉誰。再見。」

福爾摩斯很不理解地說：「我真不知道他為何要這麼做，我覺得他是盲人騎瞎馬——亂闖。就按照他說的吧，八仙過海，各顯其能！」

回到住處後，福爾摩斯和我說：「華生，請坐，我和你說一下我所知道的。此案的主要部分不是很複雜，可是如何逮捕罪犯還是很困難。因此我們還得去彌補一些缺口。你是否記得加西亞收到的那封信？後來被撿回來了，我看這個問題和貝尼斯不同。我認為不是僕人們害主人。

「根據我們知道的看，加西亞讓艾克爾斯去他那裡，就是為了讓他做個證人。因此可以看出，加西亞早已安排好了這件事，可辦起來卻有點慌。

「我覺得只有當一個人有了邪念時，才會設法製造一個不在現場的偽證。他此時想害別人，但他是想害誰呢？後來他又是被誰殺害了呢？

「我們現在來試著解釋一下加西亞的僕人們失蹤的原因。他們肯定沒殺害主人，他們和主人一起策劃了整個事件。

「假如加西亞準時回來，正統英國人的證明便會排除一切懷疑。可是他們的這個計畫也很危險，假如一定的時間仍未回來，說明他已經被害了。

「結果加西亞真的沒回來，僕人們便在事先找好的地方躲了起來，等過了這陣風頭繼續做。你覺得我分析得如何？華生！」

福爾摩斯這樣一分析，馬上變得很清晰了，我不得不佩服他。

「可是那個僕人為何要回來呢？」

「我們可以想，他們走得很匆忙，肯定忘了很重要的東西，因此他得回來取，是不是？」

我問：「那封信呢？」

「晚飯時，加西亞收到的那封信，說明他們還有個夥伴在別的地方住。究竟是什麼地方呢？你還記得我和你說的嗎，肯定是在為數很少的大住宅中住著。」

「你清楚在哪一家嗎？」

「前些天在村子裡，我研究我的植物學時曾經和別人聊天，我知道了這幾棟大住宅的主人的身世，以及他們的經歷。」

「你發現什麼了？」

「我發現只有一棟住宅很古怪，這住宅正是位於名單中的雅各賓莊園，是海伊加布林的一個老莊園。亨德森先生是房子的主人。出事的地點距離那裡很近，僅有半英里。

「其他住宅的主人沒有奇特的地方，都很傳統，也很可敬。只有亨德森先生很古怪，我覺得有可能在他身上發生一些古怪的事。因此，仔細打聽了他家的事。

「我後來知道這是群怪人，而且亨德森先生是最怪的一個。我找了個藉口去靠近他，想更瞭解他。但是他已看出了我的意思，他那眼神充滿猜忌。他五十多歲了，身體仍很健壯，灰頭髮，兩道濃眉快要連成一條線了，反應很敏銳，有點像個帝王，專橫冷酷。

「儘管他的神情很冷漠，可是仍有火一般的激情。他也許是個外國人，不然也長期在熱帶生活過。他的皮膚黃且有韌性，堅韌得好像條馬褲。

「他有個秘書叫盧卡斯先生，這個秘書是個外國人，很像一隻狡猾、奸詐的狐狸，他對人很有禮貌，可是話中經常帶刺。

「我們就這樣認識了兩夥外國人。一夥是海伊加布林住宅；一夥是威斯特里亞住宅。我們就這樣把想要的東西合起來了，他們是敵人。

「主人和秘書是這家的主要人物，亨德森有兩個女兒，小的十一歲，大的十三歲。他替這兩個小孩請了一個女家教伯內特小姐，她是一位英國婦女，四十多歲。另外還有一個男僕，就這麼組成了一個家庭。

「他們這夥人經常去世界各地旅遊。我聽別人說，亨德森先生剛回來，出外有一年多了。他特別有錢，需要什麼就能買什麼。

「他們家其他的情況就和這大住宅完全一樣了。有許多供使喚的女僕、男僕、管家，也有一些只知吃喝的人。

「這些情況，有我自己觀察發現的，有從別人的閒談中得來的，我還找了個好證人，他就是約翰‧瓦納。很幸運我找到了這個受盡委屈又被辭退的人。到處打聽以後，我才見到他，他是此案的重要突破口。

「在海伊加布林，約翰‧瓦納是個很好的花匠，可是不知什麼原因卻被那個奇怪的亨德森趕出來了。由於他們的僕人都和花匠很好，所以這些僕人們便害怕了，他們怕有一天也被怪人趕出來，因此我們可以透過花匠發現我們想知道的東西。

「據花匠所說，這房子的主人很奇怪。住宅的兩邊分別有一排房間，一邊住著主人，另一邊住著僕人們。只有亨德森的那個貼身男僕在開飯時見一見下人，其餘時間兩邊的人不來往，只是把主人要的東西放到他指定的門口來聯繫。兩個小女孩和女教師一直不出門，僅在花園中散步。

「亨德森一直沒自己散過步，秘書像個影子，一直跟著他。由於他們的行動這麼奇怪，因此僕人們悄悄地說：他們的主人怕有人殺他，為了錢，他出賣了自己的靈魂，害怕別人來找他賠命。

「他們究竟是什麼人，從哪裡來，又要去哪裡，僕人們全不知道。他們非常殘忍，聽說亨德森曾經用打狗的鞭子去打人，由於他很有錢，能用高額的賠償脫離官司。

「華生，我們根據這些情況推測推測。是這家人將那都是暗號的信送出的，為了讓接信人加西亞提前準備好行動，誰發的信呢？是女人，這個住宅只有伯內特教師是個女的，除了她，再沒有別人了。

「如果是這樣，那麼我們以前的假設就是錯誤的，這不是個和愛情有關的事，而是一個計畫，一個人們都不知道的秘密。

「假如是她寫的那封信，那麼加西亞和她就是同夥。她如果聽說加西亞被害了，那麼會是什麼反應呢？她不說話，還是給加西亞報仇呢？她在哪裡呢？我們能否見到她？假如能見到她，所有的問題便都解決了。

「我知道加西亞被殺那晚，伯內特小姐也失蹤了，自此再也沒人見到

她。由此可以證明以前的猜測是對的，加西亞和她一夥。她也被害了嗎？是否還活著呢？這些全不清楚。

「華生，現在這種情況對我們不利。我們證據還不多，不能從地方法官那裡要搜查令，他們肯定會覺得我們是故弄玄虛，因為在那樣古怪的家裡，一個女教師一個星期不見是很正常的。但是此刻也許她的生命正處在危險之中，性命難保。我們只能在暗中監視這房子，因此我讓我的代理人瓦納留下來看大門。他將監視大門口的所有動靜，有事會通知我們的。假如法律對此案也沒辦法，我們也只有去探險了。」

「你想如何做？」

「我想到她房間找她。那些天，我知道她的房間能從外面的一間房子的頂棚進去。我覺得我們必須馬上就去！」

我心中非常害怕，這次行動很危險。大宅子陰森可怕，主人又很粗暴，我們沒有法律保障，這簡直是一次冒險。

但我看得出福爾摩斯的意志很堅定，只有這樣做，才能救那個女人，才能讓此案有所進展。我和福爾摩斯緊緊拉著手，充滿了信心。

就在傍晚五六點鐘，陽光斜射入我們房內，我們要出發時，有個鄉巴佬匆忙地進了我們房間，我很驚訝。

「他們走了，福爾摩斯先生！他們坐的是今天最後一班火車。那個女教師在火車上掙脫出來，被我救了，我讓她在樓下馬車上坐著。」

福爾摩斯聽完，從椅子上跳起說：「瓦納，很好！華生，怎麼樣，缺口合攏了吧！」

我們急忙下樓，看見馬車裡有個女人。她非常疲倦幾乎要癱瘓了。她的臉又消瘦又憔悴，她那快要斷了的頭，無力地垂在胸前，可見她被折磨的程度。她抬起頭，眼神呆滯，好像什麼也看不見，兩個瞳孔縮成小黑點，可知她是被迫服了鴉片。

「我按照你的吩咐，守在大門口。今晚，出來一輛馬車，我一直跟到車站。他們拉出她，她什麼也不清楚硬被塞進車廂。可是正當火車要走時，她一下子清醒了，開始掙扎。他們又將她推入車廂，她又掙扎著下了火車，我

趕緊讓她上了馬車，拉到這裡。

「我非常害怕，那個人黃圓眼，還有那張臉！假如他得逞了，怕我也沒命了！」

我們將她扶上樓，讓她躺在沙發上。給她喝了兩杯濃咖啡，不一會兒，她就清醒了。此時福爾摩斯請來了貝尼斯警長，他一看見女教師，就全知道了。

「你找到我們想找的人了，先生！她是此案的證人，我們一開始就在找這條線索。」

「哦？你也找亨德森？」

「對，先生。你在海伊加布林樹蔭下散步時，我正在莊園的一棵大樹上，我們就看誰先有證人！」

「但是你怎麼會逮捕那個混血兒呢？」

聽到這句話，貝尼斯警長得意地笑了。

「我覺得加西亞被害後，亨德森就知道他被懷疑了，假如我們有點小動靜，便會打草驚蛇，讓他逃掉，因此我們轉移注意力，抓了那個混血兒，所以亨德森想逃跑，就給我們找伯內特小姐留有機會。」

此時，福爾摩斯拍了拍貝尼斯的肩膀。

他說：「警長，你很有才能，就憑這你也會高升的。」

貝尼斯聽見這很高興。

「我這幾天讓一個警察看守車站，因此無論海伊加布林的人到哪裡，都受我的控制。但是，當他們今天要帶走伯內特小姐時，儘管他想出面，可是卻很為難。可是，你的人卻很順利地將伯內特小姐送到這裡了。如果沒她的證詞，我們警察也不能下逮捕令，只能叫罪犯逍遙法外。因此，我們越早有她的證詞越好。」

「她正在清醒。」福爾摩斯一邊望著女教師一邊說。後來他開始發問：「小姐，對我說，誰是亨德森？」

「他是唐‧默里羅，不是亨德森。我恨死他了。」

什麼？唐‧默里羅？他曾經被叫做「聖佩德羅之虎」。

聖佩德羅之虎！

我記著他的所有歷史。那些暴君全打著文明統治的招牌，可仍是暴君，默里羅是最專橫殘暴、荒淫無恥的一個。他身體健壯，精力充沛，自私、專橫、野蠻。強暴統治一個膽小怯弱的民族竟然十多年，太殘忍了。

在中美洲聽見他的名字，實在太恐怖了。最後，終於爆發了反對他個人的全國起義。但是，他不僅殘暴而且更狡猾，當民眾剛有點波瀾時，他把所有搜刮到的金錢和寶物裝上船，逃得無影無蹤了。當萬分憤怒的人民來到他的宮殿時，只剩下了一座空空的房子。

他帶著女教師，兩個女兒和一個男親信走了。

從那以後，歐洲報紙經常評論他。

貝尼斯警長說：「對，先生，你猜得很對，聖佩德羅之虎就是唐‧默里羅。福爾摩斯先生，假如你查問一下，就會知道綠色和白色組成了聖佩德羅的旗子，這正好與信中說的暗號一致。他自稱亨德森，可是我查他的過去，從巴黎到巴塞隆納，他是1886年逃往巴塞隆納的。可是那個受他迫害的民族，為了報仇一直在找他，但始終沒找到。直到最近幾年，才找到他。」

伯內特小姐聽到這裡，趕緊坐起來說：「一年前，我們才找到他。我記得有一次，他差點死了，可不知為什麼，他竟然沒死，仍好好地活著。

「現在，他又將那個正義又豪爽的加西亞殺了，而他卻安然無事。假如他不死，我們就會一個個被他殺掉。可是我們總會有希望的，我們肯定會幹掉他的。」她握緊拳頭，一臉憤恨。

福爾摩斯問：「伯內特小姐，你可以告訴我，你是如何牽涉到此案的嗎？」

「我是為了伸張正義。許多年前，聖佩德羅幾乎是血流成河了，但英國政府卻沒管。他後來帶走了很多財物，英國政府同樣沒管，也許這和你們無關。可是，我們卻受盡了苦，我們怎麼能就此甘休呢？不能。因此，我們必須報仇。」

福爾摩斯說：「我知道他很殘暴，可是你為什麼要反抗他呢？他迫害你？還是別的原因？」

「我早就看出，他將會把那些他認為有害的人全殺掉。我丈夫維克多・都郎是駐倫敦的聖佩德羅大使。他特別正直無私，很高尚，唐・默里羅知道他的品格以後，便找了個理由召回他並且暗殺他。走時，他好像有種預感，因此就孤身一人去了，之後我才聽說他被暗殺了。他給我留下了一段美好的回憶。

「這個壞蛋最後被全民起義推下了寶座，匆忙帶著財物逃跑了。儘管他逃了，可是他殺了很多人，我們一定要報仇。因此我們組成了一個協會，這個協會一直會存在到他死。我們一直都在找他，近一年才知道他竟然改名為亨德森。

「我們開始了行動。我擔任了他家的女教師，給外面的人提供資訊和線索。他肯定不知道，我微笑著和他的孩子們相處，是想殺他。我等待機會，試了一次，可是卻失敗了。後來這個壞蛋便到處亂竄，一會兒去南方，一會又回北方，我們差不多找遍全歐洲，才知道他隱蔽在了這個英國的大宅子中。

「他本來以為沒人殺他了，但是加西亞還等著他。加西亞的父親曾經是聖佩德羅的最高神職官員。加西亞知道這個魔鬼回來了，便和他的兩個忠實夥伴想找機會殺死他。

「可是他卻防範得非常嚴，白天那個秘書寸步不離開他，外出時，秘書洛菲斯也一直跟著他，只有晚上他才單獨一個人睡。

「終於有機會了。一天黃昏，我給加西亞送了信。這傢伙像狼一樣狡詐，他總是換房間。為了便於加西亞尋找，我打開了所有房間的門，並且我向大路的方向發出綠色、白色的信號，這樣來說明順利還是不順利。

「可是事情沒有我們想的那麼順利，還沒開始就被監視了，那個狡猾的秘書先懷疑我，我剛寫完信，他便從背後搶走了。後來，他和那個暴君將我拖進睡房，把我當作一個可惡的女叛徒。他們倆一直在商量是否將我殺了，可是因為害怕承擔後果，就放棄了這種想法。

「他們認為加西亞很危險，因此就準備殺掉他。他們向我要地址，我不給，他們便用力扭我的胳膊，用布堵上我的嘴。直到我給了他們地址，才停

止了對我的折磨。

「可是我知道這麼做加西亞只有死，我暗自祈禱上帝，給加西亞留條活命。洛菲斯寫了信封，用袖扣封了口，叫僕人送出去了。

「我不知道他們是如何殺害加西亞的，但是可以確定的是默里羅親自殺了他的，因為洛菲斯在監視我。他們一開始商量讓加西亞進屋然後殺死他，就說是打死一個夜賊，可是後來又覺得不妥，因為如果在屋裡殺人，會引來警官，那樣將可能暴露他們的身分，他們將可能更麻煩了。假如殺了加西亞，便會嚇住一些人，使其停止追蹤他們。

「假如不是我打進了他們家，知道他們的惡劣行為，他們現在就能逍遙法外。儘管我有好幾次就要死了，可是我仍然不害怕。他們將我關在房間，進行殘酷的虐待。為了使我垮掉，這些無恥的傢伙用刀割破我的胳膊和肩頭。

「這次他們又將我關在房裡，不叫我出去，我只好大聲地叫喊，可是他塞住了我的嘴，使我發不出聲，一直關了五天不給我飯吃，我差點餓死，我今天下午才吃了一頓豐盛的飯。我一開始特別餓，什麼也沒想就吃，後來才發現飯菜裡有毒。我迷迷糊糊地被他們推上馬車，到了火車站，把我押上火車。車正要開動時，我才知道我快沒自由了，為了擺脫那兩個吃人的魔鬼，我拼命地掙扎，可是他們硬往回拉我。幸虧這位老人幫忙，我才逃了出來。」

「謝謝你。」她對老人（那是花匠）說。

老花匠道：「不必客氣。」

我們都很仔細地聽完她的敘述。

福爾摩斯先說：「朋友們，我們現在的問題就是怎麼逮捕他了。」

我說：「可是，有個好律師就能將他說成是自衛。否則，他早應被判百次罪了。現在我們只能拿此案來給他定罪。」

貝尼斯高興地說：「不必想這些，他這叫蓄意謀殺，自衛？簡直是胡說八道。我盼望海伊加布林的房客能為我們作證。」

可是，聖佩德羅之虎與他秘書逃跑了，並且要了一個小花招就甩掉了追

捕他們的人。自此，他們在英國便沒了音信，想要懲罰他們仍需時間。

貝尼斯警長半年後來看我們，對我們說這兩名罪犯在馬德里艾斯庫里亞爾飯店遭暗殺，這樁案子被歸咎於無政府主義，凶手一直未抓到。他還給了我們兩張紙，一張是暴君的畫像，另一張是狡猾秘書的畫像。至此，雖然延誤了些時日，正義畢竟得到了伸張。

「華生，這案子了結了，它既複雜又簡單。加西亞很聰明，他懂得利用艾克爾斯先生，你還有不清楚的嗎？」

「廚房裡的怪東西如何解釋？」

福爾摩斯遞給我筆記本，上面是在大英博物館抄的幾句話：

虔誠的伏都教徒無論幹任何重大的事，都得先向他那不潔淨的神奉獻祭品。情況特殊，殺人以祭，再吃人肉。通常情況，則應把一隻活的白公雞扯成碎片，或者殺死一隻黑山羊並將其火化。

看完上面的話，我知道那個混血兒為什麼要那樣做了，他回廚房，一定是想要取回他敬畏的神明。因此，才被貝尼斯抓住。所以貝尼斯當時的判斷是正確的。

福爾摩斯闔上筆記本，慢慢地對我說：「我們可以輕鬆幾天了。華生，你可記得我一開始就說過，怪誕和可怕間只有一步。這在這個黑人身上表現得淋漓盡致！華生，我說對了吧！」

紙盒裡的人耳朵

我打開筆記本，想替讀者朋友們找幾件能表現福爾摩斯才能的案子。下面這則記錄，聽著很怕人，但假如你仔細研究，便知道它的確離奇。

這個夏天很炎熱，樹上的蟬總是叫著。太陽烤著整個大地，沒有一絲風，街上也沒幾個行人，人們都在家裡縮著。

整個街道反射著耀眼的陽光，特別是對面牆上反射過來的光，刺得人眼只好瞇成一條縫。樹葉一下也不動，懶洋洋地被太陽曬著。蟬也好像由於太熱而停止了叫喊。

我用百葉窗遮住陽光。福爾摩斯在沙發一角躺著，看著郵遞員送來的信，他不說一句話，也不理我。

我自己待得非常無聊，想看看報紙，可是晨報沒有一點意思，所以也就不看了。我暗自慶幸曾經在南方生活過，所以對這樣的高溫天氣也不在乎。我很想和別人一樣，出去遊玩，可是我的存款早就用完了，因此只好放棄。

可是我的朋友福爾摩斯，卻非要在這個擁擠又炎熱的城市住，看那些沒意思的報紙。他想像隻蝸牛將觸角伸入人群中，去尋找可疑處或有犯罪的跡象，他這樣才能從沙發上起來，精力充沛地去破案。

我很佩服他的能力，可是他卻不會欣賞大自然，除非罪犯逃到鄉下，他才會去鄉下透透氣。我回頭看了他一眼，他仍拿著那封信，閉目躺在沙發上沉思，他不想和我說話。我只好看報紙，可是報紙實在沒意思，我很無聊地將報紙扔了，心煩地望著窗外。

福爾摩斯打破了寂靜，對我說：「華生，我認為你對了，這也許是唯一

解決問題的方法。」

我驚訝地轉過身說：「什麼？你是說……」

福爾摩斯不慌不忙地說：「最荒唐的解決問題的辦法。」

「啊？」我很奇怪他能準確說出我心中的話，困惑地睜大了眼睛。

他看見我這樣禁不住笑了。

「你還記得，我前幾天念給你的一篇短文嗎？愛倫·坡的短文中有如此一個人，能根據同夥的表情把他的想法說出來。你一開始根本不理睬這些，覺得這僅是作者的藝術手法，後來我常和你說，我也有那種推理方法，可是你卻不相信。」

「哪有啊！」

「儘管你口中沒說，可是你的眼睛、眉毛，你的表情早已告訴了我。你可以不說，可是你就是這麼想的，你是不會沒有任何表情的。因此，剛才你扔下報紙，凝望窗外時，我就推測你這段時間的心理活動，講給你聽一聽吧！你不會不高興吧？」

我說：「我不介意。我記得那本書寫的是，在夜裡，他的同伴不小心跌了一跤，爬起後抬頭看了看星星，這個人便由此推斷他的心理活動。最起碼他有些動作，可是我只是在椅子上坐著，偶爾看看書，看看牆壁，看看窗外，你能推斷些什麼呢？」

「華生，你也不要小看你的表情，你的表情能說明一切，不信我來推斷一下。」

「你覺得能根據我面部表情變化來推斷我的想法嗎？」

「對，特別是你的眼睛。你一扔報紙後，是如何沉思的？華生，你還記得嗎？」

「我不記得。」

「我來告訴你！你扔了報紙，我就開始注意你，一開始，你靜坐了半分鐘，表示這報紙太讓你失望了。後來，你又開始看你剛鑲上鏡框的戈登將軍的照片。你的面部表情此時開始變化了，說明你的思維開始活動了，但也沒想遠。」

「是，你說對了。」

「你收回目光，看了看手中書裡的亨利・華德・比特的相片，你後來又看牆上。你此時的心理活動很明顯，你想：假如書中的相片鑲上鏡框也會一樣漂亮。假如將它掛在牆上，正好和戈登將軍照片左右對稱，來彌補空白的牆。」

我驚奇地問：「你觀察得如此仔細？」

他只是微笑了一下。

「讓我繼續說，後來你又看比特的照片，並且目不轉睛地盯著他。此時，你肯定是在研究他的面部特徵。後來，你的眼睛又瞇起來了，這說明你由面部轉到別的方面，開始沉思了。你肯定想比特的戰爭功績。我知道，一說到比特你就會替他鳴不平。在戰爭中他負擔著北方人民的使命，可是我們的人民對他很不友好，甚至是野蠻。對於人民的這種反應，你強烈不滿。我猜對了嗎？」

我不得不承認：「完全正確！」

「以上這是你由照片想到的，後來你的眼光離開了相片，這表示你已開始內心活動。此時你緊閉著嘴，表情很特別，眉頭間有股英氣，雙眼發亮，雙拳緊握，這說明你開始回憶那場戰爭了，戰士們寧死不屈的英勇氣概和殊死搏鬥的精神，是你一直所佩服的。

「但是，你的眼神馬上變了，臉也陰沉了，嘴也似笑非笑了，這說明你想到在戰爭中，那些無謂的犧牲者，還有內戰帶給人民的恐怖氣氛和悲慘生活。

「後來，你又摸了摸胳膊，那是戰爭給你留下的傷疤。此時，你的笑意更濃了，你想到了這場戰爭最後的解決方法，竟然那麼出人意料，那麼可笑。所以你得出一個結論：這場戰爭是愚蠢的。我相信，你肯定承認我的正確性。」

「是很對，可是我不知道，你怎麼能猜得這麼準？我很不理解，能告訴我原因嗎？」

「華生，這不是很深奧，很容易懂。假如你那天沒懷疑我，我也不會打

斷你的思路，說這些話。行了，我們先放下這個問題吧！現在，我手中有件我們都很感興趣的事，此事比我的思維活動更難。你看報紙上有這種怪事：庫辛小姐，家住馬丁伊登十字大街，收到了很奇怪的一個盒子。裡面的東西更嚇人，華生，你看見了嗎？」

「沒有！」

「啊？你看報紙肯定太粗心了，漏了如此有價值的資訊，」他把報紙遞給我說，「請大聲念一遍這裡！」

我接過了報紙，便大聲念道：

可怕的包裹

蘇珊‧庫辛小姐，家住馬丁伊登十字大街，收到了一個奇怪的包裹。昨天下午兩點多，庫辛小姐收到一個用牛皮紙包得很嚴的包裹。此包裹裡有個硬紙盒，盒中的東西令人難以想像。

她打開盒子便看見粗鹽，給她寄粗鹽幹什麼？其中肯定有東西！因此庫辛小姐撥開粗鹽，看見盒中有兩隻人耳朵，並且剛割下不長時間。庫辛小姐馬上暈倒了。

這盒子是前天上午貝法斯特郵局寄來的，卻沒寫誰是郵寄人。這實在是場惡作劇，但孤獨的庫辛小姐卻是受害者。更怪的是，庫辛小姐是單身，很少和人來往，是個五十多歲的老處女。這也好像是第一次收到別人的郵包。

庫辛小姐認為這也許是三個年輕人做的事。前幾年她在彭奇居住時，曾經將幾個房間租給了三個學醫的學生。可是這三個人太會鬧了，把屋裡弄得烏煙瘴氣，一刻也不安靜，並且生活也沒規律，有時早出晚歸，有時不起床或很早就睡覺。庫辛小姐實在無法忍受了，只好讓他們搬走。庫辛小姐認為這三個人由此開始恨她，為了發洩，他們便將解剖室遺體上的耳朵割下來寄給她，來表示對她的不滿。現在警方也這樣認為。

也有人認為寄包裹的年輕人是愛爾蘭北部人，可是庫辛小姐說她記得他是貝法斯特人。現在，此案正積極調查偵破。雷斯瑞德警官負責此案，他是一名優秀的偵破人員，一定會破獲此案。

福爾摩斯說：「這張報紙上就說了這些，今天早上，我收到了雷斯瑞德寄來的一封信。你看！」他將信遞給了我，上面寫著：

親愛的福爾摩斯，希望你幫助我解決此案，我看過那盒子，是個非常普通的能裝半磅菸的盒子，它幫助不了我們。

另：我們問過貝法斯特郵局了，他們說前兩天的包裹很多，不能辨認，更無法回憶寄盒子的人。我覺得也許是醫學院的那幾個學生做的。我不在宅子就在警察局，如果你能來參與這個案子，我將非常感謝。

「華生，你想參加此事嗎？儘管天氣很熱，願意和我去馬丁伊登十字大街充實一下生活嗎？我的華生？」

「我當然想去！」

「這很好。請按一下鈴，讓人拿來我們的靴子，並且找一輛馬車在樓下等我們。等等，我去換衣服，把菸絲裝入我的盒子，華生，我們再一起下樓，行嗎？」

「我的朋友，走吧！」

我們坐馬車來到火車站，急忙坐上了火車。我們剛上車，天就開始下雨了，因此炎熱的天氣也涼爽了。我們下車時，雨正好也停了。

我們提前拍了電報。一進站，就看見精明幹練的雷斯瑞德正等著我們。他給人的印象是，一看就能知道他是個警官。我們一起走了五六分鐘，才來到庫辛小姐家。

馬丁伊登這條十字街很長，兩邊是兩層樓的房子，街道既乾淨又整齊，房前的石階大部分被踩白了。不時地能看到三個一群、兩個一夥的婦女們繫著圍裙在門口說話。

這條街道的家庭氣息很濃。

走過半條街，雷斯瑞德停下來，上前去敲門，那就是獨居的庫辛小姐的家。不一會兒，一個女僕開了門，把我們領進了客廳。

庫辛小姐給我們的第一印象很好，她既溫柔又大方，那雙大眼睛既文靜又恬淡。她的頭髮是灰黃色的，打著捲披在肩頭上，很寧靜溫和。她正在繡一個椅子靠背，身邊還放著各種織線的盒子。

　　她看見我們來了，便起來對我們說：「外面的那間屋裡放著那可怕的東西，希望你們帶走它，不要放在這裡了，我很害怕。」

　　「行，小姐，我們一定會拿走它。我沒拿走的原因是福爾摩斯要來看，他想在你家裡看這盒子。」

　　「為何非要在我家看呢？」

　　「假如福爾摩斯先生有一些問題，你回答起來也方便。」

　　福爾摩斯溫和地說：「小姐，的確是這樣，我也許會問你些問題，儘管這件事對你來說是很煩人的，可是小姐，請你幫助我。」

　　「先生，別客氣，這件事確實讓我很生氣。我喜歡獨處，喜歡過安靜的生活，不願意在報紙上看到我的名字，也不希望那麼多的記者來我家。儘管這些都很新鮮，可是我更願意沒發生這件事，過我的生活。雷斯瑞德先生，我尤其不想將這可怕的東西放在我這裡。你們要是看，就去外屋吧！」

　　我們走出客廳，來到小花園的一個小棚子裡。小花園中有幾個石凳，一個石桌，他叫我們坐在石凳上，雷斯瑞德先生從小棚子裡取出那個包裹——一小段繩子，一張牛皮紙，一個黃色硬紙菸盒子。

　　雷斯瑞德先生為便於我們仔細觀察，將這些放在了石桌上。

　　福爾摩斯仔細研究起了那根繩子，先對著光看，後來用鼻子聞了聞。

　　「這根繩子不是一般人用的，它很特別。雷斯瑞德先生，你覺得繩子上塗過什麼東西？」

　　「是柏油吧！」

　　「對，是塗了柏油。你再看這裡，是用剪刀剪斷的，是庫辛小姐拿剪刀剪的，這一點對我們進一步瞭解案件很重要。」

　　雷斯瑞德先生說：「我覺得不很重要。」

　　「先生，你錯了，這樣對保持繩結的本來面目有利，能給我們提供線索，究竟是誰打的繩結。」

「一般人不會打這樣精緻的結。」

雷斯瑞德得意地說：「我早已注意了這一點。」

「行了，先不說這繩子。」福爾摩斯放下繩子，拿起牛皮紙，笑著說：「我們現在來看一下這牛皮紙，嗯！咖啡味很明顯。肯定沒檢查過，不然就不會讓郵寄人用這種紙了。

「我們再看一下紙上的字，寫得如此亂，寫時一定特著急，『馬丁伊登十字街S‧庫辛小姐啟』，也許是用一枝蘸水鋼筆寫的，墨水不好，從字跡中能看出筆頭很粗。也改寫過『馬丁伊登』這個詞，你們看，字母『y』的下面一開始是寫著『i』字母，能看出是個男人寫的。從字上就能看出他所受的教育不多，並且也不熟悉『馬丁伊登』這個詞。

「這盒子也確實是個普通的裝甘露菸草的紙盒，能裝半磅多菸草，再沒明顯的痕跡。哦，這裡，一個手指印在左上角。粗鹽放在盒子裡，粗鹽通常用來保存粗製獸皮或商品。我們來看看這兩隻耳朵。」

福爾摩斯一邊說，一邊拿出粗鹽中的兩隻耳朵，放在他前面的石桌上，雷斯瑞德和我彎腰看著這讓人作嘔的東西。看看福爾摩斯深沉且又閃亮的臉，再看看那兩隻耳朵，我清楚福爾摩斯在觀察些微小的特徵，我等著他說話。可是他卻將耳朵放在盒子裡，並且誰也不理，盯著一個地方開始沉思了。後來他終於說話了。

「華生，你們看了，這兩個耳朵不是一雙耳朵。」

雷斯瑞德先生說：「對，我們發現了。我估計是醫學院的學生們所幹的，他們在解剖室裡能隨便找兩隻不一樣的耳朵，這是個惡作劇。」

「假如是惡作劇，他們為何不寄一隻耳朵而寄兩隻呢？」

「這……」

「警官，這是個嚴重的犯罪案件而不是惡作劇。我們都清楚，解剖室的屍體都要在耳朵上注射防腐劑，可是這兩隻耳朵根本沒這種痕跡，這是一個原因。

「第二，假如這是解剖室中的，就該是用刀子割下的，而不可能是用很鈍的工具，從傷口我們能看出是用很鈍的東西割下的。醫學院的學生不會這

樣做的。

「第三，假如是醫學院的學生所幹，他們的老師會讓他們用蒸餾過的酒精或碳酸水處理，而不是粗鹽。

「根據這三點，我認為這是一個犯罪案件而不是惡作劇。」

福爾摩斯說這些話時很嚴肅，很明顯是認真的而不是開玩笑。

聽到這些，我不由得打了個寒顫，加之這個園裡如此寂靜，我開始有點害怕了。這是個很嚴重的案件。

我掉頭看了看雷斯瑞德先生，他的表情難以形容，一邊搖頭一邊說：「按照你說，這不是惡作劇。但假如是犯罪案件，為什麼能和這樣一個女人聯繫起來呢？她給我們的印象是很少和外界聯繫的溫和的婦女。一直獨居這麼多年，誰會和她聯繫呢？這些天，她幾乎一直都在家裡，罪犯怎麼會將這個東西寄給她呢？並且，她和我們同樣不知道這件事！另外可能是，她是個高技能的演員，給我們演戲，可是這些能成立嗎？」

福爾摩斯說：「這就是我們的難題。我覺得我是正確的，這是樁雙重殺人案。我們清楚這是兩個人的耳朵，一個是纖弱小巧的女人耳朵，並且打過耳孔，戴過耳環。另一個是皮膚偏黑的男人耳朵，他肯定經過長期的日照，也戴過耳環，這兩個人早就死了，否則我們會聽說此案的。

「今天是星期五，昨天也就是星期四寄出的包裹，他們是星期三或更早一點被謀殺。可能是謀殺者先殺死他們，再將他們的耳朵寄給庫辛小姐。這很明顯是一個人幹的，因此這個寄包裹的人就是凶犯，也是我們要找的人。

「可是，他寄包裹給庫辛小姐，肯定也有原因，什麼原因呢？是他和庫辛小姐早就聯繫好的暗號，還是告訴她事已辦完，一切順利？還是想讓她心痛，抑或只是恐嚇她？那麼，她就會很清楚是誰寄的包裹。

「可是這樣很矛盾，假如她清楚整個事件，為何又去報警呢？她接到包裹就埋了它，這樣不會有人知道。因此，我們得問她，她會解開這個謎。假如她不願意庇護罪犯，她就會告訴我們。假如她包庇，就不會報警了，早已推翻這一點了。行了，我們問庫辛小姐去吧！」

福爾摩斯停止了沉思，恢復了平時的辦事風度，俐落又爽快地走向屋

子。

福爾摩斯說：「我得問庫辛小姐幾個問題。」

「局裡還有一些事，我先走一步。我不需要再問庫辛小姐問題了。二位，失陪了，你們能在警察局找到我，再會！」

福爾摩斯說：「我們回家以前去局裡看你。」

因此，雷斯瑞德警長走了。我和福爾摩斯又回到客廳，看見了那位溫和的女人，她還在那裡繡東西。

她看見我們，便放下了手中的活，用大眼睛看著我們，說：「先生們，這是一場誤會，我沒有敵人，更沒有人和我開這麼大的玩笑。我和警長說過，這是寄給我的盒子，可是東西太嚇人了，警長他認為是場惡作劇。但願是這樣，我不想讓別人打擾我的生活。」

福爾摩斯坐在她身邊的椅子上說：「庫辛小姐，我也這麼想。我想我有……」突然，他停止了說話，我很吃驚，急忙抬頭看他，他正緊緊盯著庫辛小姐的側面，他的臉上閃過一絲驚喜與滿意。當她抬頭看他怎麼不說話時，他又恢復了常態，談吐自如了。

從那一瞬的神情中，我知道他已經有了重大發現。我也仔細看了看庫辛小姐的側面：頭髮是灰黃略帶彎曲的，便帽很乾淨，戴著金色的小耳環，面容很溫和，這些都很正常，我沒看出什麼不同。

「噢，對不起，小姐，我有一兩個問題想問你……」

庫辛小姐很不耐煩地說：「我討厭問題。」

福爾摩斯說：「我知道你有兩個妹妹！是嗎？」

「是誰和你說的？」

「沒人和我說，我們進來時，看見桌上有張三人合影，其中一個是你，另外兩個和你有點像，不用想，肯定是你妹妹。」

「對。她們是我妹妹，一個叫瑪麗亞，一個叫薩拉。」

福爾摩斯不慌不忙地說：「我手邊的這張合影，是你妹妹在利物浦拍的吧？和她合影的那個男人，從膚色和服裝上看，是海輪上的一個海員吧？他們那時還沒有結婚吧？」

「對，都對。你為什麼能說得這麼準，太出乎意料了。」

福爾摩斯微笑著說：「你過獎了，小姐，這是我的職業。」

「你說得很對，沒結婚時照的那張相片，但不久，他們就結婚了。我妹妹嫁給了照片上的那個布朗先生，他那時正在南美洲的航線上工作。為了更好地照顧她，結婚後，布朗就主動申請調回利物浦—倫敦這個航線，這樣便可經常回家。我覺得他太愛她了。」

福爾摩斯問：「是在『征服者號』上工作嗎？」

「大概不是！上次我好像聽他說在『五朔節號』上工作。布朗還看過我一次，他那時很好，也不喝酒。

「可是不知怎麼了，他喝酒了，並且喝得很厲害，經常喝醉酒並且發酒瘋。從這以後，他們的日子就難過了。一開始僅是不和我交往，這也沒關係。可是後來就是和薩拉吵鬧，我也不清楚他們究竟吵什麼？你看，現在我的另一個妹妹瑪麗亞也不見她的信。瑪麗亞不給薩拉和我寫信，我們就失去了聯繫。也不知布朗和瑪麗亞現在怎麼樣？」

說完這些話，庫辛小姐長長地嘆了一口氣，看來這個話題對她特別有感觸。她和許多單身生活的人一樣，剛開始時，說話很拘束，還有點害羞，說一會兒，就很健談了。因此我們順利地交談了起來。

她向我們講述海輪上那個當服務生的妹夫的各種情況，我們仔細聽，後來她又說起醫學院的那幾個學生的各種怪癖，談了很久，最後把他們的詳細住址和姓名給了我們。我們一直都很認真地聽著，福爾摩斯偶爾問幾個問題。

「你那個妹妹薩拉怎麼不和你一起住呀？你們都未婚，沒有不方便的吧！」

「假如你瞭解薩拉的脾氣，就會明白為什麼我們不在一起住。我剛來馬丁伊登街，曾經試著和她一起住，可是住了兩個多月，就不得不分開。我也不是背後說壞話，我的確忍受不了她的愛管閒事。」

「你是說⋯⋯薩拉和在利物浦的那個親戚吵過架？」

「對，一開始他們很合得來，甚至他們有一段時間還特別親熱。薩拉去

他們那裡本來是為了和他們親近，更好地相處。可是後來，不知怎麼，布朗和薩拉鬧翻了，回來不說一句好話，並且一說到他，薩拉就說他愛喝酒，另外是用各種手段欺騙別人，別的什麼也不會了。我後來猜想，肯定是布朗知道了她愛管閒事，因此兩人就吵了起來，並且鬧得如此尷尬。這也許就是事情的原因。」

福爾摩斯站起來，禮貌地點了一下頭說：「庫辛小姐，你告訴我這些，太好了！你說你的妹妹薩拉住在瓦林頓新街，是嗎？我們打擾你這麼久了，真不好意思。為了一件和你沒多大關係的事而費了你這麼多時間，非常感謝你。再見。」

我們來到了大街上，正好有一輛馬車過來，福爾摩斯叫住了車。

福爾摩斯問：「這裡距瓦林頓新街多遠？」

「不遠，就半英里多。」

「好，華生，快上車。儘管此案簡單，可是我還得知道某些細節，知道了這些細節，也就破了這案了。車夫，到電報局門口請停一下。」

福爾摩斯在電報局發了個簡短的電報，接著就上了馬車，靠在椅座上，拿帽子擋著太陽。到了瓦林頓新街，薩拉的住宅，我們抬頭一看，這宅子的構造和剛才那一家基本一樣，福爾摩斯讓車夫等一會兒，說馬上就出來。我們去敲門，我剛舉起手還沒敲，門就開了，出來一位年紀不大的紳士，他穿著黑衣戴一頂新帽子，個子不高，面無表情。

福爾摩斯問：「先生，庫辛小姐在嗎？」

這個男人嚴肅地說：「她在，但不能見客。她得了腦病，我剛為她診斷完，誰也不能見，先生，對不起！」

「小姐什麼時候病的？」

「昨天。假如你想見她，十天後再來吧！」醫生說完話，誰也不理就走了。

「行，行，不見就不見。」沒想到，福爾摩斯聽見這個更高興了。

我此時什麼也不明白：「可能她無法提供線索給你。」

「我一開始也沒打算從她那裡得到消息。知道她病了，就已經足夠，我

已經全知道了。行了，就到這裡吧！華生，我們吃午飯吧！送我們去一家餐廳，車夫。我們吃一頓豐盛的午餐，再去見雷斯瑞德先生。」

我們在一家餐廳吃飯。吃飯時，有關案件的事，福爾摩斯一點也不和我說。除了小提琴，他別的什麼也不談。

他和我說他如何費心思才買到史特拉第瓦里提琴。他說這小提琴最少值五百多畿尼，可是他向一個猶太人買的，只花了四十五先令。接著，他從義大利的這把著名小提琴說到十八至十九世紀義大利小提琴手帕各尼尼。我們一邊喝紅葡萄酒，一邊說著這位小提琴手的軼事。

我們吃了一個多小時，夜幕即將來臨，炎熱的太陽滑向西山，滿天都是晚霞，好絢麗的圖景啊！

在如此美麗的傍晚，我們坐車來到警察局，遠遠就看到雷斯瑞德警長在門口微笑著等我們。「你的電報，福爾摩斯先生。」他邊說邊遞電報。

「回電！」福爾摩斯只看了電報一眼，便將它揉成小團放入了口袋。

我的朋友說：「這與我的猜想相符！」

「你查出什麼了？」

「全查明了，包括案子的各個細節。」

「什麼？不會吧！」雷斯瑞德警長睜圓了眼、張大了嘴，驚訝地問：「你不是和我開玩笑吧？」

福爾摩斯嚴肅地說：「你別和我開玩笑就行。這案子又簡單又驚人。」

「誰是罪犯呢？」

福爾摩斯聽了這話，取過他手中的名片，在背後寫了幾個字，遞給了雷斯瑞德。

福爾摩斯說：「這就是罪犯。請別著急，我看最早也得明晚才能捉到他，那時他的輪船會到這裡。」

「先生，太謝謝你了。」

「警長，假如有人提到此案，你千萬別說我參與了此案，我想偵破非常難的案件。華生，我們走吧！」

我們走回了自己的住處。吃完晚飯，我和福爾摩斯坐在沙發上，一邊抽

雪茄，一邊聊白天發生的事。

「此案實際很簡單，和我們曾經接觸過的『血字的研究』這類案件相似，我的偵破方式和那些一樣，是從結果推測原因。我已經給雷斯瑞德寫了信，讓他抓住罪犯後，讓罪犯說出詳細的過程。」

「他能抓住罪犯嗎？」

「能。別看他推理能力不行，但抓罪犯是非常在行的。一旦他知道自己要幹什麼，他就會像個忠於主人的哈巴狗努力去工作。因此，放心吧，他能順利抓獲罪犯。也就因為這樣，儘管他沒才能，但仍能在蘇格蘭警署身居高位。」

「你完成此案了？」

「大致上完成了。從眾多證據中，我得知這罪惡事件的製造人是誰，儘管我不很清楚誰是受害者，可是這根本不影響我的推斷。華生，你有自己的看法嗎？」

「我想庫辛小姐的妹夫，利物浦海輪上的服務生吉姆・布朗就是你的懷疑對象吧？」

「豈只是懷疑。」

「根據庫辛小姐所說，我們僅知道一點細節，哪能確定誰是罪犯呢？」

「華生，我不這樣想。現在我告訴你我的推斷步驟。你肯定知道，我們一開始插手此案時，心中沒一點底。由於我們根本不瞭解此案，可是這通常對我們是有利的，這樣就能任意推測，而不摻和任何感情，華生，是嗎？

「因此我們到了馬丁伊登十字大街，知道庫辛小姐是個溫柔可愛的女人。從她的表情看，她不會隱瞞我們。和她說話時，我一下看見了她們三姐妹的相片，我認為這盒子是寄給另兩個中的一個的。

「可是我馬上推翻了這種想法，由於此想法可能對，也可能不對，僅是一種猜測。後來，我們去花園看了那盒子，還有別的東西，華生，你沒忘吧？」

我說：「我記得很清楚，你還聞了一下那根繩子。」

「當時，我認真研究一下那繩子，它是海輪上縫帆工人用的一種繩子，

我又聞見一股海水味。你還記得那個結打得很精緻，一般人肯定不會打那種結，那是水手常用的打結的方法。

「裝耳朵的盒子是從港口寄出的，盒中男人的耳朵戴過耳環，而且水手中穿耳環的比陸地上的人多。

「因此我認為，此案中的男人，肯定要從海輪的海員中找。

「我們又仔細看了包裹外的牛皮紙，寫著S・庫辛小姐收。這個包裹寄給三姐妹中的老大，她的縮寫名字是這樣的，但另兩個姐妹的縮寫名字也可能是這樣呀！

「在這種情況下，我覺得我們必須重新開始調查。這不是寄給老大的，因此我想見薩拉小姐，想問清楚。

「此時我和庫辛小姐說，你還記得嗎，這也許是個誤會，但我馬上停止了。」

我說：「我記得很清楚。」

「那時，我正好看見一種東西，這東西讓我既驚訝又高興。我在庫辛小姐的側面看到了她的耳朵，這耳朵為我提供了線索。

「你是名醫生，你肯定比我更清楚，人身體上的哪一部位也沒耳朵的差別大，人們的耳朵都不相同。你肯定看過去年我在《人類學雜誌》上寫的有關這方面的短文。

「我仔細觀察了盒子裡的兩隻耳朵，我仔細辨別這兩隻耳朵各自在生理解剖學上的特點。我將這些都記住了。

「我後來看見庫辛小姐的耳朵時，十分驚訝，原因是她的耳朵和盒中女人的耳朵非常相似。耳的輪廓基本一樣，彎曲度也相似，並且耳內旋圈狀的線都非常一樣。從外表看，這兩隻耳朵好像出自一個人。

「當時，我一下就明白了庫辛小姐和受害者有血緣關係，並且是十分近的親戚，因此和她說起了她的姐妹們，正好庫辛一點也沒有隱瞞地告訴了我們一些情況。

「首先，說到了她的妹妹薩拉。兩人不久前還在一起住著呢，剛分開不長時間，因此這包裹是給她妹妹的，而不是給她的。到這裡，我也明白了許

多。

「後來，我們知道相片上的那個男子是海輪上的服務生，和她另一個妹妹結婚了。另外，就是薩拉和那個海員曾好過。並且，薩拉和他們一開始處得很好，可是後來由於她太愛管閒事，吵架後不得不分開。

「這幾個月他們沒有互相聯繫，那個海員不知道薩拉搬走了。因此，他辦完事後，寄到S・庫辛小姐的舊址。

「現在基本都知道了。吉姆・布朗是個服務生，此人愛酗酒，很愛感情用事，易衝動，莽撞。為了照顧他的妻子，竟然放棄高薪工作，調到此航線上僅當個小海員。

「我推斷他的妻子瑪麗亞被害了。並且有另一個男人，我們假設他也是個服務生，也被一起殺了。這就是他們的兩隻耳朵了。

「那個海員為什麼要殺人呢？目的是什麼？很可能是由於嫉妒。但是，我們下一步將要解決的是：罪犯向薩拉・庫辛小姐寄耳朵是為什麼呢？也許是想叫她心痛。由於她和布朗夫婦曾經一起住過，並且和他們爭吵，才造成這種悲劇。不然，我們要見薩拉小姐時，她怎麼會病了？

「此案假如是布朗作的，必須證明包裹是他寄的。『五朔節號』航線，我調查了，在都柏林和特福斯、貝法斯特等地停靠。那麼，他就可能在第一個碼頭上岸寄包裹。

「還有另一種可能：就是布朗夫婦被殺，可是我覺得這不可能。假如是一個失戀的情夫或情婦殺了他們，那個男人的耳朵就是布朗的。要是這樣，殺人者為何非要將證據寄給庫辛小姐呢？這不可能。

「為了證明我的推斷，我拍了一個電報給在利物浦警方辦事的朋友利爾加，讓他去問問瑪麗亞在家嗎，布朗先生是否搭『五朔節號』外出了。

「後來，我們就去拜訪薩拉小姐。我著急去的原因，是想看一看她的耳朵和她姐妹的耳朵有多相似，如果一樣，我的推斷肯定正確。那是瑪麗亞的耳朵。

「並且，我還想問她些別的問題，她也許會給我們提供重要消息，可是我也沒太指望她能說什麼。她即使知道，也不會和我們說的。」

我問：「為什麼這麼說呢？」

「因為我們到的前一天，人們就全知道此案了，她肯定也知道，並且她更清楚包裹是寄給誰的。假如她想協助辦案，早就報警了，不會沉默的。

「另外，我們去的時候，她正好病了，並且是在寄來包裹時病的，這是個證據，而不是巧合。這包裹對她的打擊太大了，因而得了腦病。想要弄清此案，可以從她那裡知道，可是她病了，只有等她好了才能清楚。

「即使她不幫忙，我們也能找到答案，我們到警署時，我朋友利爾加的電報已到了。

「電報上說，布朗太太走了三天多了，大概到南方探親去了。在輪船辦事處，他已經問清了，布朗先生坐『五朔節號』走了，並且說船將到泰晤士港口。他一到那裡，就會碰見等他的雷斯瑞德先生，後者能捉到他，我們那時候就會知道一切的。」

我們結束了談話。

過了幾天，夏洛克‧福爾摩斯收到了一大包信件，其中有雷斯瑞德的一封信和一疊打好的文件。福爾摩斯對我說：「你看，說對了吧！雷斯瑞德已經逮住了他。」我念念他的信。

親愛的福爾摩斯：

按照原來的計畫，大約在昨天下午五六點鐘，我拜訪了「五朔節號」輪船。經查詢知，此輪船屬於利物浦、倫敦和都柏林三家輪船公司，這船上真有個叫吉姆‧布朗的船員。但不知什麼原因，這次航行他的舉動很異常，因此船長只好讓他停止工作去休息。

我來到這裡，發現他身材高大，長得結實，被太陽曬得稍黑的臉刮得乾乾淨淨。一進艙位，我就看見他坐在木箱上，用手撐著頭，身體不停地搖晃，很明顯心神不寧。

他知道我的來意，一下子蹦了起來，我認為他要反抗，趕緊吹警笛，守在角落的兩個水警馬上撲了過去，但他卻沒反抗，只是束手就擒了。我們將他和他的箱子一起帶回警署。我以為箱子中會有什麼東西，打開一看，只有

一把大部分水手都有的大尖刀。

在審訊室裡，我們還沒審訊，他就全說出來了，我們的速記員都記下了，打了三份，一份送給你。

事實上，此案根本沒我們想像中那麼複雜，特別簡單。謝謝你在此案中給我的幫助。

你的朋友Ｇ‧雷斯瑞德敬上

「這件事的確簡單。但我們第一次見他時，他沒有這麼認為。下面來看看吉姆‧布朗的交代吧！他們這樣記錄著：

我說，說出所有的，我必須全都說出來。你們就是打我，槍斃我，無論如何處理我，我也非說不可。

我一定說，我做了那件事以後，不管是睡著還是醒著，他和她的臉總在我面前不停地晃來晃去，我一刻也不想閉上眼睛，我快被折磨成神經病了。

我常常看見她的臉，如此驚恐，如此蒼白美麗，像一隻小羔羊。有時看見他黝黑的臉，憤怒的眉毛皺在一起。她看見我那滿是殺氣的臉，肯定和通常我滿是愛意的臉不一樣，不然她不會那麼害怕的。這種結果都是由薩拉造成的。我這也不是替自己減脫罪名。就是因為她，否則我和瑪麗亞現在仍很好。

她是個魔鬼，破壞別人家庭的魔鬼。我知道我一旦喝了酒，就會變得特別瘋狂。但無論如何，瑪麗亞能原諒我，她那麼溫柔體貼，善解人意，我們在一起非常快樂，好像身體和影子永遠在一起。

只是由於薩拉‧庫辛愛我，可是我只愛我的妻子瑪麗亞而根本不愛她。薩拉知道我寧願看瑪麗亞走過的路上的泥印，也不看她的肉體和靈魂，她就變得特別惡毒。

她們三人雖然是親姐妹，可是性格完全不同。老大老實，老二是魔鬼，老三像個天使。我們結婚時，瑪麗亞二十九歲，我們的小日子過得幸福美滿。我那時認為利物浦的所有的女人都比不上我妻子。我非常愛瑪麗亞，她

那麼漂亮、溫柔、體貼、賢慧。

出於禮貌，我們讓薩拉來住了一個星期，她那時三十三歲。沒想到她竟厚著臉皮住了一個多月，就這樣成了我們家的長期客人。我們那時剛開始新生活，我存了些錢也戒了酒。我的天啊！沒想到後來竟成這樣，太不可思議了。

通常，我是在週末回去住兩天。假如船上要裝貨時，得要一個多星期的時間，這樣在家時間會長一點，因此便常遇見我的姨子薩拉。她又高又瘦，皮膚有點黑，反應特別快，動作靈敏，性情暴躁，看我時總昂著頭，特別高傲的樣子，目光就像東西打在火石上發出的光。

只要小瑪麗亞在家，我根本想不起她。她有時暗示想和我單獨坐坐，或用甜言蜜語騙我出去和她走走，可是我一直沒答應過她，我真的從來不清楚薩拉到底想幹什麼。直到有一天，我從船上回了家，家裡只有薩拉自己，我的小瑪麗亞不在。我問她：「瑪麗亞呢？」「付帳去了。」我很煩，嘴裡不停地說話，來回走動。她過來說：「一會兒見不到瑪麗亞，你就這麼不高興？連幾分鐘你都不想和我在一起，我應覺得很榮幸吧？」為了表示歉意，我伸出手說：「小姐，不是這樣的。」沒想到她馬上握住了我的手。天啊！她的手怎麼會那麼燙啊！我驚奇地抬起頭看她，她卻緊盯著我的眼睛。我完全看懂了她眼中的表情。我厭惡地抽回手，她覺得很尷尬，在我身邊站著不說話。不一會兒，她拍著我的肩膀說：「吉姆，你真穩重！」說完話，嘲弄地笑了一聲，出去了。

薩拉自那以後，一看見我就恨得咬牙根，說明她恨死我了。我真太傻了，竟讓她和我們夫婦在一起住。我和瑪麗亞沒說一句關於這件事的話，我怕她會傷心。因此一切都照舊，一點也沒變。可是後來，不知為什麼，我發現瑪麗亞正在一點一點地變。以前，是那麼溫柔、善良、天真、正直，但不知怎麼她一下變得非常古怪，疑心也很重。她以前從來不查問我，但現在什麼都要問，我去哪裡了，幹什麼了，誰給我寫的信，寫著什麼，衣袋中裝著什麼，一些雞毛蒜皮的事都要過問。她一天比一天古怪，脾氣也更加暴躁，說不出原因，她就吵鬧。這叫我更不明白為什麼了，我很奇怪為什麼會這

亞瑟・柯南・道爾

樣。我後來看見瑪麗亞整天也不理我，可是和薩拉卻很好，我這下全知道了。我知道是薩拉在搗鬼，她說我壞話，挑撥我們的關係，並讓瑪麗亞和我作對。我太傻了，一開始竟然沒看出來，並讓她住在我們家那麼久，養虎為患啊！瑪麗亞這樣一鬧，我真的生氣了，我後來又開始喝酒了，喝起酒就控制不了自己。瑪麗亞也不像以前了，她對我很厭煩。假如她和以前一樣溫柔、善良，我就不喝酒了，可是喝了酒，她就更討厭我了。我們之間的隔閡也就更深了。就在這不安定的日子裡，阿特克·費利恩又插進來了，事情到這裡就更複雜了。

費利恩一開始來我們家是和薩拉交往，可是後來就找我們夫婦倆了。他有一套討人喜歡的本領，他去了哪裡，就和那裡的朋友打成一片。他是個皮膚黝黑的漂亮小夥子，打扮得很時髦，一頭捲髮披在肩上，傲慢的神情，兩片小嘴唇會說很多逗人的話。

他幾乎走遍半個地球。他說他是個海員，可是我不相信，他那麼見識廣泛、舉止大方、談吐有禮、幽默、風趣，應該是很好的一個群眾發言者，又像一名紳士。我估計最起碼，他也是船上的高級職員。

那段時間，他頻繁出入我們家。我認為他和薩拉很好，或者他確實喜歡交朋友，沒想到他卻看中了我妻子，他想把瑪麗亞搶走。

我知道風度翩翩的外表和彬彬有禮的舉止掩蓋著他險惡的用心，我又被刺痛了心，已經有個薩拉在搗蛋了，為什麼又來了一個？

我們從那以後也不再平靜了，不像以前那麼美好了。

儘管那是件小事，可是我卻徹底清醒了。

有天傍晚，我高興地來到客廳。一開門，看見妻子瑪麗亞滿臉歡喜地站起來歡迎我。當我正高興時，她的臉突然變了，那種神情不見了。她肯定把我當作了費利恩，因此才有那種表情，當看清我的臉時，失望地嘆了一口氣，轉身就走了。

我對這非常吃驚，待在那裡回憶所發生的一切。我氣死了，要是費利恩在我的客廳，我將一刀殺了他，這個混蛋！

想著想著我眼裡就有了殺意，瑪麗亞看見我這種表情，急忙拉住我的手

說：「別這樣，我親愛的吉姆！」這都是薩拉做的，是她讓瑪麗亞和費利恩在一起的。那時我真瘋了，就問她：「薩拉哪去了？」

「在廚房裡。」

我一邊叫，一邊進了廚房：「薩拉，薩拉，我和你說，不准讓費利恩再來我們家！」

「為什麼？」

「我的命令！懂嗎？」

「什麼？你不准我朋友來，我走。」

我厲聲說：「你看著辦吧！」

「假如不那樣呢？」

「假如我再見費利恩來我家，我將割下他的耳朵送你。」

她肯定是被我的臉色嚇壞了，什麼也沒說，當晚就從我家搬走了，但老天和我作對，那個可惡的女人竟然找了一間房子住下了，這間房和我們家只隔兩條街，很近。我從心裡恨她。

最討厭的是，她租下那棟房子，再出租給水手們。我不由得有些害怕。費利恩這樣就可以到她那裡，而我不在家時，瑪麗亞也能去和他幽會。

我知道瑪麗亞去那裡了，可是多長時間去一次，我不知道。記得有一次，我悄悄地跟著她，看見她進了那棟宅子。我闖了進去，費利恩急忙從後花園跳牆逃了，他簡直像老鼠見了貓。我恨極了他和薩拉。瑪麗亞看見我，嚇得渾身發抖，說不出一句話。在薩拉面前，我和她說，假如我再看見費利恩，我肯定會殺了他。瑪麗亞和我回了家，仍然很害怕，臉色蒼白，不停地哭，還不時地給我白眼。我的心涼了，她不再愛我，開始恨我了。我們之間沒感情了。我一想到這裡，就氣得喝酒，可是我一喝酒，瑪麗亞更看不起我了。薩拉後來知道事情很糟了，她到了馬丁伊登，便和她姐姐住在一起了。可是我的妻子依然幽會。我不願意這樣，這樣對誰也不好。所以就出現了上個星期的事。

事情是這樣的：我的「五朔節號」航行了七天，一個大桶鬆動了，把船殼板撞翹，所以只好進港修理，停在港口一天。

這麼長時間，我可以回家看一看。我心想著回家看一看，我妻子瑪麗亞肯定會很驚喜，她肯定特別高興。我也沒想到這麼早就可以回家，因此哼著小曲回去了。

我高興地走在我們住的那條街上，心中想著見到妻子會是多麼高興。此時，我面前走過一輛馬車，車上坐著費利恩和瑪麗亞！我一下被驚呆了，他們倆怎麼又在一起了？

我的高興一下子全消失了。他們在馬車裡說說笑笑，根本想不到我！我氣極了，自己也不能控制自己了。

現在想起那時，就像一場噩夢一樣模糊不清，不知道究竟是在哪裡。我近來這些日子，喝酒喝得更厲害，喝起酒來就會很暴躁，控制不了自己。

這兩件事使我按捺不住自己心中的怒火。我的腦袋中好像有個鐘一直在敲著，又像直升飛機起飛時的巨大聲音。當時，我就似乎覺得整個尼加拉大瀑布不住地吼叫，我不能控制自己了。我偷偷地跟著他們，手中不知什麼時候竟拿了根棍子。跟在馬車後，此時氣得我鼻子直冒火，我一路小跑地跟在後面，但仍然特別小心。

我與他們的馬車保持一段距離，使我可以看見他們，他們卻看不到我。我壓住心中的怒火，不一會兒，他們到了車站。火車站的人太多了，擠得水洩不通。這麼多人，正好給我提供了很好的掩護，因此我距離他們不遠，他們也沒有發現我。

後來，他們買了到特賴頓的車票。我也買了去那裡的票，我的車廂在他們車廂後面，就這樣，沒說一句話，到了目的地。他們手拉手向閱兵場走去，我離他們大約六七十公尺。後來，他們租了條船，想划船，由於天氣太熱，肯定是想去水中涼快一會兒。那天有霧，幾百公尺都看不見人。我心想，真是老天幫我呀！

我也趕緊租了一艘船跟在他們後面。他們的船走得很慢，我完全能追上。此時霧更濃了，我加快了速度。

我們被霧包圍著，裡面僅我們三個人，因此我趕忙向他們划去。現在，我仍記得他們當時的反應，她尖叫起來，她肯定怕我殺她。費利恩卻大聲詛

咒我並用槳戳我。

我想，我眼中那時肯定是充滿了殺機，他肯定看見了，才會反抗。我躲過他的槳，用手中的木棍回打了一下，沒想到，隨手的一打卻那麼準，把他的頭打了個粉碎，就像石頭砸雞蛋那麼俐落。

當時，我已經失去了理智，我那時心想放了她吧！她畢竟是我可愛的妻子。可是沒想到她卻撲上去抱住他的身體直喊他的名字，看也不看我一眼。這樣更觸怒了我，我舉起木棒又打了她一下，她也倒下了。

當時，我簡直變成了野獸，殺人成狂，我真希望薩拉當時也在場，我可以一起解決她。後來，我抽出刀子，那物證你們也看到了，不用我說了。我一想到薩拉看見那些物證的反應，就有一種不可名狀的快樂。

我後來將他們捆在一起，並打破了一塊船板，船沉了。我一直看著船沉下去，才划回去。我明白船老闆認為他們出去由於霧太大，可能迷失了方向，因此也不會追究。我整理了一下衣服，好像沒事一樣回了輪船。我當晚就準備好了包裹，第二天在貝法斯特的郵局給薩拉寄去了。事情就是這樣。

你們怎麼處理我都行，可是不應該用我已受的懲罰來處理我，那樣我會更難受的。現在我不能閉眼，一旦閉上眼，他們倆的臉立刻會出現在我的面前，那兩張臉啊！想起來就害怕。我只是一剎那就殺了他們，可是他們卻讓我受了這麼長時間的折磨，我受不了。假如叫我一個人在牢房裡，我會瘋的。先生們，求求你們，別折磨我了，隨便怎麼處理都行。

「這是什麼意思？他殺人達到了自己的目的，卻為這受著不能說出的折磨，這個世界上的很多事就無法解釋了。這真是太不可思議了。華生，是偶然支配了整個世界！恐怕人的智力解決不了這種問題。」

福爾摩斯說完這些話，將供詞放在了桌子上，滿臉都是沉思。

暗語揭秘

「瓦倫太太，你好，我現在時間很少，我要做完我自己的事。我真不知道究竟是什麼讓你這麼激動。實在對不起，我沒時間。」

福爾摩斯一邊說，一邊忙自己的工作，在那個厚簿子中放近來收集的資料。

可是，固執的瓦倫太太一點也不讓步。

「你去年幫過我的房客費戴爾・霍布斯先生，親愛的福爾摩斯先生。」

「對，我還記得。」

「就是因為你的幫助，他不停地在我面前感謝你。他一直在說，假如有你幫忙，什麼問題都能解決。即使事情沒有突破口，也能被你查清楚。就在我感到納悶，心神不寧時，又想起了他的話。我知道你的心地很好，你只要願意幫助我，什麼問題都能解決。」

瓦倫太太恭維了這麼一大堆話，我聽得都有點頭暈。

福爾摩斯的心也很軟，別人對他說一些好聽的話，就會有一股力量去支持他主持公道。他嘆了一口氣，將膠水刷子放下，在書檔裡放進了簿子，坐了下來。

「瓦倫太太，你和我們說說事情的經過吧！我可以抽菸嗎？謝謝，替我遞一下火柴，華生。謝謝！

「你的新房客自己待在屋裡不出來，你看不見他，你就擔心啊？上帝！如果我是你的房客，你會好幾天看不見我，或者更久，這有什麼奇怪的嗎？」

「對，先生。我對這件事不僅覺得奇怪，甚至有些害怕，我害怕得晚上都睡不著覺，我肯定我的感覺是對的。我在樓下房裡，就能聽見他來回走動的聲音。

「看不見人，只聽見聲音。我能不怕嗎？我被他弄得神經兮兮的，甚至很緊張。我丈夫每天在公司上班，也不回家。我只和那個小女孩在家，我又不能躲開他，只好在家待著。他究竟做什麼了？為什麼躺在房中不出來？是犯了罪了嗎？還是不敢見人？

「我不能再忍受了，這是在折磨我。」

福爾摩斯向前拉了一下椅子，拍了拍瓦倫太太的肩膀。她一下就安靜下來了，驚恐的臉也放鬆了。福爾摩斯有這種安慰人的魔術力量，她再也不緊張了。

她的呼吸平緩了，臉色也正常了，這就是我們想要達到的目的。福爾摩斯說：「假如你想讓我幫你，我得知道事情的經過，你仔細想一下再告訴我。要說細節，細節會對我有重要提示的。你說他是十多天前來的，一下就付了半個月的房租和飯費？」

「是的，他那天來問我房租多少錢，我對他說一個星期五十先令。問我房間在哪裡，我說在頂樓，有臥室和洗手間，一切齊全。他很滿意。」

「就這麼多？」

「他又說：『我一星期付你五英鎊，但有一個條件！』」

「先生，你明白我很窮。我丈夫賺錢不多，一直沒收過這麼多錢，因此我趕緊答應了。他拿出十英鎊給我，同時也提出一個條件，假如我答應了，那麼每半個月我就能收到相同的錢，假如我不答應，那什麼也沒有了。」

「他的條件是什麼？」

「他的條件就是要自己掌管鑰匙。這很正常，幾乎所有的房客都要自己拿鑰匙。」

「就這一點？」

「不，還有一點。他要做事，不許讓人打擾他，他要絕對的自由，我也答應了。」

「這很特別嗎？」

「我覺得不特別，因此他就住下了。住了十多天了，我們夫妻，小女兒還有別人誰都沒見過他，我們只能聽見他很急促地在房裡來回走動。從第一晚住進去，就沒有出過房門。」

「什麼？第一個晚上，他外出過？」

「對，先生。我們那一天都睡了，他很晚才回來。」

「你們都沒有見他？」

「沒，他付了錢，和我說晚上很晚才回來，別關大門。因此我給他留下了，過了大半夜他才回來，因此我們都沒見過他。」

「他沒吃飯嗎？」

「他提前和我說過，想吃飯時就按鈴。只有他按完鈴以後，我才可以將他要的飯放在外面的椅子上。吃完後，他再按鈴，讓我拿走飯碗。」

「他再沒要其他東西？」

「先生，要過。」

「他如何通知你？」

「他在紙片上寫上他要的東西，放在椅子上，我按照寫的給他送去。」

「他用什麼寫？」

「用鉛筆寫的鉛字體，從不多寫一個詞，這很奇怪。我拿來了這些紙條，你看，這張就一個詞，肥皂。另一張是火柴。他第一天早晨寫下：《每日新聞》。因此我將每天的報紙和早飯放在椅子上。」

我和福爾摩斯接過那幾張紙條，很仔細地看著，福爾摩斯說：「華生，這個房客多奇怪啊！一直不出來，這也不很奇怪，可是為什麼要用鉛筆？寫成鉛字體有好處嗎？」

「他想隱瞞字跡。」

「為了什麼呢？也就是讓房東看啊？看見了又能怎麼樣？對她不利嗎？還是怎麼了。不過也許真是想隱瞞字跡。另外，他的字條怎麼就寫那麼簡單，華生？」

「我不知道。」

「這我們就得費點腦筋。這寫字的筆和我們的不一樣，是粗筆頭紫色的，並且是寫完後撕開的。你認真看，『肥皂』這個詞中的字母S被撕了一小部分，這說明什麼呢？」

「他很小心仔細。」

「對，他特別小心，就怕被查出他的蹤跡，他很有心計。當然，還會有其他一些東西，如指紋或別的線索給我們提供依據。

「你見過他嗎，瓦倫太太？」

「對，我見過，他中等個子，長著鬍子，皮膚黝黑黝黑的。」

「多大歲數？」

「三十多歲。

「他講英語，並且說得很好。可是從他的口音聽卻像個外國人，他講得不如我們好。」

「穿得好嗎？」

「穿一身黑衣服，很講究，像一個紳士。」

「他叫什麼？」

「沒說。」

「別人找過他嗎？」

「沒有！」

「他收到過信嗎？」

「沒有！」

「你們早晨肯定幫他收拾過房間吧？」

「沒有，都是他自己收拾的。」

「噢，這麼奇怪。」

「他沒帶行李嗎？」

「哦，他只帶了一個棕色大手提包，其餘的就沒了。」

「對我們有用的東西不多，從他房中帶出來過東西嗎？」

「有過。」

房東太太拿出一個信封，從信封裡取出一個菸頭和兩根燃燒過的火柴

棍，她將它們放在了桌子上。「我今天早晨在盛早飯的盤中看到這些。因此給你帶來了，據說從小東西上你能看出大問題。」

他說：「這也看不出什麼！香菸肯定是火柴點的了。你看，火柴就剩這麼一點了。一支菸用去了大部分，但這菸頭很奇怪，怎麼會如此短？他留有鬍子吧？」

房東太太說：「有。」

「只有剃光了鬍子，才能把菸吸成這樣。不要說那麼長的鬍子，就是只有一點，華生，就像你那麼一點，也會被燒焦。」

我說：「大概用菸嘴？」

「不是，不是，你看咬破的菸頭。房裡就一個人，瓦倫太太？」

「先生，就一個人。他吃得特別少，我只怕他不夠吃。」

「我們得多找點證據了。太太，你不必埋怨了！房錢已經收了，儘管他有點異常，也不必大驚小怪。況且，他也不給你添麻煩。」

「他給了你那麼高的房租，假如他有一些隱私也和你沒關係。我們不能干涉人家的私事，除非他犯了法。

「不過，既然這件事交給我，我就會管的，你回去仔細觀察一切。假如有進展，馬上告訴我！我會盡全力來幫助你。」

「好，我先走了。」房東太太出去了。

「華生，這其中有問題。不過也可能是一個人的怪癖，可是我覺得更複雜。

「我認為，屋裡現在住的這個人和租房子的那個人不是同一個人。」

「為什麼？」

「除了菸頭做證據，還有一個疑點！」

「哪裡？」

「此人租了房間便走了，並且僅此一次，這難道不能說明點什麼嗎？他半夜才回來，並且也沒人看到。假如換了一個人，也不會有人知道，我們誰能證明？

「誰能保證回來的那個人就是原來那個人呢？」

「對，特別可疑。」

「並且，租房的人英語說得很好。可是房中的這個人卻把『matches』寫成了『match』，因此這肯定是查字典得來的。我們都知道，字典中只有單數沒有複數形式。他這麼寫，就是想掩飾他不懂英語。」

「對，就是這樣。」

「因此，現在我們有理由懷疑他。」

「他究竟想幹什麼呢？」

「這正是我們要調查他的目的。華生，我有個很簡單的方法，你等著。」

他拿過一本大書，書中貼的都是他平時保存的倫敦報紙有價值的廣告。他翻開書說：「華生，我們看一看吧，說不定能發現點什麼東西。」

「這世界太大了，真是無奇不有！有叫喊、呻吟、詛咒、怒罵，可是這裡卻能給我們提供線索。

「這個房客就他自己，假如寫信給他會被發現，對他來說不利。他是如何得到外面的消息呢？一定是由報紙。

「我們沒別的辦法，只能查報紙。不過我們能省些力，只查《每日新聞》即可。

「讓我看一看，『戴黃色羽毛圍巾的女人，在王子滑冰遊樂場』，這沒用。這個，『吉姆肯定不讓她母親不高興』，我們不管這些。

「還有這個，『假如暈倒在布萊斯頓公車上的這位夫人，』我們對這些沒興趣。還有，『我的心無時無刻不在盼望』，這都是廢話。

「哦？這個有可能。聽著：『耐心等著，我正尋找一種較安全的通信方式。現在，依然用這個廣告欄。G』讓我看一下日期，是房客住進第三天登的。這不像嗎？挺像。

「儘管房客不會寫英語，可是他肯定能讀懂英語，我再找一下，這張報紙是三天後的。

「寫著：『正謹慎地安排，再耐心等待。烏雲不久就會走。G』後來的一個星期什麼也沒有。

「這裡說得很清楚，『道路基本已清除。有機會給你發暗號，A是一，B是二，以此類推，你不久就會看到消息。G』

「這是昨晚的報紙。

「今天的報紙沒什麼。

「看來，這真是發給那個神秘房客的，我們再等等。」

因此，我們等著。

第二天早晨我的朋友靠著火爐，滿臉笑容。

「華生，我說對了，今天的報紙，你看！」

我拿報紙看——「『紅色的高房子，白色石頭門面，三樓，左邊第一個窗戶，天黑以後。G·』對，是給他的。我們一起去找瓦倫太太吧！」

我們還沒走出門口，瓦倫太太卻來了，不知道她怎麼如此激動。瓦倫太太說：「先生，我受不了，我一定要報警，太不可思議了。我本想直接和他說：『你搬走吧！』但是，還是先來聽聽你的意見，再決定吧！我的忍耐有限！」

「究竟怎麼了？」

「他們打了我丈夫！」

「啊！打了瓦倫先生？」

「對，太粗暴了！」

「誰打的？」

「我不認識！今天早晨，我丈夫要去上班，他在萊頓公司上班，在托納納姆宮廷路。七點出門，沒想到卻被打了。

「他出門還沒走幾步。便從後面跑出兩個人，用布裹住他的頭，將他塞入馬車。後來，馬車就帶著他跑了一個多小時，然後才打開車將他扔到車外，之後他們就跑了。

「他當時被嚇得什麼也不知道，什麼馬車，什麼人，究竟是怎麼回事，他一點也不知道。他爬起來看看自己所在的地方，是在漢特斯荒地，後來他就坐車回家。

「現在他還在床上躺著不能動！」

福爾摩斯說：「這麼有意思？他沒看清楚他們？」

「沒有！」

「聽到他們說話了嗎？」

「沒有。」

「他知道什麼？」

「他那時被嚇壞了，只記得將他塞上馬車，後來被扔下來，像變魔術一樣。他們最少兩個人。」

「這和房客有關嗎？」

「我覺得有。我們在這裡住了二十多年，也沒發生過這種事，我寧願他走也不要那些錢。」

「什麼？太太！」

「天黑前，他必須離開我這裡。」

「太太，不行。我認為事情比我們想得更複雜，有種力量威脅你的房客。」

「什麼？」

「他們肯定是在暗中等你的房客，但是天還沒亮看錯人了。錯以為你丈夫是他，後來才知道弄錯了，因此又放了他。」

「是嗎？」

「對，他們不是看錯人，又會是什麼呢？」

「怎麼辦？」

福爾摩斯說：「太太，我想和你一起去見見那位房客。」

「我要怎麼辦？除非破門而入。可是這也不好，因為我每次放下盤子，剛要下樓時，就聽見他開鎖的聲音。」

「他得拿進盤子吧？」

「對。」

「太太，那是不是有個地方能看到他呢？」

「我想一想！」

「噢！我想起來了，有一個地方，那房間對面有個小房間，假如用一面

鏡子，再躲在門後，也許能看到⋯⋯」

「好！他什麼時候吃午飯？」

「一點多。」

「瓦倫太太，你先回去吧！我和華生準時去。」

「好，再見！」

我們十二點多就來到了瓦倫太太家。

這座磚房很高大，在大英博物館東北方向的一條窄路上。儘管它距大街不遠，可是很整潔。

從那裡往下看，就能看見伊頓大街和那邊華麗的住宅，福爾摩斯笑著讓我看一幢房屋。他的眼光特別銳利，什麼也別想逃出他的眼睛。

「華生，你看那幢房子，『紅色的高房子，白色石頭門面』。這是信號的地點。我們知道了信號和地點，這就沒什麼難的了。」

「窗戶還掛著『出租』的牌子，這房子肯定是他們發暗號的地方。瓦倫太太準備好了嗎？」

「先生們，跟我走吧，我都準備好了。」

我們去了藏身之處，那裡很好。在黑暗中，我們能看清楚那個房客住的房門。我們拿起鏡子，從鏡子中看那裡的動靜。

此時鈴聲響了。我們相視笑了一下，不一會兒，瓦倫太太就端出了盤子，她將盤子放在房門的椅子上，後來踏著重步走了。

在黑暗的角落裡，我們拿著鏡子。房東太太的腳步聲逐漸消失了。此時，對面屋內傳出了鑰匙開鎖的聲音，門開了。

我們睜大眼一看，兩隻纖細的手立即將椅子上的盤子拿走了。

不一會兒，又將盤子放回原處。在鏡子中，我們看見了一張陰鬱、美麗、蒼白、滿是驚恐的面孔，她看著我們房間的門縫，更驚慌了。

突然，又猛地關上門，轉動一下鑰匙，恢復了原樣。

福爾摩斯碰了一下我，我們就悄悄地走了。

我朋友說：「太太，我們先回去一下，晚上再來。」

因此，我們走了。

回到家，福爾摩斯坐在椅子上說：「我想我的推測是對的，別人替代了房客。華生，可是我沒想到竟然是個女人，並且不是通常的女人。」

「她發現我們了？」

「對。也許覺得有一定的威脅，否則她沒那麼驚慌。華生，事情的經過已清楚了。」

「怎麼樣呢？」

「我猜測是一對夫婦在倫敦避難，並且特別危險、恐懼。他們防範得很嚴。可能男的要辦急事，但必須讓女的有絕對的安全。問題就是這樣，很複雜。但他用這種沒人用過的方法來保護女人，可見他很聰明又有心計。

「並且房東太太都不知道她的存在。這很保密，確保了那個女人的安全。

「我們再來看那些字條，為何用鉛筆寫呢？很顯然是不想暴露出她是個女的，避免別人猜到。並且他們倆不能靠近，稍微近一點，就會有危險。

「這一點從房東被打就可知道，這房子周圍都是暗探，或是殺手們。

「他只能透過報紙上的尋人廣告欄和她聯繫，這都知道了。」

「但，是什麼原因呢？」

「對呀！華生，他們究竟為了什麼？這個問題不能忽視。瓦倫太太肯定將此事擴大了。可是事實證明，這中間有更陰險的一面。不僅是簡單的愛情糾葛。我們都看到了那女人看見危險時一臉的驚慌，並且也聽說了瓦倫先生被打的事，這些都是針對房客的。

「小心謹慎和保守秘密就證明這件事成敗就在眼前，瓦倫先生被打就說明，敵人還不知道這裡住的是個女人，他們以為還是那個男人。此事很奇怪。」

「可是你怎麼還要查呢？想得到點什麼呢？」

「華生，我什麼也不想得到。難道你為病人診病時，是為了得到很多診費嗎？」

「不是的，我只是想累積經驗。」

「我是為了藝術而藝術。」

「藝術是無止境的。」

「是的。可以使我們受教育的案子很多，我們能從此案學到很多經驗，即使沒有鈔票與現金，我們也要查清楚。」

「華生，天黑時，我們再調查此案吧！」

天逐漸黑了，我們來到了瓦倫太太這裡。天完全黑了，什麼也看不見。四周一片沉寂，不過窗戶射出的燈光還好像有點活氣。

房東太太領著我們來到一間很黑的客廳，我們站在窗前。此時，黑暗中又有了一束黯光。福爾摩斯將瘦削的臉貼在玻璃上說：「華生，看那個房間有人在走動，我們能看見他的身影。看，他又出來了！他拿著一根蠟燭，向四周看了看，肯定是在戒備敵人。

「他開始晃蠟燭發暗號了，快看，晃一下就是A。華生，記一下，等一會兒我們核對。」

「這次是多少？」

「二十。」

「我也是二十。二十是T。」

「再看，這一次呢？」

「還是T。」

「是，還是T。然後是『TENTA』對吧，華生？」

「是。」

「『ATTENTA』這沒什麼意思啊？是三個字：ATTEN，那TA呢？這也沒什麼意義啊？快看，又是ATTEN，和前面一樣。華生，怎麼又停了？」

「我也不知道。」

「TA是分開的，這是個縮寫吧？又一次，三次都是ATTENTA！發完了！他離開窗戶了，這是什麼意思？華生。」

「密碼聯繫。」

我的同伴一下子笑了，他說：「華生，這密碼不難懂。是什麼語言！對，義大利語。A是說這信號給一個女人——『當心！當心！當心！』我解釋對了嗎？」

「我覺得對！」

「一個信號。還重複三次，當心什麼呢？他又來窗口了。」

我們能模糊地看見一個人的身影。當他又一次發信號時，我們看見了蠟燭在動。

「華生，信號比第一次更快了，注意，記好。」

快得我們幾乎都記不下了。

「帕里科洛——Pericolo——對，是這個意思，華生，義大利文是『危險』吧？」

「是。」

「又是信號，PERI……啊，幹什麼？」

我們看見那裡的蠟燭熄了，整個房間的燈都熄了。

那幢樓房的三樓一下都變黑了，而別的樓層都亮著。最後的信號一下斷了，這是怎麼回事？被人打斷了？也許是那些敵人到那裡了。想到這些，我們一同跳下窗台。他說：「華生，事情特別嚴重，危險。也許那裡出事了，不然怎麼信號會中斷呢？我們最好和警署聯繫一下，可是時間不夠，很危險，我們不能走開！」

「我可以去嗎？」

「我們一定得先搞清楚情況，這樣便於採取下一步行動，走，我們去看看那裡究竟出什麼事了。」

我們去了那條大街，我回頭看了我們剛離開的瓦倫太太的小閣樓一眼。在頂樓窗戶能看見一個模糊的女人身影，呆呆地在那裡看著星空，好像停止了呼吸，在那裡等著信號再一次晃動。

我們過了那條街，那個公寓門邊站了一個人，他圍著圍巾，戴著帽子，穿著大衣。當燈光照住我們的臉時，那個人不禁大吃一驚。

他說：「福爾摩斯！」

我的朋友一邊和這位有名的蘇格蘭場偵探握手，一邊說：「啊！葛萊森警長，你好。你怎麼在這裡呢？」

「和你一樣，在偵探此案，你是如何知道此案的？」

「有人告訴我的。先生，我們正在記錄信號。」

「什麼？信號？」

「對，就是那個窗戶，不知怎麼了，發了一半信號就停了。因此我們想來看看究竟怎麼了？沒想到竟然碰到警長你了，既然你在，那更沒問題了，我們先走了。」

葛萊森熱情地說：「福爾摩斯先生，不要這樣。我覺得無論我在哪裡辦案，有你的幫助，我都會覺得特別踏實。這房子就一個出口，他跑不了。」

「誰？」

「在這一點上，我們就領先多了，福爾摩斯先生。」他邊說邊用手杖敲了一下地面，聲音很響，有一個車夫馬上拿著鞭子走來了。

他對車夫說：「可以把你介紹給福爾摩斯先生嗎？這是萊頓先生，他是美國平克特偵探處的。」

福爾摩斯問：「是偵破長島山奇案的那位英雄吧？」

美國人聽見這些，不好意思地漲紅了臉。他的臉很長，鬍子剃得很乾淨，是位沉靜、精明的人。他說：「我為了生活必須奔波，假如能抓住喬吉阿諾⋯⋯」

「是紅圈會的吧？」

「他是歐洲的有名人物，在美國我們也聽說過他。我們清楚，他已經犯了五十件謀殺主案，他正被通緝著。可是我費好大力氣也沒抓住他。

「從紐約我就一直跟蹤他，在倫敦我跟了一個星期，就想找機會親自抓住他，我和葛萊森先生一直追到這棟大樓前。

「但是這裡只有一個門，他逃不掉了。他進去後，從這裡出來三個人，但我確定這些人中沒有他。」

「福爾摩斯先生說到了信號。我們不知道這些，他知道我們不知道的很多情況，聽他說說吧！」

因此，福爾摩斯將我們知道的簡單說了一下，美國人聽完後，一拍雙手，特別氣憤。「他是否已發現了我們？」

「你為什麼這麼想？」

「難道不是嗎？他們的同夥發暗號——他們這裡有一夥人。正像你說的，他和他們說要當心有危險後來就中斷了，是否知道我們在街上了？還是感覺到危險在逼近，想躲過險情，因此便採取了行動。除了這些，還有其他意思嗎？」

「我們必須立刻上去。」

「但我們沒逮捕證啊！」

葛萊森果斷地說：「他自己在這種可疑的情況下，這裡又無人居住，我們憑這些就能逮捕他。希望紐約方面能幫助我們。」

儘管我們倫敦的警官個人才能不足，可是沒人敢和他們比勇氣。葛萊森就是這麼堅實、能幹、精明，他果斷下令上樓抓人。也就因為這樣，使他在蘇格蘭警署身居要職，而且在官場步步高升，這就是他的作風。那個年輕人想在他之前去抓罪犯，卻被他甩了很遠。倫敦警官對這樣的險事，更有優先權。我們到了三樓。

此房門半開著，葛萊森把它推開。屋裡黑得伸手不見五指，我用火柴點亮了他手中的手提燈。燈亮了後，我們看清楚房間的一切，不由得倒吸一口氣，看見地板上有一條新血痕。從這裡一直通往內房，可是內屋卻關著門。

葛萊森撞開了門，用燈照亮了屋裡的一切，從他的肩頭我們向裡望去。屋裡地板正中央躺著個高個子黑臉龐的人，可是這張臉扭曲得特別嚇人。頭上明顯有圈血跡。

屍體躺在一個很大的橢圓形木板上。他攤開雙手，彎著身子，表情很痛苦，有把刀從他的喉嚨直刺入他的身體。從跡象上看，在被打死之前，肯定是被人打暈了，不能挪動一點地方。

他右手邊有把令人害怕的兩邊開刃的牛角狀匕首，匕首邊有個羊皮手套。

美國偵探說：「他就是黑人喬吉阿諾。這下有人搶在我們之前了。」

葛萊森說：「福爾摩斯先生，蠟燭在窗台上，你在那裡幹什麼？」

我回頭看見福爾摩斯點燃蠟燭，急切地晃了幾下，又向黑暗中看了幾眼，便吹滅了蠟燭。「我想會有人幫我們的。」他說著，走過來站在那裡沉

亞瑟・柯南・道爾

思，兩個專業人員在驗屍。

「在樓下，你們看見三個人出去了，還記得那三個人的面目嗎？」

「記得！」

「有個三十多歲，皮膚很黑，長著鬍子的中等身材的人嗎？」

「有，並且他是最後出來的。」

「好，我們就找他。我和你說說他的樣子，這裡還有一個很清晰的他的腳印，夠了吧？」

「可是全倫敦五百萬人！我怎麼找呢？」

「有這位太太的幫助，我估計能找到。」聽見這話，我們都轉過身，看見門口站著一位高個子的漂亮女人，她就是瓦倫太太的神秘房客。她臉色蒼白，慢慢走來，神情很憂鬱，瞪大兩眼看著屍體。

她看清楚以後，嘆了一口氣說：「你們殺了他！我的上帝，這太好了，他死了！」她接著就尖叫了一聲！在房間裡轉著圈跳起舞來，邊拍手邊唱歌。神情既驚訝又高興，並且唱著優美的義大利語，那是些讚美話。

這個女子見了屍體，居然放聲大唱？太奇怪了。她突然不唱了，用詢問的目光盯著我們。「你們殺了喬吉阿諾，是吧？你們是警察？」

「對，夫人，我們是警察。」

她向周圍看了一眼。她問：「那納羅呢？我的丈夫根納・納羅，我是莎米麗亞・納羅。我們夫妻倆是從紐約逃來的，納羅在哪裡？他剛才在窗口叫我過來呢？因此我才來了。」

福爾摩斯說：「是我叫你來的。」

「你？怎麼可能？」

「夫人，你們的密碼很易懂，謝謝你的到來。我明白我閃出『Vieni』信號，你就會來。」

她驚恐地看著福爾摩斯。

她說：「我仍然不清楚，你如何知道這些？喬吉阿諾，你怎麼……」她停住了，臉上突然有了喜悅的神情。「我知道了，我親愛的納羅呀！你真勇敢！真了不起！你親自殺了喬吉阿諾，對嗎？你真好，納羅！」

葛萊森拉住她的衣袖和她說：「納羅太太，你怎麼會和此事有關係呢？我們都不明白，請和我們去局裡一趟。」

「葛萊森警長，等一下。我覺得這位夫人正急忙想把事情告訴我們，就像我們正急著想知道事情真相一樣。對不對，太太？」

「對！」

「你知道，是你丈夫殺了他。可是殺了人，要被逮捕判刑的。你所說的都將成為證詞，假如你丈夫這麼做是為了自己，而不得不為之，那就另當別論。因此，你想幫他就請把事情的經過告訴我們。」

那個夫人說：「這個魔鬼喬吉阿諾既然已經死了，那就沒必要害怕了。他是個惡魔，我知道沒有一個警察會因為殺他而判我丈夫刑的。」

「既然是這樣，那還不如鎖起這房子，使一切都按原樣擺著，這麼對保護現場也有利。我們和這位夫人一起去她的住處，讓她說一說事情的經過。」

我們半小時後就坐在納羅太太那個小客廳裡了，並聽她講這奇怪的案件。事情的結局，我們都知道了。

她英語講得很流利，只是有一點不正規。

「我出生在西利坡，在那不勒斯附近。我父親是首席法官奧古斯托・巴雷里，我父親曾經在那裡當過議員，納羅是我父親的手下。因此我慢慢地和他來往，產生了感情，我愛上他了。

「儘管也有其他女人愛他，而他只有青春、活力、激情，再沒別的，因為他沒有金錢和地位，因此我父親不許我們結婚。

「因此，我們去巴里萊結了婚。我賣了我的首飾來到美國的紐約。

「我們這四五年一直在紐約住著。我們的運氣一開始還挺好，因為納羅救了義大利的卡斯洛，是在鮑厄里的一個地方從暴徒手中救出的，我們就這樣認識了一個朋友。

「這個人很有勢力，他是贊姆公司的主要經紀人。這家公司的主要業務是進口水果，贊姆先生那時有重病，把公司的所有事務都交給卡斯洛處理。

「大公司那時僱了幾百名職工，因此卡斯洛替納羅安排一個工作，讓他

主管一個門市部，不管哪一方面，對我丈夫都很好。

「卡斯洛是個單身，他肯定覺得納羅很好，就將我丈夫當成他的兒子。因此我們很尊敬他，將他作為我們的父親。

「我們在那裡買了一幢小房子，過著美滿的日子。我們安定下來，我們倆都充滿了笑容。

「沒想到，禍從天降！

「我丈夫有一天回家，喬吉阿諾也跟來了，他是我們的老鄉，也從我們家鄉來。這個你們早就看見了，他身材魁梧，不僅身體強大，聲音也很大。他一說話，就好像整個屋子在顫抖，那時我特別害怕。

「他一說話，就會手足舞蹈的，我們屋裡都快放不下他了。不僅是這些使人奇怪，還有其他的！他的思維和情感都和平常的人不同，強烈並且特別奇怪。

「他說起話很有勁頭，好像獅子在吼叫，別人只能在旁邊聽而不能多嘴，不然他就用牛一樣大的眼睛瞪你，讓你心驚膽顫。

「他是個可怕的怪人，上帝呀，幸好他死了。

「他不只一次來我們家，我們倆都不想理他，可是我們又都不能將他趕出去啊！他一來，我的納羅只是低著頭坐在一邊，無精打采地聽他說大話。他就講那些關於社會方面和政治方面的問題，簡直就是胡說八道。

「我那時看著納羅的臉，怎麼會那樣呢？我知道納羅。我認真地看他，從他臉上看見了從來沒見過的表情。我一開始以為是厭惡，我後來才知道不僅是厭惡，還有懼怕。

「那不只是懼怕，簡直是恐懼。因此我那晚抱著他求他，叫他向我說是否有事瞞著我，怎麼會如此怕這個人呢？

「他向我說了，聽完他的話，我的心涼到了極點。

「我的納羅多可憐啊，那種社會混亂成一片，好像全世界都和他作對，他快被這樣的生活逼瘋了。

「在那些日子中，他加入了紅圈會，是那不勒斯的一個團體，和老燒炭黨是同一組織。這個組織的秘密和盟約特別嚇人，只要加入進去就不能再出

來了。

「我們逃往美國紐約時，納羅認為和那個組織斷絕關係了。可是事實不是這樣，他有天晚上在大街上遇見了喬吉阿諾。

「這個人是義大利南方的，綽號叫『死亡』，他殺人不眨眼。他是為了避難來到紐約的，為了逃避警察的跟蹤。

「在紐約，他又建立那個組織的一個分支，因此就有一些恐怖份子。

「納羅全和我說了，並且給我看那一天的通知。那上面畫了個紅圓圈，叫他必須某一天到會！

「這太糟糕了，可是後面還有更糟糕的。有一陣子，我曾仔細地觀察，喬吉阿諾那時經常晚上來我們家，並且總是和我搭話。

「有時候也和我丈夫搭話，可是眼睛總盯著我，我感覺到有些不好的徵兆。

「他有一天晚上露餡了。他來時就我自己，我丈夫沒回來。一進門，他就用粗大的手抓住我，摟入他懷裡，後來還想吻我，並且想帶走我。

「這就是他所謂的野蠻『愛情』，這個混蛋！因此，我就大聲呼叫，反抗著，我丈夫此時回來了，然後衝向他。

「結果卻是納羅被打暈了，他逃走了。我們從此就結了仇，成為冤家。幾天後開完會，納羅回來了，從他的臉色，我就明白開會的內容一定特別糟。沒想到，他們籌集金錢為他們紅圈會的活動資金，主要是訛詐有錢人。假如那些有錢人當場拿不出錢，他們就殺人滅口。看來，這次肯定威脅了我們的朋友及大恩人卡斯洛，他沒有拿錢而且報了警。

「因此，紅圈會要殺他來防止別人反抗。會議決定，他的房子和人一起被炸藥炸掉，可是誰炸呢？他們抽籤決定。我丈夫伸手抽籤時，他看見喬吉阿諾一臉詭笑。很顯然，他們提前安排好了。

「誰抽到上籤，誰就去殺人。他們不僅要殺人，還要叫受害人的親戚去執行。他們威脅納羅，不殺那個人，就殺我和丈夫，由他選擇。

「一群惡魔，整個計畫都如此惡毒，叫他做這件事，他由於這件事而寢食不安。我們手拉手坐在一起過了一晚上，等著我們的共同苦難，第二天晚

上就要動手，第二天上午，我們沒有通知任何人就來這裡了。

「我們匆忙趕來，根本都沒和恩人告別。我們對他的安危真的好擔心，也未向當局報告。我知道的就這麼多，其他想必你們早已清楚了吧！

「我們對此非常明白，我們的仇人從未放棄過追蹤我們。不過喬吉阿諾的報復行動是出於個人的原因，無論怎樣，他是個自私、虛偽、狡猾的傢伙。現在，義大利與美國的人民一聽到他的名字就害怕。

「他勢力非常大，我們必須提防這個混蛋。

「我丈夫在那天給我找了一個好住處。由於他不想讓我受到任何威脅。至於他本人，他告訴我他有辦法擺脫掉，說與當地警察互相聯手殺死這個壞蛋。我自己也不知他現在住在哪裡，生活得好不好，我全靠報紙的廣告欄來尋找有關他的消息。突然有一次，我見窗外有兩個義大利人監視這棟房子，我清楚喬吉阿諾肯定找到我們的住處了。今天，納羅說要在一個房間的窗戶發射信號，只是警告沒有其他的，後來突然又中斷了。我那時心裡很著急，但是現在我明白了，納羅對喬吉阿諾早有所防備，感謝上帝。先生們，我想問你們一個問題，在法律上講，我們夫婦倆不應該害怕，沒有一個法官會因為這些事而定他罪的吧？」

「不會的，太太！」

「葛萊森警長，」那個美國偵探瞧了他一眼，「我不清楚倫敦會有怎樣的看法？不過在紐約，這種做法會受到感激。」

「你必須去一趟局裡，太太，」葛萊森警長說，「如果你說的全都為實話，我覺得沒有什麼大事的。不過，福爾摩斯先生，你怎麼也會在這裡？」

「我只是想接受些教育，先生。華生，我們走吧！」

潛艇圖的追查

1895年11月的第三個星期，倫敦濃霧迷茫。從星期一到星期四的這幾天中，我真懷疑是否能從貝克街我們的窗戶望到哪怕是對面房屋的輪廓。第一天，福爾摩斯是在為他那本厚厚的參考書編索引中度過的。第二天和第三天，他的耐心則消磨在了新近剛剛喜歡上的一個課題上——中世紀音樂。但是到了第四天，我們吃過早飯，剛把椅子推回到桌下的時候，抬頭看到一陣濕漉漉的霧氣從窗外迎面飄來，在玻璃上凝成了一片油膩膩的水珠。我的同伴似乎再也無法忍受這單調乏味的平靜生活了，他開始不停地在屋中走來走去，不時咬咬指甲，敲敲家具，顯得非常無聊，甚至還有些生氣。

「華生，報紙上有什麼有趣的新聞？」他問道。

我當然清楚，他指的是有關犯罪的那些新聞報導。報上有關於革命的新聞，有關於要打仗的新聞，有即將改組政府的新聞，不過這些對他而言都勾不起一點興趣。我看到的那些關於犯罪的報導，幾乎沒有一件不是平淡無奇的。福爾摩斯嘆了一口氣，繼續在屋子裡踱來踱去。

「倫敦的罪犯太蠢了。」他一邊走一邊發牢騷，就像一個失去對手的挑戰者。「華生，你看外面，那麼大霧，人影隱隱約約的，完全被包圍住了。倫敦的盜賊和殺人犯在這樣的天氣裡行事可真像出沒於叢林，誰都看不見它，可等看見時已經撲上你身了，也許只有受害人自己才能看清楚。」

「肯定有出現許多小偷吧！」我說。

福爾摩斯不屑地應了一聲。

「這種特殊的天氣，絕不是給那些小偷小摸的人準備的。」他說，「幸

好我不是罪犯，這可真是這個社會的萬幸。」

「這倒沒錯，幸虧你不是！」

「如果我是布魯克斯或伍德豪斯，或者是那些有很充分理由想要我命的五十個人當中的任何一個，真不知在我自己反被追蹤的情況下，我的命還能存多久？一張傳票、一次假的約會，就足可以萬事大吉了。多虧那些經常有暗殺的拉丁國家——沒有霧天。太棒了，終於來了！我們現在有事做了。」

女僕送來一封電報。我朋友看完後，仰頭哈哈大笑。

「好啊，好啊，他來幹什麼呢？我哥哥邁克羅夫特要過來！」

「他過來有什麼好意外的呢？」

「有什麼好意外的？這就如同在一條鄉村小路上，竟然迎面開來一輛電車。他有他自己的生活軌道，他只會在那些熟悉的軌道上生活。回帕摩爾街他的寓所，去第歐根尼俱樂部，白廳他的辦公室——這就是他的生活。他只到過這裡一次，唯一的一次。這回一定發生了什麼重要的大事，否則他絕不會勞動自己離開軌道的！」

「他電報裡沒說嗎？」

福爾摩斯把電報遞給我：

現為卡多甘·韋斯特之事要見你。即到。

邁克羅夫特

「我聽說過卡多甘·韋斯特這個名字。」

「我倒沒有什麼印象。不過我確實覺得有點反常，我哥哥竟然要親自來。看來星球也會脫離軌道。對了，你知道邁克羅夫特是幹什麼的嗎？」

「我只恍惚記得那麼一點，在處理『希臘語譯員』那個案子時聽說過他。他是不是在首相政府裡做事？」

福爾摩斯聽完後笑了。

「那時咱倆剛剛相識，彼此不太瞭解。關於國家大事，談起來必須得謹慎小心。你說他在政府裡工作，這個完全正確。但如果你說他在某種意義上

有時就是英國政府，這也不為過。」

「我親愛的福爾摩斯！」

「我早就料到這一點會讓你大為震驚。我哥哥邁克羅夫特年薪四百五十英鎊，只不過是個小職員，他從未貪圖名利，更沒有什麼野心，但卻是這個國家最不可缺少的人！」

「我現在越聽越不明白了。」

「現在請聽我慢慢講。他的地位很特殊，而且這種地位是他靠自身的才智取得的，能做這件事的人過去不曾有，今後也不會有，空前絕後。他頭腦敏銳，思維縝密，辦事非常有條理，記憶力驚人，幾乎無人能及。我倆有相同的天賦，只不過各自的發展不同罷了。我傾心於偵緝破案，而他則把才能用到了那些極為特殊的事務上去了。英國政府所有部門的相關結論都將匯總到他那裡，他是中心交換站，情報中心，一切由他統一權衡支配。別人也是專家，但他負責總調度。假定某位部長想要有關海軍、印度、加拿大以及金銀複本位制方面的情報資料，他就會分別從不同部門獲取各種互補交叉的資訊，但只有他一人可以把這些東西匯總起來，並及時指出各種因素間的相互影響。起初，當局把他當作快捷方便的工具使用，但現在他已經成了一位舉足輕重且不可或缺的關鍵人物了。他的大腦分門別類地儲存著各種資料，一旦需要馬上就可以拿出來。他的判斷好多次甚至影響著國家的政策。他生活在那裡，很少外出，除了我由於一些小事去麻煩他，進而令他稍稍放鬆一下外，別的事他一概不理。可是丘比特今天竟然從天而降，到底什麼意思呢？卡多甘‧韋斯特是誰？他倆又是什麼關係？」

「哎，我想起來了！」我朝沙發上的報紙撲去，「一定是這個人，卡多甘‧韋斯特。一個年輕人，星期二早上被發現死在了鐵道上，肯定是他！」

福爾摩斯立刻坐起身，全神貫注，拿著菸斗的手沒到嘴邊就停住了。

「事情一定很嚴重，華生，否則一個人的死是絕不可能使我哥哥改變了他的生活習慣的，非同一般呀！這跟他有什麼關係呢？據我所知，此事沒有太多特別的地方。那個人應該是從火車上掉下來摔死的，他並未遭到搶劫，也沒有證據證明是暴力行為，可以來推想一下他受到過怎樣的暴力。難道不

是嗎？」

「剛剛驗過屍，說發現了許多可疑之處，這案子還是有點奇特。」我說。

「從對我哥哥的影響來看，此事一定不同凡響！」他舒適地躺到了扶手椅子上說，「華生，讓我們來看看事情的經過吧！」

「此人叫亞瑟・卡多甘・韋斯特，二十七歲，未婚，烏爾威奇兵工廠的職員。」

「瞧，是政府的雇員，這就與我哥哥有關了。」

「他在出事當晚忽然離開了烏爾威奇兵工廠，最後見過他的人是他的未婚妻維奧蕾特・韋斯特伯莉小姐。他大約是晚上七點半於大霧之中突然離開的。他們倆並未有過任何爭吵，她到現在為止也不知這個事故的發生到底因為什麼。還有就是，聽說發現屍體的人是鐵路養路工，叫梅森，他在倫敦地下鐵道阿爾蓋特站發現了他的屍體。」

「什麼時候？」

「星期二早上六點鐘。在東行列車的軌道左側，離車站非常近，列車在那裡從隧道中穿出來。他傷勢非常重，頭顱破碎——可能是從急速行駛的列車上摔下來的緣故。屍體只能是這樣的原因出現在鐵路線上。如果要從別處抬過來，不管怎樣都必須經過月台，一定會有人看見，月台那裡總有工作人員。這一點可以完全肯定。」

「很好，情況很清楚了。無論他是被人推下去的，還是自己跳下去的，或是死後被扔下車的，這下我全清楚了，華生，再往下講。」

「發現他屍體的那個地方，列車是從西向東行駛的。不過，這些車有的只是市區火車，有的來自威爾斯登和附近的小車站。可以完全肯定的是，死者一定是乘坐當晚這個方向的火車出行的，但不知具體在哪站上車的。」

「車票！看看就知道了嘛！」

「他口袋裡沒有車票！」

「什麼？怎麼會沒有！華生，這就奇怪了。據我所知，沒有車票根本無法進到鐵路月台，假設他有車票，可是什麼原因不翼而飛了呢？是為了掩藏

他上車的地點嗎？這有一定的可能性。也許把它丟在車廂的什麼地方了，這也有可能。很奇怪。我想沒有搶劫的跡象吧？」

「沒有，這裡有一張他的物品清單。錢包裡有兩英鎊十五先令，還有一本首都一州郡銀行烏爾威奇分行的支票，兩張烏爾威奇戲院的門票，是當天的，還有一捆技術文件。」

福爾摩斯聽到這裡，大叫起來：「華生，我找到他們之間的關係了！英國政府——烏爾威奇兵工廠——技術文件——我哥哥邁克羅夫特，這就是案子的全部環節。如果我沒有聽錯，他來了，他自己來說明情況了。」

果真沒過多久，邁克羅夫特・福爾摩斯進了屋。他身材魁梧，高大健壯，顯得並不很靈活，可就是在這副笨重的身軀上竟然長著一顆無比聰明的腦袋。他眉宇之中流露出一種難以言表的威嚴，銀灰色的深沉的雙眼大而機警，嘴唇的線條更是顯得果敢堅定，眼神敏銳之極，相信不論誰第一眼見到他，都會很容易忽略他那高大的身軀，永遠不會忘記他那超凡的智慧的魅力。

與他一起進來的是我們的老朋友，蘇格蘭場的雷斯瑞德警長——精瘦、嚴肅。兩人陰沉的表情讓人感到問題的嚴重性。我的朋友和他們握手時，一言不發。邁克羅夫特使勁脫掉外衣，一下就坐在了一把椅子上。

「這件事真是傷腦筋，夏洛克，」他說，「你知道，我最不喜歡改變自己的生活習慣，不過這回當局說不行。現在，我離開了辦公室，人變得更加糟糕。但是，這回的確是個危機，連首相都坐臥難安了。再看整個海軍作戰部，更是亂得不成樣子了，像是搞翻了蜂窩。你從報上看到這個案子了嗎？」

「剛剛看過一點，技術文件指什麼？」

「啊！問題就出在這裡！幸好還沒有公開，否則更會鬧翻天的。遇害者口袋裡裝了一份文件，是布魯斯一帕廷頓潛水艇計畫。」

邁克羅夫特講這話時嚴肅的神情足以說明問題的嚴重性。我們靜坐在那裡等著他講下去。

「你們一定聽說過吧？」

「只聽過名稱罷了。」

「它的重要性無可比擬，是英國政府最高機密。我可以告訴你們，在這項計畫的效力範圍內，將根本不會再有海戰。兩年前，政府開始從財政開支中暗地撥出一項專款，用於實施這項發明專利，並採取了嚴格的保密措施。這個複雜無比的計畫包括三十多個單項專利，每個單項專利都是構成整體的重要組成部分。我們把這項計畫存放在與那兵工廠相鄰的一間機密辦公室內的一個精工製作的保險箱裡，辦公室門窗都有防盜系統。因此，照理說無論在什麼情況下，文件都不可能被輕易拿走。就是海軍的總技師想查閱計畫，也必須去烏爾威奇的那間機密辦公室，否則絕對看不到。然而如今我們竟在倫敦市區，在一個年輕小職員的衣袋發現了這些機密。官方認為，這太恐怖了！」

「不過你們不是已經找回來了嗎？」

「沒有，夏洛克，根本沒找回來！危險就在這裡！我們還沒有找回來。從烏爾威奇被取走了十份計畫，而卡多甘‧韋斯特身上只有七份。最重要的三份不見了——被盜失蹤了。我親愛的弟弟，請你現在把手中其他事完全放下來，別再為那些警廳的小事傷腦筋了。這是個重大的國際問題，你必須解決它。卡多甘‧韋斯特為何要偷走文件呢？丟失的那三份現在在哪裡？他又是怎樣死的？屍體為什麼會在那種地方？我們如何做才能挽回這場災難？如果你能把這些解決的話，那麼你就是為國家做了件盡責任的大好事。」

「可是你為何不自己來辦這案子呢？邁克羅夫特，我能做的，你都能做。」

「夏洛克，要解決這個案子必須查清每個細節。我需要你把細節搞清楚後告訴我，而我能做的是，坐在靠椅裡向你提供專家的真知灼見。然而，四處跑跑，收集細節，拿著放大鏡去察看——這就不是我所擅長的了。你一定可以查明真相，我希望下一回的光榮冊上有你的名字。」

我的朋友笑著搖了搖頭。

「我絕非為了名聲去做事。」他說，「可是我對這個案子相當感興趣，我很樂意去研究一下，請你再提供一些事實吧！」

「這張紙上記錄一些關鍵問題，還有幾個地址，也許會對你有幫助。負責保管文件的官員是詹姆斯爵士，他的榮譽和頭銜在名人錄裡佔了將近兩行的位置。他非常恪盡職守，是一位經常出入上流社會且很受歡迎的人。關鍵一點是，他的愛國情懷不容置疑。保險櫃總共有兩把鑰匙，其中一把由他看管。星期一的工作時間裡，文件還在保險櫃裡。詹姆斯爵士大約三點鐘出發回了倫敦，有人證明他離開那裡時也把鑰匙帶走了。出事的那天晚上，他一直在巴克萊廣場的辛克萊海軍上將家裡。」

「這一點得到證實了嗎？」

「證實了，他的兄弟瓦倫丁‧瓦爾特上校證實他離開了烏爾威奇；辛克萊海軍上將證實他在倫敦。所以詹姆斯爵士已不再跟這個問題有直接關係了。」

「另外的那把鑰匙呢？」

「西德尼‧詹森先生保管它。他是一位正科員兼繪圖員，四十歲，已婚，有五個孩子。他平日沉默寡言，略有脾氣，但整體來說做得相當出色。不過他和同僚關係一般，儘管工作極其認真負責。據他自己說，星期一下班以後，他整個晚上都在家裡，鑰匙一直掛在他的錶鏈上，不過這一點僅僅是從他妻子那裡得到過證實。」

「跟我們講講死者的情況吧！」

「他忠厚老實，已經工作了十年，表現很好。不過也許因為是年輕人，所以脾氣有些暴躁，容易衝動，但一向忠厚直率，這是有目共睹的。在同僚中，他的地位僅次於詹森。由於工作原因，他得以每天都可以單獨接觸到這些計畫。」

「那天晚上是誰鎖存的計畫呢？」

「詹森先生。」

「哦，是誰拿走了計畫不就很明瞭了嗎？是副科員韋斯特把計畫拿走了，而且也確實在他身上發現了這些東西。」

「如果是這樣，夏洛克，還是有很多疑問無法解答。首先，他為什麼要拿這些計畫呢？」

「我想，是因為那些計畫書很值錢吧！」

「他很容易就可以得到好幾千鎊了。」

「除了拿文件去倫敦賣，還能想到其他動機嗎？」

「沒有了，我看沒有了。」

「那麼，我們就在此基礎上做假設，若他要拿走這些文件，必須要有私自配好的鑰匙才辦得到……」

「同時還要另外再配幾把鑰匙，因為還要打開大樓和辦公室的門。」

「那就是需要私配好幾把鑰匙，而後他拿到了計畫並準備到倫敦去賣，並打算在人們發現計畫丟失之前，也就是第二天早上再偷偷放回保險櫃。不料，就在他到倫敦實施這個叛國行為時卻丟了命。」

「怎麼丟的命呢？」

「我們假設，他是在趕回烏爾威奇的途中被殺，並且被從車廂裡拋出去的。」

「屍體是在阿爾蓋特發現的，此地距離倫敦橋車站已經很遠了，他很可能是從這條路回烏爾威奇的。」

「我們再來設想，他通過倫敦橋時的情況也有很多種。比如，他可能在車廂裡跟什麼人接了頭，也許話不投機當場動武以致喪了命。還有可能，就是他試圖離開車廂，結果向外翻的時候不慎跌下去摔死了。而其他什麼人卻關上了車門，霧很大，沒人看得清。」

「以我們目前瞭解的情況來看，很難有更好的解釋了。但是，夏洛克，你要考慮一點，就是還有很多事實是你所未涉及的。比如我們也不妨這樣假設，這個年輕人卡多甘·韋斯特早已蓄謀要把文件竊往倫敦，那麼他必然已經與國外特務約好，而且還要把當晚安排得不被人懷疑。可是事實卻不是這樣，他帶著兩張劇院的戲票，在陪同未婚妻走到半途卻突然溜掉不見了。」

「我不這樣認為。」雷斯瑞德講話了。他一直坐在旁邊聽著大家談論，現在已經有些不耐煩了

「這未免有些太離奇了，這是說不通的第一點。還有說不通的第二點，我們假設他到了倫敦，並且見到了那個外國特務，就一定會在早晨之前趕回

來，否則就會露出馬腳。他原本偷走了十份，可是口袋裡卻只有七份，另外三份呢？他丟下那三份肯定不會是出於心甘情願。而且，他叛國所得的賞錢又在哪裡？照理說，應該在他口袋裡發現一大筆錢才對呀！」

「我看事情非常清楚了，」雷斯瑞德說，「我相信就是這麼回事：他把文件偷去賣，與特務見面以後因為價格談不攏，所以掉頭回家，結果特務跟蹤他，並且在火車上將他幹掉後取走那些重要文件，還把屍體拋下了火車。這不就說明了一切了嗎？」

「可是他身上為何沒有車票呢？」

「車票上的站名很可能暴露特務的住地方位，所以被特務拿走了。」

「好，雷斯瑞德，很好，」福爾摩斯說，「你的推理很嚴密。不過，如果真是這樣的話，案子就該結了。一方面，賣國賊已死；另一方面，布魯斯—帕廷頓潛水艇計畫想必也已經到了歐洲大陸。我們還有什麼事可做呢？」

「絕非無事可做，夏洛克，一定要採取行動！」邁克羅夫特喊道，人也隨之站了起來，「我的直覺使我不能贊同這個解釋，事情沒那麼簡單。拿出你的本事來吧，到現場去勘察勘察！拜訪一些知情人！想盡一切辦法挖掘出細節！你做這一行至今，還從未有過這樣的大好時機來為國效力。」

「好的，好！」福爾摩斯聳聳肩回應道，「來吧，華生！還有你，雷斯瑞德，勞駕你，能否陪我們跑上一兩個鐘頭？我們就從調查阿爾蓋特車站開始。再見，邁克羅夫特。天黑以前我向你報告。不過有言在先，你可別抱太大希望。」

一小時後，我們三人已經站到了案發地點，此處出了隧道馬上就到阿爾蓋特車站。一位面色紅潤、態度謙恭的老先生代表鐵路公司接待了我們。

「年輕人的屍體就躺在這裡，」老先生指著一個離鐵軌三英尺的地方說，「不可能是從上面摔下來的，這裡，你們看見了，全部是沒有窗戶的光牆，所以只能是從火車上摔下來的。而據我們所知，這輛列車是在星期一午夜前後通過的。」

「車廂裡發現暴力痕跡了嗎？」

「沒有暴力痕跡，也沒有發現車票。」

「發現有開著的車門嗎？」

「沒有。」

「今天早上我們獲得了些新證據，」雷斯瑞德說，「有一位旅客搭乘星期一晚上十一點四十分的車經過阿爾蓋特車站時，就在到站前不久，聽到了『咚』的一聲，好像是有人摔向鐵路的聲音。但因為霧太大，什麼也沒看見，他當時就沒報告。呀，福爾摩斯，你怎麼啦？」

只見我的朋友臉上一副緊張的表情，正盯著路軌呈弧度彎曲的隧道認真地看著。阿爾蓋特是樞紐站，有個路閘網。此時他正很懷疑地注視著那路閘，眼光急切、專注。那種警惕的神情，以及雙唇緊閉，濃眉緊鎖，鼻翼翕動的樣子是我再熟悉不過的了。

「路閘，」他嘀咕了一聲，「是路閘。」

「路閘怎麼啦？什麼意思？」

「我想別的鐵路線上不會有這麼多路閘吧？」

「是的，的確很少。」

「還有彎道，路閘、彎道……哦，原來如此。」

「怎麼了？福爾摩斯，你找到線索了？」

「猜想——只是猜想而已。不過，案情可能更加複雜了。不尋常呀，很不尋常。這真是奇怪，沿路上看不出任何血跡。」

「是沒什麼血跡。」

「照理說，他傷勢很重的。」

「只是頭骨摔碎了，但外傷並不重。」

「應當會有血跡殘留的。我可否查看一下當時聽到異響的旅客乘坐過的列車？」

「沒辦法，福爾摩斯先生。因為列車已經拆散了，而車廂則又被重新掛到了其他列車上。」

「我可以確認，福爾摩斯先生，」雷斯瑞德說道，「每節車廂都仔細檢查過了，是我親自檢查的。」

然而，看來我的朋友對那些智力程度和敏銳程度都不及他的人來說似乎總是缺乏信心，這也是他很大的一個缺點。

「也許你說得沒錯，」他說著便轉身走開了，「從出事的情形來說，也許車廂也不一定調查。華生，我看只能這樣了。雷斯瑞德先生，那就不再麻煩你了。我們現在必須要到烏爾威奇走一趟了。」

回到倫敦，福爾摩斯給他哥哥寫了封電報，發出之前遞給我看看。上面寫道：

黑暗中隱約看到了些光明，但可能隨時失去。請即派通訊人員將掌握的所有在英國活動的外國間諜及特務的姓名、詳細住址送至貝克街。

夏洛克

「這是必要的，華生，」他說，此時我們已經坐到了去烏爾威奇的列車的座位上了，「邁克羅夫特把這件奇特的案子交給我們，真是應當感激他。」

他神態急切的臉上依然掛著堅毅而精力充沛的表情。我意識到，此時某種有啟發性的新狀況已經為他打開了令人驚喜的思路。就像一隻獵犬，當牠懶洋洋地躺在窩裡時，總是尾巴下垂，耳朵垂著，但是一旦有情況時，牠卻會立刻渾身肌肉緊繃，目光如電，循著氣味強烈的獵物徹底追下去。這就是福爾摩斯今早以來的一系列變化。幾小時前他還是有氣無力地穿著灰色睡衣在霧氣籠罩的房間裡來回踱步，無聊至極。

「這裡原本有些資料可以作證的，我真笨，竟然沒看出端倪來。」

「可是到現在我也沒看出什麼來。」

「雖然我也不確定什麼，不過我有個猜想，這個猜想也許能使我們再前進一步。說不定那個年輕人是在別的什麼地方遇害的，而屍體被放在了某節車廂的頂上。」

「車頂上？」

「很奇怪吧？你想一想，發現屍體的地方正好是列車開過路閘的時候發生劇烈顛簸搖晃的地方，難道是巧合？車頂上的東西難道不可以從此地掉落嗎？車廂裡的東西其實很難受到路閘的影響。我想屍體要麼是從車頂上掉下

來的，要麼就是非常驚人的巧合。此外，再說說血跡。如果身體裡的血早已在其他什麼地方流掉了，那路軌上自然就不會再有了。任何細節都有啟發性呀！把每個小的啟發加在一起，那能量也是驚人的。」

「車票也是個問題。」我說道。

「是呀，我們找不到沒有車票的理由，而這樣一來就可以解釋了。每件事情之間其實都是有內在聯繫的。」

「但是，這仍然解不開他的死因。事情不僅沒有明朗，反倒更加複雜了。」

「還可能是這樣，」福爾摩斯若有所思地說，「或許真是這樣。」他再次陷入沉思，直到列車抵達烏爾威奇車站。下車後，他叫了一輛馬車，並掏出一張邁克羅夫特給的字條。

「今天下午我們得拜訪好幾個地方，」他說，「我想，首先應該見的就是詹姆斯·瓦爾特爵士。」

這位高官的官邸是一棟精緻的別墅，綠色的草坪一直延伸到泰晤士河邊。我們到的時候霧氣正在消散，濕霧中透過來微弱的陽光，門房應我們按鈴來開門。

「找詹姆斯爵士？啊！」門僕沉著臉說，「他死了，今天早晨。」

「哦，天吶！」福爾摩斯驚呼道，「怎麼死了？」

「要不您先進來，先生，見見他的兄弟瓦倫丁上校？」

「好，那樣最好。」

我們被領進一間光線暗淡的客廳。很快，一位高個子、蓄淺鬚、儀表堂堂的男子接待了我們，是死者的兄弟瓦倫丁上校，年齡約五十歲。他眼神惶惑，頭髮蓬亂，似乎連臉都未洗，顯然是接受不了家中突遭不幸的打擊。他談起此事時，難過得口齒都有些含混不清。

「真是駭人聽聞的醜事，」他說，「我哥哥，詹姆斯爵士，一個自尊心很強的人，他不能忍受這樣的事，傷心透了。他一向為自己部門的高效而自豪，這真是個致命的打擊。」

「我們原希望能得到些他的指點，以便幫我們早日破案。」

「我可以確切地告訴你們，這對他完全是件謎案，對我們大家也一樣，徹底是個謎。他已經把一切所知情況告知了警方。他認為卡多甘・韋斯特就是罪犯。但是其他情況實在不可思議。」

「您還有新的情況可以提供嗎？」

「我也只是從報上看到或聽別人說起過一些，幾乎什麼都不知道。我無意失禮，但是你可以理解，福爾摩斯先生，眼下我們一切都亂了套，不得不請求您盡早結束訪問。」

「想不到事情橫生枝節，」我的朋友一邊說著一邊回到馬車，「我懷疑是非自然死亡，或者可憐的老頭是自殺！若是後者，那是否是因失職而自我譴責？這個問題留待以後再說，現在我們去卡多甘・韋斯特家。」

城郊一棟小而精巧的住宅裡，痛失兒子的母親正在家裡。老太太因悲傷過度而神智不清，幾乎什麼忙都幫不上。旁邊一位面色蒼白的少婦則自稱是死者的未婚妻，維奧蕾特・韋斯特伯莉小姐，也是當天案發晚上與死者最後見面的人。

「我不知該說些什麼，福爾摩斯先生，」她說，「出事以來我都沒合過眼。腦子白天想，夜裡想，想不清為什麼。他絕對是世上最單純、最俠義、最懂愛國的人。他絕不會出賣讓他保管的國家機密，剁掉自己的右手他也絕不會出賣。知道他的人都相信，那簡直是荒唐，不可能，不正常。」

「但事實是怎樣呢，韋斯特伯莉小姐？」

「這，這，我也承認，我無法解釋。」

「他缺錢用嗎？」

「不，他的生活要求很簡單，薪水又高，有幾百英鎊積蓄，我們已準備新年結婚。」

「沒有精神不正常的跡象嗎？我說韋斯特伯莉小姐，請你絕對講實話。」

我的同伴犀利的眼神注意到了她神態的變化。她臉紅了，在猶豫不決。

「是的，」她最後說道，「我有感覺，他有些心事。」

「多長時間了？」

「也就是上個星期吧！他老沉思默想，心情急躁。有一回我追問他，他承認可能有些事會影響到他的前程。『太嚴重，不能講，對你也不能講。』他說。我就再也問不出什麼了。」

福爾摩斯臉色沉重了。

「請說下去，韋斯特伯莉小姐。即使有對他不利的事也要講，不要顧忌結果。」

「真的，我沒有什麼可講的了。有一兩次，他吞吞吐吐好像是要講什麼。一天晚上，我記得他說，外國間諜肯定會出鉅款去偷取機密。」

我朋友的臉色更沉重起來。

「還說什麼？」

「他說我們對這種事很馬虎——叛國賊要把計畫書拿到手是很容易的。」

「這個話是最近說的？」

「是的，最近說的。」

「把那天晚上的經過跟我們講講。」

「我們一起去劇院，霧很大，馬車都無法趕。走著走著，來到了他的辦公大樓，他就突然鑽進濃霧不見了。」

「沒有說話？」

「他嘴裡驚叫了一聲。僅此而已。我等他，可是他再也沒有回來，我只好走回家。第二天早晨，上班時間剛到大家就都來問我。大約十二點鐘，我們聽到了可怕的消息。哦，福爾摩斯先生，只有你能還他清白！不能叫他蒙不白之冤呀！他的情況就這些。」

「好啦，華生，」他說，「我們還要去別處。下一站，勘察一下辦公室，文件是在辦公室裡丟的。」

「情況本來就對這個年輕人不利，現在就更不利了，」馬車隆隆行進時，他說道，「他要籌備婚事，也許是犯罪的原因。婚禮要用錢嘛。既然談起過計畫書這個事，那就有這個心了。幾乎要向女孩談出動手計畫，但那樣會把女孩牽連進去做叛國同謀，那可就糟了。」

「但是還好，福爾摩斯，人的性格可以產生作用，是嗎？再有，他為什麼扔下女孩在街上自己一走了之，繼而去犯了一椿重罪呢？」

「說得好！這肯定是不符合邏輯的，有矛盾。他們遇到的一定是一個棘手的情況。」

高級辦事員悉得尼・詹森先生在辦公室會見了我們。他接待的態度十分恭敬，這通常是我同伴的名片產生的作用。他很瘦，相貌粗魯，戴眼鏡，是個中年人，面容憔悴，兩隻手在不自覺地扭動，也許是遇上意外精神緊張之故。

「真糟糕，福爾摩斯先生，太糟糕！主管死了，你聽說了嗎？」

「我們剛從他家過來。」

「這地方一團糟了。主管死了，卡多甘・韋斯特也死了，我們的文件被盜。星期一晚上關門時，我們這間辦公室還和政府其他部門一樣高效嚴謹，萬無一失。哦，上帝，想想就怕人！這個韋斯特，那麼些人，偏偏他出問題，做出這種事來！」

「你認定他有罪嗎？」

「不是他還有誰？我一向對他信任，就像信任自己一樣。」

「星期一辦公室是幾點關的門？」

「五點。」

「是你鎖的門？」

「一直是我最後一個走。」

「計畫書放在哪裡？」

「就那個保險櫃，我親自放好的。」

「大樓無人看守？」

「有的，可是他還要看守其他部門。他是個老兵，絕對忠實可靠。那天晚上他沒見什麼情況。當然霧大也有關係。」

「如果卡多甘・韋斯特下班以後進入辦公樓，他需要三把鑰匙才能拿到文件，是不是？」

「是的，要有三把鑰匙：大門鑰匙、辦公室鑰匙、保險櫃鑰匙。」

「只有詹姆斯‧瓦爾特爵士和你鑰匙齊備？」

「大門和辦公室鑰匙我都沒有——只有保險櫃鑰匙。」

「詹姆斯爵士平日工作一向有條理嗎？」

「那是，我想應當是的。我知道，三把鑰匙他是拴在同一個環上的。我常常看見。」

「鑰匙隨身帶去倫敦？」

「他說過是這樣。」

「你的鑰匙也從來不離身？」

「當然。」

「如果韋斯特是嫌疑犯，他一定有私配的鑰匙，可是在他身上沒發現。還有另外一點：如果這間辦公室的辦事人員有意出賣計畫書，可以進行複製，這比把原件拿走不是簡單得多嗎？何必要拿走原件呢？」

「複製要有相當高的技術才行。」

「可是我認為詹姆斯、你還有韋斯特，你們都具備這樣的技術呀！」

「的確。可是請你別把我往這件事上扯，福爾摩斯先生。計畫書原件已經在韋斯特身上發現，我們這樣東猜西猜又有什麼意思呢？」

「嗯，如果他複製文件也可以達到目的，卻偏偏要冒著巨大危險竊取原件，也真是簡單事情複雜做。」

「怪確實是怪——可是他這樣做了。」

「本案調查步步深入，問題也越來越多。現在三份文件仍舊失落未能找回。據悉，是極端關鍵的三份。」

「是的，是這樣。」

「你的意思是不是說，有了這三份，不要那七份，也能製造布魯斯─帕廷頓潛水艇？」

「這一點我已經向海軍部做了報告。但是我今天又翻閱了一下圖紙，覺得恐怕未必可以。雙閥門自動調節孔的那張圖紙拿回來了，那就除非外國人自己發明了這項技術。當然他們或許也能很快克服這個困難。」

「可是，遺失的三張圖紙畢竟是很重要的！」

「是的。」

「我想，如蒙允許，我要看看這間屋子。還有些問題，原來想問，但一時想不起了。」

福爾摩斯檢查了保險櫃的鎖，辦公室的門，最後是鐵板百葉窗。只是當我們走到外面草地上時，他才發生了強烈的興趣。窗外有一叢月桂樹，有些樹枝像是被拗折過的樣子，他用放大鏡仔細檢查，又檢查到樹底下的地面有模糊的印跡。最後他要那位高級辦事員關上鐵百葉窗，然後指給我看，窗的中間關不攏，留有一道縫，在外面可以透過縫看到辦公室裡面。

「耽誤三天，那個印跡被破壞了。印跡可能有用，也可能無用。好了，華生，我不認為烏爾威奇對我們還有多少幫助，有一點小收穫而已。我們得看看倫敦是不是可以更好一些。」

然而，我們要離開烏爾威奇車站的時候，又得到了一點情況。車站售票員很有把握地說他看見卡多甘・韋斯特——他很熟悉他的模樣——星期一晚上，韋斯特乘八點十五分開往倫敦橋的車去了倫敦。只有韋斯特一個人，買了一張單程三等車票。售票員看他那緊張激動的樣子，很是吃驚。他顫抖得連零錢都拿不起來，還是售票員幫他撿的。查一查時刻表，八點十五分，是他七點半左右離開女孩以後能搭上的最早一班車。

「讓我們重新分析一下，華生，」福爾摩斯沉默了半個小時後說道，「我不記得在你我合力偵查的案子中，有過哪一件案子比這更難對付，真是一波三折。不過，我們還是有了一點可喜的進展。

「烏爾威奇的調查，整體上對年輕人卡多甘・韋斯特不利。但是透過窗子的種種跡象，可以給我們一個比較有利的假設。比如，不妨假定，他被某個外國特務盯上，有過接觸。不過也許有約在先，這使他沒有外洩。這件事情對他影響很大，因此難免在未婚妻面前有過表露，他講過的話就說明了這一點。好了，我們就假定，當他和年輕女士一起去劇院，在大霧之中卻忽然瞥見這個特務走向辦公大樓，他是個急性人，決斷迅速，認為什麼事情都沒有職責重大，因此便跟蹤此人到了窗戶，看見他取走文件後，便去追賊。這樣，為什麼不複製文件，而要竊走原件，就說得過去了。是外賊，所以才會

偷原件。到此，都還說得通。」

「接下來呢？」

「接下去又有困難了。可以想像，在這樣的情況下，年輕人卡多甘‧
韋斯特採取的第一個行動應當是抓賊，叫喊捉賊。他為什麼沒有這樣做呢？
會不會是一個上司在拿文件呢？這就能解釋韋斯特的行為。是否就是這個上
司，趁大霧把韋斯特甩掉，但韋斯特還是立刻追隨到了倫敦，到他住處去攔
截呢？假定他知道他住在什麼地方，要趕快追上去，十分緊急，所以才扔下
女孩站在霧中，而且來不及跟她交代。線索至此又斷掉了。因為這樣的假
設，和韋斯特的屍體被擱到地鐵車頂上，身上帶有七份文件的事實之間還存
在著巨大鴻溝。我有直覺，現在要從另外一頭著手。如果邁克羅夫特給我們
名單，也許能夠找出我們追蹤的人，從兩條線上齊頭並進，不能單線作業
了。」

果然，一封信已經在貝克街等著我們了。政府信使的特件急送，福爾摩
斯掃了一眼，扔過來給我。

無名小卒甚多，如此重任均不是這等人所能擔當。值得重視的人有：阿
道夫‧梅耶，住威斯敏斯特喬治大街13號；路易士‧拉羅塞，住諾丁希爾，
坎普頓大廈；雨果‧奧伯斯坦，住肯辛頓，考菲爾德花園13號。後一人據悉
星期一在城裡，現接報告已離去。欣聞你已獲頭緒。內閣憂心如焚，亟盼聽
到你的最後捷報。最高當局的查處急件業已下達。全國警力動員做你的後
盾，隨時待命。

「恐怕，」福爾摩斯笑笑，說道，「女王的全部人馬開到，也無濟於
事。」他推開倫敦市區全圖，俯身急急地查閱。「好啦，好啦，」一會兒他
滿意地喊道，「事情有點轉機。噢，華生，我確信無疑，我們要順藤摸瓜把
它全牽出來了。」他忽然興奮起來，手舞足蹈地拍拍我的肩膀：「我現在就
出去，先做一次偵察。沒有你這位夥伴和紀實作家在身邊，我不會去做極冒
險的事。你留家裡，一兩個小時我就能回來。如覺得時間難以打發，你就取
出筆和紙來，開始起個頭寫寫我們如何拯救國家吧！」

我受到他的影響，心中也興奮不已。我很清楚，他不會輕易擺脫慣常嚴

肅的態度，一定是特別的喜事，才會令他如此亢奮。這個長長的十一月的夜晚，我一直在等待，焦急地盼他回來。最後，九點剛過，專郵送來一封信：

我正在肯辛頓格勞塞斯特路哥爾多尼飯店進餐。請立即來此會我，隨帶撬棒、遮光提燈、鑿子、手槍等物。

對於一個體面的公民而言，帶著這些東西穿行於大霧籠罩的昏暗街道，真是怪異且奇妙。我把東西小心地藏在大衣內，驅車直奔指定地點。那是一家豪華的義大利飯店，我的朋友正坐在靠近門口的一張圓桌旁。

「吃過沒有？和我一起喝點咖啡和柑橘酒吧！試試飯店老闆的雪茄。這種雪茄不像人說的那樣有毒。東西都帶來了？」

「都帶著，在大衣裡。」

「很好，我做了些什麼，大致給你講講，再說說我們要怎麼做。現在你必須明白，華生，年輕人的屍體是被放到車頂上的。當時，我就斷定這個事實，他肯定是從車頂上掉下來，而不是從車廂裡摔出去的，這已經很清楚了。」

「該不是從哪個橋上掉下去的吧？」

「我看不可能。你去看看車頂，頂上略顯拱形，周邊沒有圍欄。所以我們說可以確定青年卡多甘・韋斯特是有人放上去的。」

「怎麼會放在那裡呢？」

「這就是我們要回答的問題。只有一種可能。你知道地鐵在西區某幾處是沒有隧道的。我好像記得，有一次我坐地鐵，碰巧看見外面的窗戶就在我頭頂上。假定有一列火車停在這樣的窗戶下面，把一個人放到列車頂上會有困難嗎？」

「似乎不太可能吧！」

「我們只好相信那句古老的格言了：當別的一切可能性都已告吹，剩下的一定就是真的，不管它是多麼不可能。這裡，其他一切可能性已經告吹。那個剛剛離開倫敦的首要國際特務就住在緊靠地鐵的一個房子裡，當我發現這一點的時候，真是太高興了。連你也對我這突如其來的輕浮舉動感到驚訝嗎？」

「啊，是這樣嗎？」

「對，就是這樣。住在考菲爾德花園13號的雨果·奧伯斯坦先生已經成為我的目標。我在格勞塞斯特路車站開始進行調查，站上有一位公務員幫了我不少忙。他陪我沿著鐵軌走了很遠，並且使我搞清楚了考菲爾德花園的後樓窗戶正是向著鐵路開的，而且更重要的是，由於那裡是骨幹之一的交叉點，地鐵列車經常要在那個地點停站幾分鐘。」

「了不起，福爾摩斯！真棒！」

「只能說到目前為止——到此為止了，華生。已經有眉目了，但是離目的地還很遠。查看了考菲爾德花園的後面，我又看了前面，查明那個傢伙已經溜掉了。這是一座相當大的住宅，裡面沒有陳設，據我判斷，他是住在上面一層的房間裡。只有一個隨從和奧伯斯坦住在一起，此人可能是他的心腹同夥。我們必須記住，奧伯斯坦是到歐洲大陸上交贓物去了，沒有想逃走，因為他沒有理由害怕逮捕，根本不會想到有人以業餘工作者的身分去搜查他的住宅。可是，這正好是我們要做的事。」

「難道我們不能要一張傳票，照手續來辦嗎？」

「根據現有證據，還不行。」

「那該怎麼辦？」

「不知他有沒有什麼東西可以作為證據，要去他屋裡查查。」

「這行嗎，福爾摩斯。」

「老兄，你在街上把風。這件犯法的事由我來幹，現在不是考慮小節的時候。想一想邁克羅夫特，想一想海軍部，想一想內閣，再想一想那些在等待消息的尊貴人士吧！我們不能不去。」

「作為回答，福爾摩斯，我們是得去。」

他跳起來握住我的手。

「我早知道你是不會退縮的，」他說。在這個瞬間，我看見他眼裡閃耀著近乎溫柔的目光。過了一會兒，他又恢復了常態，又變得老練且嚴肅。

「將近半英里路，但是不用著急。讓我們走著去，」他說，「可別讓工具掉出來。萬一把你當作嫌疑犯抓起來，那就麻煩了。」

考菲爾德花園這排房子都有扁平的柱子和門廊，坐落在倫敦西區，是維多利亞中期的出色建築。隔壁一家，看來像是兒童在聯歡，夜色中傳來孩子們快樂的呼喊聲和叮咚的鋼琴聲。四周的一片濃霧以它那友好的陰影把我們遮蔽起來。福爾摩斯點燃了提燈，讓燈光照在那扇厚實的大門上。

「這個地方可是不好對付，」他說，「這門不但鎖上了，還上著閂。我們到地下室採光井看看，會有辦法。那邊的拱道是好地方，萬一來個忠於職守的警察，也好躲一躲。我手拉住了，華生，我也拉住你。」

我們很快一起摸到地下室採光井。剛避入暗影，警察的腳步聲就在我們上面的霧中走過。聽著有節奏的步伐緩緩地遠去，福爾摩斯動手開啟地下室的門。只見他彎腰一使勁，喀嚓一聲響，門被撬開。我們進入黑魆魆的過道，隨手把地下室門關上。福爾摩斯領路在頭裡走，上了沒有地毯的拐道階梯。提燈射出一小片扇形黃光，照著一扇矮窗。

「就這裡，華生——肯定是這扇窗。」他把窗打開。窗一開，就傳來低沉刺耳的咻咻聲，漸漸變成轟隆轟隆的巨響，一列火車衝破黑暗，在我們面前飛馳而過。福爾摩斯提著燈沿著窗台上照。窗台上積滿來往列車留下的厚厚一層煤灰，但是有幾處的黑灰已經被拖抹過。

「看見了吧，這是他們擱過屍體的地方。咳，華生！這是什麼？沒錯，正是血跡。」他指著窗台上幾塊微弱的汙跡。「這裡階梯石上都沾著。證據已經確鑿。我們等著，等停輛火車看看。」

沒等多久，下一班列車如前班車一樣，從隧道呼嘯衝出，但是一出隧道立即減速，隨後剎車吱吱嘎嘎直響，就在我們眼下停住。這時窗台距離車廂頂不到四英尺。福爾摩斯輕輕把窗關上。

「至此，我們的推斷已得到證實，」他說，「你怎麼想，華生？」

「出神入化。你達到了前所未有的高度。」

「你這麼說，我不敢承受。那是從我有了屍體是放在車頂上這個想法開始的。當然這個想法談不上深奧，但這樣一來，其餘一切問題就迎刃而解了。要不是案子的利害關係特別重大，光這一點案情也沒有多大意思。我們眼前仍然困難重重，不過這裡也許還能發現一些對我們有幫助的東西。」

我們登上廚房階梯，進入二樓的一個套房查看各室。一間是餐室，裡面陳設簡單，沒有值得注意的地方。第二間是臥室，也是空空蕩蕩。再有一間，看來有一些希望，我的同伴停下來進行仔細檢查。這裡到處攤滿書籍和報紙，很明顯是作書房用的。福爾摩斯一個抽屜一個抽屜、一個櫥櫃一個櫥櫃逐一翻檢，動作迅速而有條不紊。但是他緊繃的臉上沒有顯露一絲成功的喜色。一個鐘頭過去，和開始的時候一樣，毫無進展。

　　「這隻狡猾的狐狸，把蛛絲馬跡都毀掉了，」他說，「凡是有可能落為罪證的東西一點不留。犯罪的信件都銷毀或者轉移了。這是我們最後的機會，抓不到也就沒有了。」

　　書桌上有一隻馬口鐵匣子，是放現錢的小箱子。福爾摩斯用鑿子撬開，裡面有幾卷紙，紙上是些數字和計算式，沒有任何說明，只是反覆出現「水壓」和「每平方英寸壓力」等文字，說明和潛水艇可能有些關係。福爾摩斯不耐煩地把這些都扔向一邊。最後只剩一個信封，裡面放的是小片的剪報，他都給抖落在桌子上。突然，他急切的臉色燃起了希望。

　　「咦，這是什麼，華生？這是什麼？報紙登載的幾則代郵廣告。從印刷和紙張看，是《每日電訊報》的尋人廣告欄，在報紙右上端的一角。沒有日期——但是代郵本身有次序。這是第一則：

希望盡快聽到消息。條件講妥。按照名片地址詳告。

　　　　　　　　　　　　　　　　　　　　　　　　　　　　皮羅特

　　「第二則：

複雜難言。需做詳盡報告，見貨付款。

　　　　　　　　　　　　　　　　　　　　　　　　　　　　皮羅特

　　「接著是：

情況緊急。收回要價，除非按約執行。希函約，廣告為憑。

　　　　　　　　　　　　　　　　　　　　　　　　　　　　皮羅特

　　「最後一則：

星期一晚上九點整。敲兩下門，自己人，勿猜疑。交貨後即付款。

　　　　　　　　　　　　　　　　　　　　　　　　　　　　皮羅特

「記載很完整，華生！如果我們能從另一頭找到這個人就好了！」他陷入沉思，手指敲打著桌子。最後他跳了起來。

「啊，也許並不怎麼困難。在這裡沒有什麼可做的了，華生。我想我們還是去請《每日電訊報》幫幫忙，結束我們這一天的辛苦工作吧！」

邁克羅夫特‧福爾摩斯和雷斯瑞德在第二天早飯後按約前來。夏洛克‧福爾摩斯把我們前一天的行動講給他們聽。這位職業警官對我們坦白的夜盜行為頻頻搖頭。

「我們警察是不能這樣做的，福爾摩斯先生，」他說，「怪不得你取得了我們無法取得的成就。不過也許你們走得太遠了，你會發現你和你的朋友是在自找麻煩。」

「為了國家，為了美好生活——嗯，對吧，華生？我們甘當國家祭壇上的殉難者。可是你又是怎麼看呢，邁克羅夫特？」

「好極啦，夏洛克！令人欽佩！不過，你下一步怎麼打算？」

福爾摩斯把桌上的《每日電訊報》拿起來。

「你看見皮羅特今天的廣告沒有？」

「什麼？又有廣告？」

「對，在這裡。」

今晚，同一時間，同一地點。敲兩下。非常重要，與你本人安全攸關。

皮羅特

「真的！」雷斯瑞德叫了起來，「他要是回話，我們就可以逮住他！」

「開始我也是這樣想的。如果你們二位方便，請跟我們一起到考菲爾德花園一趟，八點鐘左右，我們可能會得到進一步的解答。」

夏洛克‧福爾摩斯有一種能力，最了不起的能力，當他覺得自己的工作不可能再有更佳效果時，就乾脆讓腦子停止活動，把所有思緒轉移到輕鬆的事情上。我記得這值得紀念的一天裡，他在埋頭撰寫關於拉蘇斯的複調讚美詩的專題論文。至於我自己，因為沒有這種超脫的本領，結果一整天顯得

無比漫長。本案對我們國家關係重大，最高當局焦慮不堪，我們要力圖直探賊囊取其物——這些都攪和在一起，刺激著我的神經。直到輕鬆吃過一頓晚餐後，我才舒了一口氣，我們終於踏上了征程，雷斯瑞德和邁克羅夫特如約在格勞塞斯特路車站等著我們。奧伯斯坦住所地下室的門前天晚上已經被撬開，但是邁克羅夫特‧福爾摩斯執意不肯屈就爬欄杆，於是就由我繞進去把廳門打開。到九點，我們已坐定在書房裡，耐心等候我們所邀的人到來。

一個鐘頭，又過了一個鐘頭，十一點敲過了。大教堂鐘聲從容哀婉的報時聽起來像對我們所抱希望唱起了輓歌。雷斯瑞德和邁克羅夫特坐在那裡焦急不安，一分鐘看兩次錶。福爾摩斯很沉靜，坐著一聲不吭，半閉眼睛，神經緊繃著。忽然，他身體一震，猛抬頭。

「來了。」他說。

有鬼鬼祟祟的腳步在門外走過。又再走回來。我們聽見一陣亂步到了門前，接著門環在門上重重地碰了兩下。福爾摩斯站起來，做手勢叫我們坐著別動。廳裡的煤氣燈只有一丁點兒亮光。他打開外門，一個黑影側身進來，隨即把門關上，落閂。「這邊來！」我們聽見他說，一會兒來人站在了我們面前，福爾摩斯緊隨其後。這個人發覺不對，一聲驚叫轉身要出屋，福爾摩斯一把抓住他的領口，將他扔回到屋子裡。沒等他站穩，福爾摩斯已把這間屋子的門關上，背靠門站定。此人瞪眼四下張望，身子一搖晃，倒在地板上昏厥過去了。驚慌之中，他的寬邊帽從頭上掉落，圍巾從嘴邊滑下，露出一張蓄著薄鬚的清秀俊美的臉，竟然是瓦倫丁‧瓦爾特上校。

福爾摩斯驚訝地噓了一聲。

「這次，你可以把我寫成一頭蠢驢了，華生，」他說，「我在抓的想不到是這隻鳥兒。」

「這是誰？」邁克羅夫特急切地問。

「潛水艇局局長、已故詹姆斯‧瓦爾特爵士的弟弟。對，對，我看見底牌了。他會來的，你們最好讓我來查問。」

我們把這個軟癱成一團的傢伙放到沙發上。這時他坐了起來，面帶驚慌的神色向四周張望，又用手摸摸自己的額頭，好像不相信他自己的知覺似

的。

「怎麼回事？」他問道，「我是來拜訪奧伯斯坦先生的。」

「一切都清楚了，瓦爾特上校，」福爾摩斯說，「一位英國上等人竟幹出這種事來，真是出乎我意外。我們已經全部掌握了你與奧伯斯坦的交往和關係，也掌握了年輕的卡多甘・韋斯特死亡的有關情況。我勸你不要放過我們給予你的一點信任，你要坦白和悔過，因為還有某些細節，我們只能從你口裡才能得悉。」

這個傢伙嘆了一口氣，兩手蒙住了臉。我們等著，可是他默不做聲。

「我可以向你明說，」福爾摩斯說，「每個重大情節都已經查清楚。我們知道你急需用錢，你仿造了你哥哥掌管的鑰匙，並與奧伯斯坦接上了關係。他透過《每日電訊報》的廣告欄給你回信。我們知道你是在星期一晚上冒著大霧到辦公室去的。但是，你被年輕的卡多甘・韋斯特發現，他跟蹤了你。可能他對你早有懷疑。他看見你盜竊文件，但他不能報警，因為你可能是把文件拿到倫敦去給你哥哥的。他撇開了他的私事不管，正如一個好公民所做的那樣，到霧中尾隨在你背後，一直跟你到了這個地方。他挺身而出。瓦爾特上校，你除了叛國之外，還犯了更為可怕的謀殺之罪。」

「我沒有！我沒有！上帝作證，我發誓我沒有殺人！」可憐又可鄙的罪犯嚷道。

「你說，卡多甘・韋斯特是怎麼死的？你們把他摔到火車車廂頂上。」

「我說，向你們起誓，我說。我承認，別的事我做過，正是你說的那樣。要償付股票交易所的債，我走投無路，奧伯斯坦給了我五千，救我過關。可是，殺人這件事，我是無辜的，和你們一樣清白。」

「怎麼回事，快說！」

「他早就對我有懷疑，像你說的，那天他盯住了我，但我不知道，等到了這裡的門口我才發現他。霧很大，三碼以外看不見人。我敲了兩下門，奧伯斯坦來開門。這個年輕人衝上來，質問我們拿文件想幹什麼。奧伯斯坦一直隨身帶著護身棍，韋斯特跟住我們衝進屋時，奧伯斯坦就對準他頭上給了一棍子，這下要了他的命，五分鐘後就斷了氣，倒在廳裡。我們不知如何才

好，最終奧伯斯坦想到了停在後窗外的火車。不過他只管先檢查我給他帶來的文件。他說其中三份是最關鍵的，他要拿走。『不能拿走，』我說，『不送回去的話，烏爾威奇就要天翻地覆啦！』『我一定要拿走，』他說，『這個技術性太強，一時複製不下來。』『今天一定要全部送回去不可。』我說。他想了一會兒，叫起來，說有辦法了。『三份我拿走，』他說，『其他的都塞在這個年輕人的口袋裡。等到事情敗露，就把帳算在死去這個小子身上。』我想不出還有什麼辦法，只好照他說的做。我們在那個窗戶等了半個鐘頭，一列火車停了下來。霧大得很，什麼也看不見，我們把韋斯特的屍體弄到車廂頂上一點困難也沒有。跟我有關的事，就這麼些。」

「你兄長呢？」

「他沒說什麼。就是有一次給他看見，我拿過他的鑰匙。我想這就引起他懷疑了，我從他眼睛裡看出來，他懷疑我。你已經知道，他再也抬不起頭來，沒臉見人。」

屋子裡聲息全無。邁克羅夫特・福爾摩斯打破了這陣沉寂。

「你不想有所補救？可以安撫你的良心，也會減輕對你的懲罰。」

「怎麼補救？」

「奧伯斯坦把文件弄到什麼地方去了？」

「我不知道。」

「他沒有給你地址？」

「他說有信可以寄巴黎洛雷旅館，他能收得到。」

「想不想補救，全取決於你自己了。」夏洛克・福爾摩斯說。

「我能做，我一定做。我跟這個人並沒有交情。他毀了我，一輩子完了。」

「拿紙筆，坐桌邊去，我說你寫，他給的地址寫信封上。好，現在寫信：

親愛的先生：
你我二人的交易並未結束。你現在無疑已經發現，尚缺一重要分圖，若

沒有它，你將什麼也做不成。我手頭的複印圖可以幫你完成美夢。不過此事已給我帶來很大麻煩，我必須躲避警局的追查，還得向你索取五百鎊。不要電匯，那不可靠，我只要黃金或英鎊。本想出國找你，但此刻出國會引起懷疑。故望於星期六中午來查令十字街飯店吸菸室相會。只要黃金或英鎊。切記。

「很好。這次要是抓不到我們所要找的人，那才奇怪。」

果然不錯！這是一段歷史——一個國家的秘史。這段歷史比這個國家的公開大事記不知要真實多少，有趣多少——奧伯斯坦急於做成這筆他有生最大的生意，被誘投入羅網，束手就擒，被判坐牢十五年。從他的皮箱裡搜出了價值無比的布魯斯—帕廷頓計畫。他曾經打算帶著計畫向歐洲各國海軍技術中心販賣。

瓦爾特上校在判決後的第二年年底死於獄中。至於福爾摩斯，他又興致勃勃地著手研究拉蘇斯的和音讚美詩了。他的文章出版之後，在私人圈子裡廣為流傳，據專家說，堪稱這方面的權威作品。幾星期後，我偶然聽說我的朋友在溫莎度過了一天，並帶回一枚非常漂亮的綠寶石領帶別針。我問他是不是買的，他說是某位殷勤的貴婦相送的禮物，他曾經有幸替這位貴婦效勞。除此之外便隻字未提。不過我想，我能夠猜中這位貴婦的尊姓大名。毫無疑問，這枚寶石別針將會永遠喚起我的朋友對布魯斯—帕廷頓計畫案的回憶。

福爾摩斯之「死」

　　這些年來，福爾摩斯的女房東赫德森太太吃了不少苦頭，因為她的這位有名的房客生活極其古怪而且沒有規律，還常常有不受歡迎的怪客前來造訪，她真不相信自己的耐心會這樣好。

　　福爾摩斯確實讓女房東頭疼，他習慣在常人意想不到的時候聽點音樂，並且時常在屋裡練習槍法。更糟糕的是，他的化學實驗總是讓屋子裡臭烘烘的。由於他的緣故，四周常出現暴力與危險，這使得他成了全倫敦最煩人的房客。不過他付的房租卻出奇地高，我跟他住的那些年，他付的房租就已經能夠買下這棟房子了。

　　不知什麼原因，房東太太很怕他，雖然不能忍受他的行為，但是卻從未干涉過他，赫德森太太又十分喜歡他對待女性的溫柔態度。雖然他不喜歡也不會相信女人，可是他又永遠反對騎士精神。由於我知道房東太太是真的關心福爾摩斯，所以在我婚後第二個年頭，我沒有拒絕她到我家來跟我講我朋友的悲慘處境。我仔細聽著她的敘述。

　　「華生醫生，眼看著福爾摩斯先生就快死了，他病了三天了，很嚴重，也許熬不過今天了。可是他不允許我為他請醫生。

　　「今天早上，他病得實在不行了，兩邊顴骨都突出來了，眼睛睜得大大的，我實在受不了啦，對他大叫：『不管你是否願意，我必須去請醫生。』他答應了，說：『你要真想請醫生，就去叫華生來。』醫生，為了救這個可憐的人，請別再耽擱時間了，否則你恐怕見不著活著的福爾摩斯先生了。」

　　我確實嚇了一跳，真不知他病了，於是我立即穿戴整齊，一邊走一邊向

赫德森太太打聽詳情。「有什麼好說的，醫生，他一直在羅斯埃海特研究一種病，在河邊的一條小巷裡，他把那病帶了回來，星期三下午他就病倒了，再沒起來過，已經三天沒有吃過飯喝過水了。」

「天吶，怎麼不請醫生？」

「他不要啊，你又不是不知道他脾氣那麼怪，誰敢違背他啊？他是活不長了，你見了他之後，自然就會相信我。」

他的情況的確相當嚴重，十一月的天氣，霧很大，光線不明，因此小小的病房更是陰暗可怕。病床上那張消瘦的臉就更加使我心寒。他兩眼通紅，臉頰彷彿抹了胭脂，唇上一層黑黑的皮，兩手在床單上不住地顫抖，聲音異常沙啞。

我們進去時，他有氣無力地躺在那裡，看見我，表現出認得我的樣子。「哦，華生，我倒楣透頂了。」他的聲音非常低，但還有原來那種毫不在乎的味道。

「我親愛的夥伴！」我喊道，走向他。

「別過來，快躲開！」他叫道，似乎危險又來了，「華生，你要是靠近我，我就請你出去。」

「為什麼？」

「我喜歡這樣，行了吧？」

赫德森太太說得沒錯，現在他比任何時候都不講理，可是他那副可憐樣不得不讓你產生憐憫。

「我只是想幫你。」我對他說。

「好，我叫你怎麼做，你就怎麼做，那才是對我最好的幫助。」

「當然，福爾摩斯。」

他嚴厲的神態終於緩和下來。

「你不生氣吧？」他喘著氣問道。

「對這樣無助的人，我生氣有什麼用？」

「這樣是為你好，華生。」他沙啞地跟我講。

「為我好？」

「我明白自己怎麼了，我得了一種從蘇門答臘傳染來的苦力病。也許荷蘭人比我們更瞭解這種病，雖然他們到現在也對它束手無策，毫無疑問，這是一種極厲害的傳染病。」

他似乎正發著高燒，說話軟綿綿的，揮著雙手示意我躲開。

「碰到了會傳染的，華生，不要跟我接觸，你就沒事了。」

「天啊！福爾摩斯！你以為這樣說就可以阻止我嗎？就算我不認識你，你也阻止不了我，你真覺得能令我放棄醫生的職責，對老朋友的死活不聞不問？」

我再次走向他，可是他明顯發怒了，大聲喝止我：「如果你不站住，我就無話可說了，請你走開。」

不是我不尊重他的高尚品格，一直以來我都聽他的，雖然有時不理解。職業的本能極大地激發了我，我能夠讓他支配其他事，可是這個病房得由我負責。

「福爾摩斯，你病得很厲害，你應該像孩子一樣服從醫生，我得替你檢查一下，不論你同不同意，我一定要查出你的病情，好對症下藥。」

他惡狠狠地瞪著我。

「如果真需要醫生，最少也要是我相信的人。」他說。

「這樣說，你是不相信我了？」

「我非常相信你的友情，可是你實際上只是一位普通的醫生，欠缺經驗，資歷不深，我不想這樣說的，這都是你逼的。」

我的自尊心的確受到了傷害。

「你說這種話實在跟你不相稱，這表示你處在什麼樣的精神狀態。我不會強迫你相信我，我可以去請加絲波瓦・密闊爵士或者彭羅斯・弗什，或者倫敦的其他最好的醫生，無論如何，你需要醫生，要是你覺得我可以不去請其他醫生來救你，對你見死不救的話，你也太小看我了。」

「華生，我明白你是一片好心，」病人的聲音像呻吟，又像嗚咽，「你非要讓我指出你的貧乏嗎？我問你，達巴努利里熱病和福摩薩黑色敗血症你知道是怎麼回事嗎？」

「這兩種我都沒聽說過。」

「華生，在東方，有很多奇怪的疾病出現，」他有氣無力地說，「近來，我研究一些關於醫學犯罪的案子，學了很多東西，我的病就是從這上面染上的，你怎麼能醫治呢？」

「好吧，正好我知道愛因斯德瑞博士現在就在倫敦，他是熱帶病的權威專家，別再拒絕了，福爾摩斯，我馬上去請他。」

我毫不猶豫地轉身走向門口。使我震驚的是，他居然像老虎一般從床上躍起來，攔住了我，只聽到鑰匙在鎖眼裡咯嗒響了一聲，病人又搖晃著身體倒回床上。經過這場激動和發怒，他浪費了不少體力，氣喘吁吁地躺在床上。

「你應該不會從我手裡搶走鑰匙吧？朋友，我留住了你，你就別離開我了，我會讓你順心的。」

這時，他每說完一句話後，都要使勁吸一會兒氣。

「我很明白，你確實是為我考慮，你會自由的。可是得給我時間，讓我恢復體力，現在還不可以，華生，現在才四點，再過兩個小時，我就讓你走。」

「福爾摩斯，你不是瘋了吧？」

「再等兩個小時，六點鐘我一定放你走，好嗎？」

「我現在也只能同意了。」

「對，只能這樣，謝謝你，華生，整理被褥用不著你幫忙，你離我遠一點。另外我還有個要求，華生，你可以去請別人，可是一定要從我挑的人裡面去找，而不是你提到的那些。」

「可以。」

「自從你進來之後，這是你講的最通情達理的一句話。那邊有書，你自己看。也不知一組電池的電輸入非導體後會有什麼作用。六點我們再談，現在我沒力氣了。」

不過，沒到六點談話又開始了，我這次吃驚的程度跟他剛才跳起來關門時差不多。我站了一會兒，他躺在床上一動也不動，臉幾乎全用被子蓋住，

好像睡著了。我哪有看書的情緒，在屋裡來回踱步，看看牆上那些著名罪犯的照片。最後我站在壁爐前面，檯子上亂七八糟地放著菸斗、菸絲袋、注射器、小刀、子彈等別的東西，其中有一個黑白相間的象牙盒子，上面有一個活動的蓋，我剛拿起來要仔細看看，他突然吼了起來，聲音大得連街上的人都能聽到。我被嚇呆了，回過頭，只見他睜大雙眼，臉不停地抽搐，我拿著盒子愣在那裡。

「放下！快放下！華生——我叫你把它放下！」我把盒子放回去後，他才躺回枕頭上，長長地舒了一口氣，「華生，你應該清楚，我討厭別人動我的東西，你這個醫生真讓人受不了，坐下來，朋友，不要讓我不能休息。」

這件意料之外的事讓我心裡相當不舒服。一開始是霸道粗暴和無端激動，現在又是這樣粗野地說話，這跟以前的他簡直判若兩人。這表示他的大腦相當混亂，聰明的大腦被毀掉是最可惜的。我非常失落，不再出聲，盼著他規定的時間快點來。他好像也和我一樣，一直看錶，六點一到，他又開始說話了，和以前一樣有生氣。

「華生，你現在有零錢嗎？」他問。

「有。」

「銀幣呢？」

「有很多。」

「半個克朗的有多少？」

「五個。」

「太少了，真是不巧啊，華生！儘管只有這些，你還是把它放進錶袋裡，其餘的裝進你褲子左邊的口袋裡，謝謝你，這樣會讓你平衡一點。」

真是胡說八道。他開始發抖，又發出既不像嗚咽也不像咳嗽的聲音。「華生，現在你點上煤氣燈，但是小心，點上一半就行了。華生，你不要把百葉窗拉起，你把信和紙及報紙放在桌子上我能拿到的地方就可以了，然後再從壁爐台上拿點東西來，對，上面有個夾子，用它把那個小象牙盒夾起來，放在這邊的報紙裡。對，你現在可以去夏伯科大街13號去請柯弗頓·史密斯了。」

說實話，我不想去了，可憐的福爾摩斯精神這樣混亂，我擔心離開後他有危險，但是他就像剛才阻止我一樣，急切地要求我去叫他說的那個人。「我從沒聽說這個人。」

「好華生，你也許真的沒聽過，如果告訴你，你可能會吃驚。治這種病的專家不是醫生，他是一個種植園主，蘇門答臘的名人柯弗頓·史密斯先生，現在正在倫敦訪問。他的種植園裡出現了一種疫病，由於沒有醫藥救助，他只得自己進行研究，並且取得了很大成效。他講究條理，因為六點之前你不可能在他書房找到他，所以我不讓你去。你要是能請他來，用他獨特的方法幫我治病就好了。你放心，他一定會來，他喜歡調查這種病。」

雖然他把話說完了，可是我不想描述他是怎麼樣被喘氣打斷，雙手為了忍受病痛又抓又捏。我和他待在一起的這段時間，他的病情越來越嚴重，熱病斑點更加醒目，深陷的黑眼窩裡射出更加逼人的目光，冷汗布滿了額頭，不過他仍保持著那種自在的風度，恐怕在他嚥氣時，仍是一個發令者。

「告訴他，我在你離開時是什麼樣子，」他說，「你必須說出你心裡的印象——生命垂危，生命殆盡，昏迷不清。真的，我難以想像為何海灘上不會是一塊豐產的牡蠣。哦，我傻了！奇怪，大腦控制大腦！華生，我說了什麼？」

「你叫我去請柯弗頓·史密斯先生。」

「嗯，是的，我記起來了，只有他能救我。華生，去求他，我跟他相互間沒有好感，他有一個侄子，華生——那個孩子死得真慘，我曾懷疑這裡面有卑鄙的勾當。因為我看出了這一點，他恨死我了。華生，你一定要去打動他，讓他自己來，然後你要先回來，不論採取什麼藉口，反正你不能跟他一起來。華生，千萬記住，你不要讓我失望，你從來沒讓我失望過。一定有天生的敵人在控制生物的繁衍，華生，我們都盡力了。這個世界會不會給繁殖過度的牡蠣淹沒呢？不會，不會的，太可怕！你必須把你心裡想的全都說出來。」

他就跟一個傻瓜一樣，滿口胡言亂語，我只得順著他，他把鑰匙遞給我，我高興地接了過來，要不然他會把自己鎖在裡面。在走廊上，赫德森太

太哭著等在那裡，我走過房間，還能聽到福爾摩斯亂說話的尖細嗓音。下樓後，我正叫馬車時，從霧中走出一個人。

「福爾摩斯先生怎麼樣了，先生？」他問。

原來是熟人，蘇格蘭場的摩吞警長，他穿了花呢子便衣。

我說：「他病得很厲害。」他望著我的表情有些古怪，不是我想得惡毒，在車燈下我確實發覺他滿臉是喜悅的表情。

「我聽到了有關他患病的謠傳。」他說。馬車開動後，我們分開了。

原來，夏伯科街在肯辛頓與諾廷謝爾的交界處。這個地方的房屋很棒，可是界限不分明，馬車停在一棟住宅前面。老式欄杆和雙扇大門，還有閃亮的銅件，顯得很莊嚴。在門口，出現了一位正經的管家，淡紅色的燈光從他身後射出來，這一切與他顯得非常和諧。

「華生醫生！柯弗頓・史密斯先生在裡面，好的，我會把你的名片交給他。」

我想，我並不能引起柯弗頓・史密斯先生的注意。從半開著的房門裡傳出一陣暴躁的聲音。

「他是誰？啊，想幹嘛？斯塔拜爾，我告訴過你，我在研究的時候不接待任何人。」

管家低聲下氣地解釋了半天。

「嗯，我不見他，斯塔拜爾。我的工作不可以中斷，你告訴他我不在。要是非見不可，叫他明天再來。」

想到我那可憐的朋友正在病床上受苦，我也顧不了許多了，不等那位管家叫我，就自己進了史密斯先生的屋內。

隨著一聲憤怒的尖叫，我看見一個人從火爐邊的椅子上站了起來，只見他滿臉橫肉，肥大的雙下巴，那雙陰沉的灰眼睛正盯著我，在光禿禿的腦門旁邊的紅色捲髮上，壓著一頂天鵝絨的吸菸小帽。腦袋很大，讓我驚訝的是他身軀弱小，雙肩和後背竟像弓一樣彎著，好像小時候得過佝僂病。

「怎麼回事？你闖進來幹嘛？我不是讓人叫你明天再來嗎？」他大聲吼道。

「實在抱歉，」我說，「不能再等了，福爾摩斯先生——」

聽到這裡，他的態度發生了變化，不再憤怒，變得緊張起來。

「你從福爾摩斯那裡來？」他問我。

「是的。」

「他怎麼樣了？」

「他快死了，我就是為這件事而來的。」

指給我一張椅子後，他也坐了下來，我從牆上的一面鏡子裡看見他的臉，我肯定有一絲惡毒的笑意滑過他的臉，可是轉念一想，覺得可能是由於我的緊張而產生的幻覺。很快他便轉過身來，真誠的眼光中充滿關切之情。

「聽到這個我很難過，」他說，「我與他是透過幾次交易才相識的。我很佩服他的才能與性格，他業餘研究犯罪學，我業餘研究病理學，他捉壞蛋，我殺病菌。這就是我的監獄。」說著他指向桌上那些瓶瓶罐罐。「在此培養的膠質中，有世界上最凶殘的罪犯正在服刑。」

「就是因為你知識淵博，福爾摩斯才迫切地想見你，他對你評價極高，認為在倫敦只有你幫得了他。」

這使他嚇了一跳，頭上的帽子也掉了下來。

「為什麼？福爾摩斯認為我能救他？」他問。

「由於你瞭解東方疾病。」

「他憑什麼肯定患的是那種病？」

「因為調查時，他與中國水手在碼頭上一起工作過。」

史密斯先生撿起他的帽子，笑了。

「哦，是這樣啊，我想沒你說的那麼厲害。他病了幾天了？」

「大約三天。」

「神志清醒嗎？」

「有時昏迷。」

「啊，那就很嚴重了。如果不去看他會顯得不人道，雖然我不願中斷自己的工作，不過此事例外，我馬上跟你走。」

想到福爾摩斯的吩咐，我說：「我還有其他事。」

「行，我一個人去，我知道他住哪裡，放心！半個小時以後，我一定到。」

我不安地回到我朋友家裡，害怕我不在時他會出事，不過他好了許多，沒了神志不清的情況，臉還是很蒼白，聲音也很弱，可是比平時清醒多了。

「華生，見著他了嗎？」

「見著了，他馬上就來。」

「好，華生，你是最優秀的信使。」

「他本來想和我一起來。」

「那可不行，華生，他有沒有問我得了什麼病？」

「我告訴他是東方疾病。」

「好的，華生，你真了不起，你現在到後台去。」

「福爾摩斯，可是我想看他怎樣為你治病。」

「行，但是讓他以為這裡只有我和他，他肯定會更加誠實的。我的床頭後面剛好有個地方，華生。」

「親愛的福爾摩斯！」

「我想沒有其他更好的方法了，雖然這不合適藏身，但也不至於引人注意，就躲在那裡吧，我覺得可以。」

他忽然坐了起來，一臉的嚴肅。「聽到車輪聲了嗎？快呀，華生！快點，你要是我的好朋友，就別動，無論如何，千萬別出聲，記住！光聽就行。」

一轉眼，他那爆發的精力沒了，又變得神情呆滯。

我馬上躲了進去，接著聽到了上樓的聲音和臥室的開門聲與關門聲，後來半天沒有動靜，那位客人正在觀察病人。

「福爾摩斯！福爾摩斯！」他輕聲叫道，像呼喚睡夢中的人似的，「你聽到我說話了嗎？福爾摩斯。」傳來搖病人肩膀的窸窣聲。

「是史密斯先生嗎？」福爾摩斯聲音虛弱，「沒想到，你真會來。」

那個人笑了。

「我可沒這麼認為，」他說，「我不是來了嗎，這叫以德報怨，福爾摩

斯——以德報怨！」

「你好偉大！我讚賞你的特殊知識。」

那位來客笑出了聲：「真的佩服嗎？真是幸福啊，在倫敦你是唯一說讚賞我的話的人，你知道自己染的是什麼病嗎？」

「當然。」福爾摩斯說。

「你認出症狀了？」

「非常熟悉。」

「這不奇怪，可憐的維克托在得病的第四天就死了——他可是健壯的富有生氣的年輕人啊，福爾摩斯，你要得的是同一種病我不會詫異。但真是那樣，你的將來有些不妙。就像你說的那樣，他在倫敦患這種亞洲病，真是奇怪，巧的是，我對這種病進行研究，福爾摩斯，你注意到了這一點，你很棒，但是還得指出，這裡面存在因果關係。」

「我知道是你幹的。」

「真的？可是你沒有證據，你四處造謠誹謗我，可是現在反而來求我，你怎麼想的？耍的什麼花招？」

「把水遞給我。」病人氣喘吁吁地說。

「你不行了，可是得等跟我說完話之後再死，因此我給你水，請拿好，別灑出來。你知道我的意思嗎？」

福爾摩斯痛苦地呻吟著。

「快來救我吧，讓過去的事就過去吧，」他小聲說，「我發誓一定要忘記以前講過的話，一定要把我治好，我確信會忘掉它的。」

「你忘掉還是記住隨你便，我想在證人席上不會看見你了。福爾摩斯先生，你知道我侄子是怎麼死的，可是這對我又如何？我們現在談論的是你的死而不是他。」

「正是，不過你承認你侄子的死是你幹的，對吧？」

「找我的那個人——我早已忘掉他的名字，說你的病是那些東方水手傳染給你的。」

「我想，只能是這樣。」

「你認為你很聰明，很抱歉，福爾摩斯先生，你認為你很能幹，是嗎？這回你碰到了比你更能幹的人了。你回想一下，福爾摩斯先生，沒有其他原因能讓你得這種病了？」

「我不能想。我腦子現在亂極了，看在上帝的份上，救救我吧！」

「是的，我會救你的。我必須弄清你現在的處境及其原因。在你臨終時，我必須讓你清楚明白。」

「給我弄點東西，好減輕一下我的痛苦吧！」

「痛苦，是嗎？苦力們在臨死時都會這般嚎叫，你或許也在抽筋了吧？」

「是的，痙攣不止。」

「噢，不過你仍能聽懂我的意思，現在我來問你，你還記得在你剛剛得這種病的時候，有沒有遇到過異常之事呢？」

「沒有，絕對沒有。」

「再仔細想想。」

「我病得很重了，真的什麼也記不起來。」

「哦，那就讓我來幫你想想，收到過什麼沒有？」

「郵件？」

「有沒有收到過一個小盒子？」

「我頭疼，恐怕真的要死了。」

「聽著，福爾摩斯——」跟著一陣很大的響動，好像在晃動即將死去的病人，我躲在裡面不敢出聲。「你一定要聽我講下去，你一定記得有個象牙盒，對吧？星期三送過來的，你打開它了嗎？」

「對，我打開過它，裡面還有很尖的彈簧，是跟我開玩笑吧！」

「你上當了，那可不是玩笑。你自討苦吃，誰讓你惹我的呢？若你不和我作對的話，我怎會害你。」

「我記得，」福爾摩斯氣喘吁吁地說，「就是那個東西刺出血來的。那盒子就在桌子上。」

「對，就是它，我把它放進口袋，你根本沒有任何證據。現在你知道了

吧，福爾摩斯先生，是我把你害死了。你對維克托・薩維奇的命運真的很瞭解，因此我也想讓你來親身體驗一下。你就快死了，福爾摩斯，我要在這裡等你死。」

福爾摩斯微小的聲音已經快聽不見了。

「說什麼呢？」史密斯問，「把燈弄亮點吧，夜幕即將來臨是嗎？太好了，還可以更加清晰地看著你。」他走過來，突然把燈弄得非常亮。「還有什麼要讓我幫忙的嗎，朋友？」

「火柴與香菸。」

我感到驚喜，差點喊出來。他的聲音恢復成了原來的樣子，但還是有些微弱。長久的沉默後，我感覺到了柯弗頓・史密斯的默然與萬分驚訝。

「這是怎麼回事？」他最終開了口，焦急而緊張。

「演戲入戲的最好方法是自己充分扮演這個角色，」福爾摩斯說，「我跟你說，三天來不吃不喝，多虧你有一片好心給我一杯水喝，不過最讓我難受的還是沒有菸草。太好了，這裡有香菸。」

我又聽到劃火柴的聲音。「這就好多了。喂，我好像聽見有腳步聲了。」

隨著一聲響，門被打開了，摩吞警長站在門口。「這裡非常順利，這便是你想要的人。」福爾摩斯說。

「我以謀殺維克托・薩維奇的罪名抓捕你。」警長宣布道。

「你可再加上一條，謀殺一名叫夏洛克・福爾摩斯的人未遂，」我朋友笑了，「為了挽救病人，警長，柯弗頓・史密斯先生膽子挺大的，敢把燈扭亮，發出事先約好的信號。還有他上衣右邊口袋裡有那小盒子。最好的辦法就是把他的外衣脫掉，若我是警長的話，會倍加小心，就放在這裡，審訊時能夠用得著。」

突然間，扭打與嘈雜摻和在一起，同時發出鐵器撞擊與叫苦之聲。

「你若反抗只有自討苦吃，」警長說，「聽見沒有，站在那裡別動。」接著，將他戴上了手銬。

「這個圈套還不錯！」他吼道，「福爾摩斯應上被告席，而不應該是

我，我給他治病。我為了他，才到這裡來的，他肯定會找藉口的，編造不著邊際的謊言往我頭上栽，用來證實他的猜疑是正確的。福爾摩斯，你想怎麼騙就怎麼騙吧，反正我的話也一樣管用。」

「天啊！」福爾摩斯大喊道，「我差點兒把他給忘了。親愛的華生，對不起，我把你給忘了。他就不用介紹了，你早就和他相識了，你們之間早就熟了吧！對了，外面有馬車嗎？我們一起走，或許我在警察局還有用。」

「這副樣子，一點用處都沒了。」福爾摩斯說。他梳洗完後喝了杯葡萄酒，又吃些餅乾，精神好了許多。「你知道的，我生活沒有一點規律。對我來說並沒什麼大礙，可是對別人也許就不行了，最主要的是要讓赫德森太太相信這件事。而且一定要讓她告訴你，再由你轉告給他，你不會責怪我吧，華生？你這個人從來就不會偽裝自己，要是讓你知道這個秘密的話，你絕對不會急匆匆地把他找來，這一點就是計畫的關鍵所在。我清楚他想報復我，因此我確信他一定會來這裡，看看他自己的傑作。」

「從你外表看來，你的臉怎麼這樣難看呢？」

「不吃不喝三天怎麼能美容呢，華生？對於其他的，只需要有塊海綿就可以把問題搞定，把凡士林抹在額上，把番茄汁往眼睛裡滴點，在顴骨上塗點口紅，在嘴唇上塗層蠟，肯定會產生意想不到的效果。有時候我總想寫篇裝病的文章。」

「還有這種病根本就不會傳染，你為什麼不讓我靠近你呢？」

「你問這個幹嘛？親愛的華生，你以為我對你的醫術看不起嗎？不管我如何虛弱，就是要死了，我的脈搏也是正常的，溫度更是正常，這很難逃開你的雙眼，咱倆相距四碼遠，才能把你騙住，否則的話誰能把史密斯先生叫來呢？沒有其他人，華生，我根本沒動那個盒子。當把它打開時，從旁邊看，有顆像毒蛇牙齒的彈簧出來。薩維奇是妨礙他繼承遺產的人，我完全肯定他就是用這種毒辣的方法把薩維奇給殺死了。

「你應該非常清楚，我什麼樣的郵件都收到過，我對每件禮物嚴格提防。清楚了之後就將計就計，逼他就範。

「我用藝術家的精神很好地完成了這個任務。非常感謝你，華生，你

必須幫我把衣服穿上。我們辦完事，從警局回來，就去辛普森飯店吃點好
的。」

郡主的失蹤

「為什麼是土耳其式的呢？」夏洛克・福爾摩斯兩眼目不轉睛地看著我腳上的靴子問道。當時我把兩隻腳伸出去，引起了他的注意。

「英國式的，」我驚訝地說，「在牛津大街拉梯默鞋店買的。」

福爾摩斯無奈地笑著。

「澡堂！」他說，「洗澡堂！為何要多花錢去洗叫人鬆弛的土耳其浴，而不來洗提神的本國浴呢？」

「這兩天我又犯風濕病了，感覺到有些衰老，土耳其浴或許是一種非常可取的療法，一個新的開始，一種很好的潔體洗滌靈。」

「噢，對了，福爾摩斯，」我說，「你周密而詳細的大腦，我從未懷疑過，靴子與土耳其浴有什麼關係，你能把這些講清楚嗎？我一定會感激不盡的。」

「這個道理一點也不深奧，華生，」福爾摩斯眨著眼說，「我依舊用那套推理法。告訴我，今天早上你和誰一起坐車回來的？」

「這重要嗎？」

「好的，華生。莊重而合理的抗議，問題到底在哪裡呢？我們還是倒著講吧，你看看在你左衣袖與肩上的泥漿，你要是坐在車中的話，肯定就不會有泥漿了，要是有的話，兩邊均有。所以，你肯定在車子的某一側，這就很明顯了，有人與你同車。」

「這當然了。」

「沒有什麼不對勁的？」

「不過，洗澡與靴子到底怎麼回事呢？」

「這不難，你從來穿靴子就是有習慣的。我看到你在靴子上打了雙結，打得非常仔細，這和你平時真的很不一樣，你一定脫過你的靴子。誰給你繫的呢？鞋匠或者洗浴的男傭人，絕對不可能是鞋匠，因為你鞋子非常新。對了，洗澡也太荒唐了，不過整體上來講，洗土耳其浴絕對有目的。」

「有何目的呢？」

「你曾告訴我說你早已洗過土耳其式的澡了，於是你要換種洗法。我跟你說過一次吧，華生，去一趟洛桑如何？頭等車票，所有的一切都非常有氣派。」

「好呀，不過這些到底為了什麼呢？」

福爾摩斯躺在椅子上，從口袋裡取出筆記本。

「世界上有種人非常可怕，」他說，「那就是孤獨流浪的女人，不過她本來並沒有什麼害處，通常是很有用的人，卻總是那種誘人犯罪的因數，她沒有任何依靠，四海為家。她有很多錢，到處去玩。她住在偏僻的公寓或客棧。她如同一隻迷失的小雞掉進狐狸的世界裡，若她真的被淹沒了，也不會有人想念她。我覺得弗朗希斯・卡法克司小姐遭受到這種災難了。」

讓我欣慰的是，他最終還是從那種抽象概括中轉到具體的問題中了。我朋友正在翻看自己的筆記。「弗朗希斯小姐，」他說道，「她是已亡的拉夫頓伯爵最親近的家屬當中唯一活下來的人，你或許記得她，遺產都給了下一輩們，而自己卻留些很少見的老西班牙銀飾珍寶與精雕細琢過的鑽石，她對這些愛不釋手，不想把它們存進哪家銀行，總將這些帶在自己身邊。她美若天仙，然而多愁善感，現在是極其有魅力的中年期，就是因為那場災難，讓她成為二十年前那艘大船隊中僅存的孤舟。」

「那麼她怎麼樣了呢？」

「對了，弗朗希斯小姐出了何事呢？是死是活？我們要弄清楚的就是這個問題。這四年來，她每隔一個星期就會寫封信給家庭女教師多布尼小姐，這已經成為一種不可改變的習慣。她早已退休了。到這裡來找我的就是多布尼小姐，現在過去五個星期了，依舊是音信全無，最後一封信來自洛桑的國

際飯店。若她不留地址，說明她早已離開了那個地方。這讓家人很著急，他們很富有，若這件事搞定的話，他們肯定會感激我們的。」

「多布尼小姐是能夠為我們提供情況的唯一一個人，她肯定也給其他人寫信的吧？」

「華生，非常肯定的通訊者就只有銀行一個了，單身女人也需要生活。她們的存摺便是她們本人日記的縮影。她的存款在希爾渥斯徹銀行，她的戶頭我曾經看見過，她最後的支出用在付清洛桑的消費上，不過這筆錢很可能仍在她身上。在那之後，她只開過一次支票。」

「把它開給誰了呢？」

「開給一個叫瑪利·德伍恩的小姐。這張支票在蒙波里埃的瑞納銀行兌了現，共五十鎊。」

「可是瑪利·德伍恩又是誰呀？」

「我調查過這個人，她曾做過弗朗希斯小姐的女傭，我們不明白為什麼要把支票給瑪利·德伍恩，不過我們很快就會弄清楚這個問題的，但要作為你的研究工作。」

「為何要作為我的研究工作？」

「要弄明白這個問題，需要你去一趟洛桑，來一次驚天動地的探險。你應該知道我無法離開倫敦。由於老阿伯拉罕絲怕死，另外還有其他不想去國外的原因。如果沒有我的話，蘇格蘭場會感到寂寞的，犯人更會猖狂起來。親愛的華生，去一趟吧！若我的建議中每個詞還能值兩個便士的話，那就讓它在電報局的另一端隨時發布你的命令。」

兩天後，我來到洛桑的國際飯店，在那裡，我得到名聲顯赫的經理莫森先生的熱情招待。在他的介紹下，我知道弗朗希斯小姐在這裡住過幾個星期，並且他告訴我凡是見過她的人都很喜歡她，很願意和她接近。從他對弗朗希斯小姐的描繪中，我完全想像得出來，她年輕時一定是貌美如花。她現在還未到四十歲，風姿仍在。莫森經理告訴我，珍寶之事，他一點也不清楚。對於他給我提供的情況，我非常感激。

我繼續找這案子的線索，飯店的茶房說那女士臥房是有個沉甸甸的皮

箱，不過她一直把它鎖著。弗朗希斯的女傭瑪利‧德伍恩和飯店中的人關係都挺好的，她和一個茶房領班訂婚了。找到她的地址並不是件難事，她住在蒙彼利爾的特拉場路111號。我把這些情況逐一記錄在我的本子裡。我對自己的收穫感到非常滿意，認為無論是誰來到這裡，收集到的資訊也不過如此而已。

不過現在有一個疑點，為什麼弗朗希斯小姐花了那麼多錢又會突然離開呢？只有女傭的情人弗勒‧維拉提供一些資訊給我。大約在一兩天前，有個高而黑的長滿鬍鬚的人來這裡拜訪過她。他是英國人，住在城裡，但未留下姓名。在未拜訪之前他們曾經在湖邊迴廊上談過話，之後來拜訪她，可被她拒絕了，後來她離開了那個地方。女傭人與其情人都覺得這回訪問是她離開的原因。不過瑪利為何要離開她主人，弗勒‧維拉不願談及。我想要把這些事全搞清楚的話，要到瑪利‧德伍恩那裡問個究竟了。

第一步調查到此結束。

又開始第二步調查，首先是弗朗希斯‧卡法克司小姐離開洛桑後去的地方。這一點來說，好像上面所解釋的已經讓人信任了，弗朗希斯的離開完全是為躲避那個拜訪者，否則她的行李早已公開貼上去巴登的標籤。不過她自己與行李均是繞道而來到萊茵河遊覽區的。我是從本地庫克辦事處那裡得到這些情況的。我給福爾摩斯拍電報把這情況彙報了一下，並且很快就收到了他的回電，他幽默地稱讚了我一番。而後我登上了去巴登的路，在那裡找線索並不難。

在英國飯店，弗朗希斯小姐住過半個月，她認識了一位來自南美的傳教士斯萊辛格博士與他妻子。她和大多數單身女士一樣，從宗教中得到安慰。斯萊辛格博士曾經在執行傳教任務中得過病，現在早已恢復健康，他不同凡響的人格、為廣大信眾服務的奉獻精神深深地打動了她。她盡力地幫助這位傳教士。經理還說，白天博士躺在椅子上度過時光，身旁各站一名服務生。那時他正專心畫一幅專門解釋裘蒂安天國聖地的地圖，同時他也在寫一篇有關這方面的論文。在他完全康復之後，他們就一起去了倫敦。這位經理對以後發生的事就不清楚了，這大約是三個星期前的事，關於女傭瑪利‧德伍

恩，她在大哭幾天後，告訴其他女傭，從今以後再也不做這行，就離開了。

「哦，我記起來了，」經理突然說，「這以後尋找過弗朗希斯的人不只你一人，在幾個星期以前，也有人來這裡打聽過。」

「有沒有留下名字呀？」我問。

「沒有，但我看得出來他也是英國人，還有他的樣子很奇怪。」

我將那位名聲顯赫的朋友的敘述與我瞭解的情況聯接起來。「是否有一股野蠻氣息？」我隨即說。

「正是，用『野蠻』二字來形容他再恰當不過了，他身體龐大，留著鬍鬚，被太陽曬得很黑。看他那長相，似乎已習慣住低級旅店，而不是經常住豪華的高級賓館。他的樣子很恐怖，我真的不敢去惹他。」

真相即將落下帷幕，神秘的雲也會散去，案件中的人物逐漸清晰了。

一個陰險狡詐帶有恐怖感的傢伙正在追這位善良美麗溫柔虔誠的女士，她往前走一步，他就緊追一步，她怕他，要不然的話，她也絕不會從豪華的賓館逃去巴登。他現在還是緊追不放，他遲早會追上她。是否現在已經趕上了？她保持那種神秘到底是什麼意思？她的同伴們難道親眼目睹她所遭受的一切而不聞不問嗎？在這緊追不捨的背後到底藏著什麼不可告人的秘密？這幾個問題在我腦子裡逐個閃過，這也是我想搞清楚的。

我寫了一封信給福爾摩斯，講述我所瞭解的一些情況與我對這案子的想法。我朋友回電講了斯萊辛格博士左耳的樣子，我覺得他的想法真的非常荒謬。現在可不是開玩笑的時候，因此我並未理睬他所講的話。實際上，為了追上女傭，我已經來到蒙彼利爾。

我從這位女傭嘴中得知她瞭解的那些情況，並沒有多困難。她非常忠誠，相信女主人已經有位非常可靠的人照顧了，還有她也該結婚了，遲早要離開女主人的。她非常傷心地承認了，在巴登時，她的女主人曾經對她發過很大的脾氣，更嚴重的是有一次還逼問她，就好像女主人對她失去了信任。藉著這回爭吵分手也是很好的辦法，要不然的話，日後會非常難辦到的。於是弗朗希斯給她五十英鎊作為結婚的禮物，也把它作為一個永久的留念。她與我的看法相同，那位野蠻的英國人也非常可疑。她告訴我曾經親眼目睹那

傢伙在湖濱迴廊上惡狠狠地緊抓她的手，面目可憎，即使她的女主人從來都沒跟她提起過此事，她也認為她的出走跟那個人有關。

突然瑪利跳起來，大喊：「瞧，就是那個混蛋。」

透過窗子，我看到一位留有黑鬍鬚的人正向街中心走去，匆忙地查看門牌號碼。很明顯，他也在追查這位女傭的下落。

「你是英國人嗎？」我著急地問。

「是呀，怎麼了？」他惡狠狠地反問我。

「你的尊姓大名是？」

「不能告訴你。」他立即答道。

這處境非常尷尬，不過我肯定這種時候最好的方式就是直截了當地問他。

「你清楚弗朗希斯女士的住所嗎？」我又問道。

他震驚地看著我。

「你打算做什麼？為什麼要跟蹤她？」我說。

這傢伙急了，如同一隻憤怒的猛虎向我撲來。我根本頂不住他。他的兩隻手如鐵鉗般卡住我的脖子，差點讓我失去知覺。正在這時，一個滿臉鬍子身穿藍色工作服的工人從對面酒家衝出來，手裡拿著短棒，把他的行為制止住了。他最終怒吼一聲，離我們而去，走進我剛才進去的那家小院。他走後，我轉身感激我的「救命恩人」。

「華生，你把整個事件完全搞砸了！今晚還是與我一起回去吧！」救命恩人（福爾摩斯）說。

一個小時後，福爾摩斯恢復了原來的樣子，坐在我住的房間裡。

隨後，他仔細地向我解釋，他收到我的電報後覺得他可以離開倫敦了，因為他想在我的下一站（即蒙彼利爾）截住我，他想得很簡單。而後他化妝成一個工人在酒店裡等我。

「太危險了，要不是你及早出現，我很可能……」我小聲說著，但對他的突然到來，還是覺得有點疑慮。

「親愛的華生，你做得很認真也很仔細，太不簡單了，」他說，「我這

時還找不出你的疏忽之處。你做這件事的全部效果就是到處報警，招致別人對此事的注意，不過一點用處都沒有。」

「就是讓你做，未必比我強到哪去。」我委屈地答道。

「不是你所講的那樣，不過我做得真的比你好。令人尊敬的菲力浦斯・格林就在這個地方，與你同住一家飯店。我可以完全確定，若要有效地進行調查，他便是最好的突破口。」

就在這個時候，有一張名片送進來了。隨後進來一個人，他就是剛剛在街上打我的那傢伙。他看到我時，臉色驟然大變，非常吃驚的樣子。

「這到底是怎麼一回事，福爾摩斯先生？」他問，「我接到你的通知，馬上就來了。不過與這個人有何相干？」

「啊，這就是我的老朋友與同行華生醫生，他幫我們一起破案。」

這個人伸出曬得黑黑的而很有力的那隻大手，不斷地向我道歉。

「希望沒有傷害到你。你說我傷害了她，我真的火了。老實說，這幾天我不該負這個責任。我的神經如同帶電的電線一般。不過我真的不知如何處理這種情況。福爾摩斯先生，我很想瞭解的是你們究竟是透過怎樣的途徑與方法找到我的？」

「我和弗朗希斯女士的家庭女教師多布尼取得了聯繫。」

「那個頭上戴著一頂頭巾式樣女帽的蘇珊・多布尼嗎？我對她有印象。」

「她對你當然也記得了，先生。就是在前幾天你認為最好去南美的時候。」

「我所有的事你全瞭解啦，我也就沒必要隱瞞什麼了。我向你保證，福爾摩斯先生，世界上再沒有像我這樣愛一個女人了。即使我很野，但我非常清楚我並不壞。不過她心如白雪那樣潔白，如水晶般透明，她根本忍受不了任何的粗魯行為，因此她一聽到我所做的事，就再也不想理我了。不過她很愛我，為了我，她一直保持單身。幾年過去了，我也發了財。這時我覺得能夠找到她，讓她為我感動。我知道她還未結婚。我在洛桑把她找到了，盡了我最大的努力。我認為她現在很衰弱了，不過她意志非常堅強。當我再去找

她時，她早已離開那裡了。而後追到巴登，我得知她的女僕在這裡。我知道我很粗野，剛剛從那種生活中脫離沒多長時間，還一時不能擺脫那種粗野的習慣，因此當華生醫生那樣問我時，我一下就無法控制了。上帝啊，快告訴我，弗朗希斯女士到底是怎麼啦！」

「我們必須進一步有所瞭解，」福爾摩斯極其嚴肅地說，「你的倫敦地址是哪裡？格林先生，能告訴我們嗎？」

「在蘭姆飯店就能找到我。」格林說。

「我覺得你最好回到那裡好好待著，千萬不要離開，萬一出了什麼事，我們能夠快速地聯繫到你，你覺得怎麼樣？我不願你憑空幻想，但你必須得信任我，為了她的安全，只要能做的，我們一定盡自己最大的努力去完成，不惜一切代價。現在我沒有什麼話要講了。我把我的名片給你，便於更好地聯繫。華生，馬上收拾行裝，我要去發一封電報給赫德森太太，讓她明早七點半為我倆準備點好吃的。」

當我們回到家時，收到一封電報。福爾摩斯看後驚喜交加，他拿著電報，眼睛閃閃發光，眉毛也隨之不停地抖動。他把電報遞給我，電報上寫著：「有缺口或被撕裂過。」地點為巴登。

「什麼意思？」我問。

「這是一切，」福爾摩斯說，「你應該記得，我曾經問你一個跟本案好像沒有關係的問題，那便是傳教士的左耳。你根本沒有回答我。」

「我那時已離開巴登，根本無法調查詢問。」

「對。就因為這樣，我把另一封內容完全相同的信寄給了英國飯店的經理。這便是答覆。」

「這到底是什麼意思？」

「告訴你，我們即將對付的那個人非常狡詐危險，華生。牧師斯萊辛格博士是南美的傳教士，不過他就是亨利·皮特斯，是澳洲最無恥、可惡的流氓之一。他最拿手的好戲就是誘拐孤身女子，利用她們對宗教的感情。看起來他像一本正經的人，不過實際上他所做的那些事都是見不得人的。他的妻子根本不是真的，只是他的助手而已，叫弗蕾瑟。我看穿他的身分是透過他

做事的性質，還有他身體上的一些特徵：在1889年，在阿特萊德時他曾經在一家沙龍裡與人發生過打鬥，他被傷得很厲害，這件事證實了我的猜測。她落到這對壞事幹盡的夫妻手裡，華生，你想想結果會有多慘。」

福爾摩斯停了一會兒，緊接著說：「很可能弗朗希斯女士已經死了。即使沒死，也一定是被軟禁了，她根本不能寫信給多布尼小姐或其他朋友。或許她沒有到倫敦，或許她早已到倫敦了。第一種可能性不大，因為歐洲大陸那裡有一套完整的登記制度，無論是誰想要對大陸警方耍花招都很難。第二種可能性的機率也不算大，這夥人要把一個人押起來而不被任何人發現，這種地方真的很難找到。我直覺告訴我，她現在就在倫敦，但我還不知她在哪個地方，別無他法，只好先吃飯，養好精神耐心等待，晚上我去蘇格蘭場找我們的朋友雷斯瑞德，同他談談。」

無論是警方，還是福爾摩斯，都很難揭開這個秘密。在倫敦這個數以萬計的人海中，要找這三個人，如同大海裡撈針那樣難。專門去找，根本找不到，登廣告絕對不行。按著線索查找，也未必查找得到，到他作案的地方，也一無所獲。我們曾經監視他的老夥伴，但還是找不到他。

這足以證明我們的對手真的太狡猾了。總之，我們用盡了辦法，還是一點進展也沒有。一個星期就這樣糊里糊塗地過去了，突然有了一點點希望，那便是威斯敏斯特路的波文頓當鋪裡，有人當過一個西班牙老式銀耳環。那個人個子很高，臉刮得精光，一副教士模樣。瞭解之後，發現姓名與地址全是假的。即使無人注意其耳朵，從情形上看，他也一定是斯萊辛格。我們那位住蘭姆飯店的朋友，為打聽消息已經來過三次了。當他第三次來這裡時，距我們得知耳環的消息也不過有一小時。他魁梧高大的身上，衣服越來越寬鬆了，他日漸消瘦，眼睛也突出來了。他總是對我們哀求說：「我真想為你們做點事！」福爾摩斯最終還是答應了他的要求。

「他已經開始典當首飾了。我認為我們應把他抓起來。」他的莽撞脾氣來了。過了一陣子他又開始擔心：「這是否表示她已經遭難了呢？」

福爾摩斯十分嚴肅地搖了搖頭。

「或許他們正在扣押著她。很明顯，若把她放了，就會自取滅亡。我們

應隨時做好準備，後面很有可能會越來越壞。」福爾摩斯安靜地吸了一口菸說。

「我能做點什麼事？」

「那些人認得你嗎？」

「不認識。」

「斯萊辛格很可能會去別的當鋪典當東西。要是那樣的話，我們就必須從頭來過。若當鋪給他很好的價錢，又不會問他物品到底從何而來，現在他又是那樣需要錢，他很可能會再去波文頓當鋪。我給你寫張字條，你交給那家當鋪的老闆，他們會叫你在店裡守候。若那傢伙來了，你就死盯住他不放，一直跟蹤他到他住的地方，而後回來告訴我。千萬要注意，絕對不要魯莽行事，更不能動武，必須有耐心，把你的牛脾氣放下來。你必須向我保證，沒有我的通知與允許，不准隨意採取行動。」

這位菲力浦斯‧格林是海軍上將的兒子，他兩天來一直沒給我們任何有關這案子的消息。第三天晚上，他臉色蒼白地到我們的客廳，全身上下一直在顫抖，身體上的每塊肌肉都在不停地顫動。

「我找到他了！我找到他了！」他朝我們大喊。

他如此激動，話都說不清楚了。福爾摩斯安慰他，讓他平靜下來，然後讓他坐到椅子上。

「好吧，把這件事慢慢講給我們聽吧！」福爾摩斯說。

「這次不是教士本人，而是他所謂的老婆。大約在一個小時前，她拿來那對耳環中的另一隻。那女人的個子也挺高的，臉色慘白，那雙眼就像老鼠眼似的。」

「正是她！」福爾摩斯說。

「她離開當鋪後，我就緊隨其後到了肯辛頓路一家店鋪，福爾摩斯先生，那是承辦喪事的店鋪！」

我的同伴呆住了。「是嗎？」他哆嗦地問，聲音裡包含著內心的焦慮，不過他用蒼白冷靜的面孔極力掩飾著。格林接著說：「我正進去時，看見她與櫃檯裡的女人在講話。店裡女人一直在解釋。她說：『太晚了。』『早該

送去的。時間長一些因為和一般的不太一樣。』店裡女人又講。而後，她倆都不講話了，而一起望向我。我只好隨便講幾句就離開那裡了。」

「你做得不錯，後來呢？」

「她出商店時，我就躲進個門道裡。或許我那時引起了她的猜疑，她總在不停向周圍望著。緊跟著她叫來輛馬車，我也叫了輛馬車緊隨其後。她在布林斯頓的波特尼廣場36號下了車，我讓車夫駛過那個門口，把車停在拐角裡，在車內監視這棟房子。」

「你看見什麼了呀？」福爾摩斯說道。

「除了底層窗戶外，其餘什麼也沒看見。他們拉下百葉窗，因此很難看清裡面有什麼，到底發生了什麼事？我在那裡真不知該怎麼辦，心急火燎的。就在這時，一輛有篷的車子開過來，車裡下來兩個人。兩人下車後，從車裡取出一件東西放到台階上。福爾摩斯先生，是一口棺材。」

「啊！」我朋友聽到這裡也大為震驚。

「我差一點就衝了出去。就在這時候有人把門打開了，讓那兩人把棺材抬進去。開門的便是教士的老婆，我剛才跟蹤的那個人。她看見我在那裡，很驚訝，趕緊把門關上了。我記起你對我的囑咐，就趕快來這裡了。」說完這些以後，他平靜了許多。

「你做得非常好，」福爾摩斯一邊說，一邊在紙上寫了幾個字，然後說，「我們必須有搜查方面的證件，要不然的話，我們的行動很不合法。格林先生，你把這個送回警局，拿來一份搜查證。或許會有些麻煩，不過單憑出售珠寶就足夠了。你放心，雷斯瑞德會做好一切的。」

「不過他們很可能已殺害了親愛的弗朗希斯。那棺材很可能就是為她準備的。」

「我們會盡力而為的，格林先生，現在一秒都不能再耽擱了，把這件事交給我們，你就完全放心吧！先生，一定會解決的。」

「現在，華生，」他走之後，福爾摩斯說，「雷斯瑞德一定會派人過來的，我們依舊採取我們自己的行動。在這種情況下，別無他法，只能採用最極端的方法，馬上去那個地方，一刻也不能再耽擱了。」

「我們採用邏輯推理法分析這個情況，」福爾摩斯說，這個時候，我們正飛馳在去那裡的路上，「這夥傢伙挑撥弗朗希斯離開她那忠誠的女僕，而後又把她騙到倫敦，控制了她。她寫過信，不過都被他們給扣押了。因此她根本不能和外界取得任何聯繫。他們靠同夥租了所房子，他們想騙她的東西，我想現在一定是把她關起來了。他們一直關著她，拿走那批貴重的首飾。他們開始賣這些貴重物品了，不過他們萬萬沒有想到有人還會關心這可憐的女士。我覺得他們絕對不會永遠養活她的，取得她的首飾之後，肯定要把她殺掉。也只有這樣，他才不會被人告發。」

「這下很明白了。」

這時我朋友又做了另外一個推測，還說出了理由：「你從兩個各不相干的思路去考慮問題，華生，你會發現，它們會在某一處匯合為真實的結論。我們可以不從她著手，而從棺材入手。這件出人意料的事，證實這女士已經死了。也表示她要被按慣例下葬，因此他們買了棺材。這種做法必須有醫生開出的死亡證明，還得有正式的批准手續。若她是被害死的，他們應當就地將她埋進後花園裡。而他們完全採取公開形式，很明顯，他們害死她的方法不易被發現，他們把醫生也騙了，偽裝成自然死亡。他們的罪行不易被人看出來，還擺脫掉了她這個包袱。很奇怪，他們是怎樣瞞住醫生的雙眼的呢？除非醫生也是他們的同夥，這種可能性很小。」

「他們是否會假造證明呢？」我問。

「這很危險，華生，這樣做對他們來說一點好處也沒有。我覺得他們不會這樣做的。車夫，快停車！我們到了喪葬鋪，這正在承辦喪事，你進去一下，華生，你進去比較安全，去問問波特尼廣場那裡幾點辦葬禮。」

女店主明確地對我說，明天九點鐘將舉行葬禮。

「華生，你看，他們全部都公開了，並沒有秘密進行！顯然他們已搞到了合法的證明，因此不害怕，哎，目前是沒有其他辦法了，只好正面進攻了，華生，準備好了沒？」「你的手杖！」我說。

「行，我們已經夠強的，有句話說『充分武裝，戰鬥才會勝利』。的確如此，我們不能等警察來，因為我們並不是正規的。我們和警察的思路在

以前幾個案子上總是不相同，我們就行動吧！我們當然不能讓法律的條框來限制。車夫，你走吧！華生，我倆在一起總有好運氣，就跟以前合作得一樣。」福爾摩斯自信地說。

我們來到波特尼廣場中心的一棟黑暗大樓前，他使勁按門鈴，門開了。黯淡的燈光下出現了一個高個子女士。

「你想幹嘛？」她嚴肅地問，相當不滿，敏銳的眼光謹慎地打量著我們。

「我找斯萊辛格博士。」福爾摩斯說。

「這裡沒這個人。」她說完就要關門。

福爾摩斯把門用腳抵住，堅定地說：「我想見住在這裡的人，無論他叫什麼，自稱什麼。」她遲疑了一會兒，最後說：「請進吧，我先生是個正大光明的人，他絕對不會害怕見什麼人的。」她關好門之後，把我們帶到大廳右邊的一個房間，打開煤氣燈就離開了。

「皮特斯先生很快就來。」她告訴我們。她沒說謊，我們還未認真觀察這間破舊的結滿了蜘蛛網的房子，就發覺門開了，輕輕地走進來一個年輕人，他個子很高，臉刮得很乾淨，還是個禿頭。他的舉止看起來還算優雅，但那張十分凶殘的嘴巴毀掉了他完美的形象。

「先生們，這肯定弄錯了，」他用一種圓滑世故的聲調說，「我想你們找錯了地方，你們應該去街那頭找找，那裡也許有……」

「那樣可以，但我們不想再浪費時間了。」福爾摩斯打斷他的話，肯定地說。「你就是阿特萊德的亨利・皮特斯，後來又叫作巴登和南美的牧師斯萊辛格博士。我斷定，就像肯定我的姓名是夏洛克・福爾摩斯一樣。」

我朋友用這樣肯定的語氣對他說話時，這位皮特斯先生（暫且叫他先生吧）吃了一驚，他緊盯著這位難以對付的跟蹤者——福爾摩斯。他裝模作樣地說：「你的名字嚇不著我，你雖然是個有名的偵探，但跟我無關，假如一個人心平氣和，別人是無法讓他生氣的，你到我家來有事嗎？」「我想知道，你把弗朗希斯・卡法克司小姐怎麼處置了，她是你從巴登帶來的。」「如果你能告訴我她在哪裡，我會非常感謝你的。」皮特斯說。

「她欠我大約一百鎊的錢，就給了我一對不值一文的耳環。她可把我坑慘了。她在巴登時和我與皮特斯太太住在一起——那時我用的是別名。她不想離開我們，非得跟著我們，因此就一起來到倫敦，帳和車費全是我替她付的，但是到了倫敦之後她就消失了，只留給我一點破爛首飾作抵押。你瞧，我吃了這樣大的虧，想要設法找她，但毫無頭緒。福爾摩斯先生，你要是找著她，請務必告訴我，我會很感激你的。」

「我想找她，來這裡就肯定能夠找到她。」夏洛克·福爾摩斯答道。

「你有這方面的證件嗎？先生。」

福爾摩斯從口袋裡掏出手槍的一部分，莊重地說：「在沒有更好的證件到來之前，這便是最棒的。」

「原來你這般膽大呀，簡直就是個強盜。」

「你當然可以這樣稱呼我，」福爾摩斯高興地回答，「我同夥不也是個危險的人物嗎？並且比我的膽子還要大。我們一起來搜查他？」

我們的對手最終把門打開了。

「安妮，叫個警察過來。」他說，同時過道那裡響起一陣裙子擦地的聲音。大廳的門被打開後，立即又被關上了。「快，快，華生，我們時間不多了。」福爾摩斯極其嚴肅地對我說，他又對皮特斯說：「若你阻攔我們，敢與我們玩耍，有你好果子吃，剛剛搬來的棺材放哪裡了？」

「你要它做什麼？正在用它。裡面還裝著屍體。」

他故意搪塞我們，而且表情很自然。

「我有必要查看一下，知道嗎？」

「沒有我的允許，誰也不能看。」

「沒有必要經你的同意。」福爾摩斯動作非常快，一把就把他推向一邊，彷彿一支待發之箭，猛地即將射向遠方。我緊隨其後。打開一半的門就在我們面前。我們進去了。

這是間餐廳。一盞半亮的吊燈掛在上面。棺材放在桌子上。我朋友慢慢打開棺蓋。裡面放著一具瘦小的屍體，在燈光下，看見的是一張老人的蒼老面孔，看到這些，我有些釋然了。即使是飽經虐待、飢餓難耐的摧殘，那張

美麗的面孔也不該變成這樣。

「謝天謝地！」福爾摩斯說著，「這是另外一個人。」

「你這回犯了一個好大的錯誤，福爾摩斯先生。」皮特斯洋洋得意地講著，他跟我們進來了。

「這個女人是誰呀？」福爾摩斯靜靜地說。

「若你真想知道的話，我當然可以告訴你，尊敬的福爾摩斯先生。她是我妻子的保姆，叫羅絲·斯彭德。我們在布里克斯頓救濟院附屬診所中發現的。她被我們搬過來，把住在費班克爾別墅131號的霍林醫生請來小心仔細地照看她，盡一下基督教友的責任。但在三天後，她死了。醫生也開了證明是衰老而死。後來我叫肯辛頓斯路的斯姆公司來辦理這件事。明早九點下葬。在這裡你還能找出怎樣的漏洞呢？尊敬的先生，你應該老實地承認你犯了一個天大的錯誤。你把蓋子打開，本希望看到的是弗朗希斯·卡法克司女士，結果出乎你的意料，看到的竟然是一位九十來歲的乾巴老太太。剛才要是拍下你那種神情的話，我覺得挺好玩的。」

在他的冷嘲熱諷之下，福爾摩斯表情依舊冷漠。不過他緊握的雙手顯示出了他極大的憤怒。「我要搜你的房子。」福爾摩斯冷冷地回答。

「你還要搜呀？」皮特斯大喊。

正在這個時候，一位女士的沉重腳步聲從過道那裡傳過來。

「我們一會兒就會明白是非曲直。請到這裡來，警官們。這兩人私闖民宅。我無法讓其離開這裡，請幫我把他們趕走。」

那二位警官站在過道上，福爾摩斯向他們出示了名片。

「這是我的名字與地址。他是我朋友，華生醫生。」

「呀，先生，久仰大名，」警官說，「可是沒有合法證件，你們二位不能在這裡待著。」

「我當然知道不行。」

「抓捕他！」皮特斯又大聲喊。

「若是需要的話，我們當然知道應該怎麼做了，」警官極其嚴肅地答道，「不過福爾摩斯先生，你現在必須離開這裡。」

「好的，華生，我們應該離開了。」

我們不一會又回到了街道上，和以往一樣，福爾摩斯一副滿不在意的樣子，我卻是非常惱火，警官在我們後面走著。

「很抱歉，福爾摩斯先生，可是法律原本如此，我們不能更改。」

「是的，警官先生，我知道，你也是沒辦法。」

「我覺得你來這裡肯定有目的，要是需要幫忙……」

「警官先生，是有關一位小姐失蹤的案子，我想她就在這棟房子裡，我在等搜查證，應該快送來了。」

「我們該怎樣做？監視他們，對，監視他們，有動靜就向你彙報。」

那時約有九點鐘了，我們盡全力搜查線索。我們先來到布里克斯頓救濟院，在那裡得知，確實有一位慈善夫妻在前幾天來過，他們說那位痴呆的老太婆是他們救濟的僕人，還要求將其帶回去。救濟院聽到她去了之後就死亡的消息，沒有表現出很驚訝的樣子。

第二個目標，是一位醫生，他曾經被叫去看那位老婦人，發現她的確是衰老過度而死亡的。所以他在正式的診斷書上簽了字。

「我肯定，一切正常，在此事上，沒有一點漏洞可鑽。」

他說，房子裡也未發現什麼可疑現象，只是有一點不太明白，那樣的家庭會沒有僕人，醫生就提供了這些情況，沒有其他的了。

我們最後去了蘇格蘭場，開搜查證時手續困難，耽誤了時間，第二天才能拿到治安局的簽字，真急死人了。

福爾摩斯要是在九點左右去拜訪，他就能和雷斯瑞德一起去辦好搜查證。

就這樣過了一天。臨近午夜，我們那位警長先生替我們帶來意外的消息：他看到那座黑暗的大住宅裡，窗戶上燭火移來移去，可是卻沒人進出。

我們不得不等到明天再說。

福爾摩斯急得一句話也不說，坐立不安，連覺也不想睡。他使勁吸了幾口菸，再次皺起眉頭，修長的手指一會敲打椅背，一會兒又來回晃動。他這個時候正在思考問題。

我聽到他徹夜未眠，在屋裡來回走動。第二天，他叫醒了我，我看他面色蒼白，兩眼發黑，一看就是熬夜的結果。「是九點下葬嗎？」他著急地問，「嗯，現在是八點十五，華生，我們得趕快一點，否則就晚了——這件事太重要了。快呀！」

我們不到十分鐘便坐上馬車出發了，雖然這樣快，但我們到達目的地時已經九點了，真險！但是，好在對方也晚了，都過了九點十分，柩車還在門邊。當我們的馬車停下時，在門口出現了三個抬著棺材的人，福爾摩斯快速衝上去擋住了他們。

「抬回去！」他大喊，一隻手擋在最前面那個人的胸前，「發什麼愣，立即給我抬回去！」

「你想幹嘛？你有搜查證嗎？」皮特斯惡狠狠地叫道，那張通紅的臉不住地朝棺材看。「別急，搜查證很快就到，抬回去，等搜查證來了再埋也不遲。聽到了嗎？」福爾摩斯命令道。

抬棺材的人被福爾摩斯嚴峻的語氣鎮住了，不知什麼時候，皮特斯已經退回屋裡去了。抬棺材的人服從命令。

「華生，快！快鬆螺絲！」

「兄弟，拿好了，只要在兩分鐘內把棺蓋打開，我就賞給你們一鎊金幣。」

「……不用問了，快點做！聽見了嗎？」

「行，就這樣，太好了！」

「快，一起使勁，一、二、三，好，馬上就開了。」

我們把棺蓋掀了起來，一股異常難聞的氯仿氣味差點讓大家昏過去，裡面躺著一個軀體，頭上纏滿了浸過麻藥的紗布，依稀可以看出是一個中年婦女，漂亮的臉龐，迷人、高雅、大方，就像一尊古希臘雕像，他馬上走過去把她扶起來。

「華生，你看看她死了沒有，還有氣嗎？我想我們來得不晚。」

已經過了半個多小時，她仍沒醒，也許我們來遲了，因為氯仿有毒，以致弗朗希斯女士幾乎不醒人事。

凡是能用的科學方法我們都試過了，像人工呼吸，注射乙醚。她的眼瞼終於會動了，眼裡有了一點微弱的光澤，哦，終於活了過來。一輛馬車來了，福爾摩斯推開了百葉窗向外面看。「好極了，雷斯瑞德帶著搜查證來了，太可惜了，他想抓的人已逃走了。不過還有一個。」當樓道上傳來一陣急促的腳步聲時，他又說：「這個人將比我們更有權利照顧好這位小姐，格林先生，早安！我想我們最好把弗朗希斯小姐送走。我同時宣布，現在就開始葬禮，那位棺材裡躺著的老太婆總算能夠獨自安息了。」

「華生，你要是想把該案寫進你的記事本，你也只可以把它當作一個暫時受矇騙的小例子，大多數人都會犯這種錯誤，無論是頭腦怎麼清醒的人也無法避免。最好的辦法是想盡辦法來補救它，幸運的是，我最終認識並很好地補救了它，我的聲譽終於保住了……」我的朋友說道。

我問：「還有什麼需要說的嗎？」

「有啊，我那天晚上，讓一種想法折磨了很長時間，我覺得我在那裡發現了一絲線索，但就是琢磨不透。

「它是一句古怪的話語，一種值得懷疑的外部現象，還是……

「天亮之後，我的思緒突然一躍，產生了一個念頭。我想起了格林先生跟我報告的喪葬店女老闆的話，她說早該送去，但時間得長一點。棺材跟普通的物品不一樣，它必須按照一定的尺寸來做。為什麼用那麼大的棺材來裝一個那麼小的人，我搞不清楚是什麼原因。對，對，肯定是還要裝一個人，一定是。

「他們打算用一張證明埋兩具屍體。假如我的視線沒被擋住，肯定能看個明白，九點鐘他們要埋葬弗朗希斯女士，我們必須阻止這一切。

「可能會發現她並未死，即使希望微小，但是不得不這樣做。據說，這些人從不直接殺人，他們殺人一直盡量避免暴力。

「計謀真絕，把人埋了，卻不露出任何可疑的跡象，就算把它挖出來，他們還是可能逃脫。

「但願我想得合理，你可以再回憶一下當時的情況。樓上那陰森的小屋，就是他們長時間關閉那位女士的牢房。突然有一天，有人衝進去，用氯

仿捂住她的嘴，再把她裝進棺材，又在裡面放上氯仿，讓她不能甦醒，最後釘上棺材。

　　「這個辦法最絕了，是嗎？華生，實在是太高超了。」

　　「這簡直是犯罪史上的奇蹟，要是我們的前任傳教士從雷斯瑞德手裡逃掉，後面肯定還有好戲。」

　　「等著看吧！」

魔鬼腳根

我跟我的朋友夏洛克・福爾摩斯在一起經常遇到一些稀奇古怪的事，可是因為他不願將它們公布於眾，因此我在記錄這些令人激動的驚險經歷時很為難。

他的脾氣很怪，討厭人們的任何讚揚，不管是真心還是假意。他認為最可笑的事情是在案件結束後，把破案的報告給官方人員，臉上帶著虛假的笑容去聽人們的那種祝賀，他就是這樣不喜歡世俗的東西，淡漠地對待榮譽。

事實上，我在以後的幾年中，也曾經和他一起參與了幾次極富刺激的冒險事件，為此我深感榮耀並很想把這幾年裡的某些案件公開發表，可是一想到他的古怪脾氣，我只好放棄了。

可是事情總有出人意料的時候。上個星期天，我忽然收到一封電報，我覺得很意外，因為電報是福爾摩斯發的，只要有機會打電報，他絕不會親自寫信，我非常清楚這一點。讓我吃驚的是電報的內容：

為何不把我們經歷過的最驚險最離奇的克尼什恐怖事件公布給讀者？

我不明白到底是什麼，也許是一件小玩意，或是某個場景，使他重新想起這件事，也許是回憶的思緒把他帶回了昨日。我也不知道，是什麼奇怪的念頭，會使他要我公開發表這次令人恐懼的經歷。

我馬上翻開記錄，我不確定他會不會改變想法，說不定他會發來另一封電報，要求撤銷這個計畫，我必須快速行動。筆記上的記錄真實而詳細，提供了案件的翔實內容，現在就展示給讀者。

在1897年的春天，福爾摩斯由於忙於工作，漸漸累垮了，他那鐵打的身

子有些支持不住了，他平常不注意飲食，健康狀況開始惡化。

那年三月，莫爾・阿加加醫生——有關把他介紹給福爾摩斯時產生的戲劇性情節改日我再奉告——他明確命令那位私家偵探放掉手裡的一切案件，休息一段時間，否則他會徹底垮掉。雖然福爾摩斯是個工作狂，一心只有工作，一點也不在乎自己的身體，但是如果真的垮掉，他就不可能再長期工作，這下總算引起他的重視。他決定聽從建議，去度假換換環境，呼吸點清新空氣。

我們在那年的初春，一起來到了克尼什半島盡頭波爾都海灣附近的一座幽雅的小別墅。

那是一個美麗的地方，很適合我的病人——福爾摩斯的壞心情。那座別墅剛粉刷過，非常乾淨，它建在一處綠草如茵的海岬上。從窗戶望出去，可以看見整個芒莫尼斯灣的半圓形地勢，如同一個天然的海港。但這裡卻時常有海船出事，周圍都是黑黑的懸崖和礁石，許多海員都是死於此地。

每當北風吹起，平靜而隱蔽的海港總會吸引著遭受風浪襲擊的船隻來停泊以躲避風雨，但是風向突然間又會改變，西南風猛烈地颳起，拖拽著鐵錨，背風的海岸在浪濤中作垂死掙扎。海水拍打著懸崖和礁石，瞬間變成怪物的利齒，吞沒了前來避風的船隻。聰明的船員總會遠遠避開這個危險的地方。

我們四周的陸地與海上一樣陰沉。潮濕的沼澤地，偶爾出現一個教堂的鐘樓，說明這是古老鄉村的遺址。沼澤地上，隨處都有早已被淹沒消失的某個民族留下的遺跡，那些奇怪的石碑，埋著死者骨灰的亂土堆，還有史前時期戰爭中使用的土製武器，是人類活動留下的僅有的記錄。

這個獨具魅力的地方，還有那被人遺忘的民族的不祥氣氛，感染了我朋友的想像力。

他經常一個人在沼澤地上散步、思考。他還注意到了古代的克尼什語，我記得他還推斷克尼什語和迦勒底語相像，而且很有可能是由做錫器生意的腓尼基商人傳來的。他收集了一些語言學方面的書，目前正在專心研究這個問題。

可是，有些事情讓我發愁，卻讓他高興不已。那是指，在這個夢幻般的地方，我們仍陷進了一個發生在我們家門口的疑難事中。跟我們在倫敦遇到的那些事相比起來，這件事更緊張，更吸引人，更神秘莫測，它打亂了我們簡單而寧靜的生活。在不經意間，我們被一系列震驚了康渥爾加和整個英格蘭西部的重大事件牽連了進去。

當時，那些事叫做「克尼什恐怖事件」。它的情況讀者們或許還記得，雖然發給倫敦報界的報導一點也不完整，事情到現在已經過了三十年，此時我會盡力把這些不可思議的事情的真相公布出來。

我已經說過，那些零落的教堂鐘樓說明康渥爾加這一帶有些零星的村莊。其中特里丹尼克·沃拉斯小村離我們的別墅最近，幾百戶村民居住在那裡，一個長滿青苔的古老教堂被他們的小屋包圍起來。教區牧師朗吉德先生是位考古學家，福爾摩斯就是把他當作一個考古學家而認識的，朗吉德先生長相極好，平易近人，他相當有學問，對當地的情況十分瞭解。

他邀請我們去他教區的住房裡喝茶，進而使我們認識了莫梯克·特雷肯斯先生，這位自食其力的紳士租用了牧師的幾個房間，因此牧師有了微薄的收入。那位牧師，作為一個孤獨的單身漢，很樂意做出這樣的安排，儘管他與這位房客截然不同。

特雷肯斯先生給人的感覺有些畸形，他長得又黑又瘦，戴著眼鏡，彎著腰。在我們這次拜訪中，牧師一直在說話，可是他的房客卻一言不發，一臉愁容地坐著，兩眼望著窗外，他明顯是在想自己的心事。

三月十六日，也就是星期二，我跟福爾摩斯吃過早飯後，一起悠閒地抽著菸，正打算去沼澤地進行每日例行的閒逛時，朗吉德先生與特雷肯斯先生突然前來拜訪。

「福爾摩斯先生，」牧師激動地說，「昨晚，這裡發生了一件從未聽說過的最奇特悲慘的事件，還好有您在，這真是天意啊，在整個英格蘭，您是我們唯一需要的人。」

我不太友好地打量了一番這位不請自來的客人。福爾摩斯把菸斗從嘴裡拿開，坐直了身子，彷彿一隻老練的獵犬聽到了呼叫聲，他指了指沙發，讓

兩位客人坐下。於是，那位心驚膽戰的來訪者和他那焦急的同夥在沙發上坐了下來，莫梯克‧特雷肯斯先生比牧師鎮定些，但他那雙瘦手仍然不住地抖著，眼睛直楞楞地盯著我們，這說明他們倆的情緒一樣激動，看起來也異常緊張。

「你講還是我講？」他問牧師。

「嗯，不論如何，你是最早發現的，牧師也是從你那知道的，還是由你來講吧！」福爾摩斯說。

我看了看牧師：他匆忙間穿上的衣服還有些凌亂，可是他身邊坐著的房客卻是衣冠整齊。福爾摩斯幾句簡單的推論把他們嚇得面露驚色，我覺得很可笑。

「讓我先講兩句吧，」牧師說，「然後您再決定是否聽特雷肯斯先生敘述詳情，還是馬上趕往出現怪事的現場去。」

牧師稍停了一下，好像敘述此事令他心有餘悸。

「首先要說明的是，昨晚我們的朋友和他的兩個兄弟奧肯和喬斯還有妹妹布羅達在特里丹尼克瓦薩的房子裡，那間房子在沼澤地上的一個石頭十字架附近。他們身體很棒，興高采烈地在餐桌上玩牌，剛過十點，我們的朋友便離開了他們。

「他一般是很早起床的，他在今早吃早餐之前，就朝那個方向走去，查理德斯醫生坐著馬車來到他面前，告訴他說有人請他去特里丹尼克瓦薩進行急診。莫梯克‧特雷肯斯先生就跟他一起走了。等他們趕到那裡時，發現了一件怪事。」

「哦，我不知道該怎樣說，真是難以置信。」牧師又停了一下。

「請繼續。」福爾摩斯鼓勵他說。

「好！他的兩兄弟和妹妹還和他離開時一樣坐在桌子邊，他們面前仍放著紙牌，蠟已經燃盡了，可憐的妹妹已經死了，兩個兄弟分別在她身旁，又笑又叫又唱，瘋瘋癲癲的，三個人——那個已經死去的女人和兩個瘋男人——他們的臉上都露出恐怖的表情，那種恐怖的樣子讓人不敢正眼去看。除了他們的管家兼廚師普特太太以外，沒有任何人到過那裡。普特太太說她

昨晚睡得很好，沒聽到什麼動靜，東西既沒被偷，也未曾被翻過。是什麼東西能嚇死一個女人，嚇瘋兩個強壯的男人呢？真是無法解釋，大致情況就是這樣，福爾摩斯先生，假如你能幫我們破案，那就是做了一件了不起的事了。」

我們的度假計畫看樣子是要落空了，我本來還希望用某種方式把他從中引開，回到我們以療養為目的的平靜的生活中，但一看他那興奮的樣子，我就意識到，一切又都恢復了老樣子。

他靜靜地坐著，低頭認真思考這件突然打破我們平靜生活的奇事。

「讓我研究一下，」他說，「從表面上看，這個案子很不尋常。你本人到過那裡嗎，朗吉德先生？」

「沒有，當特雷肯斯回到牧師住地講起這件事，我馬上就和他到您這裡來了。」

「發生這個奇案的地方距離這裡有多遠？」

「往內地走大約有一英里。」

「我們一起走著去吧，但是在出發之前，我得問莫梯克·特雷肯斯先生幾個問題。」

特雷肯斯先生一直沒說話，但是我能看出他那盡力控制的情緒，比牧師的莽撞情感要激烈。他坐在那裡，臉色蒼白，愁眉苦臉，用不安的眼睛看著福爾摩斯，兩手緊握，當他聽牧師講述他家人的悲慘遭遇時，他那蒼白的嘴唇在發顫，眼裡露出恐怖的目光。

「你問吧，福爾摩斯先生，說起來這是件倒楣透頂的事，我不想再去想它了，但是我一定會如實回答你的問題。」

「好的，請把昨晚你離開特里丹尼克瓦薩之前的情況說一下！」

「嗯，好的，我在那裡和他們一起吃晚飯，之後，就像牧師說的那樣，我哥哥喬斯提議玩一會牌。我們九點左右開始打牌，我大概十點一刻離開他們，我走的時候，他們還高高興興地圍在桌旁打牌聊天。」

「誰把你送出門的？」

「我自己走的，因為管家已經睡了，我就沒叫她，自己打開門，又把門

關上了。他們打牌的那個屋子的窗戶也是關好的，只是百葉窗沒放下來。我們今早去看時，門窗並未破損，不可能是外面的人進去製造的悲劇。可是，他們仍舊坐在那裡，我的兩個兄弟瘋了，妹妹死了，頭垂在椅背上，太恐怖，太淒慘了，只要我的生命還在，我就永遠不可能把那種恐怖的景象從我腦海裡去掉。」他低下了頭。

福爾摩斯說：「你說的情況確實很怪，我覺得你自己也無法解釋吧？」

「一定是魔鬼，福爾摩斯先生，一定是的！」莫梯克‧特雷肯斯衝到福爾摩斯前面，瘋狂地叫道，眼裡彷彿要噴出火來。

「這並非是這個世界上的事，」他繼續叫，「有什麼東西進了那個屋子，把他們的理智撲滅了，人類不可能有力量辦到這一點，肯定是萬惡的魔鬼！」

「我擔心，」福爾摩斯說，「假如此事是人力所不能及的，我當然也不可能辦到。但是在不得不相信這種理論之前，我得盡力運用所有合乎自然的解釋。至於你，特雷肯斯先生，我看你們已分了家的，對吧？他們住在一起，而你獨自住在牧師那裡。」

「沒錯，」特雷肯斯說，「可是這件事已經結束了，我們一家以前經營一家錫礦，住在雷德魯尼斯。可是，我們馬上厭倦了這種冒險的生活，因此把企業賣給另一個公司，不幹這一行了。我們手裡都有一筆錢，日子還算可以，但是……」

特雷肯斯先生面露難色，可是他還是說了下去。

「我承認，為了分錢，我們相互之間發生了分歧，出現了一些小小的摩擦，在這期間，我們感情有些不和。但這一切已經過去，我們彼此諒解了，誰也不把此事記恨在心。我們成了最好的朋友。」

「你回憶一下你們最後度過的那個晚上，看看能否找到可以說明這悲劇發生的線索？認真想一下，特雷肯斯先生，因為一切線索都有利於我們的調查，我想你也願意幫助我們。」

「但是，先生，我什麼也想不出來。」

「你的親人們的情緒是否正常？」

「非常正常。」

「他們有沒有表現出會發生危險的憂慮？有沒有神經質？」

「肯定沒有。」

「你沒有什麼可以幫助我們的話了嗎？」

莫梯克・特雷肯斯認真想了一會兒。

「我想起了一件事，」他說，「我背朝窗戶坐著，和哥哥喬斯打牌，他正對窗戶……讓我想一下。」

「對了，有一回他使勁朝我背後望，我也奇怪地轉過身去看，百葉窗並未放下，只見樹叢裡似乎有什麼東西在跑動，不知是人還是動物，反正是個東西在跑。我問哥哥他看見什麼了，他說和我一樣，我要告訴你的就是這麼多了。」

「你沒有去看一下，究竟是什麼？」

「沒有，我那時不是十分在意它。」

「你後來離開時，有沒有感覺到一些凶兆？」

「絕對沒有。」

「有一件事我搞不懂，你今天早上為何那麼早就知道了消息？」

「沒什麼奇怪，我習慣早起，在早飯前出去走走，我正要出去時，醫生坐馬車來找我，他說：『普特太太叫一個小男孩送信給我，你快上車，我們細談。』

「我上了馬車，坐在他旁邊，便上路了。到了那裡，我倆不約而同地望向那充滿恐怖的屋子，太可怕了……

「幾個小時前，蠟燭和爐火就已熄滅了。他們三人不得不長時間處於黑暗裡一直到天亮，醫生說，布羅達死了至少有六個小時，但是沒有發現任何暴力痕跡。她斜靠著椅背，臉上充滿恐懼。喬斯和奧肯斷斷續續地唱著陰森的歌謠，還驚惶失措地小聲說著什麼。我得想一想。

「他們那時就像兩個大馬猴，太可怕了！把我給嚇壞了！醫生的臉白得跟死人似的，沒半點生氣，他差點暈倒，大口喘著氣，倒到椅子裡，差點要我們去搶救他。」

福爾摩斯托著帽子站起身來：「簡直是莫名其妙，我想我應該立即前往特里丹尼克瓦薩，老實說，我很少見過如此奇怪的案子。」

第一天早晨，我們沒有調查出任何頭緒，只是在一開始，有一件意料之外的事情，給我們留下了最不祥的印象。

事情是這樣的，我們在通往悲劇發生地的一條曲折的小巷裡，突然聽見了一連串的破馬車聲。

我們就靠邊站在那裡，給它讓路，在不經意間，我看了馬車一眼，發現一張扭曲的面孔正窺視著我們，那雙瞪得很大的眼睛和那參差不齊的牙齒從我們面前閃過，彷彿一個魔鬼。

「親愛的兄弟們！」莫梯克・特雷肯斯叫道。他臉色全變了，「他們肯定被送到科爾斯頓了。」

我們無比恐懼地望著那輛黑馬車離去。然後，才走向那發生悲劇的房子。

那是一棟小別墅，寬敞明亮，周圍還有一個美麗的大花園和草坪，克尼什氣候暖和，所以這裡春意盎然。臥室的窗戶正對著花園。按莫梯克・特雷肯斯說的，那個魔鬼般的人一出現在花園裡，他的兄弟們馬上被嚇瘋了。福爾摩斯陷入沉思，在花園裡走來走去，他沿著小路查看，我們後來走進了門樓。

我們走進屋，在裡面，我們遇到了那位老管家普特太太，她有一個小女孩做助手，而且她熱情地回答了福爾摩斯提出的問題。

她跟我們講：她晚上一點動靜也沒聽到，主人們的情緒一直很好，從沒見他們如此興奮過。但是，她今天早上走進屋子時，竟發生了那樣恐怖的事，她被嚇暈了……

醒來後，她打開窗，想透透氣。她後來跑到小巷裡，託一個小孩去找醫生。要是我們想看一下那個不幸而死的可憐人，她就在樓上的一張大床上，他們兄弟是找了幾個強壯的男子把他們弄到馬車上，送去了精神病醫院。她在這裡一刻也待不下去了，當天下午便準備回家了。

我們上樓檢查了屍體，她人雖到中年，但仍然美麗；儘管人已經死了，

那張清秀的面龐依然漂亮。她臉上卻露出異常驚恐的表情，這就是她最後的一點人類表情。

我們走出她的臥室，下樓來到悲劇的發生地，隔夜的灰炭還在，桌子上有四根蠟燭燒盡後留下的痕跡，桌上散了一堆紙牌。

福爾摩斯在屋裡走來走去，他在那三把椅子上都坐了一下，又把它們放回原處，他又看了一下花園，然後我們才開始工作。

他檢查了地板、天花板和壁爐。但我始終沒發現他的眼睛忽然閃光，也沒發現他將雙唇緊閉，要是看到了有那種表情，我就敢肯定，案子有了突破口。

「為何要生火呢？」他問，「他們在春天的晚上也要在屋子裡生火嗎？」

莫梯克‧特雷肯斯的解釋是那晚天氣非常潮濕，房裡也一樣，他們因此不得不生火取暖。後來又問福爾摩斯：「現在，你打算怎麼辦？」

我朋友對他笑了笑，一隻手拉住我的左臂說：「華生，我覺得我們該做一些研究。」

「什麼研究？」我們異口同聲地問。

「就是研究你常常批評並且極有道理的菸草中毒，」他說，「先生們，要是可以，我現在得回我們的住宅去。」

我問：「為什麼？」

「因為這裡沒有什麼新的東西能引起我的注意，我得把情況認真考慮一下。再見！特雷肯斯先生。」

「要是有事，我馬上通知你和牧師，兩位早安！」

我倆回到彼爾湖別墅，福爾摩斯不久便沉默了。

他縮在靠背椅裡，四周煙霧圍繞，青煙罩著他那憔悴的臉，讓人看不清，我隱約看見他緊鎖雙眉，兩眼露出茫然無助的神情。過了一會兒，他才放下菸斗，站起身來，我們彼此相望，他無法掩飾他的喜悅。我知道，他肯定在冥思苦想之後得到了線索。

「華生，走，我們一起到懸崖上走走。」他樂呵呵地說。

「懸崖？」

「是的，尋找火石的箭頭。我們與其尋找此案的線索，還不如去尋找火石的箭頭，要是沒有充分的資料而盲目動腦筋，就好比讓一部引擎不停地空轉，早晚會轉成碎片。

「不僅要有大海中的空氣，陽光，還得具有百倍的耐心，華生，你應該相信，只要有了這些，其他什麼都會有的。

「我們目前必須冷靜下來，確定一下我們的境況。」

我倆沿著懸崖走，他接著說：「我們得緊抓住我們得到的那點有用的情況，只有如此，才能與新發生的情況符合。

「首先，我倆誰都不相信是魔鬼驚擾了世人。我們現在就要排除這種想法，然後再去工作。

「有一點值得肯定，就是那三人遇到了某種有意無意的人類的可怕動作的突然襲擊。

「關於它發生的時間，要是莫梯克‧特雷肯斯先生所提供的資料屬實，那恐怖事件明顯是在他離開房間後不久便發生了。

「這是很關鍵的一點，比如事情發生在他走後一刻鐘之內，桌上還撒著紙牌。不會是發生在已經過了睡覺時間，因為他們的位置並未改變，椅子也未推到桌子下面，顯然還在玩牌的狀態。我再說一遍，是在他走後不久發生的，最遲不會超過午夜十一點。

「下面我們要做的是，盡力設法查清莫梯克‧特雷肯斯先生離開後，他們做了些什麼。

「這方面沒有絲毫困難，況且也未曾引起誰的懷疑。

「你也許不會忘記我的辦法，也應該猜到我笨手笨腳地被噴壺絆倒，事實上是我使的一個計謀，利用這個計謀，我輕鬆地得到他的腳印，比其他辦法得到的要清晰許多倍。

「他的腳印剛好印在潮濕的沙土小路上，真是妙極了！

「你知道，昨晚也很潮濕，所以有了腳印標本，根據別人的腳印來尋找他的行蹤並不困難，所以可以知道，他是朝牧師住宅那個方向走去的。

「要是莫梯克・特雷肯斯不在現場，而是外面的人嚇著了玩牌的人，我們該如何來證實那個人？又怎麼表達這個恐怖現象？普特太太不應受到牽連，她是無辜的。是否有人爬上窗戶，製造了恐怖景象嚇瘋了那些看他的人，有沒有這方面的證據？

「這方面的設想是特雷肯斯一人指出的，他說他哥哥首先發覺花園裡有動靜，這很奇怪。那天下雨，雲很厚，周圍一片漆黑，要是有人故意嚇他們，肯定會在別人發現之前，把臉貼在玻璃上，但是沒有腳印啊，難以置信，外面的人怎麼可以使屋裡的人產生可怕的印象呢，我們一直沒發現這種古怪的目的在哪。你發現我們的困難在哪了嗎？華生。」

「當然，沒有比這更明顯的困難了。」我回答。

「可是，假如資料再充足一點，我們會覺得困難並不難解決。華生，我想你應該可以在你那內容廣泛的案卷中找到一點模糊的答案。

「我們現在暫時把案子放在一邊，等有了充足的資料再來處理。還有點時間，讓我們去追蹤一下新石器時代的人，走，開始行動吧！」

我還準備談談我朋友認真思考問題的那股驚人毅力。但是，他卻在這個美麗春天的早晨，滔滔不絕地談了兩個多小時的石器、石鑿、箭頭和碎瓷片，看起來輕鬆自如，似乎沒有那個險惡的秘密等著他去揭露一樣。我對此十分不解。

我們一直到了下午，才回到別墅。

有一個來訪者已經等了很長時間了。他立刻把我們的思緒拉了回來，他身材魁梧，一張嚴肅的臉上長滿了皺紋，目光凶惡，蒜頭鼻子，頭髮灰白，腮邊的鬍子灰白——靠近唇邊的鬍子卻是金黃色的。這些讓我們想到，他長得很像偉大的獵獅人兼探險家里昂・斯德戴爾博士。因為大家都很熟悉他，他到過附近，我們多次聽說有人曾經在鄉間小路上看見過他，他沒走近我們，我們也不打算走近他，由於大家都清楚，他喜歡隱居，過著孤獨與簡樸的生活。無論在旅行期間，還是在休息時，他一如既往，從不關心鄰居的事。

正是這樣，我在聽到他用熱情的聲調詢問福爾摩斯該案有無進展時，才

覺得很意外。

「郡裡的警察根本沒用，」他說，「但是，你的經驗還是比較豐富。也許你已經有了一些線索，我別無他求，只希望你把我當作知已，因為我經常過往這裡，熟悉特雷肯斯一家。實話告訴你，我母親是克尼什人，這樣說來，我和他們還是親戚呢，他們的不幸讓我心痛，我本準備去非洲，已經到了普利茅斯，今天早上聽到這可怕的消息，我便趕了回來。」

福爾摩斯抬起頭，看著他。

「你這樣不是把旅行給耽誤了嗎？」

「沒事。」

「啊！我好感動，你太講情義了！」

「我不是跟你說了嗎？我們是親戚，真的是親戚。」

「哦，對，對──你母親的遠親。」

「你的行李上船了嗎？」

「沒有，還在旅館裡。」

「知道了，可是這件事應該還沒登報吧？」

「沒有，先生，我接到了電報。」

「電報？能否告訴我這電報是誰發的？」

我和福爾摩斯都注意到，他原來就凶惡的臉上又籠上了一絲陰影。

他喃喃地說：「先生，你是不是有點追根究柢呀？」

「很抱歉，希望你正面回答我，這是我的工作需要。」

斯德戴爾博士定了定神，鎮定下來，他下意識地用手帕擦去額上的汗水。

「好吧，告訴你也無妨，」他說，「是牧師發的，這下你滿意了吧！」

「謝謝你，斯德戴爾博士，」福爾摩斯說，「目前，我就知道這些，現在我便告訴你，請認真聽。」

「該案的主題我至今還沒搞懂。但是，做出某種結論的希望仍然很大。不過，要更多的說明卻還早著呢！」

「要是你的懷疑已經有具體指向，我的朋友，你該不會不願意告訴我

吧？你說是不是？」

「不，我很難回答這一點。」

「我是在浪費自己的時間了，告辭了！」那位聞名的博士十分掃興地走了。五分鐘之後，福爾摩斯便盯上了他，直到晚上才回來，他拖著沉重的步伐，樣子很憔悴。我想他的調查沒什麼進展，他把一封電報只看了一下，便丟進壁爐，然後轉過身來。

「電報發自普利茅斯的一家旅館，華生，我從牧師那裡打聽到那個旅館的名字，就發了電報去，詢問里昂‧斯德戴爾博士的話是否是真的。發回的消息說，他昨晚的確在那個旅館住過，也的確把一部分行李送上船去非洲，他自己又回來瞭解情況，你是怎麼想的，華生？」

「事情好像與他有利害關係，我想了一下，一定是這樣。」

「利害關係——對，可是有一條線索，我們還未掌握。它可能幫我們理清這團亂麻，振作點，朋友，一旦全部資料到了手，問題就好辦了，我們會馬上把困難甩得遠遠的，華生，你應該相信勝利肯定會屬於我們。」

不知福爾摩斯的話多久才會實現，那將為我們的調查找出一條新的出路，這個新發展將有多麼奇怪多麼險惡，這些我都沒有去想。

早上，我站在窗前刮鬍子，聽見嗒嗒的馬蹄聲，我往外一看，發現一輛馬車從那頭駛過來。一轉眼，便停在了我們門口，那個牧師跳下來，向花園小路跑過來。福爾摩斯也起來了，我們馬上去迎他。

我們的客人激動得話都說不通了，他最後結結巴巴地講起他的可悲故事。

「我們讓魔鬼纏住了，福爾摩斯先生！這個可憐的教區被纏住了！」他叫道，「是魔鬼撒旦親自施的妖法！我們落入了他的魔掌啦！」他激動得指手畫腳，要不是他那張蒼白的臉和滿是恐懼的眼睛，他就成了莎士比亞戲劇中的小丑了。福爾摩斯和我都吃驚地看著他，直到最後他才說出了這個可怕的事實。

「特雷肯斯昨晚死了，情況跟那三人一模一樣。先生，我們肯定被魔鬼纏上了。」

福爾摩斯緊張地站起身來。

「你的馬車能坐下我們倆嗎？」

「能。」

「華生，不吃早飯了。朗吉德先生，我們一切聽你指揮，快，趕緊去現場。」

莫梯克・特雷肯斯先生佔用了牧師住宅的兩個房間，上下各一，都在同一個角落。下面是一間大的客廳，上面那間是臥室，從兩間房裡看出去，外面有一塊用來打棒球的草坪，直到窗下。我們比醫生跟警察先到一步，因此現場一點沒動過。那是一個多霧的三月早晨，我們來說一下現場的景物。我確信，它留在我腦海裡的印象將永遠不可抹掉。

房間裡的氣氛陰沉沉的，相當悶，僕人先進來打開了窗戶，否則將令人無法忍受，原因也許是由於屋裡的一張桌子上還點著一盞冒煙的燈。死者就在桌邊，他仰靠在椅子上，稀少的鬍鬚豎起來，眼鏡被推到前額上，臉望著窗外，他的臉因恐懼而扭曲變了形，和他妹妹一樣。他四肢痙攣，手指緊握，好像死在了極度驚恐中，他衣著整齊，可是他似乎是在慌亂中穿好衣服的。我們經過調查，得知他已經上過床，是在凌晨遇害的。

你如果看到福爾摩斯走進那間屋子時所發生的突然變化，肯定會察覺到他那冷靜外表裡面的熱烈活力了。他立刻變得緊張而警惕，似乎即將面臨什麼挑戰，兩眼炯炯有神，臉色也嚴肅起來，四肢因激動而發抖。他忽而走到外面的草坪上，忽而又從窗戶跳進來，在房間裡四處巡視，一會兒他又回到樓上臥室，好像一隻從隱蔽處一躍而出的獵犬。他快速檢查了一遍臥室。然後打開窗子，彷彿又讓他感受到某種興奮，他把身子探出窗大聲地叫喊。後來，他衝下樓，從開著的窗子裡鑽出去，躺下把臉貼在草坪上，又站起身，再次回到屋裡。他精神抖擻，像獵人尋到了獵物的蹤跡。屋裡那盞燈很平常，但他卻認真檢查了一下，量了燈盤的尺寸。還用放大鏡看了蓋在煙囪頂上的雲母擋板；把附在煙囪頂端外殼上的灰刮下來，裝進信封，夾在筆記本裡。最後，警察和醫生來了，他招手叫牧師過去。我們三人便來到外面的草坪上。

他說：「很高興，我的調查不是毫無結果，我不能留下來與警察討論此事，可是朗吉德先生，要是你樂意，替我提醒檢查員注意臥室的窗子與客廳的燈，我會很感激你。因為臥室的窗子和客廳的燈對我們有很大啟發，把兩者結合起來，我們差不多可以得出結論。警方如果想進一步瞭解情況，我歡迎他們去我的住所，華生，我們現在最好去別處看看，讓警察先忙著吧！」

也許是警察對私人偵探插手感到不滿，或者是他們自有辦法，可以肯定的是，以後的兩天，我們沒從警察那裡聽到任何消息。

在這期間，福爾摩斯待在別墅裡，不是抽菸、空想，便是去村子裡散步，一去就是幾個小時，回來也不告訴我他去了哪裡。

後來我們做了一個實驗，終於使我對他的調查情況有了一點瞭解。他買了一盞燈，尺寸、構造都跟莫梯克·特雷肯斯發生悲劇的房裡那盞一樣。

他在燈裡放滿了牧師住宅裡用的那種油，還詳細記錄了燈燃盡的時間。這是第一次實驗。可是我永遠忘不了第二個實驗，這使人難以忍受。

當天下午他對我說：「華生，你是否發現，在我們瞭解到的各種情況中有一個共同之處，那就是首先進入那個作案房間的人都會感覺到的那種氣氛，特雷肯斯描述過他最後去他哥哥家的情況，他說醫生一進屋便倒在椅子上，你還記得嗎？普特太太跟我們講，她進屋後也昏倒了，後來打開了窗戶。第二個案子，就是特雷肯斯自己死了——你該不會忘了，我們進屋時覺得悶得慌，雖然先前傭人已經把窗子打開了，後來我們知道傭人覺得不舒服就去睡覺了，華生，這些事實很有啟發性。它們說明兩處作案點都存在有毒氣體，兩處案發房間都有東西燃燒——一處是爐子，一處是燈。燒爐子是需要的，可是點燈——比較一下耗油量就知道了，已經是白天了，幹嘛還要點燈？點燈，悶人的氣體，還有那些不幸的人，有的瘋了，有的死了，這三件事顯然是有聯繫的，這難道還不明白嗎？華生，你想，是不是這樣？」

「看來的確如此。」

「至少我們可以把它看成是一種很有利的假設。然後我們再猜想，兩個案件裡燒的東西能放出一種氣體，這種氣體產生了一種奇怪的中毒作用。好，我們再把兩個案子聯繫起來，第一案——特雷肯斯家——這種東西被放

在爐火裡。窗戶關著,爐火自然會使煙霧擴散到煙囪。這樣,中毒就沒有第二案嚴重,因為第二案的屋裡,煙霧無處可散。從結果看:在第一案裡只有女的死亡,也許是由於女性神經比男性敏感,另外兩個男人都精神錯亂了,不論是哪一種,明顯都是由於毒藥產生了初步作用;在第二案裡,毒氣則產生了充分的作用。因此從以上分析可看出,悲劇是因為燃燒放出的毒氣造成的。

「因此我在特雷肯斯屋裡查看有沒有東西殘留下來,重點是燈罩或防煙罩。不出我的意料,我在燈的邊緣發現了一些未燒盡的褐色粉末。你當時也看見我取了一半裝進信封。」

「為何只取一半呢?」

「親愛的朋友,我不能妨礙官方警察呀,我把發現的所有證物都留給了他們,毒藥仍在雲母罩上,只要他們有能力去找。華生,我們現在點上燈,不過得先把窗戶打開,否則我們兩個有才華的公民可能過早地斷送性命,你靠近那邊打開的窗子坐在椅子上,除非你像明智的人那樣不願參與這個實驗,可是我知道你會參加的,我還是瞭解你的。我就坐在你對面,我們和毒藥保持一定距離。房門開著,我們互相看著對方,如果沒有危險症狀發生,我們就把實驗做完,明白了嗎?好,我把藥粉——就是剩下的藥粉——從信封裡取出,放在點燃的燈上,就這樣!華生,我們坐好,看有什麼情況出現。」

我們一坐下就聞到一股濃濃的麝香氣,讓人噁心,頭一陣香味撲來時,我的腦子和想像力就控制不住了,眼前是一片濃黑的煙霧,可是我心裡還清楚。雖然什麼也看不見,卻好像潛伏著一種恐怖的邪惡東西。我被強行推向那可怖的煙霧中,那模糊的幽靈在煙霧裡遊蕩,似乎預示著有什麼東西要出現,一個陌生人影來到門前,幾乎要把我的心靈炸裂,一種非常陰森的恐懼籠罩著我。我覺得自己的頭髮都豎了起來,眼睛突了出來,嘴巴張開,舌頭發硬,腦子裡像煮沸的水。肯定有什麼東西被折斷了,我想叫,卻彷彿是從遙遠的地方傳來的一陣嘶啞的呼喊聲,它離我那麼遠,似乎不是我自己的聲音。此時,我想到了跑,於是就逃出了那令人害怕,使人絕望的煙霧。

我看見福爾摩斯被嚇白的面孔，如同死人一樣，這個景象使我的神志在剎那間清醒了，我有了力量，甩開椅子，跑過去抱住福爾摩斯，我倆便踉踉蹌蹌地逃出那間恐怖的屋子。不久之後，我倆倒在了外面的草坪上。

此時，我倆感到燦爛的陽光把那股圍困住我們的地獄般的煙霧給穿透了，煙霧從我們的心靈中慢慢消散，彷彿霧氣從山木間消失一樣，平靜而理智的陽光又照到我們身上。我倆坐在草地上，擦擦冰冷的前額，彼此看著對方，觀察這場劫難之後的印證。

「老實說，華生！」福爾摩斯說，聲音仍然在發顫，「我必須感謝你，還得向你道歉，哪怕對我自己來講，這個實驗也是大可非議的，對朋友來講，就更嚴重了。我真不該啊，親愛的朋友，我太對不起你了。」

我從未像現在一樣對福爾摩斯的內心世界瞭解得如此細緻。「你明白，」我激動地說，「這樣能幫助你，不是嗎？我為此備感榮幸。」

馬上他又恢復了那種半帶幽默半帶挖苦的神情，這是他對旁人的習慣態度：「華生，讓我倆如此瘋狂，簡直是多此一舉，我們進行這個實驗以前，觀眾肯定認為我倆發瘋了。我不得不承認，我未曾料到反應會如此強烈。」他跑進屋又跑出來，手裡提著那盞燈，手臂伸得很直，以讓自己遠離燈，他把燈丟進了荊棘叢裡。「必須讓屋裡換換空氣。華生，我覺得對這些悲劇的出現，你該不會再有什麼懷疑了吧？」

「是的。」

「可是，仍然搞不明起因。」福爾摩斯皺著眉頭。

「我們去那邊涼亭裡討論吧！」他轉身走進涼亭。

「這個該死的東西似乎還卡在我脖子裡，我們得承認，全部是莫梯克·特雷肯斯那壞蛋幹的，雖然在第二次悲劇裡他是受害人，可是在第一次裡他是罪犯。我們首先應記住，他們家以前鬧過糾紛，後來又和好了，程度到底怎樣，我們就不清楚了。當我想到特雷肯斯那張狡詐的面孔，特別是鏡片後面的兩隻陰險的小眼睛，就認定他不是個性情厚道的人。他說過花園裡有情況，這下就把我們的注意力引開了，使我們偏離了正確的方向。他就是想把我們引進陷阱。最後一點，假如不是他把藥粉扔進火裡，還會有誰呢？他一

離開就出事了。你想，要是有別人進來，屋內的人肯定會從桌邊站起來。另外，這寧靜的康渥爾，晚上十點之後是沒人外出作客的，因此我們可以說，一切都說明了特雷肯斯是嫌疑犯。」

「他是自殺的了！」

「嗯，華生，表面上看來這種假設可能成立，一個人給自己的家人帶來這樣的災難，會感到自責，他也許會由於悔恨而自殺。但是有理由能推翻該假設，好了，英格蘭有一位知道所有情況的人，我已經安排好了，今天下午我們就可以聽到他的敘述，哦！他提前來了。」

「裡面請，里昂‧斯德戴爾博士，我們剛在屋裡做了一次化學實驗，所以屋裡不能接待貴客。」福爾摩斯笑道。

我們聽到花園的門喀嗒一聲，那位探險家的高大身影便出現了，他很驚訝，轉過身朝我們這邊走來。

「福爾摩斯先生，是你叫我來的，大概一個小時前我收到了你的信，就來了，儘管我不知道自己奉命前來是為了什麼，是這樣嗎？先生。」

「也許我們能夠在分手之前把事情弄清，」福爾摩斯說，「你現在來到這裡，我很感謝你，室外接待不周到，希望你諒解。我朋友華生和我將為命名為《克尼什的恐怖》的文稿新添一章，現在我們需要清新的空氣，我們要討論的問題也許跟你本人有密切的關係。因此，我們還是在一個沒人偷聽的地方談論，你說好嗎？」

探險家面孔鐵青，把雪茄從嘴裡拿出來，一動不動地看著我的同伴，似乎有什麼東西忽然打了他一下。

「我不知道，先生，」他說，「你要談論的問題與我有什麼密切關係。」

「莫梯克‧特雷肯斯的死。」福爾摩斯看著他說。

那一瞬間，我真希望自己全副武裝，手拿武器，斯德戴爾那猙獰的面孔唰地變紅，睜大雙眼，額上的青筋都鼓了起來，他握著拳頭衝向我的朋友，後來又強迫自己站住，竭力使自己鎮定下來。他的樣子比火冒三丈更令人害怕。

「我長時間和野人生活，法律限制不了我，」他說，「所以我便是法律，這已經不奇怪了。先生，你不要忘了，實際上我不想害你，你應該還記得以前發生的事。」

「我也不想害你，博士，雖然我已經全部知道了，我是先找你而沒找警察。」

斯德戴爾喘著氣，坐了下來，他害怕了。

也許這是他冒險生涯中從未遇過的，福爾摩斯那鎮定自如、自信的神情獨具力量。我們的客人一時之間無話可說，急得兩手不知擱哪裡好，像一隻被束縛的猴子。

「你這是什麼意思？」他終於問道，「你要是想嚇唬我，你就找錯人了，我們不要再繞來繞去，直截了當地說吧，福爾摩斯先生，你是什麼意思？」

「我會告訴你的，」福爾摩斯說，「我把這件事弄清楚了，把你請到這裡來，是由於我想用我的坦率換你的坦率。」

說到這裡，福爾摩斯頓了一下，說：

「下一步我該如何走，全由你辯護的性質決定。」

「我的辯護？」

「沒錯。」

「我辯護什麼？」

「有關殺害莫梯克·特雷肯斯的控告的辯護。」

斯德戴爾拿手帕擦了一下前額的汗。「老實說，你逼得太緊了，」他說，「你的全部驚人的成績都來自這種虛張聲勢的力量嗎？要是那樣，你也太看不起我了，福爾摩斯先生。」

福爾摩斯一本正經地說：「虛張聲勢的是你，而不是我，里昂·斯德戴爾博士。我將把我的結論所依據的事實說一些給你聽，以此為證。我只想提一點，你從普利茅斯回來，而把大部分財物運到非洲去，這讓我瞭解到，你便是構成這悲劇的主要因素之一，你的這個行動暴露了你。」

「我是回來……」斯德戴爾好像要解釋什麼。可是福爾摩斯不聽，接

著說：「你回來的理由，我聽你講過了。可是我相信因為它不夠充分，就不要再提那個不可信的理由了。那次你來問我懷疑誰，當時我沒回答你，你便去找牧師。但你沒進去，只在牧師家外面待了一陣子，你最後回到你住的地方！」

「這……你是怎麼知道的？」他疑惑地問道。

「我跟蹤了你。」

「但是，我並未發覺有人跟在我後面啊！」他說。

「我既然要跟蹤你，肯定不會讓你知道，」福爾摩斯笑了，輕鬆地說，「你在屋裡一個晚上都坐立不安，你做了一個計畫，打算在第二天早晨實行，因此你天不亮就離開了家，在你門口有一堆淡紅色的小石子，你拿了幾粒裝進口袋便出去了。」

斯德戴爾愣愣地望著福爾摩斯，驚呆了。

「你家距牧師家大約一英里，你快速走完了這段路程。我發現你穿的就是現在你腳上這雙網球鞋。你穿過了牧師住宅裡的花園，還有旁邊的籬笆，出現在特雷肯斯的窗子底下，雖然那時天已大亮，但屋裡還沒一點動靜，你就從口袋裡掏出小石子，扔到窗台上。」

斯德戴爾站起身來。

「你簡直就是魔鬼！」他叫道。

對這個讚揚，福爾摩斯只是微微一笑。

「你在特雷肯斯未到窗前時，已經扔了兩把石子，也許是三把。你叫他下樓，他發覺是你之後，急忙穿上衣服，到了樓下的客廳。你從窗戶進去，你倆見面的時間相當短，你不停地在屋裡走來走去，後來你出去了，還關好了窗戶，站在外面的草坪上，抽著菸觀看裡面發生的情況，確定特雷肯斯死了之後，你就按原路返回了。斯德戴爾博士，你現在能夠拿出什麼證據來證明自己的行為是合法的，況且你行為的目的是什麼呢？要是你不把真相告訴我，而是對我撒謊或是胡謅的話，我跟你說，我永遠不再管這件事情，你想好了，說出實情。」

那位博士聽了這些話，臉色都變了，他用兩手蒙著臉，坐在那裡沉思，

他突然一陣衝動，從衣袋裡掏出一張照片，丟在我們前面那張粗糙的石桌上。

「我那樣做，全是為了她。」他痛苦地說道。

那是一張半身相片，上面是一個非常漂亮的女人的臉。福爾摩斯低頭看了一下相片。「布羅達・特雷肯斯。」他說。

「是的，布羅達・特雷肯斯，」客人又說了一遍，「這麼多年，我一直愛著她，她也一直愛著我，這就是我在克尼什隱居的原因。我隱居在這裡，能夠接近我在這個世界上最珍貴的一件東西，可是我不能和她結婚，因為我已經有了太太。可惡的英格蘭法律，我太太雖然離開我多年了，但我不能離婚，我與布羅達相愛了很多年，但是我們現在卻等到了這樣的結果，這一切太……」

他說不下去了，痛苦地嗚咽著。他用一隻手捏住自己的喉嚨，拼命抑制自己的情緒，接著說：「牧師知道我倆的秘密，你要是去問他，他肯定會跟你講她是一個人間的天使，所以牧師發電報告訴我她的不幸消息之後，我馬上回來了。知道了心愛之人慘遭不幸，行李和非洲對我來講都沒有意義了，福爾摩斯先生，在這一點上，你是知道我行動的線索的。」

「繼續說。」我朋友對他說。

斯德戴爾博士從口袋裡掏出來一個紙包，放到桌上，紙上寫有「Radix Pedis Diaboli」（魔鬼腳根）幾個字，下面蓋著紅色標記，說明有毒。

他把紙包遞給我，說道：「華生，我知道你是醫生，你聽說過這種試劑嗎？」

「魔鬼腳根！沒有，我從未聽說過。」我為自己的孤陋寡聞而慚愧。

「這不能怪你的專業知識，」他說，「只有一個標本放在布達（地名）的實驗室裡，在整個歐洲，再沒有別的標本了，藥典裡和毒品文獻上也沒有記載。這種根長得像腳，一半像人腳，一半像羊腳。因此一個專門研究藥材的傳教士給它取了這個有趣的名字。在非洲西部的一些地方，巫醫把它作為試罪判決法的試驗毒物，嚴加保管。我是在極其特殊的情況下，在烏班基地區獲得了這個稀罕的標本。」

他一邊說一邊打開紙包，裡面是一堆像鼻菸一樣的黃色粉末。

「還有呢，斯德戴爾先生？」福爾摩斯嚴肅地問。

「福爾摩斯先生，我把一切都跟你說了吧！你也知道了很多，事情明顯跟我有關係，應當把全部情況告訴你。我與特雷肯斯一家的關係，我已經告訴你了。我跟他們兄弟幾個相處得很好，完全是因為他們的妹妹，他們為錢而爭吵過，使得莫梯克和大家疏遠了，可是後來和好了。他非常陰險，很有心計，我對他產生了懷疑，但又沒有任何理由和他發生正面爭吵。

「在兩個星期前的一天，他到了我住的地方，我把一些非洲古玩拿給他看，還有這種藥粉，我還把它奇特的作用告訴他，跟他講這種藥會怎樣刺激那些支配恐懼情感的神經中樞。還告訴他，非洲一些不幸的土人受到部落祭司試罪判決法的迫害時，不被嚇死，就被嚇瘋，並且當時歐洲的科學家也沒有辦法檢驗分析它。

「我不明白他是怎麼偷走這種藥粉的，因為我從未離開過屋子，不過也可能是在我打開櫥櫃，彎身去翻箱子時，他偷走了一部分魔鬼腳根，他再三問我產生效果的用量與時間，當時我沒想到他用心不良。

「我沒把這件事放在心上，直到在普利茅斯收到牧師發的電報，我才想起，那個混蛋以為我在聽到消息之前，一定出海去了，而且他還認為我到非洲會幾年沒有音信，於是他就能完全不受制裁，但是我一聽到消息就立馬回來了。透過這些具體的情況，你可以斷定他使用了從我這裡偷去的毒藥。我來找你，希望你能對此做出別的解釋，但是絕對不可能有別的解釋，我確信莫梯克·特雷肯斯是凶手，他謀財害命。假如他家裡的人全部精神錯亂，他就是全部財產的唯一繼承人了。他可以獨吞這筆財富了，因此他用了魔鬼腳根，害病了兩個兄弟，害死了妹妹。哦，布羅達，我心愛的人，也是最愛我的人。我明白事情是真的，但是我可以讓一個由老鄉組成的陪審團相信這段離奇古怪的故事嗎？也許可以，也許不可以，可是我不能失敗，我必須為心愛的布羅達報仇，我的心靈要求我報仇。福爾摩斯先生，我曾經對你說，我的大半生未受過法律的約束，我有自己的法律，我要用我自己的法律來懲罰這個壞蛋。

「我下定決心要讓他付出代價，他使別人遭受的不幸也應該讓他自己嘗嘗。我決定親自主持公道，現在沒有人比我更不愛惜自己的性命了。

「我告訴了你一切，其他情況你都知道，就像你說的那樣，我一整個晚上不能安心入睡。大清早便出了家門，我料到要叫醒他很難，便從你提到的石堆中抓了一些石子，準備用來敲打他的窗子。他下樓後，叫我從窗口鑽進去，我當面揭穿了他，對他來講，我找到他，既是法官又是執行死刑的人。這個壞蛋倒在椅子裡，他看我手裡有槍，被嚇癱了。我點上燈撒了藥粉，到窗外面站著，他要是逃走，我就一槍殺了他，可沒到五分鐘他便死了，哦，上帝，他死了！不過，我絕對沒有心軟，因為他受的苦難和折磨，正是我那漂亮而無辜的愛人之前受過的。

「這就是我的故事。福爾摩斯先生，你要是愛上一個女人，說不定你也會這樣做的，我現在無話可說了，任憑你如何處置，你知道，我不怕死。」

福爾摩斯靜靜地坐著，不說一句話。

「你準備怎麼辦？」他最後問。

「我原本打算把自己的屍體埋在非洲中部。我在那裡的工作只進行一半。」

「那就去做完你的另一半工作吧，我絕不阻攔你，去吧！」福爾摩斯說道。

斯德戴爾博士站起身來，向我們嚴肅地點頭致謝，然後匆忙離開了。福爾摩斯遞給我一袋菸絲，把他自己的菸斗點上。

「換換口味，沒毒的菸會讓人精神煥發的。華生，你不會反對吧？我們沒必要再去干涉這個案子。我們是自由的調查人，我們可以自由行動。你應該不會去揭發他吧？」

「肯定不會。」我說。

「華生，我從未有過愛與被愛的經歷，要是我曾經有過，假如我心愛的女人遭受不測，我一定會像獵獅人一樣無視法律的存在，肯定會……

「華生，有些情況很明顯，我不再說了，免得讓你心煩。牧師家的花園裡的小石子是獨特的，這是研究的起點，白天燃著的燈和留在燈罩上的藥粉

是這條線索上的另外兩個關鍵。親愛的朋友，我現在不用去管這件事了，能夠放心地回去研究迦勒底語的詞根了。」

間諜之死

晚上九點鐘，那是八月的第二天——世界歷史上最可怕的八月，天氣酷熱而乾燥，人們內心滿是恐怖，卻無望地沉寂著，不由得令人想到，那是讓人敬畏的上帝對這個日益墮落的世界的咒詛。太陽已經下山了，可是它的餘暉還把天邊的彩霞燒得通紅。天上有星星在閃爍了，海面上，船隻的燈光閃爍在漆黑的海灣中。

這時候，在一個花園人行道的石欄邊，站著兩位有名的德國人，石欄後面有一長排低矮破舊的小房子。他們長長地舒了口氣，望著遠處懸崖下的那片黃色的海灘。弗‧波卡曾經像一隻飢餓遊蕩的山鷹，四年前他在這處懸崖上棲息下來。他們一邊抽菸，一邊低聲交談，兩支雪茄發出紅色亮光，彷彿地獄裡魔鬼的眼睛，露出那凶惡的光芒，窺探著世界上的萬物。隨時策劃陰謀，準備製造恐怖。

弗‧波卡是效忠於德國皇帝的眾多諜報人員之一，他相當優秀，具有出類拔萃的能力。也正是因為這個原因，他被作為諜報骨幹派往英國執行一項極為重要的任務。

那些知道內情的人透過這項使命，更加清楚地見識了他的卓越才華。其中的一個就是站在他身邊的那個人——公使使館的一等秘書馮‧賀勒男爵。男爵的那輛具有一百馬力的賓士轎車停在不遠處的鄉間小路上，隨時準備著把它的主人帶到倫敦去。

「要是不出意外，」男爵摸摸下巴，「你這個星期也許能回到柏林。」停了一下他又說：「親愛的朋友，你到了那邊，也許會感到驚訝，因為你將

受到特殊的歡迎，國內最高當局對你的工作非常重視。對此，我也略有耳聞。」男爵身材高大，寬肩厚胸，說話聲音沉穩，這些對他的政治生涯起著相當關鍵的作用。

弗・波卡笑了。

「想騙他們很簡單，只怪他們太單純了。」他說。

「我可沒覺得。」男爵低下頭，若有所思地說道。

「他們有奇特的傳統，因此他們有奇特的約束，所以我們要學會聽從他們，不然我們就看不到他們的陷阱——他們在溫和純樸外表底下對一個陌生人，一個他們不相信的人所設下的陷阱。他們給人的第一印象是溫和，可是後來，你會碰到突然發生的嚴重事件，這時你才會知道自己所達到的限度。你得讓自己適應事實，例如必須遵守他們固有的風俗習慣。」

「你是說『良好的禮貌』這些東西嗎？」弗・波卡嘆了一口氣，好像他經歷過類似的事情一樣。

「應該是吧，說具體一點，是那些難以想像的被他們叫作傳統被我們叫作陋習、偏見的東西。我就犯過一次最大的錯誤——我覺得我還有資格談論自己的錯誤。一個人要是很清楚我的工作，肯定會知道我的成就。那時候，我第一次來到這裡，被邀請去參加一個內閣大臣家裡的聚會。那不能叫作別墅，簡直是一個羅浮宮，也不知道皇帝對他是怎麼看的。那是一次相當盛大且嚴肅的聚會。」

弗・波卡點點頭：「我知道那個地方，我去過那裡。」

「那次談話非常隨便，真讓人驚訝，不用說，我當然是例行公事地向柏林簡要彙報了情報。可是很不幸，我們那位首相非常大意，他居然在廣播中大談對這次所談論的內容瞭若指掌，哎——」男爵嘆著氣說。

「他們自然怪到你頭上了！」弗・波卡淡淡地說。

「沒錯，厄運降臨到了我身上。你不知道我這次吃的虧，我跟你說，他們那些英國人在這種情況下可不再像綿羊那樣溫柔老實了。我為了消除這件事的影響，花費了兩年的時間，整整被冷落了兩年，沒有任何建樹。但是，現在像你這副運動家的姿態……」

「不，不，不要叫它姿態，姿態是做作的，一點也不像我這樣，我生來就是個運動家，自然地由內到外，我熱愛它。」弗‧波卡高傲地說。

「好，太棒了，你是一個運動的老行家，『一個了不起的德國傢伙』，你會賽艇，就和他們玩賽艇，你會馬球，就去和他們打馬球，把你的本事全拿出來，和他們在各項運動中比試一番。據說你單人四馬車賽曾經在奧林匹亞獲過獎，還與一個年輕軍官比過拳擊。了不起，誰能想到一個酗酒、上夜總會、在城裡四處閒逛、天不怕地不怕的小夥子，一個熱愛體育的紳士竟然是歐洲最棒的特務？誰也想不到，這個寧靜的鄉村住宅會是一個中心，在英國的破壞活動中，有一半都是在此地進行的。天才啊！我親愛的弗‧波卡簡直是個道地的天才！」男爵笑出聲來。

「過獎了，男爵，但是我肯定我這四年沒有虛度光陰，你還不知道，我有一個小倉庫，進去參觀一下吧！」

兩人踏上了台階穿過客廳來到一個小木門前，弗‧波卡推開門走進去把電燈打開，高大的男爵跟了進來。弗‧波卡拉下厚厚的窗簾，將屋裡罩得密不透風，一絲光線也不露，做完了所有防範措施後，才轉身面向客人。

「有的文件已經被轉移，」他說，「我妻子和家屬昨天就離開這裡去了福里錫，他們帶走了那些不重要的文件，其他重要的文件，我要求使館保管。」

「放心好了，你的名字已經被列入使館私人隨員名單，你和你的行李都沒問題。當然，我們不是非得離開，英國也許會扔下法國不管，讓它聽天由命，我們推測英法之間還沒簽訂具有約束性的條約。」

「比利時呢？」

「應該也一樣吧！」

弗‧波卡搖搖頭說：「我不清楚，這怎麼行得通，明明有簽訂好的條約擺在那，比利時也許永遠也擺脫不了這種屈辱了。」

「至少她可獲得暫時的和平。」

「她的榮譽呢？」

「哼！」男爵冷笑道，「我們所處的時代是一個功利主義時代，先生，

榮譽已成為歷史，那概念屬於陳腐的中世紀。此外，英國沒有別的準備，這是難以想像的。要知道，我國的戰爭稅高達五千萬，人人都能看出我們的企圖，跟在《泰晤士報》登了廣告，上了『頭版新聞』一樣明顯，而英國人還未從夢中醒來，這太不可思議了。國內也都在揣測這個問題，我的任務就是尋找答案。另外，我們也能見到四處都對我們有一股怨氣，我的任務還有平息這些怨氣，可是這好像不可能，沒人相信一個一邊念經一邊踩死生命的人。但是我肯定，他們在某些重要問題上，如軍需品的儲備，潛水艇的裝備，烈性炸藥的製造等都沒有準備好。特別是我們挑起了愛爾蘭內戰，裡面鬧得一團糟，英國自顧不暇，還怎麼參戰？」

「她確實得替自己的前途考慮。」

「這也許是另一碼事了，我覺得，我們在不久的將來，將對英國有一個明確的計畫，也許你的情報對我們會極其重要。對英國來講，這是遲早的事，在哪天都可以，反正我們做好了攻打英國的所有準備。要是在明天，我們會準備得更充分，如此一來，英國肯定要放明智一點，不去參加她的那些盟國作戰也許更好。不去理他，那不關我們的事。這個星期就可決定他們的命運，我們繼續說你的那些文件。」他悠然自得地坐在一個帶深紫色花布罩的靠椅裡抽雪茄，煙霧不時從鼻孔裡冒出來，就像傳說中一隻噴火的毒龍在噴火。

在書房的四周，都有掛著簾子的書架，弗·波卡搬開其中一個，就有一個黃銅做的大保險櫃露了出來。他從錶鏈上取下一把鑰匙，撥弄了一陣密碼，放進鑰匙，「喀嗒」一聲，櫃門打開了。

「你看。」他說。

男爵看著大保險櫃裡一排排的分類架，上面有很多標籤，他蹲下身，認真看上面的標題，「港口防禦飛機基地」、「樸茲茅斯要塞」，每格都放滿了文件和計畫。

「不簡單！」男爵說，他那根長時間沒抽的雪茄已經熄滅了。

「男爵，這些是我在四年中弄到的。這對一個四處遊蕩，酗酒的鄉紳來講，做得不壞吧！不過我的珍品馬上就到了，我還給它留好了位置。」他指

著一個書架，標籤上寫著「海軍信號」。

「這裡不是有份文件了嗎？」

「唉，那也是我想盡辦法得到的，但海軍部太狡詐了，把密碼全改了，這些都成了廢紙，這是一次重大的打擊，是我所有戰役中最慘重的一次，前功盡棄。但是，還好我有存摺和一個好助手阿里提蒙，今晚將圓滿收官。」

男爵發出一陣嘆息，好像有點失望。

「我不想等了，你明白，我們各就其位，各司其職，而且必須準時。我原本希望把這次巨大的成功消息帶過去，但來不及了，阿里提蒙沒說出具體時間嗎？」

「你看一下這份電報。」弗·波卡打開電報：

今晚一定帶火花塞來。

阿里提蒙

「什麼火花塞？」

「哦，他扮作汽車行家，我自然是開汽車的，我們講的是汽車術語，各種配件表示各種資訊，散熱器代表戰列艦，油泵代表巡洋艦，火花塞就是指海軍信號。」

「這電報是什麼時間發的？」

「今天中午，來自樸茲茅斯。」

「你準備怎麼打發他？」

「辦好此事，給他五百鎊，此外還有獎金。」

「哼！」男爵哼了一聲，「這種貪婪的東西，是的，這種賣國賊用處很大，但是給他們那麼多錢，太便宜他們了，我真不甘心。」

「我可不這樣認為，對阿里提蒙，我什麼都捨得給他，因為他做得很出色。不論什麼貨，只要我給他足夠的錢，他一定能交貨，找這麼一位出色的合作者，確實不容易。況且他不是什麼賣國賊，我肯定，與一個真正的愛爾蘭血統的美國人相比，我們日耳曼貴族對英國人的憤慨之情是微不足道

的。」

「什麼，他是愛爾蘭血統的美國人？」

「如果你聽他說話，與他相處得久一些，你自然會相信我。不過他有時好像很難理解，我也不知他在想什麼，他好像在向英國人宣戰，也向英國國王宣戰了。我認為你該見見他，就知道我沒說假話，你非得走嗎？他隨時會來的。」

「不了，我還有更重要的事，我已經超過該停留的時間了，我們只好明天早上等你來。等你從霍克公爵的別墅裡拿到那本信號簿，你在英國的任務就圓滿結束了。你又能自由地四處閒逛了。啊！匈牙利的葡萄酒！」他叫道，指著那個沾滿灰塵的高脖子酒瓶，旁邊還有兩個琥珀色的高腳杯。

「喝一杯好嗎，在你走之前？」

「不了，謝謝，雖然我很想喝，但那會誤事的。」

「阿里提蒙非常喜歡喝酒，尤其是匈牙利的葡萄酒，他常到我這裡痛飲！他是個急性子，你應該在一些小事上敷衍他一下，我保證，我得仔細察看他。」說話間，兩人已到了外面的台階上，那輛賓士轎車正在台階旁，見二人走出來，司機便踩動油門發動了車子。「我覺得現在一切都那樣寂靜太平，也許一個星期之內便會生出令人驚奇的火花，到那個時候，英國海岸可就不會如此平靜了。那將是多熱鬧，多令人振奮的事啊！我們要是有飛船，那天堂也將不再太平了，那時候，天上地下全都是我們的世界，哈哈！咦，這個人是誰？」

在他們後面，一扇窗戶透出燈光，屋內有一盞古老的舊燈，燈下坐著一個臉色紅潤、白髮蒼蒼的老太婆，頭戴一頂鄉村軟布小帽，她彎著腰在織什麼，還不時停下來撫摩一下蜷縮在旁邊凳子上的大黑貓。

「她是我的僕人摩茜。」

男爵笑了。

「她真是不列顛的化身，無憂無慮，對周圍的變化毫不知情。但願他們永遠這樣，好了，弗・波卡，再見吧！」他招了招手，進了小轎車，車燈「叭」地打開照出兩道金黃色的光芒，男爵仰面靠在後座上，想像著歐洲將

要發生的慘劇和他在裡面扮演的角色。當載著他的車在鄉間小路上行駛時，一輛福特轎車從對面開過來，可是他沒看見。

看見賓士車的燈光消失後，弗‧波卡才緩緩回到書房，他的那位老管家摩茜已經關燈休息了。他的房子一片漆黑，沉靜，他慢慢地走，心裡面有了一種全新的感覺。他有龐大的家業，家裡的人都平平安安，在這個住宅裡，除了那位老太婆，便是他自己獨佔的地方，想到這裡，他無比興奮。

書房裡的很多東西需要整理，他一邊想一邊行動。最後，他英俊的臉被文件上騰起的火光照得通紅，他的眼光隨火苗而跳動。一個灰色的旅行包放在桌上，他認真地收拾、查看，把那些貴重的物品放在一起，打算裝入提包內。這時，他聽到遠處傳來了汽車聲，他放心地舒了口氣。把皮包上的皮帶繫好，並把保險櫃門關上，鎖好，就走到外面去了。

他站在台階上，看到一輛小汽車停在門口，從裡面出來一個人，快速走向他，司機悠閒地點了一支菸，靠在椅子上，好像打算整夜守在那裡值班一樣。

「好了嗎？」弗‧波卡著急地問，打開門迎接客人。

那個人得意地揮動一下黃色小紙包作為回答。

「今天晚上，你必須熱烈歡迎我，先生，我可是滿載而歸啊！」他叫道。

「信號？」

「我在電報裡說的東西，全部在這，信號機、火的密碼、馬可尼式的無線電報，但是你知道，這就夠難了，雖然是複製的。想拿原文件，不是一般的危險，不過複製品跟原件一樣對你有用，我保證這肯定是真的，你放心好了！」他非常親熱地拍了拍那位德國人的肩膀，可是德國人躲了一下，他顯然不習慣這種親暱的方式。

「請進，屋裡只有我一個人，我要的就是它，複製的肯定比原來的好，如果原件丟了，他們一定會換密碼，我們又會失敗一次，你覺得複製品可靠嗎？」

那個人走進書房，躺在椅子上，伸開四肢，他六十來歲，又高又瘦，長

相清晰，留有一撮山羊鬍子，講話的時候一翹一翹的。他拿出一根雪茄，聞了一下，劃了根火柴點上了。

「怎麼，準備搬走了？」他邊說邊向四下打量。保險櫃前的書架子仍在原地，簾子也是開著的，他看了一下用手指著問：「你把文件放在那裡啊？」

「有何不可？」

「哦，兄弟，你把文件放在那裡面！你腦子沒問題吧？他們會認為你是間諜的，早知道我寫給你的信都被放在這個不安全的地方，我還寫，簡直是個笨蛋。」

「誰也打不開這個保險櫃，」弗・波卡說，「不管你採用任何工具，任何方法，要是不用我的方法，絕不能打開它。」

「鎖呢？」

「同樣開不了，鎖是雙層的，你明白是怎樣的嗎？」

「不明白。」那個美國人回答。

「你要開鎖，首先得知道一個字跟幾個號碼。」他站起身，指向鑰匙孔四周的雙層圓盤。

「外層撥字母，內層撥數字。」

「嗯，很好啊！」

「因此，你別認為它很簡單，這是四年前專門請人製造的，我告訴你，我是怎樣選擇數字和字母的，你看看如何？」

「我不清楚。」

「你看，我選擇的字是『八月』，數字是『1914』。」

那美國人臉上露出驚喜和讚賞的表情。

「嗯，好極了，這的確很巧妙。」

「對啊，世界上沒幾個人能猜出這個號碼，對吧？你現在卻知道了，我明天就不幹了。」

「可是，兄弟，明天你不能拍拍屁股就走了。你不能丟下我不管，我可不想自己待在這個鬼地方。在這裡，過不了一個星期，英國肯定會發火的，

我必須離開，到大洋對面去，在那裡觀火。」

「你是美國人，他們拿你沒辦法的。」

「沒用的，傑克・貞默斯不也是美國人嗎，不也一樣在英國坐牢？你告訴英國警察自己是美國人，根本沒有作用，他們會說：『現在你是在英格蘭的土地上犯了罪。』」阿里提蒙搓著手說。

「提到傑克・貞默斯，我認為你沒有盡全力保護你的手下，是不是？」

「你說什麼？」弗・波卡嚴厲地說。

「哦，你看，你是他們的頭，對不對？你應該竭力保護他們，不讓他們有什麼閃失，你有沒有救過他？就說貞默斯……」

「他是個白痴，那都怪他自己。」

「我承認他是白痴，可是你更得保護他。」

「都是由於他自作主張，他那是自作自受，還有那個混帳赫立斯。」波卡憤怒地說。

「那簡直是個瘋子。」

「哦，他是個笨蛋加精靈鬼，從早到晚與一百來個想盡辦法對付他的混蛋打交道，真讓人受不了，另外還有那個叫斯特那的……」

「他？」

弗・波卡愣了一下，驚訝極了，臉色也變得很蒼白。

「斯特那怎樣了？」

「哼，怎樣了？他被逮住了，就這麼簡單，他的鋪子昨晚被抄了，人和文件都進了樸茲茅斯監獄。你一拍屁股就走人了，可憐的他還要吃些苦頭，能留條命就算不錯了，因此你要走，我得跟你走。」

弗・波卡向來沉穩，能控制自己的情緒，可是這次，他明顯地感到了焦慮，向來信心十足的臉上也露出了不安的神情。這個出乎意料的消息，使他震驚。

「他們怎麼會抓到他呢？這真是個糟糕的打擊。」

「更嚴重的還在後面，我認為下一個要抓的就是我，快了！」

「不能吧！」

「怎麼不能，也不知警察從哪裡弄到的線索，一些便衣常出現在周圍的小店、小鋪，前些天我的房東——弗來頓太太也被查問了。我一看到這些就覺得不好，我應該趕快一點，先生，我奇怪那些警察怎麼會知道！自從我簽字為你做事後，斯特那是你損失掉的第五個人，這使我害怕。如果我不快點，天知道第六個人會是誰。先生，你是怎麼認為的？眼睜睜地看著一個個替你賣命的人因失敗而受罪，你就不感到羞愧嗎？」

弗·波卡滿臉通紅，兩隻眼睛冒著凶光。

「你膽敢跟我這樣說話？」

「先生，別生氣，如果我不敢做不敢當，絕不會替你辦事，但是我還是要直截了當地把想法說出來，據說，對於德國政客來講，一名諜報人員就是一部任你們操縱的機器，要是沒了利用價值就會過河拆橋。」

弗·波卡突然站起身來，「叭」地一聲，一個玻璃杯讓他摔得粉碎。

「你居然說我出賣自己的諜報人員！」

「先生，我可沒這樣說，不過總是一個騙局，你們必須把問題弄清楚，我是不想再玩命了，我要去荷蘭，盡快。」

弗·波卡盡力壓住怒火。

「我們如此愉快地合作了這麼久，真不該產生口角，」他盡量裝得和氣一些，苦笑道，「你做得很棒，我明白你冒了多大危險，吃了很多苦，我不會忘記這一切，謝謝你！你盡快去荷蘭，再從鹿特丹乘船去紐約。到下個星期，其他航線就都很危險了。把那個簿子給我吧，我要把它跟其他文件一起收好。」

那位美國人從懷裡慢慢地取出一個小包，猶豫不決，沒有要交給他的意思。

「錢呢？」他問。

「什麼？」

「現金，酬勞，五百鎊。他媽的，那個槍手最後翻臉不認帳，我只得答應再付他一百鎊了事，不過他也是被迫無奈的。我只好再給他一百鎊，事情就成功了，自始至終，一共花了我兩百鎊。因此你就這樣打發我，好

像……」

弗‧波卡輕蔑地望著那個美國人，苦笑道：「老兄，你不相信我，你是說一手交錢一手交貨？」

「對，我們在江湖上混了這麼多年，生意場上的規矩不用多說，交易嘛！」

「行，就照老樣子，」他坐下來，從支票簿上快速撕下一張，匆忙寫了兩下，卻沒有遞給他的同伴，「我倆的關係既然這樣了，阿里提蒙先生，生意場上最講究信用，你都不信任我了，我也沒必要信任你了，對吧？」他說著轉身看了一眼那個美國人，「支票就在這裡，但是我有權利在你取款之前檢查你的紙包。」

美國人一句話不說便把紙包遞給他，弗‧波卡打開紙包，他看見了一本藍皮的小書。他覺得奇怪，坐在那裡發呆，似乎在思考什麼，書的封皮上印有金字——《養蜂實用手冊》。正在這個間諜頭子對著這與諜報毫無關係的書名發傻時，一隻堅實冰冷的大手伸過來使勁掐住了他的脖子，在他那扭曲變形的臉上放了一塊浸有氯仿的海綿。

「華生，我們乾一杯！」福爾摩斯說著舉起了一個帝國牌葡萄酒瓶。

桌子旁邊坐著的那位急忙遞給他酒杯。

「好酒啊，福爾摩斯。」

「好酒，華生，這位躺在沙發上的朋友跟我講，這酒肯定是從弗朗茲‧約瑟夫在申布龍皇宮的專門酒窖運來的，麻煩你打開窗戶，氯仿的氣味有礙於我們品酒。」

福爾摩斯站在半開的保險櫃前，慢慢地把一本本卷宗拿出來，認真地翻閱，然後把它們整齊地裝入弗‧波卡的提包。那位德國人正躺在沙發裡，睡得香著呢。他的胳膊被一根粗繩反綁著，雙腳被一根皮帶捆著。

「別怕，華生，沒人會來打擾我們，請按門鈴，行嗎？屋裡除了摩茜就沒其他人了，她的作用太大了，我佩服她的勇氣，我一開始處理這個案子，就告訴了她所有的情況。哦，摩茜，祝你好運，萬事如意，你聽到這些肯定會感到高興。」

過道上出現了一位笑容可掬、身體健康的老太太，她向福爾摩斯行屈膝禮，會心地笑了笑，然後她用稍微不安的眼光看了一下躺在沙發上的臉孔扭曲了的德國人。

　　「摩茜，沒事，別擔心，他沒傷著。」

　　「好，先生，從他的知識水準上來講，倒不失為一位平易近人的主子。他昨天還讓我和他太太一起去德國，但那就不能配合你的行動了，對吧？」

　　「沒錯，摩茜。因為你在這裡，所以我很放心，晚上我們等你的信號，等了很久。」

　　「先生，有那個秘書在。」

　　「我知道。他的車就從我們車旁開過去的。」

　　「我還以為他不走了，先生，我想他要是一直待在這裡，我就很難和你們配合了。」

　　「對，我們大概等了三十多分鐘，才發現你屋裡射出了燈光，那時才知道沒有什麼障礙了。摩茜，明天你到了倫敦，可以到克拉瑞治飯店向我報告。」

　　「是，先生。」

　　「我猜你打算走了。」

　　「沒錯，先生，他今天寄了七封信，詳細地址我都記下來了。」

　　「太好了，摩茜，我明天再看一下，晚安，祝你好運，太太。」老太太離開後，福爾摩斯又說：「這些文件都不重要了，因為德國政府早就掌握了文件提供的情報，原件根本無法再送到國外。」

　　「那麼，這些都是些沒有價值的文件了。」

　　「話不能這樣說，華生，它至少還能證明哪些東西已經被人知道，而哪些尚未被人發現，有很多此類文件都是經我之手送過來的，所以根本靠不住。能看見一艘德國巡洋艦按照我提供的布雷區的計畫在索倫海上航行，那是我晚年的榮譽。你呢，華生——」他丟掉手邊的工作，轉身扶著老朋友，親切地說：「我還未見識你的『廬山真面目』呢，你這些年過得如何？一切都好嗎？看起來你仍舊是從前那個可愛、開朗的孩子。」

「我想我似乎年輕了二十歲，福爾摩斯，當我接到你要我開車去哈里奇見你的電報時，樂暈了，我極少那樣興奮。不過你，福爾摩斯——你也沒什麼變化，還和原來一樣，只是你那可愛的山羊小鬍子看起來很滑稽。」

「華生，這就是我為祖國所做的貢獻，」他邊說邊捋著他那極富男人味的小鬍子，「可是明天將變成不愉快的回憶，等我理過髮，打扮一下，明天在克拉瑞治飯店亮相時，肯定會恢復了我扮演美國人之前的模樣，我在扮演這個角色以前——不好意思——我的英語已經很長時間不用了。」

「福爾摩斯，可是你已經退了休啦，聽說在南部草原的一個小牧場上，你與蜜蜂、花香、沁人心脾的空氣和書本生活在一起，像神仙一樣，自由自在地隱居著。」

「是的，華生，這就是我自在生活的成就——我這幾年的結晶！」他從桌上拿起那本書，神氣地念出全名：《養蜂實用手冊兼論隔離蜂王的研究》。「這是我辛苦勞動的結果，我仔細觀察那些勤勞的小蜜蜂，就像我曾經觀察倫敦的罪犯一樣。」

「你為何又繼續了你的工作？」

「哦，這個我也感到不解。僅僅是一個外交大臣，我還應付得了，但是連首相也準備光臨寒舍——是這樣的，華生，這位沙發上躺著的先生對我國人民可真好。他有一大幫人，我們很多事情都失敗了，可是找不出原因，也懷疑過間諜，還抓了一些，可是實際上，事情沒有我們想像的那麼簡單，他們中間有一支秘密的核心力量，很有必要揭露它，我得擔負起這個責任，所以我就重出『江湖』。華生，我用了兩年的時間做準備，不過兩年並不是毫無興趣的，我現在把詳細情況告訴你，你就明白事情有多複雜了。我從芝加哥開始遠遊，中間加入了布法羅的一個愛爾蘭秘密團體，為斯基巴倫的警察帶來了不少麻煩，歷經波折，終於引起了弗·波卡手下的諜報人員的注意，他認為我聰明機敏、勇敢，便推薦我做了諜報人員。我從那時起就取得了他們的信任，我巧妙地使他的大多數計畫出了差錯，最關鍵的是使他手下的五名最厲害的諜報人員進了監獄。我一刻不停地監視他們，成熟一個，我消滅一個，直到最後，他仍然不知情。嗯，華生，沒事吧，希望你一切如舊。」

他最後這句話是講給弗‧波卡聽的。他在一陣喘氣和眨眼之後，沒辦法只好安靜地躺在那裡聽著。他現在像野獸一樣吼了起來，用德語不停地咒罵。他氣得渾身發抖，福爾摩斯在他咒罵的同時在旁邊迅速查看文件。

「雖然德國話一點也不動聽，但很有表達力。」當弗‧波卡罵累了，停下來後，福爾摩斯戲弄道。「喂！喂！」他接著說，他的眼睛此時盯著一張即將放進箱子的臨摹圖。「還應該再抓一個，我竟然不知道這位彬彬有禮的主任會計是個完完全全的無賴，我雖然長時間監視人，弗‧波卡先生，你得回答我許多問題。」

那位沉睡了很長時間，又叫罵了半天的德國人掙扎著坐了起來，他望著捕獲他的人，表情相當奇怪，既驚訝又充滿憤恨。

「阿里提蒙，我告訴你，我得跟你比試一下，」他非常莊重地慢慢說道，「哪怕有天大的風險，就算花去我畢生的精力，被撞得頭破血流，我也得與你比試。」

「你那老掉牙的調子又來了，我都聽煩了，這調子只有死去的莫里亞蒂教授才會喜歡唱，塞巴斯提恩‧莫蘭上校也喜歡。可是你非常相信的第六個諜報人員，仍然活著，他也曾經為你賣命地工作，他現在正活得愉快著！他在南部草原上養蜂，過著自由自在的令你嫉妒的隱居生活。」福爾摩斯悠哉地說道。

「我詛咒你，這個不要臉的賣國賊！你該死……」

「弗‧波卡先生，我跟你說，芝加哥的阿里提蒙先生這個人根本不存在，我只是暫時借用一下，他現在已經消失了。」

「你是誰呢？」

「這不重要，你如果感興趣，告訴你也無妨，我這不是頭一次跟你家裡的人打交道了，過去，我在德國做過大筆生意，也許你對我的名字並不陌生。」

「我願意知道。」德國人冷淡地說。

「在你堂弟亨里奇當帝國公使時，使艾麗‧艾泰里和前波希米亞國王分居的人是我；從虛無主義者克里普曼的魔爪中救出你母親的哥哥的人也是

我，我還⋯⋯」

弗・波卡驚訝地站起身來。

「原來是同一個人。」他喊道。

「沒錯。」福爾摩斯笑道。

弗・波卡聽後，長長地嘆了一口氣，又倒在沙發裡。「那些情報大多數是經你手的。」他大叫，「那算什麼，看，我做了什麼？把自己毀滅了，永遠毀滅了。」

「這肯定不可靠，全部需要仔細核對，可是你卻沒時間和精力去核對。你們的海軍上將也許發現了，新式大炮比他想的大得多，巡洋艦的速度肯定更快。」福爾摩斯說。

弗・波卡絕望地掐住了自己的咽喉。

「其他細節到時候自然全一清二白。可是，弗・波卡先生，你具有一種德國人少有的特性：你是一位出色的運動員。當你意識到你這位以智勝人者反被人以智取勝時並不對我懷有惡意，不管怎樣你為你的祖國盡力了，我也為我的祖國盡了力，這是合乎常理的，」他把手放在那位屈服的弗・波卡肩上，客氣地說，「這比敗在某些卑鄙無恥的敵人手裡強得多。華生，文件都準備好了，你要是能幫我處理一下這個犯人，我覺得我們馬上就能出發去倫敦了。」

想搬動弗・波卡可不簡單，他身強力壯，粗手粗腳，奮力掙扎。最後，我倆使勁抓著他被反綁的胳膊，讓他慢慢走上花園小道。幾個小時前，他還驕傲地走過這條小道，接受那外交官的祝賀。雖然他拼命掙扎，但最後仍然被我們抬過來塞進車裡，他那個貴重的提包就放在旁邊。

「假如條件可以，我們盡量使你舒服一點。弗・波卡先生，我要是替你點一支菸，放進你嘴裡，應該不算沒禮貌吧？」安排好一切之後，福爾摩斯說。

不過，一切照顧在這個怒火沖天的德國人身上全是白費。

「夏洛克・福爾摩斯先生，你應該明白，你們如此對我，假如是你們政府的意思，那就成了戰爭行為。」他說。

「哦，真的？你的政府又該怎樣解釋這一切行為呢？弗・波卡先生，我倒想聽一聽。」福爾摩斯拍拍旁邊那個貴重提包說。

「你只能代表你自己，因此你無權抓我。這件事是絕對非法的。」

「絕對的？」福爾摩斯問。

「你們綁架德國公民。」

「還盜竊他的私人文件。」

「哼，你們幹的好事，你們心裡清楚，等著瞧，路過村子時，我肯定會呼救。」

「先生，如果你那麼無知，也許會為我們提供一個路標——『懸吊著的普魯士人』，因此擴大我們鄉村旅店的兩種有限權利。英國人相當有耐心，不過目前他們有些惱火，最好別招惹他們，你還是老實點，跟我們到蘇格蘭場去，你可以在那裡派人去請你的朋友馮・賀勒男爵，儘管這樣，你會發現，你不可能填補他為你在使館隨員當中保留的空缺了。你嘛，華生，還是繼續和我們一起幹你的老本行吧，走，我們到台階上站會兒，也許這是我們最後一次寧靜的談話了。」

兩位好朋友談了一會兒，回憶過去的往事，他們的俘虜這時還想逃脫，可是最終仍舊失敗了。當他倆走向汽車時，福爾摩斯指著身後月光下寂靜的大海，心有所想地搖搖頭。

「華生，好像要颳東風了。」

「我想不會，現在很暖和。」

「哦，兄弟！你簡直是變幻莫測時代裡固定不變的時刻，不久之後會颳東風的。這股風將會很寒冷，不過風暴之後，將更加純潔，我們美好而強大的國家會屹立在燦爛的陽光下。華生，我們該上路了，開車。我得趕緊去兌現一張五百鎊的支票，要是開支票的人能停付，他肯定會停付的，你覺得呢？」

第九部　怪案探案

　　嬰兒那白嫩的脖子上流著鮮血，在嬰兒身邊站著的女人齜牙咧嘴，滿唇鮮血淋漓，那女人真是傳說中的吸血鬼嗎？半夜三更，受人尊敬、享有很高聲譽的老教授彎下身子，像動物一樣從房中爬到牆根，敏捷地沿著牆壁爬了上去……

怪案探案

被阻止的婚禮

　　在我懇求了無數次後，福爾摩斯終於答應讓我公開發表這個故事了。他在這個案件中的表現極為出色。

　　首先說明，福爾摩斯和我都非常喜愛土耳其浴，並且在這種環境下，他比在任何情況下都要輕鬆，更愛說話。1902年9月3日，在北安普敦街浴室樓上，一個很幽靜的角落裡，福爾摩斯和我並排躺在椅子上，我問他：「近來是否有較精彩的案子呢？」

　　「有。」他說，胳膊忽然伸出被單，從身旁掛的大衣口袋裡掏出信封。

　　他一邊給我信，一邊說：「你可能對這個東西有興趣，但不知道究竟是事關重大，還是對方太大驚小怪？我也是剛才看了內容。」

信是這樣的：

敬愛的福爾摩斯先生：

您好！明天下午四點半，我將拜訪您，希望您用智慧替我解決一件非常麻煩但又很重要的事情。假如您同意，就打電話給我。

詹姆斯・戴默雷爵士敬上

福爾摩斯看著我看完信。

他說：「確實，正如你所想的，我已告訴了爵士先生願意替他效勞。」

「戴默雷爵士的交際非常廣啊！」

「是，確實如此。我也許比你知道得更多。他最能處理那些不能被曝光的麻煩問題，正如他在哈默福特遺囑的案子裡所表現的那樣。他具有豐富的閱歷，並且有很多外交本領，不應該是一個容易大驚小怪的人。他也許真的遇見了很棘手的事。」他又接著說，「華生，你是否願意和我一起幫助他？」

「願意，我非常樂意。」

「好吧！那四點半，我們就在家等待著他的到來吧！」

我在四點鐘就從安後街到了福爾摩斯的貝克街了。詹姆斯爵士四點半準時到了。這位大名鼎鼎的先生也許仍然被很多人記著，他性格開朗，寬闊的前額，鬍子刮得很乾淨，說話聲圓潤動聽。他長著雙坦誠的灰眼睛，嘴角常有微笑，可以看出是個機智靈活的人。他的穿著顯示他的身分和講究，禮帽閃閃發亮，禮服非常得體，領帶上有漂亮的別針裝飾，淺紫色的鞋罩罩在皮鞋上。總之，他使這個小房間增了不少光彩。

「啊，華生醫生也在。」他施了一道深禮。然後，他又對著我的朋友說：「福爾摩斯先生，我希望您能重視此事。因為對手是一個沒有人性，並且膽大到毫無顧忌的傢伙。依我看，在整個歐洲，他也是最危險的。」

福爾摩斯微笑著點起了菸斗，他說：「我對這很感興趣，您能說出他的名字嗎？」

「您聽說過格魯納男爵這個名字嗎？」

「噢，您是說那個奧地利殺人凶手吧？」

詹姆斯爵士一下子放聲大笑，並舉起戴著羊皮手套的雙手說：「我真佩服您！您可真是沒有不知道的，尊敬的福爾摩斯！您能肯定他是個殺人凶手嗎？」

「對各類案子留意是我的職責，也是我的興趣。我認為凡是聽過關於布拉格一案的人肯定都會認為他是個罪犯。但由於許多原因他卻逃脫了法律的懲罰。另外，大峽谷的案子，除他之外還能是誰殺死了他妻子呢？這一點非常肯定。他現在來到英國，又幹什麼勾當了嗎？格魯納，看來需要我和他打交道了。」

「怎麼說他幹的勾當呢？這一次他所要做的事導致的結果可能更可怕，更讓人不能容忍，您肯定會同情我的委託人。」

「委託人？難道您只是代表他？那誰是真正的主顧呢？」

詹姆斯爵士好像很為難，他頓了一下說：「福爾摩斯先生，很抱歉，我不能說出他的身分。不過請相信，我們絕不會讓您做不符合法律和道義的事，並且可以向您提供更豐富的酬勞。」

福爾摩斯說：「絕不是酬勞的問題，假如我不能知道誰是真正的主顧，請原諒我不能接這個案子。」

「但是，我已經向他許諾不露身分了。您這不是為難人嗎？請您相信，此案肯定值得您辦，假如您知道事情的詳細情形，我確信您會馬上接手的。」

「詳細情形是怎樣的呢？」

「好，我先告訴您這可以說的。」

「我願意聽。」

「您一定聽說過德·梅爾維爾將軍吧？他在許多場戰役中都立過大功。他的愛女維奧萊特·梅爾維爾現在有了麻煩。她瘋了一樣迷戀上那個魔鬼格魯納，唉，多可憐的女孩！她是那麼的美麗、善良，受人喜愛。我們不能眼看著她跳入火坑裡啊！」

「我也聽說過格魯納男爵很討女人喜歡。很多年輕女孩都被他迷惑，但維奧萊特小姐這麼高貴，怎能和他攪在一起呢？」

「說來話長。在一次乘遊艇到地中海的旅行中，只要遊客能付得起昂貴的費用，可以無須考慮貴族的血統就可上船。這就給了這個魔鬼機會，在這次旅行中，他向維奧萊特大獻殷勤，就這樣成功了。他完全迷倒了維奧萊特小姐。她的眼中只有他，他成為她的上帝了，無論誰在她面前提他的劣跡，她都會大發脾氣。可怕的是，現在這小姐正準備下個月和這個壞蛋結婚，而且非常堅定，我們怎樣才能避免這種不幸呢？」

「你們和她講過奧地利的案子嗎？」

「哪用我們講，格魯納那個狡詐的傢伙，把以前的各種新聞改頭換面後都講給了她。他講自己的故事，總是將自己說得備受委屈，似乎全社會的人都誤解他。這樣梅爾維爾小姐就對他更有情感了，我簡直沒辦法。」

福爾摩斯微笑著說：「看來，德・梅爾維爾將軍是您的委託人了？」

爵士顯然很緊張：「絕不是！是將軍的一位老友，他不忍心梅爾維爾小姐被那魔鬼欺騙並毀了一生，也不想看到梅爾維爾將軍因這件事而影響了他在戰場中的表現，因此讓我來找您，但他卻是個不想拋頭露面的人，因此不要我說出他的名字。福爾摩斯先生，您就不要再追問了，好嗎！」

福爾摩斯似有領會地說道：「我明白了，好了，我接受這個案子，請將您的電話留下，為了方便聯繫。」

「XX 31。」

「格魯納男爵的另外情況，能和我們說說嗎？」

「當然能。現在，男爵在一棟豪華別墅裡住著，誰也不知道他哪裡來的錢。不過這傢伙對藝術挺在行，收藏了許多珍貴書籍和名畫，並且還對中國陶瓷有研究，聽說他還出過一本陶瓷方面的專著。」

「噢，我明白了。我將調查他，請您的委託人放心，我將盡快解決這件事。」

詹姆斯爵士離開了，福爾摩斯好像忘了我還存在著，他在大椅子上思索了很長時間。很久，他才轉頭對我說：「談談你的意見吧，華生。」

我說先應該瞭解維奧萊特，即先見見她，可是福爾摩斯沒同意。

「不行，你想一想，她的親生父親都沒辦法改變她，咱倆貿然進去，能有收穫嗎？我認為還是先考慮別的方面吧！你是否還記得約翰？」

約翰對福爾摩斯晚年的探案幫助很大。他曾蹲過兩次監獄，以前是個不法之徒。可是後來終於被福爾摩斯感化，並且願意為他做事。在倫敦黑社會裡，約翰也佔據一席之地，事實證明，他收集到的情報非常準確，沒出過一次差錯。看來，又需要他出力打探消息了。

後來的幾天我忙著處理我診所裡的事務，不很清楚福爾摩斯到底怎樣開始辦的此事。有一天晚上，他把我約在一家小酒店，和我講了有關情況。

我大吃了一驚：「什麼？你親自見了格魯納？」

他說：「沒什麼可驚訝的，直接和對手接觸不好嗎？我願意這樣。現在，約翰正各處打聽情況，可是我已和男爵直接開始打交道了。」

我問：「他認識你嗎？」

「我一開始就向他做了自我介紹，格魯納是個難對付的傢伙，表面上像個有教養的紳士，骨子裡卻比毒蛇還毒。我喜歡和這種對手較量。」

我問：「他和你說什麼了嗎？」

「他很聰明也很直接。他說：『尊敬的福爾摩斯先生，假如我沒猜錯的話，你應該是梅爾維爾將軍請來阻止我和他女兒結婚的人吧？』

「我點了一下頭。

「他說：『那麼你來錯了。我看你肯定得無功而返了，我清楚你很有名，但這件事我確定你沒辦法，並且不客氣地說，假如你非要插手這件事，我恐怕你也會惹上麻煩。』

「我說：『是麼？我卻不這樣認為。男爵先生，現在我知道你正春風得意，在英國發展得很好。估計你不想把你以前的事弄得大家都知道吧？假如維奧萊特小姐清楚你曾經的劣跡，她還願意嫁給你嗎？另外，你應該知道梅爾維爾家族的勢力，得罪了梅爾維爾將軍，你還能在英國容身嗎？因此，我勸你還是盡早回頭為好。』」

「聽我這樣說，格魯納卻笑了，他的鬍子顫了幾下，說：『有什麼辦

法？誰讓我被這美麗的小姐愛上了？我以前的事她全知道，我已經和她說過了。可能有些不知真相或不懷好意的人還要在她面前說我的壞話，可是不管你和她怎麼說，她都不會聽的，她的心在這裡。也許有她父親的要求，她會接見你，但你根本無法改變她的心意。即使她父親，也無法影響她的婚事。』

「後來，我將要告辭時，他說：『福爾摩斯先生，你聽說叫雷波的那個法國警察的事了嗎？』

「『聽說他在外省受到一群無賴的毒打，成為終身殘廢了。』

「『是的。不過很巧，出事之前，他曾經調查過我的一些情況。福爾摩斯先生，我還是奉勸你及早抽身吧，不要再捲入此案，有好幾個和你一樣多管閒事的人栽了跟頭，你最好少摻和，否則……』

「華生，情況就這樣，你全明白了。」

「看來格魯納確實危險。你可不可以不管此事呢？畢竟，那女孩和誰結婚都和我們沒關係。」

「當然不可以。既然他能殺他的前妻，怎能知道他下一步不會殺維奧萊特小姐呢？且不要忘了，誰是我們的委託人。行了，不談這個了。再乾一杯後，我們一起回去，聽聽約翰帶來的消息吧！」

約翰高大健壯、說話粗聲粗氣的，他的身旁坐著個年輕女人，她身材瘦小可脾氣很暴躁。此女人面容蒼白憔悴，臉上有和她年齡不符的頹喪和憂鬱的神情。約翰說她是吉蒂·溫德小姐。

吉蒂·溫德小姐說話很快：「我本來不想來，但是他媽的，聽約翰說你們是要和那個壞蛋較量，那個壞傢伙應被打入十八層地獄。福爾摩斯先生，他早就應受到報應了！」

福爾摩斯微笑著說：「啊！那麼你知道些什麼事呢？」

「那個王八蛋！我現在這樣子全是他害的！」吉蒂·溫德小姐的眼裡滿是仇恨，瘋子一樣將兩手伸向空中，將牙齒咬得咯咯響。

「你可不可以說清楚一些呢？」

「可以！我的事就不提了。聽約翰說，又一個傻女孩上了他的當，你可

千萬要阻止他！一定不要讓那女孩再上當了！」

「但是，她卻發瘋一樣愛著他，並且還要嫁給他，她毫不在乎他的過去。」

「也包括那謀殺案？」

「她全知道，可是她認為他是被誤會的。」

「那拿證據給她看啊！」

「可是我哪裡有證據呢？你樂意幫我們嗎？」

「假如可以教訓那個壞蛋，我願意親自去告訴她，把以前格魯納怎樣對我的一切都告訴她！」

「這好像挺可行。可是，他已經將事實的真相歪曲了，將他的惡行說成是別人在誹謗他，並且她對他很信任。你認為她能聽進你的話嗎？」

「我知道他許多事！那謀殺案人們都知道，他肯定不會告訴她其餘的了。他殺了不只十幾個人。另外，我還看見他的一個日記本，記錄著他的所有罪行。」

「什麼樣的日記本？」

「一個帶鎖的黃皮本。那天他喝醉了我才看到的。這個壞蛋！他不把女人當人看，記錄下了他騙到手的女人的照片、姓名及其他的各種細節，並繪聲繪色地描寫了他那無恥、下流的獸行。天吶！他竟然以此為榮，只有他才會幹這種事。」

「這本子在哪裡？」

「我也不敢確定。我離開他畢竟一年多了。不過以前是在書房內一個櫃櫥的格子裡放著，但願他沒有改變，他這個人不太喜歡改變。」

福爾摩斯說：「好吧，吉蒂·溫德小姐，明天下午五點，我希望你來見我們的女主角。另外，我們非常感謝你的幫忙，謝謝！」

第二天晚上，我在餐館裡吃飯時又見了福爾摩斯。我趕忙問他兩個女人的見面情況。

福爾摩斯說：「安排見面倒沒費勁，在婚事上，梅爾維爾小姐自作主張，她對父親心存歉疚，因此在她認為不很重要的事上就很溫順。下午五點

半時，我和吉蒂‧溫德小姐坐馬車到了老將軍的府第，那是一座灰色的城堡，在會客室中，梅爾維爾小姐接待了我們。

「華生，我怎樣來向你描述她呢？真是冷若冰霜，豔若桃李。只有神話裡的天使才有她那純淨、不沾煙火的臉。如此可愛的一個人，怎麼可以讓那壞傢伙去傷害她呢？可能正是兩個極端相反的人才能相互吸引，最美好的遇到最醜惡的，並被他傾倒，有比這更令人痛惜的事嗎？

「儘管她看到吉蒂‧溫德小姐有點吃驚，可是仍然很冷靜。她說：『福爾摩斯先生，久仰大名，可是我只是不想再傷害父親才和您見面，對於我和我未婚夫的事，希望你不要插手，不管您怎麼說，我都不會變心的。』

「華生，我真替她難過。你知道我不是輕易動感情的，可是那天我卻像父親對待女兒一樣，發自內心地跟她講道理。我跟她講，如果和格魯納結婚，那麼將遇到各種屈辱和不幸。我將格魯納的真面目揭露後，她毫無反應，好像根本沒聽到我的話。我懷疑她是否被那個混蛋催眠了。她的回答非常乾脆。

「她說：『尊敬的福爾摩斯先生，我已經跟您講過，您的話根本不會影響我的。我知道許多人對我的未婚夫有偏見和誤解，也將會有許多人來說他的壞話，但願您是最後一個，謝謝您的好意。可是無論如何，我希望您清楚一點，我非常愛他，他也同樣愛著我，其餘的我全不在乎。無論別人怎樣說，都不可能阻止我和他結婚！』

「她還想繼續說，可是吉蒂‧溫德小姐卻忍不住了。一下子，她從椅子上站了起來，憤怒地大聲喊：

「『結婚？先看看我吧！我是他的最後情婦，是他上百個女人中的一個，經過了他的引誘、糟蹋，然後又像垃圾一樣被扔掉。假如你跟了他，下場也只會更慘，說不定是一口棺材等著你。傻女孩，他是個無惡不作的混帳，輕則他讓你傷心絕望，重則能要了你的命，再沒有別的結果了。當然，你的死活和我無關，我不僅僅是為了你才這麼說，而是我恨格魯納，我想報仇，告訴你吧，沒多久你將會相信我說的每個字！』

「梅爾維爾小姐的聲音如同冰霜：『我再也不想聽了，我未婚夫說過曾

亞瑟‧柯南‧道爾

經有些女人糾纏過他，我知道那不是他的錯。』

「吉蒂‧溫德小姐尖叫道：『天吶！他被人糾纏，你可真傻得可憐！』

「梅爾維爾小姐的聲音更冷了，她說：『福爾摩斯先生，我想我們的會面該結束了，我討厭聽這種叫喊。』

「『還沒等我說話，吉蒂‧溫德小姐已經邊罵邊撲了上來，不過我抓住了她的胳膊，否則她也許就揪住了對方的頭髮。我好不容易才將吉蒂‧溫德小姐拉出將軍府，拉上馬車，這場會面真出人意料。老實說對於那個我們想救的女人，我也很生氣，但表面上還是很平靜的，她的自信和任性真讓人沒辦法。情況就是如此，第一步棋走錯了，得另想辦法了。好吧，今天就和你說到這裡，以後再聯繫，看看對方是否有些行動了。」

他們是真行動了，確切地說是他行動了，那小姐肯定不知道情況。在我上次和福爾摩斯見面兩天後，我在一字街頭的報欄裡看到一則觸目驚心的消息，大字標題是：《神探遭襲擊》。

下面的內容，大概說著名的私人偵探在某日上午遭到了嚴重的襲擊。

我趕緊上了一輛馬車直奔貝克街，因報導說偵探本人堅決不去住院，要在家中治療。

我在福爾摩斯的寓所中首先看見了著名的外科醫生萊恩利爵士，他和我說：「沒生命危險，頭部有兩處裂傷和幾處嚴重的腫塊。剛才我已幫他縫合了，應該沒太大的問題了。」

我在黑暗的臥室中，看到了我的朋友，他在床上躺著，頭上是滲著血跡的繃帶，他的身上灑滿傍晚的斜陽。我在他的床邊低著頭，一下子無法開口。

他用嘶啞的聲音說：「別這樣，華生，情況沒你想的那麼糟，看我現在不是很好嘛。」

「我能做什麼？肯定是那個混蛋找人幹的，你只要說句話，我會馬上給他顏色看的！」

「老朋友，冷靜點！我們不能像他們那樣，現在我已經有了辦法。先盡量將我的傷勢說得嚴重些，肯定會有人去你那打聽消息，你只要誇張一些就

行了，最好將我說成活不了幾天了。」

「還有呢？」

「然後你找到約翰，讓他告訴吉蒂·溫德小姐先躲一下，我怕她也會有麻煩。」

「好的，我立刻去！還有別的事嗎？」

「這就行了。你以後每天上午來一次，我們商量著辦。」

我和約翰當晚就將吉蒂·溫德送到了鄉下，怕格魯納來騷擾她。

幾天後，福爾摩斯的傷勢已經被宣傳得幾乎不能治療了。但我每天探訪，知道他現在正在很快地恢復著，可以說那些傷對他已經基本沒影響了。

我有一天在報紙上又看到一條消息，說三天後，著名的格魯納男爵將乘船到美國處理事務，回來後將和維奧萊特·梅爾維爾小姐結婚……福爾摩斯知道了這則消息，明顯地焦慮起來。

「三天後？他是想去外面避風頭了，華生，我不能讓他得逞！你現在得費勁了。」

「沒問題。」

「好的。你就抓緊時間，盡量多地在二十四小時內瞭解中國瓷器方面的知識，記得越多越好。」

我沒問他讓我這樣做的原因，我想他肯定是有道理的。所以，我在整個下午和一個通宵幾乎沒停下，硬是把一本磚頭厚的瓷器專業書背完了。腦袋中滿是各種新鮮的名詞和中國歷史，什麼永樂之美、甲子紀年，還有位叫唐伯虎的畫家、書法家等。

我第二天下午來到了貝克街，見福爾摩斯已離開了「病床」，頭上的繃帶也拆了，傷口癒合得非常好，甚至看不到任何痕跡。

「不知情的人都以為你快要死了！」

「我要的就是這個效果。現在你是不是快成為瓷器專家了？」

「那可不敢當。強記的這些東西，一兩天還可以，不多久就會全忘了。」

「有一天就行了，可以讓別人認為你是個行家吧？」

「我認為應該沒問題。」

「那就好。」說著，他就從壁爐架上取下一個用中國絲綢包裝的小匣子，打開匣蓋，裡面是一個小托盤，它是淡藍色的，特別精巧別緻。

「看這東西，真正的明朝雕花瓷器，在整個倫敦藝術市場上恐怕也不能找到第二件了。如果湊足一套，那將是無價之寶，很可惜也許只有在北京的皇宮裡才能找到一整套。因此我們這件就已經非常值錢了。凡是懂得收藏的人，見了它都會動心。」

他很小心地將這東西遞給了我。

「我要它做什麼？」

「看這個。」福爾摩斯將一張名片遞給我，上面寫著「希爾‧巴頓醫生」。

他說：「今天晚上你用這個身分去拜訪格魯納爵士，他在晚上七八點應該是有空的。你可以先寫一封信告訴他，你將去看望他，並且帶一件稀有而珍貴的明朝瓷器給他。你還是醫生，同時也是一個古董收藏者，說你剛巧得到這套寶物，知道男爵是此方面的專家，因此讓他鑑賞，並且價錢合適也可出售。」

「那要多少錢呢？」

「這就看你的了，這是詹姆斯爵士託人帶來的托盤，這是他的委託人最重要的一件收藏品。我提議你可以讓專家來估價。」

「是，自己提價確實不太好，那還是請專家估價吧！」

後來，我寫了一封較委婉、得體的信派人送給了格魯納爵士。當天晚上，我帶著珍貴的托盤去了男爵別墅。

這別墅非常豪華，把格魯納的富有充分地顯示了出來。引我進去的是一個面容清秀的男管家。

「巴頓醫生，你好，請坐。」他從大櫥櫥前轉了過來，手中拿著個棕色的花瓶，他或許正在欣賞自己的收藏品。

「你有一件明朝的珍品要請我鑑賞，是真的嗎？」

「是的。」我將小包裹遞給了他。在燈光下，他靜坐在書桌前，開始認

真端詳這件古物，我卻趁機開始觀察他。

我知道他一直被叫作「美男子」，今天見後，看來真是名不虛傳。他的身體很健壯，皮膚是古銅色的，一雙又黑又亮的大眼睛能發出使女人們著迷的光。他的薄嘴唇習慣性地抿起，這正好把他內心的冷酷和無情洩露了。他舉止優雅且聲音具有磁性。他看起來最多三十出頭，但他實際上已經四十二歲了。

很久，他抬頭說：「真是太奇妙了，如此珍奇的藝術品實難一見。但你說你有六個完全一樣的一套托盤？這怎麼可能呢？我在全英國也只聽說過一件這東西，而且都是私人收藏著，不可能出現在市場上啊！尊敬的巴頓先生，恕我魯莽，你能告訴我您是怎麼擁有它的嗎？」

我心中很緊張，可是表面仍然很平靜，裝作毫不在乎地說：「這重要嗎？只要是真品就可以了，你肯定看準確了吧！至於價錢，我想聽聽專家的意見。」

他用黑亮的大眼睛盯著我：「哦？這麼奇怪。當然我確信它是真品，但這樣貴重的物品，如果不清楚對方的情況，怎麼做這種交易呢？你只是含糊地說了一下，我怎麼放心啊？」

「我向你保證，絕對不會有任何問題，在銀行我有信用，並且我確實有權利賣這東西。我聽說你非常喜歡文物鑑賞和收藏，所以才來找你，我當然不愁把它賣到別的地方。」

「我對文物有興趣，你是怎麼知道的？」

「你寫過一本這方面的著作啊！」

「你看過它？」

「對不起，我沒讀過。」

他說：「那更怪了，你沒發現你的話自相矛盾嗎？說你自己是文物收藏家還出賣文物，說你從一本書知道我，但你又沒讀過它，這到底是怎麼回事呢？」

「我是名醫生，收藏也僅是愛好，這本書我雖然沒通讀，但我知道大致內容。」

他有些疑惑地說：「不懂，你能回答我的幾個問題嗎？比如，在陶瓷的發展史上，中國的北魏佔何地位？」

我說：「爵士先生，你的問題我不能回答，我的陶瓷知識或許沒你豐富，可是你不覺得這有點像考試嗎？也太無禮了吧？」

他盯著我，牙齒從薄嘴唇間露了出來。

「噢，我明白了。你根本不是醫生，更不是文物收藏家，你是來為福爾摩斯打探消息的。他不是快要死了嗎？你這間諜，私自闖入我的住宅，不想出去了？」

他一下子從椅子上跳起來，將手伸入抽屜找東西，或許是找槍。看來瞞不了他了，也許從一開始他就懷疑我，也許是我的表演太不過關了。就在此時，身後的屋子突然輕微地響了一陣，他愣了一下，靜聽了一會後，臉色突然變了。

「不好！」他一邊喊，一邊奔向小屋。

我也跑到了門口，這景象我根本沒想到。小屋的窗戶打開著，福爾摩斯從窗前跑開！

格魯納瘋狂地朝福爾摩斯離開的窗口奔。可是他忽然發出一聲駭人的慘叫，我看得很清楚，一隻女人的手臂迅速從窗外樹林中一揚，接著爵士兩手捂面，翻倒在地毯上，痛苦地將頭撞向牆，嘴裡尖叫：

「天啊！痛死我了，快給我拿水，水，水！」

我很本能地拿著水瓶向他跑去，僕人們此時也都來了。看見爵士的臉，一個女僕立刻暈倒了，實在太嚇人了！剛才那漂亮的臉蛋一下面目全非了，完全被硫酸腐蝕了，像是被汙染了的一幅油畫，原來的風采一點也沒有了。現在，這張臉不但沒有人樣，而且非常恐怖。

爵士大喊：「肯定是那個瘋女人吉蒂‧溫德，我不會饒她，疼死我了，我一定會殺了她！」

我和僕人們簡單說了一下潑硫酸的情形，有人追出去，但肯定是無用的。

作為醫生，我現在發揮作用，拿清水處理過他的臉後，我給他打了鎮靜

劑和止痛針。老實說，假如不瞭解他的為人，肯定會很同情他。可是我現在只覺得他是罪有應得，都是他自己造成的，根本不值得同情。

警察這時也到了，經過了一陣盤問，我離開了格魯納，回到貝克街。

福爾摩斯正在安樂椅上休息，臉色蒼白，看來精神不很好，也不只是由於頭上的傷沒痊癒。

聽完格魯納被硫酸腐蝕的情況，他也很震驚。

「這就是報應吧！此人遲早也逃脫不了這下場。」說著，他拿起個黃皮本，「我總算找到它了，這個本子記錄著他的所有滔天罪行，梅爾維爾小姐但願能在確鑿的證據面前清醒。肯定會的，凡是個有良知、有廉恥的女人都無法容忍他所做的勾當。」

「這就是吉蒂・溫德所說的那本日記嗎？」

「是的。當吉蒂・溫德一提到它我就開始注意了，只有它是有力的證據。後來我被他打傷，並專門假裝傷勢嚴重，所以他會對我疏於防範。只有引開他的注意力才能將它偷出來，這就是我讓你帶托盤和他談生意的原因。我根本不知道這本子在哪裡，因此也帶了吉蒂・溫德。但我不知道她有那麼強烈的仇恨，竟敢用硫酸親手潑他，這結果很難預料。」

「他看出了我的身分。」

「可是你為我贏得了時間，我正好在那幾分鐘拿到日記本，並且在最後一刻逃走。」

門鈴響後，詹姆斯爵士進來了，聽完我們的話，他說：「那個人已經被毀容，沒有這日記也不會舉行婚禮了。」

福爾摩斯搖頭反對：「毀不毀容不是問題，假如沒這日記本，無論怎麼腐蝕他的臉，梅爾維爾小姐都不會拋棄他，她只有更愛她。只有這個由他親手寫出他的種種罪惡勾當的本子，才能讓梅爾維爾小姐真正明白他的本質、他的品性，也才會使她徹底迷途知返。」

詹姆斯將漂亮的托盤和日記本都帶走了。因為我有事，所以和他一起來到街上。在他上馬車時，藉著微弱的路燈，我看清了車箱上的家徽標誌，不禁大吃一驚，趕緊跑向我朋友的房間。

「你猜誰是我們真正的主顧？」我急忙大聲說，「剛才我看見了，原來是……」

「是一個忠實的朋友，也是一位慷慨的貴族，」福爾摩斯揮著手說，「我早就知道了。」

後來的事就很簡單了。我清楚那記錄罪惡的本子是怎樣被利用的，因為三天後有格魯納男爵和維奧萊特‧梅爾維爾小姐的婚禮被取消的報導。吉蒂‧溫德卻因故意傷人被起訴，但由於情由可原，因此判罰不重。福爾摩斯偵探，他本來應該是有盜竊的嫌疑，可是由於辦案的需要和顯赫的貴族委託人，因此本來鐵面無私的英國法庭卻也靈活了，並沒給他麻煩。

結局很圓滿。

被「軟禁」的軍人

　　我的朋友華生早就想讓我親自記錄下破案經過了，因為他寫的故事，總不能讓我滿意。我覺得他在一些細節方面描述不很真實，並且總摻雜一些主觀觀點，有很濃的感情色彩。由於旅行結婚，華生離開了我，這次真的要自己記錄了，但願我這拙筆能寫出些吸引人的東西。當然儘管我說得不很精彩，可是案子本身還是很吸引人的。

　　1903年1月，一位魁梧高大、精神飽滿、皮膚黝黑的英國人來找我，他叫詹姆斯‧多德。

　　窗外有充足的光線對著他，所以我可以仔細地觀察他。

　　「恕我冒昧，先生，我看你是剛從南非回來不長時間吧？」

　　他很驚訝：「是啊！」

　　「是特種騎兵部隊，對嗎？」

　　「對呀！」

　　「那一定是米德爾塞克斯軍團的。」

　　「完全正確。福爾摩斯先生，你真是太神了。」

　　對於他的驚異我只微笑了一下。

　　「假如有一位強健的紳士來我的房間，皮膚比在英國的氣候條件下所能達到的還要黑，袖口裡而不是衣袋裡放著手帕，那很容易就知道他是從哪裡來的。從你留著的短鬍子可知你不在正規部隊，從你健壯挺拔的體態可知你是個騎手。從名片上知你是思羅格莫頓街的股票商人，那肯定是米德爾塞克斯軍團的。」

「你的洞察能力確實讓人佩服。」

「其實我和你看到的東西一樣，只不過我經過長期的鍛鍊所具有的職業性和敏感性，使我更注意細微的東西。行了，我們先停止討論觀察術，你來找我到底是為了什麼？」

「真不知從哪裡說起。那個埃姆斯沃斯上校簡直太無禮了，如果不是看見戈弗雷，我一定容忍不了他。」

我點著菸吸了一口，向椅背上靠了一下。

「你可以再說得清楚些嗎？」

他不失時機地諷刺了一下說：「可以，我以為我真的什麼也不用說你就知道了。」

我未做回應。

他又接著說：「是這樣的，我想了整整一夜，可是這件事卻越想越奇怪，希望你可以幫我想通。

「1901年，也即兩年前，我參加了米德爾塞克斯軍團，那時戈弗雷·埃姆斯沃斯也在我們中隊，他是大名鼎鼎的埃姆斯沃斯上校的獨生子。他是一名勇敢的戰士，更是我的好朋友。我們倆在戰火中結下了深厚的友誼，可以說是生死之交。他後來在戴蒙德大峽谷附近的一次激戰中受了傷，聽說進醫院了。他從開普敦醫院給我寫過一封信，後來再也沒有聯繫過。

「大家在戰爭結束後都回英國了，為了表達朋友的關心，我向戈弗雷的父親寫了封信詢問他的情況，可是沒有回音。我又寫了一封，後來收到一封非常簡短的、乾巴巴的回信，說至少一年內戈弗雷不會回來，因為他去環遊世界了。

「福爾摩斯先生，我能相信嗎？這件事挺奇怪的，戈弗雷是個重情義的人，不可能如此隨便就將我這個朋友放在一邊，這不像他的做法。我知道他將繼承一筆遺產，並且他和他父親的關係也不很好，那老頭子的脾氣挺怪的。我對那信真的很懷疑，因此處理完家中的一些雜事，就著手解開戈弗雷的謎面。」

我問：「你是怎麼辦的呢？」

「我首先要親自去他家——圖克斯伯莊園看一下。那老頭子我不相信，所以我寫了一封信給戈弗雷母親，告訴她我是她兒子的好朋友，剛好有事路過她家，問可不可以拜訪她一下。她很快就回信了，並很熱情地邀請我去住，所以我就去了。

「在傍晚時，我到了圖克斯伯莊園。那地方很偏僻，距離最近的車站也有五英里，所以我必須手提著箱子走一大段距離。我在很古老也很陰森的宅子裡見到戈弗雷的母親，她是位溫柔慈善的婦人。還有個叫拉爾夫的老管家及其老婆，這女人曾經是戈弗雷的奶媽。除了上校，這些人都挺好接近。

「埃姆斯沃斯上校皮膚粗黑，身體高大，背稍微駝了一些，長著亂蓬蓬的鬍子。我看見他時，他正坐在亂七八糟的書桌後面。

「他用很不愉快的聲音對我說：『先生，我想知道你來這裡的真正原因。』

「我在給他妻子的信中說得已經很清楚了。

「他緊接著說：『你怎麼讓我相信你是戈弗雷的好朋友呢？』

「所以我給他掏出了信：『這是他給我寫的信。』

「他隨便看了一下，又將信扔給了我。

「『即使你是他的朋友，那又想幹什麼？』

「我說：『我不想幹什麼，只是關心他。以前我們在戰場上同生共死，可是他現在忽然沒了音訊，這很奇怪啊，我想打聽一下他的情況。』

「『我不是已經寫信告訴你了嗎？他去環遊世界了。從非洲回來後，他的身體就不太好，我和他母親都認為他該換個環境，完全放鬆休息一下，航海就是個很好的辦法。你現在明白了吧？』

「『是嗎？你是否能告訴我他所乘輪船的名字及具體航線、啟航時間，我想和他聯繫。』

「上校對此要求既生氣又為難，兩道粗眉低壓著眼睛，很長時間沒說話。終於，他煩躁地說：『多德，你太固執了，你簡直是無理取鬧！』

「『對不起，我只是作為一個好朋友，真心地關心你的兒子。』

「他說：『我明白，如果不是因為這個，我哪有時間和你白費口舌。

但請你理解，家家有本難念的經，每個家庭中的一些隱私都是不能向外人說的。我妻子想聽聽戈弗雷以前的事，如果你願意，就講給她聽聽，我希望你最好不要再問別的了。』

「很顯然，我很不受歡迎。可是我暗下決心，一定要將我朋友的事弄明白。所以表面上我裝作被他說服了，可是心中卻另有打算。吃晚飯時，氣氛很沉悶，老上校依然不高興，戈弗雷的母親卻很有興趣向我打聽他兒子在戰場上的事。我的心情也不太好，所以早早就回到了自己的房間。就在我要把整個過程仔細分析一下時，老管家拉爾夫拿了一些大塊煤走進來了。

「『先生，天氣很冷，屋裡不暖和，所以我拿些煤來以備你夜間用。』

「我說：『謝謝你了。』

「可是放下煤以後，他沒有立刻走，搓著雙手在屋子中間站著，好像有什麼話要說。

「我問他：『還有事嗎？』

「『先生，我剛才聽到你談論戈弗雷少爺的事。你清楚，我妻子曾經是他奶媽，我也是看著他長大的，我們都很愛他，關心他。你是他的好朋友，你剛才說他在戰場上很勇敢，對嗎？』

「『是，他在全團裡也是出了名的勇敢戰士，有一次在槍林彈雨中還救過我的命！』

「老管家臉上的神情很激動，看來聽得很興奮。

「『戈弗雷少爺從小就是那麼有勇氣，他幾乎爬過這莊園裡的每一棵樹，以前他是個多棒的小夥子啊！』

「『以前？』我一下跳了起來。

「『你說以前是什麼意思？聽你的話似乎他已去世了。到底怎麼了？我朋友他到底有什麼事？』

「拉爾夫退了一下，似乎在害怕什麼。

「『我聽不懂你的話，我什麼也不知道，還是你自己去問老爺吧，我不能多管閒事的。』

「他一邊說一邊走向門口，我一下抓住了他的胳膊。

「『不許你走，你必須回答我一個問題，否則我不放你。聽著，戈弗雷到底還活著嗎？』

「『我寧願他已死去。』老拉爾夫從口中擠出幾個字後，用力一掙，跑出了我的屋子。

「福爾摩斯，你想我聽到這話的心情會是什麼樣的呢？我坐在椅子上，腦子裡一下子湧入了各種念頭。我朋友是捲入了嚴重的犯罪案，還是做了什麼影響家族名譽的事呢？因此嚴酷的父親將兒子送走了，或者藏起來避免家醜外揚？就在我胡思亂想時，天吶！我竟然看到戈弗雷就在我的窗戶外面！」

講到這裡，我的主顧停了一下。

我說：「然後呢？請繼續往下講。」

「就是他，戈弗雷！他臉貼著玻璃正站在窗戶外，那是個晴天，正好有月光照著他的臉，我看得非常清楚。他的臉是我從沒見過的蒼白，就像個鬼魂。他見我發現了他，就馬上在黑暗中消失了。

「我那時被嚇得目瞪口呆，不只是由於他那怕人的臉，他的眼睛再不是以前那樣的坦誠直率了，那裡面好像有種微妙的負罪感，或是讓人無法捉摸的東西。

「可是我也不害怕，經過兩年的摸爬滾打，害怕在我的心中似乎已經被忘卻。戈弗雷剛一躲，我就立刻跳到窗前，打開窗戶跳了出去，順著我以為他逃走的方向追了過去。

「那條曲折不見盡頭的花園小路，沒有燈光。我追了一路，而且大聲喊著他的名字，可是前面很快就出現了幾個岔道，我不知該走向哪條。此時，一扇門被砰地關上了。我知道這聲音不是從我身後的屋子傳來，而是從前面黑暗中傳來的。我這下更確定了，剛才看到的是戈弗雷，而不是幻影。

「福爾摩斯先生，我當時站在岔路上真是沒辦法，只好按照原路返回。我一整夜都為了給這件事找個合理的解釋而沒睡覺。第二天，上校的態度好像緩和了些，我趁機說有人介紹這附近有幾個好玩的地方，我還得停留一晚。上校很勉強地答應了。因此我有一整天的時間來觀察。

「現在我已知道戈弗雷在花園的某個地方。憑著昨天晚上的印象，我一直走到花園的盡頭，看見那裡有座稍具規模的建築物，和花園中別的小房子不太相同。關門聲是從這裡發出的？我假裝散步就向它走過去。這時，屋裡出來一個個子不高、留有短鬚、身穿黑衣、頭戴圓孔帽的男人，他不像僕人或園丁。他出來後沒有立刻走，而是將屋門鎖了，將鑰匙放在口袋中。後來，他看見了我，臉上的神色很驚訝。

「他問：『好像我沒見過你，你是這裡的客人？』

「我說是，而且說我和戈弗雷是好朋友。

「我接著說：『很可惜我沒有看見他，聽說他去旅行了，是嗎？』

「他趕忙說：『是的，是的，那麼你以後再來吧！』說完就走了。等我回頭看時，我發現他正在一棵大樹後偷看我。

「我在房子周圍轉了一圈，看見窗子嚴密地遮擋著，好像沒人住。由於我知道有人正盯著我，因此我不敢太大膽地窺探。我回到自己的房間，等待夜幕的來臨。天完全黑下來後，我悄悄地溜出屋，走向那神秘的建築。

「還算幸運，從一扇窗的未完全拉上的簾子裡透出了燈光。我仔細從這裡往裡面看。屋裡很乾淨整齊，生著爐子，燈光也很亮。我早晨見的那個黑衣人，正吸著菸，面向窗戶看報紙。」

我問：「什麼報紙？」

我的主顧對我打斷他說話好像不太高興。

「這很有關係嗎？」

「關係非常大。」

「但我那時沒注意。」

「那麼你看見那像大張的報紙還是小本週刊一類的呢？」

「對，有些印象了，不像大張，也許是《觀察家》類的雜誌。我當時哪顧上這些。我正注意屋裡的另一個人。他背著窗子，儘管我不能看到他的臉，但從後面我也敢肯定那是戈弗雷！他的身子朝著壁爐，一手支著頭，好像很憂鬱。還沒等我行動，肩膀上忽然被人重重拍了一下，原來是埃姆斯沃斯上校來了。

「『先生，到這邊來！』他壓低了聲音，拉著我的胳膊，滿臉憤怒地走向他的住房。

「『有一班開往倫敦的火車是八點半出發，請你趕快離開這裡！』

「當時我覺得很尷尬，說了幾句道歉的話，盡量用關心朋友的理由來為自己解圍。

「上校堅定地說：『不用多說了，你已經無恥地侵犯了我們家的權利，你已不是我們的客人，我不想看到你留在這裡，再做暗探的勾當！』

「我也生氣了，說了點不客氣的話。

「『我看見戈弗雷明明在那座房裡，可是你不讓他見人，還假裝什麼旅行了，你的目的到底是什麼！我的朋友已經失去了人身自由，我非要弄清楚這件事，我不會就這樣不管的！』

「上校聽了非常憤怒，我以為他要動手打我。可是他卻只瞪了我一會兒，後來一句話也沒說就走了。我最後決定按照他說的，早上八點半搭上火車回到倫敦。我想聽聽你的意見，並且希望你幫我解開這個謎，這就是我為什麼要來你這裡。」

主顧將他的問題推向了我。顯然聰明的讀者已經看出來，此案其實不很難，全部情況僅有幾個可能的解釋。可是儘管如此，它仍然有特別新鮮的地方，因此我將它整理記錄下了。

我問他：「上校家共有幾個僕人？」

「好像只有老拉爾夫和妻子兩人。」

「花園中再沒別的僕人了嗎？」

「沒了，我就見過那個穿黑衣服的矮男人，但他又不像是僕人。」

「噢。你是否看到過有從一個房子到另一個房子送飯的情況呢？」

「透過你的提醒，我想起有一次拉爾夫提著籃子走向那棟房子的方向，但那時沒想裡面可能裝什麼東西，也許是送飯的！」

「你向當地人打聽過戈弗雷的情況嗎？」

「打聽過。我向附近的居民及火車站長都打聽了。他們都說戈弗雷航海周遊世界去了。他們都知道他曾回過家，可不久就又走了，對於他的旅行，

看來大家都接受了。」

「你向他們說過你的懷疑嗎？」

「沒有。」

「這就對了。看來這件事還得調查一回，我們一起去圖克斯伯莊園一趟吧！」

「什麼時候？」

「下星期一吧！我這幾天還有另外一個案子。」

一個星期後，我和多德去了圖克斯伯。在火車路過伊斯區時，將一個嚴肅寡言、沉穩強壯的紳士接上了車，我提前就約好了他。

我沒向多德解釋太多，只說他是我的一個朋友，可能會對我們有幫助。

也許諸位讀者在華生的記錄裡瞭解了我的行事方式。就是我不想在調查一個案子時，太早地將我的想法說出。多德好像覺得挺怪，可是他也沒多問，我在火車上問了多德一些問題，主要是想讓那個同夥聽的。

「從窗戶裡看到你朋友的臉，你能肯定那不是和他長得一樣的，而確實是他的臉嗎？」

「我敢確定絕對就是他。」

「好像你說他的樣子有點怪。」

「是的。我發現他的臉色白得簡直不正常，以前我從沒見過這種白臉人。」

「整張臉都是很白的嗎？」

「好像不是，我記得最清楚的是額頭部分最白。」

我的偵查已經有了進展，再有一個小情況可能就會真相大白了。

一段長途旅行後，我們到了圖克斯伯莊園，開門的是老管家拉爾夫。我讓老朋友在馬車上等候我們的消息，多德和我卻徑直走向客廳。拉爾夫穿著傳統的灰上衣和褐色褲子，是個高大、多皺紋的老頭子，只有一點特別之處，那就是他戴著一副黃皮手套，見到我們，他馬上脫下手套放在了門廳的桌上。我聞到屋裡有種不明顯的刺激性氣味，這氣味好像就是放手套的那張桌子散發出的。我把帽子往桌上一放，又故意碰到地上，拾帽子時趁機聞了

一下手套，這怪味確實是從手套中發出的。啊，已經完成了偵查。看來寫故事我的確不如華生，他肯定最後才會寫出這樣的細節來吸引讀者，可是我只會這樣寫。

上校聽到通報後，怒氣衝衝地來了。一進門，就將我們手裡的名片撕碎扔在了地上。

「多管閒事！我已警告過你了，這裡不歡迎你！你假如還敢沒經允許就來這裡，我有使用武力的權利，我不會對你客氣的！」他又轉向我，「先生，我同樣警告你，去別處演你的把戲吧，我這裡不需要，快給我滾！」

多德很堅定地說：「我們不走，戈弗雷除非親自告訴我他沒被軟禁。」

上校更憤怒了，他大叫：「快打電話給警察，說我們這裡有強盜。」

我趕忙說：「且慢，上校，當然在你的私人住宅，你完全可以這麼做，可是我也想讓你清楚，我們到這裡來完全是出於對你兒子的關心。但願您願意和我私下談幾分鐘，你會改變看法的。」

「我不想和你廢話，拉爾夫，快打電話啊！」

我說：「請稍等，如果警察來了，結果肯定是你不願看到的。」我掏出筆記本，撕下一頁，匆匆寫了個字。我把紙遞給他：「你先看看這個吧！」

上校很不情願地看了一下紙，但他馬上吃驚地瞪著眼睛呆住了。

他無力地問：「你怎麼知道？」

「我的職業就是幹這個的。」

上校坐在了一把椅子上，手臂無力地垂著。很久，他無奈地說：

「好，你們非要見我的兒子，那就見吧！是你們非要這麼做，我不管了。拉爾夫，通知少爺和肯特先生，一會兒我們過去。」

幾分鐘後，我們繞過曲折的小徑，來到那神秘的房子前，一位留有短鬚的黑衣男子站在門口對上校說：

「怎麼回事？上校，我們的計畫全被攪亂了。」

「我也不清楚，我已沒辦法阻止，福爾摩斯迫使我這麼做。怎麼樣，戈弗雷還好吧？」

他說：「很好，他在裡面。」並將我們帶入了陳設很簡單但很寬敞整潔

亞瑟・柯南・道爾

的房間。一個人正背朝壁爐在那裡站著。我的主顧多德看到他，馬上奔去把手伸向他。

多德先生說：「啊！終於見到你了，我的朋友！」

那個人揮手退了幾步說：「不要過來碰我。」

「親愛的詹姆斯，你一定會覺得我的樣子很奇怪，確實我不再是那個優秀的騎手，英勇的戰士了。」

戈弗雷說話時，我仔細看了一下他。能看出原來他肯定是個很漂亮的小夥子，五官端正，但他的臉現在確實很異常。他原本應該是被非洲的陽光曬得很健康的黝黑，可是現在黝黑的皮膚卻摻和著許多塊白斑，看著很怪。

他接著說：「這就是我不見客的原因，我不忌諱你。可是你的同伴……」

「戈弗雷，我就是擔心你的安全。你那天夜間站在我窗外，我看見了你，這到底是怎麼回事？」

「拉爾夫和我說你來了，我不由得想見見你，但我不想你看見我，聽到窗戶響後，我只好跑回這屋子。」

「那何必呢？」

他一邊說，一邊點了菸：「這件事說來話長，得從在戰場上我受傷講起，在那次戰鬥中，你記得我中彈了吧？」

「我只是聽說，也不太清楚具體情況。」

「中彈後，我就沒和部隊聯繫上。迷迷糊糊地趴上馬背，由那匹馬駝了我幾里路，我後來從馬上掉下來並且昏了過去。」

「我醒來時，天已很黑了，吹著刺骨的寒風。我非常虛弱，掙扎著艱難地站了起來，看了一眼周圍，卻發現不遠處有相當大的一座房子。我當時只有一個設法到那房子找點溫暖的念頭，我實在冷得、疼得、累得都堅持不住了。我費了九牛二虎之力才走近那房子。我爬上了台階，從一個大敞著的門走了進去，進了間有好幾張床的大屋子，我立刻不顧一切地倒在一張床上，床上已鋪好了被子，拉過被子蒙住頭，我立刻睡著了。

「天大亮了我才醒來。陽光從寬大無比的窗子照了進來，這大宿舍更

明亮了。我面前站著個怪人，他的腦袋奇大無比，個子卻矮如侏儒，嘴裡好像嘟嚷著荷蘭話，邊說邊揮著他的巨手。他身後卻站著許多和他一樣的醜八怪，不是笨重臃腫就是奇形怪狀。我以為自己到了地獄了。

「他們看來都不會英語，可是情況非得講清楚，那領頭的小個子好像很生氣，他一邊怪叫著一邊往下扯我，根本不管我正向外流血的傷口。此時聽見嘈雜聲，一個年長的像負責人模樣的男人走進來，用荷蘭話把他責備幾句，那小個子鬆開了手。後來他轉向我，驚訝得睜大眼睛看著我。

「他問道：『你怎麼到這裡了？先不要動，你肩上的傷口需要處理。我是醫生，我立刻替你找人包紮。但年輕人！在這裡不比在戰場上好多少，這裡是麻瘋病院，而你卻在麻瘋病人床上睡了一夜。』

「天啊，詹姆斯，還用說別的嗎？那天晚上因為戰火病人才被疏散到別處，可是第二天，因為英軍來了，他們又回到了醫院。我後來被醫生放在一間單獨病房中，有人細心地照顧我，大概一個星期後，將我送到了南部的總醫院。

「肩傷痊癒後，我回了家。我還以為僥倖能逃過了這場悲劇。可是回家沒幾天，我臉上就出現了白斑，並且越來越多，面積也越來越大，我終於被傳染上了。有什麼辦法呢？如果和不認識的人一起住在麻瘋病院，不見天日，我和我的親人都不希望這樣。因此我們想了個辦法，對外假裝我去旅行了，可是我卻在家靜養，我們住在這個偏僻的地方，家中又沒別人，那兩個老僕又是完全可以相信的，而肯特醫生，他願意照顧並和我一起住。這就很簡單了。但這件事必須絕對保密，一旦傳出去，儘管在窮鄉僻壤，同樣會引起一場風波，因此我就沒告訴你，可是父親今天為什麼忽然讓步了呢？」

上校指著我說：「就因為這位先生。」他將我寫著「麻瘋」的紙打開。「他已經知道這麼多了，除了都告訴他，還能做什麼呢？」

我說：「你告訴我就對了。肯特醫生，這樣看來只有你診視病人，我想，假如有幾個專家來一起看，病情是否會好得更快呢？」

他有點不高興了：「你是不信任我？」

「不是我懷疑你的能力。只是此病和一般病不一樣，假如能聽一下專家

的意見一定會很有幫助的。以我的瞭解，你們不會診的原因是怕有外來壓力迫使你們將病人送往麻瘋病院。」

上校說：「確實如此。」

「你們的心情我很理解。我今天帶來了一位你們可以完全信任的朋友。我曾經為他辦過事，因此他今天來是以一個朋友而非專家的身分提供些參考意見。他就是桑德斯爵士。」

聽到這位專家的名字，肯特臉上馬上露出了驚喜，好像是被新提拔的下級軍官會見總統一樣。

他說：「能見到醫學界權威，真是我的榮幸。」

「我就將桑德斯爵士請來吧！現在他正在門外車裡等著。上校，我看我們就去你的書房吧，我想你也想聽我向你解釋這一切吧！」

在書房中，我向包括戈弗雷母親在內的幾個聽眾分析我的看法。

「我是在一種假設上建立我的方法：當排除了所有不可能的結論後，就必然剩下了事實。或許會剩下幾種解釋，假如這樣，那麼就要仔細地確認，直到只剩下一種有足夠證據來支持的解釋。在這個案子上，我一開始猜測有三種可能：第一，認為他是因為犯罪而逃避懲罰；第二，是精神錯亂但是不想住瘋人院；第三，是因為疾病而需要被隔離。僅有這幾種可能，我們來比較一下。

「犯罪首先被排除。這個地區我知道沒有未被偵破的案件，假如說是仍然沒有暴露出的犯罪，主角應該被遠送而不應該在家中隱匿，因此可以排除此種可能。

「精神錯亂的可能性稍大一些。小屋中第二個人可能就是看管者，這種假設也可由他出來後把門鎖上得出。可是這個年輕人卻在晚上偷看他的朋友，因此可知看管不很嚴。多德先生，你是否記得我問你肯特讀什麼報紙？假如是醫學方面的雜誌，那會更容易分析。可是大家知道，英國有規定，只要是有醫生陪同並上報當局，也可以把精神病患者留在家裡，沒必要拼命保守秘密，因此這種可能也排除了。

「那就只有最後一個解釋，即年輕人得了一種極嚴重的傳染病，我馬

上想到了麻瘋。麻瘋病在南非很多，戈弗雷很可能在南非生活時傳染上了此病，他不願住麻瘋病院，因此家人用了此方法。只要酬勞合適，是很容易找一位醫生去照顧病人的。病人晚上的行動當然沒必要限制那麼嚴。最重要的事是，有麻瘋病的人，膚色變白是很明顯的特徵。此結論有很充足的論據，因此我事先邀請了醫學專家桑德斯爵士。我剛到這裡時，發現給小屋送飯的拉爾夫所戴的手套上有消毒藥水的氣味，這就更確定了。」

就在我侃侃而談時，桑德斯爵士開門進來了。那向來嚴肅的面孔，破例地有了笑容，他過來握住了上校的手。

他說：「很高興我能帶給你一個好消息，戈弗雷患的不是麻瘋病。」

人們都大吃一驚：「什麼？」

「他的病表面症狀像麻瘋，醫學上叫魚鱗癬。此病影響容貌，而且持續時間長，可是很有希望能治好，更重要的是它絕對不傳染。」

「確實太巧了。這個年輕人很可能在麻瘋病院待過以後，心裡一直有一種恐懼，因恐懼心理而產生一種生理反應，把自己所恐懼的東西模擬了。總而言之，他肯定不是麻瘋病人。」

還會有比這更令人激動的消息嗎？戈弗雷的母親由於興奮而暈過去了。她可以由肯特繼續護理，這樣一來，他不會馬上失業的。

尋找「海底之心」

　　新婚歸來，華生醫生又回到貝克街二層這間有點凌亂的屋子，福爾摩斯這位著名的私人偵探在這裡住著，這裡也是最早開始許多冒險活動的地方。一切照舊，福爾摩斯生活中很重要的兩種東西——小提琴和菸斗，仍在原處擺放著。

　　只是多了個新來的跟班畢利，這小傢伙看起來很聰明。

　　畢利說：「先生正睡覺。」

　　一聽這華生就清楚了。那時正是下午七點，福爾摩斯在那時睡覺，說明他肯定正辦頗棘手的案子。每當這時，他就會拼命工作，因此作息毫無規律。

　　畢利說福爾摩斯正在搜尋一個目標。

　　「昨天他化裝成一個找工作的人，今天又扮成了一個老太婆，簡直太像了，我差點沒認出他。」他邊說邊用手指了一下沙發附近的破舊大傘。

　　「這就是老太婆的道具。先生很有表演天才，如果他去當演員，肯定也會同樣出名。」

　　「那麼英國就少了位傳奇的偵探啊！」

　　「依我看，他不從事哪一行，就是哪一行的損失。」

　　「他現在辦的是什麼案子？」

　　畢利壓低聲，很鄭重地說：

　　「很重大的秘密。你聽說王室的那顆已經傳了幾個王朝的鑽石了嗎？它被人偷了。」

「這案子？確實不尋常。」

「當然了。首相和內務大臣前幾天都來這裡了！先生已經向他們保證了。身分顯貴的人原來和平常人也一樣，不很難說話，我和首相還聊天了！只是那個坎特米爾伯爵……」

「噢，他呀！」

「你也知道他嗎？」

「只是聽說而已，他的脾氣聽說不好。」

「就是，他那傲慢、愛理不理的樣子，並且他似乎覺得此案根本不應該讓福爾摩斯先生處理，他是不相信先生的能力，太讓人不能容忍了。」

「那麼，福爾摩斯是怎麼說的？」

「先生說最後給他事實看就行了。」

「我們就祝他一切順利吧！不用管那個什麼坎特米爾。」

華生猛一抬頭看見一扇窗戶掛著又長又寬的簾子。

華生問：「這簾子是怎回事？」

「噢，這個，我忘了讓你看了。」

他將簾子拉開一個角。

「看，後面多好玩啊！」

那簾子後原來是福爾摩斯的蠟製塑像。他的朋友一隻手撐著頭，穿著睡衣，微微低著頭，半邊臉傾向窗戶，那樣子像正在讀書。

「真奇妙，我和福爾摩斯辦案曾經也用過蠟人，可是這次他為什麼要將自己塑成蠟像呢？」

「可能是想讓馬路對面的人看到吧！」

畢利順手將蠟人的頭摘下說：「我們還將頭擺成各種不同的姿勢，看起來使它更像真人，先生不讓我隨便換。」

「是嗎？」

「有人在馬路那邊監視我們。不信你來窗戶這邊看一下。」

華生正要走去。

突然臥室的門開了。主角福爾摩斯迅速出來了。儘管他臉色蒼白，非常

緊張，但行動依舊靈敏，一個箭步躍向窗前，拉好窗簾。

他說：「畢利，我告訴你不要亂動的，剛才你有生命危險，知道嗎？」

「華生，見到你很高興。你來得正好，我正需要你。」

「你這麼說，我很榮幸。」

「畢利，先忙你的吧！記住以後不要隨便拉窗簾，很危險的。」

畢利一邊答應，一邊下去了。

華生不由得問：「到底什麼危險？」

「性命的危險，可能就在今晚。」

「你不會開玩笑吧！」

「你知道我是不喜歡開玩笑的。」

「究竟是怎麼回事？你能否說得再詳細、具體些呢？它和丟失的那顆巨鑽有關係嗎？」

「就是這件事。」

福爾摩斯坐在安樂椅上深吸了一口菸斗，又吐了一個很長的煙圈。

他問華生：「你要雪茄嗎？」

「我就想快點知道情況。」

「對，你一定要記住這個姓名和地址，這是凶手的線索。」

「凶手？那麼你已經知道誰是凶手了？」

「你就先記住吧！假如我有不測，你把它們交給內務大臣閣下。凶手住在莫爾賽花園街136號，叫希爾維亞伯爵，記住了嗎？」

華生猛吸一口氣：「不測？」此時他才知道這案子已經使福爾摩斯身處危險。因為他知道他的朋友從來不喜歡誇大其辭，看來他確實很危險了。

「福爾摩斯，我不會讓你自己冒險，而我好像沒事一樣的。你說吧，我可以幫你什麼忙？」

「你就牢記凶手的姓名、住址就行了。這件事人多了將更麻煩。」

「既然你已經知道凶手了，幹嘛不叫人把他抓起呢？」

「他也知道我可能將他抓起來，因此我怕他狗急跳牆，四處咬人。」

「趁他沒行動就趕快抓他啊！」

「問題是我現在仍然不知道那鑽石到底在哪裡藏著。因此抓了他也沒用。」

「就是那顆『海底之心』？」

「是，那鑽石叫『海底之心』，是王室寶物。」

福爾摩斯吸了一口菸又說：「抓住那傢伙確實為社會除害，但我的目的是找回鑽石，還給王室。」

「希爾維亞究竟是個什麼人呢？竟然能將王室巨寶偷走。」

「他是非常凶殘卻又善於偽裝的傢伙，簡直是條咬人的大鯊魚，非常難對付。他還有個叫莫爾敦的幫手。莫爾敦是個拳擊運動員，現在和伯爵幹罪惡勾當。這傢伙四肢發達，頭腦簡單，完全聽伯爵的命令。」

「你見過希爾維亞伯爵嗎？」

「不僅是見過，今天一上午我就在他旁邊。」

「哦？」

「不很奇怪。看到那破陽傘了吧，早晨，我裝成老太婆一直跟著他。有一次，他還幫我拾起掉了的陽傘呢，表面上像個紳士，但骨子裡卻是個魔鬼。」

「這好像挺有意思。」

「後來就沒意思了。跟著他，我走走停停。最後，來到專賣武器的一間地下店鋪，我看見他買了幾支長槍。我想這些槍中正有一支或幾支對著我們這窗子。此蠟像的頭隨時有可能讓子彈射穿。」

小畢利此時手裡端著托盤進來了。

「有事嗎？」

「有先生想拜訪您。」

一張名片放在托盤上。

福爾摩斯看了名片一眼，嘴角掛著一絲淡笑。

「我沒想到這傢伙竟然找上門了。」

華生一驚說：「什麼？是希爾維亞嗎？」

「是的。這條困在網裡的魚看來已經覺得我的網繩更緊了。據說他是個

很有名的射手，是想拿我當靶子？」

「快叫警察來吧！」

「目前還不行。肯定還有一個人。華生，從窗戶看一下，是否街上有個魁梧的傢伙正注意這房子？」

華生很小心地從簾子邊向外看去。

「真有個彪形大漢。」

「應該是這樣的，忠心的莫爾敦怎能不來呢？」

他轉向畢利。

「客人在哪裡？」

「現在在會客室。」

「聽到我按鈴時讓他上來，無論我在不在，都讓他進來，記住了嗎？」

「先生，記住了。」

「你就先招呼他吧！」

「是，先生。」

華生很緊張，等畢利走後，對福爾摩斯說：

「這很危險啊！剛才你說他很陰險，這次，他也可能暗藏殺機。」

「我清楚。」

「你怎樣來對付他？」

「華生，我已經想好，你從這個旁門走，」一邊說，他一邊從日記本上撕下一張紙並寫了幾行字，「你把這個交給警察總局刑偵處的尤克爾，再和警察一起來。到時候，這傢伙就逃不了。」

「遵命。」

「我也從這裡離開一陣子，我想知道這傢伙心中到底想什麼，你就放心走吧，我有辦法對付他。你回來前，我就會找到寶石的。」

華生匆忙離去。

福爾摩斯拉了一下鈴，小畢利一分鐘後請希爾維亞伯爵來到房間，此時房內空無一人。

希爾維亞身體魁梧，皮膚黝黑，是個很健壯的男人。他那個鷹勾鼻，薄

嘴唇，為他的臉增加了種陰險和肅殺氣。進門後，他小心謹慎地四處搜尋，突然間，他看見了被窗簾半遮的蠟像，只是蠟像的頭部和睡衣領子時隱時現。希爾維亞猛地一驚，他肯定是將這座塑像當成了真人，他的眼中有種恐怖的凶光。肯定旁邊沒有人後，他高高舉起進門時手中拿的巨大手杖，一步步走近蠟像，正準備擊打。

此時，臥室的門口傳來冷靜且帶諷刺的聲音：

「慢，伯爵先生，請手下留情，不要破壞它！」

正要行凶的那個人嚇了一跳。等他清楚真相，知道福爾摩斯正在臥室門口站著時，他臉上呈現出一種惡狠狠的神情，不過馬上又恢復了自然。

他說：「你的假人足可當作真人了。」

「想瞞過伯爵的眼睛確實很難，我特地讓法國的塑像專家做的。他做蠟像的技術完全可以和你的手下做氣槍的本領相媲美。」

「你的話我聽不懂，『手下』、『氣槍』是什麼，我不知道。」

「那好。就當你真的不知道。先請你放下手杖。請來這邊坐，我認為我們需要認真地談一下了。你也這樣想吧？」

伯爵皺了一下眉頭。

「我就是想和你談才來的。但我真希望剛才那個蠟人是你，我這樣一杖下去，哼！」

「哦，伯爵先生，不要這麼激動。我知道你早就恨我了，可以說一下原因嗎？」

「還需要說嗎？你經常針對我，和我作對，還經常讓人跟蹤我！」

「讓人跟蹤？我沒讓任何人啊！」

伯爵咬牙切齒地說：「裝什麼蒜！我還讓人跟蹤他們，你能做我也能做。」

福爾摩斯依舊平靜。

「告訴你吧，我的確沒派過人，因此剛才你的話不準確。」

「不要不敢承認。昨天一個老頭，今天上午又一個老太太，隨時盯著我，難道他們不是你爪牙？」

「噢，伯爵先生，你大概真的誤會了。但很榮幸你對我的化裝術滿意，看來畢利說我進入戲劇界也會出名，確實有點道理。」

「什麼？那難道是你本人嗎？」

「牆角的那把破陽傘看見了吧，在你懷疑那個『老太太』之前，還好心地幫『她』拾起來！」

伯爵非常驚疑：「真是你啊？」

福爾摩斯聳了一下肩。

「我騙你幹嘛？真是我。」

「當時如果我知道是你裝的，我一定……」

「一定幹什麼？會不會像剛才那樣將手杖舉起，『叭』一下，對，可以用更省事更俐落的槍。你這樣想了吧？」

伯爵哼了一聲。

「多管閒事的傢伙，你為什麼愛跟蹤我？」

福爾摩斯說：「你不是明知故問嗎？」

「什麼意思？」

「伯爵先生，你曾經在阿爾及利亞獵過獅子吧？」

「又怎麼樣？」

「打獵做什麼呢？」

「和你有關係嗎？做什麼？玩，找樂子，冒險，多有意思，你沒有打過嗎？」

「我是說你，是否有為社會除害的意思呢？獅子能吃人啊！」

「是的，也有這意思。」

「那麼，我和你一樣。這就是我為什麼要跟蹤你的原因。」

「你？」伯爵氣急了，從椅子上跳起，手不由得伸向口袋裡掏槍。

「先生，請等一下。不要著急，我的話還沒說完。」

伯爵又氣哼哼地坐下了。

「另有一個更實際，更明確的原因，我想要那顆『海底之心』！」

伯爵的臉上露出了險惡的笑容。

他說道：「原來如此。」

福爾摩斯說：「我知道你的全部情況，今天你來，不就是想瞭解我到底知道你多少情況嗎？我告訴你，我已經知道了你的全部情況，有一點，我想你一會兒也會讓我知道的。」

「噢？是哪一點呢？大名鼎鼎的福爾摩斯都不知道的是什麼呢？」

「現在鑽石在哪裡？」

伯爵很警惕地看了福爾摩斯一眼，說：「你想知道，可是我怎能告訴你呢？我哪能知道它在哪裡？」

「你知道，你會告訴我的！」

「憑什麼呢？」

「別想騙我，你騙不了我。我的眼能看透你的心。」福爾摩斯的雙眼像錐子一樣緊盯著希爾維亞。

「你應該知道鑽石在哪裡了？」

「啊！看來你是承認知道了！」福爾摩斯嘲笑起來。

「我什麼也沒承認。」

「伯爵先生，最好不要在我面前演戲，這對你不利。你還是放明白點吧！」

希爾維亞一副不屑搭腔的樣子。

「這麼說你確實執迷不悟了。」福爾摩斯接著拉開抽屜，取出一個厚筆記簿。

「看一下這個吧！」

「什麼鬼東西？」

「這都是關於你的一些東西。」

「我？」

「是的。這裡記著你的每件壞事，記著你的全部罪惡。」

伯爵氣急敗壞地說：「胡扯！你這個多管閒事的傢伙，你不要把我逼急了！」

「不相信嗎？我說給你聽幾件，你看是否真有此事。」

福爾摩斯翻本子看了幾眼，接著說：

「哈樂德老太太死亡後，你是最大的獲益者，幾十萬家產轉眼就讓你輸光了。」

「沒有人相信。」

「還有這件事，瓦倫黛小姐你應該知道吧，她可被你害慘了。」

「那和我根本沒關係。」

「還很多。這是記錄1892年2月13日在里維艾拉火車頭等廂搶劫的事。這裡是同一年偽造里昂銀行支票，你還敢說不是你幹的？」

「這不是我幹的！」

「你承認你幹了別的了？伯爵先生，你也聽說過『識時務者為俊傑』吧，不要再浪費時間了，我非常清楚你的情況。」

「這和鑽石根本沒有一點關係！」

「不要急，聽我為你簡單解釋一下吧！告訴你吧，我不僅僅知道你以前的罪惡勾當，這次的鑽石失竊案，我也非常清楚。你及你的手下，在此案中所扮演的角色，我想我和你知道的一樣多。」

「不要騙人了！」

「好吧，你聽著。我清楚把你送到白金漢宮的馬車夫及最後送你離去的馬車夫。我清楚在案發現場見過你的守門人。我清楚艾奇・桑德斯不為你出賣鑽石，他已報案了。你的勾當早被人發現了。」

希爾維亞頭上的青筋暴突，簡直要滲出冷汗，儘管他咬牙切齒，可是說不出一個字。

「看，我手中的牌現在全給你看了。我只缺一張紅桃K，鑽石到底在哪裡？」

伯爵終於緩過勁，吐出一句話：「我永遠不會讓你知道的。」

「不要這樣說。希爾維亞先生，你最好考慮清楚！」福爾摩斯不很著急，依舊用緩慢的腔調接著說：「假如你在監獄中被囚禁二十年，想一想，二十年，多長的歲月啊！你即使擁有了那鑽石，那又有何用？另外你的手下莫爾敦，他會有同樣的下場。假如換一角度想，現在你交出鑽石，你只要交

出鑽石，我就能向當局替你申請，使你免於被起訴，我們可以不追究你以前的所有勾當。如果你能保證再不犯罪，我們可以不剝奪你的自由，免你坐牢。怎麼樣？找回鑽石是我的任務，我只要鑽石，而不是你，明白嗎？」

「假如我不同意呢？」

「那沒辦法了。沒有了鑽石，也只有抓你。」

福爾摩斯說著伸手拉了下鈴。

小畢利馬上走進來了。

「什麼事，先生？」

福爾摩斯先對希爾維亞說：

「伯爵先生，我看你最好將你忠實的莫爾敦請上樓，因為這關係到他的利益，所以我認為你們應該在一起商量，到底哪個較重要？」

他又轉向畢利。

「畢利，將門外那位先生請進來吧！」

「他不來怎辦呢？」

「他肯定會來的。只要你說希爾維亞伯爵找他就可以了。」

「好的。」畢利走出去了。

「福爾摩斯，你究竟想幹什麼？」

「沒什麼，假如我是個打魚的人，那麼現在該拉網了。」

伯爵一下站起來，將手伸到背後好像要掏槍，福爾摩斯此時也正握住了睡衣口袋中的一鼓物。

「伯爵先生，我看最好還是不要動槍，這對你沒好處，這屋的隔音效果不好，即使給你時間，我怕你都不敢開槍。」

「福爾摩斯，我不殺你，也有人會殺你的。」

「那又能怎樣？我倒認為你還是為你自己想想吧！」

此時聽到一陣急促的腳步聲，進來一個雖高大卻笨重的彪形大漢。他在門口站著，不太習慣地看了周圍一下，遲疑著。

福爾摩斯對大漢說：「莫爾敦先生，你好，看夠街上的風景了吧！」

莫爾敦困惑地看了一下福爾摩斯，看來這個拳擊手不習慣陌生人這樣的

親切招呼，不知該怎樣應對，因此只好向他的主人求救。

他用沙啞的喉嚨說：「伯爵先生，究竟怎麼了！我不明白。」

伯爵聳了一下肩沒說話，福爾摩斯替他說了。

「很簡單，莫爾敦先生，你們的事全露餡了。」

「什麼露餡，我沒心思開玩笑。伯爵，他究竟說什麼呢？」

希爾維亞還沒開口，福爾摩斯又說：

「我更不想開玩笑，並且我的時間不多。你們二位先商量一下，我迴避一下怎麼樣？現在我去裡間臥室拉支曲子，已經很久沒練小提琴了。我不在，你們肯定會談得很痛快。伯爵先生，請你好好考慮一下剛才我說的話，是要鑽石，還是二十年的自由。一分鐘後我過來。」

福爾摩斯說完這些話，拿著小提琴進了裡屋。一會兒，從那扇緊閉的房門內真的傳來了悠揚動聽的音樂。

莫爾敦趕緊問他的主人道：「他難道真的全知道了？」

伯爵氣急敗壞地說：「我不確定他是否全知道，反正他真的知道了不少東西。」

莫爾敦的臉一下子慘白：「噢，上帝！」

「是艾奇那小子出賣了我們！」

「他？他媽的！我非殺了他，我豁出命了。」

「那又有何用？還是快商量一下該怎麼辦吧！」

莫爾敦懷疑地向裡面的門望一下：「先等一下，那傢伙沒在偷聽吧，我們要千萬小心啊！」

「他正在拉琴，不可能偷聽。」

「是的。簾子後呢？這屋這麼多簾子，後面不藏人吧！」他向窗前的簾子望去。他忽然用手指著前方，吃驚得說不出話來。他看到了福爾摩斯的那座蠟像。

伯爵說：「那是假的，蠟製的！」

「假的？天呀，真嚇了我一跳，做得太像了，不摸一下恐怕誰也看不出，跟那傢伙完全一樣，還有睡衣，真像。」

「不用管這些了！我們的時間已耽誤很多了，你不想因為鑽石去坐牢吧！」

「就怨這個該死的福爾摩斯！」

「他說如果交出鑽石將不再追究我們以前的事。」

「交出鑽石？那是無價之寶啊，賣了它，我們可以花幾輩子。」

「總得選擇是交鑽石還是去坐牢？」

「這個，」莫爾敦很是為難，忽然，他像想到什麼一樣一拍手，「我們將他幹掉算了，反正這裡就他自己，除了他，我們就不怕了。」

伯爵搖搖頭。

「他又不傻。他早準備好了，身上有槍。就算打死他，這麼熱鬧的地方，我們也逃不了，並且他知道的那些證據，恐怕早就被通報給警察了。聽！什麼聲音？」

窗戶的簾子那裡好像發出模糊的沙沙聲，他們倆都朝那邊望去，但什麼也沒看到，依舊只是蠟像坐在那裡。

莫爾敦說：「是大街上的聲音。老闆，你一定能想出辦法，硬來不行，那怎麼辦呢？」

伯爵胸有成竹地說：「我肯定有辦法，我還騙過比他精明的人。」

「現在鑽石就在我內衣口袋中，必須將它隨身攜帶，我心裡才踏實。我們今晚就將它送到國外。週末前它就會被切成幾塊賣掉。我們外面有人，他肯定不知道。」

「是塞達爾吧！」

「是，他必須馬上啟程，我們倆有一個拿鑽石趕緊去找他，並讓他馬上行動。」

「還沒做好那個假底座啊！」

「顧不了那麼多了，不要底座也行。不要再耽誤了，冒點險也值。」他邊說邊懷疑地向窗口看了一下，好像有什麼不對勁，但也不確定。

莫爾敦問：「那怎樣對付這個福爾摩斯？」

伯爵收回眼光。

「這簡單，他只要鑽石啊，反正他答應如果拿到鑽石就不追究我們了。好吧，我們就假裝答應給他鑽石，給他一個假地址，當他知道被騙時，我們已到了荷蘭。」

莫爾敦笑咧了嘴：「好主意！」

「我來對付福爾摩斯，你拿鑽石去找塞達爾。我就和他說鑽石在利物浦。煩死人了，這破音樂！等他知道利物浦沒鑽石時，『海底之心』也早被切成好幾塊了，在荷蘭我們正享受著！」伯爵邊說邊翻起口袋，「來，你來拿鑽石，不要對著鑰匙孔。」

「你還真的帶著它！」

「這樣才最安全，我們不是也從白金漢宮將它拿出來了嗎？如果在我住處放著，能保證別人不偷嗎？」

「真有兩下子，讓我再好好看看這好東西。」

伯爵遲疑了一下，說：

「到光線較好的這邊窗口看吧，快看，給你！」

「謝謝了！」

福爾摩斯由蠟像的椅子上跳起來，一下奪走鑽石並裝入自己的口袋。他另一隻手同時拿槍對著伯爵的頭。

莫爾敦和希爾維亞根本沒想到會有這種情形，他們都被驚呆了。他們還沒完全反應過來時，福爾摩斯伸手拉響了電鈴。

福爾摩斯說：「先生們，你們最好別動手。樓下的警察馬上會上來，反抗對你們只能是越弄越糟。」

伯爵既生氣又害怕，可是他更不明白。

「你，你是從哪裡……」他無法說下去了。

「我想你們肯定是很吃驚，你沒看見，我臥室還有一道門與這簾子的後面相通。我搬蠟像時，本來發出點響聲，可是你們沒注意。因此很榮幸我聽清了你們的生動談話，實在太妙了，只可惜你們的想法落空了。」

伯爵的臉上又絕望又無奈：「我無話可說。」

莫爾敦仍然不明白。

「那琴聲又是怎麼回事？聽，現在還在響。」

「噢，假如你想聽可讓它繼續響，留聲機放出的音樂效果聽起來的確很好。」

門口此時湧入一大群警察，他們給犯人帶了手銬，將他們送到該去的地方。

華生微笑著，為福爾摩斯倒了一杯酒，恭喜他又破了一個大案。

小畢利拿著個有名片的托盤走進來說：「坎特米爾伯爵來了！」

福爾摩斯不禁笑著說：「噢？太巧了。」

「畢利，請他上來吧！」他又對華生說：「想必你知道這位伯爵，他是個典型的貴族遺老，忠於王室，只是有些自大和冥頑不靈。怎麼樣？我們和他開個玩笑，想必他還不知道剛才的事。」

「坎特米爾伯爵，歡迎您！」

一個瘦削而略嚴肅的老者從門外走進來，他留著維多利亞中葉時的鬍子。福爾摩斯很熱情地和他握手。

「歡迎光臨，外面很冷，來屋裡暖和一下，我幫您脫下大衣。」

伯爵很冷淡地說：「多謝，不用了。」

福爾摩斯抓著伯爵的大衣不放手說：「不用客氣，讓我幫您脫吧，否則溫差太大對健康不利，我的朋友知道此道理，他是個醫生。」

坎特米爾伯爵很不耐煩，他使勁擺脫了福爾摩斯的手。

「先生，我不想脫大衣，我只是來打聽一下那案子是否有進展了。假如有進展⋯⋯」

「有點麻煩了。」

伯爵好像很不滿意：「我想肯定是，我真不知道為什麼首相要找你辦，哼！你這下不會那麼得意了吧，不會認為你真的什麼都知道了吧？」

「我從來都沒認為自己什麼都知道。關於這個案子，現在只有一個小問題困擾著我，我想請教一下您，希望您不吝賜教。」

伯爵掩飾不住得意，微笑道：「這個，你是需要我幫忙吧？好，請講吧！」

「我是想請教您，怎樣處理窩藏贓物的人？」

「怎麼？你抓住罪犯了？假如不是這樣，你的問題也太不合時宜了吧？」

「那也還是有準備的好。您還是回答一下吧！」

「這還有疑問嗎？當然是將他抓入大獄了。」

「那麼如何判定他是不是窩藏犯呢？」

「能從他身上發現贓物，那就肯定了，這還不簡單？難道你這個『神探』連這也不知道？」

福爾摩斯聽見伯爵的話不由得哈哈大笑。

伯爵仍然很嚴肅：「很可笑嗎？」

「對不起，伯爵先生，如果您這樣說，您將有被抓入獄之災。」

伯爵氣得鬍鬚直抖，臉色發白：「你說什麼！」

接著他說：「我沒時間和興趣與你開玩笑，我要處理很多重要的事情，我的眼光看來確實不錯，我起初就讓首相把此案交給警局辦，我對你這樣的私人偵探沒抱有任何幻想。福爾摩斯先生，我不想在這聽你胡扯了，我要走了！」

伯爵說著就要走。福爾摩斯立刻擋住門。

「我不介意您走，可請您留下鑽石。」

伯爵簡直氣得說不出話：「你！你太放肆了，我去告你誹謗罪！」

「不要著急。請先摸一下大衣右面的口袋您再發脾氣。」

「憑什麼讓我這樣做？」

「按照我的話做，您一會兒就知道了。」

「啊？」伯爵一摸口袋，面色突然大變，他顫抖著從口袋中掏出那顆「海底之心」，它晶瑩剔透、閃閃發光。

「這，這到底是怎回事？」伯爵盯著鑽石，一下子目瞪口呆，手足無措了。

「行了，別再和伯爵開玩笑了。」華生邊說邊轉向伯爵，「對不起，這位朋友一直喜歡惡作劇，剛才他是和您開了一個玩笑。」

「伯爵先生，是一個玩笑，請不要見怪，我剛才要幫您脫大衣時，就在您口袋中放了鑽石，只是個玩笑。」

　　「我的確很難相信，但這確實是王室丟失的寶物啊！你是怎樣找到它的？」

　　福爾摩斯微笑著說：「這個，說來話長。您現在可以回去向上面報告好消息，這或可稍稍彌補我的惡作劇吧！畢利，送客，再告訴赫德森太太，請盡快送兩客晚餐上來。」

神秘的書稿

　　已經很久沒見過福爾摩斯了，現在不知他怎麼樣，是否又有大案子了？因此，今天早晨，我放下診所的事來到貝克街。

　　福爾摩斯正抽著菸斗，對於我的到來，他很高興。我們倆坐在燒得很旺的壁爐前，抽菸，閒談，非常愜意。

　　我正要問他最近是否有有趣的案子。此時，一個身材碩大的黑人闖入了房間。

　　此人充滿狠意，穿著十分可笑。他穿著顏色鮮豔的灰格子西裝，胸前是一條非常鮮豔的紅領帶。他長了個扁鼻子，寬闊的臉上長滿疙瘩，眼睛噴射著怒氣逼人的凶光。

　　他邊看著我們邊問：「誰是福爾摩斯？他在哪裡？」

　　福爾摩斯瞟他一眼後，繼續抽他的菸斗，沒有答話。

　　見沒有人搭理他，巨人更憤怒了，咆哮著大聲道：「誰是福爾摩斯？快過來！」

　　福爾摩斯此時才慢悠悠地舉了一下菸斗。

　　「你？」他立刻繞過桌子，走向福爾摩斯，「聽著，請少為別人管閒事，好好管好你自己吧，不然……」

　　「不然怎樣？繼續啊！」

　　「是不是你認為很有意思，待會兒給你點顏色看，你會認為更有意思。我收拾的人多了，不信給你拳頭看看。」

　　他說著就握成了拳頭，舉到福爾摩斯的鼻子下，他那拳頭也的確非常巨

大，怪嚇人的。

福爾摩斯非常平靜，好像很有興趣地開始研究那拳頭。

「是的，這樣的大拳確實不多，你該以它為自豪啊！」

我卻非常警惕地盯著他，而且順便將身邊的撥火棒拿了起來，等待時機。

那個人看到了我的「武器」及福爾摩斯的冷靜，顯然不那麼自信了，他的語氣稍和緩了些。

「我替我朋友警告你，最好別摻和哈羅那個地方的事，知道了沒有？要不然的話，哼！有你好看的，你最好想清楚了！」

福爾摩斯淡淡地說：「我認識你這個拳擊手，叫斯蒂夫・迪克西吧？怎麼到這裡撒野了？有個叫博金斯的年輕人在荷爾本酒吧裡被殺了，喂，怎麼，你要走？我還沒說完哪！」

這位不速之客一下好像矮了半截，再也不囂張了，他向後一步步地退著。

「他被殺和我有何關係？我那時正在牌場賭錢！我根本不在那裡！」

「法官可能會相信你，另外，難道你認為我不清楚你和巴內・司托格答爾幹的勾當？」

來訪者匆忙逃走：「啊，上帝！你——太難讓人相信了，我先走了。」

福爾摩斯叫住他：「等一下，你至少應該讓我知道，是誰指使你來我這裡的？」

「你不是全明白嗎？正是剛才你說的那個人。另外，福爾摩斯先生，希望你諒解我剛才的態度。」

「他又是被誰指派的呢？」

「這我不明白。他就和我說：『斯蒂夫，你替我去貝克街警告福爾摩斯，不要讓他去哈羅，不然有他好看的。』我就來了。」話說了一半，他已溜到門口，然後推開門馬上跑了，比來時走得更快。

我們倆不由得笑了。

「華生，我注意到你拿了撥火棒，幸好你沒打他。實際不必害怕他，不

要看他塊頭大，其實是典型的四肢發達，頭腦簡單，幾句話就可將他鎮住。他是斯賓塞・約翰集團中的流氓，經常和那個幫派幹一些不法的事，以後我再料理他們。他的頂頭上司巴內才是個陰險狡詐、難對付的人。」

我問：「他們為什麼來威脅你呢？」

他說：「就是他說的哈羅地區的這個案子。」

「你說清楚點吧！」

「我其實剛要和你說這件事，可是這個大塊頭就進來了，不要急，先給你看看這封信。」

福爾摩斯一邊說，一邊從抽屜拿出一封信，信上寫道：

親愛的福爾摩斯先生：

您好！我住宅旁最近發生了許多奇怪的事，真希望您給予幫助。假如您明天有時間，我將在家等候您的光臨。我住在哈羅地區車站旁。還有，您曾經的主顧莫蒂梅・麥伯利是我亡夫，他曾經和您合作過。

瑪麗・麥伯利敬上
地址：哈羅森林，玫瑰山莊

福爾摩斯說：「看清楚了吧！我本來還在想該不該接這個案子，斯蒂夫的到來讓我更下定了決心。怎麼樣？你願不願意和我一起走一趟？」

我欣然回答：「當然願意。」

「玫瑰山莊」這名字很好，可是實際根本沒有玫瑰，也許曾經有，可是現在一株也沒了。精巧典雅的整個建築四周是面積很大的一片草坪，鬱鬱蔥蔥的松樹在屋後，更給宅子增添了一種陰森感。

可是房間卻很講究，因此可知宅子主人的品味，接待我們的女主人的言談舉止也頗有風度。

「很高興你們的到來，福爾摩斯和華生，你們的到來使舍下增添了幾分喜氣。」

福爾摩斯說：「不敢當，您的丈夫生前和我見過好幾面，我現在仍記著

他。」

「先生，您可能更認識我的兒子道格拉斯。」

「道格拉斯·麥伯利？那可是個好小夥子，在一次聚會上我見過他，他是倫敦上層社會鼎鼎大名的人。現在他不在家嗎？」福爾摩斯問。

「唉，真是不幸。他是英國駐羅馬大使的秘書，但上個月他得肺炎去世了，死在羅馬。」

「這怎麼可能呢？太遺憾了！他可是個精力十足、很頑強的人啊，竟然……」

「都這麼說啊！他可能就是由於太好強了，不能受一點挫折，他由一個生龍活虎的小夥子變為一個鬱鬱寡歡、一蹶不振的人，都是我親眼目睹的。是由於被傷透了心他才變得如此快。」

「傷透心？那就是由於感情的事，是由於一個女人嗎？」

「我不想說那個魔鬼！好了，別談我兒子了，今天我請您來不是關於我兒子。」

「那是由於……」

麥伯利夫人說：「是這樣的，近來的某些事讓我不安。一年以前，我搬到這裡居住，平時也幾乎不和別人來往。可是前幾天有人找我說，受人委託要和我商量購買我的房子，並且說可以出高價，我儘管覺得有點怪，可是仍然說出一個非常高的價，他卻立刻同意了。後來，他說他的主顧也願意將我的家具一起買走，這些家具品質真的很好，您也發現了，因此我也說了個高價，可是對方根本不囉唆，立刻成交。我本來想賣掉房子去外國住，價錢非但不吃虧，甚至可以說得了很大的實惠。

「可是此人昨天拿合約讓我來簽字，幸好我的律師蘇特羅也在場，他看了合約對我說，這合約很奇怪，假如我簽了字，那房子中我的私人東西也會歸了對方，我將無權帶走任何一件。

「因此我和那個中間人說我只賣家具和房子，我的私人用品不出賣。他說可以考慮我的私人用品帶走問題，但必須檢查後才決定是否可以帶走。

「那時我非常生氣，說如果這樣，就不談這筆交易了，因此將此事暫時

擱在一邊了，可是我越想越不對勁……」

夫人剛說到這裡，突然福爾摩斯伸手讓她停住，他迅速衝到門口，猛地打開門，扯進一個瘦而高的中年女人。

福爾摩斯扯住了這個女人的胳膊和肩膀，她掙扎著亂喊亂叫。

她尖叫：「放開我，你抓我幹什麼？」

「蘇珊？你為什麼會站在門口？」麥伯利夫人很吃驚地問。

「夫人，我是想來問問這兩位客人要留下吃飯嗎，我可以準備，可是他……」

福爾摩斯冷冷地說：「不用撒謊了！你在門外至少站了五分鐘，我早就發現了，這件事，你做得還不熟。快說，是誰讓你來的？」

蘇珊懷疑地看著福爾摩斯。

「你憑什麼這樣說？你有權利揪住我嗎？」

福爾摩斯沒理她，轉向麥伯利夫人。

「麥伯利夫人，您和人說過寫信給我或是想寫信給我的事嗎？」

「沒說過啊！」

「那是誰替您發的信呢？」

「蘇珊。」

「這就對了，」福爾摩斯轉向女僕，「蘇珊，還狡辯嗎？到底是誰主使你？你怎樣為他通風報信？」

「我沒有！」

「你這樣沒好結果，非讓我們將你送到警察局不成？」

「送就送，我不怕！」

麥伯利夫人此時氣憤地說：

「蘇珊，有一天在草坪那裡，你和一個男人說話，你究竟背著我幹什麼了？」

「那是我私人的事，沒必要告訴你。」

「假如我沒有猜錯，那個人應該是巴內吧！」

「什麼？你怎麼知道？」

「看來我沒猜錯。蘇珊，我給你十英鎊，你說出巴內的上頭是誰，怎麼樣？」

「人家出的可是上千鎊啊！」

「那一定是個很闊氣的男人了？」

蘇珊輕蔑地笑了笑。

「噢？你笑了，那這個『男人』不對，該是個很闊氣的女人了？看，我知道的已經很多了，你就快說出名字吧！」

「絕不說！」

麥柏利夫人說：「蘇珊，我以主人的身分命令你說出來！」

「『主人』？頂多我不在這裡做，我也受夠了，現在我就拿東西走。」這女人一邊說，一邊昂然出去。

福爾摩斯沒有攔她。他很嚴肅地對我和麥伯利夫人說：

「看來是來頭不小的人，此案有趣了。瞧他們的行動多快，上午十點多我剛收到夫人的信，蘇珊立刻就彙報了巴內，巴內又請示了他的上頭，而這個女主人馬上制定了行動計畫，讓斯蒂夫來威脅我。這連續的動作做得我都佩服。」

「但他們的目的到底是什麼呢？」

「我也想知道。請問夫人在您搬來之前是誰住在這房子裡？」

「一個好像姓弗格森的退休海軍上校。」

「這個人特別嗎？」

「沒發現，也沒聽說他很特別。」

「他的房子地基下可能埋珠寶之類的東西嗎？世界上總有一些喜歡這樣做的人。不對，他們為什麼要買你的家具呢？地底下不可能有東西。您有類似傳世名畫類的收藏品嗎？」

「沒有，僅有一套宮廷茶具比較值錢。」

「一套茶具不會讓他們這樣的，另外，假如他想要的話，也可以直接向您買。為什麼要買您的全部東西呢？依我看，您家的什麼東西肯定是他們特別感興趣的，可是您卻不知道。」

我在旁邊說：「我也是這樣想的。」

「華生同意，那肯定是對的。」

麥伯利夫人說：「那可能是什麼呢？我根本想不到家裡會有什麼不一般的東西。」

「好，我們先來分析一下，試試透過邏輯推理能否縮小其範圍。在這裡，您住了多長時間了？」

「快兩年了。」

「兩年，您在這兩年中一直很平靜，是嗎？」

「是，就這幾天才有了此怪事。」

「一直都很平靜，突然在這四五天內，就有人急著買您的房子和家具，那就只有一個問題，華生，你說是什麼問題？」

我說：「只能說明，無論對方是對什麼感興趣，這東西也是剛進入這宅子裡的。」

「是的。麥伯利夫人，您家最近添了什麼新東西？」

「沒有呀，沒有任何新東西。」

「您能確定嗎？」

「我當然確定，半年了我都沒有買東西。」

「那就奇怪了。好，既然無法再分析了，我們就等事態的變化吧！對，您律師的能力怎樣？」

「蘇特羅先生非常有能力。」

「除了蘇珊以外，您還有別的僕人嗎？」

「還有一個年輕女僕。」

「我看您有危險，還是請蘇特羅在這裡住幾天吧！」

「什麼危險啊？」

「這我也不很清楚。現在這個案子仍然被雲霧籠罩，很難看清。依我看我們需要從另一頭著手了，有那個和您談判的中間人的地址嗎？」

「有他的名片，可是名片上僅有名字和職業：拍賣兼估價商。」

「地址都沒有，就不能在電話簿上找到他了。今天就到這裡吧，有了新

情況趕緊告訴我。」

我們和麥伯利夫人告別時，走過門廳，福爾摩斯讓堆在角落裡的幾個箱子吸引住了。各樣顏色的海關標籤貼在了箱子上。

他問：「這是什麼？」

「這是上個星期寄來的，我可憐的兒子道格拉斯的遺物。」

「您沒打開過？」

「沒有。」

「上個星期寄來的，這不就是新的嗎？這裡很可能有珍貴物品。」

「不太可能吧！福爾摩斯先生，我瞭解道格拉斯，他的收入僅是一點薪水和很小一筆年金。他哪有珍貴東西呢？」

福爾摩斯沉思著說：「不要大意。」

「麥伯利夫人，我建議您趕快打開箱子看一下，我們明天再來聽您說查看的結果。」

我們離開了。

在路的拐角處，我們碰見了那位來去匆匆的拳擊手。很明顯他是被派來監視我們的。將要西沉的太陽把他原本高大的身影拉得更長，於是顯得更恐怖了。

福爾摩斯用手掏口袋。

「先生，你是在掏槍嗎？」

「斯蒂夫閣下，當然不是，我正在找我的鼻菸壺。」

「福爾摩斯先生，你真會開玩笑。」

「你會認為被跟蹤是笑話嗎？我今天早晨的話你不會都忘記了吧！」

「怎麼敢？福爾摩斯先生，我想好了，我再也不想提起博金斯那件事了，因此假如你需要我，我很願意為你幹活，只要你發話就行了。」

「那好。我就問你一件事，誰是你的最高上司？」

「天吶！這可難住我了，我就知道巴內給我命令，他們根本不讓我知道其他事，請相信我，我說的絕對是真話。」

「既然如此，我就先相信你。斯蒂夫，聽著，你面前的這棟宅子、宅子

中的人及房間中的全部東西，都由我保護，明白了嗎？」

我們仍然向前走。

福爾摩斯說：「我看他真不知道誰是主謀，不然為了保全自己，他也會說的。華生，我們目前需要藍戴爾‧派克幫助了，你先回去，我馬上去找他，看能否打聽一些新情況。」

聽說藍戴爾‧派克的收入能抵上一位政府官員，他專門搜集社會各方面的情況，給小報投稿。他可以說是本最準確、最生動的社會傳聞方面的大辭典。偶爾福爾摩斯為他提供些資料，他也能幫助福爾摩斯得到最快捷的訊息。

我第二天早上就來到福爾摩斯的房間，從他的神情可知昨天在派克那裡收穫不少。可是沒等我們互相問候，就來了一封電報。電報內容讓人大感意外：

希速來，山莊被盜，警察也在。

蘇特羅

福爾摩斯拍了一下手：「他們做得可真快，比我所料的還快。高潮來了，華生，你感覺到了嗎？操縱此案的人來勢真不小，否則不會每一步都如此及時，這倒是和我昨天打聽的情況一致。不過被盜這件事，要是昨天讓你在那守著就好了。好了，我們還是趕快去哈羅吧！」

再回玫瑰山莊，和昨天的景象已完全不同。看熱鬧的一群居民在門口圍著，兩個警察正在檢查大門和窗戶。

我們在裡屋發現了一位頭髮斑白的老紳士，他就是蘇特羅律師，是他寫的電文。旁邊還有位精神很好、指手畫腳的警官。我們一上來，他便和我談起來了。

「噢，真有幸能見到大名鼎鼎的神探。不過，我認為這只是件普通的入室盜竊案，一般警察就足以應付，你這專家恐怕就無需插手了。」

福爾摩斯說：「我不是專家，你和你的兄弟們才是辦案專家。但是，你

能確定它是普通的盜竊案嗎？」

「當然確定。並且我知道這是巴內集團幹的，有人在旁邊看見過那個大塊頭斯蒂夫，我們也知道應該到哪裡找他們。」

「他們究竟偷什麼東西了？」

「這個嘛，他們似乎沒有全部得手，有些……哦，麥伯利夫人到了。」

麥伯利夫人是由一個小女僕攙扶進來的。夫人看起來很虛弱，臉色蒼白，無精打采。

「對不起，福爾摩斯先生，昨天我沒有聽您的建議，讓蘇特羅先生來守衛，我怕打擾別人，可是卻出了這種事。」

「既然如此，就考慮該怎樣處理吧！夫人，看起來您很虛弱，能講一下事情的全過程嗎？」

「我看不用夫人勞神了，我能告訴你。」警官拿著本子，很殷勤。

「謝謝你。但假如夫人能堅持一下，我仍然希望……」

麥伯利夫人說：「我可以，情況實際也不是很複雜。那夥人對這房子似乎很熟悉，肯定是那個討厭的蘇珊早和他們串通了。我的嘴被人用蘸有藥水的布捂住，就失去了知覺。等我清醒時，發現床邊站著一個人，另一個人從我兒子行李堆那裡站了起來，手中拿著一卷紙。」

「後來呢？」

「後來我抓住了那傢伙。」

警官說：「噢，太危險了。」

「確實，我抓住他時，另一個跳過來打我，後來我又不知道了。女僕瑪麗好像聽見響聲叫了起來，警察就來了，匪徒也就跑了。」

「他們拿走了什麼？」

「好像沒拿什麼貴重東西，他們總是在我兒子的箱子裡翻，我知道那裡不會有值錢東西的。」

「留下什麼線索嗎？」

「我抓那個人時，從他手中奪下一張皺巴了的紙，上面的字好像是我兒子寫的。」

「哦？那張紙在哪裡？」

警官說：「我看那紙沒用，又不是竊賊的⋯⋯」

「但我仍很好奇。」

警官從筆記本中抽出一張大頁的書寫紙，一邊遞給福爾摩斯，嘴裡一邊說：「福爾摩斯先生，我和你有一樣的習慣，不放過一丁點兒線索，這上面也許有竊賊指紋之類的。」

福爾摩斯認真地研究著這張紙。

「警官先生，你的看法呢？」

「這挺像一部小說的結尾，是一段讓人費解的文字。」

「這是第二百四十五頁，前面有二百四十四頁，大概是讓盜賊偷走了。」

「我認為也是。」

「半夜三更入室行竊，只為一卷手稿，挺奇怪吧！你認為這能說明什麼呢？」

「也許他們是在忙亂中抓到什麼算什麼吧，不過這次他們失望了。」麥伯利夫人問：「為何就找我兒子的東西呢？」

「我認為他們在樓下什麼也沒得到，所以跑上樓，以為箱子中會有好東西。福爾摩斯，你認為呢？」

我的朋友說：「讓我想想，華生，過來我們一起看一看這東西。」

我和福爾摩斯站在窗前，仔細地閱讀那張手稿紙。

手稿的開頭是從一個不完整的句子開始的：

——從他臉上流下許多鮮血，那是拳頭和刀傷造成的。可是，當他看見了他願意為之付出一切的臉時，那臉的主人對他的傷痛和屈辱無動於衷，他這時心裡流的血比臉上流的更多，心比臉更痛！他抬頭看見她竟然在笑！簡直是個毫無人性的魔鬼，噢！立刻，愛消失了，恨誕生了。人總是為了目標才活著，小姐，假如我的目標不再是擁抱你，就讓我將毀滅你當作生存的目標吧！

福爾摩斯一邊給警官遞回那張稿紙，一邊笑著說：「多奇怪啊！開始作

者用第三人稱『他』，可是後來竟變成第一人稱『我』了，肯定是作者太激動了，將自己幻想成男主角。」

「可能吧！但我認為這作品不怎麼樣。」警官收起紙，看看福爾摩斯。

福爾摩斯和警官說：「我們走了，警官先生。我認為你完全有能力辦好這個案子，我在這裡也幫不了什麼忙。」

他轉向麥伯利夫人。

「麥伯利夫人，您說過要去國外轉轉，還有這種想法嗎？」

「哦，我一直都有這個想法。」

「您最想去哪裡？馬鄧巴群島，利維艾拉，還是開羅？」

「假如有足夠旅費，我想周遊全世界。」

「『周遊世界』？很好！那這樣吧，您將在下午收到我的信。夫人，再見了，警官，再見！」

因此我們離開了玫瑰山莊。

「我需要立刻去辦件事，」福爾摩斯在喧鬧的街上對我說，「你和我一起去吧，去見伊莎朵拉・克萊因這種女人，最好帶一個證人，不然……」

他把下面的話停住了。

我們僱了一輛馬車，向大廣場的一個地址駛去。

在馬車上，我的朋友問我：「華生，你知道是怎麼回事嗎？」

「只能說知道一點。現在我們就要去見策劃整件事的那位幕後主使了吧？」

「是的！你聽說過伊莎朵拉・克萊因這名字吧？這女人以她無與倫比的美貌而聞名。她是世界上最富有最美麗的寡婦，德國製糖業大王克萊因就是她死去的丈夫，她十八歲時嫁給了他，而他當時卻六十多歲了。守寡後，她就無拘束了，甚至為所欲為，她有好幾個情人，道格拉斯・麥伯利就是其中的一個。派克的消息十分準確。伊莎朵拉與道格拉斯曾經柔情蜜意，非常默契，可是這個女人天生喜新厭舊，很快有了新情人。道格拉斯不能容忍這些，他又驕傲又倔強，想和她長相守，因此兩人便產生了衝突。」

「那麼，那手稿是寫他的親身經歷和感受？」

「是的。我們現在已基本知道整件事的輪廓了。據說她要嫁給比她小二十多歲的羅莫公爵了。本來公爵的母親就不同意，假如再傳出另一醜聞，那這椿婚事就危險了。因此，她——我們到了。」

我們面前的住宅是整個倫敦中數一數二的。目不斜視行動呆板的一個僕人拿走我們的名片後又回來說，現在女主人不在家。

福爾摩斯不著急，他在筆記本上寫了幾個字，撕下折好給了僕人。

「將這個交給你主人。」

僕人把紙條拿走了。

我問：「你寫了什麼？」

「很簡單，我寫的是『那只能交給警察辦了』。看過這字條，她一定會和我們見面的。」

像我朋友想的一樣，那機器人一樣的僕人不到一分鐘就將我們領入一間大客廳內。房間中豪華的裝飾，精美的布置是我平生第一次見到的。半明半暗的粉紅色光線下，我們看到了這絕世的美女。

雖然她已不再年輕，可是我仍看不出她的年齡。我們一進屋，她就從靠椅上站了起來，亭亭玉立，像用象牙雕刻的一樣精緻、美麗。遺憾的是，她的眼睛中閃著不友善的光。

她拿著福爾摩斯剛才寫的紙條說：「這字條是對我的侮辱。」

「不要激動，夫人。你心中明白，誰敢侮辱你呢？」

「為什麼你們和我過不去？為什麼來管我的事？」

「這也用我說嗎？你這樣聰明的人。可是，你的頭腦近來有些失靈。」

「什麼意思？」

「僅憑僱流氓來威脅我，就可以知道你的不明智。你應該明白，福爾摩斯偵探在何種恐嚇下都不會退讓的，選擇這職業正是由於我喜歡刺激和冒險。如果不是你打手的恐嚇，我也許不會下決心偵查道格拉斯案。」

「我不清楚你的話。笑話！我和什麼僱流氓的事沒關係。」

一聽這話，福爾摩斯轉身就走。

伊莎朵拉叫：「等一下，你去哪裡呀？」

「警察總局。」

我們還沒走到門口，女主人已追出來了。她拉住福爾摩斯的胳膊，由粗暴冷漠一下變成了溫柔親切。

她說：「先生們，先請坐下，我們好好談一談吧！偵探先生，我認為你是個真正的紳士，我能相信你，我可以把你當我的一個朋友對待，我可以和你說真心話。」

福爾摩斯說：「我可不敢把你當朋友，那是很危險的一件事。我是代表社會公理和你對話，你應該說真話。」

「看來，我真的不應該派人去恐嚇你。」

「你更不應該僱傭一批有可能出賣、背叛你的傢伙。」

「這不至於。我可以保證，我用的人只有巴內及他的妻子蘇珊知道我，其餘的人根本不知道是為我做事。可是這兩個人——」她笑了笑，「是絕對保密的。」

「你考驗過他們？」

「可以這樣說。」

「但這次不一樣了，他們犯盜竊罪了，正在被警察搜捕，馬上就會被抓，你也會被咬出來。」

「絕不可能。他們會自己承擔下來，而不說關於我的一個字。我有把握，這不是第一次。」

「那就只有我來替你露出真相了？」

「我不這樣認為，有自尊而且尊重別人的一位紳士，肯定會讓一個女人保留點隱私的。」

「你必須交回道格拉斯的文稿。」

「噢，對不起。」她一下笑出了聲，來到壁爐旁，用撥火棍撥動一堆化成灰燼的東西。「你是要這個嗎？現在大概是很難拿了。」她邊撥邊得意地笑。

「夫人，這我就沒辦法了，你的行為簡直太過分了，因此我們只好在警局見了。」

她猛地止住了笑，怒氣衝衝地扔掉了手中的撥火棍。

她叫道：「難道你就沒有一點同情心？你可否站在我的角度來對待這件事？」

「你的角度？我很想聽聽。」

「一個女人一生的野心、夢想，假如一下子都破碎了，你想想會是什麼感覺？我當然承認，道格拉斯是個討人喜歡的小夥子，我們也曾要好過，可人又不能控制命運，有什麼辦法呢？我計畫中的人不是他。他要和我結婚，結婚！偵探先生，和一個沒家產、沒官職的平民結婚，你能想像嗎？可是他非要這樣，最後簡直到了無法理喻的地步。我能怎麼辦呢？他覺得我只能屬於他自己，可是他卻不能給我所需要的，為了讓他認清現實，我只有……」

「派流氓去毆打他？」

「這也不是我的本意。看來你真知道不少。巴內和他的手下打他了，我承認是有點過分。可是他的做法呢？他的行為比我對他的更嚴重，他竟要寫一本書來攻擊我！我的身世、他和我的一切一切，他都完全寫下了，把我寫成一個魔鬼的化身，而他是一個受害者，誰能想到他會這樣？儘管沒用真名，可是知情人一看就明白。他的這種行為，怎能讓人容忍啊？」

「這可是在他的權利範圍之內啊！」

「權利？多殘忍啊！他還寄給我一份書樣來折磨我，並且說要公開出版另一份。」

「你知道書稿還沒給出版商？」

「那個商人我知道，書稿他還沒收到。後來就知道道格拉斯得了肺炎死了……噢，可憐啊，但那書稿仍在，我哪能安心呢？它將威脅我的利益。我知道遺物肯定會送給他母親，因此我調動了力量，讓蘇珊先以女僕的名義進入她的宅子，接著——我真想用正當又合法的方式，出高價買下房子和裡面的東西，不傷害也不驚動誰，可是後來麥伯利夫人拒絕了我。正當的方式既然不行，我只能用別的方式了。只有讓人去偷那東西，這能怨我嗎？目前還是決定我未來的非常時期，不這樣我能怎麼樣呢？難道看著書稿公開發行？我讓世人嘲笑也沒關係，可是我的婚事假如失敗了，我的損失也就太大了

吧？」

　　伊莎朵拉說完這些話，緊盯著福爾摩斯。

　　「噢，」福爾摩斯笑了一下，「好，起訴你也不可能有結果。那麼就像我曾經辦的許多案子一樣，我們也來個賠償協議吧！」

　　「什麼意思？」

　　「你認為按貴族的標準，一個人周遊世界得花多少錢？」

　　「有五千鎊就夠了吧！」

　　「哦，的確足夠了。我認為你應給麥伯利夫人一張五千鎊的支票，這種賠償不過分吧，她想去國外，你有責任花這些錢。」

　　「另外，」他伸出一根指頭警告說，「你要小心！要小心！玩鋒利的快刀不會永遠傷不著你的纖手。」

吸血的妻子

　　幾封剛送到的信擺在福爾摩斯的書桌上。我在他對面坐著，看他認真看最上面的一封。顯然這封信不長，幾分鐘後，福爾摩斯邊笑邊遞信給我道：

　　「真奇妙。什麼奇思妙想都有，我還真沒聽說過如此怪誕的事，是真有其事還是憑空幻想呢？華生，你怎樣看？」

　　我接過了信，上面寫著：

　　親愛的福爾摩斯先生：

　　本店的主顧——梅新大街弗格森茶業銷售公司總裁羅伯特・弗格森先生，最近來信問有關吸血鬼的情況。本店的主要業務是估價和拍賣等，弗格森詢問的事不在本店業務範圍內。由於聽說您曾經很圓滿地處理了蘇門答臘巨鼠案，因此介紹弗格森上門求教。望不吝賜教。

　　　　　　　　　　　　　　　　　　　　莫里森・道羅公司敬上

　　　　　　　　　　　　　　　　　　　　經手人：×××

　　我說：「的確是奇思妙想。吸血鬼？好像是童話裡的東西。」

　　「他們仍記得巨鼠案。但這和吸血鬼有何關係呢？這也不屬於我們的業務範圍呀！不過，倒是個有趣的案子，去童話故事裡走一趟，看看有何感覺。」

　　「你不是有本大百科詞典嗎？我們來查查這方面的情況吧！」

　　「我也這樣想。」

他從書架上取下一本磚頭厚的大書，攤在膝頭翻看起來。那裡有各方面的知識，天文、地理、政界軼事及旁門左道，樣樣俱全。

他斷斷續續地讀了幾句：

「毒蜥蜴？能噴巨毒無比的毒氣，大蟒蛇？水桶粗的身體。噢，巫師的特別功能，預測將來？哈，聽聽這匈牙利吸血鬼的妖術，另外，特蘭西瓦尼亞女人被吸光血的案子。」

「啪」的一聲，他忽然闔上了書。

「這哪可能呢？這簡直就是無稽之談，從棺材中爬出的殭屍，誰見過殭屍？誰見過吸血鬼，瘋子才可能相信。」

我說：「那也未必吧！」

「我聽說，有些上了年紀的老人專吸年輕人的血來延緩衰老，不一定只有死人才吸血啊！」

「這本書上也有這種傳說。」

「但我們是在一個真實的世界中生活，那個什麼經手人，弗格森，我們生活的世界已經很大了，還要拉上什麼鬼世界？他們的話我們能相信嗎？」說到這裡，他瞥見桌上的又一封信。

「哦？太巧了。這是弗格森先生的一封來信，我們看看是怎麼回事。」

說著，他又拿起桌上的另一封信看了起來。開始他面帶笑容，可是後來，他的臉變得越來越嚴肅了。看完後，他靠在椅子上開始了沉思。

過了很久，他才像是清醒過來的樣子。

「蘭伯利這個地方，你知道嗎？」

「知道，離霍舍姆不遠，在道奇省。」

「奇斯曼莊園呢？」

「我挺熟悉那一帶的。那裡有許多年代很久的老宅子，都是以幾個世紀之前的原主人的姓來命名的，例如洛克莊園、奧德利莊園……儘管有些家族已不存在了，可是他們的姓卻由房子流傳下來了。奇斯曼也是如此。怎麼了？有什麼問題嗎？」我問。

福爾摩斯沒有直接回答我，低頭又想了些什麼後，抬起了頭。

「我認為我們很快就會更瞭解奇斯曼莊園，現在弗格森住在那裡。看一看，他還說認識你。」

「認識我？」

「是的。」

我拿過他遞的信，信封上的地址正是他剛才說的那個地方。

信的內容是：

親愛的福爾摩斯先生：

我代表我的朋友請您幫助，希望借助您豐富的知識和智慧來解除他的煩惱。

是道羅公司向我推薦您的，我本來應該去直接找您，因為這件事敏感且費解，只有您能解決。

五年前，我的一位紳士朋友和來自秘魯的一位小姐結了婚。他們是做生意認識的。小姐的父親在秘魯是位商業名流，她本人是個美麗又溫柔嫻淑的女子，婚後二人的感情很好。可是，二人畢竟有不同的國籍和宗教信仰，難免在一些事情上會有分歧，這當然不影響彼此間的愛。他認為她是個非常難得的好妻子，不管哪一方面，她都無可挑別。

看，我是不是太囉嗦了，還是直入主題吧！假如有可能，我想和您當面談談，由於信中不可能將細節講全。以下是這件事的大致過程，請您考慮願不願意破解此事。

我的朋友和他的妻子不久前鬧衝突了，是因為他發現了她的一些不能理解、更不能容忍的奇怪行為。他甚至認為他們的婚姻是個錯誤，假如那是真的，那就不只是錯，更是一場悲劇。

在與這位女士結婚前，我的朋友曾結過一次婚，前妻死後留下一個兒子。今年這孩子十五歲，很可愛也很重情義，是他那個年齡中少有的懂事的孩子。可是很不幸，由於小時候患過小兒麻痺，致使他腿腳不靈便。可是他的繼母卻對這樣一個既可憐又可愛的孩子，不問原因地狠打了好幾次，有一次竟然用手杖將孩子的胳膊打青了。

此女士的奇怪行為不僅是這些，更無法接受的是，她竟然——天吶！怎麼能相信她會做這件事？她對自己親生的不足一歲的小兒子，對他做什麼呀？大概是一個月前，保姆留下嬰兒去做了點別的事，沒幾分鐘，她聽見了孩子痛苦的嚎哭聲，保姆簡直被驚呆了，她的女主人正把嘴俯在嬰兒的脖子上，似乎在咬他！走近一看，她看見孩子的脖子上一個小傷口正向外流血。保姆當時沒辦法，她想找男主人，可是女主人卻阻止她。不僅這樣，她還不讓保姆洩露這件事，並且給她五鎊錢來保密，可是她卻沒解釋是怎麼回事。

　　這件事對保姆不可能不產生疑慮。從那之後，保姆經常注意那個女主人的行動，並且不敢離開小孩一步，因為她也很愛那可愛的小寶貝。可是她發現，孩子的母親也對孩子密切留意，在保姆必須離開時，她會馬上跑到孩子跟前。這太折磨人了，真的讓人難以相信，但確實是事實。

　　男主人一開始不知道這些情況，可是有一天，保姆再也忍不住了，就去找男主人，並且說明了情況。可是男主人就是不相信，他認為自己很瞭解他的妻子，妻子肯定是愛他，也愛家的。她雖然打過前妻留下的兒子，但她怎麼會傷害自己的親生骨肉呢？因此男主人喝斥保姆，說她一定是汙蔑、誹謗女主人。可是就在他們交談時，從嬰兒室裡又傳出了嬰兒的嚎哭聲，他們一起跑進去。天吶！那情景人們永遠都不願再想起，他的妻子正從搖籃邊站起來，搖籃裡小嬰兒白嫩的脖子正在流血，床單上也沾著血。可怕的是，對著明亮的光線，他可以清楚地看見他妻子嘴唇四周都是血！

　　福爾摩斯先生，無論這多麼難以相信，但確實如此，儘管男主人不願意相信，溫柔可愛的妻子真的是在吸嬰兒的血！

　　情況就是如此。那妻子現在將自己關在屋中，誰也不見，什麼也不解釋；可是那丈夫卻要崩潰了。我們僅在書上看見過吸血鬼的字樣，在童話故事中聽過吸血的事。但卻沒想到，在我們身邊，竟然——

　　福爾摩斯先生，我急切地希望您幫忙，希望您幫我解開心中的疑團及恐懼。明天十點，我將去拜訪您，渴望和您面談。假如允許，請您致電蘭伯利，奇斯曼莊園。

　　此外，我清楚華生是您的好朋友，我們在大學時曾經在一個橄欖球隊

裡，他或許還記得我。

羅伯特・弗格森敬上

「球隊，哦，想起來了，我的確認識他。他那時是前鋒，我是中衛，」看完信以後我說，「他仍然如此熱心，朋友的事就像他自己的事。」

福爾摩斯看著我：「你難道真的認為是他朋友的事？那太奇怪了。好，我們來擬一份說『樂於接你的案子』的電文，怎麼樣？」

「你是說——這是他自己的事？」

「那是必然的。」

「噢？」

「假如連這個也看不出，我這個偵探也就太不稱職了。好吧，你去讓人發電報吧！」

記憶中，弗格森是個高大挺拔，行動敏捷，善於抓住機會的人，他總是能很好地繞過對方，成功入球。可是第二天早上，弗格森來到我們房間，當年的風采蕩然無存了，高大的身材也萎縮了許多，頭髮也不多了，這就是時光留下的痕跡吧！他眼中的我也許變化也是如此巨大。

「華生，你好！」一見面他就熱情地和我打招呼，這讓我看到了他當年的影子。

「弗格森，你好，我們看來都和原來不一樣了，真是時光催人老啊！」

「是的！但是最近這些日子，我衰弱得更厲害。福爾摩斯先生，你已知道這件事是我自己的，我就不再遮掩了。」

「說明白些才容易辦這案子。」

「我明白。可是我能怎麼辦呢？那是我孩子的母親，我的妻子！我不能找警察，不能向朋友訴說，只好自己憋著，每天提心吊膽。福爾摩斯先生，你一定要幫我的忙啊！」

「我一定盡力。」

「我一點也不明白這是什麼原因？難道她精神有問題？還是遺傳的問題？你曾經聽說過這種事嗎？辦過這樣的案子嗎？」

「請你冷靜一點。我非常理解你的心情，也很同情你的遭遇。弗格森先生，我現在必須向你提幾個問題，來更全面地瞭解這件事，相信我，我定會為你解開謎團的。」

「請你問吧！」

「你發現你妻子的奇怪行為後採取什麼措施了嗎？現在她還能接近孩子們嗎？」

「我那時和她大吵了一頓。她是個很重情也很溫柔的人，即使吵架，她也不大喊大叫，我和她講了許多斥責和質問的話以後，她沒再說一句話，只是傷心絕望地看著我，後來就跑回了自己的房間，鎖上門，不肯見我了。」

「她誰都不見了嗎？」

「有個她陪嫁來的侍女多羅雷恩，服侍了她很多年，她們很親密，表面上是僕人，其實是朋友。每天她送飯給她，陪她。」

「孩子們呢？」

「保姆說她一定不離開小寶貝一刻鐘。可是我挺擔心傑克，她曾經毆打過他兩次。」

「受傷了沒？」

「沒有。可是她打得確實挺厲害，簡直想不到，怎麼能忍心打一個身體殘疾的孩子，尤其是傑克，」此時，他的臉上呈現出慈祥溫柔的神情，「這孩子是多麼懂事，並且富有愛心。」

「弗格森先生，你家中還有別的人嗎？」福爾摩斯又拿起信，一邊仔細審視一邊問。

「一個馬夫和兩個打雜的僕人，還有我，我妻子，前妻留下的傑克，小嬰兒，多羅雷恩，及保姆梅森太太，就這麼多。」

「你們夫妻結婚時相互瞭解嗎？」

「當然。我認為我們互相瞭解且彼此深愛著，因此才決定一起生活。可是我現在好像越來越不瞭解她，我不知道她心中想些什麼……」

「多羅雷恩服侍她多長時間了？」

「已經好些年了，我們結婚前她們就是主僕關係。」

「那也即，她更瞭解你妻子？比你甚至更瞭解，對嗎？」

「我想應該是。」

福爾摩斯很認真地記錄著。

他說：「我看，此案得我們親自去一次，儘管你說清楚了，可是我還想問你兩個問題，這必須得弄明白。」

「請問吧！」

「這麼說，你妻子對兩個小孩子都用了暴力，是嗎？」

「就算是吧！我認為吸血不遜於暴力，更不用說對一個嬰兒。」

「那麼，她用的方式不一樣，毆打傑克，是嗎？」

「是。一次用手狠打，一次用手杖痛打。」

「她也沒有解釋她的行為嗎？」

「她沒具體說，就是不停地說恨他，恨他。」

「確實有許多這種繼母，忌恨前妻留下的孩子，可能是對死者的妒嫉轉到了孩子身上。她愛妒嫉嗎？」

「我認為是，她有熱帶人的氣質，該是妒嫉的吧！」

「你兒子呢？他沒和你說繼母為什麼要打他？」

「沒。他說根本沒有原因。」

「那被打前，他跟他繼母相處得怎麼樣？」

弗格森想了一下說：「那之前，似乎我妻子對傑克很好，可是不知什麼原因，我覺得他們一直不太融洽。」

「你的兒子很懂事嗎？」

「是的。他很會體貼人，對我有很深的感情，我幾乎是他的性命，他對我的舉止既關心又在意，他簡直是世界上最忠實的孩子。」

福爾摩斯記下了剛才弗格森所說的，並沉思了一會兒。

「你和如今的妻子結婚前，和你兒子經常在一起吧？」

「總是在一起。」

「他一定十分懷念他故去的母親吧？」

「他非常愛他母親，她在他心中的地位是沒人能代替的。」

福爾摩斯說：「我對他很有興趣。另外一個問題，你妻子打傑克和對小嬰兒的奇怪動作是同時發生的嗎？」

「第一次是。不知她中了什麼邪，輪流對兩個孩子發作。她第二次只打了傑克，好像沒對嬰兒怎樣，保姆沒提到。」

「噢？這複雜了。」

「為什麼？」

「僅是有些假設而已，還不能肯定。這是我的習慣，這習慣你的老朋友華生知道。好吧，我已經知道了整個事情的許多情況，我一定會有辦法解決的。華生，我們準備去蘭伯利吧！」

這是十一月的一個黃昏，天陰沉沉地下著雪。蘭伯利車站不大，在這裡下車的人也很少。弗格森先生在車站接我們，並為我們訂好了旅館。放下行李後，經過一條曲折的馬路，我們來到了奇斯曼莊園。

莊園的中心部分很古老，也很大，很明顯兩側是後來者重新整飾的。莊園有很高陡的石板瓦頂和都鐸王朝式的長煙囪。門廊的柱子上刻著仍較清晰的最早老房主的像，面孔威嚴，給整棟房子增加了莊重的氣氛。

弗格森先生將我們帶到一間寬敞明亮的客廳。廳內有座大壁爐，上面刻著「1670」年的字樣，並用鐵屏罩著，爐內正燒著旺火。

環顧四周，我發現整個屋子融有現代與古典、新與舊、本地與異國的多種特色。半截護牆板是莊園原主人留下的。牆的下部掛著一排很有現代感的水彩畫。牆的上部掛著一排像南美來的小武器和傢伙，肯定是女主人從家鄉帶來的。福爾摩斯細心地觀察屋內任何一件東西，並一直思索著。

他突然叫：「哎！你們瞧。」

我順著他的目光看見了一隻小獅子狗。本來這小東西臥在牆角的筐子中，看見牠主人，立刻爬過來了。可是牠的行動不很靈敏，後腿拖在地上，垂著尾巴。

福爾摩斯問：「這隻小狗怎麼了？」

「不知道得了什麼病。獸醫說是一種麻痺，也許是腦脊髓受了損傷。可是最近症狀似乎在減輕，可能很快地就應該活蹦亂跳了。」

小狗好像同意主人的說法一樣，輕輕地動了一下尾巴，牠心裡可能明白我們正在說牠的病症，牠的眼睛中含著憂怨，徘徊在我們三人身邊。

「這種症狀是怎樣發生的？」

「一下就這樣了，似乎是一夜之間的事。」

「什麼時候？」

「可能有四個月了吧！」

「這對我倒挺有啟發。」

「啟發？你認為這小狗的病和——」

福爾摩斯淡淡地說：「它證實了我的一種假想。」

「究竟是什麼假想啊？你證實什麼了，快告訴我好嗎？我一刻也不能忍受了，事情不在你身上，你當然可以像玩謎語遊戲一樣不著急。但，這卻關係到我妻子的品行，我兒子的安危，福爾摩斯先生，請不要將這當兒戲好嗎？」

「我哪能將我接手的案子當兒戲呢？」福爾摩斯按住他的胳膊，說，「請你冷靜些。我現在還沒有最後的結論，因此無法明確答覆你。可是你一定要有心理準備，無論最後的謎底是什麼，對你都是一個打擊，定會給你帶來痛苦，我會盡量減少你的痛苦，可是恐怕難以避免，我走之前，一切將會真相大白的。」

弗格森先生喃喃道：「我只希望快點知道謎底，痛苦，我現在所受的痛苦難道還少嗎？」

「很抱歉，我……」

「沒關係，你們先坐，我去樓上看一下我妻子的情況。」

弗格森幾分鐘後又回到客廳，他的臉色陰沉，可能情況不好。他的身後跟著個又高又瘦的大眼睛侍女。

弗格森對侍女說：「多羅雷恩，請你服侍女主人用餐吧，點心和晚餐都準備好了。」

侍女的大眼睛中噴著怒火，大聲說：「她在生病！這不是吃東西的問題。她病得很厲害，她需要一名醫生，醫生！不然，她早晚會被折磨死

的。」

弗格森猶豫了一下，將眼睛轉向我：「華生，你……」

「我樂意盡我醫生的責任。」

「你的女主人願意見華生醫生嗎？需不需要徵求一下她的意見？」

「我帶他去就可以了，不需要徵求，我只知道她急需一位醫生。」

「我願意為夫人效勞。」

因此，我跟著多羅雷恩走上樓梯，接著是條有點歷史的長走廊。我在走廊的盡頭看見一扇十分堅硬的鐵製大門。因此，假如女主人不想見人，硬闖是絕對不行的。多羅雷恩掏出鑰匙，打開了那沉重的門板。我走進去後，她也馬上跟進來，動作很俐落地又鎖上了門。

房間中燈光昏暗，走近床前，我看見床上躺著個臉色泛紅的女子，顯然燒得挺厲害。她看見了我，馬上睜大眼睛，眼神中透著不安和驚恐。我見這女人相貌清秀，神色端凝，心想：她可能吸自己兒子的血嗎？

我低下頭，她看清楚我是個陌生人以後，好像鬆了一口氣，又重新閉了眼。我安慰了她幾句，問她是否願意讓我為她診治，她答應了。

我給她量了體溫，測脈搏。體溫的確很高，脈搏也十分快。她得的是嚴重的熱病。可是臨床顯示，她是神經性的病症，而不是感染性的。

她問我：「是我丈夫讓你來的嗎？」

「是的。他挺想見你。」

她喊起來了：「不！我不見他。」

後來，她的神智好像開始不清了，只能聽到她低語：「像一個魔鬼，真狠毒，我怎麼辦呢？」

「你需要我幫忙嗎？」

「你不能幫我的，誰也幫不了，別人都沒辦法。全完了，完了。」

她難道是在說弗格森嗎？但我確實想不出，弗格森哪會像狠毒的魔鬼？他那麼正直，並且現在正忍受著精神上的折磨。

我對女主人說：「弗格森夫人，你要知道，你丈夫很愛你，正是由於這樣，他對你們之間的事很痛苦。」

女主人清醒了很多，她用溫柔、美麗的眼睛看著我。

「痛苦？誰不痛苦？他愛我，我難道不愛他？我愛他到了寧可犧牲自己也不想傷他的心，這不夠嗎？可是他呢？他怎麼會那樣認為我，那樣說我，那樣想呢？」

「他解釋不了這些事啊！」

「他不能解釋，可是卻不信任我。難道他不該信任我嗎？」

「你見見他，互相解釋明白就好了。」

「不，我不見他。不能解釋，他說的話，我永遠都不會忘記，還有他那臉上的表情，好像見鬼一樣，我還能見他嗎？請你回去吧，謝謝你的好意，可是你幫不了我。請你幫我給他捎句話，孩子是我的，我有權要我自己的孩子，我要孩子，我的話僅此而已。」她邊說邊轉過臉閉上了眼睛，再也不說話了。

因此，我回到樓下客廳，向福爾摩斯和弗格森說了剛才的事。

弗格森說：「她要孩子？我哪能把孩子交給她？假如再有那奇怪的行為怎麼辦？我那次親眼看見她從孩子的搖籃旁站起，嘴唇沾滿了血，我能放心嗎？不行，嬰兒只有留在保姆那裡才安全。」最後，他不容置疑地說。

此時，一個年輕、漂亮的女僕端進了點心和茶水，她給莊園添加了點時代感。在她身後，跟進一個十幾歲的男孩，他皮膚白皙，頭髮金黃色，淺藍色的眼睛閃閃發光，模樣非常吸引人。

一看到弗格森，男孩馬上撲了上去，眼中顯出一種激動和喜悅的神采，他雙手勾住男主人的脖子，親熱地摟著他的父親。此時，我們也看到了他跛了的右腿。

他說：「好爸爸！你終於回來了，我可太想你了，你想我了嗎？」

弗格森撫摸著兒子的頭髮，慈愛地說：「我的寶貝，當然想你了，過來見見爸爸的老朋友華生和大偵探福爾摩斯先生。」

「是那個『神探』福爾摩斯嗎？」

「是啊，每個小男孩都崇拜他，你還不趕快去見他。」

「他來幹什麼？」這男孩很明顯沒他父親歡迎我們，在我看來，他對福

爾摩斯的眼光中滿是敵意。

福爾摩斯沒有理會他，對弗格森說：「弗格森先生，我想見見你的小兒子。」

弗格森向外喊：「梅森太太，抱來小寶貝！」

聽見他的話，一個高個子、黃皮膚的女人抱著個小嬰兒進來了。小嬰兒是個漂亮的混血兒，黑眼睛，金色的頭髮，非常惹人喜愛。

弗格森小心地抱過嬰兒，非常珍愛地輕撫著他，滿含慈愛之情。

「噢，可憐的寶貝，小天使，怎麼有人忍心在你的脖子上留下傷口呢？」他一邊喃喃著，一邊用手觸摸了一下那塊紅色的小傷口。

此時，我正好看見了福爾摩斯，他那專注的表情真讓人費解。他只看了一下父子倆親暱的情景，就開始注視對面。可是那裡只有一扇窗戶，他似乎開始認真地研究。假如他是想看外面的景色，半關著的窗子是根本看不到什麼的。我不知道他為什麼對一扇窗戶如此關注。

不一會兒，他收回了眼光，嘴角有一絲很難發現的微笑——可是我卻發現了。他走過去，逗了幾下嬰兒，又仔細地看了看他脖子上的傷痕，然後握住小孩子的小拳頭晃了幾下，說：「再見了，小寶貝，你有個奇怪的人生開始，可是馬上就會好的。」

後來，他轉向了保姆。

「梅森太太，過這邊來，我想和你說幾句話。」

在一邊，他和保姆很認真地談了幾分鐘。他一會兒發問，一會兒點頭，但聽不清他們的話，只聽見福爾摩斯邊走過來邊說：「你放心吧，再也不需要顧慮了。」

那保姆點了點頭，抱著嬰兒沒說一句話就離開了屋子。

福爾摩斯問弗格森：「你認為梅森太太怎樣？」

「表面上有點冷漠，不太愛說話，實際心腸很好，非常疼愛小孩子，她看見嬰兒受傷比我還難過。」

福爾摩斯問那個少年：「傑克，你喜歡梅森太太嗎？」

少年的面孔一下陰沉了，閃動了一下漂亮的藍眼睛，搖搖頭沒說話。

「我知道他不喜歡保姆，這孩子好惡特別分明，不喜歡就不喜歡，傑克，對吧？」

「我喜歡爸爸。」傑克對弗格森撒嬌地說，後來又一頭鑽進父親懷中。

弗格森撫摸了一下他，說：「傑克，你先出去玩吧，我要和福爾摩斯談論一些事情。」

傑克非常不情願地從父親懷中抽回腦袋，瞪了一眼我們，就離開了。

「福爾摩斯先生，你現在已經知道情況，你能將答案告訴我嗎？當然，我認為你覺得這件事肯定既敏感又複雜，是很難辦吧？」

福爾摩斯低聲說：「那倒不是，但的確很敏感。一開始我就有一個假設，但不能確定。到了府上，經過一系列觀察和訪問後，假設就被逐漸證實了，我認為我的確知道答案了。」

「是嗎？」弗格森高興地大叫，用一隻手按住了滿是皺紋的額頭。

「你快點告訴我，不要讓我再牽腸掛肚地不安寧了，究竟是怎麼回事呢？我該怎麼辦？快告訴我真實情況？」

「會的。可是我想用我的方式來為你搞清楚真相，我認為我們得去見見你的妻子，在她面前弄清真相可能會更好。」

「可是她病著，又不願意見我。」

「華生，弗格森夫人身體怎樣，能和我們說幾句話嗎？」

「她病得的確挺嚴重，不過頭腦仍明白，說話應該沒問題。」

福爾摩斯拿出筆和紙，寫了幾行字遞給我。我又來到女主人的門外敲門，多羅雷恩一臉防備地打開門，並沒讓我進去的意思，因此我將紙遞給了她，讓她轉交女主人。

不久，我聽見屋內一聲驚喜的叫喊。後來多羅雷恩又伸出頭對我說：「夫人答應見他們，讓他們來吧，夫人要聽聽。」

因此我叫了弗格森和福爾摩斯。剛一進去，弗格森趕緊跑向床頭，想與妻子交流，可是女主人半欠著身子阻住了他，不讓他向前。因此他從床前搬過一張沙發椅坐了下來，不說一句話。

福爾摩斯看著這一切也很冷靜，他向女主人鞠了躬，在弗格森身旁坐

下，然後說：「我猜大家現在都在著急地等我說答案吧，還是那句話，我將用自己的方式去揭開謎底。為了不使大家浪費時間，我首先說，弗格森先生，你冤枉了你夫人，她非常愛你，她很善良！」

「天呀！」弗格森高興地從椅子上跳了起來。

「我最想聽這話！我本就不想相信啊！」

「但是對不起，事實的另一半也許會讓你痛苦。」

「什麼痛苦也沒這個消息好，只要洗刷蒙在我妻子身上的冤屈就行了，只要我妻子是清白的，其餘的都無所謂。」弗格森非常激動。

「好了。我就將先前進行的推理給大家講出來。首先，我根本就不相信吸血鬼這個說法，現實中也根本沒有這種事，這是非常肯定的。」

他停頓一下繼續說：「弗格森先生，你看到你妻子從嬰兒的搖籃邊站起時，嘴唇邊都是血？」

「是啊，我親眼看見。」

「你怎麼不向其他方面想想呢？吮血不見得是吸血，伊莉莎白那時，一位女王用嘴吸出傷口中的毒，你沒聽說過嗎？」

「吸出毒？你說……」

「是，是毒！我來你家客廳前，在心中就猜測，只有這種可能。看見你家客廳牆壁上掛的那些武器，標準的南美家族武器，另外還有箭，我便想到了毒箭，小弓旁的空箭匣更證明了我的猜想。」

「毒箭？」

「是毒箭。假如一個一歲的嬰兒被此毒箭刺破皮膚，應馬上吸出毒，無論什麼方式，但必須是馬上，不然孩子將有危險。

「那隻麻痺狗更證明了我的猜測，通常，用毒藥前，一個人總先試驗一下以保證無意外情況。那隻狗，很明顯是被用來做了試驗。

「事情就是這樣。你妻子親眼看到毒箭射傷了嬰兒，為了挽救嬰兒，她才去吮吸傷口，在吸毒液時正好被你看到，而且誤解了她。她不解釋是為了不使你傷心，因為你那麼地愛你的大兒子！」

「傑克！天吶！」

「是的。」

福爾摩斯平靜依舊。

「你剛才抱著逗弄和愛撫小嬰兒時，從窗戶的玻璃上，我清楚地看清傑克的臉，他的表情很特別，強烈的嫉妒和仇恨交織在一起，讓人看了就難以忘記，這種神情只可能在心藏深恨的人身上才有，因此是他想危害嬰兒！」

「傑克？怎麼可能啊！他是個多麼可愛的孩子，怎麼會……」

「弗格森先生，事實就是這樣，你必須面對。我知道你很難接受這個事實，你兒子對你的愛已是一種病態程度，他想佔有你的全部愛，自己享受你的愛，這和他母親早逝、你們相依為命時間長了有關。他認為你現在的夫人和小嬰兒會從他那裡瓜分你的愛，另外他本身是殘疾的，因此他便更痛恨健康的小嬰兒，所以……」

「噢，我……我簡直無法接受。」

此時，福爾摩斯轉向正埋頭哭泣的女主人。

「夫人，你該說話了。」

「羅伯特，福爾摩斯先生講的完全正確，好像他親眼目睹一樣。」妻子用淚眼望著丈夫。

「我能知道此事對你的打擊及你的痛苦，因此當時我沒敢和你說。我想還是讓別人去告訴你吧，我只有等待。這位先生送了張紙條說他明白事實真相，我想我可以解脫了，福爾摩斯先生，真是非常感謝你。」

弗格森痛苦又無奈地說：「但是，小傑克，我怎麼對待他呢？」

「我看應該叫他出海旅遊。換個環境對他不錯，另外，浩瀚無邊的海將會洗掉他心中的嫉妒和怨恨。」福爾摩斯站了起來，「另外，弗格森夫人，你對傑克的行為我理解，身為一位母親，肯定不能容忍他這樣做，可是這幾天，難道你不怕嬰兒受傷嗎？」

「我全告訴了梅森太太，她會保護好孩子的。」

「原來如此。現在我心中的猜測已全被證實了。」

「華生，看來我們不必留在這裡了，」他指著擁抱在一起的那對悲喜交加的夫妻，「讓他們自己待一會兒吧！多羅雷恩，出來時帶上門。」

三個同姓人

以下我要講的這個故事，非常奇特，它直接影響了三個人。其中，它使我受了傷，另一個罪有應得，可是還有一個無辜者，由於它而精神失常。究竟是算悲劇還是喜劇呢？一時之間，可真的難說清楚。

那個月我的朋友福爾摩斯拒絕了爵士的封號，我很佩服他的這種行為，因此1902年6月底的這段日子，我印象非常深。我要講的故事也在那段時間發生。順便提一下，福爾摩斯受封是由於他成功地破獲了與皇室有關的大案，可是他沒接受皇家封賞。以後再提這個案子，現在我們還是進入這個悲喜交加的故事中吧！

我那天在他的住所，看見他笑吟吟地看著一封信，那笑帶有諷刺和嘲弄。

他和我說：「華生，你來得正是時候，有一個讓你發大財的好機會，你聽說過加里德布這個姓氏嗎？」

「沒聽說過，這麼奇怪的姓，真有此姓嗎？」

「假如有人對你說，找到一個姓加里德布的就給你很多錢，你會怎麼想？」

「我一定認為他瘋了……但，真有這種事嗎？」

「我也認為新鮮，可是很快他就來了，我們仔細問問他。好了，我們在他來前還是先查一查吧！」

我認真地翻看了桌上的電話簿，心中沒抱什麼希望，由於我真的沒聽過這麼奇怪的姓氏。

可是我竟然找到了，在它應該在的那一欄內，我看見了「加里德布」的字樣。

我給福爾摩斯看了這個發現，他拿過電話簿低聲念：

「東大街陵克路136號。噢，太可惜了，此名字正是此信的作者，我們找的是另外的加里德布，繼續吧！」

我翻遍了整個電話簿，也沒找到另一個「加里德布」，失望地扔掉簿子，靠在了椅子上。

女僕此時手中端著托盤進來了，一張名片放在上面。我接過名片看了一下，馬上又從椅子上跳起來。

「喬·加里德布，美國律師，堪薩斯州幕爾威爾。」我一邊叫，一邊遞給了福爾摩斯名片。

「這也不行，」福爾摩斯看了一下名片不由笑了笑，「華生，這個也不是，我們需要第三個加里德布。這律師來得這麼早，我們倒能詳細地問他一下。」

就在這時，一個笑容可掬的年輕人從門外走進來了，他的眉眼很濃重，氣色也不錯，鬍子修得很有型，看起來很健壯。最吸引人的是他的眼睛，非常明亮、機警，眨得特別快，別人根本看不出裡面含著的想法。

他的發音是美國腔調：「我是喬·加里德布，你們好。」

他問：「你肯定是福爾摩斯先生吧，我曾經見過你的照片，它拍得挺傳神的。恕我冒昧，你是否收到了一封和我同姓氏的人所寫的信？」

福爾摩斯指了一下桌上的信，又指了一下椅子說：「是的，請坐。我看我們該仔細談談。在信裡你的同姓者提到了你，說你是美國人，可是我看你在英國的時間應該挺長了吧？」

這個年輕人懷疑地問：「什麼意思？」

「你的穿著都是英國式的啊！」

喬·加里德布這才勉強地笑了一下：「確實名不虛傳，福爾摩斯先生，你的眼睛確實善於觀察，讓人既佩服又害怕。」

「過獎了。」

「你可以解釋一下你的觀察嗎？」

「很容易，美國人不喜歡這種肩式，只有英國人才這樣，還有你那靴子的足尖部，也是英國的傳統。」

「噢，我已經被英國人同化成這樣了，可是我卻幾乎沒發覺。我來英國的確好些時間了，是為了一件十分重要的事。因此，我的穿著也就入鄉隨俗了。」他頓了一下，緊接著嚴肅起來。

「我今天來不是和你談服裝問題，時間很寶貴，我們快進入主題吧！我想談談你桌子上的信。」

福爾摩斯依舊輕鬆。

「加里德布先生，不要著急，我的觀察力對辦案總是很有益處的，華生可以證明這一點。可是我不明白，你為什麼就自己來了呢？你的加里德布朋友怎麼沒和你同來呢？」

年輕人突然顯得很生氣：「同來？我真不明白他為什麼要寫信給你，與你有何關係？本來這只是我們的事，他要是不寫信，我是不會站在這裡的，我太不想來這裡了！」

福爾摩斯說：「這有什麼？這又不是不能見人的事。你的同伴就是希望趕快達到目的——你們倆的共同目的，我也有一套獲得各種情報的消息的方法，他找我幫忙是很自然的啊！你為什麼要生氣呢？」

來訪者的神色稍微緩和了些。

他說：「你說的也有道理，反正你現在也看過信了。我是不想叫警察插手純屬私人的事，但假如你幫助我們找到我們極需的那個人，那麼就是另一回事了。可是你有什麼特別的方法嗎？凡是找人的方法我幾乎全試過了。」

「方法一會兒再說。加里德布先生，正如你說，我既然已經知道了，那麼我定會插手的。最好你詳細地說明事情的經過，我的朋友還不很瞭解，信寫得也不詳細。」

「有必要嗎？」

「非常有必要。」

「好吧！」儘管喬・加里德布不很願意，可是他仍然講述事情的原委。

他說：「我盡量說得簡明一些，你們知道我從堪薩斯幕爾威爾來，我的家鄉有一位大富翁亞歷山大・加里德布，他靠經營莊園發家以後做糧食買賣，他的錢多得簡直數不清。他買了許多土地，面積相當於你們的幾個郡那麼大，像森林、牧場、農莊、礦區、耕地全都有，這些地產又給他賺了無數的錢。

「這個老富翁孤身一人，沒聽說過他有親眷或子孫，你們或許以為加里德布這個姓儘管很少見，卻是平平常常沒什麼了不起的。可是這位先生卻不這樣認為，他為他的姓氏而自豪，因為它很少見。本來我也只是聽說過他，可是有一天他竟來到我的住處認同宗，為發現一個姓加里德布的人而高興。和我很熟後，我知道他一直有個願望，即想知道這個世界上究竟有多少姓加里德布的人，他不只一次地讓我找，可是我卻沒興趣。因此他對我說：『我保證，你總有一天會去找的。』當時我不知道他為何這樣說，也沒往心裡去，可是他的話不久就應驗了。

「說了這話不到一年，老亞歷山大就死了，他的遺囑令人難以置信，說它是堪薩斯州有史以來最特殊的遺囑也不過分。他在遺囑上將資產分成三份，一份是我的，可是有條件，即必須找到另外兩個姓加里德布的人，給他們兩人每人一份遺產。一份遺產就是五百萬美元，五百萬！誰不想要？可是他規定我們三個姓加里德布的人必須一起分享，不然就要將錢充公，任何人不准用。

「這誘惑多大啊，只要找到兩個姓加里德布的人，我將有五百萬！我關了律師事務所，推掉所有的事，特地來找人。我找遍了整個美國，偏僻的角落也不放過。奇怪的是，再沒有一個姓加里德布的人。因此我來到英國，首先到了倫敦，我很幸運在電話簿上立刻找到了加里德布。兩天前，我找到他並告訴了他關於遺產的事，他當然非常高興，但可惜的是，他和我一樣孤身一人，親戚也都是女的，沒有男的，但是遺囑要求必須是三個成年男子。因此，我們就只有再找一個了，這就是詳細情況，福爾摩斯先生。你可以幫我們找到這樣的一個人嗎？我們可以出高額的報酬。」

「華生，的確是有意思吧！」福爾摩斯點著大菸斗，吸了一口後，說

道，「真是奇怪的想法。你沒有在報刊、雜誌上登尋人啟事？這個方法保證有效。」

「我早想到了，我在大大小小的報紙、雜誌上全登過，可是沒有一點音信。」

「是嗎？真奇怪。先不說這個了。剛才你說你是堪薩斯的幕爾威爾人，是嗎？」

「是的。」

「我有一位老朋友曾經住在那裡，現在他已經故去了，但是他在1890年時，當過幕爾威爾市市長。他叫萊桑德・斯塔爾博士。」

「噢，這位德高望重的老人，大家都知道，現在仍有人經常提到斯塔爾博士的軼事。行了，不打擾了，假如事情有進展，我們馬上通知你，請你幫我們多留意一下就好了。再見吧！」

這位年輕的美國人說著向我們鞠了一躬，出去了。

福爾摩斯若有所思地含著菸斗微笑著，表情挺奇怪。

我問他：「怎麼回事？你怎麼看這件事？」

「太奇怪了，簡直莫名其妙。」

「什麼莫名其妙？」

「我不清楚此人究竟有何目的。」

「他不是說了嗎，想找姓加里德布的來一起分享那筆巨額遺產。」

「都是騙人的！我剛才差點直接問他，講這一大堆謊話究竟要幹什麼，可是我還是忍住了，先讓他得意一下，以為自己的騙術很高明。」

「謊話？你怎麼知道？儘管他說的事情稀奇，也不一定不可能啊？」

福爾摩斯吸了一口菸說：「不是你說的事情的問題，你看他身上穿的衣服，至少是一年前的典型的英國鞋子和上衣，而他卻說剛從美國到英國。你知道我肯定看任何報紙上的尋人啟事欄，卻根本沒看見過他登的啟事，很明顯是在胡說。另外，我根本不認得任何一個幕爾威爾人，萊桑德・斯塔爾博士？我瞎說的一個名字，他竟然能面不改色地往下接，我都快佩服他編故事的本事了。這傢伙究竟想幹什麼？看來他真是個美國人，只是來英國許多年

而已。可是為什麼要編一個加里德布這樣的怪事呢？我們應該注意這一點。對，還有另一個加里德布，不知道他是否也是個騙子，好，有他的電話，先打電話給他。你來打，華生。」

雖然和福爾摩斯已經多次合作，也領教過他很多次超常的觀察力和智慧，但我仍然又一次敬佩他。

又翻開電話簿，找到加里德布，按顯示的號碼，我撥了電話。

電話的那端傳來又細又弱的聲音，而且略微顫抖，好像已經是上了年紀的一個人。

「是，我是加里德布，我想和福爾摩斯先生談一談，你不介意吧！」

我遞給福爾摩斯話筒。我只能聽到電話這頭福爾摩斯的講話，斷斷續續，不過整體內容可以大致猜到。

「是，早晨他來的。以前你們不認識？我明白……多久？……兩天？確實挺短，看來你不很瞭解他……是，我知道了你們的事，很奇特，很有趣……你很興奮？是的，假如都像他說的那樣，這件事確實挺興奮的……面談？我也想這樣，今天晚上怎樣，你在家等我們……對，我們兩人，我和華生……今天晚上與你同姓的那位不會在吧？……那就六點吧，不客氣，再見……不見不散。」

傍晚時分，暮春的夕陽溫柔地照著，街道兩側的建築物讓晚霞塗成絢麗的金黃色，好像披了層輕紗，非常溫馨動人。東大街實際不很大，它是另一主幹道艾奇街的分支，距著名大戲院挺近。這裡的環境幽雅，甚至是幽僻，在喧囂繁雜的環境中住久了，乍到這裡，有種耳清目明的感覺。我們將去的陵克路136號，在這條街的北端，房子是舊式建築，是早期喬治王朝的建築風格，磚砌成平的正面，窗子凸出牆外，兩棵碩大的棕櫚樹對著窗子，枝葉在夏天很繁茂，能想像到那時節滿屋的陰涼，可是也太蕭瑟了。

一個寫著「加里德布」的小銅牌掛在灰磚牆外。一看就可以知道，銅牌在這裡已經掛了好多年了。

福爾摩斯指著銅牌對我說：「這個牌子不是新釘的，看來他不是冒牌加里德布，他確實姓這個怪姓。」

房子很高有許多隔間，加里德布在第一層。進入樓層，每間屋子的門口都標著住戶的姓名，而且這房子也不全是私人居住的屋子，有的房門前的標記顯示的是辦公室之類的場所，看來在這幢樓內生活的居民大部分是生活沒規律的單身漢。

按了門鈴，是加里德布親自為我們開的門，他一邊將我們引入屋內，一邊解釋說有一個鐘點女工，四點就收工。這位奇怪姓氏的先生身材高大，但背有點駝，身上肌肉也已鬆弛，很瘦削，頭頂有一點禿，大概六十多歲了。最引人注目的是他蒼白的面色，簡直沒有一絲血色，可以看出，他通常不運動，並且也許長期沒出戶外，只有長年不見陽光，才或許有這樣蒼白的臉。他戴著副又大又圓的破舊眼鏡，留著不多的幾根短鬍子，給人的印象很奇怪，可是不過分，並且他敦厚的臉上有一種和藹可親的感覺。

我們進來的這間屋子和它主人一樣怪，好像個小型博物館，裡面填滿了各種奇怪的東西。房間又深又寬大，可被一排排櫥子、櫃子佔滿了，解剖學和地質學的標本在櫥櫃裡放著。我們在屋門兩邊的透明箱中看到各種樣式的蝴蝶和蛾子，花花綠綠，大大小小。一張又長又大的桌子放在屋子中間，桌子中央是一台大型的銅製顯微鏡，顯微鏡四周是些亂七八糟的零碎物，有半成品、成品及原始材料。總之，周圍的一切顯示了老先生廣泛的興趣，龐雜的收藏。收藏品滿屋都是，一排石膏頭骨擺在上面，寫著「×××」「×××」等字樣，都是一些古人類的名字。這位加里德布很明顯是愛好多種學科，並且都有研究。

他拿起一枚古錢小心地用小羊皮擦著，並舉在我們面前，「最盛時期的錫拉丘茲古幣，後期大大退化了，我覺得它們是那時最好的錢幣。有人當然更推崇亞歷山大錢，可是我不那麼認為。」

老先生放下錢幣以後，又拿起一個花瓶。

「這是真正的古中國瓷器，明朝萬曆年間的，那時的花瓶已經非常難找了，即使在中國，這件東西也是很多人想要的。」

說到這裡，他好像想起什麼一樣，趕緊將花瓶放在櫥子上。

「看我，卻忘了讓你們坐了。來，坐這把椅子，挪開這些骨頭後面還有

亞瑟・柯南・道爾

一把，請坐，快請坐。福爾摩斯先生和……噢，華生醫生。請不要見怪，這些都是我的興趣愛好，醫生總建議我出去活動，但出去又有什麼意思？屋子裡的這些東西已經非常吸引我。光研究它們，我這一輩子都不夠用的。」

「你從來都不出這房間？」福爾摩斯有興趣地一邊張望一邊問。

加里德布先生說：「除去最近的商店買些必需品，我確實不出門。」

「我很喜歡收藏東西，沒有別的能吸引我出去。但從天上竟然掉下個金元寶，只要能再找一個姓加里德布的，我便可得到五百萬美元，這簡直太好了，我都不太敢相信，但喬先生的話非常確鑿，我真是太幸運了，太幸運了！」

「我以前有一個兄弟，可是幾年前就去世了，別的親屬全是女性，不符合條件。全世界那麼多人，總該還有個姓加里德布的。福爾摩斯先生，我曾經聽說你是辦里奇案難題的能手，因此我就寫了一封信給你，希望你幫忙。但我忘了和那美國小夥子商量了，這畢竟是我們倆的事，好像他不太高興，但我是為了更快地實現我們的共同目標。」

福爾摩斯說：「你找我就對了，否則……」他頓了一下，沒繼續說，然後轉了話題。

「你那麼想要五百萬嗎？你的收藏品不是比錢更重要嗎？」

「肯定是我的收藏品更重要。可是有錢能買更多的收藏，我這裡還缺十幾種蝴蝶標本，市場上能買到，但是價格太貴，我以前從來不敢想能湊齊它們，假如我有了五百萬，我的標本差不多就能齊了。這樣一來，我這裡將成為全英國品種最全的博物館，那將會多令人興奮啊！」

加里德布先生邊說眼中邊放出明亮的神采。看來，能否找到這個同姓人，對他來說是非常重大的問題。

「你的心情我理解。我問你關於美國先生的幾個簡單問題。」

「儘管問。」

「你說你認識他時間不長，是嗎？」

「是的。他上個星期四才來我這裡，和我說了關於姓氏的這件事。」

「和我見面的情況呢？他和你說了嗎？」

「他和我說了。從你那裡回來，他就來了我這裡。」

「有何反應？」

「他去以前很生氣，認為寫信給你有損他的人格，可是回來以後又很高興。」

「他有沒有和你說過要怎樣找另一個加里德布？有具體計畫嗎？」

「沒聽他說過。」

「他從你這裡是否拿過錢或者值錢的東西？」

「從來沒有。」

「你認為他有別的特別目的嗎？」

「特別目的？能有什麼目的呢？除了姓氏的事，沒發現有別的意圖。」

「你和他說過我們今天要會面嗎？」

「說了，他知道今天我們要會面。」

福爾摩斯沉思了一會兒問：「你這麼多的收藏，肯定有些非常值錢吧？」

「正好相反。在我看來，這些收藏品是一切，可是在別人看來，也許一文不值，它們實際上不是很值錢。」

「你就不怕有盜賊嗎？」

「不怕。盜賊偷這些根本沒用。」

「在這屋中，你住了多久了？」

「可能有五年了。」

福爾摩斯正要繼續問，卻被一陣急促而響亮的敲門聲打斷了。

老加里德布去開門，那個年輕的美國人興奮地衝了進來。他高舉一張報紙，激動地喊：「有了，有了！加里德布先生，我們真要發財了，一看到報紙，我就立刻來告訴你，恭喜你！我們的事成功了，成功了！另外，福爾摩斯，我們非常感謝你的幫忙，現在不需要麻煩你了，我們找到了！」

他說著就將報紙遞給了房子的主人。接過報紙，主人把圓鏡片後的眼睛盡量瞪大，福爾摩斯和我也湊了過去，同時看報紙。

幾行黑體大號字的廣告寫在報紙上：

里查德‧加里德布　農機供應商

該店經營各種農機及配件，包括捆紮機、收割機、農用四輪車、手犁、鬆土機、播種機等，提供農機製造技術，歡迎洽談業務。

連絡人：格羅斯溫納區，阿斯頓

加里德布先生激動地說：「真是一點也不費事，如此容易就能找到！」

年輕的美國人在一邊說：「在伯明罕那裡，我安排了一個代理人，他在那裡幫我調查，今天他寄給了我這份報紙。看，又一個姓加里德布的，我們快點行動吧，我寫信已告訴他了，說明天下午四點你和他談有關情況。」

「我？你是讓我到伯明罕那麼遠的地方？」

「肯定是你了！我一個四處遊走的美國人，假如去找他，講這麼一個不太像事實的故事，恐怕他很難相信。可是你卻不一樣，你是有牢固、良好社會關係的英國人，他可能更容易相信你。我本來打算和你一起去，可是明天我正好有一件十分重要的事，必須親自辦理。因此只好勞駕你了，我等你的消息。」

加里德布先生仍很猶豫地說：「但是，我好多年沒出過遠門了，就怕……」

「這沒什麼，另外這也不算遠門，幾個鐘頭就到了。明天上午十二點就有去伯明罕的火車，下午兩點就能到達，那麼當天晚上你就能返回。只要你見到此人，和他說明情況，接著你們一起申請張公證書證明存在一個姓加里德布的人就可以了。看，我從美國老遠來找到你，可是你卻只走這麼一點路，太簡單了，就有一步，我們就成功了！」

福爾摩斯此時說話了：「是的，喬‧加里德布說得對，你就去跑這一趟吧，耽誤不了你太多時間。」

加里德布無奈地聳了一下肩說：「好吧，你們既然都這樣說，我去就是了，總不能讓到手的錢又失掉吧！」

美國人興奮地拍著手：「就這樣定了！」

福爾摩斯笑得很古怪說：「我就等著你們的好消息吧！」

「我還有事先走了。明天上午，我來送你到伯明罕。福爾摩斯先生，我們不同路，那就再見吧，前面是好運！」美國人一邊說，一邊出去了。

我發現此時福爾摩斯輕鬆了很多，臉上先前的不解都沒有了。

他說道：「加里德布先生，假如你不介意，我參觀一下你的收藏品好嗎？我本來喜歡學習各類知識，來你這裡，我可真是大開眼界了。」

聽見這話，加里德布非常高興，他摘下大眼鏡後又戴上，搓著雙手。

「早聽說你很有智慧，很願意讓你參觀我的收藏，現在有時間嗎？如果你有時間，現在我就帶你參觀。」

「真不巧。我還要去事務所處理一些事情，現在沒時間參觀。我看見你的標本上都有標籤，分類也十分清楚，你即使不帶我，不幫忙解釋，我也能明白。我明天大概有時間，可以來參觀嗎？」

「可以，我明天去伯明罕，但下午四點以前女工在，她會讓你進來的。」

「你給女工留句話，就說我明天來。另外，誰是你的房產經紀人？」

加里德布先生突然愣了一下，回答說：「霍洛衛‧斯蒂爾經紀商，住在西街，為什麼你要問這個？」

福爾摩斯笑著說：「噢，因為我愛好房屋建築學，我在想你的房子是喬治王朝時期的還是安妮王朝時期的？」

「從這柱子就可以看出是喬治王朝時期的。」

「大概是。好，再見吧，加里德布先生，祝你旅途愉快。」

儘管房產經紀商的住處距離這裡不遠，可是我們走到時他已經下班了，因此我們就回了福爾摩斯家。

吃完晚餐後，我們又談到了加里德布的事。

「華生，你怎樣認為？是否已經有眉目了？」

「我仍然不太清楚。」

「應該說已經清楚了一部分，明天事情就可全部明白。你有沒有發現那則廣告的破綻？」

「我沒看出來。只是『犁』字拼寫錯了。」

「是，看來你進步不小。廣告上的『犁』字的拼寫在美國是對的，但在英國卻是錯誤的。另外『農用四輪車』只有美國人用，這明顯是一則美國廣告，可自稱是英國公司。你怎麼認為呢？」

「那就是美國人自己登的這則廣告。為什麼呢？」

「現在有好幾種解釋，但他想把老加里德布騙到伯明罕是可以肯定的。我本來想提醒老先生不用去，一定白去，但後來認為還是叫他去比較好，我們看看這個美國傢伙想要做什麼。明天就知道了，我們就等著明天吧！」

福爾摩斯第二天清晨就出去了，中午才回來，臉色不太好。

「華生，看來還得和你說實話。此案比我原來想的要嚴重，更危險。我明白我越這樣說你越願意和我一起冒險，你的性格我瞭解，可是我仍然要說，這次去老加里德布家很危險。」

「福爾摩斯，你瞭解我就行，我非和你一起冒險不可，這不是第一次，也不會是最後一次。你說吧，究竟有多危險？」

「是這樣。我已經查明了喬·加里德布律師的真實身分，他原來就是頗有險惡的名聲的『殺人魔』伊萬斯。」

「『殺人魔』？他……」

「可能你沒聽過這個名字。由於你是一位醫生，不必去背新門監獄大事記。我剛才去警察局找了一位老朋友，他們其他方面可能差一點，但技術設備是一流的。我在檔案記錄的罪犯照片中看到了這個美國人的面孔，他原名叫詹姆斯·溫特，外號是『殺人魔』伊萬斯。」福爾摩斯邊說邊掏出一張紙，又說：

「我從他檔案中抄了些主要東西，你聽：年齡四十四歲，原籍芝加哥，曾經在美國槍殺五人，透過黑幫又逃出監獄。1893年來到倫敦。1895年1月，在滑鐵盧路的夜總會又槍殺一人。被殺者名叫羅傑·普萊斯考特，是芝加哥原來最大的偽鈔製造者。伊萬斯殺人後入獄，1901年被釋放，後來一直被警方監視，可是沒有明顯的脫序行為。華生，你聽清楚了嗎？我們的對手多危險，聽說他身上經常有武器。」

「但他這次要幹什麼？用怪姓編一個故事，究竟有何目的？」

「快要明白了。我剛才去了房產經紀人那裡。聽說，加里德布在那裡已經住了五年多。他住進去以前，是一位叫沃爾德倫的先生租用那房子，職業不詳。房產商仍記得沃爾德倫的模樣，他留著鬍子，臉色青黑，是個身材高大的人，以後就突然失蹤了，沒有了任何消息。而被伊萬斯槍殺的那個普萊斯考特，聽警察局的人說，容貌和這位沃爾德倫非常相像。我想製造偽鈔的普萊斯考特死之前就住在加里德布現在住的房子裡。這不是已經清楚許多了嗎？」

「接下來，我們應該……」

「我們現在先休息一會兒，然後……」福爾摩斯遞給我一把手槍。

「對付這個人必須小心，你帶上這個，我已經有一把了，我們一會兒去東大街，徹底解決這件事。」

下午四點鐘，我們又來到東大街陵克路136號。女工正要收工回家，我們說了身分以後，她馬上放我們進去了，叮囑我們參觀完後鎖好門，然後她就走了。

我們聽到了關大門的聲音，看見她過了馬路，這屋裡現在只有我們兩個了。福爾摩斯迅速巡視了一遍地形、地勢，發現一個大櫥櫃後面很隱蔽，我們躲在那裡，他低聲對我說：

「他編這些謊話，就是為了騙老加里德布先生出門。他知道這老先生經常在房間裡，只好編這個故事。可是他真夠聰明的，竟然能編出這樣一個大謊言，太狡詐了！」

「他有何目的呢？最終的目的又是什麼？」

「我認為這也許和老加里德布沒有關係。我先前想也許老先生有值錢的收藏品讓他感興趣了，可是大名鼎鼎的偽鈔製造者既然住過這裡，事情也就沒那麼簡單了。我們還是再等一等吧！」

時間在慢慢地消逝，我們在櫃子後靜靜地等。不一會兒，聽見「哐噹」一聲，大門被打開了，我們互相對視了一下，屏息靜聽。一陣鑰匙聲後，房間門開了，那個美國人——「殺人魔」伊萬斯進來了。我們向後縮了一下身

子，更睜大了眼睛。他進來後，小心地關了門，將大衣放在一邊，直接來到房子中央的大桌子那裡。他將桌子挪開，扯起一塊地毯，露出下面的木質地板，他掏出個小撬棍一樣的東西，使勁地撬地板。木板很快被撬開了，下面是個挺大的洞口。伊萬斯又拿出手電筒，打開，然後從洞口爬了下去。

看見他腦袋完全消失在洞口後，我們輕手輕腳地走向洞口。糟糕的是，這間屋子的地板太老化了，儘管我們腳步很輕，但還是有響聲。

美國人的腦袋又冒出洞口，他一下就看見了我們，臉色馬上變了，正要有什麼動作，可是此時我和福爾摩斯的兩支手槍都已對準了他。

「好啊！」他倒挺冷靜，一邊往上爬一邊冷笑。

「兩位拿槍的先生可真厲害。福爾摩斯先生，看來你一開始就懷疑我了，忍了這麼久，真難為你了，我認栽了……」

就在此時，只覺得眼前一花，還不知道是怎麼回事，我的大腿就已中了槍，熱辣辣的灼痛襲擊了我。原來這個「殺人魔」用極快的手法掏槍並開了火。緊接著聽到「喀嚓」一聲，這傢伙的腦袋被福爾摩斯的手槍砸中了，我看見一股鮮血馬上從他的臉上流下來，他倒下去了。可是我也快支撐不住了。

此時一隻溫暖有力的臂膀扶住了我，我的朋友福爾摩斯將我扶到一把椅子上，著急地看著我。

「華生，你怎麼樣？天吶！真該死，你竟然受傷了！」

我看到他的眼睛正在濕潤起來，我此時此刻真切地感受到了他的摯熱友情。

「沒事，我是醫生，我知道這只是一點皮外傷，你不用擔心。」

「還好。」他用小刀將我的褲子割開，仔細查了傷口，放心地舒了口氣。

他轉向那受傷的罪犯，嚴厲地說：「假如華生有什麼事，你就別想活著離開這裡！你現在還要說什麼話？」

伊萬斯坐了起來，一聲不吭的毫無表情。

我和福爾摩斯一起走向那個小地窖一樣的洞口，福爾摩斯用伊萬斯的手

電筒往裡照。裡面有幾台生鏽的機器，幾個小瓶子，許多捆紙張，還有一張桌子，上面放著很多整齊的紙包。

福爾摩斯說：「我猜這就是造偽鈔專用的器具。」

犯人此時說：「是的，我想你們也明白，他是倫敦最有名的造偽鈔大行家，這是專門印鈔票的機器，桌上是兩千張百鎊鈔票，儘管是偽鈔，可是看不出任何破綻，可以在任何地方使用。我們做一筆交易如何？假如你們放我走，這些鈔票就歸你們。」

「你認為我們會同意嗎？不要痴心妄想了，我們不是這種人。你殺了普萊斯考特吧！」

「這又不新鮮，因為這個，我還被判了五年呢，當時是他先掏的槍。另外，殺了他我也是替社會除了一大禍端，他的偽鈔和銀行發行的鈔票完全一樣，誰也認不出來，假如他沒被我殺死，現在市場上恐怕都是他的假鈔了。只有我知道這裡是他造偽鈔的老巢。可是我想拿這些錢時發現姓加里德布的這個老傢伙竟然不出房間半步，有什麼辦法？只好編個故事騙他出去。早知如此，還不如一槍解決他才痛快，誰讓我心腸軟，我從來是見對方有槍時才開槍。福爾摩斯先生，這次我可沒犯罪，我沒搬走機器，也沒拿走鈔票，更沒傷害加里德布先生，你能不能放我走？」

「但你傷了華生，不構成蓄意殺人罪嗎？有人會處理你的，華生，我們給打電話警察局，他們早就等急了。」

故事到這裡就該結束了，可是還有幾句題外話要交代。老加里德布先生是個非常無辜的受害者，美好的夢想破滅了，這對他的打擊太大了。由於受不住刺激，他在精神上出了問題，而不得不住進療養院。這下倫敦警察局的許多情報人員能安穩地睡覺了，因為他們以前一直在尋找普萊斯考特的印鈔機器。這是他們的心頭之患，偽鈔製造者的技術確實很高明。他們應感謝伊萬斯，可是後來法庭決定，讓「殺人魔」待在監獄裡最合適。假如他一直待在那裡，警察局的人也許會更放心。

石橋附近的女屍

　　我有個長年使用的破舊不堪的錫質文件箱，箱面上是我的名字：前駐印度陸軍軍醫約翰‧華生醫學博士。箱子為了安全，保存在了考克斯有限公司的銀行保管庫中，地點在查令大街。裡面其實就保存著夏洛克‧福爾摩斯所辦案的詳細記錄。這些案子大多不能講給大家聽，原因是儘管它們驚心動魄卻都是無頭案。對於這樣的案子，偵破專家肯定感興趣，但消遣的民眾就會認為是乏味的邏輯課。比如一位有名的記者，突然出了神經問題，一直盯著普通的火柴盒發呆，裡面其實也就有個不常見的無名蟲子；另外阿里西亞小汽艇在一團霧氣中消失後，再無音訊；詹木絲‧菲利莫爾先生回家去取傘，卻像仙人升天，再不見其蹤影；還有家族隱私的案子，更不能公開講述。否則，上流社會的紳士貴婦們將不會安寧的。我不想做這種殺手，我的朋友現在正研究這些案子，因此我也同時翻出這些陳貨來整理。有很多案卷會引起大家的興趣，本來能出版，但也許會破壞我敬仰的人的聲譽，因此只好忍痛割愛了。這些案子中，有些我參加了偵破，可以作為當事者來講述，而有些是我稍微問了一下，只能客觀敘述，我將講我親眼目睹的一個故事。

　　一天早上颳大風，後院的法國梧桐樹僅有的葉子也被狂風撕下了，可是它仍孤獨傲然地站著。下樓時，我想我朋友的心情肯定會不太好，像他這種極有藝術氣質的人是會觸景生情的。可是我卻發現他非常高興。我非常餓，可是他卻已快吃完了早點。

　　我說：「福爾摩斯先生，肯定有什麼讓你著迷的東西了。」

　　「好像你得了傳染病，也用我的方法來探究我了。是的，你說對了。忍

受完這麼乏味而窒息的停滯，我們又該啟程了。」

「要我同行嗎？」

「當然。我們先一起分析一下，可是你先吃完早點吧，新廚子把雞蛋煮得太老了，看來煮雞蛋這種小事也需要極其關注時間，這和昨天我在《家庭雜誌》上所說的愛情故事不符。」

十幾分鐘用完早點，我們面對面坐著，他給了我一封信。

他說：「你知道一個叫奈爾·吉布森的金礦大王嗎？」

「就是那個美國參議員吧？」

「他曾經是，可是他出名是由於他是世界上最大的金礦霸主。」

「我也聽說過，他在這裡住了很長時間了，差不多大家都知道。」

「就是這樣，他已經在漢普郡一所農莊居住了五年。你也知道了他妻子遇害的情況吧？」

「噢，是。這也是他成為注目焦點的原因之一。可是我只知道一點。」

「我沒想到他找到我。我的資料也不完全，」他讓我看一大疊紙，「儘管此案迴響強烈，可是內容明瞭。儘管被告惹人憐愛，也不能掩蓋確鑿的證據，警察、法庭的起訴和驗屍陪審團都看重此點。此案十分棘手，已交到溫徹斯特巡迴法庭審理，我憑直覺認為存在某種問題，可是沒有讓人驚異的具有說服力的證據。假如這樣，我的雇主沒把握獲勝。」

「誰是你的雇主？」

「完了，我竟然忘了告訴你誰是雇主？你講故事的倒敘習慣傳染給我了。」

他將一封字體豪勁的手札遞給了我，上面寫著：

十月三日克拉里奇飯店

尊敬的福爾摩斯先生：

我實在不知怎樣表達我的心情。全國人民都知道這件事，我說鄧巴小姐是無辜的，她是世界上少有的好女人，甚至都不肯踩死一隻螞蟻，可是沒人相信我。想到她背負罪名走向斷頭台，我簡直就要崩潰了。我明天十一點

來拜訪您，希望您能幫助我。只要能救出她，我可以付出所有，甚至我的生命。上帝啊，你用你那超凡的智慧來拯救她吧！

奈爾・吉布森

「我正等著這位先生，」福爾摩斯倒了一斗菸灰，又裝了一斗，「此案的詳細情況，我認為你不可能在短期內完全瞭解，這方面的報紙太多。我先給你推理一下。就我所知，這個人既是世界金融霸主，更是最冷酷凶殘的怪物。正當他可憐的妻子徐娘半老時，家中又招來一個魅力無窮的家庭女教師，威脅了她女主人地位。事情發生在英國以前的政治中心，年代久遠的莊園府第。案情是這樣的：女主人戴著披肩，穿著夜禮服，頭上挨了槍，倒在距家半英里的園中。有跡象說明是謀殺。華生，應該注意的是身旁無武器。夜裡十一點屍體被守林人發現，醫生和警察也做了現場屍檢。也許這太簡單，不知你知道多少？」

「事情很清楚，女教師為什麼變成嫌疑犯？」

「說她是凶手有確鑿的證據。在她衣櫥的底板上有謀殺用的手槍，」福爾摩斯此時屏息直視，一字一頓地說：「她衣櫥的底板上。」後來他又開始了深思。我沒敢打擾他，靈感又活躍了他的大腦。不久，他又醒悟地說：「是的，手槍已經被找到，罪證確鑿，無法抵賴。大家都這樣想，死者手中有張女教師署名的字條約她見面，這更成為嫌犯作案的證據。吉布森非常有魅力，謀害掉他那可憐的夫人，極受吉布森先生寵愛的妖媚女人，將會自然而然地成為房子的女主人，這便是作案動機。好可怕，愛情、金錢、權勢全收，這陰謀多歹毒啊！」

「福爾摩斯，你的分析很有道理。」

「有一個事實使她不可抵賴：出事前不久，她曾經去過雷神橋——有人見她在那裡逗留，但沒人證明她出事時的行蹤。」

「好像能結案了。」

「可是，華生，你注意出事的地點了嗎？雷神橋是座有欄杆的寬石橋，它的下面就是水很深、岸邊有茂盛蘆葦的雷神湖最狹長的那段。噢，有人來

了，肯定是我們的雇主，可是時間還沒到啊！」

畢利通報的名字卻不是吉布森，而是陌生人——馬婁·貝茲。此人神經兮兮，眼神恍惚，動作張皇失措，瘦得叫人擔心。我真懷疑他將得精神病。

福爾摩斯說：「貝茲先生，無需太興奮，請坐。我沒有很長時間，我十一點要接待個客人。」

「這我知道，」貝茲像是個要窒息的人斷續著說，「吉布森先生，我的老闆，即你的雇主。福爾摩斯先生，我負責農莊的工作，他是撒旦轉世，是一個殘酷的專制者。」

「貝茲先生，你用詞太重了。」

「我抑制不住自己的感情，請原諒我的魯莽。他的秘書福客申先生，今天早上才向我說他要來這裡，我趕緊就來了。絕對不能讓他知道我在這裡，我先走了。」

「你是他管家？」

「目前是，過一陣子就不是了——我提出了辭職。他對誰都一樣殘暴，他所謂的善舉都是拿錢來買點陰德，安慰他自己的良心。他的妻子，一個非常可憐的受害者，被他虐待盡了。即使不是他殺的，也是他使她失去了生活的希望，將她推向死亡的路。這一點我敢肯定。她是巴西人，熱帶地區長大的，肯定你也明白。」

「我不清楚她是巴西人。」

「具有太陽般熱情的熱帶地區人。她的愛情同樣是團火，她火一樣的愛，誰都無法拒絕，可是當她人老珠黃時——曾經那麼迷人，就再也沒有了他的憐愛。她的處境，我們都很同情，卻不能幫她，都敢怒不敢言，因為他又狡猾又可怕。我提醒你不要讓他表面的仁慈偽態所迷惑，我得走了，不能讓他看見我。」

來者像一隻怕貓的老鼠，迅速溜走了。

福爾摩斯想了一會兒說：「這是怎麼回事？似乎吉布森先生有個溫馨的家庭，可見聽聽還是有好處的，現在就等吉布森先生的到來了。」

十一點時，樓下傳來了腳步聲，鼎鼎大名的金融巨頭按時來到了，僅看

一眼，我就明白了貝茲先生對他的厭惡和憤恨，也明白了他的許多商業競爭對手對他詛咒的原因了。我認為奈爾・吉布森先生具有冰一樣的心腸和鐵一般的意志，是個典型的成功企業家。他龐大的身軀就給人一種逼人的氣勢，好像要壓倒所有東西，想得到世上的全部好東西。他的臉好像是大理石經粗糙地刻過但還未加工的一樣，深皺紋中隱有傷痕，顯示著主人的傳奇經歷。他那蛇眼泛著冷光，在眼眶中靈活地轉動，掃射了我們幾個來回。福爾摩斯介紹我時，他十分勉強地微傾了一下身體，表示致敬，便抓過一把椅子坐到了福爾摩斯的對面。

他毫不猶豫地說：「福爾摩斯先生，我就直接說了，我不惜任何代價打這場官司，洗刷這個女人的冤屈。假如對你有幫助，錢不是問題。對於我，真理才是永恆的，而錢是廢紙，我們不應冤枉一個好人。需要多少錢，你儘管開價。」

福爾摩斯非常冷淡地說：「我工作不僅僅是為了錢，應該多少就是多少。」

「既然你這樣不在乎錢，那肯定想出名成為眾所周知的大偵探。假如你能破了此案，美國及英國的記者會將你寫為一個傳奇人物，使你變成全世界的焦點人物。」

「謝謝你的好意，可是我沒興趣，吉布森先生，你不清楚我怎麼會以隱蔽者的身分工作。我願研究這類型的問題，對名利無興趣。廢話少說，快說點實質性的內容吧！」

「我知道你肯定掌握了不少資料——此案已經被各大報紙所報導。我也只知道這些，沒有更多的來幫你。可是假如你對什麼有疑慮，我會盡可能解答的。」

「只有一點需要你解釋。」

「請講。」

「我想弄明白，鄧巴小姐和你究竟是什麼關係？」

金礦霸主猛然驚跳起來，然後又回復到那種傲慢的態度。

「福爾摩斯先生，我認為你有權問這個問題——並且是必須的。」

「你想得很正確。」

「我向上帝發誓，我們之間是純潔的。我們的交往也僅是談孩子的教育問題，因為她是我孩子的家庭教師，這就是全部。」

福爾摩斯知道他在撒謊。

他說：「吉布森先生，我非常珍惜時間，不想聽演說家來高談闊論。請便吧！」

吉布森站起來了，他似乎要撲向福爾摩斯。他那刀削臉由於發怒而泛紅，兩隻眼睛噴射出的怒火好像想燒掉這個「無禮」的福爾摩斯。

「什麼意思，你是下逐客令嗎？」

「我沒這個意思，我是無法忍受這種虛偽的說法。我認為我已經說明白我的意思了。」

「你話中有話，說清楚點。是由於錢還是你根本就沒能力接此案？」

福爾摩斯說：「我只能向你解釋，本身此案就很麻煩了，再來點偽證，破案的可能性就會更小了。」

「那麼你是不相信我的話？」

「我認為，我已經說清楚我的意思。是否說真話，只有你自己知道。」

這頭發怒的獅子舉起了碩大的拳頭，像要和人決鬥。我趕緊站起來，預防他對福爾摩斯不利，可是福爾摩斯先生卻非常安詳地抽起菸斗。

「吉布森先生，不要如此激動。這將有礙你的健康。為了你的身體，也為了能順利破案，建議你最好去外面透透氣，你發熱的大腦需要讓風吹吹。」

「獅子」的自制力非常讓人佩服，就像他的暴躁。只一會兒，他就控制了自己的情緒，轉為不屑與冷漠。

「我不想和你說了，你有你的辦案方式，我也有我的做事方式，你可以不接此案，但你要記住你今天的行為。請不要自以為是了，福爾摩斯先生，我肯定能打敗你，你不是對手，你不會有好下場——和我作對的人都是一個結果。」

福爾摩斯神態安然地說：「這種話我已聽過千萬次了，早就能背下來

了。吉布森先生，你可以走了，你是個明白人，你會想明白這個問題的。」

客人頭也沒回地出去了。我的朋友卻兩眼望著上方，悠悠地吸著菸，彷彿什麼也沒發生。

很久，他才說：「華生，你怎麼看這個金融巨頭？」

「這一切表示，他非常凶殘，為達目的不擇手段，發瘋一樣想打敗和他作對的人。商場上如此，情場上也是如此。他那具有火一般熱情的妻子已成了他的眼中釘、肉中刺，這和貝茲先生所說的基本一樣，因此……」

「我也這樣認為。」

「可是我不知道你是怎樣看穿他和女教師間的曖昧關係的？」

「我實際也不明白他們的真正關係。兵不厭詐這招真有效，他的失態表示了一切。他本人給人冷酷無情的印象，可是那封信卻假裝出令人詫異的道義的憤怒及對那個女犯人的憐憫與同情，好像一個救世主。這肯定有原因，想要知道真相，必須明白三個人的關係，這是關鍵。」

「大概他不會就這樣走了吧！」

「不會。他絕不輕易放棄。他肯定回來——為了那女人的清白。聽到門鈴了嗎？另外也有腳步聲。」福爾摩斯高興地說：「噢，吉布森先生，歡迎你回來。我想你想好了怎樣配合我辦此案。」

外面的空氣真讓他清醒了，傷害了他的自尊心，可是福爾摩斯最終馴服了這頭雄獅。為了達到目的，他必須收斂起他的性情，他現在真像剛入牢籠的困獸。

「福爾摩斯先生，請原諒我剛才的失態，我知道你的一番好意。我不應該隱瞞我的隱私，這使你開始懷疑我了。我應該向你說明一切。可是我用我的生命和名譽來擔保，此案與我和鄧巴沒關係，我知道你不一定相信。」

「吉布森先生，這需要由我決定。」

「不錯。你是個將軍，指揮作戰必須瞭解全盤情況，才能取勝。」

「吉布森先生，說得太對了。假如一個士兵知情不報和謊報軍情，他就對部隊不忠。」

「完全正確。可是福爾摩斯先生，在對男女關係這個敏感的話題上，誰

都會反應很強烈，尤其是你真心地愛一個女人。此愛是多麼純潔，我想將這份愛永保在心底，不許有人踐踏、玷汙她。福爾摩斯先生，你那麼突然地闖入此領地，儘管是為了拯救鄧巴，可是我仍無法抑制自己的衝動。我現在想明白了，為了她，我可以說出自己的全部秘密，只求上天讓你幫我洗刷鄧巴的冤屈。你想知道什麼就問吧！」

「事情的真相。」

金融巨頭有些猶豫，好像陷入回憶與思考中。他那飽經滄桑的臉由於內心感情的痛苦而更陰鬱了。

他終於說話了：「說來話長，為了節省時間，我就說對案子有幫助的。許多事情，尤其是感情問題，自己也弄不清楚。我年輕時在巴西淘金，後來瑪麗亞‧比特——一個很迷人的女人，我現在的妻子闖入了我的生活。我當時也是個激情奔放的青年，立刻迷上了她。——這是事實，我現在仍然不否認我那時對她是那麼的迷戀。她性格活潑，充滿了青春的朝氣，做事憑一時衝動，對感情忠貞不二，這種典型巴西熱帶女郎的風采，和美國婦女完全不同。或許就因為這樣，我狂熱地愛上她，並和她結了婚。可是當激情逐漸退下去——在一起平凡地生活了幾年——我覺得我們不合適。漸漸地，我不能忍受她神經質的脾氣。我的愛開始冷卻，可是她依舊熱情似火，這更使我難受。假如她恨我怨我我們會早點解脫。可是無論我怎樣待她，即使是虐待，她依舊愛我。這更叫我痛苦，她和二十年前一樣，矢志不渝。這個女人，讓我傷透了腦筋。

「我的生活後來出現了一個天使——鄧巴小姐。她是應徵到我家做家庭教師的。她很美麗，我是一個陷入無法擺脫感情痛苦的男人，我更需要一個愛我的女人。在和鄧巴小姐相處階段，我知道我不能離開她了，所以向她大膽地表白了一切。對自己，我始終有信心，就像和在商場上擊敗對手得到我所想要的東西一樣，我想得到她。」

「噢，你的確這樣做了，達到了你的目的。」

福爾摩斯生氣了，儘管沒吉布森的樣子那麼令人恐怖，可也是讓人畏懼的。

「我告訴她，我想要她。我要讓她成為世界上最幸福的女人。可是我不能要她，儘管我很愛她。」

福爾摩斯譏諷地說：「真叫人感動。」

「福爾摩斯先生，不要嘲笑我。我是向你坦白，希望對此案有幫助，我不願徵求你的評價，我不是在道德審判席上站著。」

福爾摩斯厲聲道：「我不是因為你良心上的懺悔才接此案，那個獄中受苦的女人正是該同情的人，你的行為比殺人更沒有人性，一個可憐女子的一生讓你破壞了。你們這些人有了些錢，就想用金錢收買別人甚至收買自己的靈魂。你這是自作自受，不怨別人。」

此時易怒的「獅子」竟像一頭認罪的羔羊，看來他絕不是玩弄鄧巴。

「我認為我有罪，我該對上帝懺悔。我的計畫沒成功。她是賢慧、令人敬仰的女人，堅決不同意，並且要辭職。」

「實際她沒有走。」

「原因很複雜。她出身不富裕，工作也不只是為了她自己，她得考慮她所養活的人的生計。她很善良，絕不會拋棄他們，我發誓再不會侵犯她的尊嚴，終於她答應留下了。另一個理由，是她想用仁慈的心幫我做點善事。不錯，除了她，沒人會馴服我這匹野性十足的烈馬。」

「她準備讓你做點什麼？」

「這，一下說不清。福爾摩斯先生，我擁有連自己都不清楚的龐大資產。這是一個非常強大的武器，在生意場的這些年，我早就適應了弱肉強食的競爭。我要打敗對手們，因此我的身上有種巨大的破壞力。她很慈悲，她說一個人享有的巨大財富是建立在許多人的破產和貧窮之上的，是不對的。我清楚，她看得比我更深更遠，她有顆關懷所有人的愛心。她的確影響了我，我做了點善事，其實微不足道，她才是幸福的女神。因此她沒走，後來就發生了這不幸的事。」

「悲劇的真相，你明白嗎？」

金融巨頭無法回答，沉思著。

「一切證據都對她不利。我承認，女人真的善變，有時候男人真無法猜

透。開始，事情發生後，我太震驚了。我幾乎以為鄧巴是由於一時衝動才失去了善良的心，可是這不可能。我相信我能這樣做，可是怎麼也不會相信她能這樣做，太可怕了。我只有一種解釋，無論成立與否，也許會遭到你對我的更深偏見，但我仍這樣認為。請以客觀的態度來對待我的解釋：我那具有熱帶氣質的妻子，是個非常容易衝動的人，女人的嫉妒心在她身上表現得尤其強烈，這是她的本性。儘管我與鄧巴小姐從來沒有肉體上的關係，可是精神上的關係就已讓她無法忍受，這引起她失去理智的舉動。當她發現鄧巴對我產生如此巨大的影響（儘管向善）時——她一生都做不到——更恨鄧巴以致到了發瘋的程度，甚至想殺她。她什麼都能做出來，她的骨子中存在著野人般的蠻悍。因為一時衝動，她也許企圖謀殺鄧巴小姐，這當然僅是猜測。也可能她拿槍恐嚇鄧巴離開這裡。激烈的爭吵後，打了起來，可是她卻陰差陽錯被打死了。福爾摩斯先生，這僅是我的推測。」

福爾摩斯說：「我早就想到了這些，你設想得很好。這是為鄧巴小姐開罪的唯一解釋。」

「可是鄧巴自己卻認定了此假設。」

「否認不能說明問題，許多情況是怎麼也解釋不清的。經過這樣驚心動魄的場面後，一個女人會被嚇傻的，很可能手中拿著槍就回家了——因為她自己也不知道在幹什麼——也可能將槍與衣服放在一起。當搜出槍後，什麼也不說了，因為當時的情況很難解釋，越說越受到懷疑。你能用什麼來推翻此推理呢？」

「鄧巴本人就行。」

「或許如此。」

福爾摩斯看了錶一下：「估計明天上午我們能拿到許可證，再搭夜車到溫徹斯特。見了那女人後，我將能得到更多的資料，具有更合理的推論。儘管不能確定你的結論是對的，可是我會盡最大的力量幫你。請放心，我能想明白這些問題的。」

第二天，為了拿到官方許可證而耽誤了時間，只好臨時改變計畫，去漢普郡奈爾·吉布森先生的農莊雷神湖那裡直接瞭解情況，沒去溫徹斯特。

吉布森先生沒有陪我們，他讓我們去找撒律待・克溫特立警官，他是最初查驗現場的一個地方警察，並且把他的地址給我們。此人又瘦又高，蒼白的皮膚看起來不太健康。他的行為神秘兮兮的，給人一種知道很多卻不敢說的感覺。他的聲音忽高忽低，好像為了隱匿什麼而故意放低聲音，實際他是在故弄玄虛。表面上的各種缺點仍掩不住他的老實正派，不像吉布森那麼傲慢，他很謙虛平和，給我們留了好印象。

「福爾摩斯先生，歡迎光臨。假如是蘇格蘭場派來的人，我就不太歡迎了，」他說，「上級警察是最重名利的了。」

福爾摩斯的話讓不安的警官放心了，他說：「我簡直就是個幕後工作者，案件的所有疑難即使全是我解決的，我也將不接受任何嘉獎和讚賞。」

「我早就明白你是個不重名利的人。你的朋友華生和你也一樣。福爾摩斯先生，我們邊走邊談吧！」他邊領我們到雷神湖，邊四處張望，好像非常機密。「福爾摩斯先生，有個問題我只想跟你說。這個案子也許會對吉布森先生造成惡劣的影響，不知你想過沒有？」

「當然，我想過了。」

「你沒見過鄧巴小姐。大家心中的她是既漂亮又善良的女人，誰都會為她動心的。可是吉布森先生是個非常凶殘又霸道的人，什麼事情都能做出，使用美國人慣用的手槍，那把手槍肯定是他的。」

「那把槍究竟是不是他的？」

「毫無疑問，他有一對這種手槍，凶器僅是其中的一支。」

「噢，原來有一對，另一支在哪裡放著呢？」

「我們現在仍然沒找到相同的另一支，這幾十年他收集了許多武器。它究竟在哪裡放著，短時間內很難調查清楚。但兩支是能肯定的，槍匣是能裝一對槍的。」

「那就不應該這樣，假如真有完全相同的兩支槍，肯定能找到另一支。」

「福爾摩斯先生，恕我們愚笨。不過我們將槍全放在吉布森先生家了，你可以去看看，你一定能發現線索。」

「不著急。我們先來檢查一下現場吧！」

　　在警察的小屋中，我們講了這些話。這裡其實是地方警察站，在肅殺的秋風中沿著遍地衰草的草原走了約半英里遠，到了一個通向雷神湖的門，沿著小路到達四無遮蔽的空地上，就看見了既有喬治王朝風格又有都鐸王朝風格的土木宅子，它位於土丘之上，旁邊有個曲曲折折卻長滿蘆葦的小湖，即雷神湖。雷神橋就在湖上，橋的兩側是兩潭深而小的池沼，警官停在了橋頭，指著地面說：

「出事現場就在這裡，吉布森太太的屍體就在這裡躺著。」

「你來以前屍體一直在這裡放著嗎？」

「是，他們也都懂，馬上把我叫來了。」

「是誰報告的？」

「吉布森先生，當聽說吉布森太太死在橋上時，他馬上從家跑來了，他堅持警察檢查以前不能動任何東西，保護了現場。」

「他很理智。我知道槍是在離死者不遠處發射的。」

「對。」

「右太陽穴被打中，對嗎？」

「對，一槍擊中。」

「屍體是怎樣躺著的。」

「仰面躺著。沒有反抗的跡象，也沒有任何凶器。另外對鄧巴小姐最不利的是，鄧巴小姐給她寫的便條握在她左手中。」

「你說她握著紙條？」

「是的，並且握得非常緊。」

「這就排除了有人造假的可能，吉布森夫人死以前手裡確實拿著紙條，我仍記得上面的內容：

　　　　九點，我在雷神橋等你。

　　　　　　　　　　　　　　　　　　　　　哥・鄧巴

「福爾摩斯先生，你記得十分準確。」

「這一點，鄧巴小姐也承認了嗎？」

「現在她什麼也不想說，她準備在巡迴法庭審問時再辯護。」

「真難理解。字條內容也很模糊，無法理解。去那裡究竟是為什麼？」

警官說：「可是，儘管我很平庸，也仍想發表一下意見。這字條在死者手裡出現，其目的也很清楚。」

「赴約時，手裡還拿著這張字條，這一點很奇怪。字條的內容很簡單，難道死者記不住約會的地點及時間嗎？假如確實是鄧巴小姐寫的，這目的不就很明顯了嗎？」

「你說得有道理。」

「我得整理一下我的思緒了。」他便不做聲了，坐在石欄杆上四處張望。立刻，他像發現了新大陸，飛快地跑到橋對面的欄杆上，用放大鏡認真觀察石頭——上面有鑿痕。

他說：「真奇怪，誰故意這樣做呢？」

「是，我們也知道這個情況。可是好像與案情沒有多大關係，也許是行人偶然留下的。」

灰色石頭，有個一便士硬幣大小的鑿痕是白色的，石頭很硬，只有猛烈撞擊才可形成鑿痕。

「這得要很大的力量，」福爾摩斯很興奮，他拿手杖敲石欄沒留下痕跡，這證明了他的判斷，「這肯定了。問題是鑿痕的地方非常奇怪。」

「可是這裡距離屍體躺的地方很遠，好像沒太大關係。」

「是沒很大關係，有十五英尺遠，也值得思考一下。好了，就到這裡吧，附近發現了腳印嗎？」

「我們都檢查了，沒有腳印，也沒有任何痕跡。」

「那就不用再在這裡逗留了，先去參觀一下吉布森先生的各種武器，再去看那個可憐的鄧巴小姐，我就能想這麼多了。」

吉布森不在家，那個曾經向我們告密的神經兮兮的管家貝茲先生帶我們參觀了他主人收藏的所有武器。這些使人毛骨悚然的武器充分顯示它主人的

冒險經歷。貝茲先生依然憎惡他的主人，真想讓我們由這些武器就給吉布森先生定罪。

他說：「吉布森先生的仇敵多也不算稀罕，他的行為就能使他沒朋友，因此他每天在床頭上放一支上膛的手槍，他也害怕。他非常凶殘冷酷，所有的下人都怕他，即使他的夫人也很怕他。」

「你以前親眼見過他打她嗎？」

「我不確定。可是對一個人最殘酷的手段，是對其人格及尊嚴的侮辱。他曾經和夫人說了很多最無恥最卑劣的話，並且當著傭人的面，這太讓人受不了。」

在回去的路上，福爾摩斯和我說：「這巨頭的家庭生活有很多讓人指責處，我們這一趟沒白來，得到了挺多有用的資料，可是關鍵問題還沒解決。雖然貝茲先生想馬上處死他老闆，可是他也只提供給我們這些情況。悲劇發生時，吉布森在書房中，他沒有作案時間。貝茲也沒有足夠的證據證明吉布森先生下午回家以後在外面逗留過。鄧巴小姐約吉布森太太在雷神橋會面，見面前後的情況，我們都知道。現在，她什麼也不說，但我得見她一面，弄清些重要問題。此案各方面都對她不利，除了一點以外，全部證據都指向了她。」

「哪點？」

「即在她衣櫥裡放的那支手槍。」

我驚訝地說：「不會的，我認為這是對她的最大不利！」

「你錯了。一開始，我就懷疑這一點，瞭解了情況後，這確實是個疑點。我確實找不出合理的理由來解釋這一點。」

「你可以詳細解釋一下嗎？」

「可以，華生。我們先推理一下：假如你是個想殺死對方的女人，所有周密計畫——寫紙條，赴約，拿槍殺人——都沒人知道，可是為什麼不記得銷贓滅跡呢？想出這樣圓滿計畫的人簡直是個聰明的傻瓜。不扔手槍，反而放在了最讓人注意的地方等警察搜出它嗎？華生，雖然你不很精明，但可不至於幹這種蠢事吧？」

「可能不是有意這樣……」

「那不可能。假如是預先策劃好的殺人，肯定得想到處理凶器的問題。我們被假象蒙蔽了。」

「可是你的假設還得進一步驗證。」

「是的，現在我們就要驗證它。你換個角度來想問題，例如最不利的那個證據——手槍，鄧巴說她不清楚到底是怎麼回事。如果她說的是實話，依我看，一定是有人要栽贓她。將槍放在她的衣櫥中的人，一定就是那個凶手了。從另一面推理，我們就有了重大的發現。」

由於許可證還沒辦好，那天晚上只好在溫徹斯特住宿。鄧巴的辯護律師喬埃斯·卡明斯第二天陪我們到監獄看鄧巴。這個律師是在法律界剛升起的一顆新星，他大有前途。這些日子聽到了她的許多傳聞！我是帶著自己的看法去看這位沒見過面的美人，她確實給我留下了很深的印象。怪不得那個冷酷凶殘的金融巨頭也受到了靈魂的淨化，做了點善事。她確實有能征服人的力量，這一點吉布森也承認。她身上令人尊重的高貴氣質，給人留下了很好的印象。她那漂亮的臉蛋，也顯出了她是一個做事果斷的人。她身材苗條，神情穩重，氣質非凡。可是那雙迷人的眼睛此時卻失去了光彩，露出了讓人憐愛的哀惋無助的眼神。她真是太完美了。現在只有我們能幫她。我們告訴她我們的身分及來意。她好像看到了披聖光的上帝，眼中透出了一絲生氣，蒼白的面頰也泛紅了。我們真得幫幫這可憐的女孩了。

她抑制住心中的激動說：「你們肯定從奈爾·吉布森那裡知道了我們的情況了吧？」

福爾摩斯說：「是的，你無須重複那些了。現在，我相信他說的話——你們倆特殊而無邪的關係和你所發揮的特殊作用。可是，我不明白為什麼不在法庭上說明這些事呢？」

「我原以為事情沒那麼嚴重。我很清白，肯定有一天人們會知道的。可是事實卻不是這樣，並且越來越糟，甚至快到了無法控制的地步。假如不講那些讓人難堪的家庭醜聞就可以解決那多好啊！」

福爾摩斯著急得無法控制自己：「我的大小姐，請不要再這樣消極地等

了。你的律師卡明斯先生和你說了，你的境況很不利。假如你再不合作，後果將不堪設想。請盡全力和我們合作，只有這樣，才有可能成功。」

「我會盡全力和你們合作。」

「先說一下你和吉布森夫人是怎樣相處的。」

「我不知該如何說。可以肯定的是她恨我，她多愛她丈夫就多恨我，她用熱帶人全部的狂熱來恨我。她誤會了我與他的關係。她不能理解我們之間僅是精神上的某種聯繫，而她對丈夫的愛是在肉體上的。她更不能理解我留下只是由於想對他產生好的影響。她以為我要奪她的丈夫，便更瘋狂地恨我。我其實不該留下來，也許是我錯了！我給別人造成了長久的悲哀，並且永遠都不能消除的悲哀。」

福爾摩斯說：「鄧巴小姐，雖然沒人相信你，還請你告訴我們事情的真相吧！」

「我會告訴我知道的真相。福爾摩斯先生，有些很重要的情況，我也不知道原因。」

「你只要講清事實，不用解釋。」

「好吧，我就說一下在雷神橋那天的事。那天上午在給孩子上課的屋裡的桌子上，我看見了吉布森太太給我寫的一張字條。上面寫著，她讓我晚飯後到橋頭等她，並且說有重要的事，讓我在花園日晷上放好回信。不許對任何人說這些事，我不明白她為什麼這麼神秘，可是也沒多想，就按照她的話做了。她特別怕她丈夫，他總是虐待她。她讓我把她給我的紙條燒掉，我就燒了。我能理解，肯定怕她丈夫因為這而向她發怒，我一切都按照她的要求做了。」

「然而，她卻故意留下你寫的紙條？」

「這就是我所奇怪的，並且握在手中。」

「後來怎麼了？」

「晚上我按時來了，她正等著我。到了那裡，我才真正明白這個狂熱的人對我是多麼痛恨。她像精神病患者發作了一樣，又吼又叫，用世界上最難聽最卑劣的話罵我，恨不得將我撕成碎片。她真像個瘋子，表面上什麼也不

在乎，而骨子裡卻想讓我下十八層地獄。我沒有說話，我被驚呆了。她的樣子太瘋狂了。我實在不能忍受了轉身就跑，我走時她正亂罵著。」

「就在她死的那裡？」

「也許就是那個範圍。」

「可是，你難道沒聽見槍聲？」

「沒聽到。福爾摩斯先生，我那時讓她搞得大腦一片混亂。只想遠遠離開她，別的事根本沒想，直接回了我自己的屋子。」

「你說回了自己的屋子。你第二天早晨又離開了，是嗎？」

「對，聽說出事後，我很震驚，和別人一起去看了看。」

「現場有吉布森先生嗎？」

「有，他正主持大局。他讓人去叫醫生和警察。」

「你認為他的精神狀態怎樣？」

「他的意志很堅強，非常有自控能力，他根本不輕易表露自己的感情。可是我發現那時他真動了感情，她畢竟是他的妻子。」

「對你最不利的現在就是那支槍。你以前見過嗎？」

「從來沒見過。」

「你什麼時候才發現了它？」

「從衣櫥裡，警察搜出時。」

「在你的衣服裡捲著？」

「對。」

「你可以猜測一下，它什麼時候在你的櫥子裡嗎？」

「前一天上午，到那時我沒看到過它。」

「你憑什麼這樣說？」

「我當時收拾過衣服。」

「清楚了，這表示有人想栽贓你。」

「你說得一點也沒錯，偵探先生。」

「如何確定作案時間呢？」

「吃飯時，或是我給孩子上課時。」

「和你收到吉布森太太的字條的時間幾乎一樣嗎？」

「對。」

「鄧巴小姐，你幫了我也幫了你自己大忙。你還得認真回憶當天的情形，進一步提供疑問。」

「我會盡全力的。」

「我在現場發現在屍體躺下的地方相對的石欄杆上有重物猛擊留下的印痕，你沒發現有特別意義嗎？」

「我確實想不到。」

「這是個很難琢磨的怪問題。此印痕的出現和死者的遇害為什麼如此巧合地聯繫在一起？——時間、地點。」

「希望你能想明白這個問題。」

福爾摩斯臉上的神經都繃緊了，給人一種呆滯的感覺。憑我以前的經驗知道，他又進了一個豐富的幻想世界。我們三個全注視著他，將所有的希望都寄託在了他的大腦上。他突然舉手向我們揮了揮。

「華生，好了，和我一起行動吧！」福爾摩斯一下跳到了門口。

鄧巴緊張地問：「怎麼了？」

「鄧巴小姐，放心吧！卡明斯先生，全國最傑出的大律師將是你了。很榮幸我受到了上帝的啟示，一個無辜受難的女子有救了。對生活充滿希望吧，你將重獲自由。」

本來不遠的路，可是由於我們著急，好像是環球旅行。因為太激動了，福爾摩斯實在無法控制住自己。確實是，成敗就看這一次了，我也很緊張。快到雷神湖時，他拉著我的手，用孩子問母親的腔調問我：

「華生，為了我的安全，你一直用槍保護我，對不對？」

我也用埋怨加教訓的口氣說：「你要感謝我的槍。你總是顧著救別人而忘了自己，自己已身處險境，可是你卻仍然不知道。」

「有你保護我還有什麼可怕的？我想知道現在你帶槍了嗎？」

我從後褲袋掏出槍，它短小、輕便，是一件很得手的武器。他接過槍，打開保險，退出子彈，仔細地看著。

他說：「是很沉。」

「是的，很沉。」

他握槍想了一會兒。

「對我最重要的是，有它的幫助，我們可以完成一個和案子緊密相關的實驗。」

「不要大驚小怪。」

「我說的是實話。在雷神橋，我們做個實驗。假如我設想的和實驗結果一樣，這個案子就能結了。現在將子彈都裝入槍膛中，再拿出一顆子彈。」

我確實不知道他要做一個什麼樣的實驗，我也不必多想，任他自己想像吧！從汗卜郡下車後，又坐車旅行了十幾分鐘，終於看見那個忠厚老實的地方警官了。

「福爾摩斯先生，事情有進展了嗎？」

福爾摩斯說：「這要看今天的實驗能否成功，請幫我找一根約十碼的繩子。」

不久，警官就買回了所需要的繩子。

「好了，我們一起來完成這個實驗吧！」

警官和我一樣都不知道福爾摩斯要怎麼做。不同的是我信任福爾摩斯——無論他怎麼做，可是警官對他的不屑和懷疑是很明顯的。看起來福爾摩斯正壓抑著他那非常激動的心情。

他說：「華生，我知道你有很多疑問，在鄧巴小姐向我陳述事實時，我就已經將線索連在一起了。現在只有最後一個斷口沒接上。我不敢肯定能成功，我有時會將自己引入歧途。可是我自己認為已掌握了很準確的東西，就看實驗怎麼樣了。」

開始做實驗了。福爾摩斯找到死者躺倒的地方，站在了那裡。他手中拿著手槍，繩子的一頭拴著手槍，另一頭繫在了非常重的一塊大石頭上，繞過石欄杆石頭吊在湖面上。繩子這時已繃緊了。

「開始！」喊完後，他像自殺一樣將槍舉到頭部猛地鬆開手了。因為石頭的重量，手槍立刻滑向橋對面，一下撞在了石欄上並沉入水底了，福爾摩

斯趕緊跑過去低頭觀看石欄杆。實驗成功了，他猛地躍起表示他的推理完全正確。

他向我喊：「華生，我成功了！你看看剛才留下的印痕和另一塊不一樣嗎？太棒了，你的手槍立功了！」

「好了，我們今天晚上能好好地喝一杯了，全清楚了。準備好打撈工具將華生的手槍撈上來。」他對那個仍然瞠目結舌的警官說，「當然你還能撈上那個變態女人為達到目的所使用的武器——你看到的三種東西——手槍，石頭，繩子。鄧巴小姐能重獲自由了，明天早晨你告訴吉布森先生，說我要拜訪他。他肯定會歡迎的。」

我們那天夜裡喝酒慶祝勝利，福爾摩斯說明了真相。

「儘管我早就感覺石欄上的印痕和此案很有關係，可是複雜的事實卻不能使我將推理用到案件中。我太愚笨了，假如你一定要記錄下這個案子，我認為那並不能說明我的智慧。

「你無須自責，誰都想不到具有狂熱報復心理的人能想到這麼殘酷而奇特的報復方式。她將丈夫對她的虐待全歸結為鄧巴對丈夫的迷惑。她不明白也不想明白精神上的情敵及肉體的情敵。她火一般的愛，燒死了自己也差點燒死別人，這種女人無法讓人忍受。鄧巴成為了她發洩的對象，她自虐，也更瘋狂地報復別人。

「她計畫得很周密。她從鄧巴那裡得到紙條，假裝鄧巴預謀讓她去雷神橋。她似乎計算得天衣無縫，其實是自作聰明。死時手中握著的紙條正顯示了她的真正目的。

「她從她丈夫那裡選了兩支一樣的手槍——一支給自己用，自殺後便永遠在湖底消失，另一支用作嫁禍鄧巴小姐的工具，被放在了鄧巴的衣櫥中。她計畫好了一切，下定了死的決心。鄧巴小姐到了以後，她瘋了一樣傾洩了全部怨恨。鄧巴走後，她又開始實施了如此殘忍的計畫。這就是事實，如此簡單事情卻有了這麼多的周折。無論如何，我們也伸張正義了，才能非凡的吉布森先生和美麗善良的鄧巴小姐可能真是珠聯璧合。經過了這些，金融大王也許該受到某種啟示了吧！」

怪誕的教授

　　我不是一個很隨便的人，因此雖然我對福爾摩斯辦過的案子有許多記載，可是沒有全部公開。生活在社會中的人，尤其是眾人矚目的傑出人物，不該因一點小問題而前功盡棄。假如是這樣，我還不如做個完全保守秘密的人。可是這很難把握，福爾摩斯近來一直讓我公開普萊斯伯利里教授的案子，這個案子在很長時間內對他聲譽很不利。我應該給大家一個合理的解釋，可是解釋後又會發生什麼也很難預測。仔細考慮後，還是慎重一點好。

　　時間是1903年9月，星期日夜晚，我收到了福爾摩斯的一張字條，內容像他的思維一樣難以理解：

　　　　請抽出一點時間——沒有時間，也要有時間。

S・H

　　許多年的共同辦案，我實際只發揮了極小的作用，就像他的菸絲、菸斗、提琴、案件記錄一樣為他服務。人們想到福爾摩斯時肯定會想到他的菸斗及抽菸的樣子，另外還有旁邊的我。所有這些組成了一個和諧的整體。他愛和我講他那紊亂的思想，實際是他整理思緒的一個過程。假如沒人，他依然這樣做。可是我及我愚鈍的話，被他誇張的語言及表情渲染後，好像更能激發起他超人的想像力。在多年的辦案習慣中，我也是他的一種習慣。我們的關係就這樣在多年的共同經歷中確定下來了。

　　我進入客廳時，他把身體縮成一團蜷在沙發上。將自己放在不太寬大的

地方，這是他思考問題時的習慣動作，這樣好像能集中精力。口中吐的煙霧更將他封閉在屬於他的世界裡。他很本能地讓我坐在了我的老位置上，後來就不理我了。我知道此時他不需要我的幫助。我開始等他，半小時後，突然他像剛醒過來一樣，用古怪的笑來迎接我。

他說：「華生，請原諒我的失禮，思考真需要別人來啟發。這時我想寫一篇論文，是關於警犬在破案中的卓越貢獻，我對這感興趣。因為有人給我提供了些十分奇異的情況。為了解釋這種現象，我考慮比這更抽象，更深刻的理論。」

我說：「福爾摩斯，不要這樣說了，你不是這方面的專家，另外你也沒時間。」

「華生，我們當然不必去討論一般情況。我發現了現在仍無法解釋的玄妙。記得你曾經處理的那個山毛櫸案嗎？我怎樣處理的？透過觀察孩子的大腦活動方式來推理那個虛偽父親的作案規律，我的做法也沒人理解。」

「我肯定記得。」

「研究狗也遵循這樣的規律。從那個案件我想到，狗的品性也不是孤立的，牠肯定受牠的生存環境所影響。主人的脾氣會感染狗。善良的主人，狗也會溫順；暴躁的主人，狗會對人有威脅。相反，我們可以透過狗的品性來推斷主人的性格。」

我不同意他的看法：「你的理論不可思議了吧？」

他卻沒理會我的意見，又開始思考他的這個奇談怪論了。

「對全人類，我這個理論有普遍價值。現在的一個案子也許與此理論相關。但這案子本身就很特別，我不知其頭緒。我正想一個反常的現象：狗為什麼會咬主人呢？普萊斯伯利里教授被他的愛犬洛伊咬了。」

他這問題真叫我洩氣，我以為多麻煩的問題叫他費解！普通人也能在三秒鐘解決這種平庸的問題，何必費這麼多精力，讓我放下自己的事來陪他解悶。我的心思被他看出來了。

他說：「不要這樣，華生！我的問題不像你想得那麼簡單，你肯定很熟悉這個著名教授——普萊斯伯利里教授。他是一位受人尊敬的老學者，是

劍津大學著名的生理學教授。他十分愛他的狼狗，狗也很親近他。為什麼會突然改變常態呢？就這一點也值得琢磨很長時間，我憑直覺認為不是那麼簡單。」

「你多慮了，或許狗有病了。」

「這我也考慮過了。如果狗生病了，牠將攻擊任何一個人——牠看誰都一樣。但是牠只攻擊普萊斯伯利里教授，狗難道能分清楚主人和其他人不同嗎？——牠生病的時候，鈴聲響了。」福爾摩斯說：「伯內特先生看來是想趕快解決此事，沒到時間就來了。」

緊接著一陣急促的腳步聲傳來。一個年輕男子站在我們面前。他個子高而挺拔，面容清秀。一看就知道是個很有修養的學者，而不是善於玩弄詭計的老手。很明顯，他不歡迎我，驚奇地看著我。

「福爾摩斯先生，我提前就和你說過了，我不想讓別人知道這件事。我要考慮教授的聲望及我對他的仰慕，還有整個家族的利益，我必須謹慎。」

「伯內特先生，原諒我提前沒和你說清楚。華生是很能保守秘密的一個人，他是我多年的工作夥伴。假如沒他，我就怕不能偵破此案。」

「既然如此，我就不多問了。只要對案子有利，你就自己做主吧！」

「我介紹一下。華生，這是普萊斯伯利里教授的得意門生、他的助手，也是教授的女婿，和教授在一起住著。憑他和教授的特殊關係，他有權維護此秘密，他也有責任和義務弄清這個奇怪的現象。」

「我就盼望著這些。福爾摩斯先生，我們把希望都寄託在你身上了。請問你的助手清楚我們家的事了嗎？」

「我正要告訴他時，你敲了門。」

「我先說明一下情況，再向你彙報這些天發生的事。」

福爾摩斯說：「我講會更好一些。你能檢查我掌握的資料是否準確。由於學術方面的成就，教授成了特別有影響的人物。他品行端正，為人正直，一生清白，妻子早就去世了，只有個叫易迪絲的女兒。他為人爭強好勝，果斷剛強。這就是我們熟識的教授，但是最近他的舉動卻非常反常。

「不知什麼原因，我們可敬可愛的、年過六十的教授瘋狂地愛上了一

個年輕漂亮的女人，她是他同事莫爾非教授的女兒。愛麗絲・莫爾非品貌雙全，旁人能夠理解教授這樣做，但是他的親朋好友卻不認同他的這個行為。」

「我們確實不太同意。」

「一般人認為確實有些激烈。女孩父親看重了教授的財產，女兒不看重這一點，她喜歡他並不是由於他的錢，就是年齡太懸殊。同時她還有幾個熱烈的追求者，他們其實挺相配。」

「教授就在此時出現了奇怪的行為，他什麼也不說就離家出走了。我們問他去哪裡，他不回答。我的同學來信告訴我，看見普萊斯伯利里教授在布拉格，我才知道他的去向。他回來時十分憔悴，就像生了一場大病。」伯內特先生搶先說。

福爾摩斯說：「還是我說吧，從布拉格回來後，他變成了一個偷偷摸摸的人，好像換了一個人。朋友和家人都不再認為他是那個非常讓他們敬重的老學者了。他快要喪失了本性，變得乖戾易怒，但他仍才華橫溢，思維敏銳。他身上有了一種新因素，這是凶兆。他女兒易迪絲小姐用所有方法來阻止父親的各種奇怪行為，伯內特先生也盡了全部的力量——可是所有的努力都是徒勞，教授更疏遠他們。伯內特先生，有關信件的問題還是你講述吧！」

「教授一直很信任我，把我當作他兒子看待，他相信我的人品。我作為他的助手和秘書，負責處理他的所有信件，將信拆開並分類為了便於他瀏覽。可是那次神秘出行以後，他就不讓我這樣做了。他說凡是從倫敦來的郵票下有十字的信都不要拆，他要自己拆。因此，後來我發現這種信就單獨給他留下了。郵戳顯示寄信人好像在倫敦東區住著，字體非常幼稚，歪歪扭扭的。即使這種信也不讓我插手回信。教授十分害怕我知道信的內容，因此一直強調要聽從他的吩咐，這更增加了我的疑惑和好奇心。」

福爾摩斯說：「再說一下那個神秘的小盒子。」

「那個小盒子更神秘，是教授那次出行時帶回的物品。那是他從大陸帶回的唯一物品，特別精巧別緻，是某國的手工藝品。教授十分看重這個小

盒子。我有一次在櫥子中找東西，無意中看見了它，由於好奇並拿起看了一下，正好被教授看見了。他非常惱火，並對我大吼，恨不得打我一頓。他從來沒這樣對過我，儘管我向他解釋我是無意的，可是他還是沒原諒我。」伯內特掏出筆記本，補充道：「這件事發生在七月二日。」

「太棒了！你為我提供了很好的資料。我認為這對破案很有幫助。」

「謝謝誇獎，教授早就教會了我怎樣觀察事物的本質。我是按照系統論中的教導做的這件事。我發現狗是有時間間隔地咬他——七月二日，七月十一日，七月二十日。我不能再讓洛伊咬他了，沒辦法，只好將牠拴在馬廄裡。洛伊實際上是一隻溫順可愛的傢伙……」

伯內特發現福爾摩斯好像沒聽他說話，他對福爾摩斯的態度有些不高興。可是我的朋友依舊那樣。過了一會兒，他才又回到了現實。

他自言自語道：「真是不曾聽說！伯內特先生，我已基本掌握了這些情況。你說又有了新情況，快跟我說說吧！」他又要求伯內特先生。

他聽見這話，臉又陰鬱了。看來要講的沒剛才的好講述。他說：「前天夜裡，可能是凌晨兩點，那時我已睡醒一覺了，躺在床上胡思亂想著。隱約聽見樓道中有由遠到近的奇特聲音。我打開門想知道到底怎麼了，因為樓道的另一端住著教授，我擔心他的安全。」

福爾摩斯非常關心這個問題，便問：「記得日期嗎？」

客人由於被打斷話而很不高興。

「前天夜裡——肯定是九月四日。」

福爾摩斯對此回答很滿意。

他說：「你繼續說。」

「教授必須經過我的房間才能從他房間到樓梯口。儘管我很大膽，可是仍然被看到的景象嚇得魂不守舍。那時樓道光線十分暗，僅從窗子射進一絲亮光。我只隱約看到地上有東西在蠕動，並且向我這邊移動。當這東西到了光亮處，我發現那竟然是教授！半夜三更他在樓道裡爬行！不像普通的用膝蓋和手爬，而是和動物一樣用手和腳爬，低著頭，那靈活性不比貓和狗差。我不知該怎麼辦，一直等他爬到我跟前，我才問他是否哪裡不舒服。可是他

不但沒領情，反而罵了我一頓，猛地躍起，徑直下樓了。我擔心他會出事，好久了，他仍然沒回來，可能天亮以後才回來。」

「華生，作為一個醫生，你從醫學角度如何看待這個問題？」福爾摩斯把我視為一個醫學專家，專用這些奇怪的東西刁難我。

「假如是嚴重的風濕性腰腿痛，這種走路方式很舒服。我見過這種病。由於疾病，患者變得很煩躁易怒。」

「你的醫學知識十分豐富。可是，你忽略了他是猛地躍起。風濕病患者的行動不會如此敏捷。」

伯內特說：「他的身體向來很好，近來更是精力充沛。這種行為不會是由於疾病，但又確實無法解釋。我們不能報警，但自己又幫不了他。我們不能眼看著教授這樣而不管。後來，我和易迪絲決定求助於您。」

「這案子確實奇特並能激發人的想像力。華生，說說你的觀點吧！」

我說：「由醫學角度分析，也許因為歲數太懸殊的狂熱戀愛過於刺激了教授，他的這種行為也許是為了解悶。對於那個小匣子，它裡面也許有不可公開的個人秘密。」

「但狗不可能關心主人的秘密。這也不能解釋狗咬他的原因。」

沒等福爾摩斯發表完意見，傭人領進一位小姐。伯內特先生馬上站了起來，上去抓住了這位小姐的手。

「易迪絲，你怎麼來了？」

「我害怕極了，我受不了！」

「福爾摩斯先生，這就是我的未婚妻易迪絲小姐。」

福爾摩斯說：「我都猜對了，剛才我正想和你們講講我的猜測，普萊斯伯利里小姐，你肯定又知道了更可怕的新情況了吧？」

很得體地和福爾摩斯打完招呼，這個美麗的英國小姐在伯內特身邊坐下。

「我到旅館找伯內特，可是他不在。我想他肯定來這裡了，因此我也來了。福爾摩斯先生，你一定要救一救我可憐的父親。」

「放心吧，我現在正考慮這問題，你的消息說不定能幫助我。」

「事情發生在昨天晚上。今天他一整天都神情恍惚，好像夢遊一樣，他自己也不清楚在幹什麼。我那可敬的父親已變成一個嚇人的怪物。昨天晚上的行為說明他已失去了本性。」

「請你說得仔細一點。」

「我半夜被洛伊非常大的叫聲驚醒。我認為這隻狗太可憐了，牠一定不願意被關在那裡。我的臥室在很安全的樓上。我那天晚上正好沒拉窗簾，並且月光非常明亮。我盯著窗外，躺在床上思考近來發生的這些稀奇事。突然，我看見父親正從窗戶看我，我被嚇得簡直不能呼吸了。他似乎攀在什麼東西上，懸在窗口。假如他進來了，我也就完了。我們一直互相看著，都沒有動，過了一會兒，他又突然消失了。我被嚇得渾身沒有一點勁，更沒勇氣去追他。他再也不是我從前的父親了。第二天早上他的脾氣更暴躁了，我更害怕了。我實在不敢待在那個房子裡了，找了個理由就來找你們了。」

福爾摩斯簡直不敢相信小姐的話。

「易迪絲小姐，樓上才是你的臥室，在沒有梯子的情況下，很難相信你父親能上去。」

「我也理解不了。但這不是幻覺，他的確在窗戶出現了。」

福爾摩斯說：「是九月五日。」

易迪絲小姐對福爾摩斯的話感到奇怪。

伯內特先生說：「福爾摩斯先生，你怎麼對時間這麼感興趣？它能幫助你弄明白問題嗎？」

「我是這樣認為的，不過仍然不敢肯定。」

「你是否認為教授是間歇發作的精神病患者？」

「不是。請留下你的日記本，我得仔細研究一下日期。我們現在得行動了。我想接近教授更全面地瞭解他的精神狀態。剛才易迪絲小姐不是說他有時自己也不知在幹什麼嗎？我們就利用這一點去拜訪他一次，說是他讓我們去的，因為他也不能確定究竟是否有這種事。」

伯內特說：「好主意，但卻也挺冒險。不知道他會是什麼反應？」

福爾摩斯有信心地說：「不必考慮這個了，假如小姐所說的都是真的，

我們就可以去見他。我們明天就去劍津，一刻也不能停了。我對那裡很熟悉，有一家契可旅店挺精緻，葡萄酒的口味也很好，可是環境很不好，這會讓人倒胃口的，我們得在這種環境下住一陣子。」

這麼短的時間讓我手忙腳亂，因為我還有許多工作得安排好。福爾摩斯一忙起來，就把別人忘了。他沒有牽掛，自己說走就走。由於我對他工作的熱情，所以沒發牢騷。我們直接到了那家旅館。

「華生，我準備午飯前去拜訪教授。按照他的課程安排，此時他已下課回家了。」

「憑什麼名義去呢？」

「按照日記本的記錄，我們可以在他的某段發病時間，假裝他讓我們來商議事情。假如這些日子他的記憶真在下降，我們就成功了。憑他的身分，儘管不確定確實有此事，也不會拒絕我們的。」

「那就快點行動吧！」

「華生，施出你的表演才能吧！我們得有人領路。」

我們坐著一輛漂亮的當地馬車到了教授的住宅。這宅子的氣派不一般，並且院子裡種著紫藤，非常幽雅，同時這也表示教授的地位。沒進大門，我們便看到一位老者正從窗戶往外看，可能是想誰來拜訪他了。給我印象最深的就是他那雙犀利的眼睛，看了這雙眼睛就可知道他的獨特之處。進入大廳後，一位知識淵博的男子出現在我們眼前，他身材魁梧，舉止穩重。儘管是由於他的古怪我們才來這裡的，可是從他身上卻看不出這一點。

他看了一下我們遞過的名片說：「不知二位有何貴幹？」

福爾摩斯說：「這個問題，我正想請教你。」

「莫名其妙。」

「有人告訴我，讓我來這裡，幫助普萊斯伯利里教授。」

他犀利的眼中閃著狡黠的光說：「真是這樣？通知你的人的大名是什麼？」

「請原諒這不能和你說。假如錯了也沒事，我們立刻走，並向你道歉。」

「不必道歉，我只想知道是哪個好管閒事的人。你有何憑據嗎？」

「沒有。」

「你不至於認為是我讓你來的吧？」

「或許不能這樣認為。」

教授的語言變得尖銳了，他說：「這是什麼意思，行了，不要拐彎抹角的。我會弄明白的。」

他狠狠地摁了電鈴，伯內特先生進來了。

「伯內特，你處理過給倫敦福爾摩斯的信嗎，或者派人到他那裡去過？」

「沒有。」由於撒謊，伯內特顯得很不自然。

教授盯著我們說：「我這下都清楚了，究竟你們來這裡幹什麼？」

「這可能是個誤會，我們立刻走。」

教授突然發怒，並站起來擋住我們說：「聰明的福爾摩斯先生，有這樣簡單嗎？說不明白，你別想走！」他的臉快要變形了，幾乎要撲向我們。假如伯內特先生不趕快控制事態，只有動武我們才可擺脫這老頭。

伯內特非常激動地說：「請冷靜點，教授！你不應該如此粗暴地對待福爾摩斯先生！你是位德高望重的紳士。」

終於，普萊斯伯利里教授控制住情緒，放了我們一馬。一場虛驚過後，我們到了安靜的馬車道，可是福爾摩斯卻很悠閒。

他說：「這個叫人敬仰的學者態度實在惡劣，他對我們的突然拜訪反應很強烈。假如沒親眼見到，真難相信。華生，似乎有人追我們，那老頭是否仍然不甘休？」

我扭身看到了伯內特先生，這才放心了。

他跑來說：「福爾摩斯先生，實在對不起，沒想到教授會如此。」

「你不要自責了。這在調查中常遇到，我也習慣了。」

「教授變得非常易怒，不可理喻。你這就知道我們的擔心是有道理的了。他看來沒糊塗。」

「而且非常清醒。」

福爾摩斯說：「我推理錯了。他知道他正在做什麼，記憶力也很好。伯內特先生，我們想知道普萊斯伯利里小姐臥室窗子的位置，弄明白教授是怎麼上去的。」

伯內特指著對我們說：「從左數第二個窗子。」

「高度夠嚇人，可是牆壁上有藤子、管道，這些都能攀登。」

「但這一般人做不到啊！」

「是。幾乎沒人能做到。」

「我又有一個重要的發現。從教授的吸墨紙上，我得到了倫敦人的地址。教授今天早上又給他寫信了。」

伯內特遞過紙條後，福爾摩斯看了一眼。

「朵拉克，多奇怪的姓。這個線索很重要。我們立刻回倫敦，沒必要停在這裡了。」

「我們就這樣等著嗎？」

「假如我推理對的話，下星期二很危險，我們得非常警惕。那時候，我們來和你一起搞清楚事實。還有，最好讓普萊斯伯利里小姐留在倫敦，再不能讓她受驚嚇了。」

「我一定安排。」

「你告訴她，不要多理睬普萊斯伯利里教授。他想幹什麼就幹什麼，他不會做很激烈的事。」

「教授來了！」伯內特很驚恐。伯內特立刻鑽過樹叢到教授身旁。教授正走來四處尋找其助手。

福爾摩斯在回去的路上和我說：「我猜想，他知道我們在調查他，他的觀察力與判斷力都很敏銳，對我們如此粗暴也是挺有道理的。誰都會生氣的，因為自己要被秘密調查，特別是不能告人的秘密。他肯定會痛斥伯內特先生的。」

福爾摩斯路過郵局發了封電報。當晚就有了回電。

我已見朵拉克。波希米亞人，隨和，略上年紀，經營一個大雜貨店。

福爾摩斯說：「我的第一個助手是麥希爾，他處理一般事務。我讓他去瞭解教授的通信對象，這也是本案的重要線索。」

我說：「總算有了一些進展，從表面上看，現在有各種情況：那個波希米亞人，狗咬人，窗戶出現的臉……這好像都沒關係。至於日期，也只有你自己清楚。」

福爾摩斯好像是保密地朝我笑了一下。我們這時正在旅店品嘗著好味道的葡萄酒。

他說：「那就向你講講我的想法，我從伯內特先生的日記中得到很大啟發，我從時間上看出了某種規律，第一次是七月二日，後來好像幾天發生一次。就有一次例外。我認為這裡暗示的東西，絕不是巧合。」

我對他的觀察事物能力十分佩服。

「因此，我就將這些不關聯的事勇敢地連在一起。教授也許每九天服一次某種神秘的藥物。他是想達到一種目的，伯內特不是說他的身體非常好嗎？可是這種藥的副作用也非常大，因此他會變得舉止奇怪，性情暴躁。這藥是他那次去布拉格帶回來的，波希米亞人現在給他提供此藥。我就是這樣設想這件事的。」

「還有些奇怪現象無法解釋呢？」

「這得看下星期二事情怎樣發展。那時我們可能會明白一切的。我們現在不用考慮這些煩人的事，只要安心等待就可以了。」

伯內特先生第二天早上來和我們說他的遭遇。雖然教授沒直接表示懷疑他，但明顯看出對他的不滿和惱怒，並且總是發脾氣。這都沒影響他的大腦，並且他比以前更健壯，腦子也更靈了，但他已不是使我們敬仰的教授了。

福爾摩斯安慰著伯內特先生：「你不必如此緊張，這些天沒有大動向。我和華生必須回倫敦去辦很多事。下星期二我們一定回來。到時候，我再給你答案。你要及時告訴我新情況。」

後來的幾天，我們各忙各的事了。到了約定時間，我們一起去了劍津。我知道教授一切正常，沒發生使人不安的事。我們仍在那家旅店住下，伯內特來見我們。「他今天又收到倫敦寄的信和包裹了，他不許我動。」

福爾摩斯說：「這和我想的一樣，今天晚上就會弄明白事情的。我們今晚誰也不能睡，仔細觀看他的動靜。教授下樓梯時，伯內特先生，你要跟在後面，千萬別讓他發現你。華生和我就在園子中，你還記得那個神秘的小盒子嗎？它的鑰匙在哪裡？」

「在教授的錶鏈上。」

「教授的全部秘密也許都在盒子裡，我們必須弄明白盒子中是什麼？家裡還有男人嗎？」

「有個馬車夫叫邁科非，住在馬廄樓上。」

「告訴他一聲。我們現在就分頭準備吧！伯內特先生，請一定要鎮定。」

半夜，儘管天氣很好，月光明朗，但也很冷，我們在教授家前廳正對面的樹叢中埋伏著。四周很靜，這樣無聊的等待很沒意思。幸虧對奇案的結論有好奇心，否則真不知怎樣度過。由於快見到真相了，福爾摩斯顯得很興奮。

福爾摩斯說：「如果九天是一個週期，今晚教授又會有怪行為的，從布拉格回來後，他就染了這種怪病，之後經常收到倫敦商人的來信。包裹中的東西也許是種藥物，可是我不肯定這藥物是做什麼用的，但肯定是布拉格的人提供的。這些藥九天服用一次，我最先發現了這一點。你注意過他的指關節嗎？」

我搖搖頭。

「像教授這種職業的人不會長有那種關節粗大且有老繭的手。一個人的手和他的職業是緊密相關的。什麼職業的人會有這種手呢？」福爾摩斯忽然明白了，他說：「華生，我終於知道了。我終於聯繫起了那些看似不相關的東西了。奇特的指關節，狗，藤子。太難相信了，不過我們親眼見了。看，教授出來了。」

趁著燈，我們看見教授從前廳門出來了。他儘管是直立在門口，可手不在身體的兩側，而在前面放著，全身正弓向前。

不久就來到馬路上，他彎下了高大的身體，真像伯內特先生所說的用腳和手開始爬行，看起來他根本不費力，好像挺舒服。他爬到房子邊又拐彎了。我們看到伯內特跟在後面。

福爾摩斯說：「我們也過去。」我們在樹叢中發現了一個能看見教授的地方。房子的這邊正好被月光照著，因此我們可以很清楚地看到教授的行為。他在房子牆根，一下抓住了牆上的常春藤，很敏捷地向上爬。他一會兒在這根藤上，一會兒又跑到了另一根上，很明顯他並不是想到哪裡去，只是像孩子一樣地嬉戲。他在空中敞開衣服，像夜行的大鳥來回擺動。很難相信這是一位老人在表演。他一會兒就爬下來了，爬往馬廄，那裡正拴著洛伊。見到主人，狗突然充滿敵意地狂叫起來。洛伊極力撲向教授，使脖上的鏈子嘩嘩響，甚至狗毛也豎起來了。教授在狗剛好搆不著的地方用各種方法使狗更暴怒。他拿石頭砸狗，用棍子戳狗。假如不是親眼目睹，真不能相信這是事實。他爬在地上逗狗去發洩那過剩的精力，狗被逗得實在無法忍受，恨不得咬他一口。這就是這個享有很高聲譽、很有威嚴的教授。

終於發生了我們擔心的事，狗掙脫了脖圈，狗和人絞纏在一起，狗瘋狂地撕咬，人的叫聲更恐怖，狗咬住教授的脖子不放，差點要了他的命。我們過去救他時，他已經昏迷不醒了。伯內特也跟在後面，止住了狗的進攻。馬車夫也被驚醒了。伯內特和他說過今晚也許會出事，因此他也不很奇怪，只說道：「我知道遲早會出事。希望可憐的教授平安無事。」

我們忙亂地將教授抬到臥室。我處理他的傷口。儘管狗沒咬斷他的動脈，可是也流了很多血。伯內特先生曾獲過醫學學位，有他的幫助，半小時後終於止住了血，並且打了鎮定劑。一切恢復正常後，我們想下一步該怎麼辦。

我說：「教授的傷不輕，需要一位外科專家來診治。」

伯內特說：「這絕對不行，一旦將這件事洩露出去，教授的名譽就會掃地，另外還有這個家和家族的榮耀。」

福爾摩斯說：「伯內特說得沒錯，我們必須守住這個秘密。我們現在不能讓類似的事再發生了。快取下錶鏈上的鑰匙，看看小盒子中究竟裝著什麼。病人由邁科非負責，並隨時通知情況。」

小盒子裡裝有九個盛液體的小瓶、注射器和那些神秘的信，這說明了一切。信封上都有記號，不用問，這肯定是倫敦那個波希米亞商人寄來的，內容全和藥名有關，還有許多收據。但有一封信卻和別的不同，貼著奧地利郵票，來自布拉格。福爾摩斯立刻展開信，上面寫著：

敬愛的教授：

這段時間我一直思考你的要求，儘管你的處境我能理解，可是我還得提醒你，此藥有無法想像的副作用，但願你思考明白。

類人猿的血清本來效果會更好，因為類人猿直立行走。可是我這裡只剩下黑面猿標本，並且黑面猿是善攀登和爬行的動物。

這藥僅是試驗階段，請保密。我的美國經紀人朵拉克為你提供藥物。

請準時說明你的身體情況。

此致

敬禮

H・洛文斯坦

洛文斯坦，多熟悉啊！我曾經在報紙上看到過關於他的報導，說有位科學家正研究長生不老藥。他的藥很奇特，是用血清使人精力充沛，返回青春。可是因為他不公布藥品成分，而被醫學界禁用。聽了我的話後，伯內特從書架上找到一本動物學書，大聲地說：「黑面猿，在喜馬拉雅山脈生活，是最大型的爬行類人猿。福爾摩斯先生，特別謝謝你，終於解決問題了。」

「真正的原因是教授這種瘋狂的戀愛，由於年齡的懸殊，他認為只有恢復自己的青春才可得到愛情。但是自然規律是不可違背的，誰若想超越它，那將會被拋到更深的深淵。一個人聰明到了極點就該迂腐了。」福爾摩斯思考著這瓶透明的液體。

「我必須和那個研究者說明，這是在對人類犯罪，叫他趕快結束這種藥物的研究。可是我們也不能阻止有想超越大自然、凌駕於宇宙之上的人的想法。這的確太可怕了。假如由於留戀人間的各種物質享受，那些享盡了榮華富貴的人靠藥物來長生不老，而有更高精神追求的人卻不會這樣，那這世界不就成了庸人的天下了嗎？」

福爾摩斯站起來說：「行了，每個疑點都明白了。狗的嗅覺很靈敏，是牠最先知道教授的變化。在洛伊看來，他不再是主人，而是猿猴，因此向他進攻。至於教授也不用多說了。華生，完成任務了，我們可以走了。」

神秘的凶手

退休後，我終於能實現自己多年的夢想了，離開倫敦去過很悠然的海邊生活。我過了很長時間的平靜生活，使緊張的大腦很好地休息了一下。但是，上帝總不讓人離開社會而單獨存在，在我晚年時，卻給我出了一道很難的題。由於社會責任感，我必須重操舊業替死者伸冤。此案特別離奇，假如有華生，肯定能把此案講得生動、鮮活，滿足朋友們的好奇心。自從退休後，我就不想再打擾他繁忙的工作了，只好我自己來講述此案。我的文筆遠不及華生，因此只能將案子中我的探索歷程講給大家。

我的家在索塞克斯山脈的南端，能望見一望無際的海峽。這裡不像海濱那樣，全是陡峭的懸崖。若想和大海親近，就得沿著唯一的一條七彎八拐的斜坡小路走下去。這裡有很大面積的海灘，僅有伏爾沃斯村的小海灣點綴在這條長十英里的海岸線上。海灘不平坦，到處都是大大小小的坑。每次漲潮後，這裡便成了人們理想的游泳場所。

我很愛安靜，偌大的房子僅有我和我的管家，我有時和蜜蜂玩鬧一會兒，增加些樂趣，之後更顯得安靜。我在這裡當然也交了一位朋友，他叫斯泰赫斯特。我們的關係很好。斯泰赫斯特先生在旁邊辦了一所挺著名的職業學校，為不同的職業需求培養專門的學生。學校和外面有一圈圍牆隔開。學校紀律很嚴，學生和教師的素質都很高。斯泰赫斯特曾經是劍橋大學的划船健將，他也是個全面發展的人才。

夏天的傍晚，起了一次大海風。海灘中的坑窪自然盛滿了水。天亮後，一切都平靜了。海濱經過狂風巨浪的洗禮，空氣更加清新，長期困居屋中的

人都想出來走走。吃完早飯後，我就出來散步，盡情地呼吸新鮮空氣，領略暴怒後大海的美麗。我正在崎嶇不平的小道上走著，聽到斯泰赫斯特喊我。

「福爾摩斯先生，你好！你也來這裡享受大自然的恩賜了。我認為我能遇見你。」

「的確是的，你也是抓緊機會游泳嗎？」

他說：「你難道不去嗎？我還不是最積極的，我要去找麥菲遜，他早就到了。」

弗茨羅伊·麥菲遜是斯泰赫斯特學校的一位老師，我認識他。他們都喜歡游泳，因此漸漸熟了。他有體育方面的天賦，各方面都很突出。假如沒有心臟病，他肯定是一流的運動員。儘管這樣，普通人也都不如他。

就在我們說話時，突然看見他正從小路盡頭走向我們，可是行走卻極為艱難，隨時都可能跌倒。他終於大叫了一聲倒下了。我們趕緊扶起他。可是他卻不能站立了，很明顯他已在死亡邊緣掙扎。他的面色鐵青，目光呆滯。當他知道身旁有人時，鼓起最後的力氣，艱難地說了幾個字，我只是模糊地聽見「獅鬃毛」三個字。說完後，他猛地抽動了一下便癱下去了，他死了。但我一直不知道他說的那三個字的意思。可能是我聽錯了。無論如何它也很重要，因為它提示了死者的死因。

我朋友被這突然事件驚呆了。因為職業的敏感性，我馬上知道事情的嚴重性，我又發現了一個奇案。我立刻檢查了他的身體。他只穿了沒繫帶的鞋和褲子，因摔倒而將內衣滑落了，他身上的傷痕令我們非常吃驚。他的背上滿是又細又密的鞭痕。傷口很嚴重，在如此短的時間內它就又紅又腫了。因為太痛苦，他的臉扭曲得很厲害，下唇咬破仍在滴血。拿鞭子將人打成這樣的人肯定非常殘忍。

斯泰赫斯特在一邊發愣，我卻邊檢查邊思考。此時我發現教數學的老伊恩·默多克先生也走來了。這個人脾氣很怪，不喜歡和別人來往，經常獨來獨往；身邊的一切都好像和他沒關係，他就和那些令人枯燥乏味的數學打交道。這個既高又瘦的人性情特別的狂暴，麥菲遜的愛犬有一次打擾了他的清靜，他憤怒地竟然把狗從窗戶扔了出去。儘管這只是偶然發作，可是斯泰赫

斯特已經對他很不滿了，認為他沒人性，考慮到他的才能才沒辭退他。如此一個冷血的人物也被這樣的慘景驚呆了，這和他以前的態度可真不一樣。

「太可怕了。我能替這可憐的人做點什麼嗎？」

「剛才你是不是和他一起游泳？」

「不是。我剛從學校出來就看見這些情況了。因為有事耽誤了時間，所以出來晚了。」

「你立刻到伏爾沃斯報案！」

他用最快的速度跑去了。我毫不猶豫地接了此案。我立刻開始辦案，我首先得明白海濱現在停留著哪些人。我放眼望去，卻發現海灘中沒有一個人影。遠處兩三個人也和此案無關。我沿小路尋找有用的東西。小路上僅有兩排腳印，很明顯這是死者來回的腳印。路上凹陷的小坑和手掌印也僅顯示了麥菲遜行走時的艱難，摔倒、跪下、再站起來。所有的跡象都顯示只有他自己今天早晨走過這條路。由於昨晚的風暴，海灘上形成了一個湖，麥菲遜脫了衣服，準備在這裡游泳，因為我看見了他赤足的腳印和岩石上的毛巾。可是毛巾是乾的，表示他沒下水。還沒下水就有了這悲劇。

這算得上是我所遇到的最難的問題了。麥菲遜到海灘的時間特別短，並且斯泰赫斯特先生隨後就到了。麥菲遜到湖邊，還沒有下水就遇到這樣殘酷的鞭打，他用盡最後的力氣穿衣服，也沒穿好，逃離了那個嚇人的地方。顯然凶手早已等著麥菲遜，速戰速決。可是他能躲在哪裡呢？峭壁上的洞穴十分淺，根本不可能躲藏。遠處的人也太遠，不可能隔著鹹水湖飛來。詢問一下海上的幾艘漁船也行，可是沒多大的希望，這就是基本情況。

我回來時，已經有好多人了。默多克已經帶來村中的警察愛德生，這警察表面上很粗笨，反應遲鈍，實際上卻到處顯露著銳氣。他把我們說的情況記下了。後來他將我叫到一邊說：「福爾摩斯先生，此案很奇特，我沒能力破這麼複雜的案子。我明白你這方面很傑出，你要指導我。假如我工作中有失誤，上司會責備我的。」

我對他說願意幫忙，當然也不只是為了他。我立刻開始工作，我讓他去找上司和醫生。此前，不准隨便走動，也不許動任何東西。我又一次檢查了

死者的衣裳。我從他的衣袋中看見了手帕、刀子和名片夾——裡面夾著一張女性寫的字條：

我一定準時赴約。

莫德

麥菲遜的情人肯定是莫德，可是又不清楚他們會在什麼地方和時間幽會。警察收回了紙條，連雜物一起放在了死者的雨衣口袋中。情況已經明白，我也沒必要逗留，告訴了警察細心搜查海灘後，我回了家。

幾個鐘頭後，斯泰赫斯特先生來向我彙報新情況。屍體已運回學校正在作進一步檢查，並且海灘峭壁也沒有可疑的地方。和我觀察的結果一樣，他在麥菲遜的書桌裡看到了幾封情書。通信的對象就是莫德·貝拉密，她是伏爾沃斯村的。

他說：「他們倆肯定是在談戀愛，儘管信讓警察帶走了，我也不清楚信的內容，可是我認為他們很認真。除了紙條，看不出他們的愛情和此案有關。」

我說：「的確，誰也不會在常有人的游泳池約會。」

「麥菲遜經常和幾個學生一起去，但今天早晨臨時改變了，因此那幾個學生沒去。」

「真有這樣巧嗎？」

斯泰赫斯特極力回想今天早上的每個細節，說：「那個古怪的數學老師默多克，非要在今天早晨吃飯前講課。這就是原因。但他卻非常關注和同情麥菲遜。」

「據說他倆曾經有過不愉快。」

「以前只是因為一隻狗，可是這一年來，他們相處得十分不錯，默多克和人從沒有這麼好過，你知道他很孤僻。」

「可能由於狗的吵架有了點怨恨。」

「不可能，我確信他們的友誼很真。」

「除了這些，我們得關心一下寫紙條的那個女孩。你說說她的情況吧！」

「她是本地一個出名的漂亮女孩。有很多人追求她，麥菲遜是其中的一個。可是我不知道他們已成為情人了。」

「她家庭怎麼樣？」

「她父親湯姆・貝拉密，本以捕魚為生，現在本村的游泳場更衣室和漁船已屬於他，變得很富有了。他的兒子叫威廉。」

「我想見見他們。」

「以什麼名義？」

「這簡單。這地方人少，所以麥菲遜交往的人也不會多。我們只要仔細分析一下他的人際關係，肯定能發現為什麼被害，並找到那個殘忍的凶手。」

伏爾沃斯村在海灣，四周景色很迷人，可是我的心情卻被今天早上那慘景攪壞了。從湯姆家那現代化的別墅，便可知道他的地位，不用介紹，那和別的不一樣的房子肯定就是湯姆家。

斯泰赫斯特給我介紹說：「這座青石綠瓦的房子，是貝拉密最驕傲的。『海灣山莊』是他給這棟房子取的名字。」

我抬起頭，看見十分瘦小的默多克走出了山莊。這很自然地引起了我們的懷疑。我們相遇在路上。

斯泰赫斯特向他打招呼：「你好！」他十分冷淡，幾乎沒一點善意的表示，可是斯泰赫斯特不放過他。

「你來山莊做什麼？」

「這與你無關。雖然你是我的上司，也沒權利問我的私事。」很明顯默多克討厭這個問題，對我們也滿是敵意。

斯泰赫斯特也讓他給激怒了。他本來很有修養，可以控制住情緒。可能他今天碰到了太多的事情。

「默多克，你真是太無禮了。」

「你的問題也不很高明。」

「你太放肆了。你既然不服從管理，那就另謀高就吧！我這裡不留你這種人。」

「你認為我想留在你這個破地方？我在這裡工作也不是因為你。」

默多克憤怒地走了。此時，斯泰赫斯特被氣得直喘粗氣。「氣死人了。這傢伙真古怪，見鬼吧！」顯然他的氣不會馬上平息的。

我勸了他一會兒，想到不能用這種情緒來調查問題，他最後平息了怒氣。在此事件中，默多克究竟是個什麼角色呢？他藉由報案機會遠離現場，因此我只好將他和此案聯繫起來。

我們等了一會兒，貝拉密先生接見了我們。他是個很有力氣的中年人，落腮鬍又為他增添了幾分粗獷。他似乎在和人生氣。

貝拉密先生說：「關於麥菲遜的死，我不清楚一點情況，我也不能給你們提供情況，我兒子和我都不願意莫德和他來往。我不喜歡他的做法——沒正式求婚，就勾引她出去玩。莫德是個好女孩，我不會讓她上當受騙的，我要保護她……」

此時莫德走進來了，貝拉密先生停下了。她的確很美麗，這和她的出身不相稱。儘管我從來不會被美麗的外表所迷惑，可是我仍確信她那清秀可愛、膚色潤澤的面龐會使很多年輕人著迷。圍繞這種女性，總會出現很複雜的事。

她進來對我們說：「我明白他已經死了，我只希望能告訴我真相。」

她父親說：「剛才來了個人和我們說了。」

「這件事與我妹妹沒關係，請不要糾纏她。」他哥哥坐在角落，滿臉怒氣地對我們吼。

「威廉，請閉嘴，和你沒關係。我會處理好這件事的，他肯定是被謀殺的。麥菲遜人很好，一直沒和人結過仇。我一定要查明這件事，替他伸冤。」

斯泰赫斯特向她說了一下詳細情況。這突來的噩耗並沒有使莫德精神恍惚，反而讓她十分鎮定堅強。我認為她肯定在謀劃怎樣查出真相。我非常佩服這位美麗純情，又鎮定堅強的女性。她給我留下了很深的印象。或許她已

清楚了我的身分，她向我說：

「福爾摩斯先生，我希望你趕快查出凶手。無論何時，我都支持你。另一個世界的麥菲遜同樣感謝你。」她說這些話時看了一下她父親和她哥哥，這話好像不僅僅是對我說。

我說：「莫德小姐，你的話我很感動。有這麼好的女孩愛他，麥菲遜真幸福，我很需要你的幫助及合作。」

「麥菲遜先生體格健壯，反應敏銳。他除了心臟不好，其餘的都很好。因此我認為他是不會輕易讓人傷成那樣的，況且時間那麼短。我認為凶手不只一個人，而且具有特別神秘的武器。」

這位小姐很有主見。我說：「我們可以單獨談一下嗎？」

她父親十分生氣地說：「不須再打擾我的女兒了，莫德，你和這件事無關。」

莫德沒理睬她父親，對我說：「我能幫你什麼忙？」

我說：「既然你父親不願意你和我單獨談，那就在這裡說吧，讓大家都來討論，這件事也不是秘密了，從麥菲遜的衣袋中發現了一張字條，希望你解釋一下。這和案子有關。」

她答道：「沒什麼隱瞞的，我能解釋。我們是光明正大的，有婚約的。婚約沒公開，是想到了弗茨羅伊的繼承權。他那個快死的叔叔說，假如不按照他的意願結婚，將取消弗茨羅伊的繼承權。這就是理由。」

貝拉密先生十分憤怒，喊道：「你竟敢私自和那個人訂婚！」

「你不同意我們，和你說了也沒用。」

「門不當，戶不對，他是配不上你的。」

她又拿出一張紙條說：「因此我才不告訴你，其實那紙條很簡單，他約我見面，這就是證明。」

　　親愛的：

　　傍晚老地方見，你一定要來啊！

F・M

「正是今天傍晚。現在也不必了。」

「但紙條是誰替你們傳的？這肯定不是郵寄來的。」

「我不願意告訴你這個。你無須在這裡耗時間，這肯定和此案沒關係。」

我又問了些別的問題，她都詳細回答了，可是對破案基本沒什麼用。按照她說，麥菲遜的人緣很好，沒有敵人。但並不能肯定那些熱烈的追求者對麥菲遜會沒有什麼舉動。

「剛才來的默多克也曾崇拜你嗎？」

從她的臉色變化可知確實如此。

「他曾追求過我。我和弗茨羅伊確立了戀愛關係後，他就退出了。」

這使我更加懷疑這個古怪的人了。斯泰赫斯特和我的觀點一樣。因此當我要秘密搜查怪人房間時，他很主動地接受了這任務。我們總算沒白跑一趟，發現了突破口。

斯泰赫斯特查完怪人的房間，結果很失望。驗屍報告也無法分析清楚死亡的真正原因，我在出事地點又察看了一遍，仍沒有收穫。這真是有勁沒使處，我覺得自己很無能，可是此時麥菲遜的狗又出現了問題。

這是管家通知我的。他愛聽無線電，可以在那裡獲得鄉間的奇怪事。我對這沒興趣，所以不太聽。

「福爾摩斯先生，還有個不幸的消息，麥菲遜的狗死了。」

我本來不想談這種無聊的事，可是狗主人的名字卻使我警覺了。

「究竟是怎麼回事？」

「一隻忠實的狗，跟著主人麥菲遜一起去世了。」

「有準確依據嗎？」

「這還要依據嗎？全知道了。主人的死，使那隻狗非常悲痛。牠不吃不喝，跑到主人死的那個海灘，也死在裡面了。學生們今天早晨知道的。」

「為什麼又是那裡？」我心中疑惑著。由於懷念主人，狗悲痛地死去也不很奇怪，可是怎麼又死在那裡呢？也許狗太想念主人，因此沿著主人的蹤

跡去了海灘。為什麼到了那裡就死了？原因何在？凶手難道連狗也不放過？我一定要去親自看看那隻狗。我馬上去學校找到了斯泰赫斯特先生，對他說了我的來意。他把發現狗的那兩個學生找來，讓我問。

學生們都說：「我們在湖邊發現了牠。」

我又特地看了看那隻狗。牠的眼珠迸出，四肢僵硬，縮成一團，很明顯非常痛苦。

從學校出來，我不由得走向游泳場。我得實地考察一下，或許那裡的環境能刺激我想到一些東西。太陽已經下山，光線很暗。湖面平靜，反射著灰暗的光，一點也看不出不祥的跡象。昏暗中，四周非常寂靜，在麥菲遜曾放毛巾的岩石旁邊有小狗的足跡。我的思緒一片死寂，就像周圍的環境。我真想發現一點我想要知道的東西。這種尋覓是很痛苦的。我一個人在這恐怖的地方，心中的感覺和這地方一樣孤寂。

後來我回家了。我突然想起了記憶深處一直貯存的東西。為了辦案，我學習了各種知識，真是五花八門，應有盡有，儘管都很皮毛，可是對我的工作很有幫助。因為我的知識複雜，也沒頭緒，因此使用時，還真很難想到。我早就有個很大膽的猜測，可是一直沒有找到證據，因此不能成立。問題現在解決了，只要驗證我的猜測就行了。

我一回家便鑽進了閣樓，那裡有我看過的各種圖書。好不容易我才找到了那本書。書中的某一章很清晰地記載了我想要的東西，一個離奇的故事。可是我不確定書中說的和本案的問題是否一樣，得等明天的實驗才能知道。

可是早上有人來拜訪我，便耽擱了我到海濱去的時間。蘇塞克斯郡的巴得爾警官來了。這個人一看就知道是個經驗豐富辦事很老練的人。他來向我請教，他說：

「今天是來請教你的，福爾摩斯先生。我解決不了麥菲遜的這個複雜的案子。」

「是說怎樣處理默多克先生嗎？」

「對。各方面的情況顯示他是最重要的嫌疑人物，這裡人口稀少，很容易確定這一點。明知是他，可是沒有足夠的證據。」

「的確，你不能控告他。」

警官的想法和我以前一樣。默多克很古怪，由於小狗和麥菲遜有一點彆扭，並且他們都愛貝拉密小姐，他和麥菲遜最有衝突，很容易被懷疑。警官說默多克準備離開了。

巴得爾警官因為這件事太傷腦筋了，說：「他這麼可疑，我難道就讓他這樣離開？但我也無權阻止他離開。」

「儘管疑點挺多，可是設想不成立。首先在出事時，他正在講課，在麥菲遜死後，他才從學校那邊來。他自己也不會把麥菲遜傷得那麼厲害，並且時間極短。現場又沒有搏鬥的跡象。麥菲遜可能只等著被打嗎？再說我們也沒發現凶器。」

「不會認為是鞭子吧？」

「我們也沒發現鞭子，因此也不能肯定。」

「你仔細觀察傷口了嗎？」

「對。」

「透過放大鏡，我發現傷口很特殊。」

「哪裡特別呢？」

我拿出張照片說：「這個東西能幫我們弄明白問題。」

「福爾摩斯先生，我佩服你。」

「這是作為偵探必須具備的素質。你認真看看右肩傷痕。有問題嗎？」

「不知道。」

「這傷痕有一個個出血點，深淺不同。這與鞭傷不同。這表示什麼？」

「我不清楚。」

「我也僅是猜測，還得證明。」

警官說：「我有個不成熟的觀點，把一張極細密的燒紅的網扣在身上，每個交叉點就會是出血點。」

「很有想法。我認為也許是上面有很多刺點的多根皮條合在一起的鞭子。」

「你說得對。」

「也許會是其他原因。你現在不能逮捕默多克。臨死時，死者說的話還不明白。」

「福爾摩斯先生，你的想法肯定不同。」

「對，可是現在我仍然不想說出它，有了足夠證據後，我會說的。」

「那需要多長時間呢？」

「用不了多久，或許馬上。」

警官不知道我的想法，用探究的目光看我：「福爾摩斯先生，你想得很複雜。你是懷疑漁船？」

「船與此案無關。」

「是否是討厭麥菲遜的貝拉密父子呢？他們很粗野。」

我說：「你不必猜了，我還得去辦一些事。假如感興趣，你吃完午飯再來……」

沒等我說完，又有了新事端，不過這更加快了破案速度。

我聽見外面有人撞開了門，後來就是跌跌撞撞要摔倒的聲音。是默多克來了，他的模樣非常可怕，臉色鐵青，衣服不整，喘著粗氣，喊著：「白蘭地！白蘭地！」勉強站著的身體再也支撐不住了，便倒在地上。

斯泰赫斯特在他後面，和他同樣狼狽地進來了。

他進門也喊：「快拿白蘭地！他不行了。路上已暈倒了兩次。」

默多克喝了一杯白蘭地，有了精神。他狂亂地扒下衣服。喊道：「救救我吧！什麼都行，快讓我擺脫這難忍受的傷痛吧！啊，上帝！」

我和警官都被他背上的傷驚呆了——和麥菲遜的完全相同，像鞭打的網狀傷痕。

他痛苦的神態和麥菲遜死前的狀況相同——幾乎停止了呼吸，臉色青白，恨不得用兩手挖出心臟來，隨時都有可能死。我們邊給他灌酒，邊用菜油塗傷口。他的痛苦在逐漸變輕。疼痛消失後，他已經非常疲憊，躺在沙發上睡著了。我們都鬆了一口氣，他是死不了。

現在仍然不知到底是怎麼回事。斯泰赫斯特驚恐地問我：「福爾摩斯，怎麼會這樣。我也不能忍受了。」

「在哪裡看見他的？」

「在麥菲遜死的地方。在路上，他有兩次都支撐不住了。幸虧他的身體，特別是心臟比麥菲遜好，否則他也得死。為了救他，我只好讓他來求你幫忙。」

「你看到他在那裡？」

「我先聽見他特別痛苦的狂喊聲。後來我看到他在湖邊站著，都快支撐不住了。我急忙扶住他，為他穿好衣裳就來到了這裡。福爾摩斯，懇求你快點抓住這個殘忍的凶手吧！我都快崩潰了。假如您也沒辦法，我們就沒希望了，我們還能在這裡安居樂業嗎？」

「請不要慌忙。我能解決這問題。現在我就去抓凶手，你們大家和我一起去。」

把病人安排好，我們一起去了恐怖的鹹水湖。我們首先看見了石頭上默多克的毛巾和衣服。後來我繞著湖邊仔細看湖面。他們跟在後面。湖水挺淺，可是峭壁下的水很深，水質清澈，是很好的游泳場所。我在一排巨石上小心看水底，終於我發現了目標。我不由得喊了起來：

「氰水母！快看這可惡的傢伙！」

猛一看，這怪東西真像一團荊麻絞在一起，銀色的帶子從一團毛下伸出。牠正在慢慢地移動笨重的身體，在水底礁石上棲息。

我喊道：「該消滅掉這個害人的傢伙了！」我們三人用力將一塊大石頭推到水中，水面平靜後，我們看見凶手已經被大石頭壓死了，一會兒又濃又油的怪物體液緩慢溢出來了，染了大片水面。

「這東西究竟是什麼？我怎麼一直沒見過呢？當地沒有這種動物。」警官是當地人，他對這東西很好奇。

我說：「肯定不是當地的產物，或許是那次海風吹來的，牠隨著海水來到這鹹水湖。我們去我家喝咖啡，我向你們講一個人的經歷，也就是那讓人終身難忘的痛苦經歷啟發了我。」

我們回了書房，默多克好多了，可是仍然很疼痛，因此照樣不能說話。他忍著疼，介紹了一下情況。實際他也不清楚究竟怎麼了，只覺得渾身疼

痛，後來拼命回到岸上。

「我有本書叫《戶外》，作者是自然學家J.G.伍得。這本書中說他曾經在海上遇見了這種動物，差點兒沒命。他後來詳細記錄經歷，並且說明原因。這種動物有巨毒，一旦讓牠刺了，毒性迅速傳遍全身……

「氰水母，毛絨絨的，像團亂麻，是圓形褐色的可怕螫刺動物。他後來講了在肯特海濱被這種動物刺了後，他的痛苦情形。此動物的纖維能伸很長，人們都無法預防，並且一旦觸著即使是在遠處，也能喪命。

「身體上纏著牠的纖維，人身上就像鞭打的印痕，那都是每條纖維留下的。網點就是纖維交錯形成的。纖維刺向皮下神經，就會形成出血點。

「不僅被刺的部分疼，全身都疼。特別是胸部，心臟跳動一會兒快一會兒慢，失去了常規。

「雖然他僅在遠處接觸這些毒纖維，但也受盡了痛苦。中毒以後，他臉色蒼白，呼吸困難，胸口似乎炸裂。他用了一整瓶白蘭地，總算救了自己一命。所有的痛苦狀態都和麥菲遜一樣。警官先生，死者的死因也就是這些。」

默多克說：「這也證明了我的清白，警官先生和福爾摩斯先生，我仍然不怨你們。你們這樣做是對工作認真負責。假如我沒遭遇這厄運，也許就洗刷不了我的嫌疑了。」

「你說錯了。我昨天就發現了答案。假如警官先生今天早上沒來找我，我早已去了鹹水湖。」

「你是如何知道這種奇怪動物的？」

「由於職業，我愛看些奇聞異事，腦子中全是生僻雜亂的知識。麥菲遜所說的『獅鬃毛』一直縈繞在腦中，我好像在哪裡見過。也許麥菲遜看見了怪物，因此用『獅鬃毛』提醒我們不必去那裡了。」

默多克說：「我要走了，不過在走之前，還要說幾句話。有關我、麥菲遜及莫德小姐三人的關係。我以前喜歡過莫德，她很惹人喜愛。當我知道她愛麥菲遜時，就主動退出了，只希望莫德和麥菲遜幸福。只要她是幸福的，我就會快樂。我為他們傳情書，你們曾經問過她。出事後，我首先通知了莫

德，我怕你們用她受不了的粗暴方式。她不和你們說這些是為了保護我。我說完了，得回學校休息去了。」

斯泰赫斯特主動地說：「等一下，我們一起回去。忘記曾經的不愉快吧，我認為我們能成為好朋友！」他們倆很友好地走了。

警官好像仍然沒有弄清楚所發生的一切，他瞪著眼睛說：「你真神啊！耳聞不如眼見，真是名不虛傳！」

我不喜歡聽這種恭維話。

「毛巾是乾的，我就錯認為麥菲遜沒下過水。假如我早想到他下了水，此案也簡單了。無論如何是我犯了個錯誤，我從前總是拿你們開心，我的笑柄現也掌握在你們手中了。」

房客的真面目

　　我有許多資料，全是福爾摩斯這些年所辦過的案子。因此我要和朋友們介紹有關他所辦的案件，是很容易的事。從那按年次編排的一排排卷宗中隨便抽一卷都會特別吸引讀者，另外，也可以使準備研究這個時期政界社會醜聞的人感興趣。對那些特別小心地寫信讓我們替他保守這種或那種秘密的人，他們最怕這些東西。請放心吧，福爾摩斯先生不僅有高超的辦案能力，另外也有嚴謹負責的精神及高尚的品德。我也不亂講話。可是有些人怕暴露他們的醜態，甚至想毀掉記錄，這確實讓人生氣。我和福爾摩斯鄭重警告那些人，假如再有同樣的事發生，我們不會容忍，那就不要怨我們說出你們的醜態；希望你們三思而後行，不然後果自負；請記住，即使毀了記錄也不能毀了我們的記憶。

　　福爾摩斯不是神，有很多問題也不能靠敏銳的觀察力及超人的推斷力來解決。他也得以客觀事實為依據。福爾摩斯搜尋這些時，有時候可以獲得，有時候費盡了周折也不行。有些奇妙的案件在許多年沒結論的情況下會突然真相大白，不需要我們的大偵探費盡腦筋，以下這個案子就是這樣。

　　一天上午，我收到福爾摩斯的一張字條，讓我過去。我看見他在煙霧籠罩的房裡坐著，肯定抽了很多菸，因為當有問題時，他總是用煙霧將自己封閉。旁邊還有位婦女，年紀稍大，長得很富態，她肯定是來提供問題的。

　　福爾摩斯對我說：「我向你介紹一下，這是麥利勒太太，她住在南布里科茲頓區，她講了一件奇怪的事情。你聽一下，也許我需要你幫忙。華生，你可以大膽地過菸癮，麥利勒太太不介意。」

「那就請講吧！」

「麥利勒太太，我不久就去見郎德爾夫人。請你轉告她，我要帶一個人去，她願意嗎？」

太太說：「怎樣都行。我認為你帶誰她都願意，她想趕快見見你。」

「那今天下午吧！麥利勒太太，你再給我們講一下情況吧！華生還不瞭解情況，我順便檢查一下記憶力。你說郎德爾夫人經常戴面紗，你很多年都沒見過她的真面目，只是無意中見過一次。」

麥利勒太太說：「真希望一次也沒見過。」

「她的臉特別嚇人嗎？」

「完全能嚇死人。福爾摩斯先生，不知她有過什麼劫難。送牛奶的人不經意見了她的臉，扔了牛奶桶嚇跑了，以為大白天碰見了魔鬼。我那次也是無意中看到了她的臉，差點嚇暈了。戴好面紗後，她對我說：『對不起，麥利勒太太。你現在知道我為什麼總戴面紗了吧！』」

「為什麼她是這樣呢？」

「我也不清楚。儘管她這幾年住我的房子，可是我們不常來往。」

「剛來時，她沒給你看過任何證明嗎？」

「沒有。福爾摩斯，請諒解。我明白，按規定應該如此。可是她很有錢，什麼也沒說就預交了一季度的房錢，很難碰到如此大方的房客。我靠房租生活，因此不願意拒絕如此富有的雇主，就留下了她。據我所知，自從她搬來，一直都沒什麼越軌的行為。」

「她如此肯出價是很容易租房子的。但為什麼就選中了你呢？」

「我的房子非常僻靜，離鬧市遠。只有我自己，家中非常清靜，並且我只收一個房客。她又喜歡獨處，因此就出高價來租。」

「這女人真奇特，怪不得你要找我。我一定要弄明白。」

「我對這個問題不很關心。只要她準時付錢，我不想知道她的秘密。」

「可是為什麼你來找我呢？」

「她快活不下去了，馬上要精神崩潰了，她的秘密將她壓得快喘不過氣了。半夜裡總是喊：『救命，救命！』『你是個魔鬼！』我每次聽到這些都

特別害怕。她可能是夢見使她臉部受傷的悲慘遭遇卻不能解脫。我讓她去找牧師或警察幫忙。她搖頭說：『找牧師也不能挽救我的臉，我更不想讓警察知道這件事。我不知道該向誰傾訴。』我建議她說：『你能找大名鼎鼎的福爾摩斯偵探。他很善良，願意幫受害者。假如你一定要說出心中的秘密，可以找他。』她聽了我的話像找到了救世主一樣，硬讓我來找您，以前她不知道您。她叫我轉告您，說她是馬戲團郎德爾的夫人，並且給了我阿巴斯‧巴爾哇這個陌生的地名。她說聽了這些你肯定會去見她。因此我來找您了，不知您的意思如何？」

福爾摩斯說：「我當然要去，她要講的事實十分重要。麥利勒太太，請先回吧！我和華生商量一下，我們下午三點去。」

有了我們的回答，房東太太很滿意地走了。我的朋友卻一直在書架上的許多案情記錄中翻找。他要查的這個案子似乎年代很長，他找了很長時間。只見他不停地點頭，手也翻著紙頁，好像找到了。他坐在地板上，把書放在腿上，身旁也滿是書，能看出他太高興了。

「華生，你記得阿巴斯‧巴爾哇的慘劇嗎？我那時就懷疑此案，可是我卻沒辦法。我對此案無能為力，但現在卻要揭示底細了。」

「不記得了。」

「那時，我們一起去的。此案最終沒能解決，並且沒有直接調查此案，因此印象也不是很深。」

「請幫我回憶一下。」

「行。郎德爾挺出名，他經營了一個大規模的馬戲團，並憑藉自己的實力擊敗了很強的兩個競爭對手——沃姆韋爾和桑格，當時他們都是很有名氣的馬戲團。可是他死時，他已變成了個酒鬼，馬戲團一天不如一天。在伯克郡的小村子阿巴斯‧巴爾哇宿夜的那天，他們是要去溫布林頓演出的，因此他們在這個小村沒表演節目。

「馬戲團中有一隻非洲獅子撒哈拉王，牠雄壯威武，表演節目震撼人心，人獅共在籠內是郎德爾夫婦的拿手好戲。看過他們表演的人都驚嘆他們的勇氣及膽量。這是他們演出的一張照片，郎德爾笨重遲鈍，簡直像個木

桶，可是他的妻子卻風姿迷人。警察說，獅子是猛獸，牠露凶相以前是有徵兆的，可是他們夫妻卻太過自信，而忘了獅子並不是一直都很溫馴的。我認為這只是沒根據的猜測，沒有人見過當時的情形。當事人一個死了，另一個受到驚嚇和摧殘也不能作證。

「他們倆總是在晚上餵獅子，這項任務從來不交給別人。他們以為這樣能和獅子的關係更親密，對表演有利，也對他們的安全有利。有時候一個人去，有時候一起去。他們一起去的那天出事了。沒有人知道在那裡發生了什麼變化，只好猜測著來解釋。我認為這些解釋都不合理，但我卻找不到更合理的解釋。

「半夜，獅子的吼聲和女人的慘叫聲驚醒了馬戲團所有的人。大家都知道不幸的事發生了。當人們從帳篷跑出來，拿著火把到了出事的地方時，大家都驚呆了。郎德爾的後腦勺被獅子拍了一爪，陷下去了，爪印仍能看見，他倒下了。他距離籠子十幾公尺遠，很明顯他逃跑過，可是依然被獅子追上了。他的妻子在獅籠門外仰臥著，獅子騎在她身上，她的臉已經面目全非，被獅子扯得認不出來了。小丑格里格斯與大力士雷奧納多都和大家一起將獅子趕回籠裡。牠如何出來的，現在也無法解釋。人們認為也許是他們正要開門進去時，獅子便衝出來撲倒了他們。可是我懷疑的是：將郎德爾太太抬回帳篷時，她昏迷中高喊：『膽小鬼，你是個懦夫！』不知罵的是誰。她受到過分驚嚇以至於半年後才恢復正常。可是一切都晚了，檢查屍體也沒發現異常，所以就按事故性死亡處理了。這件事就這樣不了了之。」

「難道有疑點嗎？」

「確實有疑點。艾德蒙是伯克郡警察局的一個年輕警官，他很聰明，提出了幾個問題。我們是朋友，因此我才插手了此案，我們的想法相同。」

「他又高又瘦吧？」

「是的。看來你想起一些事了。」

「他以為得考慮哪些地方？」

「儘管我們不清楚詳細情況，但是也可以按照常理推論一下。如果獅子是為了逃跑才出籠，看見郎德爾，牠就撲過來，郎德爾扭頭就跑，獅子一下

拍了他的後腦勺。可是獅子這時候為什麼不趕快逃，卻返回來進攻郎德爾太太呢？獅子完全能吃了郎德爾，看來牠是不想吃人。獅子為什麼撲倒她要撕她的臉呢？被抬回後，她一直叫喊著埋怨丈夫沒保護她。可是她看見獅子是先打死她丈夫的啊，叫喊又有何用？」

「你說得很對。」

「在那天也有人聽見在獅子的吼叫聲和女人的慘叫聲中還有一個男人的聲音。」

「是郎德爾嗎？」

「或許是。如果獅子一出籠就把郎德爾拍死，應該不可能有他的叫聲，可是有人確實聽到了男人的聲音。」

「可能是後來的喊聲。因為出事了，全營地的人都大聲叫喊著，也分不清是從哪裡傳來的聲音。關於其他的，我有點想法。」

「說一說。」

「他們一同走近籠子，獅子竄出來撲向他們。女人想鑽入籠中，這樣最安全。但她剛到門口，獅子就摁倒了她。她的丈夫扭頭就逃卻被獅子追上並打死。她怨她丈夫關鍵時膽子小。假如他們齊心協力，或許能制伏獅子。」

「華生，想得很好！可是我想提問一下。」

「說吧！」

「假如兩人都沒到籠子跟前，獅子是怎麼出來的？」

「有人預謀。」

「獅子和夫妻倆長期相處已經有一定的感情，可是這次為何不顧一切地要將他們殺死呢？」

「有人曾經激怒了獅子，使牠不分敵友。」

福爾摩斯想了一會兒，可能是認為我的話很有道理。

「華生，你這一點解釋是正確的。郎德爾性格暴躁，特別是喝完酒後便亂發脾氣，經常拳打腳踢馬戲團的演員。這種人一定惹怒了很多人，可能是這些人找機會報復。夜裡郎德爾太太喊魔鬼，可能就是郎德爾。他對妻子也不好。行了，我們不必浪費時間猜測了。廚房裡有些美食，我們先吃飽再工

作吧！」

我們不一會兒就坐著馬車來到了麥利勒太太家門口，這裡確實非常僻靜。她正在門口等著我們。她邊上樓邊對我們說，絕不能問太刺激她的話，小心惹惱她。麥利勒太太顯然不想失去這樣的房客。沿著鋪地毯的樓梯，我們去了郎德爾夫人的房間。

這房間陰暗、潮濕，通風條件也不好，和女主人的性情挺像，經常在這種房間也不知會有什麼感覺？這女人真不幸，遭受過那樣的不幸後又來這裡品嘗孤獨了。她在沙發上坐著，雖然光線很暗，看不太清楚，但還是能看出她比照片上胖多了，當年那迷人的風姿也依稀尚存，年輕時肯定非常讓人著迷。她的大半個臉用一層厚厚的面紗遮著，只有小巧的嘴和微翹的下巴露了出來。她的聲音也很有吸引力。

她說：「福爾摩斯先生，我想你也清楚我的遭遇，很感謝你能來。」

「我肯定來。我們也沒見過面，我也沒辦過此案，你如何清楚我知道這個案子呢？」

「我是從艾德蒙警察那裡知道的。他說你是一個很好的偵探且對此案有興趣。我什麼也沒和他說，這也許是我的錯。」

「的確不正確。說真話才是明智的，不過你撒謊可能有你的道理。」

「你說得很對。因為這關係到一個人的性命。我曾經是那麼熱愛他，他也熱愛我，可是現在他一文不值。從那次以後，我就開始恨他。雖然如此，我仍然不敢說出這件事。我多矛盾啊，沉默了這許多年。」

「你現在敢說真相了？」

「我現在沒了顧慮，也就不是敢不敢的問題了。他已經死了，我不想由於我的死而使這件事永遠不清楚，因此我把秘密告訴你。」

「你應該向警察說明情況，而不是找我。」

「一向官方公布，我就會成為大家討論的焦點，這種打擊我承受不了。人們怎麼說我呢？我活不了多長時間了，想悄悄離開這個世界。我不和警察說也不是為了逃避法律的制裁。我今天找你，就是因為聽說你很嚴謹負責，但願你明白真相後，能為我保密。」

「多謝你的信任。假如你沒有觸犯法律，我絕對不說；假如你曾經觸犯法律，就不能確定我是否要去跟警方反映。」

「這些年，我從報紙中看到很多關於你的事情，知道你的人品。我唯一能做的事情，也是唯一瞭解世界的途徑是閱讀。不論你聽完我的悲慘身世後無論如何看待我，我都得說。這樣可能良心會好受一些。可是，福爾摩斯先生，我知道你很有同情心。」

「夫人，請放心說吧！我們會認真聽的。」

婦人從抽屜裡取出一張照片。照片上的男人非常健壯，胳膊上、胸脯上都有發達的肌肉。他挺著肚子，兩手交叉著放在胸前，笑得非常自得。這男人對異性的吸引力很大。「他是雷奧納多都。」

「是那個大力士嗎？」

「對，再看一看我丈夫的這張照片。」

這張臉人們一看就會有種厭惡感。滿臉橫肉，大嘴巴，小眼睛，簡直就像一頭蠢而凶悍的野豬。儘管他不做壞事，大家都能想到他全身所潛在的巨大破壞力。和這種野蠻人在一起生活，確實讓人害怕。

「這兩個男人對我的一生有巨大的影響。我從小在馬戲團長大，是個很窮的孩子。為了吃喝我十歲時就表演高難度的節目。我那時還小，不懂得愛情時就被郎德爾霸佔了。後來我被迫嫁給了他。我的苦日子也就開始了，他只要稍微有點不開心就拿我出氣，把我打得渾身是傷。他在外面找女人鬼混，也不准我有不滿的意思。馬戲團的人都知道這一切，可是誰都不敢說話。因為他是個魔鬼，人人都怕他。喝了酒以後他更是無法無天，像一個殺人犯到處亂發洩。由於酗酒鬧事，他曾多次被傳訊，可是他的錢很多，大家都沒辦法。馬戲團的人大概全讓他得罪了，許多人受不了便走了，馬戲團一天天衰敗下來。最後只剩下我、小丑格里格斯、雷奧納多都維持整個局面。格里格斯最可憐，他沒有依靠，總被別人欺侮。可是他依然無怨無悔地盡力做事。

「雷奧納多都後來闖入了我的生活。他同情我，關心我，幫助我。我逐漸開始喜歡他了，最後我們相愛了。儘管現在我知道他很懦弱，可是那時他

很強大，對我又很溫柔體貼。那時我心目中的他是高大而神聖的。我丈夫知道了我們的感情，可是他不敢和雷奧納多都正面反抗，他沒有雷奧納多都厲害，甚至畏懼他。可是他也不會甘心。他非常殘忍，用更殘酷的方式來折磨我。有一天半夜，我的淒慘叫聲驚醒了雷奧納多都，他便來了。他們倆打起來了，我丈夫沒打過雷奧納多都。雷奧納多都很憤怒，差點打死我丈夫。後來我們都知道不能再這樣了。殺死郎德爾，我們便不用再受罪了。我實在無法忍受他的虐待了。

「因此我們密謀殺了他。雷奧納多都想了個幾乎沒人能想到的高明方法。他在一根棒子的一頭釘了五個鋼釘，釘尖向外，像獅子爪一樣排列著。拿棒子打死郎德爾後，再放出獅子，造成他是被獅子殺死的假象。因此，我們在一天夜裡行動了。

「那夜，四周特別黑，我和我丈夫照樣去餵獅子了。雷奧納多都藏在了我們必須路過的路上。他在帳篷拐角處躺著，我們經過時，他便偷偷跟上了。我走在前面，我的丈夫在後面。一聲沉悶的響聲後，我的丈夫便倒下去了。我又高興又緊張，趕快將獅籠門打開了。

「後來沒想到發生了意料外的事。野獸對人血味特別敏感，這刺激了牠的獸性。獅子聞見人血味後，便特別興奮。打開籠門，牠便撲向我。雷奧納多都那麼強壯結實，手中又有武器，我本以為他能來救我，但他卻是個膽小鬼，被嚇得大聲叫喊著就逃跑了。我盡力和獅子搏鬥，可是根本沒用。牠腥臭的大口挨著我的臉，牙齒咬著我的臉。我當時嚇得都不覺得疼痛了，只是尖叫著。我的叫聲把馬戲團的人驚動了，他們包括雷奧納多都、格里格斯在內，將我從獅子口中救下。後來我就不知道了，案子結完後我才清醒。郎德爾的死了結了我的一個心願，可是我為活著的那個男人而悲傷。當我照鏡子時，差點兒崩潰了。這可能是上帝懲罰我。死了或許更好，可是上帝不讓我死，讓我在人間繼續承受更大的痛苦。我用盡了全部感情卻一無所有，我的心如一潭死水。我就想找一個沒有人能發現我的地方隱居起來，也不讓任何人看見這張可怕的臉，慢慢地了結我沒有一點意義的殘生。」

這個女人的不幸深深地震撼了我們。大家都沉默了好久，每個人的心頭

都圍繞著這不幸。福爾摩斯拍了拍她的手，顯出他幾乎沒有過的同情。他此時可能不知道該怎樣去安慰她。

他說：「可憐的人！命運對你太無情了，讓你歷盡磨難。但雷奧納多都去什麼地方了？他就再也不關心你了嗎？」

她說：「沒必要了。我不想再見他了，對他只有鄙視和仇恨。他不配愛我，可是我又下不了狠心讓警方抓他。在我心靈深處可能還惦記著他，儘管在最危險時他離開了我，可是他畢竟曾經愛過我，給過我一絲溫暖，因此我讓他留了條活命。假如他有罪是會被上帝懲罰的。我一直就等著他受到懲罰。我已無所謂，我的靈魂實際早就枯萎了，就剩下個軀殼來呼吸。」

「他受到懲罰了嗎？」

「報紙上報導說上個月他游泳時被淹死了。」

「他最後是如何處理凶器的？這是你們計畫能否成功的最根本原因。」

「福爾摩斯先生，我不清楚。後來，我沒和他說過一句話。村邊礦坑下有個很深的水潭。也許他扔到那裡了，好像他曾經和我提到過。」

「但也沒必要再找那東西了。已結案了，我們為何還追究它呢？」

女人說：「對，早已結案了。」

話已經說完，我們也不必在這裡久留了。我們要走時，福爾摩斯感覺到這女人話中有話。因此又對她說：「上帝給予了我們寶貴的生命。無論痛苦還是幸福，我們都要好好珍惜，沒權了結生命。」

「我的生命即使對自己也沒有任何意義了。」

「你不應該悲觀，你非常堅強，經過了很多不平之後依然堅強地活著。很多生活幸福又覺得無聊的人都應該向你學習。」

那女人沒說話。她扯掉面紗，露出了恐怖的臉。

她說：「你覺得這樣好嗎？」

那已不像是臉，只有轉動著的兩隻眼珠才顯示出這是一張臉，她悲哀絕望的眼神更叫人受不了。福爾摩斯被深深地打動了，他舉起手做了個手勢表示惋惜。然後，我們就離開了。

我有一天去見福爾摩斯。他很高興，讓我看桌上的小瓶。從標籤上知道

是毒藥。由於職業的敏感度，我打開蓋聞了一下說：「氫氰酸？」

　　「正是。是郵寄來的，附的字條上寫著：『我把這個一再想用的東西寄給你，我聽從你的勸導。』華生，我們可以猜出寄東西的不屈的女士的名字。」

破教堂地下室

夏洛克・福爾摩斯很久也不和我說話，我只好坐在沙發上想自己的事。他彎著腰，正用低倍顯微鏡觀看東西。他一工作就這樣，忘了自己和別人的存在。一會兒，他很滿意地對我說：「華生，我確定這東西肯定是膠，我用了很長時間才確定的。你來看一看。」

我走到顯微鏡前。

「這是從嫌疑人的花呢上衣上面取下的東西，按照我的觀察和推測，那灰的是灰塵，左邊是皮屑，中央褐色粉狀物是膠，這對破案特別關鍵。」

我說：「大概就是膠吧，但這關鍵作用是什麼呢？」

他說：「不要看不起這證據，它有時可以決定案子的結局。還記得有一個案子裡我們那時在現場發現了一個帽子，肯定是凶手留下的，但嫌疑人卻不承認。我們最後在帽子上看見了膠這個重要證據，他是個畫框商人，經常用膠。他最後只好認罪。」

「你自己辦理此案？」

「是梅里維爾警官找我幫忙破此案的。偵破過程中，我也用顯微鏡，看見被控人衣服縫裡有銅屑和鋅，因此確定他製造偽幣。顯微鏡已經成為我破案的重要工具。」說到這裡，他看了一下錶，一定是在等人。「我正在等新主顧，但是為什麼姍姍來遲呢？華生，你喜歡賽馬吧？」

「對，我對這很在行。這方面花了我的所有受傷撫恤金，那段時間特別刺激。」

「既然如此，這個案子就要你大力支援了。我對賽馬一點不懂，但這個

案子卻涉及到這方面。你知道羅伯特・諾伯頓嗎？」

「當然，他十分出色。他在肖斯科姆別墅住著，我在那裡也住過一陣子，因此和他有過來往。警方十分擔心他。」

「那是什麼原因？」

「他是個放債人，因為特別小的一件事和薩姆・布魯爾打了起來。這是曾經發生在科爾曾街的事，他差點打死布魯爾，所以警方覺得必須特別注意他。」

「他這麼暴躁？為此等瑣事，害人又害己？」

「對，他就是這樣沒有一點顧忌，絕不去考慮事情的結果，因此很危險。此外，他也是有名的騎師，獲得過利物浦障礙賽亞軍。他與周圍環境極不相配。他吃喝玩樂全具備，假如是以前，肯定是一個花花公子。」

「原來你如此瞭解他。華生，太好了。你這麼一說，我對他也有所瞭解了，這對此案很有價值。你說你在肖斯科姆別墅曾經住過一陣子，你說一下別墅的情況吧！」

「我不太清楚，只知道它在肖斯科姆公園中心，和著名的肖斯科姆種馬飼養場及訓練場相鄰。那裡的空氣很好，環境優雅。」

「訓練場的教練官約翰・馬森向我們介紹了一下情況。這是他的信，信的內容真難理解。我們繼續說肖斯科姆吧，我對這些有興趣。」

「美國最高級的肖斯科姆長毛垂耳狗就出產在那裡，是市場上最受歡迎的搶手貨，肖斯科姆的女主人為此感到很自豪。」

「女主人就是羅伯特・諾伯頓夫人嗎？」

「他沒結婚。他這樣的人只能過單身生活，誰能忍受得了他的生活方式？他的姐姐特麗斯・福爾德夫人和他生活在一起。」

「你是說他姐姐住在他家？」

「不是，這是他姐姐前夫留下的別墅，諾伯頓只是寄住。現在福爾德夫人在世時，她擁有產業的全部收入。等她去世後，她丈夫的弟弟將擁有房產，福爾德夫人就靠這些產業維持生活。」

「這個收入很可觀，夠羅伯特用了吧！」

「還可以吧！他做任何事都不考慮別人，花錢更一樣。雖然他姐姐不喜歡他的各種行為，但對他仍然挺好。你問這麼多，別墅難道出事了？」

「對，問題還挺大。等馬森先生來了就知道具體情況了。」

正說著，馬森先生來了，他面無表情，又高又瘦，一看就讓人覺得害怕，從這一點就可知道他從事何種職業。他很有禮貌地和我們打過招呼，就坐下了。

「福爾摩斯先生，對不起，我遲到了。你看了我的信了？」

「對，不只看並且認真考慮了，可是你在信中只講了事實。」

「對，因為這件事複雜，加上周圍的情況，因此許多問題當面談比較方便。」

「那麼，現在你可以說了。」

「恕我直言，福爾摩斯先生。我認為我們主人諾伯頓先生精神不正常。」

福爾摩斯說：「這件事很嚴肅，請你說話注意一點，你對你的任何一句話都必須負責，請提出證據。」

「我從來不亂說話，特別是關於主人的話。可是我這些日子的確發現諾伯頓行為不正常，脾氣也古怪，可能是肖斯科姆王子和賽馬大會把他弄緊張了。到底什麼原因我還不確定，可是他真是瘋了。」

「你馴的小馬是肖斯科姆王子嗎？」

「對，一匹舉世無雙的特別馬。這我很有把握，福爾摩斯先生，老實說，這次賽馬大會對羅伯特爵士特別重要。應該是只許成功不能失敗。他已破釜沉舟了，他將他所能得到的錢都賭在了這匹馬上，而且賭注比值特別懸殊，是一比一百。假如他輸了，他恐怕連性命搭上去都不夠。因為你值得相信，我才和你說這些話的。」

福爾摩斯說：「我肯定嚴守秘密。請放心吧！」

「羅伯特爵士也盡量保密。他差不多瞞了所有的人。他平時總是騎著王子的同父異母兄弟去炫耀。兩匹馬表面上一樣，但是一開跑，你就知道王子的速度實在無法想像。羅伯特爵士特別寵愛這匹馬，他在賽馬這件事上幾乎

傾注了所有精力。假如王子不成功，他也只有去死。」

「這賭注也太瘋狂了吧，不過和他的性格挺像的。可是這就能表示他瘋了嗎？」

「你見了他，就知道他現在的精神狀況了，便會相信我的話了。為了和王子在一起，他整天都在馬圈裡，甚至晚上也不睡覺。大腦能受得了這樣嗎？他都快崩潰了。並且他和特麗斯夫人的關係也明顯地變了。」

「我對這件事很感興趣。」

「他們以前一直處得很好，都喜歡馬。特麗斯夫人對王子的喜愛比羅伯特爵士更甚，她每天都乘車來看心愛的王子，此時王子也特別高興，每次都從馬圈走出來問候夫人，並接受夫人贈的一塊糖。最後，特麗斯夫人才戀戀不捨地離開。但現在這些都不存在了。」

「原因呢？」

「她一下子對馬失去了興趣，即使對王子也是這樣。她好多天路過馬圈時，既不搭理王子，也不和羅伯特爵士打招呼。」

「他們有衝突了？」

「我認為衝突挺大的。假如不是這樣，羅伯特爵士為什麼如此恨她呢？並把她姐姐最心愛的小狗也送給了三英里外的青裕旅店老闆老巴恩斯。」

「這值得懷疑。」

「特麗斯夫人整天待在家裡，她一直有心臟病，身體浮腫，幾乎不去外面活動。他們關係好時，羅伯特每天夜裡都會去陪她聊一會兒，可是他好長時間都沒去了，兩個人似乎不認識。因為兩人關係的惡化，特麗斯夫人也非常傷心，喝酒簡直成了狂喝濫飲。」

「她以前曾喝過酒嗎？」

「有時候喝一點，可是現在一個晚上喝一瓶，太嚇人了。全部亂成一團了，福爾摩斯先生，半夜裡主人還要去老教堂的地穴，他去那裡會見誰呢？去那種神秘隱蔽的地方能幹光明正大的事嗎？」

聽到這裡，福爾摩斯更有興趣了。

「馬森先生，接著說，你講得有道理，我對你的話更有興趣了。」

「管家第一天晚上十二點見他冒雨去了，為了證實一下，打算第二天晚上跟蹤他。結果他第二天晚上真的去那裡了，管家在後面跟著，不敢離得太近。假如讓他知道了，會打死他的。我們全怕他，可是我們依然緊盯著他，他去那裡究竟要幹什麼？那裡可是常鬧鬼，怎麼會有人在那裡等他？」

「這地穴到底在哪裡？」

「花園的一個破教堂，好幾年沒修，早就不能用了。它下面有個經常鬧鬼的陰森恐怖的地方，人們在白天也不敢去，更別說晚上了。可是羅伯特爵士什麼都不怕，他來這種特殊地方會做什麼呢？」

福爾摩斯打斷了他說：「請停一下，你說那裡有人等他？你們認識這個人嗎？看清楚他的臉沒有？聽到聲音也可以。」

「我們不認識這個人，也一直沒見過他。」

「你為何這麼確定呢？」

「福爾摩斯先生，我看到了他的臉。我與管家第二天晚上跟著他來到地穴。我們正蹲在樹叢中害怕得直抖，羅伯特從我們身邊走了過去。如果他發現了我們，那後果不堪設想。那天月光很好，所以感覺更危險，幸虧他沒發現我們。後來又來了一個人，他和羅伯特一家有關。我們從樹叢中出來，特別鎮定地跟著他，並且說：『朋友，你好！去哪裡呀？』他聽見這話撒腿就跑。因為這裡本來就常鬧鬼，他認為這次真見鬼了。因此他尖叫了一聲，就不見人影了。這樣他的身分及這次行蹤的目的，我們也就無法知道了。」

「你確實看清了他的臉？」

「對，那晚的月光很明朗。皮膚非常黃，面容比較瘦，像個下等人。這種人和羅伯特爵士碰面能幹什麼呢？他們簡直是兩個世界的人。」

福爾摩斯在沙發上沉默了很長時間。

「特麗斯夫人經常是誰服侍的？」突然他問了一個和此事無關的問題。

「夫人的貼身侍女卡里・埃文斯，整整侍候了夫人五年。」

「時間很長了，應該是對夫人很忠心吧？」

馬森猶豫了一會兒，說：「怎麼說呢？很難說她究竟替誰效力。」

福爾摩斯說：「是這樣？」

「原諒我不能說明。」

「我理解，馬森先生。按照你和華生所說的關於羅伯特的情況來看，他有追求任何女人的權利。這是很顯然的。你不說，我也清楚。或許因為這件事，他們姐弟倆才鬧彆扭。」

「我也不確定。不過剛才對羅伯特的評價，你倒是說對了。他的一些事人們都知道了。」

「通常最應該知道這件事的人卻是最後才能知道。特麗斯夫人知道了他們的關係後，非常氣憤，一定要趕走這個侍女。可是羅伯特爵士怎麼也不同意，因此兩人便有了衝突，互不理睬，一個將對方心愛的狗送人；另一個整天在屋裡喝悶酒。這就是合理的解釋。」

「對，挺合理。」

「假如就這些事，那就很簡單。但羅伯特爵士去恐怖的地穴的原因是什麼呢？」

「福爾摩斯先生，除此之外，我還有一些問題不明白。為什麼羅伯特爵士非要挖一具死屍呢？」

福爾摩斯聽見這件事非常震驚。

「我們剛知道了這個秘密。羅伯特爵士昨天出去了，我和管家藉機到地穴看了看，想進一步弄清真相。在角落中，我們看見了一堆人骨。」

「你為什麼不報警？」

馬森先生特別冷漠。

「這有什麼用呢？這具死屍早就乾枯了，如果是被害的，那也是很長時間的事了，警察也不關心這件事。可是我確定這些屍骨原來不在那裡放著，它肯定是在另一個角落用棺材盛著的。」

「你後來如何處理了？」

「我們一下也沒動。」

「很好。羅伯特爵士現在回來了嗎？」

「沒特殊情況就回來了。」

「小狗是何時被送人的？」

「上個星期。羅伯特爵士那天心情特別不好，剛發完脾氣，可是小狗不識相地一直叫。羅伯特實在忍不住了，就抓起狗讓下人送給了老巴恩斯，並且說再也不要這隻狗了。」

福爾摩斯又開始抽菸了，用煙霧圍繞著自己。

「馬森先生，你說了這麼多，到底想怎樣處理這件事？我能為你做什麼呢？」

「福爾摩斯先生，你看，這裡還有一樣東西。」馬森取出一個紙包，裡面包著的是一根燒焦的骨頭，福爾摩斯立刻開始查看。

「哪裡找到的？」

「鍋爐裡。特麗斯夫人房間地下室中有個取暖的鍋爐，很多年沒用了，最近，羅伯特爵士說冷，因此又開始用了。我的同伴萊佛是燒鍋爐的，掏灰時，他看見了，並且包給我了。」

福爾摩斯將骨頭遞給我說：「你辨認一下，華生。」

儘管骨頭已經燒焦，仍然可以認得出來。

我說：「這骨頭是人腿上的。」

福爾摩斯說：「很好！通常萊佛何時去燒鍋爐？」

「他這個人不很負責任，爐子燒起來他便走了。」

「就是說，晚上誰都能去那裡而不被知道嗎？」

「也能這樣說。」

「怎樣進去呢？」

「只能由外面的門，裡面當然還有個通往特麗斯夫人房間的門。」

「馬森先生，這就奇怪了。羅伯特爵士昨晚不在家。燒骨頭的一定不是他，而是別人。」

馬森先生點點頭。顯然他同意福爾摩斯先生的話。

「羅伯特將狗送到哪裡了？」

「青裕旅店。」

福爾摩斯馬上說：「華生，據說那裡是有名的釣魚地點，河裡有鱒魚，湖裡有狗魚。我早就想去了，就是沒時間。」

馬森先生實在不瞭解福爾摩斯的這些話，不知道他到底要幹什麼。可能是讓這些日子裡的奇怪事弄糊塗了，也不知道我們到底要幹什麼。

我說：「我絕對願意和你一起去。」

「太棒了。我們今晚就到那裡欣賞夜景。你別去打擾我們，馬森先生，假如有急事，送一張字條就行了。我們到那裡去瞭解一些情況，需要你的時候會和你聯繫。回來後，我給你一個明確的答覆。」

稍微準備了一下，我們找了個很適合觀夜景的車去了肖斯科姆。我們帶著魚餌、魚竿、魚筐等一類捕魚用具，很顯然要在這裡大幹一場。來到那個古老的旅店，店主人老巴恩斯很熱情地接待了我們。他很老實，以為我們真是釣魚愛好者，告訴我們怎樣才能釣到滿意的魚，我們正想這樣。

福爾摩斯說：「老闆，我想問一下，如何才能釣到狗魚？」

老闆說：「別想好事了，你還想釣那種魚？沒到湖邊，羅伯特爵士就會抓起你。」

「有那麼嚴重嗎？」

「當然了。羅伯特爵士應該說是六親不認的暴君。你在他的訓練場動他心愛的狗魚，他會放了你嗎？你大概還沒見過他的厲害，我們這裡的人都怕他。」

「噢？我就知道他是有名的騎師。據說，近來他有一匹好馬打算參加馬賽，是真的嗎？」

「當然了。羅伯特押了他的全部錢，我們也押了自己的錢。那匹馬的確很出色，我們都指望牠。你們要幹什麼？」老闆一下警覺起來了，擔心我們是馬探子。

「請別緊張，我們只是隨便問一下。我們對賽馬無興趣，就想呼吸一下新鮮空氣，多釣一些魚。」

「這很容易滿足。你們能在這裡盡情地享受大自然。不過你們必須記住我的話，別去公園，別冒犯羅伯特爵士，不然有你們受的。」

「老闆，感謝你的忠告。沒想到，你這裡還有一隻漂亮的狗。」福爾摩斯看見了門口的那隻狗。店主人很得意地說：「牠很珍貴，是純正的肖斯科

姆種，是英國一流的狗。」

「我對狗很有興趣。這隻狗多少錢？你能否賣給我呢？」

「這隻狗不是我的，我沒權利賣。羅伯特爵士送我的，我不清楚他有何意思。無論如何，我得仔細照看牠。假如牠跑回去，羅伯特會斥責我的。」

說完，店主人就忙他的去了。

福爾摩斯和我說：「我們現在終於有點眉目了。儘管我仍然不能確定什麼，可是總算有了一點線索。我知道羅伯特還沒回來，我們趁這時去一次他那裡，我估計沒危險，沒必要擔心他來找麻煩。我得親自去證實兩個疑點。」

「你看出一些什麼了嗎？」

「華生，必須肯定一點。這個家前幾天一定發生一件大事，所以有許多變化。到底是什麼事還沒確定，這就是我想知道的，這樣就可以解決一切問題了。我相信能解決這個問題，那些沒有一點問題的案子最愁人。

「弟弟和姐姐反目成仇，姐姐把弟弟當作陌生人，弟弟將姐姐心愛的狗送人。華生，你不覺得很奇怪嗎？」

「我什麼也看不出。」

「假如他們真的爭吵了，夫人的變化也太大了！除了坐馬車出去轉一圈，然後就一直待在家裡，除了貼身女僕，她再也不見任何人。」

「可是羅伯特到地穴幹什麼？」

「這兩件事是同時發展的，別混到一起。我們現在只說關於特麗斯夫人的事，你不覺得她的變化太大了嗎？」

「這有原因。」

「我們現在來考慮一下羅伯特的行為。羅伯特在這次賽馬上押了全部賭注，甚至利用高利貸，他的處境特別危險。假如破產了，債主來要錢，他又捨不得王子，只有打他姐姐的主意。他這個人想做什麼就做什麼，什麼事都可能做得出來，他姐姐的女僕也有可能和他合作。」

「還有地穴。」

「對，那個神秘地穴可能產生作用。我們大膽地猜測一下，他姐姐被他

殺了，這猜測當然也不是毫無根據！」

我聽了這話大吃了一驚。他們的感情一直很好，差不多姐姐的收入全給弟弟用了，不會由於一點小事而來謀害姐姐吧！福爾摩斯的假設也太大膽了吧！

他看出我不相信，接著又開始大膽地推理。

「儘管羅伯特的出身不錯，可是他的脾氣有多壞，大家都知道。他想發大財，也想過奢侈的生活。他就盼望在賽馬中能獲勝。當姐弟倆有衝突時，威脅了他的利益，他就會用非常手段的。他殺死姐姐又找個替身。馬森在叢林中看到的那個男人，可能和找替身有關，爐子中還看到了人的骨頭，他肯定是想完全銷贓滅跡，不想留有證據。我的判斷怎樣？」

「按照你的想法，還有不能發生的事？你的判斷總是很準確的，希望這次依舊。但是，那個羅伯特先生也太殘忍了。」

「我們不用苦想了，我們明天來設個圈套驗證一下我的計畫。今天就先享受一下郊外的田園生活吧，和老闆說說話，談一些關於釣魚和狗及賽馬的話題，他對這些很有興趣，也許我們還能發現一些有用的東西。」

我們第二天早晨去完成我們的計畫，也想順便釣一下魚，可是沒有帶魚餌，因此只好算了。我們昨天和老闆的談話有了效果，他同意我們帶肖斯科姆狗一起去散步。

我們不久就到了那座很有名的公園門口，福爾摩斯說：「老巴恩斯告訴我一個很重要的情況，每天夫人都會坐馬車去公園兜風，馬車路過公園門口時一定會放慢速度。你過去叫住車，隨便找個理由和車夫談一會兒，必須拖延些時間。我在樹叢後面觀察動靜。」

這時，我儘管不太清楚福爾摩斯的意思，可是知道這件事很重要。

不一會兒，兩匹高大矯健的馬拉著一輛黃色的四輪馬車過來了，這應該就是特麗斯夫人的馬車。我照福爾摩斯所說的，悠閒地在公園門口來回走著，等馬車漸漸走近。福爾摩斯帶著狗在樹後藏著。看見特麗斯夫人的馬車，守門人便趕忙去開門。

我在馬路邊站著，尋找機會和他說話。快到公園了，馬車放慢了速度。

我發現上面坐著兩個女人，其中一個很年輕，面部紅潤，大眼睛看人時沒有一點顧忌；另一個看不清楚，有些發胖，從頭到腳都包得很嚴。特麗斯夫人裹得這麼嚴實，猜想是因為她身體不好。我很自然地抬起胳膊讓馬車停下，車夫停下車子。我上前去問那個年輕的羅伯特是否在家，還做了自我介紹並且說明找他的原因，無論如何也得拖延時間。

福爾摩斯把狗拉出來了。一看見馬車，狗便興奮地大叫了幾聲。福爾摩斯一放手，牠便高興地跑向馬車，並且跳了上去。狗的情緒立刻變了，由親熱變成暴怒，連吠帶咬車上的人，滿是敵意。

車上的人好像特別害怕，讓車夫快點走，車夫遵命趕走了馬車。可是我和福爾摩斯全聽見那叫喊聲特別粗，似乎不是女人的聲音。

福爾摩斯興奮地拍著小狗的背，看起來非常親暱，說道：「行了，全明白了。狗的情緒變化我們全看到了，很顯然狗一開始以為是主人，後來知道是陌生人，我們得相信狗的判斷力。」

我說：「車上坐著個男人當替身？」

「完全正確。又一條線索，勝利就在眼前了。」

我們的計畫很順利地完成了，心情很好，因此一起釣魚去了，並還真釣了兩條魚當我們的美餐。

我們第二天去公園門口見馴馬師約翰‧馬森先生，他早就在大門口等著我們。馬森說：「見到你們很高興，收到你的字條我就來了。你們的進展不知是否順利。現在羅伯特還沒回來，他今天晚上會回來，你們需要我的幫忙嗎？」

福爾摩斯說：「地穴距離這裡多遠？我們想到那裡看一下。」

「四分之一英里。」

「在羅伯特回來前，我們還有時間去一次。」

「福爾摩斯先生，很抱歉，我不能與你們一起去。他回家首先就要找我。」

「沒關係，只要你領我們到了那地方就行，其餘的事我們自己處理。」

那天沒有月亮，一片漆黑。我們一起走過牧場，看見一塊高大的黑輪

廊，那肯定是教堂。我們簡直是摸一步走一步。最前面是馬森，他在磚頭瓦塊中找著路。我們終於來到了一個角落，那有一條通往神秘地穴的樓梯。馬森點著一根蠟，我們看見了一具具疊放著的棺材層。這些棺材中，有的是石頭做成的、有的是鉛做成的。這個顯赫家族年代久遠的頭臉人物就是這些棺材的主人。棺材上用鷹頭獅身做裝飾的銅牌都完好無損，這都是顯貴家族的象徵。許多年後，照樣顯示它的尊嚴與高貴。

「馬森先生，你找到的骨頭在哪裡放著？」

「就是這裡。」

但我們看時，卻什麼都沒有。

「這是為什麼？」

福爾摩斯說：「不必奇怪，點起取暖爐不是用來取暖的，是消滅這些骨頭用的。」

馬森疑惑地問：「為什麼要燒了這些死人骨頭呢？」

福爾摩斯說：「這就是我們這次來的目的。沒時間了，你快回去吧！我們能解決。」

馬森走了，福爾摩斯認真地查起來了。我點著蠟，他在墓碑上認真閱讀。我們依次找著從撒克遜時期到諾曼時期的墓碑。看見一具鉛製棺材時，福爾摩斯興奮地說：「我發現了，華生。」

我們打算用手打開蓋子。他用放大鏡認真地查看了一下棺蓋四周，又拿出精巧而堅固的鐵棍塞進縫裡，毫不費力地就撬起了蓋子。當我們正要興奮地挪開沉重的棺蓋時，卻聽見了意外的聲音。我們聽見焦急的腳步聲從上面直奔我們這裡。肯定是羅伯特先生。樓梯口一下有個高大的身影，接著射來一束光。他手提馬燈，長著濃密鬍鬚的臉滿是憤怒，他向四周看了一下，便把目光停在了我們身上。

他凶狠地問：「你們是誰？來我這裡幹什麼？」我們都沒說話，他揮著手杖更凶暴地問。他這樣做，肯定是有問題，我們更不怕他。

福爾摩斯很從容地走向他。

福爾摩斯說：「羅伯特先生，我也需要你回答一大堆問題。你看一看這

是誰？」福爾摩斯打開了那具棺材的蓋子，透過亮光，可以看見一個全身包裹的女屍。由於腐爛，整個臉都變形了。

羅伯特看後嚇了一跳，趕緊退後幾步。

不一會兒，他又是那副凶悍的樣子了。他問：「你是如何發現這件事的？你們要幹什麼？」

「我叫夏洛克・福爾摩斯。你沒聽說過嗎？所有維護人間正義和法律尊嚴的人都和我們同道。我來調查這件事是為了公正，你應該為我解釋清楚事件的過程。」

可能羅伯特被福爾摩斯的名字鎮住了，或者明白事情無法隱瞞了。

「請相信我，福爾摩斯先生，我沒有做對不起我姐姐的事。這件事表面上好像我做了些無法見人的事，然而我是被逼無奈的。我說的全是真話。」

「你不必解釋，無論如何，你得和我去一趟警察局。」

羅伯特說：「行了。我帶你們看一看，你們就會清楚真相。」

羅伯特將我們帶到一個放滿各種武器的房間。他叫我們在這裡等一會兒。他帶回了兩個人，一個是在公園門口我們看到的馬車裡的那個年輕女人，另一個是很瘦小、謹慎的男人。這兩人緊張不安，不清楚為何要找來他們。

「帶來他們倆是因為只有他們才能證明我的清白。女的是我姐姐的貼身女僕，另一個是她丈夫。你問他們就可以了。」

女人喊道：「你瘋了，羅伯特先生？」

男人說：「我根本不必負責任。」

羅伯特說：「不用你負責，我把事情經過簡單說一下。

「我其實也不必多說，你已經知道了許多真相。我將要用全英國一流的馬參加一場賽馬大會。我押了我所有的錢，勝敗就看這次了。假如勝了，我會賺許多錢。假如失敗了，後果將無法想像。」

福爾摩斯說：「這些我都知道。」

「我已經習慣遊手好閒，平時都是我姐姐提供錢給我，可是她的收入也不很多。由於賽馬，我借了許多錢。假如他們聽說我姐姐死了，將會拿走我

的全部，我的計畫就全完了。怕什麼遇到什麼，我姐姐在上個星期去世了。

「假如捅出這件事，我將一無所有。假如能把這個消息保密一段時間，賽馬大會結束後，事情可能會轉好。我姐姐的女僕很忠實，我和她商量叫她丈夫化妝成我姐姐。我認為這件事只有我們三人知道，她丈夫只要每天坐車走一趟就行了，不必見別人。我認為這樣行得通，從那天起，她丈夫就扮成了我姐姐，儘管很巧妙，可是仍然被別人發現了。我姐姐一直多病，她因為水腫而死。」

「這不能一下相信你。」

「她的醫生可以作證。她的病已經很長時間了，最近又惡化了。」

「你是如何處理她的屍體的呢？」

「她死後，我馬上就將屍體運去庫房了。那裡沒人去。可是她的狗一直在那裡叫，這很容易暴露，因此我將牠送人了。我後來又將屍體放到地穴，這就是我做的全部。」

「你太對不起她了！」

羅伯特很無奈地說：「我沒辦法啊！看著我的計畫即將完成，卻因這一下而破滅我不甘心。我覺得我對得起她。我將她安置在她丈夫家那個莊嚴的地方，也保持了她的尊嚴，她會原諒我的。我把那些遺骸帶回來，準備在鍋爐房讓女僕的丈夫燒了。」

福爾摩斯想了一會兒說：「你說的有個問題，你在馬上押賭注，假如放高利貸的人奪走你的財產，不會有太大的影響。」

「馬也是財產。假如他們拿走了，就不能參加賽馬了，更別說贏了，並且我和我的主要債權人薩姆・善勒爾衝突很深。他喜歡落井下石，根本不可能幫我。」

福爾摩斯說：「事情已經明白了，我們走吧！其餘的就讓警察去處理吧！你在社會道德方面做得是否正確，我們不管。華生，我們走吧！」

這個案子的結果：在賽馬中，羅伯特勝利了，賺了許多錢，還清債務，開始過富裕的生活。警方也沒有追究這件事，一場風波終於平息了。

吝嗇鬼妻子的「私奔」案

　　早上天氣晴朗，我閒得發慌，正好福爾摩斯送信給我。走進那個熟悉的客廳後，我看到福爾摩斯在沙發上思考，表情很嚴肅。不知道他又接了個什麼案子，好像是考慮一個悲劇性的嚴重問題。

　　「是個新主顧嗎？」

　　「對。警察局辦不了，像平時一樣將皮球扔到了我這裡。現在這個老頭的境況十分糟糕，許多人和他一樣如此痛苦。」

　　「可以說得明白一些嗎？」

　　「來者是安伯利和布里克福爾公司的一個股東，曾經是顏料商，名字叫喬賽亞‧安伯利，他存了一輩子錢在路易薩姆買了幢房子，準備退休後過平安日子——按理說也能做到。可是所有的一切都完了。」

　　「他近來有很大的麻煩了嗎？否則，他也不來找你的。」

　　福爾摩斯說：「你說對了，他很不幸。1896年退了休，可能是由於生活孤單，他第二年就娶了個比他小二十歲的漂亮女人。房子也有了，妻子也有了，錢也夠花，這晚年應該很幸福了。可是由於他娶了這女人，才使他人財兩空，這是他的一大錯誤。」

　　「我清楚一點了，可是我想知道具體情況。」

　　「實際上也很普通，一個很古老的故事只是在安伯利家又重演了一下，因此我說得簡單些。他那年輕漂亮的妻子有富裕的物質生活，就不願意只和一個老頭過一輩子，她還想另找一個情人來滿足自己，所以就有一個男人闖進來了。」

我說：「因此他倆就情投意合了？」

「就是這樣。這男人是個年輕醫生，和安伯利是鄰居。他們都愛下棋，便成了朋友。因此，這位叫雷‧歐尼斯特的醫生沒事時就去找安伯利下棋，因為經常去安伯利家，所以雷‧歐尼斯特和安伯利的妻子逐漸由熟識到有了不正當的關係，可是我們可憐的主顧一點也不知道。就在上個星期他們私奔後，老頭才知道了。他的結局就是這樣。更讓人氣憤的是這個女人竟帶走了老頭一輩子存的錢，安伯利打算用這錢過後半輩子。他們的私奔還不算特別嚴重的問題。問題是假如我們追不回這些錢，安伯利將怎樣生活呢？」

「我們幫一幫這個可憐的安伯利吧！」

「的確該這樣。可是，華生，你得幫助我。我現在還有個更重要的案子，真沒時間去路易薩姆。安伯利堅持要我去，我向他說明了自己的難處，他才同意我派一個人去。」

我說：「我很願意幫你，儘管你對我的工作未必滿意，可是我一定會盡最大努力的。」當天下午我就去了路易薩姆，看看安伯利的家到底被害成了什麼樣子。

我那天很晚才回來，福爾摩斯仍然在等我。

我說：「那裡只有磚路和破舊房子，太單調了。可是安伯利的家非常漂亮，他好像是一個村莊裡的唯一農場主人似的。他的宅子叫赫溫，被一圈長滿了苔蘚的高牆圍著。」

福爾摩斯說：「別說這些沒用的話了，我想聽有用的。」

「可以。他家不太好找，街道拐彎抹角的。後來我問了一個高個子人才知道。這個閒人還給我留下了很深的印象，他皮膚黝黑，留有大鬍子。我問路時，他用一種我看不懂的異樣目光看著我。

「我在安伯利家門口見到了他，他好像等了好長時間了。我今天仔細看了看他，他真的很奇特。」

福爾摩斯說：「說一下你的感覺。」

「他彎著的腰記載他多災難的人生，可是他好像不像我們以為的那麼瘦小無能。他的肩膀和胸部很寬大，走起路來也不遲鈍，儘管不很俐落。」

福爾摩斯說：「你沒發現他用了假腿嗎？」

「我沒注意。」

「我發現他左鞋上有摺痕，而右腳沒有，因此我認為他有一條假腿。」

「我看見他臉上布滿深深的皺紋，頭髮花白，太多的磨難讓他的臉上留下冷酷的表情，這些給我印象很深。」

福爾摩斯說：「華生，你看得很仔細。你們談了些什麼？」

「他一開始講他那不幸的遭遇。他領我進了院子。從外面看這房子還行，可是裡面到處是雜草，好像從來沒修整過一樣。我剛一進去，以為這裡沒人住！房屋也長年沒修了，安伯利正在修整。在客廳裡我看見一桶綠色油漆，他把木製部分大致漆了一下。

「後來在書房裡，我們談了很久。我就撿主要的和你說說，一開始，由於你沒去，他覺得有點沮喪，認為自己不受你這種大人物的關注，他好像特別在意。

「他看來的確很痛苦，老人真的承受不了這種打擊。他家的情況很簡單，只有夫妻倆，有個女僕白天做家務，晚上六點便走了。只有雷·歐尼斯特偶爾去串個門，再也沒有其他人和他們接觸。在他們私奔的那晚，安伯利曾經邀他妻子去戲院看戲。他在二樓預定了兩個位置。可是他妻子由於身體不舒服就沒去看，他一個人去看了。他說的是真的，他還讓我看了買給他妻子的那張票。」

福爾摩斯很感興趣地問：「那天晚上安伯利要他妻子去看戲？你看清楚票了嗎？號碼是多少？這是個新情況，華生，你做得很好。」

「我記著是三十一號，我上學的學號就是三十一，因此記得很清楚。感謝你的誇獎。一開始，我還怕你對我的任務不滿意。」

「他應該是坐三十二號或三十號？」福爾摩斯一直問著號碼的問題。

「肯定是了，是第二排。」

福爾摩斯興奮地說：「這個線索很重要。」

「他又領我看了他那所謂的保險庫，的確很結實。他說一定是那女人偷配了一把鑰匙，他們將他的全部財產包括債券都帶走了。」

「為什麼要債券？他們是在逃命啊！」

「不清楚。他說向警察局報了丟失的財產，希望不要賣了債券。他們拿了也相當於廢紙。他看完戲後回家，妻子就沒了，保險庫也被盜了。他這才知道失竊了，因此只好報案。」

「你去的時候，他正在油漆房間？」

「房間的門窗都漆好了。我去的時候，他正在漆走廊的柱子。」

福爾摩斯問：「長年沒修房子了，這時怎麼一下想起修房子了？」

「他自己的解釋是：人總需要一些寄託。他已經如此潦倒了，他本來也很奇怪，所以做些奇怪的事也是可以理解的。在我面前他還撕了他妻子的照片，很明顯他非常恨她，他還痛罵了一頓這兩個狗男女。」

「還有其他舉動嗎？」

「他是沒有什麼舉動，可是我回來時卻被跟蹤了。」

「誰跟蹤你？」

「我剛才說的那個高個子人。我問他路時，他的目光就挺奇怪。我見他在火車站附近跟著我，我下了火車他仍跟著我。我不知道他究竟想幹什麼？」

福爾摩斯自言自語道：「黑皮膚，有鬍子，高個子。」突然他問：「戴一副灰墨鏡嗎？」

我很驚奇地說：「你怎麼知道他戴灰墨鏡？我從來沒和你說過啊！」

他補充說：「他的領帶上有共濟會的領帶扣針。」

「福爾摩斯，你似乎和他很熟。」

「先不說了。其實也很簡單，以後再告訴你。還是說這個案子吧！根據你說的，我認為這個案子不簡單。一開始，我認為這種私奔的事很簡單，可是現在事情複雜了，你說的那些都要仔細分析。此外，華生，你還沒調查一些重要對象。假如你考慮全了，此案就會更好辦了。」

我說：「我工作還是出了漏洞，你說吧！」

「別介意，我不是批評你做得不好，只是想讓你更完善一些。警方為我提供了大致情況，正好彌補了你的那些失誤。照鄰居們所說，安伯利特別小

氣，脾氣暴躁，特別苛求別人。的確雷·歐尼斯特常去找他聊天下棋，肯定也有機會和他妻子說說話，這就不難被認為是偷情。因此，大家對私奔也不很奇怪，覺得是很自然的，可是……」

我問：「但你卻不這樣認為，對嗎？」

「現在我還不確定，明天再說吧！今天已經做了很多工作了。我們都很辛苦，該輕鬆一下了。先吃點什麼，我們再去聽音樂會。」

第二天一醒來，只看到福爾摩斯留給我的一張字條。

親愛的華生：

我今天要和安伯利談談，三點你等我，我辦完事就回去。做好準備，我需要你出門。

S·H

我一整天就等著他回來，不知道他去做什麼了，神秘兮兮地不和我說清楚。他三點鐘回來了，好像不太高興，像在思考一個複雜的問題。

「我等安伯利。」

「但他沒來。」

「他會來。我們就等著吧！」

真是這樣，老頭在四點鐘神情疑惑地來了。

「福爾摩斯，有線索了。我收到一封電報。」

福爾摩斯拿來念道：

接電即來勿誤，可以提供你有關近日損失的消息。

埃爾曼

牧師住宅

「太棒了，這個線索確實很重要，」福爾摩斯說，「你的案子快清楚了，安伯利先生。小帕林頓的電報，那裡應該距弗林頓很近。安伯利，你該

馬上去找那個牧師。既然是個牧師，他的話就可以相信。」

　　福爾摩斯去翻了他的名人錄，說：「埃爾曼，當地牧師，文學碩士。好，就這樣了。趕快查一下火車時刻表，看開往那裡的火車最近是幾點？」

　　我說：「五點二十分。」

　　「華生，你和安伯利一起去，他需要你幫忙。假如有意外發生，華生，你要保護安伯利。」

　　不知為什麼，安伯利好像不太想旅行。

　　他說：「福爾摩斯先生，我懷疑這封電報。他是誰？這麼遠他是如何知道這件事的呢？我看這像騙人的，我不相信。」

　　「他是牧師，不會輕易騙你的，趕快行動吧！」

　　他仍然不願意去。

　　福爾摩斯說：「安伯利先生，這線索很重要。為了盡快查清案子，你一定要與我和警察合作，否則我辦不了這案子。」

　　看到福爾摩斯生氣，他才勉強答應了。

　　「行，為了表示真誠，我去。可是這次多半是沒收穫的。」

　　「別說了，按照我說的做就行了。」

　　臨走時，福爾摩斯特別告訴我一定要將安伯利帶到那裡，千萬不能讓他逃了。假如一發現這種事，趕快打電話告訴他。

　　儘管我不完全明白這次出行的真正原因，可是看見福爾摩斯這麼小心又神秘，我決定一定要按照福爾摩斯說的辦好這件事。

　　經過很長時間火車才到達巴爾頓，又坐了很長時間的馬車，終於到達目的地，找到了埃爾曼牧師。牧師神態莊嚴，舉止穩重，很有禮貌地說：

　　「兩位找我有事嗎？」

　　「你拍電報要我們來的啊！」

　　「我不認識你，拍什麼電報？這個玩笑太誇張了。」

　　「電報的署名是你啊！你說要提供安伯利先生的妻子和財產的消息。」

　　牧師非常生氣：「先生，請你說話注意一些，我根本不認識你提到的那位先生，更別說拍電報了。」

我們倆都很吃驚，不知該怎麼辦。

我急忙道歉，並且問他這裡是否還有其他牧師。他極不耐煩地說，這裡只有他一個牧師，並讓我們趕快離開。

這封電報不是牧師發的，那會是誰呢？製造這種假象幹什麼？真是莫名其妙。

我一定要和福爾摩斯聯繫。電報局關了門，好不容易才發現一個電話。當我和福爾摩斯說了這些時，他也表示驚訝。

「華生，你這次白跑了。今晚我看你們住在那裡吧！可能鄉下的旅店很不好，可是享受一次大自然也很不容易，因此你和安伯利做伴吧，他不會讓你無聊的。」

說完，他就把電話掛了，他好像是和我開玩笑，弄不懂他哪有心情來開玩笑？我第二天一大早便和安伯利回到城裡了。這嗇嗇的傢伙一路就抱怨這次花了他很多錢。就針對這一點，和他生活在一起的人也是不能忍受的。我們在倫敦分了手，終於可以輕鬆了。

我來到福爾摩斯家，可是他卻不在，留了一張叫我去路易薩姆找他的字條。他到那裡幹什麼？儘管不願看到那個嗇嗇的傢伙，可是我還是去了。我進去時，安伯利和福爾摩斯全在客廳坐著。令我吃驚的是那個跟蹤我的高個子戴灰墨鏡的人也在。看到我特別驚訝，福爾摩斯立刻站起來說：「你終於來了，我們等了你好久了。先向你介紹我的朋友巴克。他和我有同樣的責任。」

終於知道為什麼福爾摩斯一下就說對了他的特徵。

福爾摩斯說：「安伯利先生，大家現在都來了。我想問你個問題，請準確回答。」

安伯利在沙發上坐著的樣子，好像大難降臨一樣。

他低聲問：「什麼問題？」

「屍體你放在哪裡了？」

他突然叫著從沙發滑到地上，全身上下都在搖動。他這狡猾的老狐狸已露出尾巴了。他用手捂住了嘴，福爾摩斯趕忙衝過去將他的脖子卡住，從他

嘴裡吐出一粒白色藥丸。

「想自殺？先得把具體情況告訴警察局。」

巴克說：「我和他去吧！」

福爾摩斯說：「我也要去。華生，你在這等著，我半小時就回來。」

安伯利再反抗也無用了，他已經被兩個偵探押走了。而我，則一個人留守在這可怕的地方。幸好福爾摩斯還沒到他說的時間就回來了，還帶回了一個年輕警官。

福爾摩斯說：「那傢伙已經被我們送到了警察局。巴克留在那裡處理那些手續，我先回來了。他是個特別出色的偵探，我們既是朋友又是對手。好些大案都是他破的，警方也佩服他。」

警官冷聲說：「他幫我們做了一點工作。」

福爾摩斯說：「那個頑固的吝嗇鬼什麼也不說，真讓警方難受。」

年輕警官說：「我們有辦法解決。當你用一種我們不能使用的方法插進來，奪走我們的功勞時，請原諒我們的惱火。」

「別生氣，警官先生，我和巴克馬上就脫離此案。」

「請原諒我的魯莽，福爾摩斯先生。你從來對名利不很看重。可是我們不同了，整個警方也會被記者弄得很難堪的。」

「對。假如記者問你如何發現疑點，你們沒人能回答，因此還是事先把答案準備好吧！」

警官剛才的神氣全丟了，因為他們無法準備答案。

「福爾摩斯先生，他的妻子及她的情人是被那個吝嗇的傢伙殺的。我們只有他想當場自殺的證據，其餘的什麼也沒有。」

「你帶來手下的人了嗎？」

「快到了。」

「叫你手下搜查一下這幢房子。屍體就在附近，例如地窖、花園等地方。這房子很舊了，自來水管是後來接的，一定有個廢棄的舊水井。試試你的運氣吧！」

「你那麼有自信？」

「我們先分析一下他的病態心理，標準的守財奴，小氣到沒人能忍受的地步。他的妻子同樣無法忍受，因此就和別人跑了。這個吝嗇的傢伙也很愛嫉妒，他看年輕的妻子和醫生關係好，他就嫉妒，認為他們有姦情，所以就計畫殺他們。」

福爾摩斯將我們帶到保險庫門前。

警官道：「油漆味這麼大啊！」

福爾摩斯說：「我首先就懷疑這一點，之前華生和我說他油漆房間時，我就知道他的房子很多年也沒修，遍地都是雜草，很明顯他不愛整潔，怎麼會在遭到打擊後變勤快了呢？房間中滿是油漆味，他想把可能引起人懷疑的臭味掩蓋住。再看這個非常牢固的保險庫，必須弄清楚裡面究竟是什麼。我得親自檢查一下這宅子。華生說老頭那天晚上要和他妻子一起看戲，可是我知道第二排三十二號和三十號那晚根本沒人。很顯然安伯利在說謊，這更使我開始懷疑他。我便用了調虎離山計，叫華生和他一起去很偏僻的一個地方，我從名人錄上找個名字，就拍了那封電報。你現在知道了吧，華生！」

警官說：「真佩服你的洞察力！」

「因此我進了房子。我在壁腳看到了煤氣管，它一直向上伸到保險庫中，保險庫房頂圓花窗終端有個縫，因此不仔細觀察很難知道這情況。如果從外面打開開關，這房間便會充滿煤氣而且密不透風，裡面的人怎麼能生存呢？這個吝嗇的傢伙十分狡猾，將他們騙進去就可以害死他們了。」

警官說：「調查人員也說到過煤氣，可是我們到了以後，罪犯已經做了手腳，門窗開著且油漆味特別重，因此我們便將這問題忽略了。」

警官又說：「你們做得很成功，但我有個問題，福爾摩斯先生，你是否準備把此案交給我們呢，包括你剛才所說的？」

福爾摩斯說：「是啊！」

「我以警察局的名義感謝你。找到屍體後，我們就能結案了。」

福爾摩斯說：「還有一個確鑿的事實。一個將要被害死的人，臨死前他想做什麼？」

「說出誰是凶手？」

「對。兩個被害人不甘心被這個吝嗇鬼害死，所以留了一點東西。『我們是……』牆根底上方的這紫鉛筆字就是證據。」

「死者想說：『我們是被害死的。』」

福爾摩斯說：「沒錯。這是死者的絕筆。假如能從屍體身上發現紫鉛筆，那將更肯定了。恐怕這個吝嗇鬼也忽略了這一點，他沒徹底滅跡。」

「你放心，我們一定仔細找。福爾摩斯先生，那些丟失的債券和錢呢？」

「這簡直就是做賊喊捉賊。他提前就隱藏了這些東西。很久以後，他再說那罪惡的一對良心發現，把贓物寄回來了，或逃跑時遺失在某處了。無論如何，他都會編一個很充分的理由。」

警官說：「他終究也瞞不了你，你把全部問題都解決了。他怎麼還敢去找你呢？」

「他太有自信了。他以為自己的計畫萬無一失，眼裡簡直沒別人。他可以向對他尚存懷疑的四鄰張揚：瞧我都做到家了，不但找了警察，連福爾摩斯都找過了。」

所有的一切都結束了，我的朋友福爾摩斯又能休息一陣子了。過了幾天，我去看他。他讓我看了一份雜誌——《北薩里觀察家》，上面以「凶宅」為起首標題，「卓探」為末題，十分誇張地讚美了警察局破案的全過程。最後，文章將那個年輕警官簡直捧上了天：

這個年輕的警察具有極強的洞察力：可以從油漆味中辨別出煤氣味。透過調查，知道最可能犯罪的地方是保險庫，而且屍體是在宅子後院的廢井中找到的。此案雖然奇特，可是我們警官的才能更非凡，這一切將作為專職警探破案典範載入刑案史冊。

「好，好，他真是好樣的，」福爾摩斯寬容地笑笑，說，「華生，你可以把它寫進我們自己的檔案，總有一天要披露故事的真相。」

海鴿 文化出版圖書有限公司
Seadove Publishing Company Ltd.

探偵事務所 08

柯南‧道爾的
福爾摩斯 後部：
神探回來了

作者	亞瑟‧柯南‧道爾
譯者	傅怡
美術構成	騾賴耙工作室
封面設計	斐類設計工作室
發行人	羅清維
企畫執行	張緯倫、林義傑
責任行政	陳淑貞

出版	海鴿文化出版圖書有限公司
出版登記	行政院新聞局局版北市業字第780號
發行部	台北市信義區林口街54-4號1樓
電話	02-27273008
傳真	02-27270603
e‐mail	seadove.book@msa.hinet.net

總經銷	創智文化有限公司
住址	新北市土城區忠承路89號6樓
電話	02-22683489
傳真	02-22696560
網址	www.booknews.com.tw

香港總經銷	和平圖書有限公司
住址	香港柴灣嘉業街12號百樂門大廈17樓
電話	（852）2804-6687
傳真	（852）2804-6409

出版日期	2019年12月01日　一版一刷
特價	399元
郵政劃撥	18989626　戶名：海鴿文化出版圖書有限公司

國家圖書館出版品預行編目資料

柯南‧道爾的福爾摩斯　後部：神探回來了
／ 亞瑟‧柯南‧道爾作；傅怡譯.
-- 一版. -- 臺北市 ： 海鴿文化，2019.12
面 ；　公分. --（探偵事務所；8）
ISBN 978-986-392-293-3（平裝）

873.57　　　　　　　　　　　　　108014996

Seadove

Seadove